Bei dem vorliegenden Buch handelt es sich um einen Roman.
Die dargestellten Personen sind der Fantasie des Autors entsprungen bzw. Personen der Zeitgeschichte, die vom Autor in eine frei erfundene Geschichte integriert wurden. Reale Hintergründe hat der Autor, soweit es im Rahmen der Handlung möglich und nötig war, wahrheitsgetreu wiedergegeben.

Der Autor
Stefan Bouxsein wurde 1969 in Franfurt/Main geboren.
Studium der Verfahrenstechnik und des Wirtschaftsingenieurwesens an der FH Frankfurt.
Seit 2000 als Dipl.-Wirtschafts-Ing. bei einiem Frankfurter Unternehmen beschäftigt.
2006 veröffentlichte er seinen ersten Roman: Das falsche Paradies
2007 erschien sein zweiter Roman: Die verlorene Vergangenheit

Stefan Bouxsein

Die verlorene Vergangenheit

Kriminalroman

viel Spaß

wünscht

Stefan Bouxsein

traumwelt

Inh. Stefan Bouxsein

Johanna-Kirchner-Strasse 20
D-60488 Frankfurt/Main

Internet: www.Traumwelt-Verlag.de
E-Mail: info@Traumwelt-Verlag.de

Gestaltung, Satz und Typographie:
DerSetzer, Ralf Heller Mediendesign

ISBN 978-3-939362-01-2
1. Auflage

1

Erinnerungen, Mai 1975

Zuerst hatte ich den Hahnenschrei gehört. Einmal, zweimal, dann hatte ich auf den dritten Schrei gewartet, doch der war ausgeblieben. Dafür waren andere Geräusche an mein Ohr gedrungen. Vögel hatten um die Wette gezwitschert, Federvieh aufgeregt gegackert, eine Tür war zugeschlagen worden. Regungslos hatte ich da gelegen und angestrengt nach den Geräuschen gehorcht, die von draußen an mein Ohr gedrungen waren. Jemand schien Schweine gefüttert zu haben, das Gegrunze war immer lauter geworden. Die Geräusche, die die Tiere verursacht hatten, waren mir merkwürdig vertraut vorgekommen. Fast so, als hätte ich mich in familiärer Umgebung befunden. Auch der Geruch, der durch das halb geöffnete Fenster geströmt war, war mir wohlbekannt gewesen. Der Geruch von frischem Heu. Wie hatte ich das immer genossen, das stundenlange Herumtoben im Heu. Aber das war lange her gewesen. Damals, auf dem Bauernhof meiner Großeltern, im Süden Frankreichs. Als Kind hatte ich dort meinen Sommer verbracht. Die Melodie des französischen Liedes, das meine Oma immer mit mir gesungen hatte, wenn sie mich ins Bett gebracht hatte, war in meiner Erinnerung lebendig geworden. Immer tiefer war mein Geist in jene Tage glücklicher Kindheit zurückgewandert.

Ich hatte wieder Philippe und Claire vor mir sehen können. Wir hatten hoch oben in unserem Baumhaus gesessen und Großvater bei der Arbeit beobachtet. Meine Mutter hatte gerufen, wir sollten herunterkommen, uns die Hände waschen und zu Tisch kommen. Sie hatte es in deutsch gerufen, worüber ich mich geärgert hatte. Philippe und Claire hatten sie doch nicht verstehen können. Ich hatte ihr trotzig auf französisch geantwortet. Fließend und akzentfrei. Großvater schien das gefallen zu haben, denn er hatte meiner Mutter darauf zugerufen, dass das französi-

sche Blut in meinen Adern dicker wäre als das deutsche. Das war mir nicht mehr aus dem Kopf gegangen. Ich hatte versucht mir vorzustellen, wie zwei verschiedene Sorten Blut in meinem Körper zirkulieren konnten. Das dicke französische und das dünne deutsche. Als ich abends mit Philippe am See gesessen hatte, wollte ich es genau wissen. Mit meinem Schweizer Taschenmesser, das mir Großvater im Sommer zuvor zum Abschied geschenkt hatte, hatte ich in meine Fingerkuppe geritzt. Neugierig hatte ich das Blut betrachtet, das tröpfchenweise aus meinem Finger herausgelaufen war. Aber es schien doch nur eine Sorte Blut gewesen zu sein. Ich hatte es an einem Finger der anderen Hand versucht. Weder ich noch Philippe hatten einen Unterschied feststellen können. Es war nur eine Sorte Blut aus meinen Fingern getropft. Ich hatte mich gefragt, ob es die französische oder die deutsche Sorte gewesen wäre. Philippe hatte es auch nicht gewusst. Ich hatte dann auch seinen Finger aufgeritzt, beide hatten wir neugierig den Blutstropfen auf seiner Fingerspitze betrachtet. Ich hatte meine Fingerspitze zum Vergleich daneben gehalten. Wir waren zu dem Schluss gekommen, dass Großvater sich mit den zwei verschiedenen Sorten Blut geirrt haben musste.

Plötzlich hatten sich andere Bilder in meinem Kopf breit gemacht. Statt der zwei kleinen, mit Blutstropfen bedeckten Jungenfinger, hatte ich das Bild eines blutverschmierten Hinterkopfes in meinem Gedächtnis. Mit einem Mal hatte ich heftig zu atmen begonnen. Ich hatte Angst bekommen, Schweiß hatte sich auf meiner Stirn gebildet. Ich hatte meine Augen endlich öffnen wollen, doch dazu hatte mir die Kraft gefehlt. Immer deutlicher war das Bild von fließendem Blut in meinem Kopf eingedrungen. Mein Herz hatte zu rasen angefangen, ich hatte nur noch vereinzelte Bilder erkennen können, Bilder ohne Zusammenhang, schreckliche Bilder. Meine Hände waren voller Blut gewesen. Ich hatte zwei Sorten von Blut gesehen, die sich miteinander vermischt hatten. Ich hatte die Bilder aus meinem Kopf verbannen wollen, mein Körper war schweißnass gewesen, ich hatte am ganzen Leib gezittert. Tief aus meinem Inneren waren gequälte Schreie hervorgedrungen. Ich hatte das fließende Blut stoppen wollen, doch es war immer weitergeflossen.

Machtlos hatte ich auf meine blutverschmierten Hände geschaut, dann war es dunkel um mich herum geworden. Ich war wieder in einen tiefen, traumlosen Schlaf gefallen.

2

Samstag, 29. November 2003, 17.20 Uhr

Es war ein nasskalter trüber Nachmittag, die ersten weihnachtlichen Klänge hielten bereits überall Einzug. Im Supermarkt herrschte ein heilloses Gedränge zu den festlichen Klängen von ‚Oh du fröhliche Weihnachtszeit', die dezent leise aus den unsichtbaren Lautsprechern ertönten. Siebels schob missmutig seinen Einkaufswagen durch die Gänge. Er hatte keine Lust, bei dem Trubel einzukaufen. Er versuchte sich zu erinnern, warum er überhaupt hier war. Er ärgerte sich, weil er wie immer ohne Einkaufsliste zu der denkbar ungünstigsten Zeit zwischen all den einkaufswütigen Menschen völlig planlos die Regale inspizierte. Mittlerweile hatte er wenigstens ein paar Kleinigkeiten in seinem Wagen, aber irgendetwas hatte ihn heute dazu angetrieben in den Supermarkt zu fahren und dieses irgendetwas fehlte definitiv in seinem Einkaufswagen. Sein Blick wanderte durch die Regale. Wenn er es nur sehen würde, dann wüsste er auch wieder, was ihn dazu veranlasst hatte, seinen kostbaren Samstagmittag in dieser unseligen weihnachtlichen Supermarkt-Hektik zu verbringen. Da sich beim Absuchen der Regale einfach kein Aha-Erlebnis einstellen wollte, änderte er seine Taktik. In Gedanken ging er den Inhalt seines Kühlschrankes durch, doch da war alles an seinem Platz. Er öffnete im Geist alle Schränke und Schubladen in der Küche. Mehl, Zucker, Kaffee, all das war noch vorrätig. Ein Blick auf die Uhr sagte ihm, dass er sich beeilen musste, denn heute wollte er sich zusammen mit Sabine ganz gemütlich die Sportschau ansehen. Die Eintracht kämpfte zur Zeit um die zwingend notwendigen Punkte gegen den Abstiegskampf. Mit Till hatte er gewettet, dass die Frankfurter Mannschaft heute endlich wieder mal gewinnen würde. Er war mittlerweile bei den Süßigkeiten angelangt, warf sich noch ein paar Tafeln Schokolade zu dem abgepackten Käse, der Marmelade, den aufbackbaren Brötchen und den zwei Flaschen Mineralwasser und betrachtete wehleidig seinen mickrigen Einkauf. Rings um ihn herum waren die Wagen bis oben hin gefüllt. Die Schlangen an den Kassen bewegten sich nur im Schneckentempo vorwärts. Er fragte sich, warum die Leute sich das alles antaten, und stellte sich hinten an. Mittlerweile verschwendete er keinen Gedanken mehr daran, warum er eigentlich hergekommen war. Er starrte auf die Kassiererin, beobachtete sie, wie sie die Waren auf dem Band über den Scanner zog. Es kam ihm vor, als würde er noch Stunden hier stehen müssen, ohne zu wissen, warum er eigentlich hier stand. Als er endlich das Band erreichte und seine paar Habseligkeiten unter den mitleidigen Blicken einer robusten Mittfünfzigerin, die auf gleicher Höhe in der Nachbarschlange wartete, auf das schwarze Gummiband beförderte, packte er noch fünf Päckchen Zigaretten dazu.

Erleichtert verließ er den Konsumtempel und schob seinen Einkaufswagen zielstrebig zu seinem BMW. Natürlich hatte er einen Einkaufswagen erwischt, dessen Räder klemmten und eierten. Nur mit Mühe und Not gelang es ihm beim Abbiegen, den parkenden Jaguar nicht mit seinem lädierten Einkaufswagen zu rammen. Zu allem Überfluss setzte jetzt auch noch ein Nieselregen ein. Genervt öffnete er den Kofferraumdeckel seines BMW und kaum hatte er seine Einkäufe verstaut, fiel ihm auch wieder ein, warum er überhaupt hergekommen war. Klopapier, er hatte kein eines Blatt Klopapier mehr.

Zwei Stunden später lag er mit seiner Freundin auf dem Sofa, Sabine hatte Chips und Bier und nach dem Anruf von Siebels auch zwei Rollen Klopapier mitgebracht. Sabine Karlson arbeitete als Kriminalbeamtin bei der Sitte. Siebels hatte sie bei einem Mordfall, den er zu bearbeiten hatte, erst als Kollegin und später auch als Frau zu schätzen gelernt. Seit vier Monaten bildeten die beiden nun ein Paar und in letzter Zeit schmiedeten sie immer häufiger gemeinsame Zukunftspläne. In der Sportschau lief gerade das Spiel der Bayern. Sabine, deren Blut zur Hälfte deutsch und zur anderen Hälfte schwedisch war, war ein begeisterter Anhänger des FC Bayern München. Die Münchner blieben aber unter den Erwartungen und Siebels freute sich diebisch über jeden verlorenen Ball eines Münchner Spielers. Seine Freude wurde jäh unterbrochen, als sein Handy klingelte und er die Stimme von Staatsanwalt Jensen vernahm.

„Guten Abend, Herr Siebels. Ich hoffe, Sie amüsieren sich nicht allzu gut. Ihr freies Wochenende ist nämlich ab sofort gestrichen. Es handelt sich um einen heiklen Fall, ich erwarte Sie schnellstmöglich in Königstein."

„In Königstein? Warum ich? Es gibt doch diensthabende Beamte, was soll das jetzt, Herr Jensen?" Siebels wanderte unter den neugierigen Blicken seiner Freundin im Wohnzimmer umher. Er schaute zu ihr und verdrehte seine Augen, während er mit dem Staatsanwalt diskutierte. Jensen war allgemein als Nervensäge verschrieen. Siebels hoffte noch, dass es sich nur um einen kleinen hysterischen Anfall des immer wieselflinken kleinen Staatsanwaltes handeln würde.

„Wie ich bereits sagte, es ist ein sehr heikler Fall, am Telefon kann ich Ihnen nicht mehr sagen. Ich benötige Sie, weil Sie der Beste sind. Und vorerst kein Wort zu niemandem, außer natürlich zu Ihrem Kollegen Herrn Krüger, den bringen Sie gleich mit." Jensen beschrieb Siebels den Weg und nannte ihm die Adresse. Bevor Siebels noch einmal widersprechen konnte, hatte Jensen die Verbindung schon unterbrochen.

„Ein sehr heikler Fall, weil Sie der Beste sind, Siebels", äffte Siebels den eifrigen Staatsanwalt zornig nach, während er sich seine Schuhe anzog.

„Ich erzähle dir dann später, wer die Tore für die Frankfurter geschossen hat", versuchte Sabine ihn zu trösten. Die beiden umarmten sich zum Abschied, der gemeinsame Samstagabend wurde wie so oft durch die Arbeit unterbrochen. Wenn es nicht Steffen Siebels war, der Dienst hatte, dann musste die Karlson bei Razzien im Frankfurter Rotlichtmilieu präsent sein.

Auf dem Weg zu seinem BMW rief Siebels bei Till an. „Einen schönen Gruß von Jensen, unser freies Wochenende ist gestrichen. Warum? Weil wir die Besten sind, Kollege. Es ist nämlich ein heikler Fall, wie der Herr Staatsanwalt Jensen sich ausgedrückt hat. Ich bin in einer Viertelstunde bei dir. Und ich will kein Wort über das Spiel der Eintracht hören, das schaue ich mir später im Fernsehen an, bis gleich."

Erst jetzt fiel Siebels auf, dass der Spruch von Jensen, von wegen die Besten und so, auch etwas tiefgründiger gemeint gewesen sein könnte und nicht bloß ein dumm daher gesagter Spruch war. Siebels und Till waren zwar tatsächlich die Besten, wenn es um die Aufklärungsquote von Mordfällen ging. Aber das früher so überzeugende und selbstsichere Auftreten von Till hatte in letzter Zeit etwas gelitten. Das hing mit dem Fall zusammen, bei dem Siebels Sabine kennen gelernt hatte. Till hatte damals einem Verdächtigen beim Verhör schwer zugesetzt. Er war sich sicher gewesen, den Richtigen zu haben und wollte um jeden Preis ein Geständnis von dem Verdächtigen. Der Mann erhängte sich kurz nach dem Verhör in seiner Zelle, fast zur gleichen Zeit, als Siebels mit Hilfe von Till und Sabine den richtigen Täter stellen konnte. Jensen machte Till später schwere Vorwürfe und Till war nicht mehr der alte. Geplagt von Selbstzweifeln war er drauf und dran, den Dienst zu quittieren. Viele lange Gespräche mit Siebels und mit Sabine Karlson hatten ihn mittlerweile wieder Tritt fassen lassen. Wenn ihm Jensen jetzt wieder ausdrücklich sein Vertrauen aussprach, konnte das nur gut für ihn sein. Eigentlich war Jensen gar kein so schlechter Kerl, dachte sich Siebels. Wenn er nur nicht so eine nervige Art an den Tag legen würde.

Die Bauarbeiten im neuen Frankfurter Stadtteil City West waren immer noch in vollem Gange. Die Straßenbahnschienen, die von dem neu entstandenen Stadtteil zu dem nächsten neu entstehenden Stadtteil Rebstockpark führten, waren mittlerweile vollständig verlegt. Till hatte sich in der City West eine Eigentumswohnung gekauft, nachdem er als frisch gebackener Polizeioberkommissar unter den Fittichen von Siebels sein Handwerk bei der Mordkommission erlernt und nebenbei eine kleine Erbschaft mit Hilfe seines Bruders und dem Börsenboom am Neuen Markt vervielfacht hatte. Seine Gold Wing, mit der er im Sommer über den heißen Großstadtasphalt schwebte, stand jetzt in einer angemieteten Garage. Er wartete bereits vor dem Haus, als Siebels um die Ecke bog.

„Wochenende ade, Jensen springt im Karree“, begrüßte er Steffen Siebels, der sich eine Marlboro anzündete.

„Die Adresse, die Jensen mir gegeben hat, ist in Königstein. Keine Ahnung, was er da von uns will.“

„Lassen wir uns überraschen, wie geht's Sabine?“

„Die liegt jetzt fett auf der Couch, trinkt mein Bier und guckt sich die Eintracht an. Und denk dran, ich will nichts hören. Wenn wir Glück haben, sind wir in zwei bis drei Stunden wieder zurück. Dann will ich ganz ungestört das Sportstudio sehen."

„Von mir erfährst du nix, auch nicht wenn wir die ganze Nacht in Königstein verbringen, was ich befürchte, wenn Jensen uns persönlich das Wochenende vermiest."

„Mach mir bloß Mut. Wahrscheinlich erwartet uns eine prominente Leiche und Jensen hat wieder panische Angst vor einem Presserummel."

Königstein war das Pflaster der Reichen. Etliche Villen, bewohnt von der Elite der Frankfurter Bankenszene, von namhaften Chirurgen oder von alteingesessenen Unternehmern, schmückten das Bild des kleinen, aber feinen Ortes im Taunus, nur ein paar Autominuten von Frankfurt entfernt. Siebels kannte sich hier nicht sonderlich gut aus. Als er noch mit seiner Exfrau glücklich verheiratet gewesen war, hatten sie mit der kleinen Tochter oft einen Wochenendausflug in den Taunus unternommen. Damals waren sie regelmäßig durch Königstein gefahren, aber sie hatten nie die Hauptstraße verlassen, hatten sich nie um die Villen und deren Einwohner in Königstein gekümmert. Als Siebels das Ortsschild von Königstein passierte, entdeckte er ein älteres Paar, das seinen Dackel ausführte. Langsam steuerte Siebels auf die Leute zu. „Frag die beiden da doch mal, wie wir fahren müssen." Till kurbelte das Seitenfenster herunter und fragte nach der Adresse, die Jensen genannt hatte. Die beiden Spaziergänger schauten neugierig in den Wagen. Der Mann schien skeptisch zu sein, als er die Gesichter von Siebels und Till erblickte.

„Das ist die Adresse von Herrn Tetzloff. Sind Sie sicher, dass Sie da hin wollen?"

„Ganz sicher", entgegnete Till mit einem freundlichen Lächeln.

Der Mann drehte sich zu seiner Frau, er schien unsicher zu sein, ob er den beiden Fremden den Weg beschreiben sollte. Seine Frau übernahm nun das Wort, sie beugte sich zum Fenster und fing mit gestikulierenden Handbewegungen an, den Weg zu beschreiben. Die beiden Beamten bedankten sich höflich, das Ehepaar folgte wieder dem an der Leine nach vorn drängenden Dackel. Die Beschreibung der älteren Dame erwies sich als sehr präzise, zehn Minuten später stand der BMW in einer ruhigen, dunklen Straße vor einem hohen Eisentor. Mit Efeu bewachsene Mauern umrahmten das Grundstück, dessen Einfahrt von einem mit aufwändigen Verzierungen geschmückten Eisentor verschlossen war. Jensen hatte nur die Adresse genannt, keinen Namen. Die Hausnummer war künstlerisch in das Tor eingearbeitet. Nr. 5. Kein Name, dafür waren geschmiedete Initialien in die andere Seite des Tores eingearbeitet. „S. T.", brummte Siebels vor sich hin.

„Ja, Siebels und Till. Vielleicht will Jensen uns ja nur unsere neue Dienstwohnung zeigen. Gleich drückt unser Butler auf den Knopf, damit sich das Tor öffnet."

Kaum hatte Till den Satz ausgesprochen, da öffnete sich tatsächlich das schwere Tor. Siebels schaute ungläubig zu Till. Der zeigte ihm die Videokamera, die unmerklich am oberen Ende des rechten Torpfostens angebracht und in der Dunkelheit kaum auszumachen war. Siebels legte den ersten Gang ein, neugierig ließ er den BMW auf das Grundstück rollen, das von außen nicht einsehbar war. Sie fuhren durch ein kleines Waldstück, vielleicht fünfzig Meter weit. Dahinter erstreckte sich eine Parkanlage. Die asphaltierte Straße, die zu einer altertümlichen Villa führte, war jetzt mit kleinen Laternen beleuchtet. Till pfiff anerkennend durch die Zähne. „Das erinnert mich an die alten Edgar Wallace Filme. Langsam verdichtet sich der Nebel, aber Inspector Till Krüger ist der Mann nicht entgangen, der sich heimlich in das Schloss geschlichen hat ... der Ruf einer Eule durchbricht die Stille der Nacht, dann ein unheimlicher Schrei. Kommt der Inspector zu spät?"

„Halt die Klappe, du Spinner. Das einzige Unheimliche, das uns hier erwartet, ist ein kleiner wieselflinker Staatsanwalt, der uns unser Wochenende einfach nicht gönnen will." Sie hatten die Villa nun erreicht, eine kreisförmige Auffahrt führte zum Haupteingang, vor dem bereits der Mercedes von Jensen parkte. Gleich daneben stand ein Aston Martin. Ein Stück weiter parkte ein dunkelblauer, verbeulter Passat. „Das ist die Kiste von Charly Hofmeier. Wir sind also nicht die einzigen Deppen, die Samstagnacht von Edgar Jensen Wallace in das unheimliche Schloss gerufen werden." Charly Hofmeier war ein Kollege von der Spurensicherung, der sich als EDV-Spezialist im Präsidium und weit darüber hinaus einen Namen gemacht hatte.

Siebels nahm noch einen tiefen Lungenzug, schnippte seine Kippe auf die Einfahrt und ging dann zielstrebig auf den Eingang zu. Till folgte ihm stillschweigend. Mindestens zwei Videokameras hatte Till ausfindig gemacht, von denen sie ins Visier genommen wurden. Die beiden schlenderten die fünf steinernen Stufen hoch. Oben öffnete sich die schwere Holztür und Jensen erschien im Türspalt.

„Na, meine Herren, das wurde ja auch langsam Zeit. Jetzt kommen Sie schon, die Sache ist Ernst und die Zeit drängt."

3

Erinnerungen, Mai 1975

Zwei Tage und zwei Nächte hatte ich traumlos durchgeschlafen. Als ich wieder zu mir gekommen war, war es mir nur mühsam gelungen, meine Augen zu öffnen. Ich hatte in einem kleinen Zimmer gelegen, durch das Fenster hatte ich den Sonnenuntergang beobachten können. Es war still gewesen, die Geräusche der Tiere waren verstummt. Einige Zeit hatte ich völlig regungslos dagelegen. Ich hatte überlegt, was passiert war, wo ich mich befand, wie lange ich geschlafen hatte. Draußen war es allmählich finster geworden. Wie ein Blitz hatte ein grauenhafter Schmerz meinen Kopf durchfahren, als ich mich im Bett aufrichten wollte. Dabei hatte das Bett auf der Holzdiele geknarrt. In der Stille war mir dieses Geräusch wie ein donnernder Lärm vorgekommen. Ich hatte an meinen Kopf gefasst. Irgendjemand musste mir einen dicken Verband um den Kopf gewickelt haben. Dann hatte ich Schritte gehört. Schwere Schritte, die eine Holztreppe heraufgekommen waren. Die Tür zu meinem Zimmer war langsam geöffnet worden. Ein stämmiger Mann war im Türrahmen erschienen. Unsere Blicke waren sich begegnet, argwöhnisch hatte er mich eine Weile betrachtet. Dann hatte er freundlich gelächelt und war auf mich zugekommen. Auch ich hatte versucht zu lächeln. Er hatte sich dann auf die Bettkante gesetzt und mich auf französisch angesprochen. Er hatte gesagt, dass ich fünf Tage lang bewusstlos gewesen wäre. Ein Arzt wäre hier gewesen und hätte mich untersucht. Zwei Rippen hätte ich mir gebrochen, wegen einer schweren Gehirnerschütterung bräuchte ich noch viel Ruhe und sollte mich so wenig wie möglich bewegen. Erstaunt hatte ich ihn angesehen. Ich hatte noch so viele Fragen, nur bruchstückhaft hatte ich mich erinnern können. Wieder waren die Bilder von frischem Blut in meinem Kopf aufgetaucht. Aber ich war mir nicht sicher gewesen, ob es sich dabei um mein Blut gehandelt hatte. Ich hatte versucht, die Bilder aus meinem Kopf zu vertreiben. Irgendetwas Schreckliches war passiert. Verwirrt hatte ich den Mann an meinem Bett gefragt, wo ich denn sei. Ich hatte ihn auf französisch gefragt, es war gut, wieder in dieser schönen Sprache sprechen zu können, das hatte ich lange nicht mehr getan. Er hatte mir mit einem tiefen, aber angenehmen Bass geantwortet. Ich wäre auf einem Bauernhof. Auf seinem Bauernhof. Fürsorglich hatte er mir ein Glas Wasser zu trinken gegeben. Erst in diesem Moment hatte ich bemerkt, wie durstig ich gewesen war. Gierig hatte ich es in einem Zug leer getrunken. Ohne zu zögern hatte er mir nachgeschenkt. Dann hatte er mir angedeutet, dass ich mich wieder ausruhen sollte und mich sanft ins Kissen gedrückt. Ich war nicht in der Lage gewesen, ihm zu widersprechen. Ich hatte mich erschöpft und ausgelaugt gefühlt. Bevor er das Zimmer wieder verlassen hatte, hatte ich ihn noch nach seinem Namen gefragt. Sein Name wäre Claude, hatte er mir verraten und mich dann wieder allein gelassen.

Samstag, 29. November 2003, 20.40 Uhr

Die beiden trotteten hinter Jensen her und machten große Augen. Glänzend weißer Marmor umgab sie, als sie durch die weitläufige Vorhalle im Eingangsbereich der Villa schritten. Palmen und Orchideen erzeugten eine exotische Atmosphäre. In der Mitte des ovalen Eingangsbereiches tröpfelten leise und beruhigend zwei Wasserstrahlen aus den Mündern zweier Engel, die einen kleinen Brunnen speisten. Hätte Siebels nicht gewusst, dass er sich in der kalten Jahreszeit in Königstein befinden würde, dann hätte er sich irgendwo in Südamerika vermutet. Kein Gedanke mehr an Edgar Wallace, an dichten Nebel und kalte Füße. Jensen war bereits eine der beiden Treppen hochgeeilt, die links und rechts in die obere Etage führten. Ungeduldig schaute er zu seinen Beamten hinunter, die aus dem Staunen gar nicht mehr herauskamen. Schließlich beugten sie sich dem flehenden und ungeduldigen Blick des Staatsanwaltes und folgten ihm in die obere Etage. Von hier aus verliefen drei Flure in die Tiefen des üppig ausgestatteten Gebäudes. Eine Ritterrüstung bewachte den Flur, den Jensen in eiligem Schritt entlangging. Es schien fast so, als wäre er hier zu Hause. Gemälde links und rechts an den Wänden, beleuchtete Glasvitrinen stellten Porzellan und alle möglichen Sammlerstücke zur Schau. Indianischer Schmuck, Elfenbein und Jade, Gold und Silber glänzten hinter Glas. Jensen verschwand in einem der Zimmer, in einigem Abstand zwei sprachlose Polizisten hinterher. Fast etwas schüchtern betraten sie nun den Raum, in dem Jensen verschwunden war. Etwas erleichtert stellten sie fest, dass noch ein alter Bekannter anwesend war. Charly Hofmeyer kniete in der Mitte des Raumes und hantierte mit allerhand elektronischen Geräten. Er schien sie nicht bemerkt zu haben, der dicke Perserteppich verschluckte jeden Schritt. Am Ende des Raumes stand ein Unbekannter. Unbeweglich stand er am Fenster, mit dem Rücken zum Zimmer.

„Es kann losgehen, meine Leute sind jetzt vollzählig", unterbrach Jensen die Stille und unweigerlich brach eine gewisse Hektik aus. Der Mann am Fenster drehte sich ruckartig herum, musterte eindringlich die neuen Gesichter und zog dabei nervös an seiner Zigarette. Gleichzeitig ließ Charly von seinem Spielzeug ab und begrüßte seine Kollegen. Charly, der IT-Spezialist im Frankfurter Polizeipräsidium, war immer auf dem neuesten Stand der Dinge und ohne seine Hilfe waren viele Fälle gar nicht mehr zu klären. Sämtliche Abteilungen suchten seine Hilfe. Charly war immer da, Charly fand immer eine Lösung. Er knackte jedes Passwort, holte Dateien ins Leben zurück, die schon gelöscht und spurlos verschwunden waren. Charly war ein Genie, früher oft als V-Mann eingesetzt, bis ihm ein Schuss ins Knie seine Bewegungsfähigkeit genommen hatte. Man hatte ihm dann eine Umschulung angeboten. Ein EDV-Seminar sollte er besuchen, das wäre die Zukunft. Charly entdeckte schnell seine Liebe zu den Geheimnissen der elektronischen Datenverarbeitung. Aus der Liebe wurde eine Sucht, Tag und Nacht verbrachte er vor dem Bildschirm. In der freien Wirtschaft hätte er mittlerweile ein Vielfaches von dem verdienen können, was sein Beamtensalär hergab. Aber Charly war auch ein Bulle geblieben. Ein Passwort zu knacken, nur um es zu knacken oder um ein Verbrechen aufzuklären, war ein großer Unterschied. Und Charly war in der Welt der Verbrechensaufklärung groß geworden, hier fühlte er sich zu Hause.

Der Mann am Fenster hatte mittlerweile auf einem Chippendale-Sessel Platz genommen. Sein Gesicht kam Siebels bekannt vor, ein ausdrucksstarkes, markantes Gesicht. Schwarzes volles Haar verlieh ihm einen südländischen Flair. Sein anthrazitfarbener Anzug saß wie angegossen, darunter schien sich ein durchtrainierter Körper zu befinden. Breite Schultern, flacher Bauch, schmale Taille, eine Körpergröße von mindestens Einmeterfünfundachtzig. Graue Augen hinter einer randlosen Brille musterten weiterhin die Fremden, die warum auch immer in seiner Domäne aufgetaucht waren. Nachdem nun alle saßen und immer noch kein Wort gefallen war, außer der herzlichen Begrüßung zwischen Charly, Siebels und Till, ergriff Jensen wieder das Wort.

„Meine Herren, wie ich bereits sagte, handelt es sich um einen sehr heiklen Fall. Wir befinden uns hier übrigens bei Herrn Sebastian Tetzloff."

Sebastian Tetzloff, jetzt klingelte es bei Siebels. Tetzloff war Unternehmer, einer der erfolgreichsten und einflussreichsten in Deutschland. Und einer der reichsten. Sein Name stand oft in der Zeitung, er gab zu sämtlichen politischen Entscheidungen seinen Senf dazu und die Journalisten verbreiteten seine Meinung euphorisch im ganzen Land und darüber hinaus. Sebastian Tetzloff war in der Wirtschaft eine Lichtgestalt wie Franz Beckenbauer im Fußball. Was er in die Hand nahm, war zu Erfolg verdammt. Siebels überkam ein mulmiges Gefühl. Wenn Jensen sie mehr oder weniger inkognito hierher bestellt hatte, dann war wirklich etwas Heikles passiert. Till schaute fragend in die Runde, er schien mit dem Namen Tetzloff nicht allzu viel in Verbindung zu bringen. Jensen half ihm auf die Sprünge.

„Wie Sie ja sicherlich wissen, ist Herr Tetzloff eine bedeutende Persönlichkeit im öffentlichen Leben. Ihm gehören mehrere Unternehmen, Tausende von Arbeitnehmern im In- und Ausland verdienen bei Herrn Tetzloff ihre Brötchen. Herr Tetzloff ist ein weltweit anerkannter und geschätzter Manager, sein Rat wird nicht nur von deutschen Politikern gern eingeholt, auch in London, Paris und Tokio ist er ein gern gesehener Gast." Jensen unterbrach sich für einen Moment, wartete, ob Tetzloff seiner Lobeshymne noch etwas zuzufügen hatte. Doch Tetzloff schwieg, starrte auf seine Füße und schien im Geist weit weg zu sein.

„Selbst im Weißen Haus in Washington ist Herr Tetzloff das ein- und andere Mal um seinen Rat gefragt worden, da verrate ich doch nicht zuviel? Herr Tetzloff?"

Tetzloff schaute nun endlich zu dem schnell sprechenden Jensen.

„Kommen Sie bitte zum Punkt, Herr Staatsanwalt. Ich glaube nicht, dass uns das weiterbringt."

Es schien ihm Mühe zu bereiten, seinen Zorn auf den plappernden Staatsanwalt zu unterdrücken. Siebels konnte sich ein Lächeln nicht verkneifen.

„Natürlich, Herr Tetzloff. Entschuldigen Sie bitte. Ich wollte meinen Beamten nur den Ernst der Lage klar machen."

„Dann machen Sie das jetzt bitte."

Jensen wurde erst rot, dann weiß im Gesicht. Schließlich wollte er mit seinen Ausführungen neu beginnen, stotterte aber zunächst. Er griff zu dem Whiskyglas, das auf dem Tisch stand, nahm einen Schluck, hüstelte verräterisch gekünstelt und machte einen neuen Anfang, der aber von Tetzloff sofort wieder unterbrochen wurde.

„Entschuldigung, darf ich Ihnen auch etwas anbieten? Einen Whisky oder einen Kaffee vielleicht?"

Siebels und Till waren sich einig, nur ein Glas Wasser. Jensen war heilfroh über die kleine Pause und sortierte sich neu.

„Wie Sie vielleicht aus der Presse vor etwa zwei Jahren erfahren haben, ist Herr Tetzloff verheiratet."

Siebels erinnerte sich. Die Zeitungen hatten die Tetzloff'sche Hochzeit zum gesellschaftlichen Ereignis schlechthin hoch gejubelt. Seine Frau Simone war der Öffentlichkeit bereits als Fotomodell bekannt gewesen. Eine Schönheit ohnegleichen, doch sie war bereits Ende Zwanzig und hatte den Höhepunkt ihrer Karriere schon hinter sich gehabt, als sie dem zwanzig Jahre älteren Multimillionär Tetzloff das Ja-Wort gegeben hatte.

„Frau Tetzloff ist heute Vormittag zu einem Einkaufsbummel ins Main-Taunus-Zentrum gefahren", fuhr Jensen fort. „Dort telefonierte sie mit ihrem Mann und die beiden verabredeten sich für 13.30 Uhr in einem chinesischen Restaurant in Kronberg. Als Frau Tetzloff eine Stunde nach dem verabredeten Termin immer noch nicht aufgetaucht war und auch auf Anrufe auf ihr

Handy nicht reagierte, schickte Herr Tetzloff seinen Chauffeur ins Main-Taunus-Zentrum. Herr Bogner, so heißt der Chauffeur, fand nach einigem Suchen den Wagen von Frau Tetzloff auf dem Parkplatz. Einen dunkelgrünen Jaguar. An der Windschutzscheibe steckte ein Briefumschlag hinter dem Scheibenwischer, adressiert an Herrn Tetzloff. Herr Tetzloff fand dann schließlich diese Nachricht in dem Umschlag vor."

Jensen überreichte Siebels ein Stück Papier, eine halbe DIN A 4 Seite. Darauf stand nur ein Wort. ENTFÜHRT. Die Buchstaben waren in Blockschrift mit einem dünnen Filzschreiber geschrieben worden. Siebels reichte den Zettel an Till weiter.

„Wurden der Umschlag und das Papier spurentechnisch untersucht?"

„Das habe ich gemacht. Mit Hilfe einer jungen Laborantin, mehr oder weniger inoffiziell", schaltete sich Charly in das Gespräch ein. Charly war der Spurensicherung zugeordnet. „Nichts, was uns weiterbringen würde. Keine Fingerabdrücke, das Papier ist handelsüblich, der Filzschreiber auch. Davon gehen tagtäglich große Mengen über die Ladentheken."

„Warum war die Untersuchung inoffiziell?", wollte Siebels wissen. Jensen hüstelte wieder. „Herr Tetzloff ist mit dem Polizeipräsidenten befreundet und hat ihn sofort angerufen und ihm die Sachlage geschildert. Wie Sie wissen, hat die Polizei einiges Aufsehen erregt bei dem letzten Entführungsfall in Frankfurt. Der Polizeipräsident will jetzt von Anfang an jedweden Fehler vermeiden. Und da es bisher außer diesem Zettel überhaupt keine Informationen gibt, wollen wir zunächst sehr behutsam vorgehen, so hat sich der Präsident ausgedrückt. Das heißt vor allem, dass die Presse so lange wie möglich außen vor bleibt. Also keine offiziellen Ermittlungen, kein Polizeifunk in dieser Sache. Nur Sie drei, der Präsident und ich sind eingeweiht. Jedenfalls solange, bis wir mehr über die Umstände erfahren."

Tetzloff wandte sich an Siebels. „Herr Jensen hat mir versichert, dass Sie und ihr Kollege die besten Männer sind, die die Kriminalpolizei aufzubieten hat. Ich nehme an, dass Sie einige Fragen an mich haben, wollen wir anfangen?"

„Darf ich rauchen?"

Tetzloff drückte gerade seine Zigarette im Aschenbecher aus

und schob ihn Siebels hin.

Nachdenklich blies der dann den Rauch aus seiner Lunge. „Wann genau haben Sie mit Ihrer Frau telefoniert?"

„Das war gegen 11.30 Uhr."

„Könnte es sein, dass ihre Frau zu diesem Zeitpunkt schon in den Händen des oder der Entführer war? Klang ihre Stimme normal, hörten Sie Hintergrundgeräusche?"

Tetzloff streckte seine Beine aus, kratzte sich nachdenklich am Kinn. „Nein, sie hat sich ganz normal angehört, sie war gerade in einer Lebensmittelabteilung. Es gab Hintergrundgeräusche, Durchsagen von Sonderangeboten, Hackfleisch und Bananen, soweit ich verstehen konnte."

„Sie sind sehr wohlhabend, Sie sind eine bekannte Persönlichkeit, haben Sie Maßnahmen zu Ihrem persönlichen Schutz und dem Ihrer Frau getroffen?"

„Wir haben keine Bodyguards, wenn Sie das meinen. Das Haus und das Grundstück sind mit den modernsten Alarmanlagen ausgestattet. Mein Chauffeur ist in gewisser Weise auch eine Art Bodyguard, ehemaliges Mitglied beim Bundesgrenzschutz, sehr zuverlässig. Er hat einen Waffenschein und kann mit Waffen auch umgehen. Aber er hat in meinen Diensten nie davon Gebrauch machen müssen."

„Gab es in letzter Zeit irgendwelche Hinweise, dass Sie oder Ihre Frau beobachtet werden? Ist Ihnen irgendetwas Außergewöhnliches aufgefallen? Leute in der Nähe des Hauses, die Sie vorher noch nie gesehen haben? Telefonanrufe, bei denen sich niemand gemeldet hat?"

„Nein, nichts dergleichen. Auch meine Frau hat keinerlei Andeutungen in diese Richtung gemacht."

„Sie haben auch keinen Verdacht? Oder Feinde, denen Sie eine Entführung zutrauen würden?"

„Nicht im privaten Bereich. Da gibt es vielleicht Feinde, Neider, Besserwisser, welche, die einmal von sich behaupteten, Freunde zu sein, aber doch keine waren. Aber eine Entführung? Das glaube ich nicht."

„Und im geschäftlichen Bereich?"

„Ich bin in vielen Bereichen geschäftlich tätig. Eine Entführung ist im Geschäftsleben vielleicht in Südamerika eine Option, nicht aber in Mitteleuropa. Allerdings habe ich doch einen Verdacht, wenn auch nur einen sehr vagen. Wie Sie vielleicht wissen, habe ich in den letzten Jahren die Firma Business-Soft zum Weltmarktführer für betriebswirtschaftliche Software geführt. Seit einigen Monaten expandieren wir auch verstärkt nach Osteuropa. In Ungarn gibt es allerdings ein sehr gutes Konkurrenzunternehmen. Bei Weitem nicht so erfolgreich wie Business-Soft, aber sie haben ein sehr gutes und erfolgversprechendes Produkt-Portfolio. Für eine erfolgreiche Weiterentwicklung dieser Produkte benötigte das Unternehmen Cash. Die Banken gaben nicht genug, da Business-Soft bereits Weltmarktführer war und seine Fühler nach Osteuropa ausstreckte. Aber schließlich fand das Unternehmen einen zahlungskräftigen Investor. Eine Gruppe Rumänen. Ehemalige hochrangige Offiziere unter der Ägide Ceaucescus, denen es gelungen war, rechtzeitig abzutauchen und einige Millionen Dollar beiseite zu schaffen. Diese Leute haben viel Geld verloren, weil Business-Soft dabei ist, den osteuropäischen Markt zu dominieren. Und diesen Leuten würde ich auch die Entführung meiner Frau zutrauen. Aber das sind nur Spekulationen, es gibt keinerlei Hinweise."

Das Telefon klingelte. Wie auf Kommando blickten die fünf Männer gebannt auf das kleine Telefon. Charly reagierte als erster. Mit einem Schritt war er bei dem Telefon und den elektrischen Geräten, die er daran angeschlossen hatte. Er drückte ein paar Knöpfe, dann nickte er Tetzloff zu. Der nahm den Hörer ab und meldete sich mit ruhiger Stimme. Jensen fing an, nervös in seinem Sessel hin und her zu rutschen. Tetzloff hob die Hand, gab Entwarnung. „Hören Sie, Herr Dr. Schubert, ich kann jetzt nicht mit Ihnen sprechen, Sie haben mein vollstes Vertrauen. Handeln Sie, wie Sie es für richtig halten. Nein, tut mir leid, ich muss das Gespräch beenden. Ja, ich verlasse mich auf Sie, auf Wiederhören." Tetzloff legte den Hörer wieder auf, das Warten ging weiter. Siebels nahm das Gespräch wieder auf.

„Wenn diese rumänischen Investoren dahinter stecken, was sollten die sich davon versprechen, Ihre Frau zu entführen?"

Tetzloff zuckte mit den Schultern. „Einschüchterung. Du wilderst in fremdem Revier, also verpiss dich, sonst passieren schlimme Dinge. Das wollen sie damit vielleicht zum Ausdruck bringen, das ist die einzige Erklärung, die ich habe. Vielleicht will aber auch irgendeine Drecksau mal auf die Schnelle ein oder zwei Millionen mitnehmen. Das ist doch wohl am wahrscheinlichsten, oder?"

„Im Normalfall ja. Aber für gewöhnlich lassen solche Leute nicht lange mit einer Lösegeldforderung auf sich warten. Für die zählt jede Stunde. Wenn Sie sonst keine Hinweise für uns haben, bleibt uns nichts anderes übrig, als abzuwarten. Früher oder später werden sie sich melden.

Erinnerungen, Juni 1975

Meine Kopfschmerzen hatten von Tag zu Tag nachgelassen. Claude hatte jeden Abend zu mir hereingeschaut, wir hatten immer ein paar Worte gesprochen, aber nie darüber, wo ich hergekommen war, wer ich war, was passiert war. Ich war ihm dankbar dafür gewesen, denn meine Erinnerung war nicht wieder zurückgekehrt. Am Tag hatte sich die Frau von Claude um mich gekümmert. Monique hatte mir morgens Frühstück gebracht. Die ersten Tage hatte sie kein Wort mit mir gesprochen. Immer wenn ich ein Gespräch anfangen wollte, hatte sie einen Finger auf die Lippen gelegt. Nicht sprechen. Aber sie hatte mich gut behandelt, meinen Kopfverband regelmäßig gewechselt, mich gewaschen und mir frischen Saft gebracht. Eine Woche war das so gegangen, dann hatte ich mich stark genug gefühlt, um das Bett zu verlassen. Meine ersten Schritte in dem kleinen Zimmer waren noch sehr wackelig gewesen, die Kopfschmerzen waren plötzlich mit Wucht zurückgekommen. Doch so schnell wie sie gekommen waren, hatten sie sich auch wieder verzogen. Ich war zum Fenster gegangen, hatte es geöffnet, die frische Landluft eingesogen und mich wieder unter den Lebenden gewähnt. Wenn da nicht die fehlende Erinnerung gewesen wäre. Die blutigen Bilder hatten plötzlich wieder meinen Kopf beherrscht. Mir war schlecht geworden, ich hatte kotzen müssen. Monique war ins Zimmer gekommen, hatte mich wieder ins Bett gebracht und dann einen Eimer Wasser und einen Schrubber geholt. Beschämt hatte ich mich für die Sauerei entschuldigt, die ich angerichtet hatte. Ich solle mir keine Gedanken machen, ich wäre auf dem Weg der Besserung, hatte mir Monique zur Antwort gegeben. Es war das erste Mal gewesen, das sie mit mir gesprochen hatte. Erschöpft war ich wieder eingeschlafen. Am Abend war es mir dann wieder besser gegangen. Ich hatte mich wie ein Neugeborener gefühlt, der in diesem Zimmer das Licht der Welt erblickt hatte. Nur war ich kein Neugeborener, sondern ein Wiedergeborener gewesen. Einer, der bereits ein Leben hinter sich hatte. In dieses Leben konnte ich nicht mehr zurück, das war mir schlagartig klar geworden. Ich hatte keine Erinnerung mehr an dieses Leben gehabt. Alles was mir geblieben war, waren diese furchtbaren Bilder, die mich ständig heimgesucht hatten. Mein neues Leben hatte auf einem Bauernhof begonnen. Auch mein altes Leben hatte auf einem Bauernhof begonnen. Auf einem französischen Bauernhof. Mein neues Leben sollte also auf einem belgischen Bauernhof beginnen. Claude und Monique waren meine neuen Eltern geworden, sie hatten mir mein zweites Leben geschenkt. Ein zweites Leben, belastet mit blutigen Bildern aus einem anderen Leben.

4

Samstag, 29. November 2003, 00.20 Uhr

Der Abend in der Villa Tetzloff wurde lang und länger, doch es blieb still. Noch zweimal hatte das Telefon geklingelt, hatte den Anwesenden einen Adrenalinstoß versetzt, aber es waren nur Geschäftspartner von Tetzloff gewesen. Einer wollte ihn für den Sonntag zu einer Runde Golf gewinnen, ein anderer seine Einladung zu einer rauschenden Silvesterparty loswerden. Weit nach Mitternacht entschloss Siebels sich, die Nacht in der Villa zu verbringen. Till ließ sich nicht davon abbringen, es ihm gleichzutun. Als auch Charly erklärte, bleiben zu wollen, hielt es Jensen für seine Pflicht, die Nacht mit seinen Männern gemeinsam zu verbringen. Tetzloff quartierte Siebels und Till in ein luxuriös eingerichtetes Gästezimmer ein. Charly war nicht ganz wohl, er befürchtete, mit Jensen gemeinsam in einem Doppelbett schlafen zu müssen. Aber Tetzloff verfügte noch über zwei kleinere Gästezimmer, auch Jensen war eine gewisse Erleichterung deutlich anzumerken.

Till lag bereits auf der einen Hälfte des französischen Doppelbettes mit eingebautem Radio und integrierter Minibar. Sein Blick schweifte durch das Zimmer, auch hier hingen Gemälde an den Wänden, die Decke war mit Stuck verziert, ein antiker Sekretär stand vor dem Fenster. Der flauschige Teppich, rosarot, verlieh dem Zimmer eine angenehme warme Atmosphäre. Die Möbel aus dunklem Holz wirkten elegant, nicht plump oder aufdringlich. Die ganze Einrichtung und Gestaltung des Zimmers war farblich und in seinen Formen aufeinander abgestimmt, glaubte Till zu erkennen. Er fragte sich, wer vor ihm schon alles in diesem Zimmer übernachtet hatte. Seine Gedanken wurden von Siebels unterbrochen, der aus dem angrenzenden Badezimmer kam. „Jetzt kannst du mir doch erzählen, wie die Eintracht gespielt hat.“

„Kein Wort kommt über meine Lippen, ich halte meine Versprechen.“ Till zog sich die Decke über den Kopf, tat so, als schliefe er jetzt.

„Blödmann." Siebels ging zu dem Sekretär, dort stand ein Telefon. Er rief Sabine an. Das Gespräch war nur sehr kurz, Sabine war vor dem Fernseher eingeschlafen, war kaum ansprechbar. Das Resultat der Eintracht, viel mehr gab das Gespräch nicht mehr her.

„Was hältst du von Tetzloff und der Entführung?" Till war wieder unter seiner Decke hervorgekrochen, saß aufrecht im Bett, schaute Siebels zu, wie der sich auszog. Sabine schien ihm gut zu tun. Der kleine Bauchansatz war weg, er sah trainiert aus. Vielleicht lag es auch an den regelmäßigen Mahlzeiten, wenig Fleisch und viel Gemüse, Sabine war sehr gesundheitsbewusst.

„Ich weiß noch nicht so recht, was da auf uns zu kommt. Lass uns erst mal die Nacht drüber schlafen und warten, was morgen passiert."

„Wenn man bedenkt, dass seine Frau vielleicht in den Händen von zu allem bereiten Rumänen ist, wirkt er sehr gefasst, meinst du nicht?"

„Er ist ein Manager, ein Top Manager. Er ist es gewöhnt, Probleme zu lösen. Der analysiert ganz klar die Situation und überlegt sich, welche Optionen er hat. Ich bin jedenfalls gespannt, wie er reagiert, wenn eine Lösegeldforderung kommt."

„Meinst du, er wird sich weigern, ein Lösegeld zu zahlen?"

„Keine Ahnung. Vielleicht zahlt er, ohne mit der Wimper zu zucken, vielleicht will er handeln oder Zeit gewinnen, vielleicht ist er froh, wenn er seine Frau wieder los ist. Ich bin müde, mach das Licht aus."

Samstag, 29. November 2003, 17.15 Uhr

Sie kam langsam zu sich, ihr war übel, ihre Kehle fühlte sich ausgetrocknet an. Sie fühlte sich schwach und müde. Sie atmete ein paar mal tief durch, das flaue Gefühl im Magen ging vorüber, sie öffnete die Augen, blinzelte ein paar mal, schlug dann die Augen ganz auf. Sie wollte sich bewegen, sich aufrichten, sie spürte kaltes Metall an ihren Handgelenken, dann auch an ihren Fußgelenken. Sie hob ihren Kopf an, blickte sich um. Sie lag auf einem Bett, Hände und Füße waren mit Handschellen an dem Bettgestell festgekettet. In dem Zimmer stand sonst nur noch ein Kleiderschrank, das Fenster war vergittert. Sie sah eine Baumkrone durch die Gitterstäbe, sie musste sich im ersten oder zweiten Stockwerk befinden. Draußen war es ruhig. Die Wände waren weiß gestrichen, ihr gegenüber war eine Videokamera installiert.

Ihr fiel wieder ein, was geschehen war. Sie war dabei gewesen, ihre Einkäufe im Kofferraum zu verstauen, als neben ihrem Jaguar ein amerikanischer Van mit abgedunkelten Scheiben gehalten hatte. Sie war in Eile gewesen, denn sie wollte nicht zu spät zu der Verabredung mit ihrem Mann kommen. Als sie die Fahrertür des Jaguars geöffnet hatte, hatte sie von hinten einen mächtigen Druck gespürt, dann diesen Gestank in ihrer Nase. Sie hatte schreien wollen, konnte aber nicht, dann war es dunkel geworden.

Sonntag, 30. November 2003, 8.00 Uhr

Leise klopfte es an die Zimmertür. Siebels stand bereits am offenen Fenster, die feuchte Novemberkälte überzog seinen nackten Oberkörper mit einer Gänsehaut, er zog kräftig an seiner Zigarette. Unter der Decke quälte sich Till aus dem Schlaf. Bogner, der Chauffeur, öffnete die Tür einen Spalt und wünschte den beiden einen guten Morgen. Herr Tetzloff würde sie in der Küche zum Frühstück erwarten, frische Handtücher gäbe es im Badezimmer. Zwanzig Minuten später irrten die beiden frisch Geduschten durch die Villa, auf der Suche nach der Küche. Die feine Nase von Siebels folgte dem frischen Duft von Kaffee, Till versuchte soviel wie möglich von den übrigen Zimmern des Hauses aufzuschnappen. Die meisten Türen waren verschlossen, das Haus musste mindestens acht bis zehn Zimmer haben. Zielsicher schlenderte Siebels die Treppe herunter, die Engel spuckten immer noch mit einer Engelsgeduld das Wasser in den Brunnen, der Geruch des Kaffees wurde immer aufdringlicher. Die Tür zur Küche befand sich unter dem linken Treppenabsatz, es war eine riesige Küche und Jensen mittendrin. Mit einem Glas Orangensaft in der Hand ging er hin und her, überlegte laut, was nun zu tun sei, hielt erschrocken inne. Er stand genau vor Siebels, hatte ihn gar nicht bemerkt, erst als er fast gegen ihn stieß, nahm er ihn zur Kenntnis. „Na da sind Sie ja endlich, Zeit für eine Lagebesprechung, meine Herren."

„Guten Morgen, Herr Staatsanwalt", stoppten Siebels und Till den eifrigen kleinen Mann. Tetzloff, im schwarzen Jogginganzug, schenkte den beiden Kaffee ein. Charly vertilgte bereits sein drittes Käsebrot, Siebels gönnte sich seine nächste Zigarette zum Kaffee.

„Ist heute Nacht noch etwas passiert?", fragte Till in die Runde.

„Nein, gar nichts. Es tut mir leid, dass Sie sich mehr oder weniger umsonst die Nacht in meinem Haus um die Ohren geschlagen haben. Es fällt mir schwer, einfach nur abzuwarten. Können wir nicht irgendetwas tun?"

„Wo ist denn der Wagen Ihrer Frau jetzt?"

„Er steht in der Garage, Herr Bogner hat ihn herfahren lassen."

„Charly, wurde der Wagen untersucht? Auf Fingerabdrücke?"

„Nein, noch nicht, wann denn auch? Wir haben gestern noch in Windeseile den Zettel mit der Nachricht im Labor untersucht und dann habe ich hier die ganze Elektronik am Telefon installiert. Mehr war noch nicht drin."

„O.K., dann erklärst du Herrn Tetzloff noch, was zu tun ist, wenn das Telefon klingelt, und dann kümmere dich erst mal um den Wagen."

„Ich bin bereits vertraut mit dem Gerät", warf Tetzloff ein.

„Außer Herrn Bogner weiß niemand, wo genau der Wagen Ihrer Frau gestanden hat, oder?"

„Ich weiß es nur von seinen Erzählungen."

„Gut, gleich morgen früh werden mein Kollege und ich ins Main-Taunus-Zentrum fahren. Es wäre gut zu wissen, in welchen Geschäften sich Ihre Frau aufgehalten hat. Wir brauchen ein aktuelles Foto von ihr. Das werden wir allen Angestellten in den Geschäften vorzeigen. Wir müssen wissen, wer sie wann zuletzt gesehen hat. Und Herr Bogner soll uns zeigen, wo der Jaguar geparkt war, am besten heute noch. Vielleicht haben wir Glück, und der Wagen stand im Blickfeld einer Überwachungskamera."

Till hatte rege zugehört, wie Siebels die nächsten Schritte vorbereitete. Er versuchte sich die letzten Stunden und Minuten von Frau Tetzloff im Main-Taunus-Zentrum vorzustellen. Er wusste, wie Frau Tetzloff aussah, hatte sie auf vielen Fotos in Zeitschriften gesehen. Das machte es ihm einfacher. Er sah sie, wie sie Lebensmittel in ihren Einkaufswagen packte, sie war konzentriert auf das, was sie benötigte. Wahrscheinlich holte sie ihre Sachen in einem Feinkostladen. Sie betrachtete sich die Ware genau, bevor sie sie im Einkaufswagen deponierte. Und jede ihrer Bewegungen, jeder Schritt wurde genauestens überwacht. Jemand folgte ihr. Vielleicht eine Frau? Bei den Menschenmassen, die sich samstags im Main-Taunus-Zentrum aufhielten, wäre ihr das nie aufgefallen. Frau Tetzloff telefonierte auf ihrem Handy, jemand stand in unmittelbarer Nähe. Kein Wort war der fremden Person entgangen. Frau Tetzloff musste sich beeilen, ihr Mann erwartete sie in einem chinesischen Restaurant in Kronberg. Sie ging zur Kasse, nichtsahnend, dass sie jede Sekunde beobachtet wurde. Ihre Einkäufe verstaute sie in zwei Plastiktüten, auf dem Weg zum Parkplatz machte sie noch einen Abstecher in die Buchhandlung. Während sie in den Seiten einiger Bücher stöberte, fiel ihr die Person gar nicht auf, die genau neben ihr stand und auch ganz interessiert in einem Buch blätterte. Ihr fiel auch nicht auf, dass diese Person aus den Augenwinkeln beobachtete, wie sie das Buch an der Kasse bezahlte. Simone Tetzloff war nun auf dem Weg zu ihrem Jaguar, dicht gefolgt von jemandem, der eben noch neben ihr in der Buchhandlung gestanden hatte. Es strömten immer neue Besucher ins Einkaufszentrum. Es ging dort zu, wie auf einem Ameisenhaufen. Wie die Geier umkreisten die Neuankömmlinge in ihren Autos die großflächigen Parkplätze, gierig nach fünf oder sechs Quadratmetern Asphalt, nicht zu weit weg von den Pforten des Zentrums. Frau Tetzloff war bei ihrem Jaguar angelangt. Unweigerlich musste einer der asphaltsuchenden Geier sie ins Visier genommen haben, seine Ansprüche auf den frei werdenden Parkplatz angemeldet haben. Aber was hatte die Person gemacht, die ihr gefolgt war? Es müssen mehrere gewesen sein. Sie müssen in unmittelbarer Nähe des Jaguars auf sie gewartet haben. Es muss blitzschnell gegangen sein. So schnell, dass keiner der Parkplatzgeier etwas mitbekommen hat. Sie kam gar nicht bis zu dem Jaguar, sonst wäre es unmöglich gewesen, sie unbemerkt fortzuschaffen. Oder hatte jemand etwas bemerkt? Gab es Zeugen? Hatte jemand beobachtet, wie eine junge Frau mitten auf einem belebten Parkplatz entführt wurde? Oder sie kannte die Entführer, war freiwillig mitgegangen. Eine entscheidende Frage drängte sich ihm auf, während er den großen Parkplatz vor sich sah und die verschiedenen Möglichkeiten im Kopf durchging.

„Eine Frage hätte ich auch, Herr Tetzloff. Die Einkäufe Ihrer Frau, sind die im Jaguar?"

Kaum hatte Till die Frage ausgesprochen, da wurde auch Siebels klar, welche Gedankengänge sich im Kopf von Till abgespielt hatten.

„Ich weiß es nicht", antwortete Tetzloff. „Bogner muss das wissen. Er führt gerade die Hunde aus, muss aber jeden Moment wieder da sein."

„Die Einkäufe, warum sind wir da nicht gleich drauf gekommen. Das ist natürlich eine wichtige Frage, wenn wir den Tathergang rekonstruieren wollen. Gut gedacht, Herr Krüger, weiter so!" Jensen klopfte dem sichtlich stolzen Till dermaßen euphorisch auf die Schulter, dass der seinen Kaffee über den immer noch Käsebrot kauenden Charly schüttete. In dem Moment kam Bogner in die Küche, in der Hand hielt er die Post. Tetzloff, Siebels und Jensen fragten ihn überstürzt, in der Hoffnung, es gehe nun endlich weiter, nach den Einkäufen. Tetzloff fragte nach den Tüten, Jensen, ob er im Kofferraum nachgesehen hätte, und Siebels vollendete die Kakophonie mit seiner Frage, wo die Einkäufe geblieben wären. Bogner konnte dem Durcheinander nicht folgen. Er hielt verwirrt einen Briefumschlag in der Hand, hielt den Brief Tetzloff entgegen, nicht imstande, einen Sinn in der plötzlichen Fragerei zu erkennen.

„Die Einkäufe meiner Frau", fing Tetzloff noch einmal an, „sind die noch im Jaguar? Oder war da gar nichts? Oder haben Sie sich nicht darum gekümmert?"

„Vorne war nichts, im Kofferraum habe ich nicht nachgesehen. Hier der Brief, Herr Tetzloff. Er war im Briefkasten, ich glaube das ist jetzt wichtiger."

Tetzloff schaute endlich auf den Briefumschlag, den Bogner ihm noch immer mit ausgestreckter Hand entgegenhielt. Er erkannte den dünnen schwarzen Filzschreiber, mit dem der Umschlag beschriftet war. An Herrn Tetzloff persönlich, stand dort in Druckbuchstaben geschrieben. Tetzloff nahm den Umschlag entgegen, es wurde ganz still in der Küche. Tetzloff betrachtete sich den Umschlag, unschlüssig, ob er ihn Jensen überreichen oder besser selbst öffnen sollte.

„Warten Sie, ich hole Latex-Handschuhe", nahm Charly ihm die Entscheidung ab. Zwei Minuten später streifte sich Tetzloff die Handschuhe über und öffnete den Umschlag. Er zog wieder einen Zettel daraus hervor, diesmal stand mehr drauf.

Erinnerungen, Juni 1975

Unter der Pflege von Monique hatte ich mich zusehends erholt. Nach der zweiten Woche hatte ich endlich auf den Kopfverband verzichten können, eine stabile Blutkruste hatte auf meinem Hinterkopf gejuckt. Körperlich hatte ich mich von Tag zu Tag besser gefühlt, ich war in der Lage gewesen, kleine Spaziergänge zu unternehmen, die täglich länger geworden waren. Aber nachts war ich regelmäßig schweißgebadet und geplagt von Albträumen aufgewacht. Claude und Monique hatten sich Sorgen um mich gemacht, aber nichts gesagt und mich auch nicht gefragt, sondern sie hatten mich aufopferungsvoll weiter gepflegt. Claude hatte den ganzen Tag auf seinem Hof geschuftet. Als ich wieder bei Kräften gewesen war, hatte ich mich nützlich gemacht. Der Spargel musste gestochen werden, ich hatte mich eifrig ans Werk gemacht, froh darüber, endlich meinen Träumen entfliehen zu können. Wir hatten zehn Stunden am Tag gearbeitet, hatten das Heu eingeholt und die Zäune gestrichen. Claude war dabei gewesen, eine neue Scheune zu bauen. Ich hatte gehämmert, bis ich jeden Knochen einzeln spüren konnte. Das Arbeiten hatte mir gut getan, auf diese Weise war es mir gelungen, die blutigen Bilder aus meinem Kopf zu vertreiben. Aber nachts, wenn ich geschlafen hatte, waren sie mit Wucht zurückgekommen. Nacht für Nacht hatte ich das Blut gesehen, wie es aus ihrem Kopf gespritzt hatte. Ich hatte geschrien, hatte das Blut stoppen wollen, doch es war nur so um mich gespitzt.

In der folgenden Zeit hatte ich mich noch intensiver in die Arbeit gestürzt. Bald hatte die Scheune gestanden und Claude war glücklich gewesen. Er hatte erst im nächsten Jahr mit der

Fertigstellung gerechnet. Abends hatten wir zu dritt in der Stube gesessen, müde und ausgehungert. Monique war eine fabelhafte Köchin gewesen. Zweieinhalb Monate hatte ich bereits bei ihnen gelebt, war braun gebrannt und mit Muskeln bepackt. Meine Kopfwunde war vollständig verheilt, auch die Rippen hatte ich nicht mehr gespürt. Doch in den Nächten waren die Dämonen gekommen, ihnen hatte ich nicht entfliehen können. Sie hatten mich entführt, weg von dem idyllischen Bauernhof, direkt hinein in die Hölle. Sie hatten mich von innen aufgefressen. So sehr mein Körper auch äußerlich gediehen war, in der Sonne bei der Arbeit auf dem Feld am Tag, so sehr war er von innen zerbrochen. Ich hatte festgehangen zwischen meinen zwei Leben. Meine Seele hatte den Dämonen nicht entkommen können. Sie hatten mich zerrissen, meine Kehle zugeschnürt, in meinem Innersten gerührt und rumort. Hass und Zorn, Bitterkeit und Wehmut in mir hinterlassen, unablässig waren sie am werken gewesen. Sie hatten nicht zugelassen, dass ich mich in meinem zweiten Leben glücklich fühlen konnte. Claude hatte mich mit Sorge beobachtet. Es schien, als ob er die Dämonen hatte sehen können, die tief in mir drinnen gewütet hatten. Er hatte sie ja auch jede Nacht hören können, wenn ich mich schreiend in meinem Bett umhergeworfen hatte, gequält von den blutigen Bildern, die Nacht für Nacht bunter und deutlicher geworden waren. Immer dicker, immer rötlicher war das Blut geworden. Die Hölle hatte mich umarmt und mich nicht mehr losgelassen.

5

Samstag, 29. November 2003, 21.55 Uhr

Ihr Blick war auf die matte Deckenlampe gerichtet. Sie lag mit angeketteten Armen und Beinen auf diesem Bett. Wie lange sie hier schon lag, wusste sie nicht, sie konnte nicht auf ihre Armbanduhr sehen, die Handschellen ließen das nicht zu. Sie lag ganz ruhig auf dem Bett, die Decke reichte ihr bis zur Brust, ihr Blick haftete auf der Linse der Videokamera. Ihre Gelenke schmerzten, in einem Anflug von Panik hatte sie versucht, sich von ihren Handschellen zu befreien, sie hatte daran gerüttelt und mit aller Kraft an ihren Fesseln gezogen, sie hatte geschrien und geweint, bis sie erschöpft aufgegeben hatte. Sie atmete ein paar mal tief durch, überlegte, was geschehen war, was noch geschehen würde. Ihr fiel wieder die Kamera ein, jede ihrer Bewegungen wurde beobachtet, also schaute sie zur Kamera und blieb ganz ruhig liegen. Je länger sie so lag, desto ruhiger wurde sie. Sie kämpfte gegen ihre Angst und schien den Kampf allmählich zu gewinnen. Anstatt der Angst gewannen Wut und Zorn die Oberhand. Irgendjemand hatte sie ihrer Freiheit beraubt und dieser Jemand versteckte sich nun hinter dieser Kamera und beobachtete sie. Sie fing an, mit der Kamera zu sprechen, das gab ihr ein gutes Gefühl, ein Gefühl der Überlegenheit, obwohl sie eine Gefangene war. Überwältigt, gefesselt und eingesperrt. Sie blickte zur Kamera und sprach drauf los. Erst zurückhaltend, immer noch etwas ängstlich, fragte sie, was sie hier solle. Dann sagte sie vorwurfsvoll, dass sie über solche Scherze nicht lachen könne. Immer wieder fragte sie den heimlichen Beobachter, was er von ihr wolle. Er solle zu ihr kommen, man könne doch über alles reden. Sie sprach eindringlich auf die Kamera ein, sie hörte ihre flehende Stimme und kam sich dumm und erbärmlich dabei vor. Also fing sie an zu schimpfen, sie wurde immer wütender, nannte ihren heimlichen Beobachter einen Feigling, einen Bastard, einen dummen Spanner, der sich endlich zeigen solle. Stumm blickte die Kamera auf sie hinab, filmte sie, wie sie da lag und redete und sich nicht bewegen konnte. Warum wurde sie überhaupt gefilmt? Die ganze Zeit über war sie davon überzeugt gewesen, sich in den Händen eines Entführers zu befinden, der von ihrem Mann ein horrendes Lösegeld fordern würde. Doch als sie darüber nachdachte, warum sie mit der Kamera beobachtet wurde, kam ihr noch ein anderer schrecklicher Gedanke. War der Mann, der sie hierher verschleppt hatte, ein Verehrer? Einer, der sie vielleicht schon über Jahre beobachtet hatte, als sie noch als Model auf den Laufstegen von Paris, New York oder Tokio zu Hause gewesen war? War er einer der vielen Briefeschreiber, einer von denen, die sie verehrten und vergötterten? Einer, dem es nicht genug war, sie nur auf Fotos zu bewundern? Einer, der sie mit Haut und Haaren bei sich haben wollte, sich aber nicht traute, ihr von Angesicht zu Angesicht gegenüber zu treten? Ein Psychopath mit kranken Fantasien? Einer, der sie immer in seiner Nähe haben wollte, haben musste? Einer, der glaubte sie zu lieben, sie abgöttisch zu lieben und alles dafür tat, sie beobachten zu dürfen? Nur er allein, versteckt hinter einer Kamera? Sie hatte viele Briefe bekommen, Briefe von Männern. Von Männern, die ihre Schönheit verehrten und das in ihren Briefen zum Ausdruck gebracht hatten. Darunter hatte es auch einige gegeben, die ihr immer wieder geschrieben hatten. Die sie mit ihren Briefen verfolgt hatten, mit Briefen, die ihr Angst gemacht hatten. Nie hatte sich einer von diesen Briefeschreibern zu erkennen gegeben. Irgendwann hatte sie aufgehört, diese Briefe zu lesen. Es hatte sie deprimiert, zu lesen, wie diese Männer ihre Selbstachtung aufgegeben und sich der Lächerlichkeit preisgegeben hatten, wenn sie ihr ihre geheimen Fantasien zum Besten gegeben haben. Wenn ihr einer geschrieben hatte, ganz ausführlich und anscheinend stolz darauf, dass er onanierte, wann immer er ein Foto von ihr sehen würde. Als wäre das etwas, dass ihr imponieren würde. Dabei war es doch kein Geheimnis, dass sie eine Schwäche für starke Männer hatte. Die kurze, aber heftige Beziehung zu dem amerikanischen Rocksänger war von der Presse in allen Einzelheiten ausgeschlachtet worden. Kaum waren die ersten Fotos von ihnen veröffentlicht, hatte die Vergangenheit den als Rauhbein bekannten Rocker wieder eingeholt. Die Journalisten waren schnell auf vergangene Anklagen wegen versuchter Vergewaltigung und Körperverletzung gestoßen. Doch das hatte diese Briefeschreiber nicht davon abgehalten, ihre demütigen Bemühungen immer wieder in schriftlicher Form an sie heranzutragen. Im Gegenteil, sie waren davon überzeugt gewsen, diese schöne und bezaubernde Botschafterin der Modewelt aus den Klauen dieses bösen Unholdes retten zu müssen. Am liebsten hätten sie dieses zerbrechliche, von Gott mit so viel Schönheit und Anmut ausgestattete Geschöpf, in einer nach Lavendel duftenden und wattierten Glasvitrine ausgestellt, sie angeschaut und bewundert, aber sie hätten sie nie angefasst. Dafür war sie zu kostbar, ihre Haut war zu rein und zu zart gewesen, um mit klobigen, schwitzenden und behaarten Männerhänden in Berührung zu kommen. Es hatte viele von diesen Briefeschreibern gegeben. Darunter waren vier, die ihr in den Sinn kamen, als sie in die Kamera blickte und sich fragte, wer sie beobachtete. Einer war nur eine kurze Erscheinung gewesen, aber seine theatralisch verfassten Briefe waren ihr noch in guter Erinnerung geblieben. Er hatte sie immer sein Püppchen genannt. Die drei anderen hatten sich hartnäckig und über Jahre in ihrem Leben aufgehalten. Keine Woche war vergangen, in der sie nicht wenigstens einen Brief von jedem dieser drei Briefeschreiber erhalten hatte. Der Eine war noch jung gewesen, drei Jahre jünger als sie. Er hatte sich gut ausdrücken können, doch was er zum Ausdruck gebracht hatte, das war in ihren Augen erbärmlich gewesen. Der zweite hätte ihr Vater sein können, er war nicht sehr gebildet gewesen, das war in seinen Briefen deutlich zum Ausdruck gekommen. So manchen Rechtschreibfehler hätte sie ihm ja verziehen, andere aber waren so gravierend gewesen, dass sich ihr beim Lesen die Haare gesträubt hatten. Aber er musste Zeit und Geld gehabt haben, denn er schien ihr viel hinterher gereist zu sein, wenn sie durch die Welt getingelt war. Immer als unsichtbarer Geist, im Publikum, vielleicht im gleichen Hotel, vielleicht im gleichen Restaurant, am Tisch nebenan. Jedenfalls hatte er ihr viele Dinge geschrieben, die er nicht hätte wissen können, wäre er nicht in ihrer Nähe gewesen. Egal, ob sie in Rom auf der spanischen Treppe Werbung für ein Parfüm gemacht hatte oder auf dem Londoner Flughafen auf ihren Flug nach Warschau hatte warten müssen. Doch sie hatte nie Angst vor diesem Briefeschreiber gehabt, er war ein angenehmer Begleiter gewesen, wenn auch ein Unsichtbarer. Er hatte sie auf eine kindliche Art und Weise verehrt, ihr kleine Geschenke gemacht, manchmal hatte sie gedacht, er wünschte sich, sie wäre seine Tochter. Der dritte Briefeschreiber war ihr von Anfang an unheimlich gewesen. Seine Art zu schreiben hatte sie oft erschauern lassen. Er hatte anscheinend in ihr tiefstes Inneres blicken können. Und was er dort gesehen hatte, hatte er mit schwarzer Tinte auf rotes Papier geschrieben. Er hatte sie verehrt und er hatte sie besitzen wollen. Er hatte ihre geheimsten Fantasien manchmal derart schonungslos offenbart, dass ihr beim Lesen seiner handgeschriebenen Zeilen der Atem gestockt war. Dabei hatte sie sich auf eine unerklärliche Weise zu ihm hingezogen gefühlt. Er hatte etwas Geheimnisvolles, etwas Unheimliches, etwas Teuflisches an sich gehabt. Etwas, mit dem es ihm immer wieder gelungen war, sie in seinen Bann zu ziehen. Es hatte sie manchmal viel Kraft gekostet, sich seinen Briefen zu entziehen, aber die Angst vor dem Mann, dessen Zeilen oft mit animalischer Triebkraft auf sie gewirkt hatten, war stets größer gewesen, als das Verlangen, sich intensiver mit ihm auseinander zu setzen. Seine Briefe, alle mit schwarzer Tinte auf rotem Papier geschrieben, waren ihr gut gehütetes Geheimnis geblieben, verpackt in einem Karton. Vielleicht hätte sie ihm irgendwann einmal mehr Aufmerksamkeit geschenkt, hätte ihm die dunkle Seite ihrer Seele zugewandt, wäre ihm gefolgt in seinen abartigen Fantasien, doch dann war dieser Wohltätigkeitsball gewesen und sie hatte Sebastian Tetzloff kennengelernt. Einen Mann, dem die Welt zu Füßen gelegen hatte, der sich genommen, was er begehrt hatte und der immer bekommen hatte, was er haben wollte. Nur ein paar Monate später waren sie verheiratet gewesen, die Welt der Mode war Vergangenheit geworden, und die Briefeschreiber schienen keine Tinte mehr gehabt zu haben.

Sonntag, 30. November 2003, 9.45 Uhr

Tetzloff hatte sich die Latex-Handschuhe übergezogen und den Brief aus dem Umschlag gezogen. Er warf nur einen kurzen Blick darauf und reichte ihn dann an Siebels weiter. Staatsanwalt Jensen stand auf Zehenspitzen hinter Siebels und versuchte über dessen Schulter einen Blick auf die Nachricht des Entführers zu werfen. Siebels spürte den Atem von Jensen in seinem Nacken, las die Nachricht dann laut vor, damit Jensen ihm nicht noch dichter auf die Pelle rückte.

HERR TETZLOFF,
IHRER FRAU GEHT ES DEN UMSTÄNDEN ENTSPRECHEND GUT. SIE BEFINDET SICH IN MEINER OBHUT. ICH GEHE DAVON AUS, DASS SIE IHRE FRAU LEBENDIG UND RECHT BALD WIEDERSEHEN WOLLEN. ALSO MACHEN SIE SICH GEDANKEN, WAS SIE IHNEN WERT IST. ICH MELDE MICH IN KÜRZE WIEDER, BIS DAHIN SOLLTEN SIE IN DER LAGE SEIN, MIR EIN ANGEBOT ZU UNTERBREITEN.

Keiner der Männer sagte etwas, sie schauten sich ratlos an. Jensen nahm den Brief an sich, lief damit in der Küche auf und ab und schaute abwechselnd zu Charly, zu Siebels, zu Till und zu Tetzloff, der sich eine Zigarette anzündete. Till meldete sich schließlich zu Wort. „Lasst uns erst einmal im Jaguar nachsehen, ob die Einkäufe nun da sind oder nicht. Dann können wir uns Gedanken über den Brief machen." Da keiner der Anwesenden einen besseren Vorschlag hatte, wurde einstimmig genickt. Bis vor ein paar Minuten schien diese Frage ja auch noch von größerer Bedeutung gewesen zu sein. Tetzloff ging voran, Jensen und seine Männer hinterher. Sie durchquerten die Eingangshalle, Bogner wartete an den wasserspuckenden Engeln auf sie und ging dann voran. Gegenüber der Küche befand sich die Tür, die zur Garage führte. Ein schmaler Gang von etwa fünf Metern Länge verband das Haus mit der Garage, die für vier Autos Platz bot. Der Jaguar stand neben einem Jeep, Bogner öffnete den Kofferraumdeckel. Zwei voll gepackte Einkaufstüten standen im Kofferraum, der letzte Beweis der Existenz von Frau Tetzloff. Mit den Tüten begaben sich die Männer wieder zurück ins Haus. In der Küche packte Tetzloff alles aus und legte die Sachen auf den Küchentisch. Zwei Flaschen Saft, Badesalz, vier Orangen und fünf Bananen. Nicht viel, um sich dafür am Samstagmittag ins Getümmel zu stürzen. Siebels wurde an seinen letzten Einkauf erinnert. Vielleicht hatte sie das Klopapier ja auch einfach vergessen? In der anderen Tüte befanden sich eine Flasche Parfüm, verschiedene Mode- und Frauen-Zeitschriften, ein Negligee und zwei Slips. Die Kassenbons waren auch vollständig, das würde die Sache vereinfachen. „Wir benötigen ein aktuelles Foto Ihrer Frau. Damit gehen wir morgen in die Geschäfte, vielleicht erinnert sich jemand an sie?" Die Einkäufe waren ein erster Anhaltspunkt, um die Sache anzugehen. Siebels war erleichtert.

„Kommen Sie mit nach oben, dort habe ich viele Fotos meiner Frau. Tausende, um genau zu sein, schließlich war sie Model."

Sie saßen wieder dort, wo sie am Abend zuvor gesessen hatten, tief versunken in den weichen, schwarzen Ledersesseln und in die Fotos von Frau Tetzloff vertieft. Die meisten Aufnahmen waren für Modemagazine gemacht worden und wenig geeignet für eine Befragung in den Läden. Doch schließlich fanden sie ein Foto, Simone Tetzloff lächelte freundlich auf dem Bild. Sie wirkte wie ein Mensch, nicht wie eine makellose Diva, so wie auf den Fotos von Vogue oder Madame. Es war ein Foto aus den Flitterwochen, aufgenommen in einem Café in Venedig.

„Was halten Sie von dem Brief?", wollte Tetzloff jetzt endlich von den Beamten wissen. Jensen holte Luft, doch Siebels kam ihm zuvor.

„Der Brief wirft einige Fragen auf, wie ich meine. Erstens: Es wird keine Summe genannt. Entweder weiß der Täter nicht, wie viel Sie zahlen können oder er will Sie mit einem kleinen Spielchen noch etwas zermürben, bevor er zur Sache kommt. Im ersten Fall würde ich auf einen Anfänger tippen, im zweiten Fall auf einen Profi. Und zwar auf einen, der sich viele Informationen über Sie besorgt hat. Da der Brief in der Ich-Form geschrieben ist, gehe ich zunächst davon aus, dass es sich nur um einen einzelnen Täter handelt. Er kann natürlich auch Helfer und Mitwisser haben, dass lässt sich zum jetzigen Zeitpunkt nicht sagen. Zweitens: Er erwähnt mit keinem Wort, dass Sie die Polizei aus dem Spiel lassen sollen. Ich gehe fast davon aus, dass er bereits weiß, dass wir hier sind. Immerhin hat er den Brief in Ihrem Briefkasten deponiert, während wir hier auf einen Anruf gewartet haben. Trotzdem ist es bei Erpressungsversuchen üblich, dass die Opfer mit Drohungen davon abgehalten werden sollen, die Polizei zu alarmieren. Nichts davon in unserem Fall. Entweder ein blutiger Anfänger oder ein eiskalter Profi. Drittens: Er scheint es nicht eilig zu haben. Die Zeit spielt aber im Allgemeinen gegen einen Entführer. Er muss die Geisel an einem sicheren Ort verwahrt haben und er muss mit jedem Kontakt zu Ihnen einen sicheren Weg der Kommunikation finden. Je länger er die Geisel in seiner Gewalt hat und je öfter er Kontakt zu Ihnen aufnehmen muss, bis er schließlich seine Forderungen erfüllt sieht, desto größer wird die Gefahr, dass er auffliegt. Ehrlich gesagt, glaube ich eher an einen eiskalten Profi, als an den blutigen Anfänger."

„Wenn Sie Recht haben, was bedeutet das für die Sicherheit meiner Frau?"

„Das kommt darauf an, welchen Plan der Kerl ausgeheckt hat. Wenn wir ehrlich sind, können wir nicht einmal sagen, ob Ihre Frau überhaupt noch am Leben ist. Wenn es sich aber um einen Profi handelt und die Freilassung Ihrer Frau ein Bestandteil seines Planes ist, dann können wir davon ausgehen, dass Sie Ihre Frau unversehrt wiedersehen werden."

„Und wenn nicht? Wenn es überhaupt nicht zu seinem Plan gehört, meine Frau am Leben zu lassen? Was dann? Und was, wenn es doch ein Anfänger ist? Was, wenn er in Panik gerät, weil die Polizei in meinem Haus ist, was dann?"

„Das sind jetzt doch alles nur Spekulationen, Herr Tetzloff, halten wir uns lieber an die Fakten. Denken wir an seinen Brief. Er will wissen, was Ihnen Ihre Frau wert ist. Ich vermute, er will in irgendeiner Form eine Zahl von Ihnen erfahren."

Tetzloff schaute ungläubig zu Siebels. „Was soll ich dazu sagen? Wie viel ist mir meine Frau wert? Was denken Sie? Eine Million? Oder zwei oder drei? Oder besser knauserig sein, Hunderttausend für den Anfang? Schneidet er ihr ein Ohr ab, wenn ich zu wenig biete? Das ist doch ein Scheiß Spiel." Er stand auf, wütend nahm er das leere Whiskyglas vom Tisch und schmiss es gegen die Wand. Dann ging er zum Fenster, schaute hinaus, starrte auf den Taunus, als wäre dort die Antwort nach dem Wert seiner Frau zu finden.

„Geht es überhaupt um Geld?" Charly hatte aufmerksam zugehört. Nun wurde er mit weit aufgerissenen Augen von Tetzloff angestarrt und Jensen, der neben ihm saß, boxte ihm in die Taille.

„Sie sind für die Spurensuche und die Technik verantwortlich, nicht für die Fragen, Herr Hofmeyer." Charly zuckte mit den

Schultern und Jensen lehnte sich selbstzufrieden zurück, krümmte seinen Oberkörper aber gleich wieder nach vorn, weil Tetzloff da ganz anderer Meinung war.

„Was meinen Sie damit? Worum soll es denn gehen, wenn nicht um Geld?"

Jetzt war es Charly, der sich selbstzufrieden zurücklehnte, die Beine übereinander schlug und seine Gedanken zum Ausdruck brachte.

„Gestern haben Sie uns doch von den rumänischen Investoren erzählt. Vielleicht lautet die Frage ja auch, ob Ihnen Ihre Frau der geschäftliche Rückzug aus Osteuropa wert ist?"

Tetzloff nickte nachdenklich, ging im Zimmer auf und ab und zündete sich eine Zigarette an, blies den Rauch direkt in das Gesicht von Jensen. „Warum nicht? Denen traue ich alles zu. Vielleicht wollen sie aber auch einfach nur einen finanziellen Ausgleich für ihre Verluste."

Siebels schaltete sich jetzt wieder in das Gespräch ein. Auch er blies dem militanten Nichtraucher Jensen seinen Rauch vor die Nase.

„Haben Sie eine Vorstellung, in welcher Größenordnung diese Verluste liegen?"

„Ich müsste mich erkundigen, das dürfte bei meinen Kontakten kein allzu großes Problem sein. Aber insgesamt sind die Rumänen bestimmt mit zehn bis zwanzig Millionen US-Dollar investiert. Die haben sich in einer Investment-Holding zusammengeschlossen. Sie nennen sich RIU, Romania Investment Union. Ein ziemlich unbekanntes Blatt auf dem Investoren-Parkett."

„Gibt es noch andere Aktivitäten dieser Holding?"

„Sie sind bei einigen kleineren Internet-Unternehmen finanziell beteiligt, vornehmlich in Ungarn, Slowenien und der Slowakei. Das weiß ich aber auch nur, weil ich Informationen eingeholt habe, als wir nach Osteuropa expandiert haben und da der Ärger mit diesen Leuten aufkam."

„Was für ein Ärger kam denn auf?"

„Einige Unternehmen, die sich für unser Produkt und gegen das ungarische Konkurrenzprodukt entschieden haben, wurden bedroht oder sabotiert. Ein Werksleiter wurde vor den Toren seiner Firma von Unbekannten zusammengeschlagen, ein Direktor bekam nächtelang Telefonanrufe mit Morddrohungen, ein anderes Werk wurde mit virenverseuchten E-Mails bombardiert. Und immer der versteckte Hinweis, dass es sich lohne, auf einheimische Produkte zurückzugreifen. Einige Kunden sind tatsächlich abgesprungen, wir haben uns damals noch nichts dabei gedacht. Erst als sie auch in einem ungarischen Werk von Siemens massiv Druck ausübten, wurden wir darauf aufmerksam. Aber der dortige Geschäftsführer von Siemens hat sich mit uns in Verbindung gesetzt und uns über den Sachverhalt aufgeklärt. Wir haben anschließend bei anderen Kunden vorsichtig nachgefragt und dann nach und nach das Ausmaß der ganzen Geschichte erfahren."

„Und wie haben Sie darauf reagiert?"

Tetzloff lächelte. „Wie ich darauf reagiert habe? Ich habe sie fertig gemacht. Ich lasse mir doch von ein paar windigen Rumänen nicht das Geschäft verderben. Mit einer aggressiven Expansions- und Preispolitik habe ich in ganz Osteuropa so viele Fronten eröffnet, dass die gar nicht mehr wussten, wie ihnen geschah. Ich habe ein ganzes Heer an Verkäufern eingestellt, habe die alle in kürzester Zeit erstklassig schulen lassen und dann losgeschickt. Und zwar mit Preisen, die unseren Aufwand nicht einmal annähernd deckten. Ich habe in drei Monaten so viele Softwarepakete in Osteuropa verkauft, wie im Westen in drei Jahren nicht. Das ist zwar auf absehbare Zeit ein dickes Minusgeschäft, aber die Rumänen waren aus dem Rennen, die hatten keine Chance mehr. Ich habe sie schlicht und ergreifend überrannt. Mit ihren Einschüchterungsversuchen bei unseren Kunden war kein Blumentopf mehr zu gewinnen, es waren einfach viel zu viele Kunden."

„Kennen Sie die Namen von diesen Leuten?"

„Einige, ja. Ionescu und Popescu, das sind die Namen der eingetragenen Geschäftsführer der Holding. Mir sind auch im Laufe der Zeit einige andere Namen dieser Bande untergekommen, aber da müsste ich in den Unterlagen in meinem Büro nachsehen."

„Wo haben Sie eigentlich Ihr Büro?"

„Ich führe meine Geschäfte seit einem Jahr vom Messeturm aus, dort ist mein oberstes Management angesiedelt, wir haben zwei Etagen gemietet. Ich habe aber auch Büros an anderen Standorten. In Frankfurt noch in der Niederräder Bürostadt und eines am Flughafen. Dort führe ich meine Gespräche, wenn meine Geschäftspartner nur auf der Durchreise sind. Außerdem bin ich noch in Düsseldorf, Paris und New York mit Büros vertreten, dort bin ich aber nur selten. Die meiste Arbeit wird vom Messeturm aus erledigt."

„Gut, dann beschaffen Sie uns morgen alles, was Sie über die Rumänen an Unterlagen haben. Wir fangen morgen an, im Main-Taunus-Zentrum nach Augenzeugen der Entführung zu suchen. Wenn es etwas Neues gibt, melden Sie sich bitte umgehend bei mir, hier ist meine Karte. Sie können sich auch bei meinem Kollegen hier melden." Siebels zeigte auf Till und auch Till drückte Tetzloff seine Karte in die Hand.

„Was denken Sie, wann sich der Kerl wieder bei mir meldet?"

„Frühestens morgen, machen Sie sich aber darauf gefasst, dass er sich heute noch meldet, vielleicht aber auch erst in ein paar Tagen."

„Ich weiß immer noch nicht, was ich ihm sagen soll. Ich kann ihm ja schlecht sagen, dass ich mich mit Business-Soft aus Osteuropa zurückziehen werde. Wenn er mit den Rumänen gar nichts zu schaffen hat, wäre das eine ziemlich blöde Antwort. Ich will auf keinen Fall das Leben meiner Frau gefährden."

„Gut, nehmen wir einmal an, er weiß über Ihre finanziellen Möglichkeiten einigermaßen Bescheid. Dann sollten Sie uns auch einweihen, damit wir wissen, worüber wir reden. Wie groß ist Ihr Vermögen?"

Jensen, der die ganze Zeit in seinem Sessel gekauert hatte und mit akrobatischen Kopfverrenkungen versucht hatte, dem ständigen Zigarettenrauch von Tetzloff und Siebels auszuweichen, sprang nun mit einem Satz vom Sessel auf. „Herr Siebels, ich glaube nicht, dass uns das weiterhilft. Es ist doch allgemein bekannt, dass Herr Tetzloff zu den vermögendsten Einwohnern in unserem Lande zählt."

„Ist schon gut, Herr Staatsanwalt, wenn ich die Hilfe von Ihren Leuten in Anspruch nehmen will, haben sie auch ein Recht auf bestmögliche Informationen. Ich kann mein Vermögen natürlich nicht in einer Zahl ausdrücken. Ich verfüge über Konten mit sofort verfügbarem Bargeld von etwa fünf Millionen Euro. Außerdem über ein Aktiendepot mit einem Gegenwert von etwa fünfzig Millionen Euro. Das ist auch kurzfristig liquides Kapital. Dazu kommen noch andere Wertpapiere, Immobilien- und Grundstücksbesitz und natürlich meine Unternehmen, die nicht an der Börse notiert sind. Dazu gehören eine Zeitarbeitsvermittlung mit bundesweit fünfzig Agenturen, ein Verlag für finanzwirtschaftliche Literatur und natürlich die Papierfabrik, mit der ich meine Laufbahn als Unternehmer begonnen habe. Der Wert dieser Unternehmen ist kurzfristig nicht in liquide Mittel zu generieren. Meine Frau hat natürlich während ihrer Karriere auch ein beachtliches Vermögen angehäuft. Fünf bis sechs Millionen Euro sind auch in ihrem Besitz, ein großer Teil davon stammte aus Werbeverträgen."

„O.K., meines Wissens nach wurden bei Erpressungsversuchen von wohlhabenden Familien bisher selten mehr als eine Million Euro gefordert. Auf diesen Wert sollten Sie sich meiner Meinung nach einrichten. Bevor Sie aber auf irgendetwas eingehen oder auch nur irgendeine Zahl nennen, verlangen Sie ein Lebenszeichen von Ihrer Frau. Gehen Sie da keine Kompromisse ein. Und informieren Sie mich sofort, wenn er Kontakt mit Ihnen aufnimmt, egal zu welcher Zeit. Ich möchte auch einen Kollegen hier im Haus haben und einen vor dem Haus."

„Wir wissen immer noch nicht genau, woran wir sind, und ich möchte nicht zu viel Polizisten eingeweiht wissen, dass war mit dem Polizeipräsidenten ausgemacht. Wenn die Presse Wind davon bekommt, ist hier die Hölle los und das Leben meiner Frau keinen Pfifferling mehr wert. Das wissen Sie genau, Herr Siebels."

„Aber vergessen Sie nicht, dass der Kerl hier war, er hat den Brief persönlich eingeworfen. Mir ist nicht wohl dabei, das Haus so ganz ohne Bewachung zu lassen."

„Dann müssen Sie auch meine Büros bewachen, wissen Sie, wie viele Polizisten notwendig wären? Vergessen Sie das wieder. Sie und ihr Kollege sowie der Herr Hofmeyer von der Spurensicherung, sonst niemand, ist das klar?"

„Keine Sorge, Herrr Tetzloff, Sie können sich ganz auf mich verlassen. Erst wenn es die Ermittlungsergebnisse erlauben, ziehen wir nach Absprache mit Ihnen noch weitere Beamte hinzu." Jensen beruhigte Tetzloff wieder, Siebels ärgerte sich maßlos über diese Arschkriecherei des Staatsanwaltes, sagte aber nichts mehr. Damit war der Aufenthalt in der Villa Tetzloff beendet, jedenfalls für den Sonntag. Siebels wollte nun endlich zu seiner Sabine. Der Gedanke an sie erweckte in ihm zum ersten Mal Mitgefühl mit Tetzloff, der sich die ganze Zeit über sehr gefasst gezeigt hatte.

6

Erinnerungen, September 1975

Eines Abends, ich hatte bereits mehr als drei Monate mit Claude und Monique auf dem Bauernhof verbracht, war Claude mit einer Flasche Schnaps und zwei Gläsern in mein Zimmer gekommen. Er hatte eingeschenkt, einmal, zweimal, dreimal, das Zeug hatte in meiner Kehle gebrannt, aber es hatte mir gut getan. Claude hatte mich mit sorgenvoller Miene betrachtet, er hätte sich viele Gedanken gemacht, hatte er mir schließlich mitgeteilt. Ich könnte nicht ewig auf seinem Hof bleiben, hatte er zu mir gesagt und den nächsten Schnaps eingeschenkt. Mir war klar gewesen, dass er Recht gehabt hatte, aber ich hatte nicht gewusst, wohin ich hätte gehen sollen. Das hatte ich ihm auch gesagt und er hatte wissend genickt. Es würde da einen Weg geben, ich könnte ganz von vorn anfangen, niemand würde fragen, was geschehen sei oder wo ich herkommen würde, hatte er mir anvertraut. Er hatte die Gläser wieder vollgeschenkt und ich hatte keine Ahnung, wovon er gesprochen hatte, aber ich hatte ihm vertraut. Schon am nächsten Morgen würde er mich fortbringen, ich sollte mir einen neuen Namen suchen, wenn ich mit meinem alten Leben endgültig abschließen wollte. Ich hatte daraufhin die ganze Nacht wachgelegen, der Schnaps hatte seine Wirkung nicht verfehlt, mir war schlecht geworden. Ich hatte fieberhaft nach einem neuen Namen gesucht, war so sehr damit beschäftigt gewesen, dass ich von meinen nächtlichen Albträumen in dieser Nacht verschont geblieben war.

Am nächsten Morgen hatte Claude mich in aller Herrgottsfrühe geweckt, noch bevor der Hahn das erste Mal gekräht hatte. Monique hatte bereits das Frühstück fertig gehabt, Omelette. Wir hatten schweigend am Tisch gesessen und gegessen. Der Abschiedsschmerz hatte in der Luft gelegen. Nach dem Frühstück hatte ich mich von Monique verabschiedet, wir hatten uns lie-

bevoll umarmt, sie hatte mir ein Medaillon um den Hals gelegt, es sollte mir Glück bringen und die bösen Geister, die mich jede Nacht aufs Neue gequält hatten, vertreiben.

Die Zeit für den Hahn war bereits gekommen, er hatte zu krähen begonnen, der Hof war zum Leben erwacht. Der Abschied hatte mir wehgetan. Ich hatte neben Claude in seinem alten Pick up gesessen, wir hatten kein Wort miteinander gesprochen. Die Sonne war immer höher gestiegen, das flache belgische Land war an meinem Seitenfenster vorbeigezogen. Zwei Stunden später hatten wir Antwerpen erreicht, zielsicher war Claude durch die Stadt gefahren, immer tiefer in die Innenstadt hinein. Schließlich hatte er den Pick up in einer kleinen Gasse vor einer Kneipe abgestellt. Ich war ihm in die dunkle Spelunke gefolgt, ein unrasierter Wirt hatte gerade Gläser gespült. Am Tresen hatte ein Mann mit einem vernarbten Gesicht gesessen, er war in eine Zeitung vertieft gewesen, ein Bier und ein leeres Schnapsglas hatten vor ihm gestanden. Der Wirt hatte Claude freudig begrüßt und mich mit skeptischem Blick gemustert. In einer Ecke hatten noch zwei andere junge Männer gesessen, vielleicht in meinem Alter, Anfang zwanzig. Sie hatten müde und erschöpft ausgesehen, der eine war unschwer als Engländer auszumachen gewesen, der andere war Pole, wie ich später erfahren hatte. Der Wirt hatte uns Bier eingeschenkt, auf seinem nackten Oberarm hatte ein tätowierter Skorpion geprangt, das gleiche Motiv, das auch auf dem Oberarm von Claude abgebildet war. Die beiden hatten flämisch miteinander gesprochen, einige Brocken davon hatte ich verstanden. Claude und Monique hatten sich oft in dieser Sprache unterhalten. Ein Deutscher, das wäre selten, hatte der Wirt gesagt und der andere Mann am Tresen hatte mich neugierig angeschaut. Ich würde sehr gut französisch sprechen, hatte Claude ihm geantwortet und den Wirt dann gefragt, wann es losgehen würde. Bald, man müsste noch Station in Brüssel machen, mehr hatte ich nicht verstanden. Wir hatten unser Bier ausgetrunken und noch eine Weile schweigend am Tresen gesessen, bevor Claude mir alles Gute gewünscht und mich dann allein in dieser Spelunke zurückgelassen hatte. Nur ein fester Händedruck, dann war er weg gewesen. Ich hatte mich zu dem

Engländer und dem Polen gesetzt, mich vorgestellt, ich hatte in englisch gesprochen, der Pole hatte kein Wort verstanden, er hatte deutsch gesprochen.

Nach einer weiteren halben Stunde war ein neuer Gast in die Kneipe gekommen. Der Wirt hatte uns zu verstehen gegeben, dass unsere Reise nun beginnen würde. Draußen hatte ein alter VW-Bus für uns bereit gestanden, ich hatte mich zwischen den Engländer und den Polen gesetzt und nicht gefragt, wo die Reise hingehen sollte. Von Antwerpen nach Brüssel war es nur eine kurze Fahrt gewesen. In Brüssel hatten wir wieder vor einer Kneipe gehalten und noch zwei Belgier eingeladen. Anschließend waren wir gleich weitergefahren. An der Grenze zu Frankreich hatte der Fahrer mit dem Grenzer gesprochen, ich hatte nicht verstehen können, worum es gegangen war. Der Grenzer hatte uns dann durchgewinkt, die Fahrt war weiter ins Innere von Frankreich gegangen. Nach einer weiteren Stunde hatten wir Reims erreicht, der VW-Bus hatte in der Avenue de la Paix gestoppt. Wir waren aus dem Bus gestiegen und unserem Fahrer durch einen Innenhof gefolgt, vorbei an einem Uniformierten. An der Hauswand hatte ich ein Schild entdeckt: Légion Etrangère, Accueil – Renseignements. Fremdenlegion, Empfang – Auskunft.

Sonntag, 30. November 2003, 12.40 Uhr

Während der Fahrt von Königstein zurück nach Frankfurt konnten sich Siebels und Till endlich wieder unter vier Augen unterhalten.

„Glaubst du an diese Rumänen?", wollte Till wissen.

„Ein ganz normaler Entführungsfall wäre mir lieber. Wenn da wirklich ehemalige Offiziere von Ceaucescu dahinterstecken, dann sind die mit allen Wassern gewaschen. Vor zwei Polizisten wie uns haben die mit Sicherheit keine große Angst. Und in der Haut von Simone Tetzloff wollte ich dann auch nicht stecken. Aber noch glaube ich nicht an die Rumänen. Trotzdem werde ich gleich morgen früh mal bei den Kollegen vom K31 vorbeischauen. Vielleicht haben die ein paar Informationen über diese Rumänen vorliegen."

„Sind das die Jungs von der Wirtschaftskriminalität?"

„Genau, es gibt zwei Abteilungen. Die Kollegen vom K313 befassen sich mit Kapitalanlagebetrug und Wertpapierhandel und die Kollegen vom K314 mit Bankrott und Insolvenzbetrug."

Die beiden waren mittlerweile wieder in Frankfurt, Siebels fuhr mit hundertdreißig über die Stadtautobahn Richtung Miquelallee. Erlaubt waren hundert und unter der Brücke, kurz vor der Abfahrt nach Bockenheim, fluchte er laut, als es blitzte.

„Wie oft haben sie dich hier jetzt eigentlich schon erwischt?"

„Das war das dritte Mal. Irgendwann werde ich es lernen. Was macht eigentlich Johanna? Du hast lange nichts mehr erzählt? Seid ihr noch zusammen?"

Johanna war in einen Fall verstrickt gewesen, den Siebels und Till im letzten Sommer gelöst hatten. Es war der Fall, bei dem Till einen unschuldigen und psychisch labilen Mann mit seinen unorthodoxen Verhörmethoden in den Selbstmord getrieben hatte. Zwei junge Frauen waren ermordet worden, Johanna war die Dritte auf der Liste gewesen. Aber dann kam alles anders. Der Täter hatte sich in Johanna verliebt, wurde aber schließlich von Siebels, Till und Sabine Karlson gefasst. Sabine Karlson war eigentlich bei der Mileukriminalität angesiedelt gewesen, wurde aber für diesen Fall in das Team von Siebels und Till integriert. Siebels und die Karlson kamen sich auch privat näher, jetzt wartete sie auf ihn, lag auf seinem Sofa und schaute wahrscheinlich Fernsehen. Als der Fall abgeschlossen war und Johanna in den darauffolgenden Tagen ihre Aussage zu Protokoll gebracht hatte, war es Till, der die Befragungen übernommen hatte. Als der Fall endgültig abgeschlossen war, gingen die beiden des Öfteren mal aus, nach einiger Zeit waren sie ein Paar, sie redeten auch immer öfter über eine gemeinsame Wohnung.

„Ja, klar sind wir noch zusammen. Wir hatten aber einen Streit, eigentlich zieht sich das schon über Wochen hin. Sie fährt nämlich immer noch regelmäßig ins Gefängnis und besucht diesen Jens Kiesbach. Und seinen Bruder besucht sie auch alle zwei Wochen. Der lebt jetzt in einem Heim."

„Und was stört dich daran?"

„Wir haben sowieso nicht viel Zeit, die wir gemeinsam verbringen. Und wenn ich mal Zeit für sie habe, dann ist sie bei Kiesbach.

Entweder bei dem einen oder bei dem anderen."

Siebels stoppte den BMW vor Tills Haustür. „Sei froh, dass du sie hast und dass sie sich kümmert. Sie hat ein gutes Herz, sie ist ein Hauptgewinn, vergiss das nicht."

„Hast ja Recht, und jetzt fahre zu deiner Sabine, wir sehen uns morgen." Siebels schaute seinem Kollegen hinterher, bis der hinter der Haustür verschwunden war, dann fuhr er nachdenklich zu seiner Sabine.

Samstag, 29. November 2003, 23.05 Uhr

Sie hatte es aufgegeben. Ihre Stimme war vom vielen Reden heiser geworden. Sie musste auf die Toilette, sie spürte, wie die Kräfte sie verließen. Sie war zermürbt. Die vielen Gedanken, die sich in ihrem Kopf drehten, machten einer resignierenden Leere Platz. Plötzlich hörte sie, wie sich der Schlüssel in der Tür drehte. Die Tür öffnete sich einen Spalt breit, ihr Herz schlug höher, ganz plötzlich war die Angst wieder da. Dann erblickte sie endlich ihren heimlichen Beobachter. Er brachte ein Tablett, darauf ein Teller mit heißer Suppe und ein Glas Orangensaft. Er stellte das Tablett neben dem Bett ab und setzte sich auf die Bettkante. Sie würde zu viel reden, sagte er nur. Seine Stimme klang ruhig und angenehm. Er griff in seine Hosentasche, hielt dann den Schlüssel für die Handschellen zwischen seinen Fingern. Er schwenkte spielerisch den Schlüssel vor ihrer Nase. Dabei sprach er beruhigend auf sie ein, er würde sie von ihren Fesseln befreien. Wenn sie sich ruhig verhalten würde, benötigte er keine Handschellen. Sie nickte schnell, blieb aber stumm. Ihre Stimme versagte, dabei hätte sie so viel zu sagen gehabt. Er stellte das Tablett auf das Bett. Der Dampf der heißen Suppe stieg auf, Tomatencremesuppe, dazu zwei Scheiben Weißbrot. Er zeigte zu der Tür, die eine Ecke des Zimmers abtrennte, dort würden sich die Dusche und die Toilette befinden. Sie solle sich wie zu Hause fühlen, sie wäre sein Gast und er wäre bemüht, ihren Aufenthalt so angenehm wie möglich zu gestalten. Während er sprach, lächelte er und sein Lächeln erschien ihr auf eine unerklärliche Weise als charmant. Endlich fand sie ihre Stimme wieder. Sie hatte einen Schluck von dem Saft getrunken und tauchte das Weißbrot in die Suppe ein. Ihre Stimme klang erst zögerlich, sie fing sich, von ihm schien keine körperliche Gefahr auszugehen. Sie fragte ihn, was er wolle, ob er Geld wolle, ob er ihren Mann erpressen würde. Sie sagte ihm, dass sie auch Geld hätte, viel Geld. Sie fragte ihn, wie viel er haben wolle.

Er lächelte, sah sie an und lächelte. Das machte sie wütend. Sie schlug mit dem Löffel in die Suppe, es spritzte, kleine rote Flecken verteilten sich auf seinem weißen Hemd und auf der Bettwäsche. Seine Miene verwandelte sich, das Lächeln war verschwunden. Er griff nach ihren Handgelenken, sein Griff fühlte sich eisern an. Er drückte ihre Arme nach oben auf das Bett und sein Gesicht ganz nah an das ihre. Ihre Nasenspitzen berührten sich fast, sie spürte seinen gleichmäßigen Atem auf ihrem Kinn. Er schaute jetzt ernst, zu allem entschlossen. Sie würde zu viele Fragen stellen, stellte er lapidar fest und schnauzte sie dann an, dass sie erst einmal lernen solle, sich zu benehmen.

Dann ließ er von ihr ab, drehte sich um und verließ das Zimmer. Sie hörte wieder, wie sich der Schlüssel von außen im Schloss drehte. Sie aß den Rest der Suppe, stieg dann aus dem Bett und versuchte sich zu strecken und zu dehnen. Ihr tat alles weh, sie machte ein paar Kniebeugen und spürte dabei wieder den Druck auf ihrer Blase. Sie ging zu der Tür in der Ecke, öffnete sie schnell, sie musste jetzt dringend. Erleichterung stieg in ihr auf, als sie sich endlich entleeren konnte. Sie blieb noch einen Moment auf der Klobrille sitzen, ihr Blick schweifte durch das kleine Toilettenzimmer. Mit Entsetzen entdeckte sie die Videokamera über der Tür.

Montag, 01. Dezember 2003, 8.00 Uhr

Als Till im Büro erschien, war Siebels natürlich schon längst wieder da. Jedenfalls hing sein Jackett über dem Stuhl und der dampfende Kaffeebecher stand auf seinem Schreibtisch, daneben lag die Bild-Zeitung. Till fuhr seinen Computer hoch, ging online und startete seine Suchmaschine. Als Suchbegriff gab er ‚Tetzloff' ein. Eine lange Trefferliste, aber nur wenige Einträge galten Sebastian Tetzloff. Er verfeinerte seine Suche und gab auch noch Sebastian ein. Die neue Trefferliste gab fast ausschließlich Verweise auf den Mann an, der in der pompösen Villa in Königstein residierte. Die meisten Seiten stammten von Frauenzeitschriften. Die Hochzeit von Sebastian Tetzloff und Simone Deubinger, zukünftige Simone Tetzloff, war in den Gazetten in allen Einzelheiten ausgeschlachtet worden. Till verfolgte den Werdegang von Simone Tetzloff. Sie war am 12. Juli 1975 in Bingen am Rhein geboren worden. Ihr Vater starb an Krebs, da war sie gerade fünf Jahre alt gewesen. Er hatte ein Maklerbüro für Immobilien und ein kleines Vermögen hinterlassen, wenn man die Summe der Lebensversicherung berücksichtigte. Mutter und Tochter hatten ein sorgenfreies Leben führen können, wenigstens in finanzieller Hinsicht. Die Mutter hatte sechs Jahre später ein zweites Mal geheiratet. Drei Jahre hatte diese Ehe gehalten. Nach der Scheidung war die Mutter nach Ibiza übergesiedelt und hatte dort ein Hotel eröffnet. Tochter Simone war zu diesem Zeitpunkt vierzehn gewesen und war in ein Internat am Bodensee geschickt worden. Dort hatte sie ihr Abitur gemacht und war anschließend nach Frankfurt gezogen, um Germanistik zu studieren. Der monatliche Scheck ihrer Mutter war immer großzügig bemessen gewesen, trotzdem hatte sie nach Unabhängigkeit gesucht und den Weg zu einem Casting gefunden. Models für Modeaufnahmen waren gesucht worden. Simone Deubinger hatte nicht nur gut ausgesehen, sie hatte auch Talent gehabt und das war nicht lange verborgen geblieben. Bei ihrem ersten Job hatte sie sich in Damen-Unterwäsche für den Neckermann-Katalog ablichten lassen. Der Fotograf war von ihr begeistert gewesen. Als der Neckermann-Job erledigt gewesen war, hatte er Simone zu einer privaten Foto-Session überreden können. Er hatte eine Mappe erstellen und Simone groß rausbringen wollen. Seine Fotos waren von überragender Qualität gewesen. Lagerfeld war der Erste gewesen, der Simone Deubinger engagiert hatte. Von 1993 bis zum Sommer 2002 waren anstrengende Jahre gefolgt. Simone Deubinger war es gelungen, zum höchst bezahlten Model in der Modebranche aufzusteigen und hatte in regelmäßigen Abständen mit ihren Liebschaften Furore gemacht. Sie hatte eine Affäre mit einem amerikanischen Schauspieler gehabt, die Geschichte hatte allerdings nicht länger als vier Wochen angehalten. Böse Zungen hatten behauptet, sie hätte nicht den Schauspieler, sondern eine Hauptrolle in Hollywood gewollt. Einige Zeit später hatten die Paparazzi sie kreuz und quer durch Kalifornien und Arizona gejagt. Ihre Verbindung zu dem Sänger einer Heavy Metal Band hatte die

Seiten der Yellow Press gefüllt. Auch diese Affäre war nur von kurzer Dauer gewesen, danach war noch ein Techtelmechtel mit einem smarten saudischen Prinzen gefolgt, dessen Portemonnaie immer prall gefüllt gewesen war, der aber nur selten seinen Palast in der Wüste Saudi-Arabiens verlassen wollte. Diese Geschichte hatte im Frühjahr 1995 stattgefunden. Dann war bis Ende 1996 nichts mehr über Liebschaften der Simone Deubinger zu lesen. Im Dezember 1996 war sie dann wieder in den Gazetten aufgetaucht. Auf einem Wohltätigkeitsball hatte sie Sebastian Tetzloff kennen gelernt. Die Beziehung zwischen den beiden war seitdem sporadisch, aber beständig durch die Presse gelaufen, bis Simone Deubinger Anfang 2002 ihren Ausstieg als Model bekannt gegeben und kurz darauf Sebastian Tetzloff ihr Ja-Wort hatte.

Und damit verschwand sie schließlich aus den Augen der Öffentlichkeit, nur noch sporadisch tauchte ihr Name in den Zeitschriften auf. Sebastian Tetzloff wurde in den Hochzeitsartikeln eher vernachlässigt. Er war schlicht und ergreifend der Märchenprinz, von dem jede Frau träumte. Er sah gut aus, hatte mehr Geld, als er ausgeben konnte, und bei seinen wenigen öffentlichen Auftritten versprühte er Charme und Witz. Er war ein Macher, geliebt von den Frauen, bewundert von den Männern. Eine Lichtgestalt, die ihr Licht gern unter den Scheffel stellte, denn aus dem persönlichen Leben von Sebastian Tetzloff wussten die Schreiberlinge wenig zu berichten.

Till blätterte weiter in der Tetzloff-Trefferliste und kam allmählich zu älteren Artikeln, vornehmlich aus den Wirtschaftsseiten der Zeitungen. Er fand mehrere Artikel, die die Wahl von Tetzloff zum Manager des Jahres behandelten, der Erfolg seiner Firma Business-Soft wurde euphorisch dokumentiert und bejubelt. Made in Germany, es gab sie noch, die Aushängeschilder deutscher Schaffenskraft. Tetzloff schaffte Arbeitsplätze, Tetzloff expandierte, Tetzloff kritisierte die Politiker und die Wirtschaftskapitäne spendeten ihm Applaus. In einem who is who, Lexikon deutscher Unternehmer, fand Till eine kurze Biografie von Tetzloff. Tetzloff war 1955 in Wetzlar geboren worden, sein Vater war gelernter Kaufmann und Abteilungsleiter bei den Farbwerken Höchst gewesen, bevor er sich 1965 mit einer kleinen Papierfabrik selbständig gemacht hatte. Die Mutter war gelernte Schneiderin gewesen, in den Nachkriegsjahren hatte sie in einem Textilunternehmen vor der Nähmaschine gesessen und später hatte sie dann Kostüme für das Theater entworfen. Sebastian Tetzloff hatte 1975 sein Abitur gemacht und anschließend Betriebswirtschaft in Frankfurt studiert. 1979 war er in die Firma seines Vaters eingetreten, 1981 war er dort Vertriebsleiter geworden, die Firma hatte angefangen zu expandieren. 1983 war der Vater an einem Herzinfarkt gestorben und der Sohn in seine Fußstapfen getreten. Unverzüglich hatte er in neue Maschinen investiert. Mitte der achtziger Jahre hatte der Siegeszug des Personal Computers begonnen, erst in den Büros, später auch in den privaten Haushalten. Im Windschatten des PC war auch der Nadeldrucker populär geworden und der Bedarf für das Papier aus der Tetzloff'schen Fabrik täglich gewachsen. Anfang der Neunziger hatte Tetzloff Fabriken in Frankfurt, Düsseldorf, Nürnberg und in Dresden besessen. Weitere Werke waren in Finnland, Spanien und Ungarn entstanden. Die Papierfabriken von Tetzloff hatten ihren Umsatz von Jahr zu Jahr verdoppeln können. Gleichzeitig war Bill Gates mit seinen Softwareprodukten zum reichsten Mann Amerikas aufgestiegen und hatte sich als Visionär feiern lassen, unter anderem hatte er das papierlose Büro proklamiert. Eine Vision, die für Tetzloff ein Albtraum gewesen war. Konsequent hatte er seinen Expansionsdrang in der Papierbranche gezügelt und sich nach neuen Märkten umgesehen. Er hatte als ersten Schritt einen Verlag gegründet und sich auf finanzwirtschaftliche Produkte spezialisiert, hatte Zeitschriften und Börsenbriefe herausgebracht und auch in diesem Geschäft mit dem Börsenboom Ende der neunziger Jahre rasante Zuwächse verbuchen können. Der Tintendrucker hatte dann für einen weiteren Wachstum in seinen Papierfabriken gesorgt, der Durchbruch der digitalen Kamera war Garant für eine stetig steigende Nachfrage nach hochwertigem Fotopapier gewesen. Im Jahr 2001 hatte Tetzloff sich an einer neu gegründeten Zeitarbeits-Agentur beteiligt, nur drei Monate später war er Mehrheitseigentümer und hatte Niederlassungen in der ganzen Republik eröffnet. Als erfolgreicher Arbeitsvermittler war es ihm gelungen, sich Gehör und Einfluss bei den politischen Parteien aller Couleur zu verschaffen, er war zum Vordenker bei den anstehenden wirtschaftlichen Reformprozessen avanciert und war als Kandidat für das Präsidentenamt beim Bundesverband der

Deutschen Industrie gehandelt worden. Tetzloff hatte aber dankend abgewinkt. Er hatte es vorgezogen, sich auf die 1993 von ihm erworbene Firma Business-Soft zu konzentrieren. In seinen Augen war diese Firma der größte Schatz in seinem kleinen Imperium und er hatte wieder einmal recht behalten. Zehn Jahre später hatte sich Business-Soft zum Weltmarktführer in einem lukrativen Markt und Tetzloff zum Multimillionär entwickelt.

Till druckte die Biografie aus. Wahrscheinlich auf Tetzloff-Papier, dachte er sich, während der Drucker geräuschvoll die Seiten bedruckte. Er hatte über eine Stunde damit verbracht, im Netz nach Informationen über Tetzloff zu suchen, von Siebels war immer noch nichts zu sehen. Till las noch einmal die ausgedruckten Seiten, er saß mit dem Rücken zur Tür, dachte, es wäre Siebels, als die Tür sich öffnete. Aber hinter ihm stand Jensen. „Was machen Sie denn da, Herr Krüger? Das sind doch alles Informationen zu der Person von Herrn Tetzloff. Herr Tetzloff ist das Opfer, ich hätte eigentlich erwartet, dass Sie sich um den Täter kümmern." Jensen war mittlerweile um die Schreibtische herumgegangen und setzte sich Till gegenüber auf den Stuhl von Siebels.

„Nach dem derzeitigen Stand der Ermittlungen gehen wir davon aus, dass der Entführer mit vielen Einzelheiten aus dem Leben der Familie Tetzloff vertraut ist. Wir versuchen nun, uns in die Lage des Entführers zu versetzen. Wir wollen rekonstruieren, wie er bis jetzt vorgegangen ist und uns dann überlegen, wie seine nächsten Schritte aussehen könnten. Dazu müssen wir natürlich so viel wie möglich über Simone und Sebastian Tetzloff wissen." Till hob die Augenbrauen und wartete spitzbübisch auf die Antwort von dem Staatsanwalt.

„Gut so, Krüger. Aus Ihnen wird noch ein mit allen Wassern gewaschener Ermittler. Aber vergessen Sie bloß eins nicht: Absolute Diskretion!" Jensen flüsterte die letzten Worte fast, stand dann auf und machte kehrt. An der Tür stieß er mit Siebels zusammen.

„Ah, der Herr Polizeihauptkommissar Siebels. Ich muss ja wohl nicht betonen, dass ich rund um die Uhr auf dem Laufenden gehalten werden will, was die Sache Tetzloff betrifft."

„Sie kennen uns doch nun lange genug, Herr Staatsanwalt Jensen. Auf uns können Sie sich verlassen."

„Ja ja, mal mehr und mal weniger." Jensen fuchtelte dabei mit den Händen in der Luft herum, als wollte er das mehr und weniger auch noch plastisch zum Ausdruck bringen, verließ dann aber kopfschüttelnd das Büro.

„Das wird noch was werden, früher oder später sickert das doch durch und dann ist der Teufel los. Dieses konspirative Gehabe gefällt mir nicht. Entweder ermitteln wir offiziell oder wir lassen es sein. Ich bin doch kein Angestellter von diesem Tetzloff und lasse mir von dem vorschreiben, wie viele Beamte wir bei den Ermittlungen einsetzen."

„Das ist mir Wurst, solange Jensen glücklich ist. Wenn der erst mal Panik hat, dann nervt er noch viel mehr, darauf habe ich überhaupt keinen Bock."

„Nur weil er Choleriker ist, können wir doch nicht einfach alles schlucken, was dem so in den Sinn kommt. Warten wir mal ab, was der Tag heute so bringt. Wenn mir das zu dumm wird, spreche ich mit dem Polizeipräsidenten persönlich. Am Ende geht das schief und wir sind die Deppen, nur weil der Jensen dem Tetzloff in den Arsch kriecht."

„Hast ja Recht. Wie geht's jetzt weiter?"

„Wir fahren ins Main-Taunus-Zentrum, wie besprochen. Da klappern wir die Geschäfte ab, in denen Simone Tetzloff ihre Einkäufe erledigt hat. Außerdem habe ich noch eine Idee. Wenn wir davon ausgehen, dass der Täter sie auf dem Parkplatz überwältigt hat, muss es eigentlich Zeugen geben. Vielleicht hat es ja für Außenstehende nach einem Streit zwischen Eheleuten ausgesehen, was weiß ich. Aber so ein Jaguar fällt doch auf und wenn da ein Gerangel zwischen einer Frau und einem Mann stattgefunden hat, muss das auch irgendjemand beobachtet haben."

„Und? Willst du einen öffentlichen Aufruf starten? Wer hat beobachtet, wie die berühmte Simone Tetzloff am helllichten Tag entführt wurde? Jensen bringt dich um, wenn du nur dran denkst."

„Wir müssen ja nicht so direkt darauf eingehen. Wie wäre es, wenn der Jaguar beschädigt wurde, während er auf dem Parkplatz stand. Wir hängen einfach in der Nähe des Parkplatzes Zettel auf und fragen, ob jemand beobachtet hat, wie der Kotflügel von unserem schönen Jaguar eingedellt wurde."

Till schnippte mit dem Finger. „Das ist eine gute Idee, das machen wir."

7

Erinnerungen, September 1975

Abwartend hatte ich mir in dem Warteraum in der Dienststelle der französischen Fremdenlegion in Reims den Hintern wund gesessen. Links von mir hatte der Engländer, rechts der Pole gesessen. Meine Gedanken hatten sich überschlagen, mir war die Legion nur vom Hörensagen bekannt gewesen. Nach meinen Erkenntnissen hatten sich dort die Versager der Gesellschaft getroffen. Dort würde man Disziplin eingetrichtert bekommen, dort hätte man zum Held aufsteigen oder zum Niemand deklassiert werden können, ich hatte keine Ahnung gehabt. Ich war drauf und dran gewesen, einfach wieder aufzustehen und zu gehen. Aber wohin hätte ich gehen sollen? Zurück wollte ich nicht, da war diese Grenze gewesen, die Grenze zu meinem alten Leben. Diese Grenze war tabu gewesen, denn was mich dahinter erwartet hätte, das wäre Enttäuschung, Verzweiflung und Wut gewesen. Also war ich sitzen geblieben und hatte die Dinge auf mich zukommen lassen. Ich hatte beschlossen, mich auf Claude zu verlassen. Claude hatte mich aus dem Nichts geholt und mir wieder Leben eingeblasen. Vielleicht war er ja ein Engel, der geschickt worden war, um mich auf den richtigen Weg zu bringen, nachdem alles um mich herum zusammengestürzt gewesen war. Ohne Claude wäre ich nur ein Haufen Elend gewesen, zum Dahinsiechen verdammt, verfolgt von Dämonen und blutigen Bildern, die sich in meinem Kopf Nacht für Nacht an die Oberfläche gekämpft hatten. Ich hatte versucht, den Engländer in ein Gespräch zu verwickeln, ihn gefragt, woher er kommen würde. Fuck you, war seine Antwort gewesen.

Also hatte ich mich dem Polen zugewandt. Thomas war aus Warschau gekommen. Sein Deutsch hatte einen starken Akzent gehabt. Er war bei seiner Suche nach Arbeit nach Deutschland gekommen und hatte einen Job auf dem Bau gefunden. Dort hatte er aber oft Streit mit dem Polier bekommen und sich in die falsche Frau verliebt, nämlich in die des Poliers. Die erneute Flucht hatte ihn nach Belgien verschlagen. Dort hatte er sich so durchgeschlagen, war in einer Kneipe gelandet, hatte dort Bier ausgeschenkt und sich mit einem Söldner angefreundet. Der hatte von seiner Zeit in der Legion geschwärmt und Thomas war beeindruckt gewesen. Ein neues Leben, warum nicht. Das alles hatte ich während drei nicht enden wollenden Stunden auf einer unbequemen Holzbank in Reims erfahren können. Dann war ich endlich aufgerufen worden. Zielstrebig war ich in das kleine Büro marschiert. Nur ein Schreibtisch, dahinter ein Soldat, der einen Fragebogen vor sich gehabt hatte. Ohne Umschweife hatte er mich nach meinem Namen gefragt. Die ganze letzte Nacht hatte ich nach einem neuen Namen gesucht. Philippe van Kerken, hatte ich ihm selbstbewusst zur Antwort gegeben. Philippe war mein Freund gewesen, damals, als wir noch Kinder waren und ich meine Ferien auf dem Hof meiner Großeltern verbracht hatte. Ich hatte von Philippe geträumt, als ich bei Claude und Monique neu geboren worden war. Und van Kerken war der Nachname von Claude und Monique gewesen. Der Soldat hatte pflichtbewusst meinen neuen Namen in seinem Fragebogen notiert, der Rest war Routine gewesen. Ich war nicht vorbestraft gewesen, hatte keine ansteckenden Krankheiten gehabt und war nicht auf Medikamente angewiesen gewesen. Der Soldat war zufrieden und ich entlassen gewesen. Thomas war an die Reihe gekommen. Auch bei ihm hatte es keine Probleme gegeben, wir hatten nach unserer Vorstellung in dem Büro wieder zusammen auf der Holzbank gesessen, der Engländer war in das Büro gerufen worden. Er war deutlich länger drin geblieben, vielleicht eine halbe Stunde, dann war er mit hochrotem Kopf aus dem Büro gestürmt gekommen und hatte laut fluchend die Kaserne verlassen. Thomas und ich hatten schadenfroh lachen müssen. Trotzdem hatten wir uns weiter den Hintern wund sitzen müssen, bis endlich der letzte Kandidat aus dem Büro gekommen war. Zwölf junge Männer waren am Ende des Tages übrig geblieben. Die Nacht hatten wir in der Kaserne in Reims verbringen müssen, am nächsten Morgen hatte man uns dann um 5.00 Uhr geweckt. Ein miserables Frühstück hatte uns in der Kantine erwartet, wir hat-

ten ohnehin nicht viel Zeit zum Frühstücken gehabt, um 5.20 Uhr war unser Bus gestartet. Es war nur eine kurze Reise gewesen, unsere kleine Gruppe war im Fort St. Nogent am Rand von Paris abgesetzt und in ein Quartier eingewiesen worden. Im Laufe des Tages waren noch weitere kleine Grüppchen abgeladen worden. Junge Männer aus allen Teilen der Welt hatten sich hier versammelt, um auf den Dienst in der Legion vorbreitet zu werden. Der erste Termin in der neuen Umgebung war beim Friseur gewesen. Einer nach dem anderen war geschoren worden und am Ende des Tages hatten achtzig Männer den Standardhaarschnitt tragen dürfen, boule à zéro, zu deutsch: Nullerkugel. Unser Aufenthalt hier hatte nur vier Tage dauern sollen. Die geschorenen Männer hatten einen Grundkurs in französisch erhalten, vor allem die Befehle der Vorgesetzten mussten verstanden werden. Ich hatte von Anfang an eine Sonderstellung innegehabt, weil ich nicht nur französisch, sondern auch englisch und deutsch gesprochen hatte. Die Anfänger, die auf die Grundausbildung vorbereitet worden waren, hatten zunächst einmal lernen müssen, wie sie ihr Bett zu beziehen und die Stube zu schrubben hatten. Viel Wert war auch auf Gesang gelegt worden. Am ersten Tag waren sich die meisten Kandidaten noch ziemlich blöd vorgekommen, wenn der Sergent voller Inbrunst ein Lied angestimmt hatte, und das hatte er oft und gern getan. Am vierten Tag hatten die Männer bereits voller Begeisterung mit gesungen, der Sergent war zufrieden gewesen.

Montag, 01. Dezember 2003, 8.45 Uhr

Ausnahmsweise fuhr Till, Siebels saß auf dem Beifahrersitz und las die Informationen zu Simone und Sebastian Tetzloff, die Till ausgedruckt hatte. Sie nahmen die Autobahn Richtung Wiesbaden, das Main-Taunus-Zentrum lag strategisch günstig zwischen Frankfurt und dem Vordertaunus.

„Wo warst du eigentlich heute Morgen?", wollte Till wissen.

„Bei den Kollegen von der Wirtschaftskriminalität. Die machen sich mal schlau, was die Rumänen betrifft. Einschlägig bekannt sind die jedenfalls nicht." Das Handy von Siebels meldete sich mit der Bonanza-Melodie. Till lachte laut los, als er die Melodie erkannte.

„Hey Hoss, sattel die Pferde, ein Hühnerdieb schleicht durch die Gegend." Lachend summte er die Melodie und trommelte dazu auf das Lenkrad ein. Als er hörte, dass Siebels mit Tetzloff telefonierte, gab er Ruhe.

„Wir sind gerade auf dem Weg zum Main-Taunus-Zentrum, heute Nachmittag um 14.00 Uhr, das lässt sich einrichten, kein Problem. Nein, Staatsanwalt Jensen kommt nicht mit. Ja, bis später."

„Gibt es was Neues?"

„Vielleicht. Tetzloff behauptet, er hätte gestern Abend vor lauter Verzweiflung die Kleiderschränke seiner Frau durchsucht. Dort hätte er einen Karton mit Briefen gefunden. Der Absender wäre ein Fan von seiner Frau gewesen, als sie noch als Model gearbeitet hat. Tetzloff meint, die Briefe seien ziemlich merkwürdig. Wir sollten uns das auf jeden Fall anschauen, heute Mittag ist er zu Hause. Ich habe versprochen, dass wir vorbeikommen."

Sie waren bereits auf dem Gelände des Einkaufszentrums, ringsherum um das auf der grünen Wiese gebaute Zentrum waren Parkflächen angeordnet.

„Auf P3 hat Bogner den Jaguar gefunden, sieh zu, dass du da einen Platz findest." Es gab noch viel freien Parkraum, Till kurvte den Wagen durch die Parkreihen und die beiden verschafften sich einen Überblick. Es schien fast unmöglich, auf dieser großen, rechteckig angeordneten asphaltierten Fläche, wo ein reges Kommen und Gehen herrschte, jemanden unbemerkt zu überwältigen und zu verschleppen.

„Entweder sie kannte den Kerl und ist freiwillig mit ihm gegangen oder gefahren oder ..."

„Oder was?", hakte Till nach.

„Oder die Ehe der beiden ist nicht die Märchenstory, so wie es in den Zeitschriften dargestellt wird. Einen Hang zur Extravaganz hat sie ja jedenfalls, wenn man den Berichten über ihre Liebschaften Glauben schenken darf. Was ist, wenn sie von Tetzloff die Nase voll hatte, einen neuen Liebhaber gefunden hat und sich jetzt mit viel Fantasie absetzen will. Jede Wette, dass Tetzloff einen Ehevertrag gemacht hat und sie bei einer Scheidung nur mit dem Nötigsten abgespeist wird. Dann macht auch der komische Brief einen Sinn. Was ist sie ihm Wert. Das interessiert vielleicht vor allem Frau Tetzloff selbst. Eine Million, oder zwei? Und Tetzloff ahnt vielleicht, woher der Wind weht. Er will ihr das Handwerk legen, das muss natürlich in aller Stille passieren, bloß nichts an die Öffentlichkeit dringen lassen, das könnte verheerende Folgen für ihn haben. Also macht er uns zu seinen Deppen und wir spielen das Spiel mit."

„Erzähle bloß Jensen nichts von dieser Theorie. Der versetzt uns sonst an den Nordpol."

„Das ist halt meine Methode, alle Möglichkeiten in Betracht zu ziehen. Wenn ich immer auf die Ansichten von Jensen Rücksicht nehmen würde, hätte ich wahrscheinlich noch nicht einen einzigen Fall gelöst in meinem Leben."

„Sag ihm das auch noch, ich buche schon mal die Tickets zum Nordpol." Till hatte den Wagen abgestellt, die beiden machten sich auf den Weg zu den Geschäften. Siebels hielt die Kassenbons, die sie bei den Einkäufen von Frau Tetzloff gefunden hatten, in der Hand.

„Wo fangen wir an?", wollte Till wissen.

„Gehen wir erst mal zu Douglas, dort hat sie eine Flasche Parfum gekauft, Chance heißt das."

„Das habe ich letzte Woche auch gekauft, als Weihnachtsgeschenk für Johanna."

Links und rechts waren die Geschäfte angesiedelt, größere Filialen von den überall ansässigen Bekleidungsketten, kleinere Boutiquen, eine Ansammlung von Metzgereien, gleich drei Stück an einer Stelle und in der Mitte standen die hölzernen Weihnachtsbuden. Geschnitzte Figuren waren anscheinend nicht so der Renner, am Glühweinstand war der Andrang umso größer, alle Jahre wieder, egal zu welcher Tageszeit. Bei Douglas roch es nach tausend Parfums, Frauen schnupperten mal hier und mal dort, Männer inspizierten die kleinen Fläschchen, sie orientierten sich eher an den Preisschildern. Siebels zog das Foto von Simone Tetzloff aus der Tasche, als eine Verkäuferin fragte, ob sie behilflich sein könne. „Können Sie." Er gab ihr das Foto und mit einem weiteren Griff in die Tasche beförderte er seinen Ausweis zum Vorschein. „Kriminalpolizei Frankfurt. Wir suchen Zeugen, die diese Frau am letzten Samstag hier gesehen haben." Die Verkäuferin, man roch, dass sie auf Parfum spezialisiert war, betrachtete sich neugierig das Foto.

„Die kenne ich doch. Das ist doch die Deubinger, das Model. Oder?“

„Genau, jetzt heißt sie aber Tetzloff.“

„Ach ja, stimmt ja, die hat ja vor ein paar Jahren diesen Unternehmer geheiratet. Und die hat hier bei uns eingekauft? Das kann ich mir gar nicht vorstellen.“

Siebels zeigte ihr jetzt auch den Kassenzettel.

„Was ist denn passiert?“, wollte die Verkäuferin jetzt wissen. Sie war plötzlich ganz aufgeregt. Simone Tetzloff war im Geschäft gewesen, das war eine kleine Sensation für sie.

„Nichts Schlimmes. Ihr Wagen, ein Jaguar, wurde beim Parken beschädigt, wahrscheinlich mutwillig. Wir machen nur eine Routinebefragung.“

„Verstehe ich nicht. Wenn ihr Wagen beschädigt wurde, warum überprüfen Sie dann, ob sie hier Parfum gekauft hat?“

Siebels schaute hilfesuchend zu Till, der war auf dem Posten.

„Ach wissen Sie, das ist nur wegen der Versicherung, die sind da sehr misstrauisch. Die Reparatur an dem Jaguar wird nämlich ziemlich kostspielig und der Frau Tetzloff ist schon öfter mal ein kleines Missgeschick beim Fahren passiert. Das bleibt aber unter uns.“ Till zwinkerte ihr zu.

„Ach ja, das kenne ich. Gerade beim Einparken, wie schnell knallt man da mal gegen ein anderes Auto oder gegen einen Zaun. Aber dafür zahlt man ja schließlich auch jeden Monat seine Versicherungsprämie, nicht wahr. Die sollen sich mal nicht so anstellen, die von der Versicherung.“

„Das sehe ich auch so“, entgegnete ihr Till. „Trotzdem müssen wir das leider überprüfen. Sie können sich also nicht an sie erinnern, vielleicht eine Kollegin?“

„Das glaube ich nicht. Das hätte sich doch rumgesprochen. Bestimmt hatte sie eine Perücke auf, wie das so ist, bei den Prominenten.“

Siebels und Till schauten sich gegenseitig an. Der Gedanke schien gar nicht so abwegig zu sein. Die Verkäuferin rannte trotzdem los, ganz euphorisch zeigte sie ihren Kolleginnen das Foto, erntete aber nur Schulterzucken und Kopfschütteln. Enttäuscht kam sie zu den wartenden Kommissaren zurück.

„Tut mir leid, niemand kann sich an Frau Tetzloff erinnern.“

Sie warf noch einmal einen Blick auf den Kassenbon.

„Die hätte sich aber auch was Besseres leisten können."

„Haben am Samstagvormittag noch andere Kolleginnen oder Kollegen gearbeitet, welche, die heute nicht da sind?"

„Nein, leider sind wir zur Zeit nicht voll besetzt. Ziemlich stressig, wenn so wenig Personal zur Verfügung steht. Gerade jetzt, wo das Weihnachtsgeschäft auf Hochtouren läuft."

„Sollte Ihnen doch noch etwas einfallen, rufen Sie mich einfach an, hier ist meine Karte." Siebels nahm den Kassenbon und das Foto wieder an sich und die Verkäuferin wandte sich einer älteren robusten Dame zu, die bereits ungeduldig auf fachkundige Beratung wartete.

Wieder draußen überlegte Siebels laut: „Eine Perücke, das klingt gar nicht so dumm. Eine Frau wie Simone Tetzloff wird doch bestimmt ständig erkannt und angesprochen, wenn sie hier herumläuft und einkäuft."

„Das hätte uns ihr Mann aber gesagt, meinst du nicht?"

„Wir fragen ihn auf jeden Fall. Wäre doch zu blöd, wenn wir hier überall nach einer Brünetten mit schulterlangem Haar fragen und sie ist hier hellblond mit langen Haaren zum Einkauf erschienen."

„Wo geht's jetzt hin?"

„Da drüben ist das Reformhaus. Da hat sie zwei Flaschen Goldtraubensaft gekauft."

„Hört sich gesund an."

„Da gibt's überhaupt nur gesundes Zeug. Solltest du auch mal einkaufen. Immer nur Hamburger und Currywurst, das macht auf die Dauer dick."

„Das predigt mir Johanna schon ständig. Sehe ich vielleicht irgendwie dick aus? Höre du mal lieber mit dem Rauchen auf, dann kannst du mir was von gesunder Ernährung erzählen."

„Apropos, bevor wir da reinmarschieren, rauche ich erst mal eine."

„Wundert mich, dass die Sabine dir das noch nicht abgewöhnt hat."

„Sie arbeitet daran, in der Wohnung nur noch in der Küche bei geöffnetem Fenster."

„Die wird mir immer sympathischer. Ich gehe schon mal

rein und schau mich um. Vielleicht finde ich ja ein leckeres Knäckebrot."

Siebels setzte sich auf eine Bank, platzierte sich neben einem Aschenbecher und rauchte genüsslich seine Zigarette. Im Reformhaus war wenig Kundschaft, nur eine Verkäuferin stand hinter der Kasse. Siebels entdeckte Till in der hinteren Ecke des Ladens, er studierte die Nährwerte auf einer Zwieback-Packung.

„Vom Saulus zum Paulus was die Ernährung angeht, was? Deine Johanna scheint dich ja auch gut im Griff zu haben."

„Sie arbeitet dran, Samstag morgens gibt's immer Tee, nix mehr mit Kaffee."

„Die machen uns fertig, die Weiber. Der Goldtraubensaft wurde Tetzloff wahrscheinlich auch zwangsweise von seiner Frau eingeflößt. Fragen wir ihn mal, ob er Mitglied in unserem Club werden will."

„Bringen wir es hinter uns, die Kassiererin hat gerade keine Kundschaft."

Das gleiche Ritual wie bei Douglas begann, Siebels schmückte die Geschichte mit dem demolierten Jaguar jetzt aber etwas besser aus. Die Verkäuferin schüttelte aber nur mit dem Kopf, die Frau auf dem Bild schien ihr nicht weiter bekannt vorzukommen. Siebels vergewisserte sich, ob sie auch am Samstag im Laden gewesen war, sie war. Er wollte gerade wieder gehen, als Till tatsächlich mit dem Zwieback erschien und ihn bezahlte. Er packte auch gleich den ersten aus und fing an, an dem Zwieback zu knabbern.

„Schmeckt's?"

„Lecker!"

„Lügner. Jetzt müssen wir in den Body-Shop. Da kannst du dir auch noch Faltencreme besorgen. Da um die Augen, da hast du schon lauter kleine Fältchen, das kommt vom vielen Cholesterin."

„Nee, das kommt von dem Qualm, der mir im Büro immer in die Augen steigt."

„Ach, jetzt bin ich Schuld. Kann gar nicht sein, dann hätte ich ja auch Falten um die Augen."

„Das waren vielleicht mal Falten, jetzt sind es Krater, was du da um die Augen hast."

Die beiden liefen zur Hochform auf, auch in dem Body-Shop gaben sie keine Ruhe, die Verkäuferin hörte ihnen belustigt zu.

„Und wenn schon, das kommt vom Arbeiten. Außerdem macht mich das sexy, sagt Sabine."

„Klar, wahrscheinlich bist du ihr süßes kleines Walross."

„Kann ich Ihnen helfen?" Die junge Frau konnte sich ein Lachen nicht verkneifen, wurde aber schnell wieder ernst, als Siebels erst seinen Ausweis und dann das Foto vorzeigte.

„Ja, die kenne ich. Das ist doch die Frau Tetzloff. Die kauft hier öfter mal ein. Immer nur Kleinigkeiten, mal ein Badesalz, mal eine Bodylotion. Was ist denn mit ihr?"

Diesmal erzählte Till die Geschichte von dem Jaguar. Die Frau blieb aber skeptisch. Man sah ihr an, dass sie nicht glaubte, was ihr gerade erzählt wurde. Siebels merkte das und bedrängte sie mit neuen Fragen, wollte ihr keine Gelegenheit zum Nachfragen geben.

„Kennen Sie Frau Tetzloff näher?"

„Nein, nicht wirklich. Ich hatte sie mal angesprochen, als sie das erste Mal hier eingekauft hatte. Sie war ganz nett gewesen, wollte aber nicht in ein tieferes Gespräch verwickelt werden. Seitdem begrüße ich sie einfach mit ihrem Namen, wenn sie mal wieder reinkommt. Früher mit Frau Deubinger, nach der Hochzeit mit Frau Tetzloff."

„Ist Ihnen noch jemand aufgefallen, als Frau Tetzloff am Samstag hier war? Jemand, der kurz nach ihr in den Laden kam? Oder jemand, der draußen stand und sie beobachtet hat?"

Die Verkäuferin schaute die beiden ratlos an.

„Ich kann mich nicht erinnern, nein, mir ist niemand aufgefallen. Das fragen Sie doch nicht wegen so einer Lappalie. Worum geht es denn wirklich?"

„Wenn Sie wüssten, was die Frau Tetzloff schon für Blechschäden angerichtet hat ... Ihr Mann hat Anzeige gegen Unbekannt erstattet und die Versicherung glaubt ihm kein Wort. Und wir müssen der Sache jetzt nachgehen. Dabei hätten wir wirklich Wichtigeres zu tun." Till schien sie nun langsam überzeugt zu haben. Helfen konnte sie trotzdem nicht, die beiden bedankten sich und verließen den Laden.

„Du hättest Schauspieler werden sollen", lobte Siebels die

überzeugende Vorstellung von Till.

„Die Tetzloff wird sich wundern, wenn sie wieder zum Einkaufen herkommt. Auf Wiedersehen Frau Tetzloff, schönen Tag noch, und viel Glück beim ausparken."

„Die verklagt uns dann wegen Rufmord. Hoffentlich kann sie hier bald wieder einkaufen, unversehrt."

„Ja, während wir hier rumalbern, geht es der vielleicht richtig schlecht. Wer weiß, ob sie überhaupt noch lebt."

„Darüber sollten wir uns nicht den Kopf zerbrechen. Wir machen unseren Job so gut wir können. Wenn es dann nicht gelangt hat, sind es Tetzloff und Jensen, die sich Vorwürfe machen sollten."

„Weit gekommen sind wir hier ja noch nicht. Da drüben ist der Obststand, da werden wir wohl auch nicht schlauer werden."

Der Obstverkäufer betrachtete sich das Foto, entschuldigte sich, dass er nicht weiterhelfen könne. Resigniert zogen die beiden weiter.

„Suchen wir noch den Laden, wo sie die Dessous gekauft hat, danach essen wir hier was und fahren dann zu Tetzloff."

Das kleine Geschäft für Damen-Unterwäsche befand sich gegenüber einer Buchhandlung. Siebels übernahm wieder die Initiative.

„Das ist doch die Simone", sagte die Verkäuferin überrascht, als sie das Foto betrachtete.

„Sie kennen Frau Tetzloff persönlich?"

„Ja, wir sind Freundinnen. Was ist denn mit ihr?"

Bevor Till wieder die Geschichte von der schlechten Einparkerin Simone Tetzloff erzählen konnte, erfand Siebels eine andere, glaubwürdigere Geschichte.

„Wir ermitteln gegen einen aufdringlichen Fan von ihr. Frau Tetzloff fühlte sich verfolgt und am Samstag hatte sie einen Auffahrunfall, als sie das Zentrum verlassen wollte. Dabei wurde Frau Tetzloff leicht verletzt und liegt jetzt vorübergehend im Krankenhaus. Der andere Fahrer hat Fahrerflucht begangen. Jetzt versuchen wir zu klären, ob er ihr schon beim Einkaufen gefolgt ist. Können Sie sich an jemanden erinnern? Jemand, der Ihnen aufgefallen ist, als Frau Tetzloff hier im Laden war? Oder hat sie vielleicht eine Bemerkung gemacht?"

„Nein, sie hat kein Wort darüber verloren. Mir ist auch niemand aufgefallen. Sie war allein im Laden, das weiß ich noch."

„Darf ich fragen, woher Sie Frau Tetzloff kennen?"

„Na ja, wir haben uns vor etwa zehn Jahren kennen gelernt. Wir hatten damals beide von einer Karriere als Model geträumt, ich vielleicht noch mehr als Simone. Wir haben zusammen für Damen-Unterwäsche im Neckermann-Katalog Modell gestanden. Für Simone war das der große Durchbruch. Bei mir hat es leider nicht zu sehr viel mehr gelangt, das sehen Sie ja. Dann habe ich sie jahrelang nur noch in Zeitschriften gesehen. Bis sie den Tetzloff geheiratet hat. Kurze Zeit später stand sie plötzlich hier in meinem Laden. Sie wollte alte Freundschaften wieder auffrischen, sie hatte ihren Job ja nach der Hochzeit an den Nagel gehängt und war sesshaft geworden. Ihr Mann hat ja auch nicht viel Zeit, da ist sie sich wohl etwas einsam vorgekommen. Jedenfalls stand sie plötzlich hier und hat mich zum Essen eingeladen. Seitdem haben wir uns ein paar mal verabredet, auf ein Eis oder für das Kino."

„Und sie hat nie etwas von einem aufdringlichen Verehrer aus alten Zeiten erzählt? Oder dass sie das Gefühl hatte, verfolgt oder beobachtet zu werden?"

„Nein, überhaupt nicht. Sie hat hauptsächlich über ihre Ehe mit Tetzloff gesprochen. Und natürlich über die Model-Karriere, da konnte ich ihr stundenlang zuhören. Diese ganzen Insider-Geschichten aus der Welt des Glamour, herrlich."

„Gibt es Probleme in der Ehe mit Tetzloff?"

„Probleme? Tetzloff ist doch das Beste, was einer Frau passieren kann. Nein, es gibt keine Probleme. Außer vielleicht, dass er zu wenig Zeit für sie hat. Sie würde gern mit ihm durch die Welt reisen. Geld haben sie ja genug. Aber nach den Flitterwochen stürzte er sich wieder in seine Geschäfte. Einmal Unternehmer, immer Unternehmer, sagt Simone immer."

„Den Polizisten geht es genauso. Nur haben die nicht so viel Geld. Falls wir noch Fragen haben, melden wir uns wieder."

„In welchem Krankenhaus liegt sie denn?"

„Das dürfen wir Ihnen leider nicht sagen. Aber ich richte ihr aus, dass Sie sie gerne besuchen würden. Dann kann Frau Tetzloff Sie ja anrufen."

„Machen Sie das. Auf Wiedersehen."

„Auf Wiedersehen."

„Immerhin wissen wir jetzt, dass es keine größeren Probleme in ihrer Ehe gab. Jedenfalls keine, von denen sie einer Freundin erzählt hätte. Jetzt habe ich aber Kohldampf. Hast du Lust auf chinesisch?"

„Chinesisch hört sich gesund an."

Im Zentrum gab es ein China-Restaurant, Siebels entschied sich für panierte Ente mit süßsaurer Soße, dazu Reis. Till gönnte sich eine Portion Bami Goreng, geröstete Nudeln mit Schweinefleisch, Hühnerfleisch und Krabben. Sie hatten noch eine Stunde, bis sie um 14.00 Uhr bei Tetzloff verabredet waren.

Sonntag, 30. November 2003, 23.30 Uhr

Sie starrte auf die Kamera, die in das innere des kleinen Badezimmers gerichtet war. Es ekelte sie an, dass er ihr auch beim pinkeln zusah. Sie wurde wütend, sprang mit einem Satz vom Klo auf, stellte sich auf den Rand der Badewanne und fing an, mit der flachen Hand auf die Kamera einzuschlagen. Sie schlug immer weiter auf die Kamera ein, hörte auch nicht auf, als sich die Tür zu ihrem Zimmer öffnete. Hastig kam er in das Badezimmer und zerrte sie von der Wanne herunter. Sie schlug weiter um sich, jetzt nicht mehr auf die Kamera, sondern auf ihn. Sie schrie ihn an, sie würde sich auf dem Klo nicht zuschauen lassen, alles, aber das nicht. Er holte aus und gab ihr eine Ohrfeige. Er hätte ihr doch gesagt, dass sie sich benehmen solle, brüllte er sie keuchend an. Sie ließ von ihm ab, fasste sich an die Lippe, auf der sie einen kleinen Blutstropfen schmecken konnte. Langsam ging sie rückwärts aus dem Badezimmer. Dabei schaute sie ihm in die Augen, wie ein verwundetes Tier zog sie sich langsam zurück. Sie zeigte auf die Kamera, sagte ihm, dass das entwürdigend wäre. Dann ging sie zum Bett, setzte sich auf die Bettkante, eine Träne lief ihr über die Wange. Er kam zu ihr, hatte einen Wattebausch aus dem Badezimmer in der Hand. Er wollte ihr das Blut von der Lippe wischen, sie zuckte ängstlich zurück. Sie solle keine Angst haben, er würde ihr nichts tun, sagte er. Seine Stimme klang dabei fast zärtlich, fürsorglich. Sie ließ sich die aufgeplatzte Lippe von ihm abtupfen. Sie zitterte immer noch vor Aufregung. Ganz behutsam tupfte er ihr die weiche Watte auf die Lippe. Dabei betrachtete sie ihn. Seine Gesichtszüge waren markant, er hatte ein souveränes Auftreten, lächelte jetzt wieder. Kurz geschnittenes silbergraues Haar, sonnengebräunte Haut, eine Narbe über der linken Augenbraue, sie studierte seine Gesichtszüge, die vom Leben gezeichnet waren. Er war muskulös, hatte einen schlanken, aber durchtrainierten Körper. Er war einen Kopf größer als sie, sie konnte sein Parfum riechen, als er sich zu ihr beugte und ihre Lippe versorgte. Es war ein teures Parfum, auch seine Kleidung war maßgeschneidert, das erkannte sie jetzt, wo er so nah bei ihr war. Ihre Lippe hatte aufgehört zu bluten, er stand auf und ging in das Badezimmer. Als er wieder heraus kam, hatte er die Kamera in der Hand. Sie wäre nur auf die Dusche ausgerichtet gewesen, nicht auf die Toilette, gab er ihr Auskunft.

Sie sah ihn an, nickte, als wollte sie sich entschuldigen. Als er wieder fort war, fragte sie sich, warum sie sich so wohl gefühlt hatte, als er sich fast liebevoll um ihre Lippe gekümmert hatte. Er übte eine seltsame Anziehungskraft auf sie aus, sie war verwirrt. Verwirrt von ihren Gefühlen. Sie legte sich auf das Bett, starrte in die noch verbliebene Kamera. Wer bist du? Diese Frage ging ihr nicht mehr aus dem Kopf und während sie angestrengt über ihren Entführer nachdachte, haftete ihr Blick starr an der Kamera.

8

Montag, 01. Dezember 2003, 14.05 Uhr

Das schmiedeeiserne Tor zur Villa Tetzloff öffnete sich automatisch, Siebels lenkte den BMW wieder über das gepflegte Grundstück und parkte auf dem Kiesweg vor dem Haupteingang. Bogner erwartete sie bereits und Siebels fragte sich, welche Aufgaben Bogner noch alle erfüllte, außer dem Chauffieren seines Chefs.

„Herr Tetzloff erwartet Sie in der Bibliothek."

„Hallo Herr Bogner." Sie folgten dem hageren Mann, er musste schon an die sechzig sein, sein Auftreten ließ eine unabdingbare Loyalität zu seinem Arbeitgeber erahnen. Ständig hielt er sich im Hintergrund auf, er schien immer auf dem Laufenden zu sein, erlaubte sich aber keinerlei Reaktionen, wenn Tetzloff sich mit den Beamten unterhielt. Die Engel am Brunnen spuckten ihr Wasser in einer gleichmäßigen Fontäne aus, Till kam es so vor, als spuckten sie heute in einem größeren Bogen. Bogner führte die beiden wieder hoch in die obere Etage, dort nahm er den rechten Flur, sie folgten ihm schweigend bis zum Ende des Ganges. Er öffnete die Tür, sie betraten dunkelbraunes, gewienertes Parkett, hohe Bücherregale schmückten die Wände, vor dem Fenster stand eine kleine Sitzgruppe. Tetzloff saß in einem der Ledersessel, in der Mitte ein kleiner runder Tisch, darauf ein Karton.

„Vielen Dank, dass Sie es einrichten konnten. Nehmen Sie doch Platz."

Bogner verließ schweigend die Runde. Siebels warf einen Blick in den Karton. Rotes Papier, beschrieben mit schwarzer Tinte.

„Das sind die Briefe, von denen ich Ihnen am Telefon erzählt habe. Nachdem Sie gestern gegangen waren, habe ich viel an Simone gedacht. Ich versuchte mir vorzustellen, wo sie ist, wie es ihr ergeht. Ich stellte sie mir vor, gefangen in einer kleinen Waldhütte, gefesselt und geknebelt. Dann kam mir ein dunkler, feuchter Kellerraum in den Sinn, eine Matratze, darauf liegt Simone und weint. Ich versuchte mich zu erinnern, was ich von anderen Entführungen schon gehört oder gelesen hatte. Mir kam ein Erdloch in den Sinn, nur notdürftig mit Brettern unterstützt, kalt und unbequem. Ich fragte mich, ob sie geschlagen wird, ob sie Nahrung bekommt, ob sie unter Drogeneinfluß steht. Je mehr ich darüber nachdachte, desto sinnloser kam es mir vor, einfach nur zu warten. Nichts tun zu können, das machte mich fast wahnsinnig. Ich bin im ganzen Haus herumgelaufen, habe mich an den Plätzen aufgehalten, an denen sich Simone am liebsten aufgehalten hat. Im Keller, da haben wir einen Pool und eine Sauna, dahin hat sie sich oft zurückgezogen. Oder in ihrer kleinen Leseecke oder draußen, auf der Terrasse, da sitzt sie im Sommer immer. Dann bin ich an ihren Kleiderschrank gegangen, ich wollte einfach ihre Kleider berühren, daran riechen, mich mit ihr verbinden, wenn Sie das verstehen. Da fand ich dann diesen Karton, erst ist er mir gar nicht aufgefallen, ich dachte, es wären Schuhe drin. Aber dann habe ich doch einen Blick reingeworfen und fand diese Briefe hier. Sie sind alle von derselben Person verfasst. Ich habe sie alle gelesen. Der, der sie geschrieben hat, muss verrückt sein."

„Gab es sonst keine Post? Von Bewunderern? Oder von Mädchen, die von einer Karriere als Model geträumt haben?"

„Doch, natürlich. Das hat aber aufgehört, nachdem Simone und ich geheiratet hatten. Sie bekam Unmengen von Briefen und kleinen Geschenken. Die meisten Briefe hat sie gar nicht gelesen. Die wurden von vornherein von der Agentur aussortiert. Sie wurde von einer Agentur betreut. Die haben ihre Termine gemacht und die Verträge ausgehandelt. Von den Briefen, die sie doch persönlich bekam, hat sie die schönsten behalten und den Rest weggeschmissen. Als sie hier bei mir eingezogen ist, hat sie aber auch die gesammelte Fanpost entsorgt. Das hatte sie mir jedenfalls erzählt. Nur die hier, die hat sie mir verschwiegen und behalten. Ich frage mich bloß, warum."

Tetzloff griff in den Karton, zog ein rotes Blatt Papier heraus und gab es Siebels, der von den Zeilen förmlich angesogen wurde.

Hallo Simone,

ich bewundere gerade die Fotos, die letzten Monat in Venedig von dir gemacht wurden. Du wirst immer besser. Ich bin erstaunt, dass du dich immer noch weiter entwickelst, obwohl du in meinen Augen schon perfekt warst.

Es ist nur zu schade, dass alle Welt bloß von deiner Schönheit, deiner Eleganz und deiner Grazie spricht. Dabei ist es doch offensichtlich, dass du viel mehr verkörperst. Ich habe es dir ja schon oft geschrieben. Du bist nicht nur eine mit makelloser Schönheit ausgestattete Frau, nein, du bist der Inbegriff des Weibes. Ein Weib, wie es nur die Natur schaffen konnte. Ein Weib, dass in solch einer perfekten Form so selten ist wie ein faustgroßer Diamant auf dem Grund des Rheins. Du bist ein wahrhaftiges Weib, die Tochter der Sünde und der Lüsternheit. Ich betrachte deine Fotos und sehe deinen makellosen weiblichen Körper. Wenn der Mensch die Krönung der Schöpfung ist, bist du die Krönung alles Menschseins. Und ich sehe die tiefen Abgründe deiner Seele, die animalischen Triebe, die tief in dir lodern. Ich sehe die Gazelle, die gefangen werden will. Aber keiner fängt sie, zu elegant schlägt sie ihre Haken. Ich sehe die wilde Löwin, die gezähmt werden will. Doch keiner zähmt sie, zu majestätisch steht sie im Rampenlicht. Ich sehe die Schlange, die ihr Gift verspritzen will. Doch keiner kommt in ihre Nähe, für den es sich lohnen würde. Ich sehe die Stute, die zugeritten werden will. Doch keiner legt die Zügel stramm genug an. Ich sehe die läufige Hündin, die von ihrem Herren erzogen werden will. Doch alle sehen nur das Schoßhündchen und wollen es streicheln. So bleibst du ein einsames Weib, umgeben von Speichelleckern und Tunten. Anstatt der Männer, die du begehrst, findest du nur kriechendes Gewürm um dich herum. Du bist Gefangene in einer Welt, in die du nicht gehörst. Deine Schönheit wird von Blinden bewundert. Sie verneigen sich vor dir und ahnen nicht, dass du es bist, die sich verneigen sollte. Mit Geld und Ruhm wollen sie dich erobern und sie ahnen nicht, dass sie sich immer weiter von dir entfernen.

Doch eines Tages werden alle deine Wünsche in Erfüllung gehen. Deine geheimen Sehnsüchte werden sich in wahres Erleben verwandeln. Dann erst wirst du spüren, was es heißt, ein wahres Weib zu sein. Du wirst dich entwickeln, von der Tochter der Lüsternheit zur Mutter der triebhaften Gier. Du wirst deinen

Verstand verlieren und eine unauslöschliche Begierde gewinnen. Du bist die schönste Frau der Welt und doch nur eine Raupe. Eine gefangene Königin, gefesselt mit den schweren Ketten unbefriedigter Lust. Aber eines Tages wirst du dich in einen Schmetterling verwandeln, dann wirst du als Sklavin in den Ketten der zügellosen Unterwerfung liegen und endlich frei sein.

Ich freue mich auf deine Verwandlung.

Graf F.

Siebels reichte den Brief an Till weiter und schaute zu Tetzloff.

„Haben Sie eine Vorstellung, warum Ihre Frau ausgerechnet diese Briefe aufbewahrt hat?"

Tetzloff stierte auf seine Schuhspitzen, er suchte nach den richtigen Worten. Till hatte den Brief gelesen und legte das rote Papier zurück in den Karton.

„Simone ist eine weltgewandte und offene Frau. Sie ist sehr experimentierfreudig, auch im Intimleben. Sie wissen ja, dass sie einige Affären mit mehr oder weniger zwielichtigen Gestalten hatte, bevor sie mich kennen lernte. Sie war immer auf der Suche nach extravaganten Männern. So genannte Weicheier oder Frauenversteher waren nicht ihr Fall. Der Verfasser dieser Briefe ist meiner Meinung nach ganz klar ein Verfechter von männlicher Dominanz und weiblicher Demut. Ich vermute ganz einfach, dass Simone auf diesem Gebiet keine Erfahrungen hatte, aber mehr darüber wissen wollte. Wie gesagt, sie hatte eine Schwäche für so genannte starke Männer."

„Und jetzt vermuten Sie, dass dieser Graf F. hinter der Entführung Ihrer Frau stecken könnte? Haben Sie die Briefe alle gelesen? Hat er in einem der Briefe ein Treffen mit Ihrer Frau vorgeschlagen?"

„Nein, ich habe nur bruchstückhaft darin gelesen. Ein Treffen hat er in keinem der Briefe ausdrücklich erwähnt, soweit ich das bisher überflogen habe. Aber er hat oft Andeutungen gemacht, dass er Simone eines Tages treffen wird. Natürlich halte ich es für möglich, dass er hinter dieser Geschichte steckt. Vielleicht war er in den letzten Jahren mit den öffentlichen Auftritten und Fotos von Simone zufrieden gewesen. Und jetzt, wo Simone in den Medien keine Rolle mehr spielt, fehlt ihm der Nachschub an frischen Informationen und Bildern, um seine Fantasie am Leben zu erhalten. Da hat er sich das Objekt seiner Begierde in natura gegriffen. Halten Sie das für ausgeschlossen?"

„Nein, das ist mit Sicherheit eine Spur, die wir verfolgen müssen. Nehmen wir einmal an, es wäre so. Was denken Sie, wie Ihre Frau darauf reagiert, wenn dieser Brieffreund plötzlich auf diese Weise in ihr Leben tritt?"

„Ich möchte mir das eigentlich nicht in allen Einzelheiten vorstellen. Das würde doch bedeuten, dass er meine Frau sexuell missbraucht. Wahrscheinlich mit Gewalt. Oh Gott, bei dem Gedanken wird mir schlecht."

Es blieb still zwischen den Männern. Weder Siebels noch Till hatten irgendwelche Zweifel, dass die Vermutungen von Tetzloff genau ins Schwarze treffen könnten. Siebels zündete sich eine Zigarette an, er hatte ein flaues Gefühl in der Magengegend, weil der Fall jetzt sehr in das Intimleben des Ehepaares Tetzloff einzugreifen drohte.

„Ich muss das jetzt fragen, Herr Tetzloff. Könnte es sein, dass Ihre Frau an einem Verhältnis zu diesem Graf F. Gefallen finden könnte?"

Auch Tetzloff zündete sich eine Zigarette an, bevor er antwortete.

„Nein. Ganz sicher nein. Meine Frau würde vielleicht an einem Rollenspiel Gefallen finden, bei dem sie die Rolle einer unterwürfigen Frau spielt. Aber dann mit mir und nicht mit einem fremden Mann, der solche Briefe schreibt. Wenn Sie glauben, dass Simone freiwillig verschwunden ist, um sich von einem selbst ernannten Grafen peinigen zu lassen, dann vergessen Sie das bitte ganz schnell wieder. Das ist absurd. Aber vielleicht verstehen Sie jetzt, warum ich auf keinen Fall will, dass die Presse von dieser Entführung etwas mitbekommt. Unser Ruf wäre von heute auf morgen ruiniert. Ich denke, ich kann mich auf Ihre Verschwiegenheit in dieser Angelegenheit verlassen."

Prüfend blickte er erst zu Siebels, dann zu Till. Siebels glaubte, einen Funken Angst in seinen Augen erkannt zu haben. Angst vor der Presse oder Angst davor, dass seine Frau sich vielleicht doch mit diesem Graf F. vergnügt.

„Wir haben auch kein Interesse daran, diesen Fall publik zu machen. Das würde unsere Arbeit nur erschweren. Gibt es in den anderen Briefen irgendeinen Hinweis auf die Identität des Absenders? Oder darauf, dass Ihre Frau auf seine Briefe geantwortet hat?"

„Nein, aber ich habe auch nicht alle Briefe gelesen. Die meisten habe ich nur überflogen, einige habe ich noch gar nicht gelesen. Es sind mindestens fünfzig Briefe."

„Die würden wir dann gerne mitnehmen und uns im Präsidium näher damit beschäftigen. Vielleicht finden wir ja einen Hinweis auf den Absender."

„Aber denken Sie daran, dass diese Briefe streng vertraulich sind. Das gilt auch für Ihre Kollegen auf dem Präsidium." Tetzloff sprach langsam und sehr betont, es klang fast wie eine Drohung. Bevor Siebels darauf eingehen konnte, nahm Till den Karton mit den Briefen vom Tisch.

„Wir werden darauf aufpassen, als würde unser Leben davon abhängen."

„Das will ich hoffen. Ich bin auf Sie beide angewiesen und ich vertraue Ihnen. Aber wenn Sie mein Vertrauen missbrauchen, werde ich alles tun, um Ihnen Ihr Leben zur Hölle zu machen. Also passen Sie auch wirklich gut darauf auf."

Siebels drückte seine Zigarette im Ascher aus. „Wir werden uns noch heute intensiv damit beschäftigen, spätestens morgen haben Sie die Briefe wieder zurück. Haben Sie denn noch Informationen über Ihre rumänischen Freunde auftreiben können?"

„Ich habe einen Mitarbeiter damit beauftragt. Bis morgen Mittag haben Sie einen ausführlichen Bericht mit allen verfügbaren Informationen über diese Bande auf Ihrem Schreibtisch. Ich hoffe, Sie werden dann das Nötige veranlassen."

„Jetzt kümmern wir uns erst mal um die Briefe und wenn uns Ihre Informationen vorliegen, werden wir sehen, wie wir weitermachen. Bevor sich der Entführer nicht wieder mit Ihnen in Verbindung gesetzt hat, sollten wir nicht vorschnell in eine Richtung ermitteln. Er will Geld und er muss sich Gedanken machen, wie die Geldübergabe stattfinden soll. Auf diesen Punkt müssen wir uns dann konzentrieren."

„Ich will meine Frau lebend zurück. Und ich bin mir nicht sicher, ob das überhaupt im Sinne des Entführers ist. Abwarten ist keine gute Taktik, ich will Ergebnisse. Ich will diesen Mistkerl haben, so schnell wie möglich. Ist das klar?"

„Wir tun, was wir können. Und vergessen Sie nicht, ein Lebenszeichen von Ihrer Frau einzufordern, wenn er sich wieder meldet."

„Ich werde daran denken", antwortete Tetzloff. Er reichte den Beamten die Hand und beendete damit das Gespräch. Wie von Geisterhand gerufen, erschien Bogner in der Bibliothek, um die Beamten zum Ausgang zu begleiten. Tetzloff blieb sitzen. Als Siebels über die Türschwelle der Bibliothek schritt, drehte er sich noch einmal um.

„Ach, Herr Tetzloff, da fällt mir noch etwas ein. Heute Vormittag waren wir im Main-Taunus-Zentrum in einem kleinen Geschäft für Dessous. Der Laden gehört einer Freundin Ihrer Frau, wie sich herausstellte. Hatte Ihre Frau eigentlich so etwas wie eine beste Freundin?"

„Sie meinen eine Freundin, der sie Sachen anvertrauen würde, die sie mir nicht erzählen würde. Wollen Sie hören, dass es Simone mit mir zu langweilig war und sie die Nähe eines herrschaftlichen Grafen gesucht hat?"

„Wir sind nur auf der Suche nach Fakten, die uns helfen, Ihre Frau aufzuspüren. Alles andere interessiert uns wirklich nicht, Herr Tetzloff."

„Entschuldigen Sie bitte. Ich bin etwas gereizt. Diese Briefe haben die Sorgen, die ich mir mache, nicht gerade geschmälert. Wenn Simone so etwas wie eine beste Freundin hat, dann ist es Nadja. Nadja Asmussen, ihr gehört die Agentur, die sich um die Aufträge von Simone gekümmert hat. Die Agentur ist in Frankfurt, in Sachsenhausen. Ich schreibe Ihnen die Adresse und die Telefonnummer auf."

Bogner wartete geduldig und unscheinbar, bis Tetzloff den Zettel geschrieben hatte, und führte die beiden dann zum Ausgang der Villa.

Till saß auf dem Beifahrersitz, er hatte den Karton auf dem Schoß und schmökerte in den Briefen. Der Inhalt der Briefe erinnerte ihn an den letzten großen Fall im vergangenen Sommer. Ein Tagebuch hatte Siebels und ihn damals auf die Spur eines zweifachen Frauenmörders geführt. Die auf rotem Briefpapier geschriebenen Briefe erinnerten ihn an dieses Tagebuch. Während der Briefeschreiber aber die absolute männliche Dominanz verherrlichte, war der Tagebuchschreiber der absoluten Dominanz von Frauen verfallen. Dabei fiel ihm auch sein Streit mit Johanna wieder ein. Johanna spielte damals eine wichtige Rolle und wäre fast das dritte Opfer geworden. Wenn sich der Täter nicht vorher in sie verliebt hätte. Jetzt fühlte sie sich schuldig und besuchte diesen Kerl ständig im Gefängnis. Till hatte keine Ahnung, wie er die Beziehung mit Johanna noch retten konnte. Er wusste nur, dass ihm das alles gewaltig gegen den Strich ging. Siebels riss ihn aus seinen Gedanken.

„Gefallen dir die Briefe vom Grafen?"

„Die sind echt spannend. Erinnern mich an die Tagebuchaufzeichnungen vom Robert Kiesbach. Nur mit vertauschten Rollen, der hier will nicht gezüchtigt werden, der will selber züchtigen. Das Leben wäre doch viel einfacher, wenn es nicht so viele Verrückte gebe."

„Würdest du lieber Wohnungseinbrüche aufklären? Oder den Fall mit dem Obdachlosen, der im Park erschlagen wurde?"

„Nee, dann lieber die Sexbesessenen. Die sind spannender."

„Na also. Ich schmeiße dich am Präsidium raus, du kannst dich den ganzen restlichen Tag mit diesen Briefen beschäftigen. Am besten machst du Kopien. Aber lasse bloß nix auf dem Schreibtisch rumliegen. Der Tetzloff flippt aus, wenn da was durchsickert. Versuche herauszufinden, ob Simone Tetzloff sich mit dem Kerl getroffen hat. Oder ob es im Gespräch war. Und wenn du jeden Brief hundertmal liest, irgendeinen Anhaltspunkt über diesen Grafen müssen wir finden."

„Ich werde mir Mühe geben, den Graf zu überführen. Was machst du in der Zwischenzeit?"

„Diese Nadja Asmussen in der Agentur besuchen. Vielleicht hat Simone Tetzloff ja tatsächlich von diesem Grafen geschwärmt und es ihrer besten Freundin anvertraut. Laut Tetzloff wurde ja alle Fanpost von der Agentur vorab geprüft. Und die Grafenpost hat es immer bis zur Tetzloff geschafft."

Die beiden grinsten sich vielsagend an. Am Präsidium stieg Till aus, spätestens um 18.00 Uhr wollte Siebels wieder im Büro sein, Till sollte so lange auf ihn warten.

Die Agentur für Mode und Models hatte ihren Sitz in der Nähe vom Henninger Turm. Nadja Asmussen war die Inhaberin. Das Ambiente erinnerte Siebels an ein Reisebüro, anstatt der Prospekte und Kataloge von den Stränden dieser Welt hingen allerdings die Gesichter von Frauen an den Wänden, mit denen es die Natur gut gemeint hatte. Nadja Asmussen saß hinter einem Schreibtisch und telefonierte. Sie hatte lange schwarze Haare, Siebels schätzte sie auf Anfang bis Mitte vierzig. Er setzte sich auf den Stuhl vor ihrem Schreibtisch und wartete, bis sie ihr Telefonat beendet hatte. Die Gesichtszüge der Frau ließen erahnen, daß auch sie in früheren Jahren eine Schönheit gewesen sein musste. Aber die Jahre hatten ihre Spuren an ihr hinterlassen. In ihrem Gesicht konnte er nicht nur die Spuren der Zeit, sondern auch die Spuren von viel Arbeit, Stress und wenig Schlaf erkennen. Hätte die Frau im Supermarkt an der Kasse oder im Präsidium als Kommissarin gearbeitet, wäre ihm das gar nicht aufgefallen. Aber hier, wo sie von den Gesichtern zahlreicher junger Frauen umgeben war, war der Kontrast deutlich zu spüren. Anscheinend verhandelte sie gerade über die Gage eines ihrer Models. Ihr Tonfall klang bestimmend und resolut. Sie war zweifelsohne eine Geschäftsfrau, die sich durchgesetzt hatte und ihren Kampf im Geschäft des Glanz und Glamour täglich aufs Neue kämpfte. Endlich legte sie den Hörer auf und widmete sich ihrem Besucher.

„Sie sind bestimmt der Herr Siebels von der Polizei", sagte sie ihm auf die Nasenspitze zu und zündete sich eine Zigarette an.

„Herr Tetzloff hat Sie bereits informiert?"

„Ja, vor zehn Minuten hat er bei mir angerufen. Das ist ja eine schreckliche Geschichte. Die arme Simone."

„Was genau hat Herr Tetzloff Ihnen erzählt?"

„Nicht viel. Vor allen Dingen hat er mir mehr oder weniger gedroht. Außer mit Ihnen dürfte ich mit niemandem über die Sache reden. Nicht ein Sterbenswörtchen. Ansonsten würde ich das Leben von Simone auf das Spiel setzen und das würde er mir niemals verzeihen. Ansonsten sagte er nur, dass sie entführt wurde und dass Sie mit mir über Simone reden wollen. Wie kann ich Ihnen helfen?"

„Herr Tetzloff sagte, sie wären die beste Freundin seiner Frau. Stimmt das?"

„Ich denke schon, ja. Wir kennen uns seit über zehn Jahren. Ich habe Simone damals entdeckt. Und über das Geschäftliche hinaus haben wir uns auch privat sehr gut verstanden und im Laufe der Zeit sind wir richtige Freundinnen geworden."

„Ihre Freundin war eines der höchst bezahlten Models der Welt. Ich vermute, Sie haben viel Geld mit ihr verdient. Waren da die geschäftlichen Interessen einer Freundschaft nicht hinderlich?"

„Rein theoretisch gesehen würde ich Ihnen da Recht geben. Das ist ein hartes Geschäft und für Freundschaften bleibt nicht viel Raum. Aber Simone und ich waren einfach auf einer Wellenlänge. Und dem Erfolg hat unsere Freundschaft nicht im Weg gestanden, eher im Gegenteil. Ich konnte mich hundertprozentig auf Simone verlassen und sie sich auf mich. Vielleicht war unsere Freundschaft sogar der Grund für ihren Erfolg. Am Anfang ihrer Karriere hätte ich im Traum nicht daran gedacht, dass sie es einmal soweit bringen würde."

„So viel ich weiß, ist die Post von Frau Tetzloff über ihren Tisch gelaufen."

„Das stimmt nicht ganz. Als sie ganz oben auf der Karriereleiter angekommen war, mussten wir sie vor Journalisten und Verehrern schützen. Sie bekam eine geheime Telefonnummer und eine neue Wohnung, in der sie unter einem anderen Namen wohnte, wenn sie in der Stadt war. Die meiste Zeit war sie ja unterwegs und wohnte in Hotels. Wenn Journalisten einen Termin für ein Interview haben wollten, mussten sie ihre Anfragen über die Agentur laufen lassen. Und die vielen Verehrer, die sie auf der ganzen Welt hatte, konnten auch nur über die Agentur mit ihr in Kontakt treten. Aber es blieb ihr natürlich freigestellt, ihren Freunden und Bekannten ihre Adresse und den dazugehörigen Namen zu verraten. Private Post konnte sie also durchaus ohne die Agentur empfangen, wenn sie es wollte."

„Mich interessiert in erster Linie die Post, die sie von hartnäckigen Verehrern bekommen hat. Solche, die ihr regelmäßig über einen langen Zeitraum geschrieben haben. Fällt Ihnen dazu etwas ein?“

Nadja Asmussen inhalierte den Rauch der Zigarette tief in ihre Lunge ein und pustete ihn dann geräuschvoll aus. So, als wollte sie damit zum Ausdruck bringen, dass sie etwas zu sagen hätte, was nicht einfach auszudrücken war. „Es gab vielleicht drei oder vier Männer, die ihr recht häufig geschrieben haben. Die Briefe und Päckchen sind natürlich über meinen Tisch gelaufen.“

„Rote Briefe, geschrieben mit schwarzer Tinte, unterzeichnet von einem Graf F. Kennen Sie diese Briefe?“

„Ja, ich habe sie natürlich nicht gelesen. Aber Simone hat mir davon erzählt. Die Briefe vom Grafen musste ich ihr immer persönlich aushändigen. Die anderen habe ich meistens gesammelt und in einem großen Umschlag an ihre Adresse geschickt.“

„Was wissen Sie über diesen Grafen?“

„Verdächtigen Sie ihn, Simone entführt zu haben?“

„Es ist eine Spur, die wir verfolgen müssen. Frau Tetzloff hat seine Briefe gesammelt und es waren die einzigen Briefe, die sie nach der Hochzeit nicht vernichtet hat. Der Graf scheint es ihr angetan zu haben.“

„Ja, das stimmt schon“, seufzte Nadja Asmussen. „Simone hat mir einige dieser Briefe gezeigt. Sie fand seine Art zu schreiben faszinierend. Er hat so eine Art Spiel mit Simone gespielt und Simone fand Gefallen an diesem Spiel. Er machte immer Andeutungen in sexueller Hinsicht, kam aber nie auf den Punkt. Er war der Graf und Simone das reiche arme Mädchen. Simone, die begehrteste Frau im Land und doch einsam und allein. Die Welt lag ihr zu Füßen, aber sie sehnte sich nach einem starken Mann, der ihr Verlangen und ihre Sehnsucht nach männlicher Führung stillte. Dieser Mann war natürlich der Graf. Eines Tages würde sie ihn treffen und dann könnte sie endlich ihr wahres Leben leben. Simone würde sich ihm hingeben und unter der Führung des Grafen endlich ihre geheime Leidenschaft ausleben können. Als seine Sexsklavin. Simone fand das spannend und sehr erotisch. Sie hätte zu gerne gewusst, wer wirklich dahinter steckt. Wir haben vor einigen Monaten bei mir zu Hause bei einer Flasche Rotwein zusammengesessen und uns ausgemalt, wie der Graf aussieht.“

„Und? Zu welchem Ergebnis sind Sie gekommen?"

Frau Asmussen lachte. „Wir haben uns an Schauspielern orientiert. Am Anfang dachten wir an so Typen wie Charles Bronson, Bruce Willies oder Kevin Kostner. Unter dieser Voraussetzung hätte sogar ich gerne mal den Grafen persönlich kennen gelernt. Aber je länger wir darüber nachgedacht hatten, desto mehr kamen wir zu dem Entschluss, dass der Graf ein Blender ist."

„An was für Schauspieler haben Sie da gedacht?"

„An alle möglichen Komiker. An Jerry Lewis, Karl Dall, Michael J. Fox oder Pierre Richard. Das ist der Franzose, der Blonde mit dem schwarzen Schuh. Kennen Sie den?"

„Klar, den Film habe ich bestimmt fünf Mal gesehen."

„Dann lesen Sie die Briefe vom Grafen und denken dabei an Pierre Richard, wie er diesen Volltrottel spielt. Als wir das taten, war die erotische Atmosphäre aus seinen Briefen wie weggeblasen. Wir haben uns kaputt gelacht, als wir uns das vorstellten."

„Das kann ich mir denken. Könnten Sie sich trotzdem vorstellen, dass hinter dem Grafen ein Mann steckt, der meint, was er schreibt? Könnten Sie sich vorstellen, dass er auf Frauen so wirkt, wie er sich beschreibt? Dass er seine Fantasien auslebt?"

Frau Asmussen zuckte mit den Schultern. „Ich weiß es nicht. Daher ja auch der Vergleich mit den Schauspielern. Es ist einfach alles möglich. Aber er hat immer nur geschrieben. Er hat nie versucht, Simone einmal anzurufen oder ihr bei einem ihrer Auftritte persönlich vor die Augen zu treten. Daher denke ich eher, dass es ein Spinnner ist."

„Gab es überhaupt keine Versuche von ihm, mit Frau Tetzloff persönlich in Kontakt zu treten?"

„Nein, nicht dass ich wüsste. Jedenfalls hat Simone nie etwas in dieser Richtung erwähnt."

„Wenn er es getan hätte, hätte sie Interesse an einem persönlichen Treffen gehabt?"

„Das ist eine schwierige Frage. Wie gesagt, von seiner Schreiberei war sie fasziniert. Aber Simone war nicht dumm. Wenn sie sich mit ihm getroffen hätte, hätte sie vorher mit ihm telefoniert und sich auch ein Foto schicken lassen. Und ich bin mir ziemlich sicher, dass sie mir davon erzählt hätte. Und dann hätte die ganze Sache ja wahrscheinlich ganz anders ausgesehen.

Simone war sehr wählerisch mit ihren Männerbekanntschaften. Nur von einem geheimnisvollen Schreibstil hätte sie sich nicht überzeugen lassen. Ich bin mir ziemlich sicher, dass dieser Graf ein ganz harmloser Spinner ist und zwischen ihm und Simone nie ein persönlicher Kontakt zustande gekommen ist."

„Vielleicht haben Sie ja Recht. Vielleicht ist er ein Spinner, ein unattraktiver Zeitgenosse, der im wirklichen Leben bei Frauen überhaupt nicht ankommt. Aber Simone Tetzloff wurde mit Gewalt entführt und der Entführer scheint es nicht eilig zu haben, ein Lösegeld einzufordern. An der Entführung ist irgendetwas faul und dieser Graf passt da ganz gut ins Bild. Hat er keine Anhaltspunkte über seine wahre Identität gemacht? Eine Telefonnummer? Eine Angabe über sein Alter? Aus welcher Gegend er kommt? Kamen seine Briefe immer ohne Absender? Wo sind die Briefumschläge geblieben? Wo wurden sie abgestempelt? Sie müssen doch irgendwelche Anhaltspunkte haben."

„Lassen Sie mich nachdenken. Auf den Umschlägen stand immer nur Graf F. Abgestempelt waren die meisten Briefe in Köln. Manche auch in Bonn. Das ist aber auch alles, was ich dazu sagen kann. Tut mir leid."

„Wie ist denn das Verhältnis zwischen Simone Tetzloff und ihrem Mann? Sind sie wirklich das Traumpaar, als das sie in den Medien bei iherer Hochzeit hochgejubelt wurden?"

„Am Anfang auf jeden Fall, ja. Es war Liebe auf den ersten Blick. Sebastian hat viel Zeit mit Simone verbracht. Sie sind zusammen verreist, nach Südamerika, nach Kanada, und an den Wochenenden sind sie nach London oder Paris geflogen. Simone war überglücklich. Sie hatte den Absprung geschafft. Für viele Models kommt das Karriereende schleichend und sie sind nicht auf das Leben danach vorbereitet. Simone hat aufgehört, als sie noch ein absoluter Superstar war. Aber spätestens in zwei Jahren wäre ihr Stern langsam, aber sicher gesunken. Als Frau von Sebastian Tetzloff stehen ihr jetzt langfristig alle Türen der Gesellschaft offen."

„Sie sagten: am Anfang. Wie steht es denn jetzt um die beiden. Die Hochzeit ist doch noch gar nicht so lange her."

„Sie verstehen sich immer noch gut. Aber Sebastian verbringt bei weitem nicht mehr so viel Zeit mit ihr. Er kümmert sich wieder mehr um seine Geschäfte. Schließlich ist er ein erfolgreicher

Unternehmer und führt mehrere Firmen. Ein Arbeitstag hat bei ihm oft fünfzehn Stunden und mehr. Simone ist an ein ähnliches Arbeitspensum gewöhnt. In den letzten Wochen ist sie immer mehr zur Hausfrau mutiert. Das füllt sie natürlich nicht aus."

„Könnte das ein Grund für sie gewesen sein, sich den Grafen doch einmal aus der Nähe anzusehen?"

„Nein, das glaube ich nicht. Sie hat nach einer sinnvollen Beschäftigung gesucht, hat sich Gedanken über Kinder gemacht. Eine Affäre als Sklavin des Grafen ist ihr mit Sicherheit nicht in den Sinn gekommen, nur weil sie Langeweile hatte. Dafür war Simone nicht der Typ. Wenn, dann hätte sie ihn aus Neugier getroffen, nicht aus Langeweile."

„Wie ist denn Sebastian Tetzloff so als Mann? Verkörpert er den starken Mann, auf den ihre Freundin immer fixiert war?"

„Sebastian ist ein starker Mann, sonst wäre er nicht so erfolgreich im Beruf. Er kann sehr charmant und höflich sein, aber er ist auch durchsetzungsfähig und lässt sich nicht auf der Nase herumtanzen. Außerdem sieht er sehr gut aus und ist reich. Genau der Typ Mann, der zu Simone passt."

„Dass sie weggelaufen ist, halten Sie also für ausgeschlossen?"

„Das können Sie völlig ausschließen. Es gab überhaupt keine Anzeichen, dass Simone unglücklich mit ihm gewesen sein könnte. Das hätte sie mir erzählt. Im Gegenteil, das Einzige, was sie störte, war, dass er nicht mehr so viel Zeit mit ihr verbrachte."

„Wann haben Sie Simone Tetzloff zuletzt gesehen?"

„Das war vor zwei Wochen. Sie kam mittags in die Agentur und hat mich zum Essen eingeladen. Wir sind dann für zwei Stunden in die Stadt zu einem mexikanischen Restaurant gefahren."

„Hat sie irgendwelche Bemerkungen oder Andeutungen gemacht, dass sie sich verfolgt fühlte? Oder kam Ihnen sonst irgendetwas merkwürdig an ihr vor?"

Aufeinander gepresste Lippen und ein zaghaftes Kopfschütteln gingen der Antwort von Nadja Asmussen voraus. „Nein, überhaupt nicht. Wir haben viel über alte Zeiten gequatscht und uns Gedanken gemacht, was Simone mit ihrer überschüssigen Zeit anstellen könnte. Wir haben darüber gesprochen, ob sie mit in die Agentur einsteigen sollte. Aber sie wollte lieber etwas Neues machen, die Modewelt hinter sich lassen."

„Wie viele Mitarbeiter beschäftigen Sie denn hier?"

„Fest angestellt sind noch vier Mitarbeiter. Ein Fotograf, eine Sekretärin, ein Außendienstmitarbeiter und Helmut. Helmut ist so eine Art Mädchen für alles. Hin und wieder beschäftige ich auch Praktikantinnen, zur Zeit habe ich aber keine."

„Für das erste habe ich keine Fragen mehr. Sollte Ihnen noch etwas einfallen, rufen Sie mich bitte an. Hier ist meine Karte. Und behalten Sie die Geschichte für sich. Ich habe noch keine Ahnung, was genau hinter der ganzen Sache steckt und das Leben von Ihrer Freundin könnte wirklich in Gefahr sein, wenn ihr Verschwinden publik wird."

„Keine Sorge. Sebastian hat sich schon sehr deutlich ausgedrückt. Sie ist aber doch noch am Leben? Ihr geht es doch gut?"

„Davon müssen wir einfach ausgehen. Vielen Dank für Ihre Kooperation. Ich muss mich jetzt verabschieden."

9

Erinnerungen, September 1975

Die vier Tage, die ich mit den anderen Freiwilligen im Fort St. Nogent verbracht hatte, waren wie im Flug vorübergezogen. Die meiste Zeit war ich mit Thomas zusammen gewesen. Abends hatte ich mit ihm die wichtigsten Befehle der Legion auf französisch gepaukt. Am zweiten Abend hatten sich noch zwei Rekruten zu uns gesellt. Juan aus Spanien und Dimitri aus Griechenland, die beiden hatten große Probleme mit dem französischen, deswegen hatten wir dann zu viert gelernt und viel Spaß zusammen gehabt. Am fünften Tag hatten wir uns schon gut eingelebt, als die Reise auch schon wieder weitergegangen war. Ein Trupp von etwa achtzig Männern war mit Bussen zum Gare de Lyon in Paris gefahren worden. Von dort waren wir mit der Bahn weiter nach Südfrankreich transportiert worden. Während der langen Fahrt durch das ganze Land hatte uns der Sergent immer wieder zum Singen animiert. Es war aber nicht nur viel gesungen, sondern auch viel gesoffen worden.

Müde vom vielen Singen und Saufen hatten wir am Abend den Gare St. Charles in Marseille erreicht. Es war angenehm warm im Süden Frankreichs gewesen, eine frische Brise hatte von der Cote d'Azur geweht, die Lebensgeister waren langsam wieder in die Männer zurückgekehrt. Der Aufenthalt in Marseille war aber nur von kurzer Dauer gewesen. Ein Bummelzug, der uns weiter zu dem kleinen Bahnhof von Aubagne transportieren sollte, hatte bereits auf uns gewartet. Einigen Kameraden war es gelungen, während der kleinen Pause in Marseille noch Schnaps zu kaufen. Thomas hatte schon einiges gesoffen, der Schnaps hatte ihm den Rest gegeben. Er hatte unverständliches Zeug gelallt und in den Waggon gekotzt. Einer der Sergents hatte laut lachend neben Thomas gestanden, als der seinen Mageninhalt entleert hatte. Die Polen wären eigentlich immer die Trinkfestesten, hatte er meinem Freund zuposaunt und sich vor Lachen auf die Schenkel geklopft, als Thomas sich endlich ausgekotzt und in einer stinkenden Lache gestanden hatte. Zum Glück war die Fahrt nur kurz gewesen. Am Bahnhof von Aubagne hatte uns ein Bus erwartet, der uns an unser Ziel bringen sollte, in das fünf Kilometer entfernte Quartier Vienot, dem Hauptquartier der Fremdenlegion. Hier waren alle Freiwilligen auf ihrem Weg zur Grundausbildung durchgeschleust worden. Zunächst hatten wir die persönliche Habe, die uns noch geblieben war, abgeben müssen. Auch unsere Kleidungsstücke waren eingezogen worden. Nur die Unterwäsche und das Waschzeug hatten wir behalten dürfen. Der Soldat, der unsere Klamotten zur Einlagerung verpackt hatte, hatte uns einen angewiderten Blick zugeworfen, als er von Thomas dessen vollgekotzte Kleidung ausgehändigt bekommen hatte. Im Gegenzug hatten wir von ihm eine Grundausstattung an Kampfanzügen, Stiefeln, Trainingsanzügen und Turnschuhen ausgehändigt bekommen. Damit hatten wir den nächsten Schritt getan auf dem Weg zu einem abenteuerlichen Soldatendasein. Wir hatten unsere Unterkünfte zugewiesen bekommen, eine Stube mit sechs Betten. Thomas hatte sich kreideweiß im Gesicht neben mir hergeschleppt. Wir hatten Glück gehabt, Thomas und ich hatten uns mit Dimitri und Juan die Stube teilen können. Die zwei anderen Betten waren von zwei Schotten belegt gewesen. David war ein zwanzigjähriger dürrer Rotschopf gewesen, sein um einen Kopf kürzer geratener Landsmann Brian hatte einen stattlichen Bierbauch vor sich hergetragen und war an beiden Armen mit allerhand Motiven tätowiert gewesen. Die beiden Schotten waren mindestens genauso besoffen gewesen wie Thomas. Die drei waren auf ihre Betten gefallen und nicht mehr ansprechbar gewesen. Dimitri und Juan hatten mich zur Kantine begleitet, wo wir uns mit Bohnensuppe gestärkt hatten.

Am nächsten Morgen waren die Schotten wieder fit gewesen, nur Thomas hatte noch geschwächelt. Die laute Stimme des Sergent hatte uns geweckt, die Neulinge hatten sich im Kasernenhof zu versammeln. Dort hatten wir zehn Minuten später in unseren neuen Anzügen in Reih und Glied gestanden. Ein Lieutenant war vor uns auf und ab geschritten, er hatte unseren

Haufen gemustert und sich breitbeinig vor uns aufgestellt. Seine Worte hatte ich mir fest eingeprägt.

„Bis hierher habt ihr es geschafft, ich gratuliere. Aber wenn ihr denkt, ihr wärt bereits vollwertige Mitglieder der Legion, dann muss ich euch enttäuschen. Die nächsten drei Wochen werden zeigen, wer von euch das Zeug zu einem Legionär hat. Ich sehe in eure müden Gesichter und ich sehe Franzosen, Engländer, Schotten, Polen, Deutsche, Jugoslawen, Griechen, Spanier und Schweden. Habe ich jemanden vergessen?"

Am Ende meiner Reihe hatte ein junger Mann seine Hand gehoben. „Liechtenstein", hatte er dem Lieutenant selbstbewusst entgegengebrüllt.

„Ah, Liechtenstein. Es ist mir ehrlich gesagt scheißegal, wo ihr herkommt. Denn entweder ihr seid bald wieder da, wo ihr herkommt, nämlich in der Gosse, oder wir machen euch zu Legionären. Und wenn das wirklich passieren sollte, dann seid ihr für die nächsten fünf Jahre keine Franzosen, Spanier, Schweden oder Liechtensteiner mehr. Dann seid ihr Legionäre. Einer für alle und alle für einen. Ein Legionär verliert lieber sein Leben, als seinen Mut. Diese Armee, in der ihr dienen wollt, hat schon viele Schlachten geschlagen. Helden ließen in fremden Ländern ihr Leben für die Kameraden und für die Legion. 1870 kämpften Legionäre im deutsch-französischen Krieg. 930 Männer verloren ihr Leben. 1883-1885 kämpften zu allem entschlossene Männer in Indochina. Damals verlor die Legion 370 tapfere Männer. Über 2000 Legionäre fielen zwischen 1903 und 1934 auf den Schlachtfeldern in Nordafrika. Im zweiten Weltkrieg bezahlten über 9000 Männer den Mut und die Ehre, ein Legionär zu sein, mit ihrem Leben. Von 1947 bis 1954 kämpfte die Legion wieder in Indochina. Mehr als 10000 Männer kehrten nicht mehr zurück. Kaum war Indochina vorbei, da brodelte es in Algerien. Am Ende des Algerienkrieges waren 1855 Männer gefallen. Kriege sind schmutzig. Die dreckigsten Jobs in den schmutzigsten Kriegen sind den Legionären vorbehalten. Ihr habt jetzt drei Wochen Zeit, um euch zu überlegen, ob ihr diese Drecksarbeit erledigen

wollt. Und wir werden testen, ob ihr das Zeug dazu habt, in jedem beschissenen Krieg, in jedem beschissenen Land an vorderster Front zu stehen. Bereit, euer beschissenes Leben für die Legion zu opfern. Denkt gut darüber nach, ihr habt nur dieses eine Leben."

Der Lieutenant hatte uns mit diesen eindringlichen Worten zum Frühstückssaal entlassen, dort hatte ich dann meinen Zimmergenossen die wichtigsten Teile der Rede des Lieutenants übersetzt. Erst in englisch, dann noch einmal in deutsch für Thomas. Anschließend hatten wir schweigend am Tisch gesessen, die Worte des Lieutenants hatten ihre Wirkung nicht verfehlt. David hatte mich gefragt, ob ich bereit wäre, mein Leben für die Legion zu opfern. Ich hatte lange nachdenken müssen, bevor ich ihm eine Antwort geben konnte. Ich hatte ihm gesagt, dass mein Leben nichts mehr wert sei. Dass die Legion der einzige Ort auf der Welt sei, an dem ich ein neues Leben beginnen könnte. Nur hier könnte ich mit einem neuen Namen von vorne anfangen. Philippe van Kerken. Und wenn das Leben von Philippe van Kerken durch die Legion einen Wert bekäme, dann wäre es meine Pflicht, dieses Leben für die Legion zu opfern.

David hatte ehrfürchtig genickt, meine Worte hatten ihn überzeugt. Die anderen hatten sich uns angeschlossen. Es hatte keiner Worte bedurft. Juan, Dimitri, Thomas, David, Brian und ich hatten schweigend an dem Tisch gesessen. Wir hatten uns kaum gekannt, aber wir wussten, dass jeder sein Leben für den anderen geben würde. In diesem Moment war zwischen sechs heimatlosen Männern ein Pakt geschlossen worden, der jedem von ihnen wieder eine Heimat geschenkt hatte.

Montag, 01. Dezember 2003, 17.45 Uhr

Siebels kämpfte sich im Frankfurter Feierabendverkehr von einer roten Ampel zur nächsten. Seine Finger trommelten nervös auf dem Lenkrad. Er hatte das Gefühl, keinen Schritt voran zu kommen. Weder auf dem Weg zum Präsidium, wo Till auf ihn wartete, noch im Fall Tetzloff, wo Jensen schnellstens Ergebnisse sehen wollte. Sein Gespräch mit Nadja Asmussen hatte ihn nicht weitergebracht, der Graf blieb eine unbekannte Größe im Leben der Simone Tetzloff. Siebels zündete sich eine Zigarette an und wählte auf dem Handy die Nummer von Sabine. Er hatte Sehnsucht nach ihrer Stimme und er wusste, dass er sie in den nächsten Tagen und Nächten nur wenig sehen würde. Das Gespräch war nur kurz, Sabine hatte auch noch Dienst. Bei der Sitte stand eine Einsatzplanung an, am nächsten Abend sollte eine Razzia in einem illegalen Bordell durchgeführt werden. Sabine Karlson hatte in diesem Fall verdeckt gearbeitet und sich das Vertrauen einer aus Osteuropa eingeschleusten Frau erkämpft. Siebels bekam ein flaues Gefühl in der Magengegend, solche Einsätze konnten gefährlich werden. Die Hintermänner dieser Schleuserbanden entpuppten sich in der Vergangenheit schon öfter als skrupellose Kriminelle, die ohne Vorwarnung von der Schusswaffe Gebrauch machten. Siebels erwähnte aber nichts von seinen Sorgen, sondern schlug Sabine vor, dass er in seinem Büro auf sie warten würde.

Als er eine halbe Stunde später endlich sein Büro betrat, war Till in ein Telefongespräch mit Johanna vertieft. Die Briefe des Grafen lagen über seinen Schreibtisch verstreut. Till beendete sein Gespräch, als er Siebels erblickte.

„Habt ihr wieder Streit gehabt?“, wollte Siebels wissen.

„Es ist immer der gleiche Mist. Ich würde gerne was mit ihr unternehmen und sie hat einen vollen Terminkalender. Besuch bei Kiesbach im Knast, Besuch bei dem anderen Kiesbach im Krankenhaus. Der wird wieder mal operiert. Immer noch die Spätfolgen des Autounfalls. Und bei ihrem Praktikum im Krankenhaus hat sie ständig Nachtschicht. Soll ich mich vielleicht darüber freuen, dass wir uns nur alle drei Wochen mal sehen?“

„Bald ist Weihnachten, dann machen wir mal was zu viert, was hältst du davon?“

„Frage nicht mich, Johanna ist das Problem.“

„Das bekommen wir schon hin. Sabine freut sich auch schon drauf.“

Siebels deutete auf die Briefe. „Wie war deine Lesestunde? Irgendwelche neuen Erkenntnisse? Bei der Asmussen habe ich jedenfalls nichts Aufregendes erfahren. Außer, dass sie und die

Tetzloff die Briefe des Grafen erotisch fanden. Dass es ein Treffen zwischen Simone Tetzloff und diesem Adligen gab, hält sie für unwahrscheinlich."

„Zwischen Simone Tetzloff und dem Grafen vielleicht nicht, aber der Graf hat eine Kollegin der Tetzloff getroffen. Das schreibt er ihr jedenfalls in einem seiner tollen Briefe. Ansonsten gibt es keinerlei Hinweise auf seine Identität. Es steht auch nie ein Datum auf den Briefen, aber ich habe mal versucht, seine geistigen Ergüsse in die richtige zeitliche Reihenfolge zu ordnen. Er erwähnt immer irgendwelche Fotos oder Modenschauen, auf denen er sein Weib bewundert hat. Wenn wir rausbekommen, wann die Tetzloff was gemacht hat, dann können wir den ganzen Schrieb zeitlich noch besser einordnen. Ob uns das weiterbringt, wage ich aber zu bezweifeln."

„Da kann uns die Asmussen behilflich sein, die hat ja alle Termine für die Tetzloff gemanagt. Über ihren Schreibtisch ist auch die ganze Grafenpost gewandert. Die Briefe wurden in Köln abgestempelt, manche auch in Bonn. Mehr konnte sie leider nicht dazu sagen. Seine Adresse hat er nie auf den Umschlag geschrieben. Mit welcher Kollegin der Tetzloff will er sich denn getroffen haben?"

„Hier ist der Brief, lies selbst. Er erwähnt darin auch Fotoaufnahmen von der Tetzloff auf den Bahamas. Das könnte vor fünf Jahren gewesen sein. Jedenfalls hatte die Tetzloff da eine Fotosession auf den Bahamas, soviel habe ich rausgefunden."

Siebels machte es sich in seinem Stuhl bequem, er legte die Füße auf den Schreibtisch, zündete sich eine Zigarette an und fing neugierig an, den Brief zu lesen.

Guten Tag Simone,

mich drängt es wieder, dir zu schreiben, dich an meinen Gedanken teilhaben zu lassen. Schlägt dein Herz höher, wenn du meinen Brief in deinen Händen hältst? Überschlagen sich deine Gedanken, wenn du meine Zeilen liest? Erregt es dich, wenn du dir vorstellst, wie ich dich zu meinem Weib mache? Eines Tages sollst du Gelegenheit haben, mir diese Fragen zu beantworten. Wenn es dann noch der Worte bedarf, was ich bezweifele.

Die Männer, die keine Ahnung haben, was du wirklich begehrst, werden von deinen Aufnahmen auf den Bahamas begeistert sein. In diesen knappen Bikinis kommt deine weibliche Figur wirklich sehr gut zur Geltung. Noch viel besser käme sie aber in einem eng geschnürten Korsett zur Geltung. So würdest du auf der Burg des Grafen bekleidet sein. Mit halterlosen schwarzen Strümpfen, einem Halsband und Stöckelschuhen möchte ich dich bewundern. Und ich weiß, wie sehr du es schätzen würdest, dich als ein wahres Weib zu präsentieren. Bis jetzt bist du doch nur ein Playboy-Häschen, dessen Fotos von pubertierenden Jungs und altersschwachen Lüstlingen als Wichsvorlage missbraucht werden.

Wenn du wissen willst, wie es ist, wenn der Graf dich benutzt, dann frage ruhig einmal eine Kollegin von dir. Marina Schlesinger. Sie hat zwar nicht deine Klasse, was die körperlichen Attribute angeht, aber sie weiß es zu schätzen, einem Mann zu Diensten zu sein. Ich hatte viel Spaß mit ihr und sie wird bestimmt mit Freude und großer Erregung an unsere gemeinsamen Treffen zurückdenken. Diese Information möchte ich aber als vertraulich behandelt wissen und ich weiß, dass ich mich auf dich verlassen kann.

Marina weiß auch, wie du mit mir Kontakt aufnehmen kannst. Nun liegt es an dir. Willst du deine geheimen Fantasien in die Tat umsetzen? Trau dich, du wirst es nicht bereuen. Wie du dich auch entscheidest, meine Briefe werden dich auch weiterhin begleiten.

Graf F.

Siebels legte den Brief wieder zu den anderen. Wenigstes hatten sie jetzt etwas Greifbares in der Hand, wenn ihnen Jensen morgen wieder auf die Pelle rücken würde. Ob dieser Graf mit der Entführung etwas zu tun hatte, stand aber noch auf einem völlig anderen Blatt.

„Wer ist diese Marina Schlesinger? Hast du schon mal was von der gehört?"

„Bis vor einer Stunde noch nicht, aber jetzt kann ich dir einiges über sie erzählen." Die schlechte Laune nach dem Telefonat mit Johanna war bei Till wie weggeblasen. Strahlend fing er an zu berichten, was er rausgefunden hatte. „Marina Schlesinger arbeitete auch als Model. Sie ist drei Jahre älter als die Tetzloff und war gerade dabei Karriere zu machen, als die Tetzloff noch eine unbekannte Nummer in der Modewelt war. Ein Autounfall hat die Model-Karriere der Schlesinger aber schlagartig beendet. Ihr rechtes Bein ist jetzt etwas kürzer als das linke und am Hals hat sie eine hübsche Narbe als Andenken zurückbehalten. Der Aufstieg der Tetzloff und das Ende der Schlesinger haben sich vor etwa zehn Jahren gerade so überschnitten. Die beiden müssen sich noch kennen gelernt haben, sie hatten zwei oder drei gemeinsame Auftritte. Eine Modenschau in Paris, eine in Mailand und ein Fotoshooting in Barcelona. Die Schlesinger wurde übrigens auch von Nadja Asmussen gemanagt."

„Das trifft sich ja hervorragend. Dann werde ich der Dame gleich morgen einen weiteren Besuch abstatten."

„Ist das auch so eine Schönheit?"

„Eine Schönheit würde ich sie nicht nennen. Sie war vielleicht mal eine. Aber eine tolle Frau ist sie schon. Mit Sabine kann allerdings keine von denen mithalten."

„Davon bin ich überzeugt." Erschrocken drehte sich Siebels um, Sabine Karlson stand hinter ihm, er hatte die Tür zum Büro nicht geschlossen.

„Hi, da bist du ja schon, meine Schönheitskönigin."

„Gerade noch mal die Kurve gekriegt, Chef. Ich geh mal zum Cola-Automat. Habt euch lieb, aber schnell, in zehn Minuten bin ich wieder da." Till ließ die beiden allein im Büro, Sabine Karlson ließ sich in seinen Stuhl fallen.

„Wie war die Einsatzbesprechung?", wollte Siebels wissen.

„Ging schneller, als ich dachte. Morgen abend lassen wir die Bande hochgehen."

„Pass auf dich auf. Mit diesen Kerlen ist nicht zu spaßen."

„Mach dir keine Gedanken, mein Job ist eh schon erledigt. Jetzt ist das SEK an der Reihe. Ich bleibe im Hintergrund und lasse mich erst blicken, wenn meine Informantin in Gewahrsam genommen wird. Ich soll dafür sorgen, dass sie keine Panik bekommt und keinen Rückzieher macht. Wenn alles klappt, sagt sie als Zeugin aus."

„Gratuliere, dann hast du einen guten Job gemacht."

„Das werden wir morgen sehen. Ich fahre jetzt heim, ich brauche dringend eine Runde Schlaf. Wie lange bist du noch hier?"

„Nicht mehr lange. Till war gerade dabei, von seinen Ermittlungsergebnissen zu erzählen. Der Fall Simone Tetzloff. Sieht so aus, als hätten wir es wieder mit sexuell Verirrten zu tun. Wir sind gerade einem Grafen auf die Spur gekommen. Der wollte die Tetzloff auf seiner Burg mit schwarzen Strapsen, Halsband und eng geschnürtem Korsett in Ketten legen und zu seinem willigen Weib machen. Das hat er ihr jedenfalls geschrieben. Und die Tetzloff scheint sogar Gefallen daran gefunden zu haben."

„Das hört sich doch auch sehr verlockend an, findest du nicht?"

Sabine blickte herausfordernd zu ihrem Liebhaber.

„Da sprechen wir noch mal drüber, wenn der Baron Siebels dich zur Baronesse gemacht hat und dir seinen Folterkeller zeigt."

„Oh, da freue ich mich aber drauf."

Till war gerade mit seiner Cola zurückgekommen. „Hey, habe ich da was verpasst? Was für einen Folterkeller?"

Die Karlson machte seinen Stuhl wieder frei und griff ihm zärtlich ins Haar. „Das ist noch nix für dich. Du musst dir erst mal deine Sporen als Knappe verdienen. Wenn du Glück hast, kommt irgendwann ein Burgfräulein und erhebt dich zum Grafen oder zum Baron. Erst dann darfst du die Vorzüge eines Folterkellers kennen lernen."

„Mein Burgfräulein treibt sich lieber im Kerker rum und kümmert sich um die Weggeschlossenen, anstatt mich zum Adel zu küren. Irgendwas läuft da verkehrt."

„Wer geadelt werden will, muss vorher seine Prüfungen bestehen. Also streng dich gefälligst etwas mehr an, sei geduldig und immer nett zu deinem Burgfräulein, dann kümmert sie sich auch um dich."

„Dein Wort in Gottes Ohr. Ich frage mich nur, wie ich mich kümmern soll, wenn sie nie da ist."

„Wenn du sie in deinem Herzen trägst, hast du sie immer bei dir."

„Seid ihr jetzt fertig? Wir müssen noch was arbeiten, Prinzessin Tetzloff wurde von Banditen entführt und König Jensen lässt uns in der Hölle schmoren, wenn wir sie nicht bald befreien."

„Ich glaube eher, er wird unsere Köpfe dem Prinzen Tetzloff auf einem silbernen Tablett servieren, sauber abgehackt und liebevoll geschrumpft." Zum besseren Verständnis fuhr Till sich noch mit dem Zeigefinger quer über die Kehle.

„Ich bin schon weg, ihr tapferen Helden. Erzählt mir von dem Folterkeller des Grafen, wenn ihr die Prinzessin befreit habt, ja?"

Die Karlson ließ die beiden wieder allein. Ihr kurzer Auftritt hatte den müden Siebels wieder munter gemacht und in dem verstimmten Till die Sehnsucht nach Johanna geweckt.

„Wo waren wir stehen geblieben?" Siebels war aus dem Konzept gekommen, der Griff zur Zigarette war in solchen Situationen unvermeidlich.

„Bei Marina Schlesinger. Die ist mittlerweile verheiratet, hat zwei Kinder und ist Hausfrau. Sie heißt jetzt übrigens nicht mehr Schlesinger, sondern Klarwitter."

„Wo wohnt sie?"

„Da haben wir Glück. Seit einem Jahr lebt sie mit ihrer Familie in Frankfurt. Ihr Mann wurde von Düsseldorf nach Frankfurt versetzt, er leitet hier eine Werbeagentur. Sie haben ein Häuschen im Mertonviertel."

„Na fein, dann machen wir für heute Feierabend und morgen früh statten wir der Dame einen kleinen Besuch ab."

Till sprang erleichtert auf und freute sich auf den Abend. Er hatte sich vorgenommen, mit Johanna einen schönen Abend zu verbringen. Gerade als er sich von Siebels verabschieden wollte, klingelte dessen Telefon. Siebels nahm ab und stellte den Lautsprecher ein, als er die Stimme von Sebastian Tetzloff erkannte.

„Der Entführer hat sich wieder gemeldet. Bogner war heute Nachmittag in der Stadt und hat Besorgungen für mich gemacht. Er hat den Wagen in einem Parkhaus abgestellt. Als er wieder kam, fand er einen Brief, auf dem Umschlag stand mein Name. Er ist von ihm."

„Sind Sie jetzt in Ihrem Haus?"

„Nein, ich bin noch im Büro. Aber ich fahre jetzt gleich los. Wir können uns in einer halben Stunde bei mir treffen."

„Ist in Ordnung, ich fahre auch gleich los."

Siebels legte den Hörer wieder auf, der unglückliche Gesichtsausdruck von Till blieb ihm nicht verborgen.

„Mach du mal Feierabend. Ich fahre allein. Vielleicht erreiche ich Charly, der könnte eventuell nützlich sein."

„Bist du sicher?"

„Mach schon, dass du raus kommst. Wir sehen uns morgen."

Montag, 01. Dezember 2003, 8.15 Uhr

Sie war vor über einer Stunde wach geworden und stand nun vor dem vergitterten Fenster in ihrem Zimmer. Sie war eine Gefangene, aber sie wusste nicht, warum. Sie war entführt worden, wurde in diesem Zimmer festgehalten und rund um die Uhr war diese Kamera auf sie gerichtet. Sie bezweifelte, dass es ihm um Geld ging. Er schien selbst viel Geld zu haben. Seine Kleidung, sein Geruch, sein ganzes Auftreten deuteten auf einen wohlhabenden Mann hin. Er hatte auch keine Anstalten gemacht, sein Äußeres vor ihr zu verbergen. Er trug keine Maske, wie es bei Entführern üblich war, wenn sie ihren Opfern unter die Augen traten. Es sei denn, er hatte gar nicht die Absicht, sie jemals wieder lebend aus diesem Zimmer zu lassen. Sie musste diese Variante bei ihren Überlegungen mit einbeziehen. Aber ihre Menschenkenntnis sagte ihr, dass von ihm keine tödliche Gefahr ausgehen wird. Als er ihr gestern die blutende Lippe abtupft hatte, war er fürsorglich, fast zärtlich zu ihr gewesen. Er hatte nicht die Absicht, sie zu töten. Da war sie sich sicher. Aber was wollte er? War er doch der Graf? Der geheimnisvolle Briefeschreiber, der sie mit seinen Zeilen immer wieder in den Bann gezogen hatte? Hat er sein Versprechen wahr gemacht? Diese Möglichkeit erregte und verängstigte sie gleichermaßen. Sie dachte an Sebastian. Sie liebte ihn und würde sich auf kein Abenteuer einlassen, das ihre Ehe zerstören könnte. Am schlimmsten war für sie die Ungewissheit. Die Ungewissheit, was auf sie zukommen würde, wie lange er sie hier gefangen halten würde, warum er sie überhaupt hier eingesperrt hatte. Sie wollte unter die Dusche, aber sie hatte keine frischen Kleider. Sie bekam Hunger, es gab nicht einen Krümel

Essbares in diesem Zimmer. Ihr wurde schmerzlich bewusst, wie hilflos sie ihm hier ausgeliefert war. Sie wandte sich vom Fenster ab und stellte sich vor die Kamera. Minutenlang blickte sie in die Linse, sie stellte sich vor, wie er in einem anderen Zimmer vor einem Monitor saß und sie beobachtete. Sie wollte ihm demonstrieren, dass sie sich nicht von ihm einschüchtern lassen würde. Nichts geschah, sie stand einfach nur im Zimmer und starrte auf die Kamera. Das Gefühl der Stärke, das sie ihm demonstrieren wollte, verließ sie wieder. Sie schmiss sich auf das Bett, drückte ihr Gesicht ins Kopfkissen und vergoß einige wenige Tränen der Verzweiflung.

Die Tür ging ausgerechnet in dem Moment auf, als sie auf dem Bett lag und die Schwäche zeigte, die sie vor ihm verbergen wollte. Mit leisen und kleinen Schritten kam er zu dem Bett. Sie hielt ihr Gesicht weiter in das Kissen gedrückt, sie rührte sich nicht und wartete auf eine Reaktion von ihm. Nichts geschah, er blieb schweigend neben dem Bett stehen. Sie spürte seine Blicke. Sie hatte sich soviel vorgenommen, wenn er sich ihr wieder zeigen würde. Sie wollte mit ihm reden, ihm klarmachen, dass er sie wieder gehen lassen sollte. Sie wollte ihm zeigen, dass er das nicht mit ihr machen konnte. Dass er seinen Plan aufgeben sollte, was auch immer sein Plan war. Sie hatte gedacht, sie könnte ihn verbal attackieren und ihm die Ausweglosigkeit dieser Situation vor Augen führen. Aber jetzt lag sie wie ein Häufchen Elend vor ihm, sie brachte kein Wort über die Lippen, konnte ihm noch nicht einmal in die Auge sehen. Dabei hatte sie die letzten Stunden so oft vor der Kamera gestanden und sich gewünscht, es wären seine Augen und nicht die Linse, in die sie schauen würde. Sie wollte wütend sein, wollte ihn anschreien und ihm die Augen auskratzen. Jetzt lag sie vor ihm und alles war anders. Sie fühlte sogar Erleichterung. Das Gefühl, nicht mehr allein mit sich und ihren vielen Gedanken in diesem Zimmer zu sein, wirkte tröstlich auf sie. Seine Anwesenheit hatte etwas Entwaffnendes, obwohl er noch kein Wort gesagt hatte. Sie drehte sich langsam herum und sah ihn endlich an. Sein Gesicht wirkte freundlich. Seine Lippen formten sich zu einem sympathischen Lächeln, als sie sich ihm zuwandte. Er hatte etwas Weißes in seinen Händen.

„Guten Morgen. Ich hoffe, du hast gut geschlafen. Du solltest jetzt duschen, ich bringe dir in einer halben Stunde Frühstück vorbei. Hast du einen besonderen Wunsch? Frische Brötchen, Käse, Wurst, Marmelade, Nutella, Kaffee, Tee, Orangensaft?"

Sie schaute ihn ungläubig an und fand ihre Fassung wieder. „Entwickelt sich das ganze hier jetzt zu einem Fünf-Sterne-Urlaub? All inclusive? Vielleicht haben Sie da was verwechselt? Ich habe nämlich gar keinen Urlaub gebucht."

Wieder entwaffnete er sie mit seinem sanften Lächeln. „Wenn du dich benimmst und mir keine Schwierigkeiten machst, wirst du hier den schönsten Urlaub deines Lebens verbringen können. Gebucht wurde für dich schon vor vielen, vielen Jahren."

„Was soll das heißen?"

„Das erfährst du später. Jetzt überlege dir lieber, was du frühstücken möchtest."

„Nutella, Edamer mit 15% Fettanteil und Gelbwurst als Belag für die Brötchen. Kaffee mit Milch und Zucker, ein Glas Orangensaft und zwei Dreiminuteneier. Außerdem brauche ich frische Kleider."

„Kein Problem. Hier ist ein frisches T-Shirt. Mehr Kleidung benötigst du im Moment nicht."

Er legte das weiße T-Shirt, das er die ganze Zeit in der Hand gehalten hatte, auf das Bett.

„Ich brauche auch frische Unterwäsche."

„Wenn du frische Unterwäsche brauchen würdest, hätte ich dir welche gegeben. Es langt, wenn du das T-Shirt trägst. Du kannst die Heizung noch höher drehen, falls du frieren solltest." Seine Tonlage verriet, dass er keine Widerrede dulden würde. Er verließ das Zimmer und sie betrachtete sich das weiße T-Shirt. Sie dachte wieder an den Grafen, der ihr geschrieben hatte, dass er sie in einem eng geschnürten Korsett und in schwarzen Strapsen sehen wollte. Sie zweifelte immer mehr daran, dass dieser Mann der Graf sein könnte. Sie ging unter die Dusche und überlegte fieberhaft, wer er war, wenn er nicht der Graf war. Das heiße Wasser prasselte auf ihren nackten Körper, sie seifte sich ein, die Seife roch nach Lavendel und war nicht billig gewesen. Es gab keinen Duschvorhang, ihr Blick fiel auf die Löcher in der Wand über der Tür. Dort hing gestern noch die zweite Kamera. Sie bedauerte es fast ein wenig, dass er sie jetzt nicht beobachten konnte. Sie liebte es, ihren Körper zu präsentieren. Sogar jetzt, als Gefangene. Sie würde sich nicht vor ihm verstecken. Wenn er sie beobachten wollte, sollte er das tun. Sie war stolz auf sich und auf ihren Körper und diesen Stolz brauchte sie nicht zu verbergen. Das Bad wurde vom Wasserdampf vernebelt, sie drehte das Wasser ab, stieg aus der Dusche und wischte mit ihren Händen den Beschlag vom Spiegel. Sie bewunderte ihr Spiegelbild und schwor sich, dass sie sich vor ihm weder verstecken noch schämen würde. Sie griff zum Handtuch und rubbelte ihren nassen Körper trocken. Dabei stellte sie sich vor, die Kamera wäre noch an ihrem Platz. Mit anmutigen Bewegungen ließ sie das Handtuch über ihren Körper streifen. Sie trocknete sich mit kreisförmigen Bewegungen die Brust ab, langsam und sinnlich. Das Handtuch verdeckte dabei ihren Körper bis zu den Knien. Sie trocknete sich mit fast lasziven Bewegungen den Bauch und die Schenkel ab. Dann schwang sie das Handtuch hinter sich und rubbelte es sich langsam nach links und nach rechts ziehend über ihren Rücken. In ihr wuchs ein Gefühl der Überlegenheit. Sie war nackt, sie war gefangen, aber sie hatte noch ihren Stolz. Und den würde ihr niemand nehmen. Sie zog sich das weiße T-Shirt über, es reichte ihr bis zu den Knien.

10

Montag, 01. Dezember 2003, 21.50 Uhr

Das Tor zur Villa Tetzloff stand sperrangelweit offen, als Siebels seinen BMW auf das Grundstück lenkte. Kaum hatte er den Wagen vor der Eingangstür abgestellt, kam ihm auch schon Bogner entgegen. Der Chauffeur wirkte äußerst gelassen, wie immer, wenn Siebels ihm begegnete.

„Guten Abend, Herr Bogner. Sie sind wohl auch immer im Dienst?"

Bogner ignorierte die Frage, mit einer Handbewegung deutete er Siebels an, ihm in die Villa zu folgen. „Herr Tetzloff erwartet Sie in der Bibliothek. Er ist sehr beunruhigt, wegen des Briefes."

Im gleichmäßigen Schritt stieg Bogner die Treppe hoch. Auf Siebels machten seine mechanischen Bewegungen den Eindruck, als würde Bogner mit jedem Gang durch dieses Haus ein Ritual vollziehen. Vor der Holztür zur Bibliothek drehte sich Bogner noch einmal zu Siebels um, so gleichmäßig und eintönig wie er lief, klopfte er dann auch mit den Knöcheln seiner Finger gegen die Tür. Er wartete aber nicht auf ein Zeichen von seinem Dienstherrn, sondern öffnete die Tür und gab Siebels den Weg in die Bibliothek frei. Tetzloff kam ihm entgegen, er wirkte nervös.

„Da sind Sie ja endlich. Kann ich Ihnen etwas anbieten? Einen Whisky oder einen Cognac vielleicht?"

„Danke, aber ich bin im Dienst und muss noch fahren. Aber einen Kaffee würde ich nicht ablehnen, wenn es keine Umstände macht."

„Herr Bogner bringt gleich welchen. Setzen wir uns doch."

Vor wenigen Stunden noch saß Siebels auf dem gleichen Sessel, auf den er sich jetzt wieder sinken ließ. Zum zweiten Mal wurde er an diesem Tag in der Bibliothek von Sebastian Tetzloff mit einem Brief konfrontiert. Dankbar griff er in die Zigarettenschachtel, die Tetzloff ihm entgegen hielt. Tetzloff gab ihm auch Feuer, die Initialen ST waren auf dem goldenen Feuerzeug eingraviert. In dem Aschenbecher auf dem kleinen Tisch zeugten die gerauchten Kippen von Tetzloffs Nervosität. Siebels konnte sich nicht erinnern, in diesem Haus schon einmal einen vollen Aschenbecher gesehen zu haben. Endlich kam Tetzloff zur Sache und deutete neben den Aschenbecher, dort lag der zusammengefaltete Brief.

„Es ist das gleiche Papier und die gleiche Schrift wie bei den anderen Briefen."

Siebels griff nach dem Papier und faltete es auseinander. Er musste den Inhalt zweimal lesen, bevor er begriff, was der Entführer für ein Spiel trieb.

WOLLEN SIE IHRE FRAU ZURÜCK?
WWW.EBAY.DE
KLEIDUNG & ACCESSOIRES
HOCHZEIT
BRAUTKLEID MODELL ST
NUR FÜR KENNER

SPÄTESTENS IN 7 TAGEN SOLLTEN SIE IHR ANGEBOT ABGEGEBEN HABEN

„Das Verkaufsangebot steht seit heute Mittag 13.00 Uhr im Netz. Das Pseudonym des Verkäufers lautet: Mobutu Sese Seko", sagte Tetzloff und seine Fassungslosigkeit stand ihm deutlich ins Gesicht geschrieben.

„Der Mistkerl bietet Ihre Frau bei Ebay zum Verkauf an und fordert Sie auf, ein Angebot abzugeben", resümierte Siebels. „Entweder ist er ein ganz ausgekochter Typ, der gerne Spielchen spielt, oder er ist einfach nur blöd. Bei Ebay muss man sich doch registrieren, auch wenn er nicht seinen richtigen Namen benutzt, hat er jetzt trotzdem seine Spuren hinterlassen. Bevor ich im Präsidium losgefahren bin, habe ich versucht, meinen Kollegen Charly Hofmeier zu erreichen. Ich habe ihm eine Nachricht hinterlassen, dass er mich schnellstmöglich zurückruft. Er wird bestimmt sehr schnell herausfinden, wer sich hinter diesem Pseudonym versteckt. Mobutu Sese Seko, klingt merkwürdig. War das nicht irgendein afrikanisches Staatsoberhaupt?"

„Genau", pflichtete Tetzloff ihm bei. „Mobutu gelangte 1965

durch einen Putsch an die Macht im Kongo. Anfang der 70er Jahre benannte er das Land um in Zaire. Bis zu seinem Sturz durch die Rebellen 1997 regierte Mobutu in Zaire, Ende der 90er kam Laurent Kabila an die Macht und gab dem Land seinen alten Namen wieder zurück, Kongo."

„Warum nennt sich der Entführer nach einem entmachteten afrikanischen Präsidenten? Haben Sie dafür eine Erklärung?"

„Nein, beim besten Willen nicht. Ich begreife das alles nicht. Das ist doch absurd. Aber er meint es Ernst. Der Dreckskerl hat ein Foto von Simone unter seiner Anzeige veröffentlicht. Ein Foto von unserem Hochzeitstag, Simone trägt ihr Brautkleid, es wurde vor der Kirche aufgenommen, in der wir getraut wurden."

Leise pfiff Siebels durch die Zähne, der Entführer schien alles bis ins Detail von langer Hand geplant zu haben. Das sprach für einen Profi.

„Haben Sie das Foto vorher schon einmal gesehen? Wurde es in einer Zeitschrift veröffentlicht?"

„Ich bin mir ziemlich sicher, dass ich es noch nie zuvor gesehen habe, und ich glaube auch nicht, dass es irgendwo abgedruckt war. Simone hatte damals einen Pressedienst mit der Sammlung aller Artikel und Fotos, die mit unserer Hochzeit in Verbindung standen, beauftragt. Sie hat in Bastelarbeit ein Buch daraus gemacht, ein Geschenk für ihre Mutter."

„Wir werden das noch einmal überprüfen. Wenn das Foto nirgends publiziert wurde, müssen wir davon ausgehen, dass der Entführer auch der Fotograf war."

„Wir haben vor fast zwei Jahren geheiratet. Zwei Jahre sind eine lange Zeit, Sie wollen mir doch nicht weismachen, dass diese Entführung bereits seit Jahren geplant wurde? Wir hätten etwas bemerken müssen, Simone und ich."

Bogner betrat gewohnt gefühlsneutral die Bibliothek und servierte auf einem silbernen Tablett den Kaffee. Seine Anwesenheit erstickte alle eben noch im Raum spürbaren Emotionen. Siebels beobachtete ihn, wie er aus der kleinen Kanne den Kaffee in die Tassen fließen ließ. Bogner war immer präsent, Bogner kannte mit Sicherheit die kleinen und großen Geheimnisse aus dem Eheleben von Sebastian und Simone Tetzloff. Siebels fragte sich, was dieser Bogner gemacht hatte, bevor er in den Dienst von Sebastian

Tetzloff eingetreten war. Der Gedanke, dass Bogner als Komplize des Entführers fungieren könnte, kam Siebels spontan in den Sinn. Aber die besten Gedanken waren oft die, die sich ganz plötzlich und ohne Vorwarnung im Kopf festsetzten. Solche Gedanken wurden auch nicht im Kopf geboren, sie entstanden im Bauch, entbehrten jeder Logik und hatten doch etwas Überzeugendes. Beobachtungsgabe und Menschenkenntnis waren die Eltern solcher Gedanken, der Bauch diente als Brutstätte, tief drin im Polizistenbauch entwickelte sich der Verdacht. Ein Verdacht, der nicht sofort sichtbar wurde, weil der Kopf alle Gedanken für sich beanspruchte. Tausend Gedankengänge im Kopf, ein ungeordnetes Wirrwarr, das ständig mit neuen Informationen gefüttert werden musste, damit man es entknäulen konnte. Der Kopf verarbeitete langsam, aber sicher die tausend wirren Gedankengänge und suchte sich konsequent den Weg aus dem Irrgarten. Der Ausgang endete nicht selten im Nichts. Tausend Gedankengänge und keiner davon führte zum Ziel. Plötzlich setzten die Wehen ein, ein Verdacht wurde aus dem Bauch geboren, hatte jetzt Platz im Kopf, denn die tausend Gedankengänge wurden vom Nichts, in das sie führten, verschluckt.

Siebels kippte die Kaffesahne und zwei Löffel Zucker in seinen Kaffee. Die Theorie vom im Bauch geborenen Verdacht präsentierte er immer gern auf Seminaren für den Kriminalisten-Nachwuchs. Er versäumte es aber auch nie, am Ende seiner philosophischen Vorträge über ermittlungstechnische Vorgehensweisen seine Zuhörer darauf aufmerksam zu machen, dass sich der im Bauch geborene Verdacht im Nachhinein oft als Missgeburt entpuppt. Die Frage, ob sich der plötzlich aufkeimende Verdacht gegen Bogner zu einer nicht überlebensfähigen Missgeburt entwickeln würde oder zum Anfang eines Gedankenganges, der sicher zum Ziel führte, wollte sich Siebels im Moment noch nicht beantworten. Aber er würde diesen Verdacht in den nächsten Tagen nähren und wärmen und seine Entwicklung genauestens beobachten.

„Verstehen Sie jetzt, warum ich unter allen Umständen verhindern will, dass die Sache an die Öffentlichkeit gelangt?" Tetzloff hatte mittlerweile seinen Laptop hochgefahren und die betreffende Seite bei Ebay geladen, Simone Tetzloff wurde im Brautkleid zum Kauf angeboten, nur für Kenner. Siebels nickte, er konnte sich lebhaft vorstellen, welche Schlagzeilen dieser Fall in den Zeitungen auslösen würde. Er sah Staatsanwalt Jensen vor seinem geistigen Auge wie Rumpelstilzchen durch das Präsidium hüpfen. Trittbrettfahrer und Scherzbolde aus der ganzen Republik würden die Ermittlungen lahm legen. Anstatt einer Entführung im Fall Simone Tetzloff würden die Medien über eine Versteigerung berichten, ein Horrorszenario.

„Sie hatten Recht mit Ihrer Einschätzung, ja. Aber ich frage mich, wie lange wir noch ein Geheimnis daraus machen können. Das Gesicht Ihrer Frau gehört zu den bekanntesten Gesichtern in Deutschland. Wie viele Frauen suchen bei Ebay nach einem Brautkleid und werden Ihre Frau dort erkennen? Kann es vielleicht sein, dass der Entführer Sie mit seinem Spielchen ins Licht der Öffentlichkeit ziehen will? Ist da etwas Persönliches im Spiel? Haben Sie mir etwas verschwiegen, Herr Tetzloff?"

„Ich bin nicht der Täter, ich und meine Frau, wir sind die Opfer in diesem Fall. Verwechseln Sie das bitte nicht, Herr Siebels. Ich habe Ihnen nichts verschwiegen, was der Aufklärung hilfreich sein könnte, und ich habe keine Ahnung, was im Kopf von dieser elenden Kreatur vorgeht. Sagen Sie mir lieber, wie ich mich jetzt Ihrer Meinung nach verhalten soll. Er gibt mir eine Woche Zeit, soll ich solange Däumchen drehen? Soll ich ein Angebot abgeben und sehen, ob ich den Zuschlag für meine Frau bekomme? Mich kotzt das alles an."

„Bis Mittwoch sollten wir abwarten, bis dahin haben wir seine Registrierungsdaten bei Ebay überprüft. Dann steht die Sache vielleicht in einem ganz anderen Licht da. Jedenfalls macht die Art und Weise seiner Lösegeldforderung nicht den Eindruck, als würde er unter Druck stehen. Das ist ein gutes Zeichen, was das Wohlbefinden Ihrer Frau betrifft."

„Wenn sie nicht schon längst tot ist", widersprach ihm Tetzloff halbherzig.

„Das glaube ich nicht, dann hätte er es nämlich umso eiliger, an das Geld zu kommen und zu verschwinden." Der Bonanza-Sound ertönte in der Hosentasche von Siebels, peinlich berührt entschuldigte er sich bei seinem Gesprächspartner und beeilte sich, sein Handy ans Ohr zu bekommen. Charly meldete sich endlich, Siebels bestellte ihn für den nächsten Morgen in sein Büro.

Erinnerungen, September 1975

Die erste von vier Wochen hatten wir hinter uns gebracht. Die vier Wochen im Quartier Viénon in Aubagne hatten der endgültigen Auslese gedient. Die Legionsanwärter waren hier auf ihre Tauglichkeit geprüft worden, die Legion hatte gesiebt und wer nicht im Netz hängen geblieben war, war dazu verdammt gewesen, in sein altes Leben zurückzukehren. Meine Kameraden und ich hatten die medizinischen Untersuchungen ohne Beanstandungen hinter uns gebracht. Die folgenden Intelligenztests hatten mich nur ein müdes Lächeln gekostet, meine schottischen Freunde waren gerade so durchgekommen. Der Intelligenztest hatte Fragen aus dem Gelernten der Schulzeit beinhaltet. Fragen der Allgemeinbildung und aus der Mathematik waren auf einer Punkteskala von 1 bis 20 benotet worden. Sechs Punkte hatten ausgereicht, um Mitglied in der Legion zu werden. David war auf acht Punkte und Brian auf sieben gekommen. Thomas hatte mit seinen fünfzehn Punkten überdurchschnittlich abgeschnitten, obwohl er sich mehr auf dem Bau als in der Schule herumgetrieben hatte. Meine zwanzig Punkte waren einzigartig geblieben und hatten mir die Führungsrolle in meiner Gruppe gesichert. Die wirkliche Hürde hatte ich erst in der zweiten Woche zu überwinden gehabt, die Gespräche über mein Motiv, ein Legionär zu werden. Zuerst war jeder Anwärter einem Einzelinterview unterzogen worden, ein Unteroffizier hatte uns Fragen zu unserer Vergangenheit gestellt. Bei Dimitri waren es familiäre Probleme gewesen, die ihn letztendlich zur Legion verschlagen hatten, Thomas war ein ewiger Flüchtling auf der Suche nach einer Heimat gewesen und David hatte in der Legion eine Möglichkeit gesehen, seine Drogenanfälligkeit zu überwinden. In Schottland hätten drei Jahre Gefängnis auf ihn gewartet. Aber was hätte ich dem Unteroffizier erzählen sollen? Dass mir meine Vergangenheit geraubt worden war? Ich hatte ihm nichts zu erzählen gehabt, weil ich mir selbst nichts erzählen konnte. Mein Bewusstsein hatte sich geweigert, über das nachzudenken, was passiert war. Nur in meinem Unterbewusstsein hatte das Erlebte gelebt. Nachts, wenn ich geschlafen hatte, waren die Dämonen gekommen und hatten mir das Blut gezeigt, das klebrige Blut. Es hatte an meinen

Händen geklebt, es war mir bis in die tiefsten Winkel meiner Seele gespritzt und hatte sich nicht mehr abwischen lassen. Es war das Blut von der Frau, die ich geliebt hatte. Das Blut war aus ihrem Kopf gespritzt und mit dem Blut war das Leben aus ihrem Körper geflossen. Sie hatte ihr altes Leben geben müssen und ein neues im Himmel bekommen. Jetzt war sie ein Engel, ein bezaubernder Engel, irgendwo da oben. Mein altes Leben war ohne sie kein Leben mehr gewesen. Ich hatte ein neues Leben in der Legion gefunden. Ein Leben als dreckiger Legionär, der auf die Hölle eines schmutzigen Krieges vorbereitet werden sollte.

Aber das hatte ich keinem der Unteroffiziere erzählen können. Ich hatte ihnen stattdessen von Claude erzählt. Claude war einer von ihnen gewesen und er hatte sich für mich verbürgt. Das sowie meine Sprachkenntnisse und mein Abschneiden beim Intelligenztest hatten den Ansprüchen meiner Gesprächspartner voll und ganz genügt.

Montag, 01. Dezember 2003

Er hatte sein Versprechen wahr gemacht, ihre Gefangenschaft erinnerte sie mehr an einen Urlaub als an eine Entführung. Das Frühstück bekam sie exakt nach ihren Wünschen serviert. Anschließend führte er sie durch das Haus, zeigte ihr die Räume, in denen sie sich frei bewegen durfte. Ein mit den modernsten Geräten ausgestatteter Fitness-Raum, eine Sauna, ein Solarium und eine Bibliothek standen ihr zur Verfügung. Nur ihre Neugierde befriedigte er nicht. Die Frage nach dem Grund ihrer Gefangenschaft ignorierte er genauso wie ihre Fragen nach seiner Person. Er behandelte sie wie eine Königin, ließ aber keine Zweifel an seiner Autorität aufkommen. Nach dem Frühstück ließ er sie allein, ihre Zimmertür blieb offen, sie konnte sich innerhalb der ihr zugewiesenen Räumlichkeiten frei bewegen. Sie nutzte ihre neu gewonnenen Freiheiten und versuchte sich auf den Geräten im Fitness-Raum. Anschließend kundschaftete sie ihr Terrain nach Fluchtmöglichkeiten aus. Aber es gab keine. Sämtliche Fenster waren vergittert. Von welchem Fenster sie auch nach draußen schaute, weit und breit konnte sie keine Hilfe erspähen, schreien war zwecklos. Das Haus musste in einer einsamen Gegend stehen, umrandet von Wald und Wiesen. Sie suchte nach Telefonanschlüssen und fand keine. Sie konnte von der ersten Etage ungehindert bis in den Keller kommen, aber es gab keine Tür nach draußen. Fast kam es ihr so vor, als wäre das Haus nur zu dem Zweck ihrer Gefangenschaft gebaut worden. Ein goldener Käfig. Ratlos fand sie sich mit ihrem Schicksal ab und suchte Entspannung in der Sauna. Eine halbe Stunde lang rekelte sie sich auf der Holzbank, 80°C brachten sie schnell zum Schwitzen. Ihr Blick schweifte über die Holzblanken, mit denen die Sauna verkleidet war. Sie suchte nach einer versteckten Kamera, konnte aber keine ausmachen. Trotzdem zweifelte sie daran, unbeobachtet zu sein. Sie lag auf dem Rücken und stellte sich vor, wie er vor einem Monitor saß und sie beim schwitzen beobachtete. Der Gedanke erregte sie, sie hatte noch den süßlich-herben Geruch seines Parfums in der Nase. Vor ihrem geistigen Auge erschien sein Gesicht. Sein sanftes, aber bestimmendes Lächeln, blaugraue Augen schauten sie tiefgründig und geheimnisvoll an. Sie spürte die Schweißtropfen auf ihrer nackten Haut, ein dünner Film hatte sich auf ihrem ganzen Körper gebildet. Sie sah das Begehren in seinen Augen, stellte sich vor, wie er mit der Kamera ihren Busen auf dem Monitor ganz nah an sich heran zoomte. Ihre Hand wanderte zu ihrer Brust, sie hatte das Gefühl, als würde ihr Busen in Flammen stehen. Mit der Handfläche wischte sie den Schweißfilm von ihrer Brust, in der Hitze bildete sich sofort ein neuer. Sie sah sein Lächeln und ihre Fingerspitzen spielten mit ihrer Brustwarze, sie rieb ihre Knospe zwischen den feuchten Fingern und spürte deutlich die Erregung in ihrem Körper aufsteigen. Ihre Gedanken waren nur bei ihm und führten ihre Hand über ihren verlangenden Körper. Das Feuer, das ihre Fingerspitzen in ihrer Brust entfacht hatten, brannte plötzlich lichterloh zwischen ihren Schenkeln. Sie hörte sich selbst seufzen, als ihre Hand dieses Feuer noch weiter entfachte. Stoßweise sog sie die heiße Luft ein und wieder aus, kleine Schweißrinnsale liefen über jede Wölbung ihres Körpers, sie hatte die Kontrolle über sich verloren und wusste, dass es kein Zurück mehr gab. Ihr brodelnder Körper verlangte, dass sie es zu Ende brachte. Sie stellte sich vor, wie er mit der Kamera zwischen ihre Schenkel zoomte und öffnete sich für ihn. Weit spreizte sie ihre Schenkel, streichelte sich, rieb ihre Handfläche über das brennende Zentrum ihrer Lust. Sie ließ ihr Becken rhythmisch dem massierenden und vordringenden Finger entgegenkommen und genoss jeden einzelnen ihrer immer lauter werdenden Lustseufzer. Sie ließ einen zweiten suchenden Finger in ihre feuchte Lustgrotte eindringen. Ihre Lust steigerte sich ins Unerträgliche. Hemmungslos trieb sie ihrem Orgasmus entgegen. Sie wünschte sich nichts sehnlicher, als das er ihr jetzt zuschauen würde, wenn die Wellen der Befriedigung ihren Körper durchzogen. Mit einem lauten Stöhnen kündigte sie ihren Höhepunkt an. Ihr ganzer Körper bebte und zuckte vor Ekstase, als eine Welle nach der anderen von ihr Besitz ergriff.

Sie blieb noch einige Minuten still liegen, bevor sie ihren Saunagang beendete. Er hatte an alles gedacht. Direkt neben der Sauna stand eine Duschkabine. In einem verspiegelten Schrank fand sie frische Handtücher, Feuchtigkeits-Lotion und Cremes, einen Fön, eine Bürste und sogar einen Ladyshaver hatte er dort deponiert. Sie pflegte ihren Körper, rieb sich mit der Lotion ein und betrachtete sich dabei im Spiegel. Sie betrachtete ihr Spiegelbild, ihren makellosen Körper und suchte nach einer Erklärung für ihr Benehmen. Sie fand keine. Weder dafür, dass sie in ihrer Situation eine solche ungezügelte Lust in sich verspüren konnte, noch dafür, dass sie sich dieser Lust dermaßen hemmungslos hingegeben hatte. Sie streifte sich das T-Shirt über, es war alles, was er ihr an Kleidung zugestand. Sie war ihm ausgeliefert, alles was sie noch hatte, war ihr Stolz. Und tief in ihrem Inneren wusste sie, dass es ihr Stolz war, den er brechen wollte. Der Gedanke entsetzte und erregte sie zugleich.

Dienstag, 02. Dezember 2003, 8.15 Uhr

Als Till im Büro erschien, saßen Siebels und Charly schon vor dem Computer. Till war nicht gerade bei bester Laune, beim Frühstück hatte er wieder mal Streit mit Johanna gehabt. Er begrüßte seine Kollegen und schaute ihnen neugierig über die Schulter, als diese überhaupt nicht reagierten.

„Brautkleider? Habe ich was verpasst? Wer macht denn den

Anfang von euch beiden?"

„Schau mal genau hin, du Schlauberger. Nicht auf das Kleid, schau auf die Braut."

„Ach, ihr wollt die Braut kaufen. Wenn das Sabine erfährt ..."

„Das ist die Tetzloff, du Schnarchnase. Der Entführer hat sie bei Ebay unter der Rubrik Hochzeitskleider ins Netz gestellt. Bis nächsten Montag erwartet er von Tetzloff das Gebot."

„Wahnsinn. Und wenn ein anderer mehr bietet? Was dann?"

„Vergiss es, die kannst du dir nicht leisten."

„Auf Bräute habe ich zur Zeit auch absolut keinen Bock."

„Schon wieder Stress mit Johanna?"

„Frag mich nicht. Ich hole mal Kaffee. Willst du auch einen, Charly?"

„Schwarz bitte, du bist ein Schatz."

Till überhörte die Bemerkung und schaufelte das Kaffeepulver in die Filtertüte. Die neue Wendung im Fall Simone Tetzloff ging ihm durch den Kopf. „Bei Ebay muss man sich doch registrieren lassen, da kriegen wir ihn doch dran, oder?"

„Charly ist schon dran. Wir zwei fahren jetzt zu der Klarwitter, in der Zwischenzeit kümmert sich Charly um Ebay. Ich kann mir aber kaum vorstellen, dass er sich mit seinem bürgerlichen Namen und seiner Adresse da eingeloggt hat. Das wäre ja zu schön."

„Der echte Mobutu ist er jedenfalls nicht. Der ist nämlich vor ein paar Jahren gestorben. Vielleicht ein Fan von ihm?", mutmaßte Charly.

„Es gibt einen Zusammenhang, das Pseudonym hat er nicht willkürlich gewählt, da bin ich mir ganz sicher. Aber eine Verbindung zwischen der Entführung von der Tetzloff und einem verstorbenen afrikanischen Präsidenten kann ich beim besten Willen nicht erkennen." Siebels schaute ratlos zu Charly, der schaute genauso ratlos zurück.

„Fahrt ihr erst mal zu dieser Klarwitter, wenn ich die Daten von Ebay habe, sind wir vielleicht schlauer."

Es schneite leicht, als Siebels und Till das Präsidium verließen. Sie hatten noch kurz beratschlagt, ob sie ihren Besuch bei Marina Klarwitter vorher telefonisch ankündigen sollten, entschieden sich dann aber für einen Überraschungsbesuch. Das Mertonviertel war ein Neubaugebiet im Norden von Frankfurt. Exakt auf die Bedürfnisse von Familien mit kleinen Kindern zugeschnitten, reihte sich ein Häuschen neben das andere. Die kleinen Vorgärten lagen unter einer dünnen Schneedecke, die der aufsteigenden Sonne nicht lange widerstehen würde. Das Haus der Familie Klarwitter lag am Rand der Siedlung, Siebels musste mehrere Runden drehen, bis er es endlich entdeckte.

Ein blonder Dreikäsehoch mit Nutella verschmiertem Gesicht öffnete die Tür. „Mama ist in der Küche und Papa im Geschäft", erzählte er stolz und blickte die Besucher freudestrahlend an.

Siebels kniete sich hin, zeigte dem kleinen Mann seinen Polizeiausweis und stellte sich vor.

„Wir sind von der Polizei. Kannst du schon lesen? Hier steht es auf meinem Ausweis."

„Bringt ihr mich jetzt ins Gefängnis?" Das Lächeln des Jungen verschwand, dafür bekam er ganz große Augen.

„Wie ein Verbrecher siehst du ja eigentlich gar nicht aus. Oder täusche ich mich da?"

„Ich bin kein Verbrecher. Ich konnte gar nix dafür. Die Scheibe war einfach zu dünn."

„Die Scheibe war also zu dünn. Und deswegen ist sie kaputt gegangen?" Siebels freute sich diebisch über den neuen Fall. Der Kleine blieb todernst und schilderte die Sache aus seiner Sicht.

„Genau. Ich habe nur ganz leicht gegen den Ball getreten. Aber dann kam der Wind und der Ball ist gegen die Scheibe geflogen."

„Welche Scheibe war es denn?" Jetzt bekam auch Till Spaß an dem Verhör und schaltete sich ein.

„Da drüben, bei der alten Frau Meier. Gestern hat sie eine neue Scheibe bekommen. Aber sie gibt meinen Ball nicht mehr her. Der gehört ihr aber nicht, der gehört mir. Auch wenn er in ihre Küche geflogen ist. Es ist trotzdem mein Ball. Verhaften Sie die alte Frau Meier? Sie hat nämlich meinen Ball geklaut. Mein Papa hat gesagt, die Versicherung macht eine neue Scheibe. Aber meinen Ball gibt die trotzdem nicht mehr her, kommt die deswegen jetzt ins Gefängnis?"

„Sollen wir sie denn mitnehmen und ins Gefängnis stecken?"

„Ja." Mit einem eifrigen Nicken bestätigte der kleine Mann seine Ansicht, Siebels strich ihm amüsiert über die blonden Haare.

„Wie alt bist du denn?"

„Fünf."

„Und wie heißt du?"

„Markus."

„Freut mich, dich kennen zu lernen, Markus. Um die Frau Meier kümmern wir uns später, jetzt würden wir gerne mit deiner Mutti sprechen."

„O.K., ich hole sie. Warte mal einen Moment."

Frau Klarwitter hatte das Klingeln gar nicht gehört. Überrascht kam sie zur Tür, Markus hing an ihrem Rockzipfel und redete auf sie ein, die Polizei würde jetzt die Frau Meier verhaften, weil sie seinen Ball geklaut hätte. Als sie tatsächlich die Polizeiausweise von Siebels und Till vor die Nase gehalten bekam, wurde sie wütend und fing gleich an zu schimpfen.

„Die Alte spinnt doch, das ist doch kein Grund, gleich die Polizei zu rufen. Wir haben uns doch sofort um eine neue Scheibe gekümmert. Die soll jetzt mal wieder den Ball von Markus rausrücken. Er wird auch in Zukunft nicht mehr auf der Straße Fußball spielen, das haben wir ihm schon erklärt."

„Das ist wohl ein kleines Missverständnis, Frau Klarwitter. Mein Name ist Siebels und das hier ist mein Kollege Herr Krüger. Wir sind von der Kripo Frankfurt und würden uns gerne ein paar Minuten mit Ihnen unterhalten."

Verwirrt schaute Marina Klarwitter zu den beiden Beamten, dann zu ihrem Sohn und dann wieder zu den Polizisten. „Worum geht es denn?"

„Wir haben nur ein paar Routinefragen. Es geht um Frau Simone Tetzloff. Nach unseren Informationen haben Sie Frau Tetzloff noch in Ihrer aktiven Zeit als Model kennen gelernt."

„Ach du liebe Güte, das ist doch schon eine Ewigkeit her. Und deswegen wollen Sie jetzt mit mir sprechen?"

„Wenn es keine Umstände macht. Dürfen wir reinkommen?"

Marina Klarwitter führte ihren Besuch ins Wohnzimmer, begleitet von heftigen Protesten ihres Sohnes, der vehement seinen Ball von der Polizei zurückforderte. Siebels und Till warteten einige Minuten im mit Lego-Steinen übersäten Wohnzimmer, bis Frau Klarwitter ihren Sohn ins Kinderzimmer verfrachtet hatte und mit frischem Kaffee zurückkam.

„Tut mir leid, Markus ist ein kleines Energiebündel und er beharrt auf seinem Recht, seinen Ball wieder zu bekommen. Ich dachte wirklich, dass die Frau Meier uns jetzt deswegen die Polizei ins Haus geschickt hätte. Wie kommen Sie jetzt bloß auf die Simone? Ich habe seit Jahren keinen Kontakt mehr zu ihr. Wäre es nicht so groß in den Medien rausgekommen, wüsste ich nicht einmal, dass sie geheiratet hat und jetzt Tetzloff heißt."

„Was wir Ihnen jetzt sagen, ist zur Zeit noch streng vertraulich und ich möchte Sie bitten, mit niemandem darüber zu sprechen."

„Sie machen es aber spannend. Aber bitte, ich kann schweigen wie ein Grab", versicherte Frau Klarwitter.

„Wie Sie ja bereits gesagt haben, hat Ihre ehemalige Kollegin vor einiger Zeit Herrn Sebastian Tetzloff geheiratet. Wie Sie sicher wissen, ist Herr Tetzloff ein prominenter Unternehmer und sehr wohlhabend. Aus diesem Grund sind wir sehr darum bemüht, unsere Ermittlungen diskret durchzuführen. Einen Pressewirbel können wir uns nämlich zur Zeit überhaupt nicht leisten, das sehen wir unter anderem auch in Ihrem Interesse so."

„Vielleicht erzählen Sie mir endlich mal, worum es überhaupt geht. Ich kann mir nämlich überhaupt nicht vorstellen, dass ich Ihnen irgendwie behilflich sein könnte", unterbrach ihn Frau Klarwitter.

„Um es auf den Punkt zu bringen: Frau Tetzloff wird seit einigen Tagen vermisst."

„Vermisst? Sie ist verschwunden? Das tut mir leid, aber bei mir ist sie mit Sicherheit nicht. Und ich wüsste auch wirklich nicht, wo sie sein könnte."

„Darum geht es auch nicht. Wir haben aber bei unseren Ermittlungen eine Gemeinsamkeit zwischen Ihnen und Frau Tetzloff entdeckt, es liegt für Sie zwar schon einige Jahre zurück, könnte aber von großer Wichtigkeit sein."

„Das Einzige, was Simone und ich gemeinsam hatten, war der Beruf. Und bevor es bei mir richtig losging, war es auch schon wieder vorbei. Dafür ist es bei Simone dann richtig losgegangen. Wie eine Rakete ist die plötzlich abgegangen, das war für mich damals ziemlich frustrierend. Ich vermute, Sie wissen bereits, dass ein Autounfall meine Karriere als Model von heute auf morgen beendet hat."

„Ja, das wissen wir."

„Jetzt habe ich zwei tolle Kinder und einen Mann, den ich liebe. Heute weiß ich, dass das viel mehr Wert ist als die Karriere, die ich aufgeben musste. Falls Sie der Meinung sind, ich hätte irgendwelche Rachegelüste auf Simone, muss ich Sie leider enttäuschen."

Überrascht von den Gedankengängen seiner Gesprächspartnerin schüttelte Siebels energisch seinen Kopf.

„Um Himmels Willen, Frau Klarwitter, diese Idee hatten wir wirklich nicht im Sinn."

„Ja, was wollen Sie dann von mir?"

„Es geht um einige Briefe, die wir im Besitz von Frau Tetzloff gefunden haben. Briefe, die ihr ein gewisser Graf F. geschrieben hat. Geht Ihnen jetzt ein Licht auf?"

Für einen Moment blickte Marina Klarwitter völlig ausdruckslos an Siebels und Till vorbei.

„Irgendwann musste mich diese Geschichte ja wieder einholen", flüsterte sie.

„Wir wollen uns wirklich nicht in ihr Privatleben einmischen, aber wir befürchten, dass dieser Graf etwas mit dem Verschwinden von Simone Tetzloff zu tun hat. Und Sie sind unsere einzige Verbindung zu ihm."

„Woher wissen Sie von meiner Verbindung zu ihm?", fragte sie erstaunt.

„Er hat viele Briefe an Frau Tetzloff geschrieben, er wollte sich unbedingt mit ihr treffen. In einem seiner Briefe hat er auf Sie verwiesen, als Referenz sozusagen."

„Dieser verfluchte Mistkerl", murmelte das ehemalige Model vor sich hin. „Ja, ich habe mich damals mit ihm getroffen. Mein Gott, ich war jung und dumm und neugierig. Wie alt war ich damals? Vielleicht zwanzig, ich weiß es nicht mehr. Zuerst hielt ich ihn für einen Spinner, ständig bekam ich Briefe von ihm. Dann wurde ich aber doch neugierig, damals wollte ich alles mal ausprobieren, wissen Sie."

„Sie brauchen uns weder etwas zu erklären, noch müssen Sie sich bei uns entschuldigen. Wir wollen von Ihnen nur wissen, wie wir den Kerl finden können."

„Er hat also auch an Simone diese Briefe geschrieben. Und jetzt glauben Sie, dass sich Simone bei ihm befindet? Wenn dem so ist, dann ist sie aber freiwillig bei ihm. Er schreibt nämlich nicht nur interessante Briefe, er ist auch sehr interessant."

„Wie dürfen wir das verstehen?"

„So, wie ich es sage. Er machte keine leeren Versprechungen, der wusste genau, wie man mit Frauen umgeht. Mit Frauen, die auf so etwas stehen. Bei mir war das damals eine einmalige Geschichte, trotzdem denke ich hin und wieder noch ganz gerne und mit einer Gänsehaut daran zurück." Sie zwinkerte Siebels kurz und mit einem verschmitzten Lächeln zu, dann war sie wieder ganz Hausfrau und Mutter. „Die Verschwiegenheit, die Sie von mir verlangt haben, kann ich ja hoffentlich auch von Ihnen erwarten?"

„Selbstverständlich", beeilte sich Siebels, sie zu beruhigen.

„Ich dachte immer, mein großes Geheimnis wäre in meinen Erinnerungen sicher verborgen, da habe ich mich wohl getäuscht. Ich vermute, mein Mann wäre ziemlich verwirrt, wenn er erfahren würde, dass ich mal ganz verrückt danach war, mich einem sexbesessenen Grafen zu unterwerfen."

„Der Graf interessiert uns wirklich ausschließlich in Bezug auf den Verbleib von Simone Tetzloff. Was er sonst so treibt oder getrieben hat, ist völlig belanglos."

„Das sagen Sie jetzt. Immerhin liegen meine Erfahrungen mit ihm schon über zehn Jahre zurück. Vielleicht hat er sich ja doch verändert und Simone wirklich etwas angetan. Wenn dem so ist und er verhaftet wird, kommt bestimmt so einiges ans Tageslicht. Der hatte nämlich eine Vorliebe für prominente Frauen, nicht nur für Models. Das war der eigentliche Kick. Für ihn und für die Frauen, die sich mit ihm eingelassen haben. Frauen, die in der Öffentlichkeit einen guten Ruf genießen, auf die hat er es abgesehen und zwar mit Erfolg. Wenn der Kerl anfängt aus dem Nähkästchen zu plaudern, dann gute Nacht."

„Woher wissen Sie das? Sie sagten doch, dass Sie sich nur ein- oder zweimal mit ihm eingelassen haben."

„Dreimal, um ganz ehrlich zu sein. Er hat mir Fotos gezeigt. Seine Jagdtrophäen. Ich war damals ganz schön erstaunt, als ich gesehen habe, wer sich ihm alles ausgeliefert hat. Und wenn ich heute darüber nachdenke, bin ich immer noch erstaunt. In den letzten zehn Jahren hat er bestimmt noch viele Eroberungen gemacht. Schöne und erfolgreiche Frauen aus Film und Fernsehen, von denen man denkt, sie wären so furchtbar emanzipiert. Das sind seine Opfer, die verwandelt er erfolgreich in Weiber. Wahre Weiber, das war sein Jargon. Weiber, die von ihm bekamen, was sie brauchten."

„Gehörte Frau Asmussen auch zu seinen Gespielinnen?"

„Nadja Asmussen? Das weiß ich nicht, daran habe ich noch gar nicht gedacht. Vorstellen könnte ich es mir. Aber selbst wenn ich es wüsste, Herr Kommissar, wir waren uns doch einig, dass wir das alles streng vertraulich behandeln. Schon wieder vergessen?"

„Sie haben Recht, verzeihen Sie. Ich habe Frau Asmussen gestern erst kennen gelernt. Als Sie eben von diesen Frauen erzählten, musste ich spontan an Frau Asmussen denken. Aber wegen ihr sind wir nun wirklich nicht hier."

„Nadja ist eine starke Frau, sie hat sich alles hart erarbeitet. Sie ist sehr selbstsicher und zielbewusst. Und sie ist einsam. Genau der Typ, auf den der Graf steht. Bei Frauen wie Nadja schlummert das Bedürfnis, auch einmal Frau sein zu dürfen. Sich fallen zu lassen, sich an die Grenzen führen zu lassen, in deren Nähe man allein niemals kommen würde. Das ist der Reiz und der Graf versteht es meisterhaft, mit diesem Reiz zu spielen. Er schaut einer Frau in die Augen und sieht ihre geheimsten Fantasien. Und diese Fantasien lässt er dann Wirklichkeit werden. Jetzt habe ich Ihnen aber schon einiges erzählt. Ich hoffe, Sie werden nicht neidisch auf den Grafen?"

„Da brauchen Sie sich keine Sorgen zu machen, meine Lebensgefährtin arbeitet bei der Sitte."

„Dann sind Sie also ein aufgeklärter Mann, das freut mich." Marina Klarwitter wendete ihren Blick von Siebels zu Till. Der hatte die ganze Zeit an ihren Lippen gehangen und machte mehr den Eindruck, ein neugieriger Schüler als ein ermittelnder Polizeibeamter zu sein. Ertappt durch den fragenden Gesichtsausdruck der Klarwitter, die ihn mit hochgezogenen Augenbrauen zu einer Antwort aufforderte, schlug er erst mal die Beine übereinander und bestätigte mit einem eifrigen Kopfschütteln die Aussage von Siebels.

„Von meiner Freundin kann ich auch nicht gerade behaupten, dass sie eine graue Maus ist", stammelte er und seine Augen suchten bei Siebels verzweifelt nach Unterstützung.

„Wir sind also alle aufgeklärte und verständnisvolle Menschen", kam der ihm dann auch amüsiert zur Hilfe. „Wenn Sie uns jetzt noch den bürgerlichen Namen von dem Grafen verraten, sind Sie uns auch schon wieder los."

„Da muss ich leider passen, seinen Namen kenne ich nicht."

„Aus seinen Briefen an Frau Tetzloff ging hervor, dass Sie wüssten, wie Frau Tetzloff den Kontakt zu ihm herstellen könnte."

„Er annoncierte damals regelmäßig in der Frankfurter Allgemeinen Zeitung. Es war immer die gleiche Anzeige in der Rubrik Kontakte und Geselligkeit. Graf sucht Dame für Spiel ohne Grenzen, war sein Anzeigentext. Neugierige Damen konnten sich über eine Chiffre-Nummer bei ihm melden. Ob er das auch heute noch so praktiziert, weiß ich nicht. Im Zeitalter des Internets gibt es sicherlich effektivere Methoden, um mit Gleichgesinnten in Kontakt zu treten."

„Wir werden das überprüfen, vielen Dank für Ihre Hilfe."

„Sagen Sie Simone einen schönen Gruß von mir, wenn Sie wieder auftaucht. Ich hoffe, dass ihr nichts geschehen ist."

„Das hoffen wir auch. Vielleicht bringt uns Ihre Aussage ja einen Schritt weiter. Und wenn wir schon mal hier sind, können wir auch gleich mit der Frau Meier ein Wörtchen reden. Wenn Sie nichts dagegen haben, kann Markus uns ja begleiten."

„Wenn Sie die Alte in Handschellen abführen, bekommen Sie beim nächsten Mal auch noch ein Stück Kuchen zum Kaffee. Warten Sie, ich hole schnell Markus runter."

Mit stolz geschwellter Brust marschierte der junge Mann vor Siebels und Till her. Frau Meier wohnte gleich im Haus gegenüber. Energisch drückte Markus den Klingelknopf. Als Frau Meier die Tür öffnete und ihn erblickte, fing sie auch schon an zu schimpfen.

„Dein Ball bleibt hier. Wenn du spielen willst, geh auf den Spielplatz."

„Guten Tag Frau Meier, wir sind von der Polizei." Mit ernster Miene hielten Siebels und Till der geifernden Frau ihre Ausweise unter die Nase. „Der junge Mann hier hat Sie beschuldigt, seinen Ball gestohlen zu haben."

„Gestohlen? Ich soll gestohlen haben? Das ist ja wohl eine Unverschämtheit. Dieser Bengel hat seinen Ball durch meine

Fensterscheibe geschossen. Diese jungen Mütter haben heutzutage ihre Kinder einfach nicht im Griff, so ist das, Herr Kommissar."

„Nach unseren Kenntnissen wurde ihre Scheibe bereits ersetzt. Den Schaden hat die Versicherung bezahlt. Der Ball ist nach wie vor Eigentum von Herrn Markus Klarwitter."

„Genau", warf der Balleigentümer energisch dazwischen.

„Du bist still, du Bengel. Was bildest du dir eigentlich ein?"

In den Nachbarhäusern pressten neugierige Mütter die Nasen an die Scheiben und verfolgten neugierig den Vorgang. Till schaltete sich jetzt auch in das Gespräch ein.

„Der Vorwurf gegen Sie lautet auf schweren Diebstahl. Wenn Sie nicht augenblicklich das Diebesgut dem rechtmäßigen Besitzer aushändigen, müssen wir Sie festnehmen. Packen Sie sich bitte das Nötigste zusammen und begleiten Sie uns auf das Revier. Dort müssen wir Ihnen dann die Fingerabdrücke abnehmen und die Sache dem Richter übergeben."

Augenblicklich verschwand Frau Meier in ihrer Wohnung und kam kurz darauf mit dem Ball zurück. „Ich wollte ihn ja nicht für mich behalten, es sollte doch nur eine kleine Lektion für den wilden Bengel sein", bekannte sie reumütig und drückte Till den Ball in die Hände.

Markus zischte laut jubelnd mit seinem Ball ab und seine Polizeieskorte trat den geordneten Rückzug zum Auto an. Marina Klarwitter stand vor ihrer Haustür und zollte den beiden mit gehobenem Daumen ihren Respekt.

„Die Polizei, dein Freund und Helfer, jetzt weiß ich auch wieder, warum ich Polizist werden wollte", sinnierte Till.

„Ich hoffe nur, dass für die Alte das Thema jetzt erledigt ist. Wenn der noch ein Licht aufgeht, kommt die noch auf die Idee und beschwert sich. Wenn Jensen von der Geschichte erfährt, macht er uns einen Kopf kürzer", befürchtete Siebels.

„Wir haben doch nur unsere Pflicht getan. Wo ist eigentlich Jensen, der ist uns heute noch gar nicht auf den Keks gegangen."

„Der kommt immer dann, wenn wir ihn am wenigsten gebrauchen können."

„Ja, und er kommt ziemlich oft."

Auf der Fahrt zurück ins Präsidium flachsten die beiden noch über die gelungene Polizeiaktion bei der geifernden Ballräuberin

Frau Meier, die Bonanza-Melodie aus Siebels Jackentasche ließ sie innehalten.

Siebels gab Gas, nachdem Charly ihm am Telefon berichtet hatte, dass er die Daten des Anbieters von Simone Tetzloff bei Ebay ausfindig gemacht hatte. „Der Kerl heißt Johannes Weismüller", klärte Siebels Till auf und beschleunigte nochmals das Tempo.

11

Erinnerungen, September 1975

Die Kameraden, die in Aubagne alle Hürden genommen hatten, hatten noch eine Woche an diesem Stützpunkt, der zur Eingliederung der Frischlinge in die Legion fungierte, verbringen müssen. Dann war es weitergegangen. Morgens um 5.30 Uhr hatten 50 neue Legionäre den Stützpunkt verlassen, mit der Eisenbahn hatte man uns nach Castelnaudary zur viermonatigen Grundausbildung beim 4. Regiment der Fremdenlegion gebracht. Im Süden Frankreichs, 60 km entfernt von Toulouse, wollte die Legion ihre Rekruten in Soldaten verwandeln.

Thomas, David, Brian und ich waren eine verschworene Truppe geblieben. Wir hatten zusammengehalten wie Pech und Schwefel. Einer für alle, alle für einen. Unser Abenteuer hatte Gestalt angenommen. Militärische Disziplin und körperliche Fitness hatte die Legion ihren Mitgliedern abverlangt. Thomas und ich waren mit Eifer bei der Sache gewesen, unsere schottischen Freunde hatten einen harten Kampf mit sich selbst zu kämpfen gehabt. Der dürre David war ein eifriger Läufer gewesen. Bei unseren täglichen Läufen war er immer vorne weg marschiert, auch bei den 50 Kilometer-Märschen war David stets an der Spitze zu finden gewesen. Zu seinem Leidwesen war aber nicht nur marschiert worden, oft und gern hatte unser Truppenführer auch eines der vielen Legionärslieder angestimmt. Wer falsch gesungen hatte, war bestraft worden, ein eherner Kodex bei der Legion. Und keiner hatte jemals so falsch gesungen wie David. Nach jedem Lied war sein Rucksack um ein paar Steine schwerer geworden, der Sergent hatte kein Pardon mit unserem Kumpan gekannt. Brian hatte sich dagegen zu einem begeisterten Sänger entwickelt, nach kürzester Zeit hatte er alle Legionärslieder auswendig gelernt und sie auch in unserer knapp bemessenen Freizeit bei jeder Gelegenheit angestimmt, sehr zum Leidwesen von David. So gern und gut Brian aber auch hatte singen können, so sehr hatte ihm die Lauferei zu schaffen gemacht. Obwohl er in den ersten Wochen bei der Legion schon über 15 Kilogramm abgenommen hatte, hatte er immer noch einen bedenklichen Bierbauch vor sich hergetragen. Tag für Tag hatte er sich Blasen an den Füßen gelaufen, Tag für Tag waren die Entfernungen unserer Märsche größer und das Gepäck schwerer geworden. Thomas hatte mit der französischen Sprache auf Kriegsfuß gestanden. Die ersten vier Monate unserer Grundausbildung war kein Tag ohne Französisch-Unterricht vergangen. Befehle waren ausschließlich auf französisch erteilt worden und auch die Legionärslieder hatten eine gewisse Sprachkompetenz verlangt. Wir hatten uns perfekt ergänzt. Brian hatte seinem Landsmann Gesangsunterricht erteilt, der hatte sich revanchiert und bei den längsten Märschen heimlich einige Gepäckstücke von Brian getragen. Ich hatte Thomas nächtelang die Geheimnisse der französischen Grammatik erklärt und dabei vergessen, meine blutigen Träume zu träumen.

Juan, unser spanischer Freund, hatte sich bei einem der langen Märsche verletzt, er hatte sich bei einem Sturz von einer Böschung das Fußgelenk gebrochen und seine Ausbildung bei der Legion zunächst mit einem Aufenthalt im Lazarett unterbrechen müssen. Dimitri war in einen anderen Ausbildungszug gesetzt worden, mit ihm hatten wir während unserer Ausbildungszeit in Castelnaudary nur noch selten Kontakt gehabt.

Thomas, David, Brian und ich hatten den ersten Abschnitt der Grundausbildung erfolgreich mit einem Marsch zum Quartier Danjou beendet. Dort angekommen, hatten wir bei einer feierlichen Zeremonie das képi blanc verliehen bekommen, die traditionelle Kopfbedeckung der Legionäre. In Danjou hatte uns schließlich der zweite Abschnitt unserer Legionärsausbildung erwartet.

Dienstag, 02. Dezember 2003, 12.20 Uhr

Im Büro von Siebels und Till herrschte rege Betriebsamkeit. Charly saß am Computer, Jensen lehnte angespannt an der Kante des Schreibtisches. Er telefonierte von Siebels Apparat. Entgegen seinen sonstigen Angewohnheiten nahm er von den eintreffenden Beamten keine Notiz. Erst als er den Telefonhörer wieder auflegte, schaute er unsicher zu Siebels.

„Ich habe gerade mit Schreiner gesprochen", stammelte Jensen.

„Schreiner? Wer ist Schreiner? Hören Sie Herr Staatsanwalt, wir haben eine erste heiße Spur im Fall Tetzloff." Siebels ließ den nervösen Jensen stehen und widmete seine Aufmerksamkeit dem auf die Tastatur hämmernden Charly. „Hast du schon was über diesen Johannes Weismüller rausgefunden?"

„Ja, aber das ist merkwürdig", raunte Charly zurück. „Es gibt mehrere Johannes Weismüller in Deutschland, die bei Ebay gespeicherten Daten passen aber nur auf einen. Und der war im Sommer 1975 in einen Mordfall in Belgien verwickelt."

„Mach es nicht so spannend", drängte Siebels ihn. „Wurde er verurteilt?"

„Nein, er wurde begraben. Er war das Mordopfer. Eines der beiden Mordopfer. Er und seine Freundin, Melanie Hassler, wurden in Belgien erschlagen, angeblich von einer Rockerbande. Und jetzt rate mal, mit wem die beiden damals unterwegs gewesen waren."

Bevor Siebels antworten konnte, schaltete sich Jensen wieder ein. „Mein Gespräch mit Schreiner hatte leider einen traurigen Anlass, Herr Siebels."

„Wer zum Geier ist Schreiner? Mit wem waren die beiden damals unterwegs?" Siebels schaute abwechselnd zu Jensen und zu Charly, am liebsten hätte er den nervenden Jensen aus seinem Büro geschmissen. „Schreiner ist er Einsatzleiter vom SEK", begann Jensen, wurde aber gleich von dem aufgeregten Charly wieder unterbrochen. „Johannes Weismüller und Melanie Hassler haben gemeinsam im Frühjahr 1975 Abitur gemacht und sind anschließend mit einem Klassenkameraden für eine Woche nach Belgien gefahren. Dort wollten sie wild campen."

„Und wer war der dritte im Bunde?"

„Es kam bei der Razzia heute Vormittag zu einer Schießerei." Jensen sprach leise, es dauerte einen Moment, bis Siebels registrierte, was Jensen da von sich gab. Bevor er reagieren konnte, gab Charly endlich sein Wissen preis.

„Der dritte, der seine bestandene Abiturprüfung beim Campen in Belgien feiern wollte, hieß Sebastian Tetzloff."

Siebels schaute ungläubig zwischen Jensen und Charly hin und her. „Was für eine Razzia? Was für eine Schießerei? Tetzloff? Unser Tetzloff? Das gibt's doch gar nicht."

„Mensch Siebels, die Razzia in dem Bordell, hat Ihnen Frau Karlson denn nichts davon erzählt?" Jensen schrie plötzlich, der Fall Tetzloff schien ihn gar nicht mehr zu interessieren. Plötzlich dämmerte es Siebels, gestern noch hatte er sich große Sorgen um seine Freundin gemacht. „Sabine war in eine Schießerei verwikkelt? Ist ihr was passiert?"

„Sie wird gerade operiert. Mehr kann ich im Moment nicht sagen. Mindestens eine Kugel hat sie erwischt. Da ging es anscheinend drunter und drüber. Fleischer ist noch am Einsatzort."

„Wo liegt sie, in welchem Krankenhaus?"

„In der Uniklinik."

„Charly, ich will alles über diesen Doppelmord in Belgien wissen. Till, du kümmerst dich um diesen Grafen. Bei der Frankfurter Allgemeinen Zeitung muss seine Identität bekannt sein, ich bin in der Uniklinik und will nix hören, bevor ich mich melde."

Betroffen schauten Jensen, Till und Charly dem herausstürzenden Siebels hinterher. Kaum war er verschwunden, meldete sich der Pförtner am Telefon. Ein Kurier hatte ein Paket von Tetzloff abgegeben.

„Das müssen die Informationen zu den Rumänen sein", klärte Till den Staatsanwalt auf und machte sich auf den Weg, um die Unterlagen abzuholen.

Montag, 01. Dezember 2003, 20.30 Uhr

Sie hatte den Nachmittag damit verbracht, in den verschiedenen Zeitschriften zu lesen, die er in einem gemütlichen kleinen Leseraum für sie hinterlegt hatte. Frauenzeitschriften, Modejournale und Rätselhefte sowie einige Romane und die aktuelle Tageszeitung lagen auf einem Holzregal bereit. Zuerst blätterte sie neugierig in der Tageszeitung, von ihrer Entführung wurde allerdings nichts berichtet. Einen kurzen Moment lang überlegte sie, was das zu bedeuten hätte. Wahrscheinlich würde ihr Mann die Forderungen ihres Entführers in aller Stille erfüllen. Was auch immer er forderte, sie war sich sicher, dass Sebastian Tetzloff alles Menschenmögliche veranlassen würde, um sie heil wiederzubekommen. Der Gedanke tröstete sie ein wenig, gleichzeitig schämte sie sich für ihre Entgleisung in der Sauna.

Nachdem sie die Zeitschriften mehr oder weniger lustlos durchgeblättert hatte, vertiefte sie sich in einen der verfügbaren Romane von Isabel Allende. Sie tauchte ein in die Geschichte des Geisterhauses und vergaß ihre Lage und die Zeit, bis er plötzlich mit seinem selbstgefälligen Lächeln vor ihr stand.

Sie saß mit ihrer Lektüre vertieft mit dem Rücken gegen die Lehne der orangefarbenen Couch und bemerkte erst jetzt, dass ihr weißes T-Shirt so weit nach oben gerutscht war, dass er von seiner Position aus ungehindert zwischen ihre Schenkel schielen konnte. Und er machte auch keinen Hehl daraus, dass er genau dort hinschaute. In seiner Nähe fühlte sie sich unterlegen und unsicher. Zögerlich legte sie das Buch zur Seite und versuchte, sich den Stoff des T-Shirts über die Oberschenkel zu ziehen.

„Lass das", raunte er sie an. „In der Sauna hattest du schließlich auch nichts zu verbergen." Sein wissender Blick trieb ihr die Schamesröte ins Gesicht.

„Du geiler Spanner", fauchte sie ihn schließlich an, bereute es aber gleich wieder, weil ihre Stimme ihm ihre Unsicherheit verriet. Unbeeindruckt beobachtete er sie noch eine Weile. Seine Augen wanderten über ihren Körper, er schaute ihr in die Augen, aber sie wich einem direkten Blickkontakt aus. Sie spürte seinen durchdringenden Blick und hatte das Gefühl, als könne er mit diesen Augen jeden ihrer Gedanken lesen. „Ja, ich beobachte dich. Die ganze Welt hat dich jahrelang beobachtet. Auf unzähligen Fotos präsentierst du deinen makellosen Körper. Also nenne mich nicht noch einmal einen geilen Spanner."

„Ich war ein Model, ich habe nicht mich, sondern Mode und Accessoires präsentiert. Sie verwechseln mich mit einer Pornodarstellerin. Sie sind nicht nur ein geiler Spanner, Sie sind obendrein auch noch ein dummer geiler Spanner."

Seine Miene verfinsterte sich, mit zwei schnellen Schritten war er bei ihr, bevor sie sich versehen konnte, hatte er ihr das T-Shirt über die Hüfte geschoben. Sie rührte sich nicht, sie war viel zu perplex von seiner schnellen Reaktion, um reagieren zu können. Plötzlich war er über ihr, sein Gesicht nur wenige Zentimeter von ihrem entfernt.

„Ich dachte wir wären uns einig gewesen, dass du dich in meinem Haus und in meiner Gegenwart anständig benimmst." Während er sprach, schaute er tief in ihre Augen. Dieses Mal erwiderte sie seinen Blick. Sie hielt seinem Blick auch stand, als sie spürte, wie er seine Hand zwischen ihre Schenkel presste. Keiner von beiden sprach noch ein Wort, er ließ seine Hand zwischen ihren Schenkeln und blickte ihr wortlos in die Augen. Es waren nur einige Sekunden, bis er seine Hand wieder zurückzog und von ihr abließ. Aber es kam ihr vor wie eine Ewigkeit. Als er den Raum wieder verließ, fühlte sie sich plötzlich einsam. So einsam, wie sie sich den ganzen Tag noch nicht gefühlt hatte. Sie ließ sich auf die Couch sinken, legte ihre Hand dorthin, wo seine eben noch Besitz von ihr ergriffen hatte. Sie verfluchte sich selbst, verspürte Lust, obwohl sie eigentlich Zorn und Wut verspüren sollte. Sie sehnte sich nach seiner Nähe.

Dienstag, 02. Dezember 2003, 13.45 Uhr

Sabine Karlson lag auf der Intensivstation, als Siebels in der Uniklinik eintraf. Schreiner, der Einsatzleiter vom SEK, saß erschöpft in dem kleinen Warteraum für Angehörige.

„Was um Himmelswillen ist schiefgelaufen?", brüllte Siebels ihn an.

„Ich weiß es nicht. Der Arzt war vor zehn Minuten hier. Ihr geht es den Umständen entsprechend gut. Eine Kugel hat sie erwischt. Glatter Durchschuss. Sie ist bald wieder auf den Beinen, sagt der Arzt."

Siebels setzte sich neben Schreiner auf einen der unbequemen Plastikstühle. „Scheiße, ich will, dass sie damit aufhört. Ich hatte gestern schon so ein komisches Gefühl in der Magengegend. Wie konnte das passieren? Sie erzählte mir, dass sie erst auf der Bildfläche erscheinen würde, wenn alles gelaufen ist."

„So war es auch geplant. Es lief alles wie am Schnürchen. Wir sind rein in den Laden, innerhalb weniger Minuten lagen die

Burschen alle auf dem Bauch. Meier und Jakobi haben sämtliche Räume gecheckt und Entwarnung gegeben. Wir haben die Bande nach draußen geführt. Die Frauen sollten in einem anderen Mannschaftswagen abtransportiert werden. Sieben Frauen, alle aus der Ukraine illegal eingeschleust. Sabine kam aus dem Mannschaftswagen raus, wir wollten sicher gehen, dass die Zeugin es sich nicht anders überlegt. Wir standen alle im Hof, die Typen hatten wir bereits im ersten Mannschaftswagen verstaut, als sich im Gebäude ein Fenster öffnete. Ein Scharfschütze eröffnete plötzlich das Feuer. Der hat einfach drauf los geballert. Einen von meinen Männern und zwei Frauen hat es erwischt, die waren auf der Stelle tot. Sabine wurde wahrscheinlich von einem Querschläger getroffen. Einer unserer Männer konnte den Schützen liquidieren. Sauberer Kopfschuss. Für die drei Toten und Sabine kam der finale Schuss leider zu spät. Tut mir leid, Steffen."

„Ich liebe sie verdammt noch mal, ich kann dir gar nicht sagen, wie sehr ich diese Frau liebe. Wenn ihr was zustößt, weiß ich nicht, was ich tue."

Die beiden saßen noch eine Weile stillschweigend nebeneinander, bevor eine Schwester kam und ihnen fünf Minuten bei der gerade aus der Narkose erwachten Sabine Karlson zugestand.

Dienstag, 02. Dezember 2003, 16.20 Uhr

Die Unterlagen von Tetzloff über die rumänischen Investoren von der Romania Investment Union brachten nicht viel Licht in den Fall. Namentlich wurden nur drei Personen aufgeführt, die als Geschäftsführer der Holding fungierten. Jensen, der es sich nicht nehmen ließ, die Unterlagen persönlich zu prüfen, gab die Namen der Geschäftsführer in den Polizeicomputer ein. Es gab keine Daten zu Igor Ionescu, György Popescu oder Jaromir Lapanescu. Aus den Tetzloff'schen Papieren ging hervor, dass die RIU mit einem Startkapital von einer Million US-Dollar 1998 gegründet wurde, mit dem Ziel, das eingesetzte Kapital in aufstrebende osteuropäische Internetfirmen zu investieren. Woher das eingesetzte Kapital kam, konnte nicht eindeutig nachvollzogen werden. Nach einer Randnotiz von einem von Tetzloff beauftragten Wirtschaftsprüfer handelte es sich um illegales Geld aus dem Nachlass von Ceaucescu.

Wenn man den beigefügten Marktanalysen Glauben schenken durfte, dominierte Tetzloff mit Business-Soft den osteuropäischen Markt. Der Hersteller des heimischen Konkurrenzproduktes, bei dem die RIU angeblich mit zehn Millionen US-Dollar investiert war, verlor seit dem Expansionsdrang von Business-Soft nach Osteuropa geschätzte achtzig Prozent Marktanteil. Nach den Informationen, die Tetzloff über die RIU eingeholt hatte, war deren größtenteils auf Kredit finanzierte Einlage verloren und die RIU Pleite.

Für ehemalige Offiziere aus der rumänischen Ära Ceaucescus konnte das kein akzeptabler Zustand sein. Die mussten ihr Geld wieder haben, die würden auch vor der Entführung der Ehefrau ihres Konkurrenten nicht zurückschrecken, da war sich Jensen sicher. Er beauftragte Kriminalhauptkommissar Heino Färber aus der Wirtschaftskriminalität damit, nähere Informationen über die drei namentlich aufgeführten Geschäftsführer der RIU zu beschaffen.

Dienstag, 02. Dezember 2003, 17.20 Uhr

Die letzte Anzeige in der Frankfurter Allgemeinen Zeitung, in der Graf F. nach Damen für ein Spiel ohne Grenzen gesucht hat, war auf Mai diesen Jahres datiert. Till hatte bereits über zwei Stunden im Archiv der F.A.Z. gesessen und meterweise Zeitungsanzeigen vom Mikrofilm runtergespult, bis er endlich den ersehnten Treffer landete. Die Anzeigenredaktion hielt sich allerdings bedeckt, die Daten der Inserenten wären geschützt, teilte man Till mit. Weder von Tills Polizeiausweis noch von seinen Ausführungen von Gefahr für Leib und Leben ließ sich der verantwortliche Redakteur beeindrucken. Verzweifelt rief Till bei Staatsanwalt Jensen an. Jensen drohte dem zuständigen Redakteur mit Hausdurchsuchung und erwirkte schließlich ein Nachgeben des Redakteurs. Einen passenden Namen zu der Chiffre-Anzeige hatte die F.A.Z. trotzdem nicht zu bieten, dafür aber eine Bankverbindung bei der Commerzbank. Ein erneuter Anruf von Till bei Jensen veranlasste den emsigen Staatsanwalt zum Ausfüllen aller nur erdenklichen Formulare. Sicherheitshalber versah er seine Formulare mit so vielen dienstlichen Stempeln, wie es nur ging, um seine Autorität als Staatsgewalt bei den Verantwortlichen der Commerzbank ohne große Diskussionen zum Ausdruck zu bringen.

Noch am gleichen Abend hatte er einen Termin bei einem Abteilungsleiter der Bank erwirkt, zusammen mit Till Krüger und Charly Hofmeier marschierte er eine Dreiviertelstunde später in die Bank.

Erinnerungen, November 1975

Im Anschluss an unseren ersten Ausbildungsabschnitt bei der Legion hatten wir drei Wochen in Danjou verbracht, wo wir auch unseren zweiten Ausbildungsabschnitt erfolgreich beendet hatten. In Danjou hatte die Legion unsere Grundausbildung intensiviert. Konditionstraining und Französisch-Unterricht hatte es weiterhin gegeben, aber der Schwerpunkt unserer Tätigkeit in diesem Trainingsabschnitt hatte in der Waffenausbildung gelegen. Jedem von uns wurde eine Braut zugeteilt. Eine Braut, um die wir uns liebevoll zu kümmern und mit der wir umzugehen zu lernen hatten. Die Braut hatte FAMAS geheißen und war ein Sturmgewehr Kaliber 5,56 mm x 45. Thomas war ganz vernarrt in seine Braut gewesen, viele schöne Stunden hatte er mit ihr verbracht, unter anderem auch in der unterirdischen Schießanlage in Danjou. Ich selbst hatte mich auch schnell an meine neue Braut gewöhnt, hatte aber noch eine Freundin, die mir viel mehr Spaß gemacht hatte. Die 1952, ein leichtes Mehrzweck-Maschinengewehr. Alle vier hatten wir uns als gute Schützen entpuppt. Das Herz meiner schottischen Freunde war aber erst richtig aufgegangen, als wir den Umgang mit der Panzerabwehrwaffe LRAC F1 gelernt hatten.

Nachdem wir mit unseren Bräuten ein Herz und eine Seele geworden waren, drei Wochen intensives Flirten waren dem vorausgegangen, hatten wir unseren zweiten Ausbildungsabschnitt mit einem fünftägigen Aufenthalt im Lager des 4. Regiments in den Pyrenäen beendet. Dort mussten wir unsere Verwandlung in echte Männer beim Winterkampf unter Beweis stellen.

Ein Marsch über eine Strecke von siebzig Kilometern hatte den krönenden Abschluss unserer zweiten Etappe der Legionärsausbildung dargestellt. Mittlerweile war aus dem kleinen dicken Brian eine muskelbepackte Laufmaschine und aus dem krächzenden David eine singende Nachtigall geworden. Thomas hatte schon bald mehr französisch als deutsch mit mir gesprochen. Ich hatte meine neuen Freunde lieb gewonnen, sie waren mein Ein und Alles geworden.

12

Dienstag, 02. Dezember 2003, 18.15 Uhr

Der Staatsanwalt und die beiden Kripobeamten wurden im Empfangsbereich der Commerzbank bereits erwartet. Der Pförtner händigte den Ermittlern bereits ausgestellte Besucherausweise aus und verständigte einen gewissen Herrn Leutheusser über die Ankunft der Herren. Keine zwei Minuten später trat Leutheusser zusammen mit zwei kleinen farbigen Frauen von der Putzkolonne aus einem der Aufzüge. Er wirkte müde und erschöpft, trug schon seinen Lodenmantel und hielt einen Aktenkoffer in der Hand.

„Sie müssen Staatsanwalt Jensen sein", begrüßte er Charly und hielt ihm die Hand hin. Charly schaute erst verwirrt zu Leutheusser, dann zu Jensen und schließlich wieder zu dem Banker, bevor Jensen sich als Jensen outete. Leutheusser kümmerte sich nicht weiter um seine Fehleinschätzung, schüttelte allen Dreien die Hand und verwies auf eine kleine lederne Sitzgruppe direkt neben der Pförtnerloge.

„Herr Staatsanwalt, meine Herren, meine Zeit ist leider sehr beschränkt. Ich nehme an, Sie können mir die erforderlichen Dokumente direkt hier aushändigen, damit ich berechtigt bin, Ihnen die Daten von einem unserer Kunden zu überlassen."

„Selbstverständlich, Herr Leutheusser, es hat alles seine Ordnung. Und glauben Sie mir, die Sache ist nicht nur äußerst diskret, es geht auch um Leib und Leben, Gefahr ist in unmittelbarem Verzug, wenn Sie verstehen." Jensen kramte in seiner kalbsledernen Aktentasche und brachte einen ganzen Stapel Papiere daraus hervor, die er dem Banker erst übergab, nachdem er sich noch einmal in alle Richtungen umgesehen hatte und sicher gehen konnte, weder belauscht noch beobachtet zu werden. Leutheusser warf einen kurzen Blick auf die Papiere, die alle mit dem Dienststempel der Staatsanwaltschaft versehen waren. Er nickte zufrieden, zog einen Briefumschlag aus seiner Manteltasche und überreichte ihn Jensen. Gleich darauf erhob er sich, wünschte den Beamten noch einen schönen Abend und viel Erfolg bei den Ermittlungen und verließ schnellen Schrittes die Bank.

Hastig öffnete Jensen den Briefumschlag, Till und Charly reckten neugierig ihre Hälse, um einen Blick auf das Stück Papier zu werfen, das Jensen in den Händen hielt. Es handelte sich um einen Computerausdruck. Ganz oben stand eine Kontonummer, darunter ein Name und eine Adresse. Im unteren Feld waren die Kontobewegungen der letzten drei Monate aufgeführt. Verächtlich las Jensen den Namen des Kontoinhabers vor. „Walter Berger, wohnhaft in Düsseldorf, Rheinstraße 35. Meine Herren, nun müssen wir mit äußerster Sorgfalt vorgehen, das Leben der Geisel steht auf dem Spiel."

Charly räusperte sich. „Sie meinen das Leben von der Entführten, nicht von der Geisel", verbesserte er seinen Vorgesetzten.

„Wie auch immer. Was schlagen Sie vor, meine Herren? Wir müssen nun sehr durchdacht vorgehen. Jeder Fehler von unserer Seite kann entsetzliche Folgen haben. Nicht nur das Leben von Frau Tetzloff steht auf dem Spiel, auch der gute Ruf unserer Polizeiarbeit kann bei einer missglückten Befreiungsaktion in Mitleidenschaft gezogen werden. Vergessen Sie das nicht, meine Herren."

„Noch wissen wir ja gar nicht, ob dieser Graf überhaupt etwas mit der Sache zu tun hat", beschwichtigte Till den aufgeregten Jensen. „Mit der Anzeige bei Ebay konnten wir ihn bisher noch nicht in Verbindung bringen, über diese Rumänen wissen wir auch noch nicht sehr viel. Dafür gibt es wahrscheinlich einen Zusammenhang zwischen Tetzloff und Johannes Weismüller."

„Bloß dass Weismüller schon seit über zwanzig Jahren nicht mehr lebt", warf Charly dazwischen.

„Tote verkaufen keine Frauen bei Ebay, bei selbsternannten Grafen bin ich mir da aber nicht so sicher", konterte Jensen. „Wir müssen unsere Ressourcen sinnvoll aufteilen. Herr Krüger, Sie behalten die Rumänen im Auge und recherchieren im Mordfall Johannes Weismüller und Melanie Hassler. Herr Hofmeier unterstützt Sie dabei nach besten Kräften. Aber seien Sie diskret. Keine Konfrontation mit Herrn Tetzloff, was diesen Weismüller betrifft. Haben Sie mich verstanden?"

Till und Charly nickten demütig, beide wären sie am liebsten auf der Stelle zu Tetzloff gefahren, um ihn zu Johannes

Weismüller zu befragen.

„Ich werde noch heute Abend die Kollegen in Düsseldorf verständigen und eine lückenlose Observierung von diesem Walter Berger veranlassen. Falls die Kollegen dort auch nur den Hauch eines Hinweises finden, schlagen wir zu."

Dienstag, 02. Dezember 2003, 19.00 Uhr

Fünf Minuten hatten die Ärzte Siebels am Mittag zugestanden. Fünf Minuten lang hatte er die Hand von Sabine gehalten. Sprechen konnte sie noch nicht, sie war noch zu benommen von der Narkose. Ein paar wirre Brocken, mehr konnte sie nicht sagen. Kurz bevor sie wieder in einen tiefen Schlaf gefallen war, hatte Siebels gespürt, wie ihre Hand die seine gedrückt hatte. Ich liebe dich, hatte sie geflüstert, dann war sie eingeschlummert.

Ein Päckchen Zigaretten hatte er seitdem geraucht. Mal lief er nervös vor dem Krankenhaus hin und her, mal saß er im Flur der Station, wohin man Sabine von der Intensivstation aus gebracht hatte. Fünf Stunden hatte er auf diese Weise hinter sich gebracht, bis er von einer Schwester erlöst wurde. Sabine war wach, ihr Zustand hatte sich stabilisiert, eine halbe Stunde wurde ihm zugestanden.

Sie konnte sich ein Grinsen nicht verkneifen, als er mit sorgenvoller Miene vor ihrem Bett erschien. Als er sie sah, fielen ihm tausend Steine vom Herzen. Trotz der Aussage des Arztes, Sabine wäre bald wieder über den Berg, hatte er sich in den letzten Stunden immer wieder das Schlimmste in seiner Fantasie ausgemalt. Ständig quälten ihn Gedanken, die er nicht denken wollte und doch dachte. Er hatte im Flur der Station gesessen, alle paar Minuten war eine Schwester im weißen Kittel an ihm vorübergeeilt, mal in dieses und mal in jenes Zimmer. Hinter jeder Tür lauerte eine Tragödie, ständig konnten die medizinischen Geräte Alarm schlagen und eine akute Gefahr für den Patienten melden. In seinen Albträumen hatte er ratlose Schwestern um das Bett von Sabine stehen sehen. Ärzte waren herbeigeeilt, hatten lauthals Kommandos gerufen. Elektroschocks sollten Sabine wieder ins Leben zurückrufen, niemand hatte Notiz von dem im Flur sitzenden Kriminalhauptkommissar genommen. Bis nach einer endlos langen Zeit eine Schwester mit traurigem Gesicht aus dem Zimmer gekommen und langsamen Schrittes auf Siebels zugegangen war. Sie konnte nicht viel sagen, nur dass es ihr Leid tun würde, es hätte Komplikationen gegeben, die Ärzte hätten alles in ihrer Macht Stehende getan, aber es wäre nicht genug gewesen.

Da lag sie vor ihm, grinsend und putzmunter, die Schulter bandagiert. „Schlecht siehst du aus, hattest du einen harten Tag?", fragte sie ihn, als er immer noch wortlos, aber glücklich vor ihr stand.

„Ich wäre fast gestorben vor Kummer. Wie geht es dir?"

„Das wäre aber nicht fair. Ich kämpfe von Kugeln durchsiebt um mein Leben, habe nur einen Wunsch, nämlich den, noch viele Jahre mit meinem Geliebten zu verbringen. Und was macht mein Geliebter? Stirbt klammheimlich. Ein bisschen Kummer bringt ihn um."

Sie bekam keine Antwort von Siebels, er hatte keine. Sie bekam einen Kuss. „Die Kugeln aus einem Gewehr sind wahrscheinlich nicht halb so gefährlich wie die Nikotinwolken in deinem Atem", beschwerte sie sich. Er gab ihr noch einen Kuss, nahm sich dabei fest vor, das Rauchen endlich aufzugeben.

„Was gibt es Neues in deinem Fall? Ist die Prinzessin wieder aufgetaucht?"

„Nein, die Prinzessin ist noch verschollen. Aber ein Toter ist aufgetaucht und bietet die Prinzessin bei Ebay zum Verkauf an. Der Tote kann demnach gar nicht so tot sein. Zu Lebzeiten war er auch noch ein Schulfreund von Tetzloff. Und gestorben ist er, als er mit Tetzloff und einer Freundin im Urlaub war."

„Da hast du aber einen merkwürdigen Fall. Was sagt denn Jensen dazu?"

„Das wüsste ich auch gern. Ich sitze ja den ganzen Tag schon vor deinem Zimmer und warte, bis du deinen Schönheitsschlaf endlich geschlafen hast."

Sie zwickte ihn in die Hüfte und schaute ihn amüsiert an, als er sein Handy aus der Tasche zog.

„Na sieh einer an. Kaum gebe ich ein Lebenszeichen von mir, schon hast du all deinen Kummer vergessen und Sehnsucht nach Jensen. Aber Handys sind hier strengstens verboten."

„Ich bin gleich wieder da, nur ein kurzer Anruf bei Till."

Siebels wartete nicht auf eine Antwort von Sabine. So sorgenvoll er noch vor einigen Minuten in ihr Zimmer eingetreten war, so beschäftigt mit dem Fall Tetzloff ging er jetzt wieder heraus.

Zwei Zigarettenlängen später tauchte er wieder bei Sabine im Krankenzimmer auf. Er berichtete ihr von den Fortschritten im Fall Tetzloff, soweit man von Fortschritten sprechen konnte. „Immerhin habe ich diesen sonderbaren Grafen erst mal aus dem Kreuz. Sollen sich die Düsseldorfer Kollegen ruhig mit dem beschäftigen. Ich gehe jede Wette ein, dass der Knabe nichts mit dem Verschwinden von der Tetzloff zu tun hat."

„Was macht dich da so sicher?"

„Das sagt mir mein Polizistenbauch. Nach dem, was ich bereits über den Kerl gehört habe, bekommt er das, wonach er sucht. Vielleicht nicht immer, aber wahrscheinlich oft genug, um seine Grafenfantasien ausleben zu können. Der hat es nicht nötig, sich eine Frau gewaltsam unter den Nagel zu reißen. Die kommen freiwillig zu ihm."

„Vielleicht ist er ja in Geldnot?", überlegte Sabine. „Auf diese Weise könnte er zwei Fliegen mit einer Klappe schlagen. Er bekommt die Frau, die er so lange gejagt hat und wenn er mit ihr fertig ist, lässt sich der Graf fürstlich bezahlen, damit er sie wieder ziehen lässt."

„Viel zu gefährlich für ihn. Er müsste sie dann umbringen, wenn ihm das Abenteuer nicht einige Jahre im Knast wert ist. Aber er ist kein Mörder, er ist nur ein kleiner geiler Graf."

„Wer hat sie deiner Meinung nach denn entführt?"

„Wenn ich das wüsste, würde ich sie einfach befreien. Der Schlüssel liegt eindeutig in der Ebay-Anzeige. Johannes Weismüller, das ist der große Unbekannte. Wir müssen mehr über diesen Weismüller rauskriegen. Vor allem will ich wissen, was damals in Belgien passiert ist. Ich weiß nur eins: Tetzloff hat uns bis jetzt eine ganze Menge verschwiegen. Da kann sich Jensen auf den Kopf stellen, den Tetzloff knöpfe ich mir morgen vor, aber diesmal fasse ich ihn nicht mit Samthandschuhen an."

„Sei bloß vorsichtig, der Kerl hat Einfluss. Der braucht nur mit dem kleinen Finger zu schnippen und du bist vom Dienst suspendiert."

„Von mir aus, dann kann er seine Frau wegen mir bei seinen rumänischen Freunden suchen."

Die Krankenschwester beendete das fast schon dienstliche Gespräch. Siebels hauchte seiner angeschossenen Prinzessin noch eine Nikotinwolke zwischen die Lippen und versprach, am nächsten Tag wieder vorbeizukommen und frische Wäsche mitzubringen.

Mittwoch, 03. Dezember 2003, 9.00 Uhr

Für 9.30 Uhr hatte Jensen Siebels, Till und Charly zu einer Lagebesprechung in Siebels Büro bestellt. Als Siebels um kurz vor 9.00 Uhr in sein Büro kam, traf er seine Kollegen dort schon an. Charly hatte fast die ganz Nacht damit verbracht, den Doppelmord an Johannes Weismüller und Melanie Hassler zu recherchieren. Er stöberte in alten Akten, hatte einen befreundeten Journalisten angerufen und in den Zeitungsarchiven nachgeforscht. Außerdem hatte er mit den Hinterbliebenen von Weismüller und Hassler telefoniert. Er konnte zwar kaum noch aus den Augen gucken, war andererseits aber auch ziemlich aufgedreht, weil er genug Informationen zusammengetragen hatte, um einen detaillierten Bericht über die damaligen Vorkommnisse schildern zu können.

„Die Geschichte stinkt hinten und vorne, der Tetzloff spielt nicht mit offenen Karten, so viel kann ich euch verraten."

„Erzähl mal der Reihe nach", forderte Siebels ihn auf.

„O.K. Es war im Sommer 1975. Johannes Weismüller, seine Freundin Melanie Hassler und unser Freund Sebastian Tetzloff gingen in die gleiche Abiturklasse. Tetzloff und Weismüller waren Musterknaben, jedenfalls was die Leistungen in der Schule anging. Beide bauten sie ihr Abi mit einer glatten Eins. Es heißt, sie wären unzertrennliche Freunde gewesen. Nach dem Abitur wollten die beiden Betriebswirtschaft studieren. Melanie Hassler war nur eine Durchschnittsschülerin, dafür hatte sie aber andere Vorzüge. Sie war die ungekrönte Schönheitskönigin in der Schule. Eine richtige kleine Prinzessin. Hier habe ich ein paar Fotos aus der alten Akte, ein niedliches kleines Ding."

Siebels und Till betrachteten sich die Bilder. Langes, gewelltes, schwarzes Haar umrahmte ein makelloses Gesicht. Sinnliche

Augen, die etwas Geheimnisvolles ausstrahlten, zogen den Betrachter in den Bann dieses viel zu früh gestorbenen Mädchens. Irgendetwas störte Siebels an diesen Fotos.

„Erinnert euch dieses Gesicht an irgendjemanden?"

Weder Till noch Charly wussten, worauf Siebels hinaus wollte.

„Mich erinnert sie an Simone Tetzloff. Diese Augen, dieser Blick. Ich könnte wetten, dass sie auch so eine perfekte Figur wie die Tetzloff hatte."

„Das kommt hin", bestätigte Charly seine Vermutung und warf noch zwei Fotos auf den Schreibtisch.

„Perfekte Formen", staunte Till, als er ein Foto von Melanie Hassler im Badeanzug in den Händen hielt.

„Was hast du noch rausgefunden?" Im Gehirn von Siebels braute sich etwas zusammen. Melanie Hassler und Simone Tetzloff, zwei Frauen, von denen Männer träumen. Die eine hatte der beste Freund von Tetzloff bekommen. Hatte sich Melanie Hassler für den Falschen entschieden? War das ihr Todesurteil gewesen? Die Zweite hatte Tetzloff dann bekommen, sein Freund und Nebenbuhler war ja aus dem Weg geräumt. Oder doch nicht? War er jetzt wieder aufgetaucht, rächte er sich an seinem ehemaligen Freund? Nahm er ihm die Frau? In der Absicht sie zu töten? Es machte alles keinen Sinn, zu verworren war die Geschichte und Jensen setzte anscheinend alles auf eine Karte, auf den Graf. Charly resümierte weiter, brachte noch etwas Licht in das Dunkel und Ordnung in den Kopf von Siebels.

„Tetzloff, Weismüller und die Hassler fahren also mit einem gemieteten VW-Bus nach Belgien. An einem kleinen See schlagen sie ihr Zelt auf, ein Zelt für alle drei. An ihrem vierten Urlaubstag, einem Freitag, passiert dann die Tragödie. Die einzige Aussage zum Geschehen stammt von Tetzloff, deswegen kam es auch nie zu einer Verhandlung. Die Akten wurden nach zwei Monaten Ermittlungen von der belgischen Polizei geschlossen und die deutschen Behörden schlossen sich ihren Kollegen an. Weismüller gilt seitdem offiziell als vermisst."

„Warum als vermisst? Ich denke, er wurde umgebracht."

„Aber seine Leiche wurde nie gefunden. Das Ganze hat sich laut damaliger Aussage von Tetzloff folgendermaßen abgespielt. Tetzloff ist am besagten Morgen mit dem VW-Bus in eine nahe gelegene Ortschaft gefahren. Auf dem Weg dorthin kam ihm auf der Landstraße angeblich eine Gruppe Rocker auf Motorrädern entgegen. Tetzloff behauptete, sich keine Gedanken darüber gemacht zu haben. Zwei Stunden später kam er wieder an den kleinen Weiher zum Zeltplatz. Von der Landstraße aus will er gesehen haben, wie mehrere Rocker auf ihren Motorrädern aus dem kleinen Waldstück vom Weiher her wieder auf die Straße gefahren sind. Als er schließlich kurz darauf mit dem VW-Bus an dem Weiher angekommen war, fand er seine Freunde in einer Blutlache vor. Neben den leblosen Körpern von Johannes Weismüller und Melanie Hassler hätte ein blutverschmierter Ast gelegen. Tetzloff fuhr ohne zu zögern zurück zu einer Pension, etwa drei Kilometer vom Tatort entfernt. Von dort verständigte er Polizei und Rettungswagen. Als erster ist der Dorfpolizist eingetroffen, der war zufälligerweise gerade in der Nähe. Allerdings fand er nur eine Leiche. Die von Melanie Hassler."

Dienstag, 02. Dezember 2003, 22.50 Uhr

Im Haus war es totenstill. Sie saß immer noch auf der Couch, verwirrt von ihren Gefühlen. Sie hätte ihn gern besser kennen gelernt, hätte sich gern mit ihm unterhalten. Manchmal dachte sie an ihren Mann, aber meistens dachte sie an ihn. Er kam ihr vor wie ein verwundetes wildes Tier. Man durfte ihn nicht reizen, sonst konnte er gefährlich werden. Vielleicht würde er sich an sie gewöhnen, mehr Zutrauen gewinnen. Sie müsste ihn nur besser kennen lernen, dann könnte sie besser auf seine Bedürfnisse eingehen, überlegte sie sich. Sie hörte Schritte. Er kam die Treppe herauf. Die Schritte näherten sich dem Zimmer, in dem sie lag. Ihr Herz fing an schneller zu klopfen. Gebannt schaute sie zur Tür. Seine Schritte verstummten vor der Tür, er öffnete sie, trat ins Zimmer und suchte ihren Blick. Eine Weile blickten sie sich beide wortlos an, bevor er die Stille unterbrach.

„Hast du Hunger?", fragte er und in seinem Ton klang die Sorge nach ihrem Wohlergehen mit.

„Wie ein Bär", antwortete sie und ließ keinen Zweifel daran, dass sie nicht mehr zornig auf ihn war. Sie folgte ihm. Er führte sie in einen Raum, den sie noch nicht betreten hatte. Im Kamin loderte ein Feuer, in der Mitte das Raumes stand ein Holztisch, bedeckt mit verschiedenen Brotsorten, Käse- und Wurstaufschnitt und einer Flasche Rotwein. In der Mitte des Tisches stand eine brennende Kerze. Er rückte ihr den Stuhl zurecht und sie nahm Platz. Sie aßen und schwiegen. Er schenkte ihr Rotwein ein und sie trank. Er beobachtete sie aus seinen stahlgrauen Augen und sie zeigte ihm ihr zufriedenes Gesicht.

„Liebst du deinen Mann?", fragte er sie plötzlich wie aus heiterem Himmel.

„Warum wollen Sie das wissen?"

„Weil er deine Liebe nicht verdient hat."

„Ja, ich liebe ihn."

„Vielleicht denkst du, dass du ihn liebst. Aber liebst du ihn wirklich? Verzehrst du dich nach ihm vor Sehnsucht, hier in diesem Haus? Hier, wo er nichts für dich tun kann? Hier, wo nur ich es bin, der sich um dich kümmert? Denkst du jede Minute an ihn?"

„Ich denke oft an ihn, ja. Er ist ein guter Mann."

„Ein guter Mann", äffte er sie nach. „Ich bin gespannt, wie weit er gehen wird, um dich zurückzubekommen."

„Was meinen Sie?" Was verlangen Sie von ihm?"

„Noch habe ich nichts von ihm verlangt. Ich will nur von ihm wissen, wie viel du ihm Wert bist. Welches Opfer wird er wohl bringen, um dich unversehrt wieder in sein Bett zu kriegen?"

„Wollen Sie Geld?"

„Hat dein Mann noch etwas anderes zu bieten als Geld?"

Sie fürchtete sich vor einer ehrlichen Antwort. Sie konnte auch nicht mit gutem Gewissen behaupten, dass sie in ihrer jetzigen Situation mit ihren Gedanken nur bei ihrem Mann war. Sie dachte mehr über ihn nach als über ihren Mann. Sebastian Tetzloff, der begehrteste Junggeselle im ganzen Land. Als sie ihn kennen gelernt hatte, dachte sie, ein Traum wäre in Erfüllung gegangen. Sie hatte es genossen, von ihm umworben zu werden. Sie hatte gewusst, dass ihre Karriere dem Ende zuging, dass es Zeit war, sich eine Bleibe zu besorgen. War es Liebe, die sie in seine Arme und in sein Haus getrieben hatte? Oder war es tief in ihrem Inneren nicht mehr als kühle Berechnung? Nicht mehr, als die Fortsetzung ihres glamourreichen Lebens? Hätte sie den gleichen Mann geheiratet, wenn er ein mittelloser Landschaftsgärtner gewesen wäre?

Sie wusste es nicht, sie konnte keine Antwort finden. Wie auch? Sie wusste nicht, wo sie war und warum sie hier war und was morgen sein würde. Oder war gerade das die Voraussetzung, um seine Fragen beantworten zu können? Hatte sie sich denn jemals die Frage gestellt, die er ihr eben gestellt hatte? Liebe? Das Leben war ein Abenteuer. Das Leben hatte es immer gut mit ihr gemeint. Sie hatte sich nie Gedanken machen müssen. Sie war begehrt, sie verdiente viel Geld, sie war in der ganzen Welt unterwegs gewesen. Sie hatte Affären und Beziehungen, sie hatte Verehrer und Liebhaber gehabt. Aber Liebe, so wie es aus seinem Mund klang, kannte sie nicht, hatte sie nie kennen gelernt. Oder es vergessen. Irgendwo zwischen Paris und Madrid. Jetzt war sie hier. Allein mit sich und ihren Gedanken. Nur er war da und er strahlte etwas Merkwürdiges aus. Er hatte sie entführt, hielt sie gegen ihren Willen hier fest und trotzdem fühlte sie sich ihm gegenüber verpflichtet. War es sein Herz, das diesem Menschen diese sonderbare Anziehungskraft verlieh? Ein gebrochenes Herz, das mit Inbrunst nach Liebe schrie? War es ihr Herz, das diesen Schrei hörte?

Erst als er sich vom Tisch erhob, in eine Ecke des Raumes ging und eine Schallplatte auf den Plattenteller legte, nahm ihre Umgebung wieder Gestalt an und ihre Gedankengänge verflüchtigten sich. Die Klänge einer langsamen Melodie aus den siebziger Jahren ertönten aus den Lautsprechern. Er kam zu ihr, wie ein Gentlemen bat er sie zum Tanz. Es kümmerte sie nicht, dass sie nur das T-Shirt trug, während er im silbergrauen Anzug aufwartete. Sie fühlte sich geborgen, als sie in seinen Armen versank, sich von ihm im langsamen Rhythmus der Musik durch den Raum führen ließ. Sie schmiegte sich an ihn, sog seinen Geruch in sich auf, spürte die Wärme, die sich von seinen Händen auf ihren Rücken übertrug. Es kam ihr vor, als würde sie mit ihm zu einem verschmelzen. Ihr Kopf ruhte auf seiner Brust, mit geschlossenen Augen genoss sie seine Nähe. Sie spürte mit Wohlwollen, wie seine Hände sich unter ihr T-Shirt gruben. Es hatte nichts Anrüchiges, nichts Verwerfliches, als seine starken Hände sich in das Fleisch ihrer Pobacken gruben.

13

Mittwoch, 03. Dezember 2003, 9.30 Uhr

Das Geheimnis um die verschwundene Leiche von Johannes Weismüller konnte den emsig agierenden Staatsanwalt nicht von seiner neu gewonnenen Spur ablenken. Mit stolz geschwellter Brust verkündete er, dass Werner Berger alias Graf F. von nun an unter Beobachtung der Düsseldorfer Kollegen stand. Ein Sondereinsatzkommando war bereits in Alarmbereitschaft versetzt. Die richterliche Genehmigung für eine Abhöraktion von Bergers Telefonanschluß hatte Jensen am frühen Morgen auch schon durchgesetzt. Seiner Meinung nach war es nun bloß noch eine Frage der Zeit, bis Simone Tetzloff aus den Fängen dieses Perversen befreit werden konnte.

„Frau Karlson ist übrigens undercover bei dieser Aktion im Einsatz", verkündete Jensen dem ungläubig zuhörenden Siebels.

„Wie bitte?" Hinter dem Rücken von Jensen tippte er sich auf die Stirn, Charly und Till zuckten nur mit den Schultern.

„Frau Karlson liegt im Krankenhaus, sie wurde angeschossen, falls Sie das vergessen haben."

„Ja eben. Aber irgendetwas musste ich den Düsseldorfer Kollegen ja erzählen. Sie glauben doch nicht im Ernst, dass ich auch nur mit einem Sterbenswörtchen den Namen Tetzloff erwähnt habe. Denken Sie doch mal nach, Siebels. Das geht doch nicht, wir hätten den Fall ja nicht mehr unter Kontrolle. Berger steht im Verdacht, illegalen Menschenhandel und Prostitution im großen Stil zu betreiben. Frau Karlson ist schon seit Monaten in einer Undercover-Aktion auf Berger angesetzt. Seit einigen Tagen haben wir jeglichen Kontakt zur Karlson verloren, wir gehen davon aus, dass sie aufgeflogen ist und sich nun in Bergers Gewalt befindet."

„Sind Sie denn völlig verrückt geworden?", schnauzte Siebels den Staatsanwalt an. „Wir sind hier doch nicht im Wilden Westen. Sabine Karlson siehst doch ganz anders aus als die Tetzloff. Die Düsseldorfer Kollegen brauchen doch eine zutreffende Personenbeschreibung, falls es tatsächlich zu einer Befreiung kommen sollte."

„Ungewöhnliche Fälle erfordern ungewöhnliche Maßnahmen, Herr Siebels. Die Düsseldorfer sind angewiesen, die Zielperson zu observieren. Sobald sich herausstellt, dass Berger eine Frau in seiner Gewalt hat, hüpfen wir in einen Hubschrauber und nehmen in Düsseldorf die Sache selbst in die Hand. Alles was wir jetzt noch brauchen, ist ein bisschen Geduld."

„Gut, in der Zwischenzeit können wir Herrn Tetzloff ja nach diesem Johannes Weismüller befragen. Immerhin waren die zwei gut befreundet, bevor Weismüller von der Bildfläche verschwunden ist."

„In Gottes Namen, tun Sie, was Sie nicht lassen können. Aber gehen Sie behutsam vor. Tetzloff ist ein mächtiger Mann, vergessen Sie das nicht. Und er ist das Opfer. Er und seine Frau. Was haben Sie eigentlich noch zu diesem Johannes Weismüller herausgefunden? Ist von dem Kerl, der sich bei Ebay registriert hat, auch eine Adresse bekannt?"

„Ja", schaltete sich Charly in das Gespräch ein. „Er hat die Adresse von Tetzloff angegeben."

„Na das wird ja immer schöner. Haben Sie schon einmal darüber nachgedacht, dass unser Graf sich als Johannes Weismüller ausgeben könnte?"

„Wir ziehen wie gewöhnlich alle Möglichkeiten in Betracht. Das würde aber bedeuten, dass der Graf und Weismüller eine Person sind oder dass der Graf über die damaligen Vorkommnisse bestens informiert ist. Allerdings stammen seine Briefe an die Tetzloff aus der Zeit vor Ihrer Ehe mit Tetzloff. Zwischen dem Graf und Sebastian Tetzloff kann es keine Verbindung gegeben haben. Tetzloff wird erst bei seiner Heirat zu einer Figur im Spiel des Grafen. Eine Randfigur, die dem Grafen das Objekt der Begierde wegschnappt."

„Oberflächlich gesehen mögen Sie da durchaus Recht haben, Herr Siebels. Aber es gibt auch immer Zufälle im Leben, vergessen Sie das nicht. Stellen Sie sich doch einmal folgendes Szenario vor: Vor 25 Jahren verschwindet auf mysteriöse Art und Weise dieser Weismüller. Wahrscheinlich hat er die Hassler erschlagen und sich dann abgesetzt."

„Und warum sagte Tetzloff aus, er hätte beide erschlagen aufgefunden?"

„Weil er der beste Freund von Weismüller war. Tetzloff macht eine Falschaussage, unter der Bedingung, dass Weismüller aus seinem Leben verschwindet. Mit Mord wollte Tetzloff nämlich nichts zu tun haben. Weismüller verschwindet also, taucht irgendwann in Düsseldorf als Walter Berger wieder auf und spielt nebenbei den Grafen. Er hat es auf prominente Damen abgesehen. Damen, die in der Öffentlichkeit als starke Frauen auftreten. Frauen wie zum Beispiel das Model Simone Deubinger. Ihr und vielen anderen schreibt er seine kranken Fantasien. Bei einigen Damen stößt er mit seinen verkorksten Gedanken vielleicht auf offene Ohren, bei den meisten mit Sicherheit aber nicht. Auch Simone Deubinger hatte kein gesteigertes Interesse, den Graf einmal persönlich kennen zu lernen. Doch dann heiratet die Deubinger und heißt fortan Tetzloff. Der große Zufall hat zugeschlagen! Da fällt dem Graf wieder die alte Freundschaft ein. Tetzloff ist ja mittlerweile ein gemachter Mann. Ein reicher Mann, ein steinreicher Mann. Und Berger ist nur ein mittelloser selbsternannter Graf, der ein Schattenleben mit falscher Identität lebt. Jetzt sieht er die Möglichkeit, zwei Fliegen mit einer Klappe zu schlagen. Er nimmt sich endlich die Frau, die er schon solange in seiner Gewalt haben will und bringt sich gleichzeitig wieder bei seinem alten Freund Tetzloff in Erinnerung. Der ist ihm nämlich noch was schuldig."

„Was soll er ihm denn nach Ihrer Theorie noch schuldig sein? Ohne Tetzloff wäre Weismüller Ihren Schlussfolgerungen nach doch für lange Zeit im Knast gelandet."

„Sehen Sie Siebels, Sie haben sich noch keine Gedanken über das Motiv zu dem Mord an der Hassler gemacht. Warum hat Weismüller sie erschlagen? Sie war seine Freundin. Ich verrate es Ihnen. Diese Hassler hat sich dort in Belgien nämlich für Tetzloff entschieden und diesem Weismüller einen Tritt in den Hintern gegeben. Es kam zum Streit, Weismüller erschlägt die Hassler, Tetzloff ist Zeuge. Tetzloff hasst seinen Freund für diesen Mord, will ihn aber der alten Freundschaft wegen nicht der Polizei ausliefern. Tetzloff macht aber zur Bedingung, dass Weismüller auf Nimmerwiedersehen verschwindet. Nur so machen die damaligen

Geschehnisse in meinen Augen einen Sinn. Tetzloff nahm seinem besten Freund erst die Frau und dann die Identität. Weismüller kommt aber zurück. Als Graf. Wie der Graf von Monte Christo kommt er zurück, um Rache zu nehmen. Erst rächt er sich an den Frauen. Er demütigt sie, zeigt ihnen, wer die Macht hat, nämlich der Graf. Und jetzt rächt er sich an Tetzloff. Denn Tetzloff hat alles das erreicht, was Weismüller verwehrt geblieben ist. Macht, Ruhm, Erfolg, eine schöne Frau. All das wollte auch Weismüller erreichen. Die Frau hatte er vor 25 Jahren schon, nämlich die Hassler. Aber Tetzloff machte ihm einen Strich durch die Rechnung und die Zukunftsträume von Weismüller endeten in Mord und Flucht."

„Respekt, Herr Staatsanwalt. Eine kühne Theorie. So viel Fantasie hätte ich Ihnen gar nicht zugetraut. Allerdings hege ich trotzdem meine Zweifel. Warum sollte uns Tetzloff das verschweigen, wenn das Leben seiner Frau auf dem Spiel steht. Die Sache dürfte für ihn verjährt sein."

„Vielleicht spielt er ja mit dem Gedanken, uns einzuweihen. In seiner Position hat er viel zu verlieren, er ist nicht von ungefähr so weit gekommen im Leben. Er kalkuliert jedes Risiko genau ein. Weiht er uns ein, spielt er mit offenen Karten, steigt für ihn das Risiko, wegen der damaligen Geschehnisse in der Öffentlichkeit zerrissen zu werden. Spielt er mit verdeckten Karten, erhöht sich sein Risiko, seine Frau nicht unbeschadet wieder zu bekommen. Für ihn wird eine stille Lösegeldübergabe die goldene Mitte sein, uns betrachtet er nur als Mittel zum Zweck der Risikominimierung. Glauben Sie mir, so denken solche Leute. Fahren Sie zu ihm, sprechen Sie mit ihm, machen Sie ihm ein Angebot. Wenn es sich so zugetragen hat, wie ich es vermute, sichere ich ihm Straffreiheit wegen Falschaussage in einem Mordfall zu. Aber seien Sie diplomatisch, fallen Sie nicht gleich mit der Tür ins Haus. Und bleiben Sie um Himmelswillen rund um die Uhr erreichbar. Sobald sich in Düsseldorf etwas tut, will ich vor Ort sein."

Jensen hatte es eilig, das Büro von Siebels wieder zu verlassen. Die Düsseldorf-Aktion benötige seine ganze Aufmerksamkeit, versicherte er den Kriminalbeamten.

Siebels koordinierte die nächsten Schritte. Er rief Tetzloff auf dessen Handy an und vereinbarte mit ihm, zusammen mit Till in seinem Büro im Messeturm vorbeizukommen. Charly erhielt die Instruktion, weitere Details über Johannes Weismüller und dessen Verschwinden zu rekonstruieren. Außerdem sollte er die Vita von Bogner mal genau unter die Lupe nehmen. Siebels hatte immer noch den Verdacht, dass Bogner eine zwielichtige Gestalt sein könnte und mit falschen Karten spielte. Die ganze Sache glich tatsächlich immer mehr einem Pokerspiel. Am Spieltisch saßen Tetzloff, windige Rumänen, ein angeblich vor 25 Jahren Ermordeter und ein durchgeknallter Staatsanwalt. Stand Bogner am Pokertisch und schaute Tetzloff oder dem Staatsanwalt in die Karten, um einem der anderen Mitspieler mitzuteilen, was die andere Seite auf der Hand hatte?

Die beiden hatten gerade das Büro verlassen, als Charly sie zurückpfiff. Ein Anruf für Siebels.

„Wer ist es?"

„Ein gewisser Igor Ionescu."

14

Erinnerungen Dezember 1975

Heiligabend. Es war ein merkwürdiges Gefühl gewesen, Weihnachten ohne Familie und Freunde zu feiern. Ich war gerade 20 Jahre alt geworden. Seit meinem Erwachen auf dem Bauernhof bei Claude schien eine Ewigkeit vergangen zu sein und doch waren nur wenige Monate ins Land gezogen. Ich hatte die Grundausbildung bei der Fremdenlegion erfolgreich abgeschlossen. Aus mir war ein Soldat geworden. Ein Elite-Soldat. Stolzes Mitglied der famille légionnaire. Männer aus aller Herren Länder waren nun meine Waffenbrüder gewesen. Bereit, für mich oder für Frankreich in den Krieg zu ziehen und zu sterben. So wie ich bereit gewesen war, mein Leben zu opfern, wenn es die Legion verlangen würde. Pünktlich zu Weihnachten war uns mitgeteilt worden, bei welchem Regiment wir in den nächsten Jahren dienen sollten. Thomas und ich hatten Glück gehabt und waren weiterhin zusammen geblieben. Die Abschlussprüfungen hatten wir mit Bravour bestanden. Unserem Wunsch, beim 2. Fallschirmjägerregiment auf Korsika stationiert zu werden, war entsprochen worden. Eine der dort angegliederten Kampfkompanien hatte uns bereits erwartet.

In den vier zurückliegenden Monaten hatten wir aber nicht nur das Marschieren, Singen und Kämpfen gelernt. Eine weitere Disziplin, in der ein Legionär unschlagbar ist, ist das Saufen. Bier und Schnaps. Schnaps und Bier. Anfangs hatte ich an jedem Abend kotzen müssen. Manchmal hatte ich geglaubt, meine Eingeweide rauskotzen zu müssen, so übel hatte ich mich gefühlt. Nie wieder würde ich auch nur einen Schluck Alkohol anrühren, hatte ich mir in diesen Momenten geschworen. Am nächsten Abend hatte ich dann wieder mit meinen Brüdern am Lagerfeuer gesessen, mit brennenden Füßen und trockenen Kehlen. Schnaps und Bier. Legionärslieder. Bier und Schnaps. Irgendwann hatte ich das Saufen gelernt. Bier und Schnaps.

Zum Ende der Ausbildung, als wir Schießen, Marschieren, Singen und Saufen konnten, hatten sie uns Frauen geschickt. Ich hatte gedacht, ich hätte es vorher schon gekonnt, ich hatte mich geirrt. In der Legion sollte ich auch das Ficken lernen. Prachtvolle Weiber hatten im Dienst der Legion gestanden. Wilde Stuten, gierig auf die ausgehungerten Legionäre. Meine Stute hatte Cathérine geheißen. Pralle Brüste, schwarzes glänzendes Haar bis zum Po, ausladende Hüften, eine rauchige Stimme, eine Zunge, die wahre Wunder vollbracht hatte. In dieser Nacht war ich fünf Mal gekommen. Meine rassige Stute Cathérine. Kaum hatte ich sie gesehen, war das Verlangen in mir aufgekeimt, das ich seit Monaten unterdrückt hatte. Ich hatte sie von hinten genommen. Mit langsamen, kraftvollen Stößen hatte ich Cathérine meine Lust tief in ihre französische Möse gestoßen. Davantage, davantage, hatte Cathérine mit ihrer rauchigen Stimme gestöhnt. Mehr, mehr. Ich hatte ihr mehr gegeben. Ich hatte ihre weiblichen runden Formen gepackt, wo ich sie nur zu fassen bekam. Ich hatte diese prachtvollen Brüste geknetet, vor Wolllust mit meiner flachen Hand auf ihre fleischigen Pobacken geschlagen und so heftig gefickt, wie ich es nie zuvor getan hatte. Davantage, davantage. Sie hatte gelacht, gekeucht, gestöhnt und mich angefeuert. Davantage, chéri, davantage. Ich hatte sie an den Haaren gepackt, meinen Schwanz in sie hineingestoßen, immer schneller, immer heftiger, wie von Sinnen hatte ich meine wilde Stute geritten. Gewaltig war ich gekommen, ein halbes Jahr Enthaltsamkeit hatte sich in diesem Weib entladen. Anschließend hatte sie sich auf mich gesetzt. Sie hatte mir keine Pause gegönnt. Ich war ihr Hengst gewesen. Langsam war sie mit kreisenden Hüften und wippenden Brüsten auf meinem Schwanz geritten. Davantage, davantage, hatte sie mir lachend zugeraunt. Miststück, hatte ich zurückgeraunt und wieder zugestoßen, hatte ihre Pobacken gepackt und in ihre Nippel gebissen. Als ich mit ihr fertig gewesen war, oder sie mit mir, Stunden später, hatte ich gewusst, was anstrengend war. Nicht das Saufen, nicht das Marschieren. Eine unersättliche Frau zu befriedigen, verlangte einem Mann alles ab. So wie ein Vampir sein Opfer bis zum letzten Blutstropfen aussaugt, so hatte Cathérine den allerletzten Spermatropfen aus mir herausgesaugt. Ich hatte Cathérine nach dieser Nacht nie wieder gesehen. Aber Frauen wie Cathérine sollte ich noch viele treffen.

Mittwoch, 03. Dezember 2003, 10.20 Uhr

Igor Ionescu, der rumänische Investor, schien über die laufenden Ermittlungen im Fall Tetzloff bestens informiert zu sein. Im akzentfreien Deutsch erklärte er dem verwunderten Siebels, dass er zur Zeit wegen geschäftlicher Interessen in Frankfurt sei und gerne bereit wäre, der deutschen Polizei persönlich Rede und Antwort zu stehen, falls dies erwünscht sei. Siebels ließ sich nur zu gern auf ein Treffen ein, das am Abend gegen 18.00 Uhr in der Lobby im Hotel Frankfurter Hof stattfinden sollte.

„So sehr ruiniert kann er ja nicht sein, wenn er im Frankfurter Hof residiert. Erzählst du Tetzloff jetzt etwas von dem Treffen?" Till saß auf dem Beifahrersitz, Siebels lenkte den BMW Richtung Messeturm.

„Auf keinen Fall. Erst will ich wissen, was dieser Ionescu zu erzählen hat und woher er überhaupt weiß, dass wir an ihm interessiert sind."

Vor dem Senckenbergmuseum turnte eine ganze Gruppe Schulkinder um einen der vor dem Eingang nachgebildeten Dinosaurier. Schneebälle flogen durch die Luft, noch lag der Schnee, der in der vergangenen Nacht gefallen war. Die Wettervorhersage gab aber schon wieder den Durchzug einer Warmwetterfront bekannt, auf den Straßen rieselte das Salz unter den Winterreifen. Die Festhalle stand festlich verkleidet für die bevorstehende Weihnachtszeit in alter Würde und frischer Farbe am Fuße des Messeturmes. Menschen aus aller Herren Länder überquerten den Platz vor der Messe. Gläserne Hotels standen den Banken hier in nichts nach, der Luxus der Stadt spiegelte sich in den Fassaden. Der Messeturm schluckte seine Besucher in einer Tiefgarage und spie sie in zahlreichen Aufzügen bis zu 250 Meter hoch über der Stadt hinaus. Siebels und Till düsten zunächst nur ins Foyer, wo sie von einem Vasallen Tetzloffs bereits erwartet wurden. Das erste Mal, dass es nicht Bogner war, der sie zum Meister persönlich geleitete. „Henning Müller-Kolbenschmitt", stellte er sich vor. „Assistent der Geschäftsleitung. Herr Tetzloff erwartet Sie bereits. Seit Tagen muss ich ständig seine Termine umschmeißen, eigentlich sollte er ja in wenigen Minuten zwei Herren vom hessischen Wirtschaftsministerium empfangen. Ich hoffe, Sie lassen die Herren nicht zu lange warten." Nervös fuhr er sich durch sein schütteres blondes Haar, im Aufzug drückte er den Knopf für die 23. Etage. „Oberes Ende vom unteren Drittel", klärte er die Besucher auf. Till verstand nicht, wovon er redete. „Was für ein Drittel?"

„Unteres Drittel." Der Aufzug stoppte, Müller-Kolbenschmitt erklärte es dem begriffsstutzigen Till noch einmal. „Wir sind hier in der 23. Etage, 70 Stockwerke gibt es im Turm. Unteres Drittel. Aber oberes Ende."

„Aha."

Der Assistent ging voraus, vorbei an mehreren verschlossenen Türen, bis er vor der größten Tür stehen blieb und vorsichtig anklopfte. Sofort wurde die Tür von innen aufgerissen, Tetzloff stand auf der Schwelle, ungeduldig forderte er die Besucher herein.

„Da sind Sie ja endlich, warum habe ich solange nichts von Ihnen gehört?"

„Wir ermitteln. Und unsere Ermittlungen haben einige interessante Neuigkeiten ans Licht gebracht."

„Setzen Sie sich", Tetzloff deutete auf zwei Stühle vor seinem großen Schreibtisch. Ein Telefon und ein Kugelschreiber, mehr war auf dem Arbeitsplatz des mächtigen Multiunternehmers nicht vorzufinden. An der Wand hing ein Bild. Ein Picasso. Kein Bild von seiner Frau, kein einziger Hinweis auf ein Privatleben.

„Jetzt rücken Sie schon raus mit der Sprache, mein Büro können Sie von mir aus nachher noch begaffen."

„Wir haben den Mann identifiziert, der die Anzeige bei Ebay geschaltet hat."

„Sie wollen mir doch nicht ernsthaft weismachen, dass er sich mit seinem richtigen Namen dort angemeldet hat?"

„Deswegen sind wir hier. Er ist unter dem Namen Johannes Weismüller bei Ebay registriert."

Eine mit Spannung geladene Stille herrschte plötzlich in dem Büro. Tetzloff wurde blass, verzog aber keine Miene, starrte seine Besucher nur an. Als weder Siebels noch Till Anstalten machten, weitere Einzelheiten preiszugeben, griff Tetzloff nach dem Kugelschreiber, der vor ihm auf dem Schreibtisch gelegen hatte und ließ ihn nervös zwischen seinen Fingern hin und her wandern.

„Da treibt jemand ein böses Spiel. Johannes Weismüller ist schon lange tot." Leise kamen die Worte aus dem Mund des Unternehmers. Seine Augen blickten starr auf seinen Schreibtisch, in seinen Gedanken schien er weit weg zu sein. Irgendwo im Sommer 1975.

„Der Name ist Ihnen vertraut?", bohrte Siebels weiter. Er hatte Tetzloff an einem sensiblen Punkt erwischt, entweder brachte er ihn jetzt zum Reden oder er versaute es und Tetzloff machte dicht. Wieder entstand eine lange Pause. Das Telefon unterbrach die Pause. Wütend nahm Tetzloff den Hörer ab, brüllte hinein, dass er jetzt nicht gestört werden wolle, und legte wieder auf.

„Sie wissen es doch schon, warum fragen Sie mich also noch?"

„Wir würden es gerne von Ihnen persönlich hören. Aus Ihrer Sichtweise. Es ist schon lange her, wir haben nur ein unzureichendes Bild von den damaligen Geschehnissen."

Stille hüllte die drei Männer wieder ein. Till wollte sich in das Gespräch einbringen, wusste aber nicht wie. Schließlich zog er seinen Notizblock und einen Stift aus seiner Jackentasche, setzte sich schreibbereit vor Tetzloff und wartete, als wäre er ein Journalist auf einer Pressekonferenz, bei der jeden Augenblick eine sensationelle Bombe platzen musste. Ein Buch mit leeren Seiten, Tetzloff bekam die Möglichkeit, das Buch neu zu schreiben. Die Seiten zu füllen, alte Geschichten zum Leben zu erwecken. Oder es leer zu lassen, aber dann würden es andere füllen, das begriff Tetzloff instinktiv. Dann könnte er nur noch im Nachhinein mit viel Mühe an dem Geschriebenen etwas ändern. Wenn überhaupt. Er begann, seine Geschichte zu erzählen, das Buch zu füllen. Und Till schrieb eifrig mit.

„Johannes Weismüller und ich, wir waren Schulfreunde. Wir sind im Gymnasium in die gleiche Klasse gegangen. Im Frühjahr 1975 waren wir die beiden Einzigen, die das Abitur mit einer glatten Eins bestanden haben. Im darauffolgenden Herbst wollten wir an der Uni Betriebswirtschaft studieren. Doch unsere gemeinsamen Träume sollten nicht in Erfüllung gehen. Gleich nach den Abiturprüfungen sind wir nach Belgien gefahren. Johannes, Melanie Hassler und ich. Melanie Hassler war die Freundin von Johannes. Sie ging auch in unsere Klasse."

„Sie hatten damals keine Freundin?"

„Nein, sonst wären wir ja zu viert gefahren."

„Wie war ihr Verhältnis zu Melanie Hassler gewesen?"

„Sie war die Freundin meines besten Freundes. Ich mochte sie. Nicht mehr und nicht weniger. Das ist bald dreißig Jahre her, es fällt mir schwer, mich deutlich an sie zu erinnern. Johannes steht noch vor meinem geistigen Auge, als hätten wir uns gestern erst das letzte Mal gesehen, aber Melanie ..."

„Erzählen Sie weiter."

„Es war ein warmer Sommer, wir hatten ein kleines Waldstück an einem einsamen Weiher gefunden, ein idyllisches Fleckchen Erde, dort haben wir unser Zelt aufgeschlagen und wild gecampt. Am dritten Tag bin ich mit unserem VW-Bus in eine nahe gelegene Ortschaft gefahren. Ich wollte Besorgungen machen. Bier, Bratwürste, Grillkohle. Auf dem Weg zum Dorf ist mir auf der Landstraße eine Gruppe von Rockern entgegengekommen. Hells Angels. Ich habe mir nichts weiter dabei gedacht, bin weiter gefahren und habe im Dorf die Besorgungen gemacht. Als ich zurück gekommen bin, habe ich von weitem noch sehen können, wie ein Motorradfahrer aus dem Waldstück gefahren kam, wo wir unser Zelt stehen hatten. Einige Minuten später war ich dann an unserem Zeltplatz angekommen. Johannes und Melanie lagen blutüberströmt auf dem Boden. Überall war Blut. Ich konnte ihre Gesichter nicht mehr erkennen, ihre Schädel waren zu Brei zerschlagen. Ich stand einfach nur da, konnte mich nicht bewegen, konnte nur auf die blutverschmierten Körper starren. Ich weiß nicht, wie lange ich da gestanden habe. Ich weiß gar nicht mehr, was genau ich dann gemacht habe. Irgendwie muss ich mit dem VW-Bus zu einer Pension gefahren sein. Vielleicht drei Kilometer von dem Weiher entfernt. Dort habe ich eine Frau angetroffen, es hat eine Weile gedauert, bis die schließlich die Polizei verständigt hat. Ich habe sie nur angeschrien. Ständig habe ich geschrien. Die Rocker haben sie erschlagen, die Rocker haben Johannes erschlagen. Später bekam ich vom Notarzt eine Beruhigungsspritze. Ich hatte mich fast um den Verstand gebrüllt."

„Als die Polizei am Tatort eingetroffen war, hat sie aber nur die Leiche von Melanie Hassler gefunden."

Tetzloff saß eingesunken auf seinem ledernen Sessel, nickte nachdenklich, suchte nach den richtigen Worten.

„Die Leiche von Johannes war weg. Ich habe nur eine Erklärung dafür. Während ich zu der Pension gefahren bin, um Hilfe zu holen, kamen die Rocker zurück. Die wollten die Leichen verschwinden lassen. Erst haben sie Johannes abtransportiert. Vermutlich haben sie die Leiche mit einem Motorrad mit Beiwagen weggeschafft. Ich denke, es gab in der Gruppe nur einen Beiwagen, mit dem man eine Leiche transportieren konnte. Melanie wollten sie später abholen, aber da war es zu spät, die Polizei war schon da."

„Die Leiche ihres Freundes ist nie wieder aufgetaucht?"

„Nie wieder."

„Könnte er noch gelebt haben, als sie ihn gefunden haben?"

„Nein, ausgeschlossen. Sie hätten das sehen sollen. Er hatte keinen Kopf mehr, nur noch ein Brei aus Blut, Gehirnmasse und Knochen. Es war der reinste Horror. Schauen Sie sich die Fotos an, die die Polizei von Melanie gemacht hat, Johannes sah genauso aus."

„Haben Sie eine Erklärung dafür, warum der Entführer Ihrer Frau sich mit diesem Namen bei Ebay registriert hat?"

„Wenn ich das wüsste, wüsste ich auch, wer er ist. Dann würde ich dafür sorgen, dass er bald so aussieht, wie Johannes damals ausgesehen hat."

„Das bringt uns jetzt nicht weiter Herr Tetzloff. Denken Sie nach. Es muss einen Zusammenhang geben."

„Ich sehe keinen Zusammenhang. Die Geschichte wurde damals wochenlang in der Presse ausgeschlachtet. Für mich war diese Zeit die Hölle. Ich war kurz davor, mich selbst umzubringen. Das ist auch der Hauptgrund, warum ich mich als Privatperson soweit wie möglich aus der Öffentlichkeit fernhalte und vor allem in meiner jetzigen Situation keinen Presserummel haben will. Vielleicht verstehen Sie mich jetzt besser?"

„Sie haben zweifelsohne Recht. Es wundert mich aber, dass diese Geschichte von der Presse nicht bei Ihrer Hochzeit noch einmal ausgeschlachtet worden ist."

„Es gab Berichte, aber die blieben zum Glück von der breiten Masse unbeachtet. Ich beschäftige auch einige Mitarbeiter, die sich um die Publicitiy meiner Geschäfte kümmern. Eine interne PR-Agentur. Von dort aus wurde auch die Berichterstattung über unsere Hochzeit gesteuert. Ich habe viel Geld investiert, um die Berichterstattung in eine klare Richtung zu lenken. Das ist meinen Mitarbeitern zum Glück gelungen."

Till klappte seinen Notizblock zu, er hatte sich eifrig Notizen gemacht, jetzt wollte er auch seinen Teil zum Gespräch beisteuern.

„Kannten Sie die Eltern von Johannes Weismüller?"

„Johannes war Vollwaise. Er hatte seine Eltern bei einem Autounfall verloren, als er zwölf Jahre alt gewesen war. Anschließend ist er in einem Heim untergekommen. Dieses Heim wurde geschlossen, als Johannes achtzehn Jahre alt war. Danach kam er an meine Schule und besuchte die gleiche Klasse wie ich. Er bekam als Vollwaise staatliche Unterstützung und hatte ein Zimmer in einem Studentenwohnheim gestellt bekommen. Wir hatten uns sofort angefreundet und waren dann die zwei Jahre bis zu den Abiturprüfungen die besten Freunde.

„Gibt es noch lebende Angehörige von Johannes Weismüller?"

„Nicht, dass ich wüsste. Johannes war ein Einzelkind, wie ich."

„Wie war ihr Verhältnis zu Melanie Hassler gewesen?", wollte Siebels wissen.

Tetzloff zögerte mit seiner Antwort. Ob es daran lag, dass er sich zu erinnern versuchte, oder ob er abwägte, inwiefern er in den Augen von Siebels als Verdächtiger an den Morden von Melanie Hassler und Johannes Weismüller in Frage kam, vermochte Siebels nicht zu sagen. Sein Tonfall verriet jedenfalls keine Anzeichen von Nervosität.

„Ich mochte Melanie. Johannes war so etwas wie ein Bruder für mich und Melanie war seine Freundin. Sie hatte sich gleich in ihn verguckt, als er in unsere Klasse gekommen war. Es hat dann auch nicht lange gedauert und die beiden wurden ein Paar. Bis dahin hatte ich mit Melanie wenig zu tun gehabt. Das hat sich dann natürlich geändert. Aber es gab nie Probleme zwischen uns. Dass Melanie auf diese Weise umgekommen ist, war tragisch für mich. Aber der Tod von Johannes war ein Schock. Von Melanie konnte ich mich verabschieden auf dem Friedhof. Die Leiche von Johannes blieb verschwunden. Es gab zwar eine Beerdigung, aber eine Beerdigung ohne Leichnam. Für Melanie gab es einen Ort, an dem man Blumen pflanzen, ein Grablicht aufstellen und Tränen vergießen konnte. Für Johannes nicht."

„Johannes Weismüller und Mobutu Sese Seko, wo ist da die Verbindung?"

Tetzloff zuckte nur resigniert die Schultern. „Ich weiß es nicht. Es gibt keine Verbindung. Johannes war kein politischer Aktivist, schon gar nicht, was den Kongo angeht. Das war nie ein Thema."

„Und Melanie Hassler? Hatte sie politische Ambitionen?"

„Das wäre mir neu. Die Zeit, in der wir unser Abitur gemacht haben, war die Zeit der RAF. Natürlich war das damals ein Thema. Die Gesellschaft als Ganzes und die Aktionen von Baader und Meinhof. Ein Gesprächs- und Diskussionsthema, nicht mehr und nicht weniger. Melanie hat sich vor allem für dieses Thema erwärmt. Sie suchte wohl noch nach einer politischen Orientierung. Mein Vater war Unternehmer gewesen, ich konnte mit der linken Szene schon damals nicht viel anfangen. Auf jeden Fall hat weder der Kongo noch sein Präsident oder die politische Lage in Afrika in unseren politischen Überlegungen und Diskussionen eine Rolle gespielt. Der Kerl, der Simone entführt hat, hat vielleicht einen Bezug dazu. Johannes, Melanie und mich können Sie diesbezüglich aber getrost vergessen. Das bringt uns nicht weiter."

„Gibt es noch Verwandtschaft von Melanie Hassler?"

Wieder zuckte Tetzloff nur mit den Schultern. „Wahrscheinlich leben ihre Eltern noch, sie hatte auch noch eine ältere Schwester. Die Familie habe ich seit der Beerdigung von Melanie damals nicht mehr gesehen."

„Wir werden sie wohl ausfindig machen müssen", seufzte Siebels und erhob sich.

„Machen Sie, was Sie für richtig halten. Aber verschwenden Sie keine wertvolle Zeit. Das ist vielleicht genau das, was der Kerl mit seinen undurchsichtigen Manövern erreichen will."

Siebels nickte nur wissentlich, reichte Tetzloff die Hand zum Abschied und versprach, sich sofort zu melden, wenn es etwas Neues gäbe.

Auf dem Weg vom oberen Ende des unteren Drittels hinab zum unteren Ende des unteren Drittels wurden Siebels und Till wieder vom eifrigen Tetzloff-Assistenten Müller-Kolbenschmitt begleitet.

„Ich hoffe, die Herren vom hessischen Wirtschaftsministerium mussten wegen uns nicht zu lange warten?“, fragte Till mit einem schelmenhaften Unterton in der Stimme.

„Die Herren haben es vorgezogen, die unerwartete Pause zum Lunch in der City zu nutzen. Herr Tetzloff hat dafür gesorgt, dass es den Herrschaften an nichts mangelt“, gab Müller-Kolbenschmitt mit einem süffisanten Grinsen sein Wissen preis.

„Na dann passen Sie auf, dass die Herrschaften im Puff nicht verloren gehen“, erwiderte Till in dem Moment, als die Aufzugstüren sich öffneten, und verließ ohne auf eine Reaktion von Müller-Kolbenschmitt zu warten mit Siebels den Aufzug und gleich darauf den Messeturm.

Kleine Schneeflocken rieselten vom Himmel, ein kalter Wind blies durch die Stadt, Siebels bekam Sehnsucht nach Sabine.

„Ich nehme die U-Bahn und mache einen Abstecher ins Krankenhaus. Wir treffen uns in spätestens zwei Stunden im Büro. Sieh mal zu, ob du die Eltern oder die Schwester von Melanie Hassler ausfindig machen kannst. Und erkundige dich bei den Kollegen, die sich um die Rumänen gekümmert haben, wie ich zu der Ehre komme, von diesen Leuten in den Frankfurter Hof eingeladen zu werden.“

„Geht klar, Chef. Und richte deiner Prinzessin einen allerliebsten Gruß von mir aus.“

„Mache ich. Du kannst heute Abend ja deine Johanna schnappen und sie besuchen, während ich die rumänischen Widersacher von Tetzloff interviewe.“

Siebels verschwand im U-Bahn-Schacht und Till kurz darauf in der Tiefgarage des Messeturmes. Der Schnee rieselte weiter gemächlich vom Himmel, während die Zeit unbarmherzig schnell verflog.

Mittwoch, 03. Dezember 2003, 7.05 Uhr

Sie hatte die ganze Nacht kein Auge zugetan. Sie hatte sich im Bett gewälzt und nachgedacht und doch keinen einzigen vernünftigen Gedanken zustande gebracht. Sie dachte an ihren Mann, dachte daran, wie er zu Hause allein in dem Ehebett liegen und sich um sie sorgen würde. Sie dachte an ihn, dachte daran, wie sie in seinen Armen gelegen hatte. Sie dachte an seine Berührungen, die sie so sehr genossen hatte. Sie dachte an die Berührungen von ihrem Mann, die in den letzten Monaten immer seltener und emotionsloser geworden waren. Seine Frage ging ihr nicht aus dem Kopf. Liebte sie ihren Mann? Und wenn nicht, was wäre die Konsequenz? Liebte sie ihn? Sie konnte ihn nicht lieben. Sie durfte ihn nicht lieben. Er hatte sie entführt. Er war wunderbar. Er war ein Geheimnis. Er brachte sie um den Verstand. Gestern Abend hätte sie ohne zu zögern mit ihm geschlafen. Heute schämte sie sich dafür und fragte sich im nächsten Moment, ob er in der nächsten Nacht mit ihr schlafen würde.

Sie wusste nicht, was werden würde, aber sie wusste, dass sie nicht mehr in ihr altes Leben zurückkehren konnte. Sie fragte sich, ob er es heimlich filmen würde, wenn sie mit ihm ins Bett gehen würde. Wenn sie sich ihm freiwillig hingeben würde. Nicht als Gefangene, nicht als Entführte, sondern als Verführte. Sie fragte sich, ob er sie bald wieder vor die Tür setzen würde. Wenn er sie da hatte, wo er sie haben wollte. Sie fragte sich, ob er das Interesse an seinem durchtriebenen Spiel verlieren würde, wenn er sie erobert hätte. Sie fragte sich, ob er ihrem Mann ein Video zukommen lassen würde, auf dem er sehen konnte, mit welchem Vergnügen seine Frau sich durch ihre Gefangenschaft gequält hatte. Sie fragte sich, ob es sein Ziel war, ihre Ehe auf diese Weise zu zerstören. Sie fragte sich, ob sie es zulassen konnte, dass er ihre Ehe auf diese Weise zerstören konnte. Sie fühlte sich wie ein Schiff, das ohne Segel und ohne Steuermann völlig ziellos über den Ozean trieb und sie blickte sehenden Auges dem drohenden Sturm entgegen, der das Schiff in die Tiefen des Meeres reißen würde.

Sie war so in ihre Gedanken vertieft, dass sie gar nicht bemerkt hatte, wie er mit dem Frühstück in ihr Zimmer gekommen war. Er trug einen anthrazitfarbenen Anzug, ein weißes Hemd, die oberen zwei Knöpfe trug er offen, er sah gut aus, er lächelte sie an.

„Hast du gut geschlafen?"

„Ja", log sie ihn an und lächelte ebenfalls. Er stellte das Frühstückstablett auf dem kleinen Esstisch am Fenster ab. Den hatte er gestern Mittag dort platziert, zusammen mit einem

Stuhl. Zu ihrem Bedauern schien er ihr beim Frühstück keine Gesellschaft leisten zu wollen. Er setzte sich auf die Bettkante, nahm ihre Hand, streichelte sie sanft. „Es war ein sehr schöner Abend gestern. Danke.“ Er schaute ihr tief in die Augen und hielt ihre Hand. Sie sagte nichts, nickte nur stumm und ließ ihre Hand in seiner ruhen.

„Ich habe noch etwas zu erledigen“, sagte er und stand auf. „Das Haus gehört dir. Es gibt nur leider keinen Ausgang für dich“, sagte er und es klang fast so, als würde er es bedauern.

„Ich warte auf dich“, erwiderte sie und in ihren Ohren hatte es geklungen, als hätte sie mit ihrem Ehemann gesprochen. Sie verfluchte sich und ihn und hoffte, dass er bald wieder da sein würde.

15

Mittwoch, 03. Dezember 2003, 14.30 Uhr

Siebels kam frohen Mutes ins Präsidium. Sabine hatte sich gut erholt. Sie sollte noch zwei bis drei Tage zur Beobachtung im Krankenhaus bleiben und wenn alles reibungslos verlaufen würde, wäre sie bald wieder Zuhause. Jetzt musste er so schnell wie möglich den Fall Tetzloff auf die Reihe kriegen, dann sehnte er sich nach einem ruhigen Weihnachtsfest. Nur er und Sabine und ein festlich geschmückter Tannenbaum. Noch drei Wochen, draußen schneite es heftiger, drinnen lief schon wieder Jensen in seinem Büro auf und ab. Der nahm aber gar keine Notiz von dem eintretenden Siebels, laut sprechend wieselte er flink durch den kleinen Raum und fuchtelte mit seinen Armen in der Luft herum. Till und Charly saßen am Schreibtisch und suchten etwas im Computer. Siebels schaute die beiden an und zeigte fragend auf den Staatsanwalt, der ohne Telefon zu telefonieren schien. Erst jetzt erkannte Siebels das Gerät am Ohr von Jensen. Er trug tatsächlich ein Headset.

„Er koordiniert die Aktion Düsseldorf", erläuterte Charly. „Dein Graf scheint die Kollegen ganz schön auf Trab zu halten, der ist mindestens so flink unterwegs wie unser Wiesel hier."

„Noch so einen Wieselflinken halte ich nicht aus", flüsterte Siebels hinter vorgehaltener Hand. „Gibt es was Neues? Habt ihr was über die Verwandtschaft von der Hassler rausgefunden?"

„Klar doch", meldete sich Till zu Wort. „Der Vater ist vor zwei Jahren gestorben, Lungenkrebs. Die Mutter lebt in einem Heim, die hat alle möglichen Probleme. Physische wie psychische. Jedenfalls hat die Heimleitung uns von einem Besuch abgeraten. Die Frau ist ein Wrack, sagte der Mann im Heim wortwörtlich."

„In welchem Heim ist sie denn?" wollte Siebels wissen.

„Im Stift Katharinenruhe in Offenbach."

„Da fahren wir natürlich hin, ist doch logisch", raunte Siebels missmutig über die neuen Erkenntnisse.

„Klar logisch Chef. Aber ein Besuch bei der Schwester von der Hassler ist vielleicht vielversprechender. Von der habe ich übrigens die Info über den Heimaufenthalt ihrer Mutter. Die Schwester heißt Alexandra Hassler, die wohnt noch in Frankfurt. Zusammen mit ihrer Lebensgefährtin. Irgendwo im Westend, Adresse habe ich aufgeschrieben, liegt auf deinem Schreibtisch."

„Na dann fahren wir da doch gleich mal hin."

„Wo wollen Sie schon wieder hin? Sie sind doch gerade erst gekommen. In Düsseldorf geht es drunter und drüber, dieser Graf scheint ein ganz ausgekochter Fuchs zu sein. Aber den kriegen wir, der Hubschrauber steht übrigens bereit. Sobald es in Düsseldorf ernst wird, sind wir auch schon da, in Düsseldorf. Also bleiben Sie immer schön in der Nähe, mein lieber Siebels. Haben Sie eigentlich auch Neuigkeiten?"

Siebels schoss schon wieder die Zornesröte ins Gesicht. „Ich weiß zwar nicht, was Sie mit auch meinen, aber Frau Karlson geht es den Umständen entsprechend besser. Wenn alles gut läuft, ist sie am Wochenende wieder zu Hause. Herr Tetzloff ist noch am überlegen, wie viel ihm seine Frau wert ist, in der Zwischenzeit kümmert er sich um das Wohlbefinden der Abgesandten vom hessischen Wirtschaftsministerium. Und mein Kollege und ich, wir fahren jetzt zu der Schwester von der Hassler. Und heute Abend treffe ich mich mit dem Herrn Ionescu, dem rumänischen Investor. Apropos, habt ihr rausgefunden, wie der auf mich gekommen ist?" Siebels schaute fragend in die Runde.

„Nicht wirklich, aber der Heino Färber von der Wirtschaft hat sich wohl verplappert, als er in der Gegend rumtelefoniert hat, um Informationen über diese RIU an Land zu ziehen", erklärte Charly.

„Oder er beobachtet die Hütte von Tetzloff, kümmert sich um dessen Gemahlin und schaut interessiert zu, wie die Polizei sich bemüht, das Verschwinden von Frau Tetzloff vor der Öffentlichkeit geheim zu halten."

„Auch eine Möglichkeit", bestätigte Charly, klang dabei aber nicht sehr überzeugend.

Alexandra Hassler wohnte in der Lindenstraße. Während Siebels nach einem Parkplatz suchte, fragte sich Till, ob es von Mutter Beimer ein Frankfurter Gegenstück in dieser Straße gäbe. Die Passanten, die er bei der Parkplatzsuche beobachten konnte, ließen sich leicht in verschiedene Gruppen zusammenfassen. Banker, die in einer der vielen hier angesiedelten Bankniederlassungen aus aller Welt beschäftigt waren, Studenten, die mit dem Fahrrad unterwegs waren, Japaner, die die Stadt nach Futter für den Speicherchip ihrer Digitalkameras abgrasten, und Rentner, die ihre Hunde ausführten. Weit und breit war keine Mutter Beimer auszumachen. Aber einen Parkplatz hatte Siebels gefunden. Das absolute Halteverbotszeichen ignorierte er. Schließlich hatte Jensen den Befehl gegeben, jederzeit startklar zu sein.

Alexandra Hassler bot den beiden in der kleinen Küche einen grünen Tee an. Till hatte sie in die Schublade lesbische Ökofrau gesteckt und alles was sie tat und sagte oder auch nicht tat und nicht sagte, bekräftigte seine Einschätzung. Dass sie mit einer Frau zusammen lebte, hatte sie ja am Telefon schon bekannt gegeben. Der grüne Tee und die Karotten auf dem Küchentisch sprachen in Tills Augen Bände über ihre Lebensauffassung.

„Warum graben Sie jetzt diese alte Geschichte wieder aus?“, fragte die Hassler, nachdem sie den Tee in die Tassen geschenkt hatte.

„Der Name Johannes Weismüller ist in einem aktuellen Fall aufgetaucht“, erklärte Siebels. „Dabei sind wir auf die alte Geschichte mit Ihrer Schwester gestoßen.“

Die Hassler ging zum Küchenschrank und kam mit einer Packung Zigaretten und einem Aschenbecher zum Tisch zurück. Dass sie rauchte, passte so überhaupt nicht in das Bild, das Till sich von ihr gemacht hatte. Siebels kramte sofort seine eigenen Zigaretten aus seiner Jackentasche.

„Es wird noch andere Menschen geben, die Johannes Weismüller heißen“, mutmaßte die rauchende Ökofrau.

„Wahrscheinlich. Aber in unserem Fall haben wir eine Verbindung zu dem Weismüller, der damals mit Ihrer Schwester befreundet gewesen war.“

„Was für eine Verbindung?“, fragte die Hassler zweifelnd.

„Darüber kann ich Ihnen leider keine Auskunft geben. Mich würde aber Ihre Meinung zu Weismüller interessieren. Was für ein Mensch war er?“

„Ich habe ihn nie persönlich kennen gelernt. Als er mit Melanie zusammen kam, lebte ich bereits mein eigenes Leben. Melanie hatte mir am Telefon von ihrer großen Liebe berichtet. Ich hätte ihn gerne einmal kennen gelernt, den Prinz unserer kleinen Prinzessin."

„Was hat Ihre Schwester am Telefon über ihn erzählt? Gab es in ihren Schilderungen irgendetwas Merkwürdiges?"

„Nein, sie war damals siebzehn und ein verliebter Teenager. Ich hatte zu dieser Zeit meine eigenen Probleme und habe mir da keine großen Gedanken gemacht. Sie sagten, sein Name wäre in einem aktuellen Fall aufgetaucht. Seine Leiche wurde nie gefunden. Heißt das, dass er doch noch lebt?"

„Würden Sie das für möglich halten?"

„Meine Mutter war immer davon überzeugt. Sie hat den Tod von Melanie nie verkraftet. Sie dachte, wenn Johannes wieder auftauchen würde, könnte er ihr erklären, was wirklich geschehen war. Die Version von den Rockern, die Sebastian Tetzloff der Polizei geschildert hat, hat meine Mutter nie so richtig geglaubt. Ich übrigens auch nicht."

„Hatten Sie Sebastian Tetzloff im Verdacht?", erkundigte sich Siebels.

Alexandra Hassler zuckte mit den Schultern, drückte ihre Kippe im Aschenbecher aus und ließ den letzten Rest Rauch geräuschvoll aus ihrer Lunge strömen, bevor sie antwortete.

„Sebastian Tetzloff soll ein sehr strebsamer junger Mann und ein sehr guter Freund von Johannes Weismüller gewesen sein. Er kam aus einem guten Elternhaus und hatte sich noch nie etwas zu schulden kommen lassen. Ein richtiger Musterknabe. Jedenfalls war das das Ergebnis der Ermittlungen damals gewesen. Niemand hätte ihm zugetraut, dass er auf so brutale Weise einen Menschen umbringt. Und es gab am Tatort wohl auch keinen Hinweis, dass er der Mörder gewesen sein könnte. Deswegen kam es ja auch nie zu einer Anklage. Aber Johannes Weismüller blieb verschwunden und die Geschichte mit den Rockern konnte auch nie bewiesen werden. Der damalige Kommissar aus Belgien hat sich monatelang in der Rockerszene herumgetrieben, herausgekommen ist dabei nichts. Finden Sie das nicht auch merkwürdig? Nach der Beerdigung haben wir von Sebastian Tetzloff nichts mehr gehört und gesehen. Abgesehen von den Berichten über ihn in den Medien, nachdem er zu Deutschlands Lieblingsmanager aufgestiegen war. Also ich würde meine Hand nicht für seine Unschuld ins Feuer halten."

„Können Sie uns etwas über die Beziehung zwischen Melanie, Johannes Weismüller und Sebastian Tetzloff erzählen? Wissen Sie, ob es Probleme zwischen Johannes Weismüller und Sebastian Tetzloff gab?"

„Diese Fragen wurden uns vor dreißig Jahren schon gestellt. Ich kannte weder den Einen noch den Anderen persönlich. Meine Mutter hatte beide kennen gelernt und für sie war Johannes Weismüller der Schwiegersohn aus dem Bilderbuch und Sebastian Tetzloff ein Freund der Familie, wie man ihn sich nur wünschen kann. Ich bezweifele allerdings, dass meine Mutter die beiden einschätzen konnte. Sie hat sie doch höchstens mal flüchtig gesehen, wenn sie bei Melanie waren, um für die Abiturprüfungen zu lernen. Die Drei kannten sich ja selbst noch nicht sehr lange. Meine Mutter hat so getan, als wären es alte Sandkasten-Freundschaften gewesen. Nach dem Mord an Melanie hat meine Mutter überhaupt nichts mehr auf die Reihe gekriegt und viel Unsinn erzählt. Die richtigen Fakten müssten Sie doch in Ihren Akten finden."

„In den Akten steht viel. Aber ich ziehe es vor, mit lebenden Menschen über die Dinge zu sprechen. Gefühle findet man nicht in Akten, aber in Menschen. Unkonkrete Verdachtsmomente stehen nicht in Akten, aber sie schwelgen in den Köpfen von Menschen, Empfindungen lassen sich nicht aus Akten ablesen, aber aus den Gesichtszügen von Menschen."

„Ok, Sie haben mich überzeugt", gab ihm die Hassler recht.

„Ich würde Ihnen ja gerne noch ein paar Gefühle und Empfindungen schildern, die Sie nicht in Ihren Akten finden, aber ich befürchte, da sind keine. Und dafür bin ich auch dankbar. Meine Mutter wurde nach Melanies Tod von Gefühlen und Empfindungen an den Rand des Wahnsinns getrieben und dann hat sie diesen Rand übertreten und nicht mehr zurückgefunden. Es gab Phasen, da hat sie sogar mich beschuldigt, Melanie erschlagen zu haben. Wilde Verschwörungstheorien hat sie entwickelt. Ich wäre gar keine Lesbe, würde nur so tun, weil ich ein Verhältnis mit Sebastian Tetzloff gehabt hätte, hat sie in ihrem Wahn behauptet. Sogar meinen Vater hat sie beschuldigt, an Melanies Tod schuld zu sein. Erst als sie in eine geschlossene Anstalt kam und mit Medikamenten ruhig gestellt wurde, hat sich mein Leben in geordneten Bahnen entwickelt. Es klingt vielleicht hart, aber das ist die Realität. Eine Realität, die Sie nicht in den Akten finden."

„Das tut mir leid", murmelte Siebels. „Erzählen Sie mir noch etwas über Ihre Schwester, wie war sie als Kind?"

„Melanie war immer eine kleine Prinzessin. Mein Vater liebte sie abgöttisch. Meine Mutter auch, aber die ganz große Liebe zu Melanie überkam sie erst, als Melanie tot war. Melanie war ein zierliches, aber zähes Mädchen. Sie war hoffnungslos romantisch, ganz im Gegensatz zu mir. Sie war Julia, Johannes ihr Romeo. Sie war schön, sie war beliebt, sie war sentimental, sie war intelligent. Sie ist seit dreißig Jahren nicht mehr da, in meiner Erinnerung lebt sie als kleine Prinzessin, die immer lacht und alles bekommt, was sie sich wünscht. Würde sie heute noch leben, sie wäre jetzt 48, hätte vielleicht drei Kinder oder auch nicht, wäre vielleicht zum vierten Mal verheiratet oder auch nicht, würde vielleicht in den Staaten leben oder in Australien oder in Afrika oder zwei Straßen weiter. Es tut mir leid, ich glaube, ich kann Ihnen nicht weiterhelfen."

Till kam sich bei diesem Gespräch und bei dem Fall Simone Tetzloff ziemlich überflüssig vor. Meist saß er neben Siebels im Auto oder in einem Sessel in der Villa Tetzloff und hörte zu, wie Siebels seine Fragen stellte. Es wurde Zeit, dass der Fall noch an Dramatik gewann, überlegte er sich. Um nicht völlig von der Bildfläche zu verschwinden, quälte er sich noch eine mühsam erdachte Frage an die Hassler heraus.

„Hatte Melanie einen Verehrer? Gab es einen Nebenbuhler zu Johannes? Einen, der bis über beide Ohren in Melanie verknallt gewesen war?"

Alexandra Hassler zündete sich noch eine selbstgedrehte Zigarette an und überlegte. „Melanie hatte bestimmt viele Verehrer, wie gesagt, sie war eine kleine Prinzessin. Es gab da einen Jungen in der Nachbarschaft, der war im gleichen Alter wie Melanie und die beiden hatten als Kinder viel zusammen gespielt. Später hat er meiner Schwester den Hof gemacht, aber er hat sich in eine ganz andere Richtung entwickelt als Melanie. Melanie hat sich zu einer jungen Dame entwickelt und aus ihm ist ein wilder, ungehobelter Prolet geworden. Der fuhr damals Mofa und machte damit nachts immer einen Höllenlärm, daran kann ich mich noch gut erinnern. Ich glaube, er wollte Melanie damit imponieren und hat genau das Gegenteil erreicht. Jens hieß er. Jens Heierbach. Ihn kannte ich halt aus der Nachbarschaft. Das war sozusagen der einzige Verehrer von Melanie, den ich persönlich gekannt habe."

Die Bonanza-Melodie von Siebels Handy unterbrach die Erinnerungen der Hassler. Jensen blies Alarm. Der Hubschrauber stand startklar auf dem Dach des Präsidiums, die Düsseldorfer Kollegen hatten den Grafen in einer Lagerhalle in einem Düsseldorfer Vorort verschwinden sehen und alles deutete darauf hin, dass höchste Eile geboten war. Jensen überschlug sich vor Aufregung fast am Telefon und Siebels fluchte innerlich. Kurz entschlossen schickte Siebels Till zurück zum Präsidium, er sollte mit Jensen und Charly aber ohne ihn die Reise nach Düsseldorf machen. Siebels wollte sich auf keinen Fall die Verabredung mit dem Rumänen entgehen lassen und die war in knapp zwei Stunden.

Erinnerungen, Dezember 1977

Meine Zeit als Legionär war wie im Flug vergangen. Mein drittes Weihnachtsfest bei der Legion hatte ich als frischgebackener Offizier gefeiert. Das war für einen Nichtfranzosen eine besondere Auszeichnung, denn der Offizierkorps der Legion hatte fast ausschließlich aus Franzosen bestanden.

Meine Heimat war seit zwei Jahren die Fallschirmjägereinheit in Calvi, einer Küstenstadt am Fuß der korsischen Berge, gewesen. Das Regiment hatte sich in eine Stabs-, eine Versorgungs- und vier Kampfkompanien gegliedert. Die Kampfkompanien wiederum waren in spezielle Disziplinen der Kampfführung unterteilt gewesen. Die erste war auf Panzerabwehr und Nahkampf spezialisiert gewesen, die zweite auf den Gebirgskampf, die dritte auf amphibische Operationen und die vierte auf den Kampf hinter feindlichen Linien, einschließlich Sabotage und Scharfschützeneinsätze. Das zweite Regiment hatte zudem noch über eigene schwere Unterstützungswaffen verfügt.

In dieser Zeit hatte ich viel gelernt, war ein Soldat aus Fleisch und Blut geworden und hatte trotzdem nicht verhindern können, dass ich auch nach so langer Zeit noch von den Dämonen heimge-

sucht worden war. Mein Aufstieg in der Legion war das Resultat meiner Flucht vor den Dämonen gewesen. Aber die Dämonen waren immer nah an mir drangeblieben. Manchmal waren sie für ein paar Tage verschwunden, manchmal für ein paar Wochen. Aber plötzlich waren sie wieder da, ohne Vorwarnung hatten sie in der Nacht von mir Besitz ergriffen. Immer wieder diese Bilder. Blut war aus einem Kopf gespritzt, Hände hatten verzweifelt den Kopf gehalten, hatten versucht das Blut am Ausspritzen zu hindern. Das Blut hatte sich warm angefühlt, warm wie das Leben. Das Blut war kälter geworden, hatte an meinen Händen geklebt. Es hatte sich wie der Tod angefühlt. Auch nach so langer Zeit war ich oftmals nassgeschwitzt auf meiner Liege erwacht, hatte meine Hände betrachtet, hatte kein Blut, aber Schweiß an ihnen gesehen und verzweifelt versucht, noch eine Handvoll Schlaf zu bekommen. Nur wenn ich am Abend völlig erschöpft vom anstrengenden Tagesablauf in die Federn gefallen war, war es mir ab und zu gelungen, eine Nacht lang durchzuschlafen.

Der Weg in die Erschöpfung war mein Weg zum Frieden geworden und ich war Mitglied von les Crap geworden. Soldat beim Commandos de recherche et d'action dans la profondeur. Eine Spezialeinheit, deren Angehörige in allen vier Spezialgebieten der Kompanien ausgebildet worden waren. Die Flucht vor meinen Dämonen hatte mich zu einem Elitesoldaten heranreifen lassen, ausgebildet als militärischer Freifallspringer, Skiläufer, Bergsteiger, Scharfschütze, Kampfschwimmer und Ausbilder für Kommandos. Thomas hatte ich zu jener Zeit nur noch selten gesehen, meist in unserer spärlichen Freizeit. Thomas war bei der vierten Kompanie gelandet und hatte sich zu einem Meister im Kampf hinter den feindlichen Linien entwickelt. Kobra war er von seinen Mitstreitern genannt worden.

Ich hatte den Sprung in die Elite innerhalb der Elite geschafft. Im folgenden Jahr hätte ich als Offizier in der Aufklärung dienen sollen. Es war ein gutes Gefühl gewesen, Verantwortung übernehmen zu dürfen. Vielleicht würde es mir helfen, die Dämonen endgültig zu vertreiben, hatte ich gehofft. In den zurückliegenden Wochen hatten sie mich nur noch selten heimgesucht.

Mittwoch, 03. Dezember 2003, 18.00 Uhr

Eine Dame mit Schweizer Akzent gab einem Kofferträger lauthals Anweisung, wie ihr Gepäck im Rolls Royce zu verstauen sei, als Siebels pünktlich zur verabredeten Zeit das Hotel Frankfurter Hof betrat. Er blieb nach wenigen Schritten stehen, schaute sich im Foyer um und betrachtete sich die wenigen anwesenden Gäste, die an der Rezeption standen oder auf einem der Ledersessel saßen und Zeitung lasen oder mit einem Handy am Ohr mit einem anderen Ort und einer anderen Zeitzone verbunden waren. Er hatte nicht viel Zeit sich umzuschauen, ein strahlender Mann mit dichtem schwarzen Oberlippenbart kam ihm entgegen und begrüßte ihn wie einen alten Freund.

„Kommissar Siebels, schön, dass Sie es einrichten konnten. Pünktlich auf die Sekunde, auf die Deutschen kann man sich verlassen, daran hat sich in all den Jahren, in denen ich Geschäfte mache, nichts geändert. In Rumänien gehört Pünktlichkeit leider nicht zu den Stärken meiner Landsleute. Kommen Sie, setzen wir uns an die Bar."

Siebels folgte dem stämmigen Mann und nahm neben ihm auf einem Barhocker Platz. Der Rumäne rauchte, Siebels rauchte, der Barkeeper brachte dem Rumänen ein richtiges Bier und Siebels ein Alkoholfreies.

„Woher wissen Sie, dass ich mich für Sie bzw. für die RIU interessiere?", begann Siebels ohne Umschweife das Gespräch.

„Ich weiß es, aber ich weiß nicht warum", entgegnete der Rumäne und ließ mit einem breiten Grinsen seine Goldkronen aufblitzen.

„Das beruhigt mich", konstatierte Siebels und nahm einen großen Schluck von seinem alkoholfreien Bier.

„Mich beunruhigt es", antwortete der immer noch lächelnde Igor Ionescu. „Soweit ich informiert bin, sind Sie bei der Mordkommission. Und ich bin mir ganz sicher, dass ich niemanden umgebracht habe. Jedenfalls nicht in Ihrem Land und keinen von Ihren Landsleuten", fügte er schmunzelnd hinzu.

„Haben Sie vor, das in Zukunft zu ändern?" fragte Siebels und war bemüht, sein Gegenüber ernst anzuschauen.

Der lachte laut und hob abwehrend die Hände. „Was denken

Sie bloß von mir, Herr Kommissar? Ich bin Geschäftsmann, kein Killer. Ich investiere Geld, vornehmlich in die Wirtschaft meiner Heimat. Ich stehle, ja. Ich stehle Ihre Arbeitsplätze. Immer mehr deutsche Unternehmen kommen in unser schönes Rumänien und bauen dort ihre Fabriken auf."

„Oder verkaufen ihre Produkte an diese Fabriken. Software zum Beispiel. Made in Germany."

„Das nennt man Marktwirtschaft. Darin seid ihr deutschen Meister und wir Rumänen sind die Lehrlinge. Aber wir lernen schnell. Vielleicht zu schnell. Der eine oder andere deutsche Meister der Marktwirtschaft staunt über uns. Ein Herr Tetzloff zum Beispiel. Ich nehme an, unser nettes Zusammentreffen hier ist das Ergebnis von der Paranoia, die Herrn Tetzloff umtreibt. Wahrscheinlich hat er Ihnen erzählt, mit welcher Meisterleistung er den osteuropäischen Markt erobert und die RIU in die Pleite getrieben hat? Das sind allerdings nur Hirngespinste im Kopf des Herrn Tetzloff. Er wird den Markt in Osteuropa wieder verlieren, das weiß er. Aber der Mann kann nicht verlieren, das hat er nie gelernt. Es wird Zeit, dass es ihm jemand beibringt."

„Darf ich fragen, warum Sie sich da so sicher sind?"

„Sie dürfen, Herr Kommissar. Es ist kein Geheimnis, auch wenn es dem Herrn Tetzloff lieber wäre, es wäre eins. Ich weiß nicht, welche Informationen Sie haben, aber anscheinend gehen Sie davon aus, dass der Konkurrenzkampf zwischen der RIU und dem Unternehmen von Herrn Tetzloff von unserer Seite aus mit kriminellen Machenschaften geführt wird. Ich gebe zu, als Business-Soft aggressiv auf dem Markt mit Dumpingpreisen aufgetreten ist, gab es von Seiten meiner Finanzpartner einige fragwürdige Aktionen, die eines Finanzinvestors nicht würdig sind. Ich habe diese Aktionen auch sofort gestoppt, als ich davon Wind bekam. Fakt ist allerdings, dass Tetzloff seine Software auf dem osteuropäischen Markt in einer noch nicht ausgereiften Version vertrieben hat. Das wusste er von Anfang an, deswegen hat er auch nur Demoversionen mit kurzfristigen Lizenzen an seine Kunden herausgegeben. Er verfolgt eine Guerilla-Strategie. Schnell rein in den Markt, die Computer aller großen Unternehmen mit seiner Software, seiner fehlerhaften Software, ausstatten und als Demoversion zu Niedrigstpreisen verhökern.

Bis die Lizenzen abgelaufen sind, hätten seine Softwareentwickler eine marktreife Version entwickelt, die er dann für teures Geld an seine osteuropäischen Kunden verkaufen wollte. Natürlich war er sich des Risikos bewusst. Unzufriedene Kunden würden die Lizenz der Demoversion nicht verlängern wollen, wenn diese abgelaufen sind. Und bei seiner Demoversion musste er zwangsläufig viele unzufriedene Kunden haben. Aber auch für dieses Problem hatte Herr Tetzloff eine Lösung parat. In jeder Firma, in der sein Programm läuft, stationierte er auch einen von ihm bezahlten Business-Soft Berater. Das sind in der Regel Informatikstudenten, die einen Schnellkurs über die Macken der fehlerhaften Software erhielten und vor Ort dann mit selbstgestrickten Programmen das gröbste Unheil von den Kunden fernhalten. Als wir diese Strategie durchschaut hatten, reagierten wir entsprechend. Wir installierten in vielen Firmen unsere Software zum Nulltarif. Erst wenn alle in Osteuropa verkauften Lizenzen der Demoversion von Business-Soft abgelaufen sind, müssen sich unsere Kunden entscheiden, ob sie unsere Lizenz oder die von Business-Soft erwerben wollen. Natürlich konnten wir diesen Deal nur mit Kunden abwickeln, die noch nicht von Tetzloff über den Tisch gezogen worden waen. Kein Unternehmen spielt sich gleichzeitig zwei Systeme auf seine Rechner. Nun gibt es also einen Markt mit zwei ernstzunehmenden Anbietern. Tetzloff hat vielleicht 65 Prozent vom Markt, wir nur etwa 15 Prozent, der Rest wird von unbedeutenden Klitschen bedient. Und jetzt kann ich Ihnen sagen, unsere 15 Prozent werden sich in Kürze in schätzungsweise 70 Prozent Marktanteil entwickeln."

Siebels hatte dem gesprächigen Geschäftsmann mit großem Interesse zugehört. Während den Ausführungen von Ionescu hatte er Tetzloff vor seinem geistigen Auge. Die Schilderungen des Rumänen passten zu dem Mann, in dessen Villa Siebels seit einigen Tagen verkehrte. Seine Macht und sein Reichtum kamen nicht von Ungefähr. Tetzloff verfügte über den Killerinstinkt, den man benötigte, wenn man sich in der Wirtschaft auf höchstem Niveau bewegte. Siebels war neugierig, warum Tetzloff seine Marktanteile an die RIU verlieren sollte und erkundigte sich bei Ionsecu.

„Ganz einfach", erwiderte der Rumäne. „Wir haben dafür gesorgt, dass es sich bei den 65 Prozent der Tetzloff-Kunden herumspricht, dass es 15 Prozent Kunden gibt, die eine gleichwertige Software im Einsatz haben, dabei aber keinen externen Berater benötigen, der ständig die Schwachstellen im Programm überarbeiten muss. Den Effekt konnten wir allerdings nur erzielen, weil wir tatsächlich noch die 15 Prozent Marktanteil erreicht haben, und das haben wir nur geschafft, weil wir unsere Demoversion kostenlos abgegeben haben, nachdem die Tetzloff-Verkäufer wie eine Horde wilder Büffel den Markt abgegrast hatten. Wir haben also viel Geld investiert, aber noch keinen Rückfluss verbucht, dank des Tetzloff'schen Expansionsdranges. Kurzfristig ist das für uns eine kleine Katastrophe, mittel- bis langfristig allerdings ein hervorragendes Geschäft. Wäre Ihr werter Herr Tetzloff nicht ganz so gierig und hätte ein wenig gewartet, bis er mit einer ausgereiften Software hätte antreten können, hätte er bestimmt 30 bis 40 Prozent Marktanteil mit echten Lizenzen gewinnen können."

„Haben Sie die Verträge mit den vielen Kunden von Business-Soft, die zu Ihrem Unternehmen wechseln wollen, schon unter Dach und Fach?", erkundigte sich Siebels.

„Fast alle haben bereits einen wasserdichten Vertrag unterzeichnet, einige werden es noch tun. Osteuropa ist für Business-Soft ein Desaster und Tetzloff leckt seine Wunden. Wenn er jetzt die Mordkommission auf mich hetzt, scheint ihm kein unternehmerisches Mittel mehr einzufallen, um seine Niederlage noch abwenden zu können. Die ganze Geschichte amüsiert mich ein wenig, Herr Siebels."

„Wir sind an den unternehmerischen Aktivitäten von Herrn Tetzloff nicht interessiert. Wir ermitteln in einer Sache, die allein die Privatsphäre von Herrn Tetzloff betrifft. Wenn es nicht die fragwürdigen Aktionen gegeben hätte, von denen Sie mir berichtet haben, hätte unser Gespräch vielleicht nie stattgefunden. Vermutlich sind Sie und Ihre Investmentfirma bei unseren weiteren Ermittlungen außen vor. Trotzdem wüsste ich gerne, wie ich Sie am besten erreichen kann, falls es doch noch Rückfragen gibt."

Ionescu griff in die Innentasche seines Jackets, zum Vorschein kam eine rechteckige goldene Schachtel, aus der er eine Visitenkarte herausnahm, die er Siebels reichte.

„Ich bin jederzeit für Sie zu sprechen, Herr Kommissar. Schwebt Herr Tetzloff etwa in Gefahr? Er ist sehr reich, es würde mich nicht wundern."

„Wir machen uns Sorgen, mehr kann und darf ich Ihnen aber beim besten Willen nicht verraten. Haben Sie vielen Dank für Ihre Zeit und für das offene Gespräch."

Die Männer verabschiedeten sich mit einem festen Händedruck, Ionescu bestellte sich noch ein Bier, Siebels überlegte, ob er Tetzloff mit seinen neuen Erkenntnissen konfrontieren sollte. Es war kurz vor 19.00 Uhr. Sein Verstand sagte ihm, es wäre Zeit für einen gemütlichen Feierabend und noch einen Kurzbesuch am Krankenbett von Sabine. Sein Polizistentrieb sprach eine andere Sprache, er wählte die Nummer von Tetzloff. Bogner nahm den Anruf entgegen. Sein Dienstherr würde gegen 20.00 Uhr in der Villa eintreffen, ein Besuch der Polizei wäre selbstverständlich erwünscht, erwiderte Bogner emotionslos. Kurz entschlossen kündigte Siebels sein Erscheinen für 20.30 Uhr an, dann könnte er den Besuch im Krankenhaus noch dazwischenschieben, überlege er sich und steuerte seinen Wagen Richtung Krankenhaus. Während er den BMW durch den Feierabendverkehr lenkte, wunderte er sich, dass noch kein Anruf von Till oder Jensen gekommen war. Lange konnte es nicht mehr dauern, vielleicht waren sie ja tatsächlich gerade dabei, den Fall zu lösen, und retteten die Prinzessin aus den Klauen des nach Weibsbildern gierigen Grafen. Der Gedanke erheiterte ihn ein wenig und die Lust nach einer Zigarette übermannte ihn wieder einmal. Bevor er Sabine besuchte, musste er an der nächsten Tankstelle noch Bonbons besorgen, sonst würde er wegen seiner Nikotinausdünstungen von seiner Angebeteten wieder einen Anschiss bekommen.

16

Mittwoch, 03. Dezember 2003, 13.30 Uhr

Sie hatte noch eine Weile im Bett gelegen, nachdem er sie am Morgen verlassen hatte. Lustlos hatte sie sein Frühstück zu sich genommen, dann ausgiebig geduscht und anschließend für eine ganze Weile aus dem Fenster geschaut. Nach der Dusche hatte sie nichts angezogen, nackt stand sie vor dem Fenster, schaute hinaus in die Freiheit und fragte sich, was Freiheit überhaupt bedeutete und ob es da draußen überhaupt eine Freiheit für sie geben könnte. Draußen konnte sie keine Menschenseele entdecken. Sie hatte keine Ahnung, wie weit sie von dem nächsten bewohnten Haus entfernt war, ob es in der Nähe ein Dorf gab oder ob sie sich noch in der Umgebung von Frankfurt befand. Nachdem sie eine ganze Weile aus dem Fenster geschaut und dabei ihren Gedanken nachgehangen hatte, machte sie einen Rundgang durch das Haus. Das frische T-Shirt, das er ihr zurecht gelegt hatte, ließ sie liegen. Sie genoss es, nackt durch das fremde Haus zu laufen. Ironischerweise gab es ihr ein Gefühl von Freiheit. Für einen kurzen Moment kam ihr der Gedanke, dass die Polizei ihrem Entführer auf der Spur sein könnte, dass sie das Haus schon beobachten und es jeden Moment stürmen könnten. Vermummte Männer in grünen Kampfanzügen, die sich sicherlich wundern würden, wenn ihnen eine splitternackte Geisel in die Arme laufen würde. Der Gedanke amüsierte sie ein wenig, bevor sie ihn zur Seite schob, um sich wieder auf das zu konzentrieren, das sie umgab. Ein Haus ohne Ausgang. Jede Tür führte in ein anderes Zimmer, keine heraus aus dem Haus. Sie vermutete, dass das Haus nur über ein Kellergeschoss verlassen und betreten werden konnte, aber sie fand auch keinen Zugang zu einem Keller. Sie musste sich eingestehen, dass sie ihn für sein Haus bewunderte. Er musste sich völlig sicher sein, dass sie keinen Weg nach draußen finden würde, sonst würde er sie mit Sicherheit nicht ohne Aufsicht im ganzen Haus herumlaufen lassen. Als sie seine Bibliothek nach einem Ausgang suchend betreten hatte, vergaß sie alles um sich herum und studierte neugierig die vielen Buchrücken der Bücher, die an allen Wänden vom Boden bis zur Decke in maßgeschneiderten Holzregalen thematisch sortiert auf neugierige Leser warteten. Und Simone Tetzloff war neugierig auf den literarischen Geschmack ihres Entführers. Zu ihrer Überraschung fand sie Bücher in deutscher, englischer und französischer Sprache. Neugierig blätterte sie in verschiedenen Büchern, es gab eine große Sammlung erotischer Literatur, vor allem in französischen Ausgaben. Sie fand ein ganzes Regal voller Bücher über die griechische Mythologie und drei Regale voll Fachliteratur über die Themen Militär und moderne Kriegsführung. Als hochrangigen Offizier wollte sie sich ihren Entführer nicht vorstellen, sie wandte sich wieder dem erotischen Sachverhalt zu, blätterte in einigen Büchern, die zu allen denkbaren und undenkbaren sexuellen Praktiken Auskunft gaben und erinnerte sich dabei wieder an die roten Briefe, die ihr der Graf so regelmäßig geschrieben hatte. Sie nahm sich vor, ihren Gastgeber bei nächster Gelegenheit zu fragen, ob er der mysteriöse Verfasser der Briefe gewesen war. Völlig in Gedanken versunken, zuckte sie erschrocken zusammen, als sie plötzlich seine Stimme hinter ihrem Rücken vernahm. Sie hatte ihn nicht gehört, als er die Bibliothek betreten hatte, und rührte sich nicht, als sie seine Stimme vernahm.

„Warum bist du nackt?" fragte er. Sie blieb mit dem Buch in der Hand vor dem Regal stehen und rührte sich nicht, als sie ihm antwortete.

„Ich sollte mich doch wie zu Hause fühlen."

Ihr Herz klopfte schneller, als sie seine leisen Schritte auf dem Parkettboden näher kommen hörte. Sie spürte ihn dicht hinter sich, bevor sie seine Stimme erneut vernahm, diesmal flüsterte er ihr direkt ins Ohr.

„Fühlst du dich hier wie Zuhause?"

Sie war nicht in der Lage, ihm etwas zu erwidern. Seine Anwesenheit verschlug ihr wie schon so oft die Sprache. Schweigend stand er eine Weile dicht hinter ihr, sie spürte seinen Atem auf ihrem Nacken. Und dann spürte sie seine Hände auf ihren Hüften, ihr nackter Körper wurde von seinen Händen an seinen muskulösen Körper gedrückt und seine Lippen berührten sanft ihre Schulter.

Mittwoch, 03. Dezember 2003, 20.30 Uhr

Der Besuch bei Sabine im Krankenhaus hatte Siebels gut getan. Wenigstens für ein paar Minuten konnte er den Fall Tetzloff aus seinen Gedanken verbannen. Mit Sabine konnte er sich selten einfach nur unterhalten, meistens entwickelte sich ein Gespräch zwischen ihnen schnell zu einem Flirt, der dem Wohlgefühl der Flirtenden auf der Befindlichkeitsskala einen angenehmen Ausschlag bescherte.

Sie hatte sich von ihm eine neue kugelsichere Weste zu Weihnachten gewünscht, woraufhin er ihr ein paar goldene Handschellen versprochen hatte. Zu seinem Bedauern konnte er nur eine knappe Viertelstunde bei seiner Herzallerliebsten am Krankenlager verbringen. Die Pflicht rief ihn weiter und die Pflicht hieß Tetzloff. Vom Düsseldorfer Sonderkommando mit Jensen an der Spitze hatte er immer noch nichts gehört und das machte ihn langsam stutzig. Als sein Wagen vor dem Anwesen Tetzloffs zum Stehen kam, checkte er noch einmal sein Handy, es war aufgeladen und einsatzbereit. Den Düsseldorfer Einsatz würde er also vorerst noch nicht bei Tetzloff erwähnen, ein kurzes Gespräch über die Aussagen des rumänischen Gegenspielers von Tetzloff würden für den heutigen Abend genug Gesprächsstoff bieten.

Wie erwartet, öffnete Bogner in seiner ihm eigenen Art die Tür und schritt Siebels voran an den wasserspeienden Engeln vorbei in die Küche, wo Tetzloff saß und in die Tageszeitung vertieft war. Ohne von seiner Lektüre aufzuschauen, raunzte er Siebels missmutig an.

„Haben Sie Neuigkeiten?"

„Ja, aber leider keine, die uns auf die Spur des Entführers bringen würden."

Tetzloff schaute endlich von seiner Zeitung auf und sah Siebels erstaunt an. „Ach, und was für Neuigkeiten haben Sie stattdessen? Die Wettervorhersage für morgen vielleicht?"

„Die können Sie sicherlich aus Ihrer Zeitung entnehmen", entgegnete Siebels mit gelassener Stimme dem aggressiven Tonfall seines Gegenübers. „Ich habe mit Herrn Ionescu gesprochen, dem Herrn, den Sie uns als Verdächtigen genannt haben."

„Und? Haben Sie ihn gefragt, ob er meine Frau entführt hat,

und er hat verneint und ist jetzt nicht mehr verdächtig für die Polizei, oder wie darf ich das verstehen?"

„So ähnlich dürfen Sie das verstehen, ganz genau. Es sei denn, Sie widerlegen den Sachverhalt, den Ionescu mir geschildert hat."

„Und der wäre?", fragte Tetzloff genervt.

Siebels schilderte kurz die Version von Ionescu, nach der Tetzloff mit Business-Soft dem osteuropäischen Konkurrenten auf lange Sicht unterlegen wäre und somit ein Entführungsfall durch die Rumänen keinen Sinn machen würde. Tetzloff schnaubte verächtlich, bevor er Siebels antwortete.

„Das wird sich noch zeigen, wer auf lange Sicht wem unterlegen ist. Aber ich befürchte, mit einem Beamten über marktwirtschaftliche Strategien und Erfolgskonzepte zu diskutieren, macht weniger Sinn, als einem Krokodil das Galoppieren beizubringen."

Siebels gefiel der Spruch, auch wenn er als Beleidigung gegen ihn verwendet wurde. „Manchmal lernt ein Krokodil schneller das Galoppieren, als ein Unternehmer merkt, dass er eine Niederlage eingesteckt hat."

Der erstaunte Blick von Tetzloff, der im Berufsleben eher selten mit Widerworten konfrontiert wurde, beendete die Diskussion. Siebels gab dem Gespräch wieder die notwendige Ernsthaftigkeit.

„Für das Verschwinden Ihrer Frau halte ich Ionesu jedenfalls nicht verantwortlich. Zumal er in keiner Verbindung mit dem Namen Johannes Weismüller steht. Und dieser Name scheint mir der Schlüssel zu diesem Fall zu sein. Entweder er lebt noch oder derjenige, der Ihre Frau entführt hat, kannte Sie und Weismüller bereits damals, als der Mord in Belgien geschah. Das sehen Sie doch ein, oder?"

Tetzloff starrte eine Weile auf seine gefalteten Hände, bevor er antwortete. „Es kann kein Zufall sein, dass dieser Name vom Absender dieser Ebay-Anzeige verwendet wird, das stimmt. Aber Johannes ist tot. Warum sollte er die ganze Zeit über nicht aufgetaucht sein, wenn er noch leben würde? Das macht keinen Sinn."

Wie so oft, zündete Siebels sich eine Zigarette an, bevor er zum verbalen Angriff blies. „Wenn Weismüller noch lebt und Ihre Frau entführt hat, dann ist es ein Racheakt. Das würde für mein kleines unlogisch denkendes Beamtenhirn bedeuten, dass Sie damals die Freundin von Weismüller erschlagen haben und dass

Sie vermutlich auch versucht haben, Weismüller zu töten."

„Nette Theorie. Hat Ihr kleines Beamtenhirn auch eine Idee, warum Weismüller 28 Jahre benötigt, bis er sich endlich rächt?"

„Wenn ich die hätte und für gut befinden würde, wäre ich jetzt mit einem Haftbefehl hier. Bin ich aber nicht. Überzeugen Sie mich von einer anderen Wahrheit."

„Meine Frau ist das Opfer und ich bin nicht der Täter. Punkt. Vielleicht sollten Sie besser den Verrückten suchen, der meiner Frau mit diesen ekelhaften Briefen nachgestellt hat."

Siebels seufzte innerlich. Dieses Thema wollte er heute nicht mehr anschneiden. „Daran arbeiten wir mit Hochdruck, meine Kollegen werden innerhalb der nächsten Stunden erste Ergebnisse vorlegen."

„Das will ich hoffen."

Siebels war unzufrieden mit dem Verlauf des Gespräches. Es gab keine Fortschritte, die rumänische Variante hatte sich zunächst erledigt. Tetzloff schien sich deswegen auch mehr als Unternehmer und weniger als sorgender Ehemann zu ärgern. Jensen blieb stumm in Düsseldorf. Entweder gab es nichts zu berichten oder er kostete bereits seinen Triumph aus. Johannes Weismüller blieb eine unbekannte Größe. Siebels blätterte in seinem Notizbuch, in dem er bei seinen Befragungen festhielt, welche Fragen noch geklärt werden mussten. Zwei Namen waren dort vermerkt, die noch Fragen aufwarfen. Bogner gehörte nicht dazu, den wollte Siebels bei nächster Gelegenheit auch noch einer eingehenden Prüfung unterziehen. Zunächst sprach er Tetzloff auf die beiden anderen Namen an.

„Wir haben heute mit der Schwester von Melanie Hassler gesprochen. Dabei fiel der Name Jens Heierbach. Haben Sie diesen Namen schon einmal gehört?"

„Nicht, dass ich wüsste. Sollte das ein Name sein, der vor dreißig Jahren mal nebenbei gefallen ist, als Johannes mein bester Freund war, dann lege ich meine Hand aber nicht dafür ins Feuer, den Namen noch nie gehört zu haben."

„So lange müssten Sie aber zurückdenken. Heierbach war ein Verehrer von Melanie Hassler. Das dürfte noch etwas länger als dreißig Jahre her sein. Damals fuhr er Mofa, erzählte uns seine Schwester."

„Davon weiß ich nichts, tut mir leid."

„Macht nichts. Ist Ihnen in der Zwischenzeit etwas zu dem Pseudonym Mobutu Sese Seko eingefallen?"

„Jedenfalls nichts, was ich mit dem Verschwinden meiner Frau in Zusammenhang bringen würde. Ich habe mich heute Vormittag kurz mit Mobutu beschäftigt. Ein Mann, der ein an Bodenschätzen reiches afrikanisches Land durch Korruption und Misswirtschaft an den Rand des Abgrunds geführt hat, bis er schließlich im Exil gelandet ist. Mit Zaire ging es aber auch ohne ihn weiter bergab und es wurde auch nicht besser, als man das Land wieder Kongo getauft hat. Die Zeitungen sind ja voll davon. Als Unternehmer hatte ich weder mit dem Land, noch mit seinem Staatsoberhaupt zu tun, falls Sie das denken sollten."

Daran hatte Siebels nicht gedacht, nahm sich aber vor, das zu überprüfen.

„Ich dachte da eher an einen anderen Zusammenhang. Der Kongo hieß vor Mobutus Zeit noch Belgisch-Kongo. Belgien war dort Kolonialmacht. Und in Belgien fanden die Morde an Melanie Hassler und Johannes Weismüller statt. Falls Weismüller tatsächlich ermordet wurde."

Tetzloff schwieg und überlegte, bevor er darauf einging.

„Soweit ich weiß, hat der Kongo 1960 seine Unabhängigkeit ausgerufen. Belgien war damit raus aus dem Schlamassel. Mein Urlaub damals in Belgien mit Johannes und Melanie war 15 Jahre später. Wo sehen Sie da einen Zusammenhang?"

„Mobutu ist der Zusammenhang. Er hat die Belgier aus seinem Land vertrieben und unter seinem Namen wird für Ihre Frau ein Lösegeld gefordert."

Tetzloff ließ seine flache Hand auf den Tisch krachen und schrie Siebels an.

„Das ist doch alles Quatsch. Mobutu ist tot, Johannes ist tot und meine Frau stirbt vielleicht gerade, während Sie mich hier mit haarsträubenden Zusammenhängen bequatschen. Es ist spät, beenden wir unser Gespräch für heute. Kommen Sie wieder, wenn Sie den Briefeschreiber ausfindig gemacht haben. Dann finden Sie auch meine Frau. Die war nämlich ein begehrtes Model und hat weder mit Belgien, noch mit dem Kongo, noch mit Belgisch-Kongo oder sonstigen Staatsgebilden etwas zu tun gehabt."

Wie auf Kommando tauchte Bogner aus dem Nichts auf und schickte sich an, Siebels zum Ausgang zu begleiten.

„Sie haben recht", beendete Siebels das unfruchtbare Gespräch. „Wir brauchen mehr Fakten und weniger Spekulationen. Ich bin sicher, morgen wissen wir schon einiges mehr."

Erinnerungen, August 1978

Mein Leben hatte im Mai 1978 erneut eine dramatische Wendung genommen. Schon seit Anfang Mai hatte auf unserem Stützpunkt eine angespannte Atmosphäre geherrscht. Schuld gewesen waren die Unruhen im afrikanischen Zaire. Erfahrene Offiziere der Legion hatten die dortigen Geschehnisse mit gemischten Gefühlen verfolgt. Unter den Befehlshabern war viel diskutiert worden, wenn sie Nachrichten von den dortigen Verhältnissen im Radio verfolgt hatten. Gegen die dortige Regierung, der Präsident Mobutu seit fast 20 Jahren vorstand, hatte eine blutige Revolte getobt. In der Bergbaustadt Kolwezi hatten aufständische Rebellen Tausende Europäer als Geiseln gefangen genommen. Es war das Gerücht umgegangen, dass ein blutiges Massaker an den Europäern bevorstehen würde. Je länger dieser Ausnahmezustand in Zaire herrschte, desto unruhiger waren die betroffenen Regierungen der europäischen Länder geworden. Je länger der Aufstand angehalten hatte, desto mehr war deutlich geworden, dass die heimische Armee unter ihrem obersten Befehlshaber Mobutu keinen Ausweg aus der Situation finden würde. Was seit Tagen in unserer Truppe als Gerücht kursiert hatte, hatte sich am 17. Mai 1978 als unumstößliche Wahrheit erwiesen. Nur ein schnelles Eingreifen der Legion hatte ein Massaker an Tausenden Geschäftsleuten und ihren Familien in Kolwezi noch verhindern können. Der Befehl zur Mobilmachung hatte unseren Lieutenant-colonel bereits in den frühen Morgenstunden erreicht. Innerhalb von sechs Stunden musste das auf Korsika stationierte Fallschirmregiment einsatzbereit sein. Operation Leopard war unser Unternehmen getauft worden. 90 Prozent meiner Kameraden hatten noch keinerlei Kampferfahrung gehabt, mich inbegriffen. Geübt hatten wir viel. Jetzt hatten wir uns im Ernstfall beweisen müssen. Als Elite-

Offizier war mir die Ehre zuteil geworden, zur ersten Welle der in Zaire einfallenden Fallschirmjäger zu gehören. 6000 Kilometer hatten mich und 650 Kameraden von unserem Einsatzort getrennt und jede Minute hatte gezählt. Die Koordination war militärisch perfekt abgelaufen. Mit beschlagnahmten zivilen Maschinen waren wir 25 Stunden nach dem Alarm in der Hauptstadt Kinshasa gelandet. Auf dem dortigen Flugplatz hatten wir dann unsere Fallschirme und Ausrüstung empfangen. Am 19. Mai war ich von Kinshasa aus mit einer Transall der französischen Luftwaffe gestartet, die uns mit einem vierstündigen Flug nach Kolwezi gebracht hatte. Weitere Flugzeuge der Luftstreitkräfte Zaires hatten ebenfalls Legionäre der ersten Welle an ihr Ziel geflogen. In einer dieser Maschinen hatte Thomas gesessen. In der Transall waren wir unsere Strategie im Detail durchgegangen. Unsere einzige Chance gegen geschätzte 3000 Rebellen und Guerillas hatte im Überraschungsmoment bestanden. Strengste Geheimhaltung war Voraussetzung für die Operation Leopard gewesen. Während die Legion im Anflug auf die außer Kontrolle geratene Rebellenschar gewesen war, waren laut europäischen Medien die Vorbereitungen für eine Entsendung einer regulären Armeeeinheit noch in der politischen Diskussion gewesen. Offiziell hatte man sich am Nachmittag des 19. Mai in Europa auf eine Entsendung der belgischen Para-Commandos geeinigt, inoffiziell waren zu diesem Zeitpunkt bereits die ersten 450 Legionäre über Kolwezi abgesprungen. Während ich an meinem Fallschirm der braunen Erde Afrikas entgegengeschwebt war, waren meine Dämonen so weit von mir entfernt gewesen, wie lange nicht mehr. Es war heller Tag gewesen, als wir im Nordosten der Altstadt unsere Füße auf die Erde gesetzt hatten. Wir hatten feindliches Feuer erwartet und keinen Pfifferling auf unser Leben gegeben. Aber es war kein einziger Schuss während unserer Landung gefallen. Schnell hatte sich unser Trupp gesammelt, durch mannshohes Elefantengras waren wir jeweils in kleinen Abteilungen zu unseren Einsatzzielen vorgerückt. Ich war Mitglied der 1. Kompanie gewesen, unser Ziel war eine Schule im Süden, die etwa 2,5 Kilometer von unserer Absatzstelle entfernt gewesen war. Dort hatten wir eine größere Gruppe der europäischen Geiseln vermutet. Je näher wir unserem Ziel gekommen waren, desto eiliger hatten wir es gehabt. Das Gemetzel hatte bereits begonnen. Auf den Straßen, die zu dem Krankenhaus geführt hatten, hatten die grausam zugerichteten Leichen von Zivilisten gelegen. Darunter viele Frauen und Kinder. Je mehr verstümmelte Kinderleichen unseren Weg gesäumt hatten, desto schneller waren wir vorangeeilt. Ich hatte die Spitze unserer Einheit gebildet, hatte hier ein Bein und dort ein kleines totes Mädchen ohne Arm liegen sehen. Sicherungsmaßnahmen gegen mögliche Hinterhalte, die ich in den Jahren zuvor in unzähligen Übungseinheiten zelebriert hatte, hätten Zeit gekostet, die uns nicht zur Verfügung gestanden hatte. Ich hatte meine Männer so schnell voran geführt, wie es nur gegangen war. Kurz vor unserem Ziel waren wir in unser erstes Feuergefecht geraten. Nachdem mir die ersten Kugeln um die Ohren geflogen waren und ich unseren eiligen Vormarsch widerwillig hatte stoppen müssen, um unsere Gegenwehr koordinieren zu können, hatte ich schnell erkannt, dass unser Gegner aus einem stümperhaften Haufen bestanden hatte.

Meine Männer hatten die Rebellen schneller in die Flucht geschlagen, als ich es zu hoffen gewagt hatte. Während dem kurzen Feuergefecht war Thomas zu mir aufgerückt. Viel gesprochen hatten wir nicht, wir waren in der Lage gewesen, uns nur mit unseren Augen zu verständigen. Als das Gewehrfeuer unserer Gegner verstummt war, waren wir weiter vorgerückt. Die Sonne war bereits untergegangen, das Krankenhaus bereits in Sichtweise gewesen, als uns erneutes Gegenfeuer am Weitermarsch gehindert hatte. Notgedrungen hatten wir erneut in Deckung gehen müssen. Thomas war nicht mehr von meiner Seite gerückt. Durch seinen Feldstecher hatte er die Geschehnisse im Krankenhaus beobachtet. Mit Entsetzen hatte ich sein leises Murmeln vernommen. „Sie vergewaltigen die Frauen und schlachten die Kinder wie Vieh."

Ich hatte mich selbst davon überzeugen wollen, hatte im schützenden Gras gelegen und mit dem Feldstecher die Fenster des Krankenhauses abgesucht. Mir war übel geworden, als ich sehen konnte, was Thomas mir zuvor zugeflüstert hatte. Meine Dämonen waren mit einer Wucht zurückgekommen, die mich am ganzen Körper hatte erschauern lassen. Mit einem mal hatte ich alles, was ich in den letzten Jahren gelernt hatte, vergessen. Ohne nachzudenken hatte ich mein Sturmgewehr auf Dauerfeuer gestellt und war wild entschlossen losgerannt. Thomas hatte verzweifelt hinter mir hergeschrien, ich hatte mich nicht darum gekümmert. Hundertfünfzig Meter hatten mich noch von dem Krankenhaus getrennt. Ich war feuernd darauf zugelaufen. Aus sämtlichen Fenstern des Krankenhauses waren Gewehrläufe auf mich gerichtet gewesen, wie Götterfunken hatte mich das Mündungsfeuer der veralteten Gewehre unserer Gegner empfangen. Meine Dämonen hatten mich vorangetrieben. Alles, woran ich hatte denken können, war spritzendes Blut gewesen. Diesmal hatte ich retten wollen, was noch zu retten gewesen war. Fünfzig Meter vor meinem Ziel hatte mich eine Gewehrkugel am Oberarm gestreift. Ein kurzer Schmerz, den ich kaum wahrgenommen hatte, hatte meinen Körper durchzogen. Im gleichen Moment hatte ich das Geräusch unserer Maschinenkanone vernommen. Meine Männer waren schnell gewesen, ohne ihre Deckung hätte ich keine Chance gehabt. Als ich das Krankenhaus erreicht hatte, war der Putz von der Fassade gebröckelt, unzählige Einschusslöcher hatten von der Feuerwut meiner Leute gezeugt, die meinen eigenmächtigen Vormarsch ohne Rücksicht auf ihr eigenes Leben unterstützt hatten. Verschnaufend hatte ich einen Moment an der Außenmauer des Krankenhauses verharrt, die mir Schutz vor den umherfliegenden Gewehrkugeln gewährt hatte. Thomas hatte bereits zu mir aufgeschlossen und kurz darauf hatten weitere Legionäre das Krankenhaus erreicht. Einer meiner Kameraden war zirca fünfzig Meter von uns entfernt verwundet liegengeblieben. Sofort waren zwei weitere Kameraden bei ihm gewesen und hatten ihn aus der Schusslinie gezogen. Unsere Maschinenkanone hatte ohne Unterlass auf die im Krankenhaus verschanzten Rebellen gefeuert. Mit Grauen hatte ich die Schreie aus dem Inneren des Gebäudes vernommen. Todesschreie von Frauen. Ich hatte nicht länger auf weitere Kameraden warten können, hatte den nächsten Eingang in das unter Beschuss stehende Haus gestürmt und die einzelnen Räume durchkämmt. Ohne Erbarmen zu kennen, hatte ich auf jeden gefeuert, der eine Waffe in der Hand gehabt hatte. Es war der vierte Raum gewesen, den ich betreten hatte, als ich instinktiv mit meiner wilden Schießerei innegehalten hatte. Verängstigte dunkle Augen hatten mich in diesem Raum flehentlich angeschaut. Eine junge Afrikanerin in einem zerrissenen Schwesternkittel hatte mir nur fünf Meter entfernt gegenüber gestanden, an ihrer Kehle ein blutverschmiertes Messer in der Hand eines irre blickenden Guerilla, der mich dreckig angegrinst hatte. Ich hatte mein Maschinengewehr sinken lassen, hatte gehofft, dass er von der Frau ablassen würde. Der Kerl hatte sein Messer sichtbar tiefer in die Kehle der Frau gedrückt, ein kleines Rinnsal Blut war an ihrem schwarzen Hals heruntergelaufen. Ihre Augen waren von Todesangst erfüllt gewesen. Ich war nicht mehr in der Lage gewesen, einen klaren Gedanken fassen zu können, instinktiv hatte ich mein Gewehr hochgerissen und eine Salve auf den Kopf des Guerilla gefeuert, dessen Grinsen abrupt erstorben war. Die junge Frau hatte in Todesangst geschrien, als ich meine Kugeln nur eine Handbreit an ihrem Kopf vorbei in das Hirn ihres Peinigers gejagt hatte. Sein Schädel war in tausend Teile zerborsten, hatte sich als eklige Masse an den Wänden und auf der schreienden Frau verteilt. Die blutige Szene hatte mich für einen Sekundenbruchteil in Unachtsamkeit gelenkt. Zu spät hatte ich den Feind erkannt, der aus dem Nebenzimmer herein gesprungen war und auf mich geschossen hatte. Ein Reflex hatte mich noch zur Seite springen lassen, seine Kugel hatte mein Schienbein zertrümmert. Lachend hatte er ein zweites Mal auf mich gezielt, ich hatte wehrlos am Boden gelegen, mein Maschinengewehr war mir bei dem Sturz entglitten, es hatte unter dem Krankenhausbett gelegen. Sein zweiter Schuss hatte mich in der Schulter getroffen. Triumphierend hatte er sich von mir abgewandt und mit seinem Gewehr zwischen die Augen der jungen Frau gezielt, die erneut in den sicheren Tod gesehen hatte. Er hatte mich für einen Moment nicht beachtet, hatte sich an der Angst seines Opfers gelabt. Instinktiv hatte ich die Chance genutzt, hatte mich zu dem Bett gerollt, um an mein Gewehr kommen zu können. Ich hatte die Schmerzen in meiner durchschossenen Schulter unterschätzt, hatte bei der Bewegung leise aufstöhnen müssen. Ich hatte meine Waffe schon mit den Fingerspitzen fühlen können, als ich in den Lauf seines Gewehres geblickt hatte. Sein dritter Schuss hatte mich in die Brust getroffen. Blut war aus mir herausgeströmt. Endlich hatten mich meine Dämonen eingeholt und sich daran erfreut, als langsam das Leben aus meinem Körper gewichen war. Verschwommen hatte ich noch sehen können, wie der Afrikaner zusammengebrochen war, durchsiebt von einem Schwall Kugeln. Erleichtert hatte ich die Stimme von Thomas hinter mir hören können. Voller Verzweiflung hatte er meinen Namen geschrien. Dankbar hatte ich seine Hände auf meiner blutenden Brust gespürt. Fürsorglich hatte er meinen Kopf auf seinen Schoß gelegt und auf mich eingeredet. Durchhalten, ich hatte nur das eine Wort verstanden. Durchhalten. Ich hatte meinen Freund angelächelt, hatte meine Augen geschlossen und war in eine stille, schmerzlose Dunkelheit entglitten.

17

Donnerstag, 04. Dezember 2003, 8.45 Uhr

Als Siebels sein Büro an diesem Morgen etwas später als gewöhnlich betrat, traf er auf zwei äußerst gut gelaunte Kollegen. Till und Charly beachteten ihn gar nicht, als er hereinkam. Sie lachten und flachsten und äfften vortrefflich Staatsanwalt Jensen nach. Wenigstens konnte der dann nicht in der Nähe sein, frohlockte Siebels, der immer noch keine Informationen über den Verlauf der Düsseldorfer Aktion erhalten hatte. Er blieb einen Moment im Türrahmen stehen und hörte sich die Witzeleien seiner Kollegen an, aus denen er nicht schlau wurde. Till stand vor Siebels Schreibtisch, seinen Oberkörper über den Tisch gebeugt, seinen Hintern Siebels entgegenstreckend, redete er mit verstellter Stimme auf Charly ein, der bei dem Rollenspiel wohl die Figur Jensen darstellen sollte. „Das werden Sie bereuen, Sie elender Wicht", schrie Till mit schriller Stimme auf Charly ein, der anscheinend versuchte, mit seinen Bewegungen ein aufgehetztes flinkes Wiesel zu imitieren.

„Würdet ihr mir vielleicht mal verraten, was los ist?", unterbrach Siebels das amüsante Schauspiel. Die beiden begrüßten ihn mit schelmischen Blicken und begannen beide auf einmal loszureden. Siebels verstand kein Wort, stoppte die Kakophonie mit einer Handbewegung und holte sich erst mal einen starken Kaffee. Als er wiederkam, hatten sich die beiden beruhigt und Till berichtete von der Aktion Düsseldorf.

„Als wir da ankamen, lag das SEK schon in voller Kampfausrüstung auf der Lauer. Ein altes, verlassenes Fabrikgelände war komplett umstellt, auf den Dächern ringsum lagen Scharfschützen. Jensen hatte per Funk schon aus dem Hubschrauber Alarmstufe rot ausgerufen. Es wusste zwar keiner so genau, was das genau bedeuten sollte, aber der Einsatzleiter vom SEK war schon mächtig nervös, als wir endlich persönlich eintrafen. Die hatten ein Richtmikrofon an der Außenwand der Halle angebracht, in der sie den Grafen vermutet hatten, aber scheinbar war er doch nicht da, wo sie ihn vermutet hatten. Man konnte zwar Stimmen hören, aber nur vereinzelte Wörter entziffern. Klang alles ziemlich blechern und weit weg. Aber es waren eindeutig zwei Stimmen, die eines Mannes und die einer Frau. Jensen wurde immer unruhiger, weil nichts Vernünftiges zu verstehen war. Plötzlich hörten wir von der Frauenstimme einen Schrei. Und im gleichen Moment schrie Jensen. Zugriff. Zuuugriff. Zuuuuugriff. Und dann ging es blitzschnell. Ein paar vermummte Elitekämpfer kamen vom Dach heruntergehangelt, Scheiben klirrten, Nebelgranaten räucherten alles ein, eine Explosion an der Hallentür und ruckzuck stürmten die Jungs die Halle. Eine Minute später kam per Funk die Nachricht, dass Entführer und Entführte unversehrt wären. Wieselflink und stolz wie ein Gockel wieselte Jensen in die gestürmte Halle und wir zwei hinterher. Der Graf entpuppte sich als kleines Männchen und sah sich von einer Gruppe vermummter SEK-Leute umzingelt. Bewaffnet war er mit einem Rohrstock, den hielt er noch in der Hand, als wir reinkamen. Das SEK sah darin wohl keine Bedrohung, jedenfalls unternahm niemand etwas, um ihn zu entwaffnen, und er machte auch keine Anstalten, seinen Stock als Waffe einzusetzen. Es konnte sich auch niemand ernsthaft mit dem Graf auseinandersetzen, weil die Frau so einen Aufstand machte. Die schrie wie eine wilde Furie. Außerdem war sie nackt und bewegungsunfähig. Sie lag nämlich vorn übergebeugt über einem Stahltisch, so wie ich es eben gerade demonstriert habe. Ihre Handgelenke hingen in Handschellen, mit denen sie an den Tischbeinen festgekettet war. Jensen wieselte natürlich gleich zu ihr und faselte was von ihrer Rettung und sie bräuchte sich nun keine Sorgen mehr machen, er hätte alles im Griff. Da flippte die Dame völlig aus, beschimpfte den armen Jensen als elenden Bastard und als hirnlosen Wurm, den sie zerquetschen würde. Jensen versuchte sie zu beruhigen und machte alles noch schlimmer. Sie schrie wie am Spieß. Zum Glück kam der Einsatzleiter auf die Idee, dem Grafen die Schlüssel für die Handschellen abzunehmen und die Dame aus ihrer misslichen Lage zu befreien. Der gab ihr dann auch eine Decke. Als sie nicht mehr ganz so nackt und hilflos vor versammelter Mannschaft auf dem Präsentierteller lag, hörte sie endlich mit dem Schreien auf.

Dafür verpasste sie Jensen eine Ohrfeige, dass der sich dreimal um seine eigene Achse drehte. Und dann drohte sie ihm mit Klagen an allen möglichen Gerichtshöfen. Charly und ich hatten mittlerweile bemerkt, dass es sich bei der Dame unmöglich um die Tetzloff handeln konnte, aber Jensen blickte immer noch nicht durch. Der war drauf und dran, den Tetzloff anzurufen, um ihm mitzuteilen, dass seine Frau zwar befreit wäre, aber unter dem Einfluss von harten Drogen stehen würde."

Das Grinsen auf Siebels Gesicht wurde immer breiter. „Und wer war die Dame?", fragte er.

„Sie heißt Eleonore Drägerli und sitzt im Direktorium einer Schweizer Großbank. Den Grafen kennt sie schon seit fünf Jahren, der verprügelt ihr regelmäßig mit seinem Rohrstock den Hintern. Natürlich mit dem Einverständnis der Dame. Das hat uns übrigens der Graf erzählt, Frau Drägerli verweigerte die Aussage zu allen Punkten und beschränkte sich auf wüste Drohungen und wilde Schimpfkanonen. Was übrigens sehr zur Erheiterung der Düsseldorfer Kollegen beigetragen hat. Bei denen sollte sich Jensen die nächsten fünfhundert Jahre besser nicht mehr blicken lassen."

„Wäre ja schön, wenn er sich nach dieser Blamage wenigstens mal fünf Tage lang auch hier nicht mehr blicken lässt", antwortete Siebels und ärgerte sich jetzt, dass er sich dieses Schauspiel hatte entgehen lassen. „Können wir denn ausschließen, dass der Graf nicht trotzdem auch Frau Tetzloff entführt hat? Wenn er die Schweizerin regelmäßig trifft, gehört die Dame ja zu seinem gewöhnlichen Privatleben. Der musste er ja nicht absagen, bloß weil er die Tetzloff irgendwo anders untergebracht hat, weil die sich vielleicht nicht so freiwillig wie die Bankerin mit ihm getroffen hat. Und haben wollte er sie, das stand ja deutlich in seinen Briefen."

„Platz genug, um die Tetzloff zu verstecken, wäre auf dem Gelände gewesen", sinnierte Charly nachdenklich.

„Ihr habt das Gelände nicht durchsucht?", frage Siebels ungläubig.

„Nach der missratenen Aktion hätten uns die Düsseldorfer Kollegen geteert und gefedert, wenn wir sie zu einer Durchsuchung des ganzen Geländes aufgefordert hätten." Till hob entschuldigend die Hände hoch.

„Na toll. Falls der Graf die Tetzloff tatsächlich entführt hat und auch dort irgendwo untergebracht hatte, dann hat er sie jetzt mit Sicherheit dort weggeschafft. Und er wäre gewarnt, würde keine unnötigen Fehler mehr machen. Oder habt ihr ihn in Gewahrsam genommen?"

„Weswegen denn? Wegen Züchtigung von Bankdirektorinnen, die extra aus der Schweiz anreisen, um sich vom Grafen den Arsch versohlen zu lassen?"

„Ich könnte unseren ehrenwerten Herrn Staatsanwalt erwürgen", fluchte Siebels vor sich hin. „Hat der Graf überhaupt mitbekommen, warum ihr die Bude gestürmt habt? Weiß er, dass wir die Tetzloff suchen? Weiß er, dass wir gezielt hinter ihm her waren?"

Till und Charly schauten sich gegenseitig an und drucksten um eine Antwort herum. Schließlich antwortete Till. „Das war so ein Chaos und ging plötzlich alles so schnell. Die Düsseldorfer beendeten ihren Einsatz und rückten ab und die Schweizerin suchte Zuflucht bei ihrem Graf. Wir standen blöd da, Jensen wollte nur noch zurück zum Hubschrauber. In Anwesenheit der Bankerin war da gar kein Gespräch mit dem Grafen möglich. Die hätte Jensen erwürgt, wenn der nicht die Flucht ergriffen hätte."

Siebels schüttelte ungläubig seinen Kopf. „So einen Schwachsinn habe ich in meiner ganzen Polizistenlaufbahn noch nicht erlebt. Till, du fährst heute wieder nach Düsseldorf. Suche den Grafen und häng dich an ihn dran. Aber unauffällig, wenn das geht. Nimm noch einen Kollegen mit, Jensen soll das regeln. Der steht jetzt tief in unserer Schuld. Dich darf der Graf nicht sehen, dich kennt er jetzt. Nehmt euch ein Hotel in seiner Nähe und wechselt euch ab, wenn ihr ein paar Stunden Schlaf braucht. Wenn etwas Verdächtiges passiert, ruft die Düsseldorfer Kollegen zur Hilfe. Ich rufe da nachher an und erkläre die ganze Geschichte. Wenn bis Samstag Mittag nichts passiert ist, was uns einen Hinweis auf den Verbleib der Tetzloff gibt, dann knöpf dir den Typen vor. Aber erst wenn ich mein OK gegeben habe, klar?"

„Klar Chef. Und was macht ihr in der Zeit?"

„Wir sammeln Informationen. Charly, du kannst mal zeigen, was du als Hacker alles drauf hast. Ich will alles über Jens Heierbach wissen. Das ist der Typ, von dem Frau Hassler uns erzählt hat. Der Prolet auf dem Mofa, der die Melanie Hassler damals angeblich verehrt hat."

„Das muss mindestens 35 Jahre her sein, meinst du, das bringt jetzt noch was?", warf Till seinen Kommentar in die Runde.

„Das werden wir sehen, wenn wir mehr wissen. Und weil es so lange her ist, will ich auch Charly damit beschäftigen."

„Soll das ein Kompliment sein?", fragte Charly scheinheilig.

„Du hast es erfasst. Du bist der Beste, wenn es darum geht, Daten zu finden, die der Ottonormalkommissar nicht so schnell findet."

„Oh, vielen Dank. Hast du denn noch ein paar Angaben zu diesem Heierbach?"

„Der soll damals in der Nachbarschaft der Hasslers gewohnt haben. Die Adresse von Melanie Hassler ist in der Akte hinterlegt. 1975 wurde die Hassler ermordet, dass war kurz nach dem sie ihr Abitur gemacht hat. Ich wüsste gern, was der Heierbach von 1970 bis heute so gemacht hat. Beruflich wie privat."

Charly nickte. „Wird erledigt. Soll ich sonst noch jemanden durchleuchten, wenn ich schon dabei bin?"

Siebels zündete sich eine Zigarette an und durchblätterte nachdenklich die Notizen, die er sich in den letzten Tagen gemacht hatte. „Ach ja, dieser Bogner ist auch so eine komische Nummer. Immerhin war der früher beim Bundesgrenzschutz. Dem traue ich nicht so richtig über den Weg. Prüfe doch mal nach, ob der Dreck am Stecken hat. Und dann versuche dein Glück noch mal mit Johannes Weismüller. So wie es aussieht, hat er damals überlebt. Irgendeine Spur muss sich doch finden lassen."

„Wie geht es eigentlich Sabine?", erkundigte sich Till.

„Danke der Nachfrage. Sie ist wohlauf. Am Wochenende kommt sie aus dem Krankenhaus raus."

„Freut mich. Und wie war dein Gespräch mit diesem Ionescu?"

Siebels berichtete von dem Gespräch in der Bar vom Frankfurter Hof und dem anschließenden Gespräch mit Tetzloff. „Anscheinend hat uns Tetzloff da auf eine falsche Spur gelockt. Vielleicht hat mich auch dieser Ionescu hinters Licht geführt. Ehrlich gesagt, weiß ich nicht, was ich von dieser Geschichte halten soll. Ich werde versuchen, mich auch mit den anderen beiden Geschäftsführern der RIU zu unterhalten. Vielleicht sieht die Sache dann wieder ganz anders aus. Zuerst will ich aber versuchen, einen Kontakt zur belgischen Polizei herzustellen und mich mit dem damaligen Leiter der Ermittlungen zum Fall Hassler und Weismüller unterhalten. Wenn wir Glück haben, erhalten wir noch ein paar nützliche Informationen, die nicht in der Akte vermerkt sind."

Charly kramte in seinen Unterlagen. „Ich habe schon alles notiert, der Kollege aus Belgien heißt Yves Montaud, der ist schon seit zehn Jahren im Ruhestand und lebt in Brüssel. Seine Telefonnummer habe ich aufgeschrieben."

„Sehr gut, danke Charly. Den werde ich gleich anrufen und wenn es ihm recht ist, fahre ich heute noch nach Brüssel." Siebels hängte sich voller Tatendrang ans Telefon. Er ließ einen Kollegen abstellen, der Till nach Düsseldorf begleiten sollte, rief in Düsseldorf an, klärte die Aktion mit der zuständigen Dienststelle ab und ließ sich von den Kollegen zwei Einzelzimmer in einer Pension reservieren, die gleich um die Ecke vom Wohnsitz des Grafen lag. Schließlich rief er noch im Büro von Jensen an und erfreute sich an dessen beschämter Zurückhaltung. Jensen genehmigte alles, was Siebels bereits veranlasst hatte. Dann wählte Siebels die Nummer von Yves Montaud. Der belgische Pensionär war gleich am Apparat und sehr erfreut, als er hörte, dass Siebels ihn wegen des alten Falles so schnell wie möglich besuchen wollte. Kaum hatte Siebels den Hörer wieder aufgelegt, erschien Thorsten Kulmbacher im Büro. Der 26-jährige Kommissar-Anwärter war auserwählt worden, Till nach Düsseldorf zu begleiten. Jensen war mit seinen Anweisungen schnell gewesen, Siebels war sichtlich zufrieden. Till kannte Kulmbacher flüchtig vom Schießstand und machte sich mit ihm gleich auf den Weg, ein ziviler Opel Astra stand den beiden zur Verfügung. Siebels wollte von den beiden noch zum Hauptbahnhof mitgenommen werden, um dort den nächsten Zug nach Brüssel zu nehmen. Er rechnete mit einem Aufenthalt über Nacht und schnappte sich seine kleine Tasche, die für alle Fälle immer griffbereit im Büro stand. Unterwäsche, Zahnbürste, Kamm und Rasierer sowie einige Utensilien befanden sich darin. Es herrschte gerade Aufbruchstimmung, als Charly alle wieder zurückpfiff.

„Der alte Charly braucht nur fünf Minuten und schon hat er erste Ergebnisse", verkündigte er fröhlich, während er auf der Tastatur von Tills Computer herum hämmerte.

„Ich habe doch gesagt, dass du der Beste bist. Was hast du denn so schnell gefunden?" Siebels nutzte die Unterbrechung des Aufbruchs für eine Zigarette.

„Dieser Jens Heierbach ist kein unbeschriebenes Blatt. Der war Besitzer mehrerer Kneipen und Puffs und betrieb einen Laden für Verleih und Verkauf von Motorrädern. Als Geschäftsmann war er allerdings in Hamburg aktiv. Seine Geschäfte musste er für einige Zeit unterbrechen, er hat nämlich fünft Jahre einer sechsjährigen Haftstrafe abgesessen. Als Mitglied der Hells Angels in Hamburg wurde er 1986 wegen Hehlerei, Förderung der Prostitution, Körperverletzung und Erpressung von Schutzgeldern verurteilt. Mehr Details konnte ich auf die Schnelle noch nicht rausfinden."

„In Hamburg? Bist du sicher, dass das der richtige Heierbach ist?"

„Ziemlich sicher. Das passt sogar sehr gut, er hat seinen Wohnsitz nämlich 1980 von Frankfurt nach Hamburg verlegt. In Hamburg war er eine große Nummer auf dem Kiez gewesen, als einer der Rädelsführer bei den Hells Angels."

„Mensch Charly, dann könnte an der Rockergeschichte in Belgien doch was dran sein. Der Typ war hinter der Hassler her und war ein Rocker. Und ein paar Jahre nach der Geschichte in Belgien verlegt er seinen Wohnsitz von Frankfurt nach Hamburg. Neue Spur, neues Glück. Wenn du noch was Interessantes herausfindest, rufe mich sofort auf dem Handy an."

„Aber klar doch. Und jetzt raus mit Euch, beim Hacken brauche ich Ruhe."

Mittwoch, 03. Dezember 2003, 19.20 Uhr

Sie hatte den Mittag damit verbracht, ein Buch zu lesen, das sie in seiner Bibliothek gefunden hatte. Es war eine Biographie von ihrem Mann. Sebastian Tetzloff – der Deutsche Wunderknabe war der Titel. Sie kannte das Buch, hatte es aber noch nie gelesen. Zu ihrer Überraschung hatte der Besitzer des Buches einige Randnotizen mit Bleistift darin hinterlassen. Gleich im ersten Kapitel las sie eine Geschichte aus dem Leben ihres Mannes, die ihr völlig unbekannt war. Als junger Mann sollte Sebastian Tetzloff kurz nach seinem Abitur nur knapp einem Mordanschlag entgangen sein. Zwei seiner ehemaligen Mitschüler hatten weniger Glück gehabt, als die kleine Gruppe bei einem Zeltlager angeblich von Rockern angegriffen wurde, und verloren ihr Leben bei dieser

Tragödie. Tetzloff überlebte nur dank eines glücklichen Zufalls, schrieb der Autor und beließ es damit bei dieser Geschichte. Sie fragte sich, warum er ihr nie etwas davon erzählt hatte. Neben den wenigen Zeilen zu der Episode aus dem Leben ihres Mannes war mit Bleistift eine hässliche Fratze gemalt worden. Sie konnte sich keinen Reim darauf machen und las weiter in dem Buch. Das Buch war kurz nach ihrer Hochzeit erschienen und das gesellschaftliche Ereignis wurde im vorletzten Kapitel ausführlich beschrieben. Ihr eigener Werdegang wurde in diesem Kapitel auch ausführlich behandelt. In einem Satz stand geschrieben, dass das Fotomodell Simone Deubinger der wohl größte Schatz sei, den der Multimillionär an sich gebracht hätte. Daneben stand mit Bleistift geschrieben: Was ist sie ihm wirklich wert? Sie stellte sich nun die gleiche Frage und hatte ein schlechtes Gewissen dabei.

Während sie die Biographie ihres Mannes las, wanderten ihre Gedanken immer wieder zu ihrem Gastgeber. Sie musste daran denken, wie dessen Stimme sie zum Erzittern gebracht hatte, als sie nackt in der Bibliothek stand und von ihm überrascht worden war. Sie dachte an den wohligen Schauer, der sie ergriffen hatte, als er seine Hände auf ihre Hüften gelegt und seine Lippen ihre Schultern berührt hatten. Sie dachte an seine Zurechtweisung, bei der sie sich gefühlt hatte, als wäre sie wieder ein kleines Mädchen. Warum sie ihr T-Shirt nicht tragen würde, hatte er sie gefragt. Warum sie nackt durch sein Haus laufen würde. Dabei hatte sie seine starken Hände gefühlt, die sich in das Fleisch ihrer Pobacken gegraben hatten. Wenn sie nackt sein wolle, würde er ihr kein T-Shirt mehr zur Verfügung stellen, hatte er ihr ins Ohr geraunt, während seine Hände von ihr Besitz ergriffen hatten. Sie begriff, dass es ein Angebot von ihm gewesen war. Sie hatte die Wahl, sich ihm ganz und gar auszuliefern, in dem sie durch ihr Verhalten dafür sorgte, dass sie ihm nur noch nackt unter die Augen treten konnte. Der Gedanke reizte sie. Er hatte sich klar und deutlich ausgedrückt. Sollte sie ihm im Haus noch einmal nackt über den Weg laufen, gäbe es nur noch ein nacktes Dasein für sie in seinem Haus. Je länger sie darüber nachdachte, desto faszinierender fand sie den Gedanken, ihren stets gut angezogenen Gastgeber zu jeder Zeit und jeder Gelegenheit nackt antreffen zu können. Nackt antreffen zu müssen, verbesserte sie ihren

Gedankengang. Sie überlegte, wie sie es anstellen könnte, damit sie ihm wie zufällig noch einmal ohne das von ihm bereitgestellte T-Shirt über den Weg laufen könnte. Sie war sich sicher, dass er ihr in diesem Fall für den Rest ihres Aufenthaltes in diesem Haus keine Bekleidungsmöglichkeit mehr geben würde. Auf keinen Fall wollte sie ihn in diese Richtung zu aufdringlich provozieren. Der Reiz, den sie tief in sich verspürte, war der Reiz, eine Gefangene zu sein, die von ihrem Peiniger durch Demütigung bestraft wurde. Eine Gefangene zu sein, die ihre Bestrafung auch als solche entgegennahm. Ihr wurde bewusst, dass es ein schmaler Grat war, auf dem sie wanderte. Zwischen einer Hure, die sich ihm an den Hals warf, und einer Gefangenen, die sich mit ihm arrangieren musste, gab es eine tiefe Kluft, die sie mit einem kleinen Schritt überschritten hätte, wenn sie sich nicht hütete. Sie wollte nicht seine Hure sein, aber mit der Rolle der Gefangenen freundete sie sich immer mehr an. Sie hatte noch eine halbe Stunde Zeit, sich mit ihren Gedanken zu beschäftigen, dann wollte er sie in ihrem Zimmer abholen, um im Billardzimmer den Abend beim Poolbillard mit ihr zu verbringen. Sie freute sich darauf. Sie trug ihr T-Shirt, es lag eng an ihrem Körper an, ihre Brustwarzen zeichneten sich deutlich unter dem Stoff ab, es reichte ihr eine Handbreit bis unter den Po.

Erinnerungen, August 1978

Drei Jahre lang hatte ich den Kampf gegen meine Dämonen gekämpft, drei Jahre lang hatte ich sie nur im Zustand der absoluten körperlichen Erschöpfung von mir fernhalten können. Als mein Kopf auf dem Schoß von Thomas geruht hatte und mein Leben langsam aus meinem erschöpften Körper entwichen war, hatte ich fühlen können, wie sich ein tiefer Friede in mir ausgebreitet hatte. Alles war gut gewesen. Ich hatte in den Armen eines Freundes gelegen. Ich war erst Anfang zwanzig, aber es war, als hätte ich ein langes Leben hinter mich gebracht. Ich hatte meine Augen geschlossen, war zum Sterben bereit gewesen.

Aber der Tod hatte mich nicht besiegt. Zwei Tage später hatten sich meine Augen wieder geöffnet, ich war aus meinem friedlichen Schlaf erwacht. An meinem Krankenbett hatte der Lieutenant-colonel gesessen. Seine Augen hatten mich voller Güte angeblickt. Er hatte mir Zeit gegeben, damit ich mich in meiner neuen Umgebung orientieren konnte. Ich hatte in einem großen Zimmer gelegen. Alles war hell und sauber gewesen. Mein Schienbein war geschient, meine Brust mit einem dicken Verband umwickelt gewesen. Verwirrt hatte ich meinen Vorgesetzten gefragt, wo ich sei. Ich hätte Glück im Unglück gehabt, hatte er mir dann erklärt. Die junge Frau, deren Leben ich gerettet hatte, war eine Nichte von Präsident Mobutu gewesen. Ich hätte mich in einem seiner Paläste befunden. Zwei hervorragende Ärzte aus Frankreich wären extra für mich eingeflogen worden. Sie hätten mich wieder recht ordentlich zusammengeflickt, berichtete mir der Lieutenant-colonel. Leider sei mein Leben als aktiver Soldat bei der Legion wegen meiner Verletzungen nun beendet. Aber er wäre gekommen, um mich als Helden ehrenhaft aus der Legion zu entlassen. Der Aufstand der Rebellen wäre von mir und meinen Waffenbrüdern erfolgreich niedergeschlagen worden.

Ich hatte seine Worte gehört und mich dabei gefühlt, als würde ich in ein tiefes, dunkles Loch stürzen. Verwundet hatte ich in Afrika gelegen und war ein zweites Mal dabei gewesen, meine Heimat von heute auf morgen zu verlieren. Der Lieutenant-colonel schien meine Gedanken erraten zu haben. Er hatte meine Hand in die seine genommen und mir erzählt, dass es für mich hier in diesem Land eine neue Heimat geben würde. Präsident Mobutu hätte sich immer wieder erzählen lassen, wie ich den Vormarsch meiner Truppe auf den Gegner vorangetrieben hätte, um in letzter Sekunde das Leben seiner Nichte zu retten. Aus Dank wollte er mich als seinen persönlichen Sicherheitsberater engagieren. Ich hatte keine Ahnung gehabt, was das zu bedeuten hatte, und war über diese Entwicklung nicht sehr erfreut gewesen. Ich hatte nicht viel über dieses Land gewusst, nicht über seinen Präsidenten und nicht über seine Bewohner.

Mein Kommandant hatte aber nicht gezögert, mir einen kleinen Einblick in mein neues Aufgabengebiet zu gewähren. Gespannt hatte ich seinen Worten gelauscht. Zaire wäre ein außerordentlich reiches Land. Er hatte von riesigen Bodenschätzen gesprochen. Kupfer, Kobalt, Zink, Zinn und Diamanten gäbe es im Überfluss. Uran und Gold, Kadmium und Mangan, dieses Land würde alles beherbergen, was die westliche Welt benötigte. Aber die Bewohner des Landes wären arm und der Staat pleite. Misswirtschaft hätte das Land an den Rand des Ruins getrieben, Korruption wäre das größte Übel in diesem Staat. Nach 1975 hätten wir nun bereits den zweiten Putschversuch gegen den Präsidenten vereitelt. Nun wolle der Präsident die Struktur seiner Armee umbauen. Ich sollte dafür sein persönlicher Berater werden. Geld und Gold in großen Mengen, Frauen so viel ich wollte und viel Macht in einem riesiges Land wären mein Lohn.

Drei Jahre zuvor war ich auf dem Bauernhof von Claude erwacht. Es war ein böses Erwachen gewesen, denn fortan hatten mich meine Dämonen durch mein zweites Leben begleitet. Macht und Reichtum sollten mich in meinem dritten Leben begleiten, hatte ich mir an diesem denkwürdigen Tag vorgenommen.

18

Donnerstag, 04. Dezember 2003, 14.20 Uhr

Till und Thomas Kulmbacher saßen in ihrem Wagen, den sie in Düsseldorf an der Rheinstraße 35 geparkt hatten. Genau vor dem Eingang des Hauses, in dem der Graf lebte. Auf der zweistündigen Fahrt hatte Till seinem jüngeren Kollegen die Details zum Fall erklärt. Ausführlich hatte er von den Vorzügen des Grafendaseins gesprochen, von Karrierefrauen erzählt, die sich vom Grafen wie kleine Mädchen den Po versohlen ließen. Kulmbacher war ganz Ohr gewesen und ließ sich haarklein die Szene erzählen, in der Till und Jensen die Schweizer Bankdirektorin über den Tisch geschnallt mit roten Striemen auf dem Allerwertesten vorgefunden hatten. Till und Kulmbacher verstanden sich auf Anhieb gut und amüsierten sich prächtig über die bürgerliche Existenz des Grafen, der Walter Berger hieß und seine Brötchen als Briefträger verdiente. Sie waren sich einig, dass es keinen Sinn machen würde, den Grafen bei seiner täglichen Arbeit zu verfolgen und so warteten sie bereits seit drei Stunden im Auto auf die Zielperson. Im Gegensatz zu Till, der seine Heimatstadt Erfurt verlasen hatte, um in Frankfurt Polizist zu werden, war Kulmbacher ein gebürtiger Frankfurter. Er kannte die Stadt in- und auswendig und erzählte Till während des zermürbenden Wartens im Auto von den verschiedenen Szenekneipen und Locations in der Stadt. Kulmbacher schwärmte von Discos, in denen es von heißen Bräuten nur so wimmeln würde, und Till fragte sich, ob er nicht besser mal wieder auf die Jagd gehen sollte, anstatt sich mit Johanna in dieses ständig neu eskalierende Beziehungsdrama zu stürzen. Seit Wochen herrschte dieses stetig wechselnde Klima zwischen Streit, Versöhnung und Besserungsabsichten zwischen ihnen und er hatte keine Lust mehr auf diesen Kreislauf. Er fragte Kulmbacher, ob sie am Wochenende mal zusammen um die Ecken ziehen könnten und Kulmbacher stimmte spontan zu. Als sie das geklärt hatten, erspähte Till im Rückspiegel den Grafen. Till rutschte im

Wagen auf Tauchstation und wartete dort, bis der Graf im Haus verschwunden war. Es dauerte eine knappe halbe Stunde, bis er wieder erschien. Die Briefträgeruniform hatte er gegen einen langen Mantel eingetauscht, der für Till schwer nach Kaschmirwolle aussah. Ein roter Schal hing lässig über seinen Schultern, ein schwarzer Stock mir Silberknauf pendelte ohne Bodenberührung in seiner Hand. Der Graf machte aber keine Anstalten, sich vom Haus zu entfernen, sondern wartete sichtlich gut gelaunt vor seiner Haustür. Kurz darauf kam ihm eine junge Frau entgegen. Vor dem Grafen blieb sie stehen, machte tatsächlich einen Knicks und begrüßte ihn mit einem Küsschen auf die Wange. Der Graf erwiderte die freundschaftliche Begrüßung mit einem Klaps auf den Po der jungen Frau und machte sich mir ihr gemeinsam auf den Weg. Seine Hand blieb besitzergreifend und gut sichtbar auf dem Hinterteil der Frau liegen, mit der anderen Hand schwang er seinen Stock durch die Gegend. Till und Kulmbacher sahen sich vielsagend an und nahmen die Verfolgung des ungleichen Paares auf. Der Graf war Anfang fünfzig, wie Till wusste. Die Frau schätzte er auf Anfang zwanzig.

Donnerstag, 04. Dezember 2003, 16.40 Uhr

Yves Montaud hatte seinen Gast am Brüsseler Bahnhof in Empfang genommen und zu sich nach Hause mitgenommen. Nachdem Siebels seine Fahrkarte erstanden und im Zug gesessen hatte, hatte er den Belgier mit dem Handy angerufen und darum gebeten, ihm in Brüssel ein Zimmer für eine Nacht zu besorgen. Doch Montaud war Witwer, lebte allein in einem großen Haus und bestand darauf, dass Siebels als Gast in seinem Haus die Nacht verbringen sollte. Montaud war mittlerweile Mitte Siebzig, doch er erinnerte sich noch sehr gut an den Fall Hassler. Siebels merkte schnell, dass dieser Fall dem alten Mann besonders am Herzen lag. Es war ein Fall in der Laufbahn des belgischen Kommissars gewesen, der nicht mal im Ansatz geklärt werden konnte, und Siebels erkannte einen Sinnesgenossen in dem Belgier. Ein nicht aufgeklärter Mordfall ließ einen guten Polizisten nicht in Ruhe, auch wenn seitdem Jahrzehnte ins Land gezogen waren. Die beiden saßen in der Küche und tranken einen

Tee. In Brüssel war es einige Grad kühler als in Frankfurt und Siebels hatte nur seine dünne Jacke mit auf die Reise genommen. Der heiße Tee tat ihm gut. Dass Montaud Raucher war, tat Siebels auch gut. Als er sich hatte überreden lassen, bei Montaud zu übernachten, hatte er schon Schlimmes befürchtet. Rauchend und Tee schlürfend saßen sie beisammen und in kürzester Zeit war eine neue Männerfreundschaft entstanden. Siebels zögerte deshalb auch nicht, die wahre Geschichte von der Entführung der Simone Tetzloff zu berichten, und Montaud lauschte mit gespitzten Ohren. Siebels beendete seine Erläuterungen mit dem letzten Hinweis von Charly, dass Jens Heierbach in Jugendjahren hinter Melanie Hassler hergewesen sei, einige Jahre nach dem Mord an dem Mädchen aus seiner Nachbarschaft nach Hamburg gezogen und dort als führender Kopf der Hells Angels wegen kriminellen Machenschaften etwa zehn Jahre nach dem Tod der Hassler zu fünf Jahren Gefängnis verurteilt worden war.

„Die Aussage von Tetzloff hat mich all die Jahre nicht in Ruhe gelassen", antwortete ein nachdenklicher Montaud. „Nachdem die Ermittlungen offiziell eingestellt wurden, habe ich zwei Jahre lang in meiner Freizeit weiter ermittelt. Ich bin jedem Hinweis nachgegangen, der mit den Rockern in Zusammenhang stand. Es gab tatsächlich mehrere Zeugenaussagen, die bestätigten, dass eine Gruppe Motorradfahrer auf der Straße, die an dem Zeltplatz der jungen Leute vorbeigeführt hat, entlang gefahren war. Die Zeugen beschrieben die Motorradfahrer als typische Rocker. Schwere Maschinen, mindestes eine Harley Davidson, wahrscheinlich sogar drei davon, bärtige Gesichter und Jeanskutten mit vielen bunten Aufnähern. Aber ich habe im ganzen Land kein Hotel und keine Pension gefunden, wo zu dieser Zeit eine solche Gruppe übernachtet hätte. Aber ich habe etwa 100 Kilometer von dem Tatort entfernt einen Pächter von einem Zeltplatz gefunden, der mir bestätigte, dass einige Rocker, die der Beschreibung entsprachen, zu dieser Zeit dort ein paar Zelte aufgeschlagen hatten. Eine wilde Bande soll das gewesen sein, ständig betrunken und immer am Grölen. Der Pächter gab an, dass die Gruppe aus fünf Männern bestand. Von einem hatte er bei der Anmeldung die Personalien bekommen. Es war ein Holländer, Van Nigel war sein Name. Ich rief ihn an und er war einverstanden, sich mit mir in

Amsterdam zu treffen. Er erzählte mir, dass seine Gruppe nur aus vier Leuten bestanden hätte. Allerdings hätten sie bei der Fahrt durch Belgien bei einer Rast einen Deutschen getroffen, der sich ihnen bei der Weiterfahrt angeschlossen hätte. Van Nigel bestätigte, dass die Gruppe zusammen mit dem Deutschen am Tag des Mordes am Tatort vorbeigefahren wäre. Sie wären auf dem Weg zu dem Zeltplatz gewesen, wo ihre zwei Zelte schon drei Tage gestanden hätten, während sie verschiedene Touren unternommen hätten. Der Deutsche wäre noch bis zum Zeltplatz mit ihnen gefahren, hätte dort noch ein paar Bier getrunken und sich dann alleine wieder auf den Weg gemacht. Van Nigel gab mir bereitwillig die Namen der anderen drei holländischen Motorradfahrer. Alle bestätigten dessen Version. Ich habe mich mit allen persönlich unterhalten, habe Fangfragen gestellt, ich konnte keine Ungereimtheiten in den Aussagen feststellen. Von dem Deutschen wusste aber keiner den Namen, noch wo er herkam oder hinwollte. Sie nannten ihn nur den Deutschen und waren froh, als er wieder weg war. Das alles steht nicht in den Akten, weil ich es erst herausfand, als der Fall schon lange im Archiv lag. Und da sich die Spur bei dem Deutschen nicht weiter verfolgen ließ, wurde von meinen Vorgesetzten ein Wiederaufrollen des Falles abgelehnt. Als es dann in den neunziger Jahren in Skandinavien diesen Rockerkrieg zwischen den Hells Angels und den Bandidos gab, habe ich alles dazu gelesen, was ich in die Finger bekommen habe. Vielleicht erinnern Sie sich, die Mitglieder der verfeindeten Rockerbanden haben sich auf offener Straße mit Handgranaten und Maschinengewehren bekämpft. Das ging damals durch die gesamte europäische Presse."

Siebels erinnerte sich. Bei dem Konkurrenzkampf zwischen den verfeindeten Gruppen ging es um Drogen- und Waffenhandel und Zuhälterei. Montaud erzählte weiter.

„Ich hatte gehofft, etwas von einem Deutschen zu erfahren, der in die Kämpfe dort verwickelt gewesen sein könnte. Von einem deutschen Rocker war aber nichts zu vernehmen. Kurz bevor ich in Pension gegangen bin, habe ich in Schweden einige Rocker besucht, die dort wegen der Vorkommnisse inhaftiert waren. Die Mitglieder der Hells Angels sprachen kein Wort mit mir. Die der Bandidos waren auch sehr schweigsam. Deren Vizepräsident wurde 1996 in Helsinki von einem Hells Angel ermordet. Als ich die inhaftierten Bandidos nach einem deutschen Rocker fragte, sagte mir einer, dass es in der Szene Gerüchte um einen deutschen Rocker gab, der sich in Helsinki herumgetrieben haben soll, als sich der Mord ereignete. Der deutsche Rocker blieb aber weiterhin sehr mysteriös. Es gab keinen Namen, angeblich gehörte er zu den Hells Angels. Er schien immer dort aufzutauchen, wo es Ärger gab, und verschwand wieder, wenn alles eskaliert war. Und weiter bin auch ich bis heute nicht gekommen", beendete Montaud seinen Bericht.

Siebels verdaute das Gehörte bei einer Zigarette. Zwei Stunden saß er nun schon in der Küche seines Gastgebers. Er hatte Lust, sich die Beine zu vertreten, und überredete Montaud zu einem kleinen Spaziergang. Kaum hatten sie das Haus verlassen, ertönte die Bonanza-Melodie in Siebels Jackentasche. Charly war am Telefon.

„Dieser Heierbach scheint ein Volltreffer zu sein", triumphierte Charly. „Du wirst es nicht glauben, aber zwischen ihm und Tetzloff gibt es eine Verbindung, die zwei kennen sich. Und das schon ziemlich lange. Während der eine Topmanager wurde, hat der andere eine klassische kriminelle Karriere hinter sich, aber das habe ich ja heute morgen schon erzählt."

„Hast du schon einen schriftlichen Bericht fertig?", erkundigte sich Siebels.

„Fast fertig. Wo soll ich ihn hinfaxen?"

Siebels gab Charly die Faxnummer von Montaud. Anstatt einen kleinen Spaziergang zu unternehmen, eilten die beiden wieder ins Haus und blieben ungeduldig vor dem Faxgerät sitzen.

Donnerstag, 04. Dezember 2003, 15.15 Uhr

Der Graf und seine junge Begleiterin waren an der nächsten Ecke in einen Bus gestiegen, was Till und Kulmbacher veranlasst hatte, sich zu trennen. Kulmbacher schaffte es gerade noch in den Bus, Till nahm den Wagen und musste sich allerhand einfallen lassen, um dem Bus im Stadtverkehr zu folgen. Die Zielpersonen fuhren bis zur Endstation und gingen von dort zu Fuß weiter. Kulmbacher heftete sich auf ihre Fersen, Till fuhr hundert Meter hinter ihnen im Schritttempo her. Die Gegend kam ihm bekannt vor. Der Graf schlenderte mit seiner Dame zu dem verlassenen Fabrikgelände. Till parkte den Wagen an der nächsten Ecke und schloss zu Fuß zu Kulmbacher auf. Nach etwa vierzig Metern Fußmarsch erreichte der Graf mit Gefährtin den Ort, an dem Jensen sich vor wenigen Stunden erst bis auf die Knochen blamiert hatte. Till pfiff anerkennend durch die Zähne. „Der Kerl hat Nerven. Gestern Abend wurde er vom SEK in die Mangel genommen und jetzt will er sich schon wieder hier amüsieren. Es würde mich doch sehr interessieren, wie vielen Frauen der hier schon mit seinem Stöckchen den Hintern versohlt hat."

„Irgendwas machen wir falsch", entgegnete Kulmbacher ihm mit unverkennbarem Neid in der Stimme. „Wenn ich eine Frau in eine verlassene Fabrikhalle schleppen würde, um ihr den Arsch zu verhauen, würden mich die Kollegen sofort verhaften."

„Vielleicht haben wir einfach den falschen Beruf", sinnierte Till. „Wer will sich schon von Polizisten verhauen lassen? Briefträger müsste man sein. Dann wäre man auch immer früh zu Hause."

Die zwei unterbrachen ihre Unterhaltung, der Zuchtmeister begann gerade mit seiner Zeremonie. Auf seinen Fingerzeig hin ließ seine Gespielin ihre Hose herunter und beugte sich willig über den Stahltisch, über dem gestern noch die Schweizerin gehangen hatte. Es machte schnapp und schnapp und die Handgelenke der Frau waren mit den Handschellen an den Tischbeinen befestigt. Till und Kulmbacher beobachteten die Szene aus etwa dreißig Metern Entfernung, versteckt hinter einem verrosteten Spind. Genüsslich spazierte der Graf um sein Opfer herum, ließ den Rohrstock, den er gegen den schwarzen Stock mit Silberknauf eingetauscht hatte, durch seine Finger gleiten und spielte anscheinend den Lehrer. Er stellte seiner Schülerin Fragen, wie Till am Tonfall zu erkennen glaubte, verstehen konnte er ihn nicht. Die Schülerin antwortete und der Graf nickte anerkennend mit dem Kopf, bevor er die nächste Frage stellte. Die Antwort schien diesmal nicht korrekt gewesen zu sein, denn der Stock schlug auf das nackte Hinterteil. Das Spiel ging mindestens eine Stunde so weiter. Ab und zu gönnte der Graf sich eine kleine Zigarettenpause. Die Schülerin blieb dann artig und still über den Tisch gebeugt liegen. Während der Lektionen bekam sie mal einzelne Schläge, dann wieder fünf bis zehn am Stück und wenn sie eine gute Antwort gab, was selten vorkam, bekam sie vom Zuchtmeister sogar ein paar zärtliche Streicheleinheiten auf ihren mit roten Striemen übersäten Po. Als die Schulstunde vorüber war, kettete der Graf seine Schülerin wieder los. Sie zog ihre Hosen hoch, verabschiedete sich vom Meister mit einem Küsschen links und einem Küsschen rechts auf die Wange und schlenderte fröhlich an Till und Kulmbacher vorbei aus der Fabrikhalle. Der Graf genehmigte sich eine Flasche Bier, schließlich hatte er schwere Arbeit geleistet. Als er ausgetrunken hatte, verließ er die Halle auf der gegenübcrliegenden Seite, von wo aus es in eine andere Halle hineinging. „Ich fresse einen Besen, wenn das nur das Vorspiel gewesen war und er sich jetzt die Tetzloff vorknöpft", flüsterte Till.

„Vielleicht war das hier die Grundschule und die Tetzloff macht Abitur", flüsterte Kulmbacher zurück und Till musste sich auf die Lippen beißen, um nicht laut loszulachen.

Donnerstag, 04. Dezember 2003, 7.40 Uhr

Sein zärtlicher Kuss auf ihre Wange weckte sie aus ihrem Schlaf. Benommen schaute sie ihn an. Er sah wieder aus wie aus dem Ei gepellt. Maßgeschneiderter Anzug, der obere Hemdknopf geöffnet, keine Krawatte. Sie atmete den Duft seines Rasierwassers ein, schnurrte wie eine Katze, als sie seine Lippen auf ihrer Wange verspürte. Er verabschiedete sich, sprach von wichtigen Geschäften.

Sie lag in seinem Schlafzimmer, in seinem Bett, das sie in der Nacht mit ihm geteilt hatte. Sie sollte Reue verspüren, doch sie verspürte nur tiefste Zufriedenheit in ihrem Inneren.

Sie schloss wieder ihre Augen und ließ den gestrigen Abend noch einmal Revue passieren. Nur mit ihrem T-Shirt bekleidet hatte sie ihn im Billardzimmer getroffen. Er hatte vor dem großen Turniertisch gestanden, hatte den Queue in seiner Hand gehalten und sie wortlos angestarrt, als sie den Raum betreten hatte. Sein Blick hatte wie eine Herausforderung auf sie gewirkt. Mit geschmeidigen Bewegungen war sie auf ihn zugegangen, hatte seinem Blick standgehalten und ihm ein laszives Lächeln geschenkt. Er hatte seine Augen keine Sekunde von ihr gelassen, hatte sie ins Visier genommen. Mit langsamen Schritten war sie um den Billardtisch herumgegangen, hatte ihre Fingerspitzen spielend über den grünen Filz streifen lassen. Seine Hände waren langsam über das Holz des Queues gewandert, während er sie beobachtet hatte. Es war kein Wort zwischen ihnen gefallen. An der Stirnseite des Tisches war sie mit dem Rücken gegen die Bande lehnend stehen geblieben, nur einen Meter von ihm entfernt. Wortlos hatten sie sich eine Weile angeschaut, ihre Augen waren über seinen Körper gewandert, seine über ihren. Was dann geschehen war, war unausweichlich gewesen. Am Adamsapfel seiner Kehle hatte sie sein schweres Schlucken erkannt, bevor er sie mit leiser Stimme dazu aufgefordert hatte, dass sie sich herumdrehen solle. Sie war seinem Wunsch ohne zu zögern gefolgt. Kurz darauf hatte er dicht hinter ihr gestanden, hatte ihr ins Ohr geraunt, dass sie sich über den Tisch legen solle. Sie hatte getan, was er ihr geheißen hatte. Im gleichem Moment hatte sie seine Hände gespürt. Sein Atem war hörbar lauter geworden, seine Erregung fühlbar gewesen. Mit einem schnellen Ruck hatte er ihr das T-Shirt hochgeschoben. Über dem Tisch gebeugt, hatte sie für ihn ihr Kreuz durchgebogen, damit ihr entblößter Po sich ihm entgegenrecken konnte. Sie hatte sich als Siegerin gefühlt, als sie am Geräusch vernahm, dass er seine Hose geöffnet hatte. Sie hatte lustvoll aufgestöhnt, als er mit einem schnellen Stoß in sie eingedrungen war. Seine Hände hatten sich fest in ihrer Hüfte verkrallt, als er sie keuchend mit langsamen, kräftigen Stößen genommen hatte. Bei jedem seiner lustvollen Stöße war sie ihm dankbar entgegengekommen. Gierig hatte sie seine männliche Härte in sich aufgenommen, stöhnend nach mehr von ihm verlangt. Seine Liebesstöße waren heftiger geworden, tiefer und schneller hatte er seine Lust in sie gerammt. Während sie von ihm keuchend genommen worden war, hatte sie versucht, sich ihm zu entziehen. Er hatte sie erst fester an ihren Hüften gepackt, dann hatte er ihre Zügel gelockert. Sie hatte den Moment genutzt, um sich auf den Billardtisch zu legen und hatte ihn dort auf dem Rücken liegend erwartet. Er hatte sich nicht bitten lassen, war zu ihr auf den Tisch gekommen, hatte sich auf sie gelegt. Er hatte ihr tief in die Augen geschaut und sie hatte seinen lustvollen Blick erwidert, erst ihre Lippen und dann ihre Schenkel für ihn geöffnet. Sie hatten es auf dem Tisch miteinander getrieben und später auf dem Fußboden. Kein einziges Wort war gefallen, nur das lustvolle Keuchen und das Schmatzen sich küssender Lippen hatten den Raum mit der Melodie der sich Liebenden gefüllt. Sie hatten keine Stellung ausgelassen, sich jedes Vergnügen körperlicher Lust gegönnt und sich gegenseitig von Höhepunkt zu Höhepunkt geschaukelt. Weit nach Mitternacht hatten sie erschöpft auf dem Fußboden gelegen, umgeben vom süßlichen Geruch der Liebe. Seine Hand hatte die ihre umfasst, ihr Bein hatte über seinem gelegen. So hatten sie eine Weile schweigend nebeneinander gelegen, bevor er sie mit in sein Schlafzimmer genommen hatte. Dort waren sie eng aneinender geschmiegt eingeschlafen.

Nachdem sie die Nacht in allen Einzelheiten hatte Revue passieren lassen, verließ sie sein Bett, duschte sich, zog das frische T-Shirt an, welches er ihr zurechtgelegt hatte und begab sich zum Frühstücken in die Küche. Sie trank einen Kaffee, rauchte eine Zigarette und überdachte ihre Situation, die ihr immer auswegloser erschien. Wie sollte sie nach dieser Nacht jemals zurück in ihr Leben finden, fragte sie sich. Sie fragte sich, ob sie überhaupt in ihr altes Leben zurückfinden wollte und wusste, dass sie mit ihm als seine Gefangene nicht mehr lange leben konnte. Wenn er nicht da war, war es langweilig und wenn er da war, konnte sie sich nicht entscheiden, ob sie ein schlechtes Gewissen haben oder einfach nur seine Anwesenheit genießen sollte. Es war schön gewesen, sich die ganze Nacht zu lieben, ohne dass ein einziges Wort gefallen war. Trotzdem hatte sie das Bedürfnis, mit ihm zu sprechen. Sich mit ihm zu unterhalten. Zu erfahren, wer er war, wo er herkam, wo er hin wollte und warum sie bei ihm war. Wenn er wieder kommen würde, musste sie mit ihm reden, nahm sie sich vor.

19

Donnerstag, 04. Dezember 2003, 18.50 Uhr

Das Fax von Charly war vor einigen Minuten bei Montaud angekommen. Siebels hatte es bereits drei Mal gelesen, Montaud las es gerade zum zweiten Mal.

Jens Heierbach war in der gleichen Straße wie Melanie Hassler aufgewachsen, er war zwei Jahre älter als sie. Als Sechzehnjähriger hat er die Schule abgebrochen und eine Lehre als Motorradmechaniker angefangen. Als Einundzwanzigjähriger hat er die Kasse seiner Firma mitgehen lassen und sich mit dem reparierten Motorrad eines Kunden auf eine Spritztour begeben, von der er so schnell nicht wiedergekommen war. Das war im Frühjahr 1975 gewesen, als der Mord an Melanie Hassler passiert war. Heierbach blieb bis Oktober 1977 spurlos verschwunden. Dann stellte er sich plötzlich der Polizei. Er gab das entwendete Motorrad zurück, welches sich noch in einwandfreiem Zustand befand, und zahlte seinem ehemaligen Arbeitgeber den entwendeten Betrag aus der Firmenkasse plus Zinsen zurück. Weder sein ehemaliger Arbeitgeber noch der um sein Zweirad gebrachte Kunde, bekundeten nach über zwei Jahren noch Interesse an ihren Anzeigen gegen Heierbach. Das gerichtliche Verfahren gegen ihn endete schließlich mit einer Strafe von vier Monaten auf Bewährung. Heierbach fiel in der nachfolgenden Zeit nicht mehr auf und fand einen neuen Job. Er arbeitete in der Papierfabrik von Tetzloff senior. Dort war er als Schlosser eingestellt und kümmerte sich um die Wartung der Maschinen. Das machte er zwei Jahre lang und schien dabei gut verdient zu haben, denn 1980 hat er Frankfurt erneut verlassen und sich in Hamburg niedergelassen, um in Sankt Pauli eine Bar zu übernehmen. Ein Jahr später gehörten ihm neben der Bar noch ein Bordell, zwei Spielhallen und ein Motorradladen. Er wurde 1980 offiziell Mitglied der Hells Angels in Hamburg und stieg 1982 zu einem der führenden Köpfe der Rocker in der Hansestadt auf. Zu dieser Zeit beherrschten die

Hamburger Hells Angels einen Teil von Sankt Pauli. Sie betrieben dort Bordelle sammelten und Schutzgelder ein. In Hamburg sprach man damals von Terror, als die Rocker in ihrem Revier wüteten. Als sie schließlich einen hohen Richter verprügelten, beendete der Hamburger Innensenator die Herrschaft der Hells Angels. 500 Polizeibeamte stürmten das Vereinshaus „Angels Place" auf der Sternschanze. Mehrere Mitglieder wurden unter Anklage gestellt, unter anderem wegen der Ermordung eines Discobetreibers auf Sylt. Das Verfahren führte dann 1986 zu Haftstrafen von bis zu sieben Jahren. Als führendes Mitglied der Bande wurde Jens Heierbach zu sechs Jahren Haftstrafe verurteilt. Davon saß er fünf Jahre ab und blieb die folgenden zehn Jahre von der Bildfläche verschwunden. Anfang 2002 kam Heierbach wieder in die Heimat nach Frankfurt. Dort fand er auch bald wieder einen Job, von Sebastian Tetzloff wurde er in dessen Zeitarbeitsagentur eingestellt. Heierbach fungierte fortan in der Funktion des Gebietsleiters Hessen und war somit Chef von sechs Niederlassungsleitern in Frankfurt, Darmstadt, Kassel, Gießen, Fulda und Wetzlar.

„Da war Ihr Kollege aber emsig. Das sind viele Informationen, die man normalerweise nur in mühsamer Fleißarbeit zusammenträgt", bemerkte ein erstaunter Montaud.

„Charly ist eine Perle", bestätigte Siebels. „Leider sind viele Informationen, die er uns beschafft, vor Gericht nicht verwertbar. Aber ohne die Kenntnisse von unserem Computerfreak würde ich viele Fälle wahrscheinlich nie aufklären. Oder es würde Jahre dauern. Sie sehen ja, wie wenig Sie in all den Jahren herausgefunden haben."

Montaud nickte frustriert. „Die bösen Buben sind uns immer einen Schritt voraus. Und wenn wir aufholen wollen, müssen wir aufpassen, nicht selbst als böse Buben zu enden."

„Gestern erst hat mir der ehrenwerte Herr Tetzloff erzählt, dass er Heierbach nicht kennen würde. Wäre Charly nicht so talentiert, ich müsste es ihm glauben."

„Haben Sie einen Verdacht, wie die Verbindung zwischen Tetzloff und Heierbach zu verstehen ist?"

Siebels zuckte die Schultern. „Ich habe keinen blassen Schimmer, was die beiden miteinander verbindet. Aber wenn es da keinen

Zusammenhang mit dem Mord an Melanie Hassler gibt, trete ich bei den Hells Angels ein."

Montaud lachte. „Die machen Sie bestimmt zum Präsidenten, bei der deutschen Polizei werden Sie dieses Amt wahrscheinlich nicht mehr bekommen können."

„Bei den Hells Angels hätten meine Leute auch schönere Uniformen als bei der Polizei", flachste Siebels.

Erinnerungen, September 1978

Meine Schusswunden waren schnell verheilt gewesen. So wie sich vor drei Jahren Claude um mich gekümmert hatte, so hatte sich nun James um mich gekümmert. James war der Mann, der mich auf meine neue Aufgabe als persönlicher Sicherheitsberater von Präsident Mobutu vorbereiten sollte. Eines Tages hatte er vor meinem Krankenbett gestanden und war seitdem jeden Tag vorbeigekommen. Nüchtern hatte er mir von der Geschichte des Landes erzählt, für dessen Sicherheit ich plötzlich verantwortlich sein sollte. Erst hatte ich James für einen Engländer gehalten, aber bald war mir klar geworden, dass er Amerikaner gewesen sein musste. Als es mir wieder besser gegangen war, hatte James mit mir die ersten Erkundungen unternommen. In einer gepanzerten Limousine waren wir durch die Straßen der Hauptstadt Kinshasa gefahren. James hatte mir von der Geschichte des Landes erzählt, während ich durch die kugelsicheren Scheiben das Treiben auf den Straßen beobachtet hatte. Er hatte mir berichtet, dass das Land von der Kolonialmacht Belgien unter König Leopold II. unter dem Namen Kongo gegründet wurde. Von 1885 bis 1960 blieb der Kongo eine Kolonie Belgiens, hatte James zu erzählen gewusst. Als 1960 das Land seine Unabhängigkeit erreicht hatte, hatten die Russen versucht, sich in die Politik einzumischen. Nicht ohne Stolz hatte James mir erklärt, dass die CIA den Russen zuvorgekommen war. Mobutu war 1960 an die Macht gekommen und die CIA hatte ihn dabei unterstützt, so gut und so unauffällig es möglich gewesen war. Sein Gegenspieler war damals Premierminister Lumumba gewesen. Der hatte die politische Lage im unabhängig gewordenen Land nicht in den Griff bekommen und sich schließlich hilfesuchend an Chruschtschow in Moskau gewandt. Von Moskau war postwendend Militär ins Land geschickt worden, doch es war zu spät gekommen, um die blutigen Auseinandersetzungen noch verhindern zu können. Mobutu war schließlich durch eine friedliche Revolution Oberbefehlshaber geworden und die Russen hatten das Land wieder verlassen müssen. James hatte keinen Hehl daraus gemacht, dass die Bodenschätze des Landes ein wichtiges Argument für den Westen gewesen waren, ihren Einfluss im Kongo geltend zu machen. Er hatte auch keinen Hehl daraus gemacht, dass das Land trotz aller westlichen Bemühungen im Chaos versunken war. Je mehr ich über dieses Land erfahren hatte, desto deutlicher war mir bewusst geworden, dass ich plötzlich vom Legionär ohne Vergangenheit zu einem von den Weltmächten beobachteten militärischen Berater in einem der Krisenherde dieser Welt werden sollte. Ich war gerade Mitte zwanzig und fest entschlossen, meine neue Aufgabe mit Bravour zu meistern.

Nachdem ich Kinshasa unter der Begleitung von James besser kennen gelernt hatte, hatte er mir das ganze Land gezeigt. Uns hatte ein Jet aus dem Besitz von Mobutu zur Verfügung gestanden. Dort, wo wir zu landen gedachten, hatte uns stets eine gepanzerte Limousine erwartet. Ich hatte die Provinz Katanga kennen lernen sollen. Dort hatte Kupfer und Zink in unvorstellbar großen Mengen gelagert, bis zur Grenze von Sambia hatte sich der Mineraliengürtel ausgebreitet. Die Industrieanlagen zum Abbau der Reichtümer waren vor sich hingegammelt. Anschließend waren wir 800 Kilometer weiter in den Nordosten geflogen. Dort hatte James mir die dunkelroten Kiesel-Ufer des Kanshi-Flusses gezeigt, die zweitgrößte Fundstelle auf der Welt für Industriediamenten. Ich hatte bei Tshikapa im Südwesten des Landes einen weiteren Fundort von Diamanten kennen lernen und in Shinkolobwe das ehemals größte Abbaugebiet für Uran begutachten dürfen. Im Grenzgebiet zu Uganda hatte James mir gezeigt, wo Gold, Kadmium, Kassiterit, Mangan, Wolfram, Beryll und andere seltene Metalle den Boden des Landes bereichert hatten. Überall hatten mich veraltete, vom Verfall bedrohte Fabriken und Anlagen erwartet, die einst von den Belgiern errichtet worden waren. Nachdem ich all die Schätze des Landes besichtigt hatte, hatte ich die andere Seite des Landes kennen lernen sollen. James hatte mich einem Mann vorgestellt, der genauso wie ich neu in diesem Land gewesen war und eine verantwortungsvolle Aufgabe übernehmen sollte. Sein Name war Erwin Rosenthal gewesen. Während ich als Söldner von der Legion gekommen war, war Rosenthal vom Internationalen Währungsfonds IWF ins Land geschickt worden, um den Posten des Direktors der Zentralbank von Zaire einzunehmen. Während ich außer meiner Ausbildung bei der Legion nichts vorzuweisen hatte, hatte Rosenthal vierzehn Jahre lang die Auslandsabteilung der Deutschen Bundesbank geleitet.

Donnerstag, 04. Dezember 2003, 18.30 Uhr

Till und Kulmbacher warteten einen Moment, bevor sie dem Grafen durch die Stahltür in die andere Halle folgten. Diese Halle schien erst kürzlich neu gestrichen worden zu sein, es roch noch nach Farbe. Die Fenster waren vergittert, in einer Ecke stapelten sich Kartons. Ein Lieferwagen stand in der Halle, Till notierte sich das Kennzeichen. Vom Grafen gab es keine Spur. Eine Stahltreppe führte nach oben. Kulmbacher erkannte die Videokamera, die auf sie gerichtet war, erst, als sie in der Mitte der Halle angekommen waren. Er zeigte mit dem Finger auf die Linse, die Kamera war zwischen der Deckenbeleuchtung angebracht und nur durch ein geschultes Auge auszumachen. Als Till dem Fingerzeig seines Kollegen folgte und ebenfalls die Kamera entdeckte, wusste er, dass der Graf den Spieß herumgedreht hatte. Nun waren sie es, die beobachtet wurden. Kurz darauf erschien der Graf auch schon auf der obersten Stufe der Stahltreppe.

„Ah, die Herren von der Frankfurter Polizei sind schon wieder da", begrüßte er die verdutzt dreinschauenden Kripobeamten. „Wo haben Sie denn Ihren Staatsanwalt gelassen? Oder stürmt der mein kleines Domizil gerade über die Außenfassade?"

„Ist sie hier?", fragte Till in einem aggressivem Tonfall und ging instinktiv zum Angriff über.

„Meine Freundin aus der Schweiz? Nein, die sitzt wieder auf dem Chefsessel ihrer Bank. Leider ohne die Striemen auf ihrem Po dabei zu spüren, dieses Vergnügen haben Sie der Dame mit ihrem gestrigen Aufmarsch hier gründlich verdorben."

„Für Sie ist das sicherlich verkraftbar, Sie haben ja noch genügend andere Frauen, die sich Ihnen anvertrauen."

„Kommen Sie doch hoch, hier können wir uns hinsetzen und in Ruhe unterhalten", schlug der Graf vor und winkte seine ungebetenen Besucher nach oben. Till und Kulmbacher folgten der Einladung, im oberen Stockwerk erwartete sie ein Loft, dass alles zu bieten hatte und viel Platz bot. Der Graf hatte hier ein luxuriöses Ambiente geschaffen. Ledersitzgruppen formierten sich vor einer gut ausgestatteten Bar, in den Wänden waren Monitore eingelassen, die das Geschehen in der Halle und um die Halle herum widergaben. Im Kopf von Till arbeitete es auf Hochtouren. Er hatte die Verantwortung für seinen jungen Kollegen und er hatte keine Ahnung, ob sie sich gerade in Gefahr befanden. Der Graf war auf jeden Fall mehr als ein Briefträger, der sich in seiner Freizeit einem bizarren Hobby widmete. Er konnte ein Hehler sein, die Kartons unten in der Halle sprachen dafür. Er konnte auch der Entführer der Tetzloff sein. Mit der modernen Überwachungstechnik war sein Domizil als Herberge für ein Entführungsopfer bestens geeignet. Der Graf unterbrach seine Überlegungen, bot ihnen einen Sitzplatz und einen Kaffee an.

„Gehört das Gebäude Ihnen?", fragte Till.

„Nicht nur das Gebäude, das ganze Gelände gehört mir", erwiderte der Graf ungerührt.

Kulmbacher runzelte misstrauisch die Stirn. „Als Briefträger scheint man ja gut zu verdienen."

Der Graf lachte und schenkte den beiden Kaffee ein. „Ich bin gerne zu Fuß unterwegs und habe mich daher entschieden, diesen Beruf auszuüben. Tatsächlich verfüge ich über ein kleines Vermögen und gehe auch diversen Geschäften nach. Der Job als Briefträger ist mehr ein Hobby für mich."

„Gehört Entführung zu den diversen Geschäften, denen Sie nachgehen?", fragte Till geradeheraus.

„Entführung? Was ist das für eine Idee?"

„Wir haben die Briefe gelesen, die Sie damals an Simone Tetzloff geschickt haben", hielt ihm Till jetzt offen entgegen.

„Simone Tetzloff? Damals hieß sie noch Deubinger. Ist sie entführt worden?"

„Sie ist nicht mehr da, wo sie sein sollte und niemand weiß, wo sie ist. Sie wollten sie haben, wollten ihr immer zeigen, was es heißt, ein wahres Weib zu sein. Ich denke, das Spiel ist aus, Herr Berger. Wo ist sie?"

Der Graf schmunzelte und zeigte sich wenig beeindruckt. „Ich habe mir seit ihrem gestrigen Auftritt ja so einige Gedanken gemacht, damit hätte ich aber wirklich nicht gerechnet. Die Deubinger habe ich auch schon lange aus meinem Gedächtnis gestrichen. Ich wusste nicht einmal, dass sie entführt wurde. Es stand nichts davon in der Zeitung."

„Nein, das haben wir verhindert. Haben Sie darauf gewartet, in der Presse groß rauszukommen?"

„Reden Sie keinen Quatsch. Ich habe diese Frau nicht entführt. Selbst die Briefe, die ich damals geschrieben habe, habe ich nicht aus Überzeugung geschrieben, sondern im Auftrag. Die Frau hat mich nie interessiert. Das ist doch ein Luxuspüppchen ohne Hirn. Auf so was stehe ich überhaupt nicht."

„Reden Sie keinen Scheiß", unterbrach Till ihn barsch. „Wir haben auch mit Marina Klarwitter gesprochen. Sie war auch Model und sie hat sich mit Ihnen getroffen."

„Ja, das stimmt. Sie hieß aber nicht Klarwitter. Ist sie jetzt verheiratet?"

Till nickte nur kurz zur Bestätigung.

„Hat sie Ihnen davon erzählt? Das wundert mich. Diese Geschichte ist aber schon lange her. Als ich dieses junge Fotomodell damals traf, war die Tetzloff noch eine unbekannte Nummer. Ich traf mich mit Marina ein paar Mal, es war nichts Umwerfendes, aber sie war ganz nett. Kurz darauf bin ich für einige Jahre ins Ausland gegangen. Ich war schon außer Landes, als die Tetzloff ihre kometenhafte Karriere gestartet hatte, damals als Deubinger."

„Was meinten Sie, als Sie sagten, Sie hätten diese Briefe im Auftrag geschrieben?"

„Wie bereits erwähnt, bin ich damals für einige Zeit im Ausland gewesen. In Afrika, in Zaire, genauer gesagt. Heute heißt es wieder Kongo. Sie müssen wissen, bevor ich mich als vermögender Mann zurückgezogen und mich für ein bescheidenes Dasein als Briefträger entschieden habe, war ich Diamantenhändler. Ich hatte ein florierendes Geschäft und viele Beziehungen nach Uganda und Zaire. Als Mitte der neunziger Jahre der Völkermord in Ruanda geschah und auch in Zaire alles drunter und drüber ging, musste ich dorthin, um noch zu retten, was zu retten war. Dort gab es nur noch blutige Gemetzel, alles ging den Bach runter. Ich musste meine dortigen Konten auflösen und habe versucht, mein Vermögen in Sicherheit zu bringen. Dabei habe ich dort einen Mann kennen gelernt. Einen Deutschen, der viel Einfluss hatte. Er hat mir geholfen. Er lebte schon lange in Afrika und war auch damit beschäftigt, seine Zelte dort abzubrechen. Es entwickelte sich eine Freundschaft zwischen uns. Wir mussten immer wieder fliehen, als der Krieg zwischen den Hutu und Tutsi in ein unkontrollierbares Massaker ausartete. Sein Vermögen, das er zu retten versuchte, war um ein Vielfaches größer als das, was ich dort angehäuft hatte. Es war ein Spießrutenlauf. Alle möglichen wichtigen und unwichtigen Leute mussten bestochen werden. Bankangestellte, Regierungsangestellte, Zollbeamte, Rebellenführer. Ohne ihn wäre ich heute ein armer Mann. Trotz der Kriegswirren und der Gefahren, in denen wir uns stetig befanden, hatten wir eines gemeinsam. Die Schwäche für das andere Geschlecht. Er fand schnell heraus, welche Art von Frauen mich besonders interessierte. Frauen, die nach außen hin stark sind und sich einmal fallen lassen wollen. In Afrika war es natürlich schwieriger, solche Frauen zu finden, als in Europa. Trotzdem sind mir auch dort solche Frauen über den Weg gelaufen. Ich hatte dort mitten im Busch eine wunderbare Begegnung mit einer schwedischen UNO-Beauftragten. Mein Freund war dabei, als ich ihren hübschen Hintern mit einem Bambusrohr bearbeitet habe. Einige Tage später saßen wir in einem Café in Nairobi. Wir hatten unser in letzter Minute in Sicherheit gebrachtes Vermögen gerade in Kenia auf einer Bank deponiert und uns über unsere Zukunftspläne unterhalten, als meinem Freund eine deutsche Zeitung in die Hände fiel. Eine Randnotiz berichtete über ein Techtelmechtel zwischen dem Topmodel Simone Deubinger und dem Unternehmer Sebastian Tetzloff. Dieses Ereignis aus der Promiszene in Deutschland brachte meinen Freund völlig aus dem Konzept. So hatte ich ihn noch nie erlebt. Seine Hände zitterten plötzlich. Wir waren mehr als einmal in Situationen gewesen, in denen ich keinen Pfifferling mehr auf unser Leben gegeben hätte. Wo ich mir vor Angst fast in die Hose gemacht hätte, zuckte er nicht einmal mit der Augenbraue. Und dann fängt er an zu zittern, weil er einen Artikel über die Schickimicki-Szene liest. Er war plötzlich ein anderer Mann. Er saß in dem Café und wurde ohnmächtig, so sehr hatte ihn dieser Artikel mitgenommen. Am nächsten Tag kam er auf die Geschichte mit der schwedischen UNO-Frau zu sprechen. Er wollte wissen, wie viele Frauen sich mir auf diese Weise schon ausgeliefert hätten. Ich erzählte es ihm. Es waren viele Frauen gewesen, das schien ihn beeindruckt zu haben. Kurz darauf trennten sich unsere Wege. Ich flog zurück nach Deutschland, er blieb noch in Kenia. Aber er bat mich um einen Gefallen. Ich sollte herausfinden, ob diese Simone Deubinger für meine Vorlieben zu gewinnen sei. Ich gab ihm mein Versprechen, es herauszufinden. Und als ich zurück in Deutschland war, fing ich an, die Briefe zu schreiben. Es war nicht leicht, an die Frau heranzukommen. Mir blieben nur die Briefe. Ich bekam nie eine Antwort auf meine Schreiben, hatte auch nicht wirklich damit gerechnet. Mein Freund drängte mich, es weiter zu versuchen. Er war noch immer in Afrika. Ab und zu rief er mich an und fragte, ob ich Fortschritte gemacht hätte. Kurz vor der Hochzeit von der Deubinger habe ich meine Bemühungen eingestellt. Von meinem Freund habe ich auch schon lange nichts mehr gehört."

„Hat ihr dubioser Freund auch einen Namen?", wollte Till wissen, dem die ganze Geschichte ziemlich suspekt vorkam.

„Er hatte viele Namen. Er hatte viele Papiere. Ich habe nie erfahren, wer er wirklich war. Ich weiß nur, dass er lange Jahre in Zaire gelebt hat und dort ein mächtiger Mann war. Er war so eine Art Berater von Präsident Mobutu gewesen, musste aber das Land verlassen, als die Herrschaft von Mobutu in Zaire ihrem Ende entgegenging."

„Wie haben Sie ihn genannt? Welche Namen hat er benutzt?", fragte Till genervt, weil er keine befriedigende Antwort auf seine Frage bekommen hatte.

Der Graf schaute auf seine Hände, die er über seinem Bauch gefaltet hatte. Er überlegte, ob sein alter Freund Simone Tetzloff entführt haben könnte, und es schien ihm nicht sehr abwegig zu sein. Wahrscheinlich würde er ihn nie wieder sehen. Schweren Herzens brachte er die Namen über die Lippen, die sein Freund damals verwendet hatte.

„Er nannte sich John Whitemiller. Außerdem benutzte er auch die Namen Philippe van Kerken und David LeClerc."

Till schrieb diese Namen in sein Notizbuch. Der Name John Whitemiller ließ sein Herz höher schlagen. Mit van Kerken und LeClerc konnte er nichts anfangen, war sich aber sicher, dass auch diese Namen einen Bezug zu der Geschichte hatten, in der sie gerade ermittelten. Die ganze Geschichte war ziemlich undurchsichtig, irgendwie passten zu viele Puzzleteile noch nicht zusammen. Till wusste, dass er jetzt alles aus dem Grafen rausquetschen musste, wenn sie den Fall schnell aufklären wollten. Er konnte die zeitlichen Zusammenhänge noch nicht richtig einordnen. Johannes Weismüller war 1975 in Belgien als angeblich Totgeschlagener spurlos verschwunden. Irgendwie musste er in Afrika als John Whitemiller gelandet sein, bevor er wieder als Johannes Weismüller bei Ebay aufgetaucht war.

„Wann sind Sie genau nach Afrika geflogen? Wie lange waren Sie dort? Wann haben Sie Ihren Freund kennen gelernt? Wann haben Sie zuletzt von ihm gehört?"

„Das sind viele Fragen", antwortete der Graf, dem immer unwohler wurde. An der Reaktion von Till erkannte er, dass seine Aussage von großer Bedeutung zu sein schien. Damit hatte er nicht gerechnet.

„Lassen Sie mich überlegen. 1994 starben die Präsidenten von Uganda und Burundi bei einem Anschlag, ihr Flugzeug war abgestürzt. Das war der Auslöser des Krieges gewesen. Ich bin noch im gleichen Jahr aus Deutschland abgereist. Anfang 1995 lernte ich John kennen. Wir hatten ziemlich genau zwei Jahre lang engen Kontakt miteinander. Mitte 1997 bin ich wieder nach Deutschland zurückgekommen. Kurz darauf habe ich meinen ersten Brief an Simone Deubinger verfasst. Meinen letzten Brief an sie habe ich Ende 2001 geschrieben, das war kurz vor ihrer Heirat. Zu diesem Zeitpunkt hatte ich auch das letzte Mal telefonischen Kontakt mit John."

„Lebte John da noch in Afrika?", hakte Till nach.

„Er rief aus Belgien an. Ich konnte die Nummer auf meinem Display erkennen, es war die Ländervorwahl von Belgien gewesen, daran erinnere ich mich noch."

„Die ganze Telefonnummer haben Sie sich nicht zufälligerweise notiert?"

Der Graf überlegte einen Moment zu lange. Er hatte die Nummer damals aufgeschrieben und er wusste, dass Till es jetzt auch wusste.

„Ich habe die Nummer in meiner kleinen Wohnung in der Rheinstraße."

Zu dritt verließen sie das Fabrikgelände, der Graf wurde von der Polizei zu seiner Zwei-Zimmer-Wohnung in der Rheinstraße chauffiert, wo er unter der Aufsicht von Till und Kulmbacher die notierte Telefonnummer suchte. Er stöberte einige Minuten in mehreren Schreibtischschubladen, bevor er einen zerknitterten Zettel zum Vorschein zauberte.

Kulmbacher nahm den Zettel entgegen und beäugte den Grafen misstrauisch. „Dafür, dass John so ein guter Freund war und Ihnen geholfen hat, ein Vermögen aus einem Kriegsgebiet zu schaffen, rücken Sie aber ganz schön schnell mit Informationen über ihn raus."

Der Graf setzte sich auf einen Stuhl und zündete sich eine Zigarette an. Für einen Moment schien er in Erinnerungen zu schwelgen.

„Ich habe John damals kennen und schätzen gelernt. Er war ein mächtiger Mann in Afrika gewesen. Es waren schlimme Zeiten gewesen, ein Menschenleben war in vielen Gegenden weniger wert als eine Handvoll Dreck. Kleine Kinder sind mit Maschinenpistolen im Busch rumgelaufen und haben alles niedergemetzelt, was sich bewegt hat. Ich habe damals Hunderte und Tausende von Leichen gesehen. Verstümmelte Krüppel, die auf der Suche nach etwas Essbarem waren, stolperten durch die Städte. Frauen, die vergewaltigt worden waren, während man ihren Männern die Köpfe abschlug, standen mit ausdruckslosen Augen auf den Straßen und bettelten. In so einer Umgebung achtet jeder nur auf sich selbst. John war eine Ausnahme, trotz seines Reichtums und seiner Stellung, die er inne hatte. Er half, wo er helfen konnte. Ich glaube nicht, dass er sich vor der Polizei verstecken muss. Und falls er sich doch verstecken muss, werden Sie ihn nicht finden."

„Wir werden ihn finden", entgegnete Till und tippte auf seinem Handy die Nummer von Siebels ein.

20

Donnerstag, 04. Dezember 2003, 20.30 Uhr

Die Bonanza-Melodie unterbrach die anregende Unterhaltung zwischen Siebels und Montaud, die bei ihrem dritten Bier saßen und in Erinnerungen an alte Fälle schwelgten. Als Siebels von Till über die neuesten Entwicklungen in Düsseldorf informiert wurde und die Geschichte des Grafen von John aus Afrika erzählt bekam, machte er sich auf einem Bierdeckel eifrig Notizen. Er forderte Till auf, diese Informationen auch umgehend an Charly weiterzugeben, und aus einem Bauchgefühl heraus gab er Anweisung, dass die Neuigkeiten vorerst weder an Tetzloff noch an Jensen weitergegeben werden sollten. Zufrieden kappte er die Verbindung und schob den Bierdeckel seinem neuen Freund Yves zu, mit dem er sich mittlerweile duzte. Er wiederholte die Story des Grafen, deutete mit dem Zeigefinger auf den Bierdeckel, auf dem er die Telefonnummer notiert hatte und freute sich, dass er nun noch einen Grund hatte, seinen Aufenthalt in Belgien zu verlängern.

„Wie schnell bekommst du heraus, was für ein Anschluss das ist?", fragte er hoffnungsvoll seinen neuen Freund.

„Das geht ganz schnell. Morgen früh kümmere ich mich gleich darum. Aber sag mal, wolltest du morgen nicht deine Freundin aus dem Krankenhaus abholen?"

Siebels klopfte sich mit der flachen Hand auf die Stirn. „Au Backe, das hätte ich jetzt fast vergessen." Er trank noch sein viertes Bier aus, bevor er Sabine im Krankenhaus anrief.

„Hallo, mein Schatz", säuselte er ins Handy, als er ihre Stimme vernommen hatte. „Wie geht's meinem Täubchen denn heute?"

Am anderen Ende der Leitung blieb es einen Moment stumm, bevor Siebels seine Antwort bekam.

„Hallo, Herr Hauptkommissar. Das Täubchen gurrt und möchte gerne nach Hause fliegen. Der Taubendoktor hat dem Täubchen für morgen früh die Abflugerlaubnis erteilt."

„Ei, das ist aber schön", freute sich Siebels und wegen seines ungewohnt hohen Bierkonsums klang er leicht betrunken. Das hatte auch Sabine bemerkt und fragte leicht irritiert, wo er denn sei.

„Ich?", fragte Siebels erstaunt zurück.

„Sag mal, bist du etwa besoffen?", fragte Sabine argwöhnisch.

„Nö, ich bin in Belgien."

„Wegen der entführten Prinzessin?"

„Nö. Wegen Yves. Der hat hier früher ermittelt. Jetzt trinkt er Bier mit mir. Und zusammen finden wir dann auch die Prinzessin. Die Spuren gehen in alle Himmelsrichtungen. Till ist in Düsseldorf, ich bin in Belgien und Jensen traut sich nicht mehr auf die Straße. Deswegen weiß ich jetzt nicht, wer mein Täubchen morgen abholt."

„Wenn ihr zwei weiter so ermittelt, hast du morgen früh anstatt eines gurrenden Täubchens bestenfalls einen Kater. Warum traut sich Jensen denn nicht mehr auf die Straße? Hattest du etwa erwogen, mich von Jensen abholen zu lassen?"

„Ja. Der hat nämlich seit gestern ein ganz neues Frauenbild. Der schüttelt dir zur Begrüßung nicht mehr die Hand, der versohlt dir erst mal deinen süßen Hintern."

„Jensen? Wie viel Bier hast du denn schon getrunken?"

„Nicht genug. Sei bloß froh, dass du im Krankenhaus liegst. Wenn das hier so weitergeht, werde ich nämlich bald in der Irrenanstalt landen."

„Sag Bescheid, wenn es soweit ist. Dann fahre ich nach Holland, rauche ein paar Joints und suche nach verschütteten Prinzen.

„Hä?" Siebels konnte nach dem Bier nicht mehr so schnell denken, wie Sabine redete.

„Wenn du nach Belgien fährst und dich auf der Suche nach der Prinzessin besäufst, während ich zusammengeschossen im Krankenhaus liege, werde ich mich doch wohl in Holland bekifft auf die Suche nach einem Prinzen machen dürfen, wenn du in einer Gummizelle landest, oder?"

„Ach so. Ja natürlich, mein Täubchen, kein Problem. Fahr mal nach Holland, ich muss jetzt mit Yves noch ein Bier trinken. Wir haben morgen viel zu tun."

Beide mussten anfangen zu lachen und konnten nicht mehr aufhören. Sie verabschiedeten sich und Siebels versprach, sich am nächsten Tag wieder zu melden.

„Interessantes Gespräch", meldete sich Yves zu Wort und öffnete zwei neue Bierflaschen.

Donnerstag, 04. Dezember 2003, 17.50 Uhr

Sie hatte den ganzen Tag über in seiner Bibliothek herumgestöbert. Zwischendurch war sie in der Küche gewesen, hatte sich eine tiefgefrorene Pizza warm gemacht und zum ersten Mal ihre missliche Situation verflucht. Sie wollte mal wieder in einem Restaurant essen. Das Haus, das sie nicht verlassen konnte, engte sie von Minute zu Minute mehr ein. Während sie die Pizza lustlos in sich hineingestopft hatte, hatte sie das Gefühl gehabt, schon seit Monaten von der Außenwelt abgeschnitten zu sein. Es waren erst fünf Tage, die sie unter seiner Obhut verbracht hatte. Fünf Tage, die all das, worauf sie ihr Leben gebaut hatte, ins Wanken gebracht hatten. Sie musste raus, musste unter Leute, wollte mit ihm Einkaufen gehen, mit ihm ins Kino gehen, mit ihm im Restaurant sitzen. Sie würde mit ihm reden, wenn er wieder kam, hatte sie sich vorgenommen. Was auch immer er wollte, er konnte sie haben, mehr konnte er nicht bekommen.

In der Bibliothek suchte sie nach Büchern, die einen gelesenen Eindruck machten. Sie wollte wissen, mit welcher Lektüre er sich besonders auseinandergesetzt hatte. Sie fand diese Bücher hauptsächlich bei Bänden über Kriegskunst, Rüstung und Militär. Eselsohren und handschriftliche Notizen auf einzelnen Seiten zeugten von der intensiven Lektüre. Auch mehrere Bände über die französische Fremdenlegion machten einen beanspruchten Eindruck. Auf einem anderen Regal entdeckte sie Bücher über Afrika. Die Geschichte vom Kongo, Bildbände über Kenia und Südafrika, Kriegsreportagen aus Burundi und Uganda, teils in deutscher, teils in englischer, teils in französischer Sprache. Zwei Regale weiter unten standen Bücher, die die Geschichte und die politische Entwicklung in der Bundesrepublik Deutschland behandelten. Am Ende des untersten Regals fand sie einen Sammelordner. Darin waren fein säuberlich Zeitungsausschnitte, Computerausdrucke, Kopien und einzelne Hefte von Biker-Magazinen sortiert. Der Inhalt dieser Sammelmappe war ausschließlich den Hells Angels zuzuordnen. Sie stöberte ein wenig in diesen Unterlagen, fragte sich, warum er sich für Rocker interessierte. Beim Blättern kam ihr wieder ihre kurze, aber heftige Beziehung mit Axel in den Sinn. Der Südstaatenrocker war ebenfalls ein leidenschaftlicher Harley-Fahrer gewesen und ab und zu durfte sie als Sozius hinten drauf sitzen. Sie verwarf diese Erinnerung wieder. Es waren keine guten Erinnerungen. Die Beziehung hatte ihr nur schlechte Publicity und ein paar Ohrfeigen von einem betrunkenen Rockstar eingebracht. Die Musik von Axel hörte sie allerdings immer noch gern und während sie weiter die Unterlagen über die Angels studierte, summte sie einen alten Hit von ihrem Ex-Lover.

Bisher hatte sie nur gewusst, dass es sich bei den Hells Angels um Rocker handelte, die keine Kinder von Traurigkeit waren. Interessiert las sie, dass der Motorradclub bereits im März 1948 in Kalifornien von Veteranen des 2. Weltkriegs gegründet worden war. 1957 hatten sich unter der Führung von Ralph Sonny Barger in Kalifornien weitere Clubs unter dem Label Hells Angels zusammengeschlossen. In den 1960er Jahren hatte sich die Gruppierung dann aus den USA hinaus auf andere Kontinente ausgedehnt. Die Hells Angels entwickelten sich rasch zum weltweit größten und bekanntesten Motorcycle-Club. Auf der ganzen Welt waren die Höllenengel nun auf ihren schweren Maschinen unterwegs, immer zu erkennen an ihren Kutten auf denen ein Totenkopf mit Flügeln prangte.

Als er endlich wieder kam, war sie Expertin auf diesem Gebiet. Sie legte die Unterlagen zurück in das Regal und ging zu ihm. Er hatte mehrere Päckchen dabei. Bevor sie auch nur ein Wort von den vielen Worten, die sie ihm sagen wollte, sagen konnte, sprach er auch schon genau das aus, was sie hören wollte. Er sprach von einem Abend in einem Restaurant. Er sprach von einem Tisch, den er reserviert hätte. Er sprach von den Päckchen, die er mitgebracht hatte und ihr nun überreichte. So sehr sie sich darüber freute, dass er anscheinend ihre Gedanken lesen konnte und auch entsprechend handelte, so sehr musste sie sich insgeheim auch wundern. Ein Entführer, der sein Opfer in Restaurants ausführte, war eine sehr suspekte Angelegenheit. Sie fragte ihn spontan, ob er keine Angst hätte, dass sie ihm dabei entfliehen könnte. Er fragte nur lapidar, ob sie schon genug von ihm hätte. Er erwartete keine

Antwort, sondern schickte sie in ihr Zimmer, damit sie sich mit dem Inhalt der Päckchen auseinandersetzen konnte. Es wäre alles darin, was sie für den heutigen Abend benötigen würde, gab er ihr zu verstehen. In ihrem Zimmer fand sie ein Abendkleid und ein paar Schuhe. Erst als sie sich im Spiegel in ihrer neuen Garderobe betrachtete, bemerkte sie, wie gewagt ihr Ausgehkostüm war. Sie fragte sich, wohin er sie ausführen wollte, und stellte sich diese Frage nicht ohne Sorgen. Trotzdem verließ sie am frühen Abend in ihrem Kleid das Zimmer, um mit ihm gemeinsam endlich das Haus für einige Stunden verlassen zu können. Als sie ihm in seinem Arbeitszimmer entgegentrat, betrachtete er sie mit leuchtenden Augen und bat sie, sich für ihn langsam im Kreis zu drehen. Sie drehte sich für ihn und spürte seine Blicke über ihren Körper wandern. Das schwarze Kleid lag hauteng an. Es ging ihr bis zu den Knöcheln und sie konnte sich darin nur mit winzigen Schritten vorwärts bewegen. Vorne langte ihr das Kleid bis zum Hals und es ließ sich um ihren Nacken herum befestigen. Hinten war das Kleid rückenfrei, der Ausschnitt bot dem Auge des Betrachters einen freizügigen Blick bis hinunter zu den Ansätzen ihrer Pobacken, die noch deutlicher zum Vorschein treten mussten, wenn sie sich in diesem Kleid setzen wollte. Da wo Stoff war, spannte er sich wie eine zweite Haut über ihren Körper und ließ ihre weiblichen Rundungen deutlich zum Vorschein treten. Unterwäsche hatte er für sie beim Tragen dieses Kleides nicht vorgesehen, dafür aber ein paar high heels mit dünnen Absätzen von guten zehn Zentimetern Höhe. Wenn sie nicht die harte Ausbildung eines Topmodels hinter sich gehabt hätte, wäre sie in dieser Aufmachung wahrscheinlich alle zehn Meter hingefallen. Doch sie bewegte sich geschmeidig vorwärts und wusste, dass ihr exzellenter Hüftschwung bei jedem kleinen Schritt, den das Kleid zuließ, sein Blut in Wallung brachte. Nachdem er sie sich ausführlich betrachtet hatte, bekam sie noch eine kleine schwarze Lacktasche von ihm. Darin befanden sich die Utensilien, die eine Dame benötigt, wenn sie ausgeht. Er selbst trug einen Smoking und sah in ihren Augen darin umwerfend aus. Bevor sie das Haus verließen, reichte er ihr eine Brille. Es war eine Brille, in deren Fassungen anstatt Brillengläser schwarzer Samt eingelassen war. Wortlos und ohne Widerstand setzte sie die Brille auf, durch die sie nichts sehen konnte. Er hakte sich bei ihr ein und gemeinsam verließen sie das Haus. Vor der Tür stand ein Jaguar, er öffnete ihr die Tür, war ihr beim Einsteigen behilflich und setzte sich dann hinter das Steuer. Der Wagen fuhr langsam an und sie ließ zum ersten Mal seit fünf Tagen das Haus hinter sich.

Freitag, 05.Dezember 2003, 11.00 Uhr

Nachdem Siebels und Yves sich am gestrigen Abend noch eine fünfte Flasche Bier gegönnt hatten, verspürte Siebels am Morgen danach tatsächlich den von Sabine vorhergesagten Kater. Als er um 7:00 Uhr vom Wecker seines Gastgebers aus dem Schlaf gerissen wurde, brauchte er noch eine Stunde, bis er sich endlich aus dem Bett gequält hatte. Yves hatte bereits Kaffee gekocht, frische Brötchen vom Bäcker besorgt und schien quicklebendig. Während Siebels unter der Dusche gestanden hatte, hatte Yves auf seiner alten Arbeitsstelle angerufen, ein paar warme Worte mit seinem Nachfolger gewechselt und ihm dann die Telefonnummer durchgegeben, unter der der Graf von Belgien aus den Anruf von seinem Freund John erhalten haben wollte. Als die beiden ihr gemächliches Frühstück beendet hatten, kam auch schon der Rückruf. Der Anschluss gehörte zu einem alten Bauernhof, etwa 100 Kilometer von Brüssel entfernt. Zugelassen war die Nummer auf einen Claude van Kerken, der lebte aber nicht mehr. Seine Frau Monique wohnte aber noch auf dem Hof. Kurz nach 10:00 Uhr startete Yves seinen Wagen, Siebels versuchte auf dem Beifahrersitz seine Kopfschmerzen mit einer Runde Schlaf zu überlisten.

„Wir sind gleich da", weckte Yves ihn sanft aus seinen Träumen, die ihn zusammen mit Sabine an einen einsamen Strand gespült hatten.

Siebels öffnete die Augen, sein Kater war verschwunden. Links und rechts von ihnen war nur flaches Land. Yves fuhr von der Landstraße auf einen Feldweg ab, hinter ein paar Bäumen war der Hof schon zu erkennen. Zwei Minuten später standen sie vor der Tür des alten Bauernhauses. Nach mehrmaligem Klopfen wollten sie schon aufgeben, als endlich die Tür geöffnet wurde. Monique van Kerken studierte genau die Gesichter ihrer Besucher, sie schien hier draußen nicht oft Besuch zu bekommen. Sie war vierundachtzig Jahre alt, wie Yves noch während der Fahrt bei einigen Telefonaten herausbekommen hatte. Yves sprach auf flämisch mit der alten Frau, die gekrümmt von langjähriger Arbeit auf dem Feld vor ihnen stand. Nach ein paar warmen Worten war Yves es gelungen, ein Lächeln auf das mit Falten durchzogene Gesicht der Bäuerin zu zaubern. Sie bat ihre Besucher herein und führte sie in die Küche, wo sie einen Tee aufsetzte. Sie nickte oft wissentlich, wenn Yves mit ihr sprach, und als der Tee eingegossen war und sie alle am Tisch saßen, begann sie in gebrochenem Deutsch zu erzählen.

„Das ist lange her. Ich glaube, es war im Sommer 1975. Mein Mann Claude brachte ihn mit, er hatte ihn am Straßenrand aufgelesen. Dort hatte er gelegen und wenn Claude nicht vorbeigefahren wäre, wäre er dort gestorben. Er hatte schlimme Kopfverletzungen, er war noch so jung. Ich glaube, er war noch keine zwanzig gewesen. Wir haben ihn oben in ein Zimmer gelegt, seine Wunden behandelt und ihn schlafen lassen. Drei Tage und drei Nächte lang schlief er ohne Unterbrechung. Dabei plagten ihn unentwegt schreckliche Albträume. Im Schlaf schrie er immer so fürchterlich. Es waren verzweifelte Schreie. Ich saß dann immer bei ihm, habe ihm den Schweiß von der Stirn gewischt. Habe ihm gut zugeredet, bis er wieder friedlich eingeschlafen war. Als er aufgewacht war, musste er noch ein paar Tage liegen bleiben, bis seine Kopfwunden verheilt waren und er keine Schwindelanfälle mehr bekam, wenn er ein paar Schritte gehen wollte. Seine äußerlichen Verletzungen heilten schnell, aber seine Seele konnte ich nicht heilen. Die Albträume hörten nicht auf, immer wieder hörte ich diese verzweifelten Schreie aus seinem Zimmer. Nach einigen Wochen Pflege war er wieder so weit hergestellt, dass er arbeiten konnte. Er wollte uns nicht verlassen, wollte meinem Mann bei der Arbeit auf dem Hof und dem Feld zur Hand gehen. Die Scheune dort draußen, die haben er und mein Mann gebaut. Er wurde stärker und bekam eine gesunde Hautfarbe. Seine Seele blieb aber schwer verwundet. Jede Nacht schrie er. Seine Dämonen würden ihn für den Rest seines Lebens verfolgen, sagte er einmal. Wir wussten weder wie er hieß, noch wo er herkam, noch woher seine Kopfverletzungen stammten. Wir haben ihn mehrmals danach gefragt, doch er blieb stumm, was seine Vergangenheit betraf. Ansonsten war er sehr freundlich und aufgeweckt. Es war eine schöne Zeit, als er hier war."

„Wohin ist er gegangen?", wollte Siebels wissen.

„Claude und ich haben uns oft gefragt, warum so ein junger Mann kein Zuhause hat. Wir haben uns lange darüber Gedanken gemacht, wie es mit ihm weitergehen sollte. Er konnte ja schließlich nicht bei uns bleiben. Claude ahnte, dass etwas Schreckliches in seinem Leben passiert sein musste. Claude wollte ihm die Chance geben, ein neues Leben zu beginnen. Er brachte ihn zu einer Sammelstelle nach Antwerpen, von wo aus freiwillige Bewerber für die französische Fremdenlegion zur Aufnahmeprüfung nach Reims gebracht wurden. Er war einverstanden. Es wurde ein kurzer aber schmerzvoller Abschied. Monate später haben wir einen Brief von ihm bekommen. Er hatte die Prüfung bestanden und war stolz, ein Soldat in der Legion werden zu dürfen. Er hatte den Brief mit Philippe van Kerken unterschrieben. Das war sein neuer Name. Claude und ich weinten vor Freude. Endlich hatten wir den Sohn, den wir uns so lange gewünscht hatten, den wir aber leider nur kurze Zeit bei uns haben durften"

Nur um ganz sicher zu gehen, überprüfte Siebels die Namen, die Till ihm gestern am Telefon durchgegeben hatte. John Whitemiller, Philippe van Kerken. Nur zu dem Namen David LeClerc gab es noch keinen Bezug. Aber das war auch nicht wichtig. Johannes Weismüller lebte noch. Hier auf diesem Hof wurde er vor achtundzwanzig Jahren von dieser Frau gesund gepflegt. Von hier aus verschlug ihn sein Weg zur Fremdenlegion. Das Ganze machte auf Siebels den Eindruck einer Flucht. Warum war er nicht nach Deutschland zurückgekehrt? Seine Freundin hatte den Tod gefunden, er hatte nur knapp überlebt. Er war der einzige Zeuge gewesen. Oder war er der Mörder von Melanie Hassler? War er deswegen nicht nach Deutschland zurückgekehrt? Aber woher kamen dann seine Kopfverletzungen? Hatte Tetzloff ihn so zugerichtet, nachdem Weismüller die Hassler erschlagen hatte? Aber warum sollte Tetzloff dann die Geschichte von den Rockern aufgetischt haben. Und Rocker gab es tatsächlich. Heierbach war immer noch eine unbekannte Größe in diesem Spiel, den mussten sie so schnell wie möglich ausfindig machen. Der Countdown lief. Es war bereits Freitagmittag und am Montag lief die Angebotsfrist für Tetzloff bei Ebay ab. Drei zwei eins meins, dachte Siebels.

Wem wird die schöne Frau am Ende gehören?

Auf der Rückfahrt schlug Yves vor, ein paar einschlägige Kneipen zu besuchen, wo sich ehemalige Fremdenlegionäre herumtreiben würden. Siebels fand die Idee gut, aber er wollte so schnell wie möglich zurück nach Frankfurt. Er wollte mit Heierbach sprechen. „Könntest du das auch ohne mich machen?“, fragte er Yves.

„Klar, kein Problem. Wenn ich jemanden treffe, der Philippe van Kerken bei der Legion getroffen hat, melde ich mich bei dir.“

„Ich weiß gar nicht, wie ich dir danken soll.“

„Ich habe zu danken. Wenn dieser Fall nach all den vielen Jahren doch noch aufgeklärt wird, ist das eine Genugtuung für mich. Außerdem ist es als Pensionär manchmal etwas langweilig. So gut wie die letzten Tage habe ich mich schon lange nicht mehr gefühlt. Und falls du mit deiner Freundin mal ein paar Tage in Belgien Urlaub machen möchtest, würde ich mich freuen, euch in meinem Haus als Gäste zu empfangen.“

„Das hättest du nicht sagen sollen“, lachte Siebels. „Wir stehen schneller vor der Tür, als du gucken kannst.“ Die Bonanza-Melodie meldete einen eingehenden Anruf auf Siebels Handy und Yves fand das genauso lustig wie Till.

„Hey Hoss, sattel die Pferde“, scherzte er.

Siebels begrüßte Charly am Telefon. Er hörte eine ganze Weile schweigend zu, was Charly ihm zu erzählen hatte. An seinem angespannten Gesichtsausdruck bemerkte Yves, dass es Neuigkeiten gab.

„Ok Charly, ich bin einverstanden. Aber sei bitte vorsichtig. Und vorerst kein Wort zu Jensen. Ich nehme den nächsten Zug und bin heute Abend wieder im Büro. Wenn Till aus Düsseldorf zurück ist, soll er sich mal diesem Heierbach an die Fersen heften. Schau mal nach, wo der sich zur Zeit rumtreibt und gib Till Bescheid. Der soll aber auf Tauchstation bleiben, bis ich wieder da bin. Viel Erfolg, ich melde mich.“

„Was ist passiert?“, fragte Yves neugierig.

„Die ganze Geschichte wird immer verworrener“, erwiderte ein nachdenklicher Siebels. „Charly hat einiges über Bogner herausgefunden. Bogner ist das Mädchen für alles bei Tetzloff. Er ist Chauffeur, Butler und Leibwächter in einer Person. Er ist immer da und sagt selten etwas. Tetzloff hat uns einmal erzählt, dass Bogner früher beim Bundesgrenzschutz war. Charly hat das jetzt überprüft. Beim Bundesgrenzschutz gab es tatsächlich einen Bogner. Aber Charly hat herausgefunden, dass Bogner Anfang der siebziger Jahre vom Bundesgrenzschutz zum Landeskriminalamt wechselte, dort dann aber nur für ein paar Wochen blieb. Von dort verschwand er dann von der Bildfläche. Charly meint, er könnte als V-Mann eingesetzt worden sein. Was Charly im Computer gefunden hat, sieht stark frisiert aus. Als Charly weiter gegraben hat, fand er einige Ungereimtheiten. Charly stöbert immer gern in den Datenbanken unserer Sozialsysteme und vergleicht die Daten mit denen des Arbeitgebers, sofern das möglich ist. Ich habe Charly mein Ok gegeben, dass er sich mit einem Kumpel zusammentut und sich beim LKA in den Rechner einhackt. Er will es zusammen mit einem Kumpel machen, einem Hackerfreak. Charly scheint an seine Grenzen gestoßen zu sein. Und das kommt nicht oft vor."

„Klingt aufregend", bemerkte Yves.

„Klingt nach Staatsgeheimnis", brummte Siebels missmutig. „Da haben wir anscheinend in ein Wespennest gestoßen. Das kann noch heiter werden."

„Mir ist da noch eine Idee gekommen", wechselte Yves das Thema. „Vielleicht könnt ihr Fotos von den beteiligten Personen besorgen. Fotos aus dem Jahr 1975. Wenn ich die hätte, könnte ich van Nigel in Amsterdam fragen, ob er darauf den deutschen Rocker wiedererkennt."

„Das ist eine gute Idee. Aber Fotos von 1975 oder früher zu besorgen, dürfte schwierig werden."

„Wahrscheinlich. Aber vielleicht habt ihr Glück. Wir sind in einigen Minuten bei meinem Haus, willst du gleich weiter zum Bahnhof?"

„Ja, ich muss so schnell wie möglich zurück."

21

Erinnerungen, Oktober 1978

James und ich hatten Rosenthal im Intercontinental, dem besten Hotel in Kinshasa, getroffen. Der deutsche Bankier hatte mich fassungslos betrachtet und sich dann mit einer abwertenden Handbewegung an James gewand. Wenn der verrückte Präsident von diesem korrupten Land der Meinung sei, er könne einen halbstarken Grünschnabel wie mich als Sicherheitsberater einstellen, um die Probleme in diesem Land in den Griff zu bekommen, dann wäre das genauso realistisch, als wenn die Bundesrepublik Deutschland Ingrid Steeger als Verteidigungsministerin einsetzen würde, um die Russen an der Aufrüstung in Ostdeutschland zu hindern, hatte der gereizt wirkende Mann zynisch von sich gegeben. Ich hatte so getan, als hätte ich ihn gar nicht zur Kenntnis genommen. Ich hatte auch nicht genau gewusst, wovon er gesprochen hatte und wer Ingrid Steeger gewesen war.

Mit ernster Miene hatte James ihm dann erklärt, dass ich von Politik nichts verstehen würde, dass mir das Land und seine Probleme noch fremd seien, dass ich aber in Zukunft eine wichtige Rolle spielen würde und Einfluss auf den unberechenbaren Präsidenten nehmen könnte. Es wäre eine Chance, die es zu nutzen gelte, hatte James den unwirschen Bankier angefleht. James hatte an Rosenthal appelliert, nichts unversucht zu lassen, um Stabilität in das im Chaos versinkende Land zu bringen. Und schließlich hatte er Rosenthal daran erinnert, dass ich es gewesen sei, der an vorderster Front angerückt sei, um Zaire aus der Hand der Rebellen zu befreien, und dass mir und meinen Leuten das schließlich auch gelungen sei. Rosenthal hatte still genickt. Nach einigem Abwägen hatte er sich dann dazu herabgelassen, mich in die Geheimnisse der staatlichen Gepflogenheiten von Zaire einzuweihen.

An James gewandt hatte sich Rosenthal vergewissert, dass ich die Schatzkammern des Landes besichtigt hatte. Dann hatte Rosenthal mir erzählt, dass bei der Verstaatlichung von 1967 den Belgiern der Zugriff auf die Minenkonzession entzogen worden sei. Ein zuvor belgischer Bergbaukonzern, der bis zu 70 Prozent der Exporteinnahmen erbracht hatte, hätte damals die Hauptstütze der Volkswirtschaft gebildet. Die Belgier hatten die gesamte Infrastruktur hinterlassen. Neben den Minen hätte es Raffinerien, hydroelektrische Anlagen oder Fabriken, die von Zement über Sprengstoff bis hin zur Salpetersäure alles produziert hätten, gegeben. Alles wäre da gewesen, um die Provinz Katanga zu einer der ertragreichsten Stätten der Kupferproduktion auf der Welt zu machen. Anfang der siebziger Jahre hätte die Kupferproduktion noch 400.000 Tonnen pro Jahr und die Produktion des weitaus wertvolleren Kobalts bis zu 18.000 Tonnen im Jahr ausgemacht. Der Bergbaukonzern Gécamines allein hätte in den guten Zeiten Anfang der siebziger Jahre zwischen 700 und 900 Millionen Dollar jährlich erwirtschaftet. Rosenthal hatte in seinem Bericht einen Moment innegehalten und mir Zeit gegeben, mich mit den geschilderten Tatsachen zu beschäftigen, bevor er mit seinen Ausführungen fortgefahren war. Trotz dieser traumhaften Gewinne wäre das Land nämlich chronisch pleite gewesen und das viele verdiente Geld wäre zerschmolzen wie Schnee in der Frühjahrssonne. Das Problem in diesem Land hätte einen einzigen Namen gehabt: Korruption. Und Mobutu wäre der Vater aller korrupten Minister, Beamten, Generäle und Direktoren gewesen. Diese hätten eigentlich für ein Blühen und Gedeihen dieses an Reichtümern gesegneten Landes Sorge tragen sollen. Das Einzige, was aber in der Schatzkammer Afrikas gedeihen würde, wäre die Selbstbedienungsmentalität seiner sogenannten Elite gewesen. Die Sozacom, eine staatseigene Tochtergesellschaft der Gécamines, hätte nämlich einen Teil der Devisen, die die Muttergesellschaft mit dem Verkauf von Kobalt, Zink und Kupfer auf dem Weltmarkt verdient hatte, auf verschiedene ausländische Nummernkonten des Präsidenten überwiesen. Rosenthal war davon ausgegangen, dass Angehörige der Staatsklasse jährlich über 200 Millionen Dollar von dem hauptdevisenbringenden Bergbaukonzern gestohlen hätten. Im Umkehrschluss hätte dem

Konzern das Kapital gefehlt, welches er dringend benötigt hatte, um die von den Belgiern errichtete Infrastruktur instand halten zu können. Die Anlagen hätten immer öfter still gestanden, weil sie nicht gewartet worden wären. Der Abbau der gewinnbringenden Mineralien wäre auf diese Weise von Jahr zu Jahr unproduktiver geworden und Zaire hätte sein Kupfer bald nicht mehr zu konkurrenzfähigen Weltmarktpreisen verkaufen können. Zu allem Überdruss wären dem Konzern von den Staatsbediensteten nicht nur die liquiden Mittel entzogen worden, die Staatsdiener hätten obendrein die Gesellschaft als Bürge für Staatsschulden missbraucht. Firmeneigene Flugzeuge wären von korrupten Beamten für private Ausflüge kreuz und quer durch das Land gechartert worden.

Rosenthal hatte mit seinen Aufzählungen, die das Land anscheinend in existenzielle Nöte gebracht hatten, gestockt. Ich hatte ihn dann gefragt, was das alles mit mir zu tun hätte, denn ich hatte keine Ahnung gehabt, warum ich in diesem Hotel gesessen und mir die Gründe für die wirtschaftlichen Missstände in diesem Land von einem international tätigen Bankier hatte erklären lassen. Seine Antwort hatte mir einige schlaflose Nächte bereitet. Das ganze System der Korruption hätte nur ein Ziel gehabt. Die Machterhaltung der Regierung mit Präsident Mobutu an der Spitze. Als persönlicher Sicherheitsberater des Präsidenten wäre ich in Zukunft ein bedeutender Faktor in diesem Machtgebilde. Offiziere und Generäle, Minister und Bürgermeister, Zollbeamte und Firmendirektoren würden ein Netz bilden, das nur durch persönliche Bereicherung auf Kosten der Staatskasse gespannt bleiben würde. In meiner neuen Position könnte ich dieses Netz fester oder lockerer spannen, es zerreißen oder noch undurchdringlicher machen. So oder so wäre es nur ein sehr dünnes Netz und wenn es zu stark aus dem Gleichgewicht geraten würde, wären die Folgen katastrophal. Hungersnot oder Bürgerkrieg wären nur zwei Optionen, auf die das Land zusteuern würde, wenn nichts oder das Falsche unternommen werden würde. Ich selbst hätte ja am eigenen Leib erfahren, auf welch dünnem Eis sich die hiesige Armee bewegen würde.

Freitag, 05. Dezember 2003, 15.45 Uhr

Till und Kulmbacher waren nach dem Gespräch mit dem Grafen am nächsten Morgen wieder zurück nach Frankfurt gefahren. Als Till kurz vor 11:00 Uhr im Büro erschienen war, suchte er im Internet nach einem John Whitemiller. Er wurde fündig, fand allerdings nur bruchstückhafte Einträge auf verschiedenen Seiten, die sich hauptsächlich mit der Geschichte vom Kongo befassten, der zu jener Zeit Zaire hieß. Die meisten Treffer verwiesen auf englischsprachige Seiten. Auf der Suche nach einem Wörterbuch wurde er bei den Kollegen von der Sitte fündig. Die besaßen Wörterbücher in allen möglichen osteuropäischen Sprachen und hatten auch ein englisches parat. Er druckte alles aus, was seine Online-Recherche im Zusammenhang mit John Whitemiller in Zaire ergeben hatte und fluchte dabei fortlaufend vor sich hin, weil seine Suche noch viele andere Leute diesen Namens zutage gefördert hatte, die er mühsam aussortieren musste. Drei Stunden später hatte er das meiste Material durchforstet, die Ausbeute brachte neues Licht in den Fall.

John Whitemiller wurde demnach Ende 1978 von Präsident Mobutu als dessen persönlicher Sicherheitsberater ins Amt gesetzt. Whitemiller sollte in erster Linie die Strukturen der dortigen Armee auf Effizienz bei der Verteidigung des Landes und vor allem auf Loyalität gegenüber dem Staatschef hin optimieren. Ausgangspunkt war eine Armee, die Anfang der siebziger Jahre zu den modernsten und schlagkräftigsten in Afrika gehörte. Die Offiziere wurden damals in den besten Militärakademien der USA, Frankreichs, Belgiens und Israels unterrichtet und von Experten aus Deutschland, China und Südkorea ausgebildet. Den Soldaten von Zaire stand die modernste Ausrüstung, die je nach Afrika geliefert wurde, zur Verfügung. Frankreich lieferte eine Staffel Kampfflugzeuge, der CIA stellte die Techniker für die Wartung bereit. Die Armee wurde sogar für tauglich befunden, an internationalen Friedenstruppen teilzunehmen. Erste dunkle Wolken zogen dann 1975 über die strahlende Armee, als eine Gruppe von Offizieren unter dem Verdacht der Vorbereitung eines Staatsstreichs verhaftet wurde. Drei Jahre später konnte ein weiterer Putschversuch verhindert werden, der mit Exekutierungen endete. Über 200 der gut ausgebildeten Offiziere wurden in jener Zeit aus politischen Gründen als nicht mehr vertrauenswürdig angesehen und aus der Armee entlassen. Die nachrückenden militärischen Führungskräfte wurden vom Präsidenten nicht mehr nach leistungsorientierten Gesichtspunkten, sondern nach ethnischer Herkunft rekrutiert. Die Stammesangehörigkeit bestimmte zunehmend, wer eine Führungsposition in der Armee besetzen durfte. Dieses Vorgehen sicherte zwar die Position von Mobutu im eigenen Land, schwächte aber das eigene Land gegenüber den Nachbarländern. Diese Politik wurde so lange betrieben, bis in den militärischen Führungspositionen fast ausschließlich Angehörige vom Stamm der Ngbandia anzutreffen waren, dem Stamm, dem auch Mobutu angehörte. Innerhalb dieser Kaste wurden die Generalssterne fast nur noch an direkte Angehörige des Mobutu-Clans vergeben. Die bevorzugten Cousins und Schwäger des Präsidenten fungierten zwangsläufig als die loyalen Befehlsempfänger, die der Präsident sich wünschte. Diese Generäle rekrutierten wiederum ihre Soldaten in den eigenen Dörfern, um sie dann im Eiltempo zu befördern. Diese Taktik diente den Generälen dazu, die eigenen Machtansprüche zu festigen. Der Truppensold, der nötig gewesen wäre, um diesen aufgeblasenen Armeeapparat zu finanzieren, landete zu großen Teilen in den Taschen der Generäle, die ein luxuriöses Leben führten, aber von Kriegsführung nur wenig verstanden. Auf der Strecke blieben die vielen Soldaten der Armee, die größtenteils in und um die Hauptstadt Kinshasa stationiert waren. Ohne ausreichend Sold und ohne wirkliche Aufgaben lungerten diese jungen Kämpfer in den Straßen der Hauptstadt herum. Um die Langeweile zu vertreiben und um den vorenthaltenen Sold anderweitig aufzutreiben, spezialisierten sich die vielen rekrutierten Solden auf die Terrorisierung der eigenen Bevölkerung. Armeeangehörige errichteten Straßensperren und betätigten sich als Zöllner oder verköstigten sich in Bars und Restaurants auf Kosten der zivilen Gäste. Von der Vorzeige-Armee, die Anfang der siebziger Jahre im Land anzutreffen war, blieb wenige Jahre später nur ein unfähiger Haufen Trunkenbolde übrig. Dieser Haufen eignete sich zwar bestens, den eigenen Präsidenten in Kinshasa vor den eigenen Landsleuten zu beschützen, gegnerischen Armeen konnte er allerdings nicht viel entgegensetzen. Dieser Zustand wurde in der Weltpolitik erstmals 1977 zur Kenntnis genommen, als etwa 1500 aufständische Rebellen in der Provinz Katanga die Armee Mobutus mühelos in die Flucht trieben und erst durch die von Frankreich eingeflogenen marokkanischen Truppenverbände gestoppt wurden. Bereits ein Jahr später kam es zu einer zweiten Revolte, erneut hatte die Armee von Zaire bei einem Rebellenaufstand kläglich versagt und nur das schnelle Eingreifen der französischen Fremdenlegion verhinderte ein Blutvergießen im Land. Eine panafrikanische Truppe sorgte in der Folgezeit für Frieden in der Region. Um die Missstände in der eigenen Armee zu beseitigen, präsentierte der Präsident seinen verblüfften Generälen seinen neuen persönlichen Sicherheitsberater. Der hieß John Whitemiller und war gerade einmal vierundzwanzig Jahre alt. Niemand wusste damals, wer dieser Whitemiller war und wo er herkam. Die Klatschreporter von Kinshasa stellten die wildesten Spekulationen auf und vermuteten in Whitemiller einen von der CIA geschickten Amerikaner. Als Monate später herauskam, dass Whitemiller ein Deutscher war, war er aus dem Machtzentrum Mobutus schon nicht mehr wegzudenken. Fast zwanzig Jahre lang war John Whitemiller in seiner Position an der Seite Mobutus tätig. Erst als Ende der neunziger Jahre die Herrschaft des Präsidenten ihr Ende nahm und aus Zaire wieder Kongo wurde, verließ Whitemiller das Land. Wohin er ging, blieb sein Geheimnis.

Till surfte gerade auf einigen Seiten im Netz, um an weitere Informationen zu kommen, als Charly ihn anrief und ihm mitteilte, wie Siebels sich das weitere Vorgehen vorstellte. Charly hatte allerdings nicht herausbekommen können, wo Heierbach sich zur Zeit aufhielt und wo er beschäftigt war. Seine Spur verlor sich mit seinem Eintritt als Gebietsleiter bei der Zeitarbeitsagentur von Tetzloff. Dort war er offiziell bis Anfang des Jahres beschäftigt gewesen, ab Februar waren von ihm als Arbeitnehmer keine Daten mehr abrufbar. Zu diesem Zeitpunkt musste Heierbach auch seinen Wohnsitz verlassen und sein Fahrzeug abgemeldet haben. Heierbach hatte sich anscheinend in Luft aufgelöst, genauso, wie er bereits im Frühjahr 1975 für zwei Jahre spurlos verschwunden war. Damals wurde die Hassler erschlagen, jetzt war die Tetzloff verschwunden. Als Till die Neuigkeiten von Charly entgegengenommen hatte, rief er Siebels auf dem Handy an, um sich weitere Instruktionen zu holen. Siebels saß schon im Zug, als die Bonanza-Melodie ihm mitteilte, dass little Joe alias Till Hilfe benötigte. Die Nachricht vom verschwundenen Heierbach ließ bei Siebels alle Alarmglocken läuten. Er beauftragte Till, so schnell wie möglich Tetzloff aufzusuchen und ihn über seinen ehemaligen Angestellten, von dessen Existenz Tetzloff vor zwei Tagen noch gar nichts gewusst haben wollte, zu befragen. Instinktiv gab Siebels Till noch den Hinweis mit auf den Weg, dass Bogner bei diesem Gespräch auf keinen Fall dabei sein sollte.

Till erreichte Tetzloff in dessen Büro im Messeturm und vereinbarte einen Besuch innerhalb der nächsten Dreiviertelstunde. Gerade als Till das Büro verlassen wollte, rannte er Staatsanwalt Jensen in die Arme.

Donnerstag, 04. Dezember 2003, 21.45 Uhr

Als sie ihre Brille wieder absetzen durfte, stand der Jaguar in einer Tiefgarage geparkt, kein anderes Auto war dort zu sehen. Er öffnete ihr die Tür und führte sie zu einem Aufzug. Schweigend standen sie in dem Aufzug, bis der sich nach wenigen Sekunden wieder öffnete. Vor ihnen lag ein schmaler Gang, der zu einer Tür führte. Er hakte sich bei ihr ein und gemeinsam schlenderten sie auf die Tür zu. Kurz bevor sie die Tür erreichten, wurde sie von innen geöffnet. Ein großer, breitschultriger Schwarzafrikaner hieß sie herzlich Willkommen. Erstaunt betrat sie ein Restaurant, in dem sie die einzigen Gäste zu sein schienen. Der Afrikaner wies ihnen einen Tisch in der Mitte des Raumes zu. Er rückte ihr den Stuhl heran. Es war ein Stuhl, dessen Lehne nur aus einer gepolsterten Umrandung bestand, so dass ihr Rücken auch beim Sitzen nicht verdeckt war. Sie spürte die freiliegenden Ansätze ihrer Pobacken und fragte sich, ob im Laufe des Abends vielleicht doch noch Gäste im Restaurant erscheinen würden. Anstatt anderer Gäste erschien ein zweiter Afrikaner, er begrüßte seine Gäste mit einem kurzen Nicken und ging zu einem Klavier. Kurz darauf erfüllten seine Finger den Raum mit leiser Musik. Der andere Afrikaner kam an ihren Tisch und füllte ihre Gläser mit Champagner. Unter dem Smoking des schwarzen Mannes konnte sie einen muskulösen Körper erahnen. Seit sie das Restaurant betreten hatten, war außer der Begrüßung des Afrikaners noch kein Wort gefallen. Sie betrachtete sich ihre Umgebung. Es war ein luxuriöses Restaurant, wenn er es für den Abend mit ihr komplett gemietet hatte, musste er tief in die Tasche gegriffen haben. Mit den Afrikanern schien er in einem vertrauten Verhältnis zu stehen. Leise vorgetragene Jazz-Kompositionen des spielenden Mannes begleiteten ihre Gedankengänge. Sie fragte sich, ob er der Besitzer des Restaurants sein könnte. Dass er einen Bezug zu Afrika haben musste, war ihr schon in seiner Bibliothek aufgefallen. Die Wände des Restaurants waren mit afrikanischen Masken und Schnitzereien verziert. Kronleuchter hingen von Decken, der Raum wurde aber nur von Kerzenschein erleuchtet. Das Besteck auf dem Tisch war aus Silber, der Champagner schmeckte vorzüglich. Der große Afrikaner stand plötzlich wieder am Tisch und unterbrach ihre Beobachtungen. Er fragte, ob er die Vorspeise servieren dürfe. Es gäbe nur ein Menü, erklärte ihr ihr Begleiter, dessen Rolle als Entführer sie fast vergessen hatte. Als Vorspeise hätte er Apapafubu ausgesucht, eine Erdnusssuppe nigerianischer Art. Zum Hauptgang würde Straußengulasch mit Rosinen-Risotto nach namibischer Art serviert und als Nachspeise ein scharfer Bananensalat, gewürzt mit Ingwer und Kümmelpulver. Mit fragendem Gesicht erkundigte er sich bei ihr, ob ihr die afrikanische Küche zusagen würde. Sie zauberte ein Lächeln auf ihr Gesicht und antwortete ihm, dass das sehr lecker klingen würde. Im gleichen Atemzug fragte sie ihn, ob er der Besitzer des Restaurants sei. Er bejahte ihre Frage, erzählte, dass er lange in Afrika gelebt und nach seiner Rückkehr nach Deutschland einiges getan hätte, um die afrikanische Kultur in seiner Heimat zu unterstützen. Der afrikanische Kellner servierte die Erdnusssuppe. Sie musste zugeben, dass sie wirklich lecker schmeckte. Sie fragte ihren Gastgeber, warum in so einem hervorragenden Restaurant keine Gäste anwesend wären und ob er sie entführt hätte, um sich von ihrem Lösegeld das Lokal zu finanzieren. Er lächelte sie an, bevor er darauf einging. Das Restaurant sei jeden Abend gut besucht, nur sehr gut betuchte Leute würden hier einkehren. Für diesen Abend habe er aber das Restaurant für andere Gäste geschlossen. Sie bedauerte diese Entscheidung, teilte ihm mit, dass es zwar gut war, einen Tapetenwechsel zu erleben, dass sie aber auch gehofft hatte, unter Leute zu kommen. Er zuckte bedauernd die Schultern, fragte, ob sie in diesem Kleid tatsächlich unter fremden Menschen sitzen wolle. Sie hatte fast vergessen, dass sie zumindest von hinten mehr Haut zeigte, als es in einem Restaurant üblich war. An seiner Seite würde sie sich in diesem Kleid überall zeigen, gab sie ihm lasziv zur Antwort. Der Afrikaner erschien erneut, räumte die ausgelöffelten Suppenteller ab und verschwand wieder. Immer wenn er an ihren Tisch trat, kam er von hinten und hatte freie Sicht auf ihren zur Schau gestellten Rücken. Wieder kam der afrikanische Kellner, diesmal mit dem angekündigten Hauptgang. Das Straußengulasch erwies sich als wahre Köstlichkeit und das Rosinen-Risotto verging ihr auf der Zunge. Während sie aßen fragte sie ihn endlich, wie es mit ihnen beiden weitergehen solle. Ob er tatsächlich ein Lösegeld von ihrem Mann fordere oder warum er sie entführt habe. Seine Miene verfinsterte sich bei dieser Frage, aber nach einigem Zögern suchte er nach den richtigen Worten, um ihr eine Antwort zu geben. Er habe mehr Geld als Sebastian Tetzloff, begann er seine Rede. Viel mehr Geld. Außerdem leide er unter Albträumen. Seit Jahrzehnten würden sie ihn in den Nächten heimsuchen. Er wolle kein Geld, er sei auf der Suche nach seinem inneren Frieden. Auf der Suche nach der Wahrheit. Und Sebastian Tetzloff besaß den Schlüssel zu dieser Wahrheit. Er wüsste nicht, was mit der Wahrheit ans Licht kommen würde, wenn ihr Mann ihm die Vergangenheit aufschließen würde. Aber er sei sich sicher, dass Sebastian Tetzloff alles tun würde, um das Geheimnis zu bewahren, welches er mit allen Mitteln zu ergründen versuchte. Durch ihr Verschwinden wolle er erreichen, dass das, was seit Jahrzehnten im Dunkeln verborgen liege, wieder an die Oberfläche gespült würde. Seine Augen schauten sie traurig an, während er ihr seine Beweggründe schilderte, die für sie so geheimnisvoll und verworren klangen. Doch plötzlich erhellte ein Strahlen sein Gesicht. Sein Plan, mit ihrem Verschwinden die Wahrheit ans Licht zu bringen, habe gute Aussichten auf Erfolg. Einer der schlafenden Löwen, die durch ihre Entführung geweckt worden wären, wäre heute nach Belgien gefahren. Und in Belgien habe Sebastian Tetzloff die Wahrheit vor langer Zeit begraben.

Sie konnte sich keinen Reim auf seine Worte machen, überlegte einen Moment, ob er schlicht und ergreifend verrückt sei. Aber seine Stimme klang nicht nur traurig, sie klang auch nach einem Mann, der wusste, wovon er sprach. Sie glaubte ihm, auch wenn sie nicht wusste, was sie ihm glaubte. Und gleichzeitig fragte sie sich, was ihn und ihren Mann miteinander verband.

Sie aßen ihr restliches Hauptmenü schweigend zu Ende. Als die Teller geleert waren, kam der schwarze Mann und räumte ab, um gleich darauf den gewürfelten und mit Ingwer und Kümmel sowie einer zerdrückten Chilischote scharf gewürzten Bananensalat zu servieren.

Sie fragte ihren Gastgeber, wann er seiner Meinung nach sein Ziel erreicht habe, wann er die Wahrheit ans Licht bringen und ob er sie dann wieder zu ihrem Mann zurückschicken würde.

Er rechne nur noch mit wenigen Tagen, gab er ihr zur Antwort und fragte sie im gleichen Atemzug, ob sie lieber bei ihm bleiben würde, wenn er seinen Frieden wieder gefunden habe und sie nicht mehr versteckt halten müsse. Sie zuckte mit den Schultern, sie wusste es nicht.

Als sie auch das Dessert verspeist hatten und der Kellner wieder abgeräumt hatte, saßen sie noch eine Weile am Tisch. Sie sprachen nicht, schauten sich nur an, hingen beide ihren Gedanken nach. Plötzlich stand er auf, fragte sie, ob sie mit ihm tanzen wolle, der schwarze Mann am Klavier spielte nur für sie beide. Sie wollte, schmiegte sich an ihn, verlor sich in den Klängen des Klavierstücks. Seine Hand lag auf ihrem nackten Rücken, sie standen auf ihren Füßen und bewegten nur ihre aneinandergepressten Hüften im langsamen Rhythmus der Musik. Er schaute tief in ihre Augen und sie spürte seine warme Hand, die langsam an ihrem Rücken heruntерglitt. Sie genoss seine körperliche Nähe, seinen Duft, seine unwiderstehliche Anziehungskraft. Sie spürte seine tiefe Traurigkeit und seine Suche nach Trost und Nähe. Sie spürte seine Hand, seine Fingerspitzen, die sich immer tiefer an ihr herunter bewegten. Er presste sie enger an sich, drückte mit seiner Hand ihre Pobacke. Aus den Augenwinkeln erkannte sie den schwarzen Kellner, der mit ausdrucksloser Miene kerzengerade am Eingang des Lokals stand und seine Gäste aus dunklen Augen beobachtete. Seine Hand schob sich unter das bisschen

Stoff, dass ihr Hinterteil noch verdeckt hatte. Sie bewegten sich zur Musik, schmiegten sich aneinander und vergaßen die Welt um sich herum. Seine Fingerspitzen drückten sich zwischen ihre Pobacken und sie seufzte bei dieser Berührung leise auf. Sie spürte die Blicke des Afrikaners, der teilnahmslos zusah, wie die Hand seines Chefs von ihr Besitz ergriff. Der schwarze Stoff des Kleides dehnte sich und nur seine Hand verwehrte dem schwarzen Mann den Blick auf ihren entblößten Hintern. Sie spürte seine Fingerspitzen, die sich tiefer zwischen ihre Pobacken gruben. Ihr wurde heiß unter seinen fordernden Berührungen. Seine Hand wanderte weiter, suchte den Weg zwischen Ihre Schenkel. Dankbar versuchte sie beim Tanzen ihre Schenkel in dem engen Kleid etwas für ihn zu öffnen und seine Hand eroberte jeden Zentimeter, den sie ihm preisgab. Sie schmiegte sich enger an ihn, schloss ihre Augen, spürte seine Finger, die zwischen ihren Schenkeln ihre weiblichen Geheimnisse befühlten und sich langsam tiefer in sie bewegten. Der schwarze Mann am Klavier spielte etwas schneller und seine Finger passten sich dem Rhythmus der Musik an. Sie ließ sich fallen, stöhnte unter seinen forschenden Bewegungen und spürte seine Erregung an ihrem Bauch. An einen Tanz war nicht mehr zu denken. Er drehte sie herum, sie stützte sich mit den Ellenbogen auf dem Tisch auf und sah dem Afrikaner in die Augen, während seine Hand mit gefühlvollen Bewegungen ihre Lust ins Unermessliche steigerte. Sie bewegte ihr Becken im Takt zu seiner massierenden Hand, schaute dabei dem schwarzen Mann mit lustvollem Blick in dessen dunkle Augen. Der schaute zurück und verzog keine Miene. Sie spürte, wie zwei Finger tief in sie eindrangen und stöhnte lustvoll auf. Er ließ seine Finger kunstvoll zwischen ihren feuchten Schenkeln spielen, der Klavierspieler begleitete ihn dabei mit der Musik der Liebenden. Ihr lauter werdendes Stöhnen vermischte sich mit den Klängen des Klaviers. Seine Finger trieben sie geschickt ihrem Höhepunkt entgegen, von dem sie stöhnend und zuckend vor den Augen des schwarzen Mannes ergriffen wurde.

22

Freitag, 05. Dezember 2003, 17.00 Uhr

Trotz aller Bemühungen war es Till nicht gelungen, Jensen davon abzuhalten, ihn zu seinem Gespräch mit Tetzloff zu begleiten. Auf der kurzen Fahrt vom Präsidium zum Messeturm versuchte Jensen mit rhetorischen Eiertänzen den aktuellen Ermittlungsstand von Till zu erfahren. Die Schmach von Düsseldorf war dem Staatsanwalt noch deutlich anzumerken und er versuchte krampfhaft, jedes mögliche Fettnäpfchen, in welches er für gewöhnlich mit Volldampf hineinsprang, geschmeidig zu umkurven. Till genoss die verkrampfte Haltung seines Vorgesetzten und antwortete auf dessen umständlich gestellte Fragen nur mit vagen Auskünften. Er steuerte den Wagen in die Tiefgarage des Messeturmes, wo Tetzloff einige Parkplätze angemietet hatte. Er fand einen freien Besucherparkplatz und ging zielstrebig zum Aufzug, gefolgt von Jensen. Je näher sie Tetzloff kamen, desto unruhiger wurde Jensen, der gleich Rede und Antwort zu stehen hatte. Im Foyer wurden sie bereits von einer jungen Frau erwartet, eine von den vielen Assistentinnen, die Tetzloff um sich scharte. Sie stellte sich als Frau Lubinger vor und schleuste die Beamten in den Aufzug, um die Fahrt nach oben anzutreten.

„Was ist denn bloß los?", fragte sie. „So nervös und unleidig wie heute habe ich Herrn Tetzloff noch nie erlebt."

„Vielleicht gehen die Geschäfte nicht so gut", erwiderte Till gelassen und konnte dem strafenden Blick von Jensen entgehen, weil die Aufzugstüren sich gerade wieder öffneten. Der angekündigte schlechte Gemütszustand von Tetzloff ließ die Herzfrequenz von Jensen vor der Bürotür des Managers noch einmal deutlich ansteigen. Till hingegen freute sich auf das Gespräch, bei dem er Tetzloff endlich dazu bringen wollte, Farbe zu bekennen.

„Ach, die Herren von der Polizei lassen sich auch mal wieder blicken", begrüßte Tetzloff unwirsch seine Besucher.

„Guten Tag, Herr Tetzloff. Ich bitte vielmals um Entschuldigung für den spärlichen Informationsfluss der letzten Stunden und Tage ..."

Auf halben Weg stoppte Tetzloff die von Jensen ausgebreitete Schleimspur. „Spärlich? Spärlich wäre immerhin etwas. Aber von Ihnen kam rein gar nichts. Meine Frau ist seit sieben Tagen spurlos verschwunden und meines Wissens haben Sie noch nicht eine heiße Spur bei Ihren Ermittlungen. Von einem verstorbenen afrikanischen Ex-Präsidenten einmal abgesehen. Soll ich darüber vielleicht glücklich sein?"

Bevor Jensen seine Schleimspur weiter ausbreiten konnte, übernahm Till die Initiative. „Wir haben einige heißen Spuren, unsere Ermittlungen laufen auf Hochtouren. Allerdings drängt sich uns der Verdacht auf, dass Sie unsere Ermittlungen blockieren."

Tetzloff lief die Zornesröte ins Gesicht und Jensen wurde leichenblass.

„Ich blockiere Ihre Ermittlungen?", brüllte Tetzloff und kleine Speichelfäden flogen dabei in Richtung Till.

„So hat es den Anschein", bestätigte Till selbstbewusst. „Haben Sie uns nicht versichert, noch nie etwas von einem Herrn Jens Heierbach gehört zu haben? Unsere Ermittlungen kommen da auf ganz andere Ergebnisse. Herr Heierbach war Ende der siebziger Jahre zwei Jahre lang als Schlosser in der Fabrik Ihres Vaters beschäftigt. Davor war er zwei Jahre lang spurlos verschwunden und wegen Diebstahl angeklagt. Plötzlich tauchte er aus der Versenkung wieder auf, stellte sich der Polizei und bekam eine Anstellung von Ihrem Vater. Komischerweise war er vorher genau zu dem Zeitpunkt verschwunden, als Melanie Hassler erschlagen wurde und der angeblich tote Johannes Weismüller spurlos verschwunden war."

„Jetzt kommen Sie mir schon wieder mit diesen alten Geschichten. Glauben Sie wirklich, ich kannte damals alle Arbeiter, die bei meinem Vater in der Fabrik beschäftigt waren? Wenn dieser Heierbach ein guter Schlosser war, warum sollte ihn mein Vater dann nicht einstellen?"

Jensen schaute abwechselnd zu Till und zu Tetzloff und fragte sich verzweifelt, wo das alles hinführen sollte und was da von seinen Leuten noch alles aufgedeckt worden war, von dem er noch keine Ahnung hatte.

„Dass Sie nicht wissen, wer vor fünfundzwanzig Jahren als

Schlosser bei Ihrem Vater angestellt war, nehme ich Ihnen gerne ab, Herr Tetzloff. Was uns aber dann doch stutzig macht, ist die Tatsache, dass Sie eben diesen Herrn Heierbach, der ja von Ihrem Vater als Schlosser angestellt worden war, vor knapp zwei Jahren in Ihrer Zeitarbeitsagentur eingestellt haben. Und zwar nicht als Schlosser, sondern als Gebietsverkaufsleiter für die Region Hessen. In dieser Funktion war Herr Heierbach bis Anfang diesen Jahres bei Ihnen tätig. Ich vermute, dass es sich dabei um eine verantwortungsvolle Tätigkeit gehandelt hat, immerhin war Heierbach der Vorgesetzte von mehreren Niederlassungsleitern. Und ich kann mir nicht vorstellen, dass Sie Leute nicht kennen, die in einem Ihrer Unternehmen eine Führungsposition begleiten. Vor allem, wenn es sich dabei um Leute handelt, die überhaupt keine Qualifikation für solch eine Tätigkeit mitbringen."

Tetzloff schluckte schwer und war bemüht, einen gefassten Eindruck zu machen.

„Jetzt aber raus mit der Sprache, Herr Tetzloff", schaltete sich Jensen, der bei dem Gehörten aus seiner Lethargie erwacht war und wieder Licht am Horizont sah, in das Gespräch ein

„Ja, ich erinnere mich. Heierbach, der Name kam mir tatsächlich bekannt vor, aber mir fehlte die Zuordnung, als Sie mich vorgestern nach ihm fragten. Ich glaube, er wurde mir empfohlen. Aber er war nur kurze Zeit bei mir beschäftigt." Tetzloff erschien alles andere als selbstsicher. Es klang mehr wie ein Stammeln als nach einem Aha-Effekt, als er zu den vorgetragenen Indizien Stellung nahm. Till lehnte sich in dem Stuhl zurück, in dem er vor dem Schreibtisch von Tetzloff Platz genommen hatte und bereitete seinen nächsten Angriff vor.

„Damals, als Melanie Hassler erschlagen wurde, da haben Sie ausgesagt, dass eine Gruppe von Rockern für die Tat verantwortlich war. Und was glauben Sie, was unser Herr Heierbach noch so alles war, außer Schlosser in der Fabrik von Herrn Tetzloff senior und Verkaufsleiter bei der Agentur von Herrn Tetzloff junior?"

„Ein Rocker?", kam als ungläubige Antwort von Jensen.

Bevor Tetzloff seinen Kommentar abgeben konnte, fuhr Till frohlockend mit seinen Erkenntnissen fort.

„Genau. Ein Rocker. Und nicht einfach nur ein Rocker. Heierbach war ein ganz besonderes Exemplar von einem Rocker. Zwischen seiner Zeit als Schlosser und seiner Zeit als Verkaufsleiter, wo er seine Brötchen im Hause Tetzloff verdiente, nahm er sich eine Auszeit, die er in Hamburg verbrachte. Dort brachte er es weit, nämlich vom Schlosser in der Tetzloff-Fabrik zum König von Sankt Pauli. Ihm gehörten Bordelle und Spielhallen und er war eine Führungsfigur bei der Hamburger Niederlassung der Hells Angels. Seine rabiaten Geschäftsmethoden, zu denen Zuhälterei und Schutzgelderpressung gehörten, brachten ihn schließlich für fünf Jahre hinter Gitter. Als er wieder auf freien Fuß gekommen war, kehrte er Hamburg den Rücken und tauchte wieder in Frankfurt auf. Hier wechselte er von seiner Position als Chef einer kriminellen Rockerbande zum Chef einer Zeitarbeitsagentur. Jetzt ist er allerdings wieder spurlos verschwunden, genau wie damals. Oder wissen Sie vielleicht, wo er sich jetzt aufhält?" Till sah Tetzloff überlegen an und Tetzloff wurde hinter seinem Schreibtisch immer kleiner.

„Wie Sie sehen, ermitteln wir sehr gewissenhaft", triumphierte Jensen, der sich plötzlich wieder als Vorreiter bei der Polizeiarbeit sah. Sein Respekt und seine Unterwürfigkeit gegenüber Tetzloff waren augenscheinlich wie weggeblasen. „Wenn Ihrer Frau in den Händen ihrer Entführer etwas geschieht, kann ich Sie auch wegen unterlassener Hilfeleistung anklagen." Till traute seinen Ohren nicht, als Jensen jetzt sogar den Mut hatte, dem Vorreiter der deutschen Wirtschaft unverhohlen zu drohen.

Für einen Moment blieb es ruhig in dem Büro des mächtigen Mannes hoch über der pulsierenden Wirtschaftsmetropole Frankfurt. Dann hob Tetzloff beschwichtigend die Hände und begann leise mit gesenktem Blick zu sprechen. Zum zweiten Mal innerhalb weniger Sekunden traute Till seinen Ohren nicht. Jens Heierbach sei sein Halbbruder, berichtete ein leicht verstörter Sebastian Tetzloff.

Erinnerungen, Dezember 1978

Die Bäume schüttelten ihren Tau in großen runden Tropfen auf uns nieder. Jedes Blatt schien zu weinen. Von den Stämmen und Ästen, den Kletterpflanzen und Pflanzensträngen tropfte die Feuchtigkeit. Über unseren Köpfen breitete sich ein Dach ineinander verwachsener Äste aus, an jedem Ast hingen schwer breite dicke Blätter, die das Tageslicht ausschlossen. Wir wussten nicht, ob es ein sonniger Tag oder neblig-trüb war; wir bewegten uns in einem matten Zwielicht.

Diese Passage aus dem Buch „Durch den dunklen Weltteil" des Abenteurers und Reiseschriftstellers Morton Stanley beschreibt exakt eines der größten noch intakten Regenwaldgebiete der Welt. Genau in diesem Dschungel hatte ich mich befunden, als ich diese Zeilen gelesen hatte und die Gefühle und Eindrücke des Autors nachempfinden konnte. Etwa 1200 Kilometer von der Hauptstadt Kinshasa entfernt, hatte ich im tiefsten Dschungel Zaires endlich Gelegenheit bekommen, Mobutu, für dessen Sicherheit ich in Zukunft sorgen sollte, besser kennen zu lernen. Dort, abseits jeglicher Zivilisation, war ich Zeuge der Verschwendungssucht des Staatspräsidenten geworden, von der ich in den Wochen zuvor so viel gehört hatte. James hatte mir berichtet, dass in diesem unzugänglichen Teil des Landes die Heimat von Mobutu gewesen sei, die Stadt Gbadolite. Den Ort seiner Herkunft hatte Mobutu im Glanz erstrahlen lassen wollen. Eine neue Hauptstadt, das war sein Traum gewesen. In dem unwirtschaftlichen Dschungel hatte ein wildes und hektisches Treiben geherrscht, als ich dort angekommen war. Die Pläne, die Mobutu für diese grüne Hölle geschmiedet hatte, waren Pläne, die zum Scheitern verurteilt waren, hatte mir James versichert. Trotzdem war ich beeindruckt gewesen von dem, was dort geschehen ist. Ein gigantischer Palast war dort im Bau gewesen, wo kurz zuvor noch endloses Geäst tropischer Wälder dem Eindringling Furcht und Schrecken einzujagen vermocht hatte. James hatte mich über die Baustelle geführt, die Mobutu in seiner Heimat eröffnet hatte. Italienischer Marmor war für ein riesiges Mausoleum geliefert worden. Hunderte von chinesischen Arbeitern waren damit beschäftigt gewesen, ein Dorf im Stil ihres Heimatlandes in den Dschungel zu integrieren. Ein Privatzoo hatte dem Herrscher zur Verfügung gestanden. Seine Präsidentengarde war von israelischen Fallschirmjägern ausgebildet worden. Von den Israelis hatte ich schon viel gehört, in der Legion hatten die Soldaten dieses kleinen Landes einen hervorragenden Ruf genossen.

Für den Rest des Jahres hatte ich mich noch mit den Gegebenheiten des Landes und der Politik seines Präsidenten vertraut zu machen gehabt, bevor ich die Sicherheit des Landes übertragen bekommen sollte. Ich war die restlichen Tage des Jahres 1978 in der Position des stillen Beobachters geblieben und konnte dabei ehrfürchtig die Aktivitäten beobachten, die dieser einzelne Mann an der Spitze dieses großen Landes ausgelöst hatte. Tagtäglich waren die Jumbojets gestartet und gelandet, hatten Baumaterialien aus der ganzen Welt an diesen trostlosen Ort gebracht, damit gebaut werden konnte, was Mobutu sich zuvor erträumt hatte. Französische Antiquitäten und Glaswaren aus Venedig waren für die Inneneinrichtung des Palastes eingeflogen worden. Auf keinen Luxus war verzichtet worden. „Das Versailles im Dschungel" hatten die Medien die Prachtanlage getauft und mancher westliche Besucher war aus dem Staunen nicht mehr herausgekommen, wenn er in der monumentalen Wartehalle des Flughafens angekommen war, um dann in einer Luxuslimousine vorbei an den Hütten der Eingeborenen zum Palast chauffiert zu werden, dessen Fassade an den Louvre in Paris erinnert hatte.

All diese Eindrücke waren auf mich eingestürzt. Umgeben von feuchter Tropenluft und europäischen Statussymbolen war ich mir zu diesem Zeitpunkt äußerst nutzlos vorgekommen. James hatte sich eines Morgens von mir verabschiedet, er hätte in Kinshasa zu tun, hatte er mich wissen lassen. Meine Befürchtungen, mich ohne James in dieser luxuriösen Einöde nicht nur nutzlos, sondern auch einsam zu fühlen, hatten sich noch am selben Abend zerstreut. Als ich meine Suite im Palast nach einem langweiligen Tag betreten hatte, hatte dort eine junge Frau auf mich gewartet. Es war die Frau, deren Leben ich gerettet hatte, als ich mit der Legion in dieses fremde Land gestürmt war. Ihre dunklen Augen, die damals so voller Furcht gewesen waren, hatten mich neugierig angeblickt. Zaghaft hatte sie mit ihrem Finger auf einen Koffer gedeutet, der auf meinem Bett gelegen hatte. Mein erster Monatslohn, ausbezahlt vom Präsidenten persönlich, hatte sie mich wissen lassen. Die Frau war wunderschön, ein weißes Kleid hatte ihren im Licht des einfallenden Mondscheins schwarz glänzenden Körper geschmückt. Erst als ich mich dazu aufgerafft hatte, den Inhalt des Koffers zu begutachten, hatte ich meine Augen von ihrem Antlitz wenden können. Bündel voller Dollar-Noten hatte der Koffer enthalten, den mir der Präsident durch die schwarze Schönheit hatte überreichen lassen. Ich hatte keine Vorstellung davon gehabt, wie viel Geld in dem Koffer gewesen sein mochte und hatte begonnen, die gebündelten Scheine zu zählen. Ihre Hand, die sich weich wie Samt angefühlt hatte, hatte sich auf die meine gelegt. Ich bräuchte nicht zu zählen, hatte sie geflüstert, es wären genau 100 000 Dollar. Ungläubig hatte ich sie angeschaut, als sie mit weicher Stimme diese Zahl in den Raum gestellt hatte. Mein ungläubiger Blick hatte sich in einen verlangenden verwandelt, als sie plötzlich vor meinen Augen ihr Kleid ausgezogen hatte. Es war lange her gewesen, seitdem ich meine letzte Frau gehabt hatte. Wortlos war sie zum Bett gegangen und hatte sich hineingelegt. Bettelnd nach Liebe hatten mich ihre dunklen Augen flehend angesehen. Meine Überraschung war groß gewesen und mein Blick über ihren festen Busen gewandert. Pralle dunkle Knospen hatten diese herrlich gewölbten Brüste geschmückt, die sich mir so unverhofft dargeboten hatten. Der Anblick dieser schwarzen Prinzessin hatte mir den Atem geraubt, hastig hatte ich mir meine Kleider vom Leib gerissen. Von einem Moment auf den anderen hatte ich dermaßen unter Strom gestanden, dass ich das Gefühl hatte, ein fleischgewordener Blitz zu sein, der sich mit lautem Donner entladen musste. Ich war auf sie zugegangen, hatte meinen ausgefahrenen Mast vor mir hergetragen, hatte mich auf ihren weichen, warmen Körper gleiten lassen. Sie hatte mich mit leuchtenden Augen und geöffneten Schenkeln empfangen. Zwischen ihren Schenkeln war sie so heiß und so feucht gewesen, wie der Dschungel in dem wir uns befunden hatten, und ihre Augen hatten wie die Diamanten gefunkelt, die dieses Land zum Vorschein gebracht hatte. Während meiner Zeit bei der Legion auf Korsika hatte ich viele Frauen geliebt. Käufliche Frauen, die alle meine Wünsche zu erfüllen bereit gewesen waren, wenn ich dafür bezahlt hatte. Nutten, die ich wieder vergessen hatte, kaum bevor ich ihre Zimmer wieder verlassen hatte.

Die schwarze Prinzessin hatte ihre Schenkel um mich geschlungen und sich wendig wie eine Schlange unter meinen liebenden Stößen gewunden. Ich hatte mich in ihr verloren, mit schweißtreibenden Stößen war ich tiefer und tiefer in sie eingedrungen.

Es war ihr aufrichtiges, lustvolles Stöhnen gewesen, das mich mit einem Schlag in die Vergangenheit katapultiert hatte. Ihre keuchende Stimme hatte in meinen Ohren so vertraut geklungen und plötzlich hatte sich dieses lustvolle Seufzen in meinen Ohren zu einem Todesröcheln verwandelt. Panik war in mir aufgestiegen, die Dämonen hatten sich wieder aufgemacht, um in meinem Kopf zu wüten. Angst hatte sich in mir breit gemacht. Angst, dass das Stöhnen und Keuchen meiner schwarzen Prinzessin langsamer werden könnte, dass es der letzte Hauch ihres Lebens sein könnte. Nur meine kraftvollen Liebesstöße konnten sie am Leben erhalten, war es durch meinen Kopf geschossen. Nur auf diese Weise war ich in der Lage gewesen, ihr lustvolles Stöhnen noch zu steigern. Wie von Sinnen hatte ich meinen geschwollenen Schwanz in sie gejagt, ihr Stöhnen war mit jedem meiner erbarmungslosen Liebesstöße tief in ihre tropische Höhle lauter und leidenschaftlicher geworden. Solange sie noch am Stöhnen war, hatte sie Leben in sich. Wenn sie stöhnte, atmete sie und wenn sie atmete, war sie noch am Leben, war ich mir sicher gewesen. Meine wirren Gedanken hatten mich immer weiter in den Liebesrausch getrieben. Erst als meine schwarze Prinzessin zuckend und bebend unter mir gelegen und meine Eier mit ihrer zupackenden Hand fast zerquetscht hatte, hatte der Albtraum endlich ein Ende gefunden. Unsere schweißnassen Körper hatten den Rausch des Höhepunktes erlebt, bevor wir erschöpft zur Ruhe gekommen waren. Es war das erste Mal seit jenem Tag in Belgien gewesen, dass meine Dämonen mir die Bilder des Todes so deutlich vor Augen geführt hatten. Die Explosion, die meine schwarze Prinzessin in mir ausgelöst hatte, hatte verhindert, dass sich der ganze Film von damals noch einmal in meinem Kopf abspielen konnte. Die Bilder, die wieder zum Vorschein gekommen waren, als ich im Liebesakt die Kontrolle über mich verloren hatte, waren auch weiterhin bruchstückhaft geblieben. Ich hatte erkennen müssen, dass mich meine Dämonen so lange quälen würden, bis auch noch die im Verborgenen liegenden Bilder zum Vorschein kommen würden. Trostsuchend hatte ich mich für den Rest der Nacht an den weichen Körper meiner schwarzen Schönheit geschmiegt. In ihren Armen liegend hatte ich beschlossen, dass mein Leben als Philippe van Kerken zu Ende war. Fortan wollte ich wieder Johannes Weismüller sein, oder besser: John Whitemiller.

23

Samstag, 06. Dezember 2003, 9.00 Uhr

Siebels hatte seine Mannschaft im Büro um sich versammelt. Jensen war dabei und wieder obenauf. Er hatte vollstes Vertrauen in seine Leute, wie er in den letzten fünf Minuten mindestens drei Mal ungefragt bestätigt hatte. Charly war etwas enttäuscht, weil er am Freitag stundenlang mit seinem Kumpel in fremden Computern gehackt und doch nicht viel vorzuweisen hatte. Ob es an den Sicherungssystemen der Software vom Landeskriminalamt lag, oder ob in der EDV einfach keine ausführlichen Daten aus den siebziger Jahren hinterlegt waren, vermochte er nicht eindeutig zu sagen. Jedenfalls hatte er aus dem Rechner des LKA eine Nummer gefischt, die wahrscheinlich eine Aktennummer war und mit Bogner zu tun hatte. Die dazugehörige Akte musste im Archiv des LKA in Wiesbaden vor sich hin schlummern, war Charly sich sicher. Kaum hatte er seinen Bericht beendet, ergriff Jensen auch schon die Initiative.

„Die Akte brauchen wir so schnell wie möglich, ich werde gleich alle Hebel in Bewegung setzen."

„Erstens ist diese Aktennummer unter der Kategorie ‚Streng geheim' hinterlegt. Wenn wir da überhaupt rankommen, wird es eine Ewigkeit dauern, bis wir alle bürokratischen Hindernisse genommen haben. Zweitens ist heute Samstag, da tut sich schon mal gar nix", entgegnete ihm der desillusionierte Charly.

„Das geht ruckzuck", prophezeite der euphorisch wirkende Jensen. „Gefahr für Leib und Leben heißt die Devise. Da müssen ein paar Herren halt mal ihre Golferei unterbrechen. Verlassen Sie sich da mal ganz auf mich." Kaum hatte er es ausgesprochen, zückte er auch schon sein Handy und scheuchte die hochbezahlten Beamten auf dem Golfplatz auf.

„Vielleicht erzählt mir jetzt endlich mal einer, was es mit diesem Heierbach auf sich hat", schaltete Siebels sich ein. Till, der seine Aussprache mit Johanna, die für dieses Wochenende geplant war, hatte verschieben müssen und deswegen nicht bester Laune war, berichtete Siebels von den neuen Erkenntnissen. Am Abend zuvor hatte er nur eine kurze Nachricht auf Siebels Handy hinterlassen.

„Jens Heierbach ist ein Halbbruder von Sebastian Tetzloff. Tetzloff senior hatte eine Affäre mit einer seiner Sekretärinnen. Die gute Frau hieß Marta Heierbach und war wie Tetzloff senior verheiratet. Ihr Mann konnte aber unmöglich der Vater von dem Sprössling sein, denn der war zur fraglichen Zeit auf Montage in Brasilien. Tetzloff senior hat ohne zu Mucken ordentlich Alimente bezahlt, unter der Voraussetzung, dass er als Erzeuger aus dem Spiel bleibt. Die Heierbachs waren beide einverstanden, Tetzloff zahlte gutes Geld, ein Kind wollten sie sowieso, nur hatte es bei den beiden nie geklappt. Jens Heierbach kam also offiziell als Heierbach zur Welt und ahnte nichts von seiner Abstammung. Das änderte sich erst im Frühjahr 1975. Seine Mutter war an Krebs erkrankt und lag im Sterben. Sie wollte sich aber nicht verabschieden, bevor sie ihrem nicht Sohn erzählt hatte, wer sein wirklicher Vater war. Als Jens Heierbach von ihr erfahren hatte, wer sein leiblicher Vater war, drehte er anscheinend durch. Jedenfalls machte er sich am nächsten Tag mit Firmenkasse und Kundenmotorrad aus dem Staub. Wohin er damals abgehauen ist, wissen wir nicht. Wir wissen jetzt nur, was der Auslöser für sein Verschwinden war. Warum er zwei Jahre später wieder aufgetaucht ist, wissen wir auch nicht, aber wir wissen jetzt, warum er bei Tetzloff senior aufgetaucht ist und dort eine Stelle als Schlosser bekommen hat. Der Papa hat seinen verlorenen Sohn aufgenommen. Zumindest in der Fabrik. Anscheinend hatte Heierbach aber auch die Unternehmer-Gene seines Vaters geerbt, jedenfalls hat er es ja als Schlosser nicht lange ausgehalten, sondern sich in Hamburg als Unternehmer etabliert. Wie wir wissen, ging das schief und endete mit einer Haftstrafe. Nachdem er die abgesessen hatte, ist er für die nächsten zehn Jahre von der Bildfläche verschwunden. Dann suchte er im letzten Jahr anscheinend wieder die Familienbande. Dieses Mal wurde er bei seinem Halbbruder vorstellig. Mit seinen Erfahrungen als Unternehmer wollte er natürlich nicht mehr als Schlosser arbeiten, also wurde er zum Verkaufsleiter in der Zeitarbeitsagentur von Tetzloff eingestellt. Dabei kam es schon nach kurzer Zeit zum Streit zwischen den beiden Halbbrüdern. Die Methoden von Heierbach, der sein unternehmerisches Handwerk ja als Bordellbesitzer auf Sankt Pauli gelernt hatte, harmonierten nicht mit dem Geschäftsgebaren seines Halbbruders. Tetzloff wollte ihn in die Wüste schicken und Heierbach wollte von der Familie Tetzloff als Erbe anerkannt werden. Man einigte sich schließlich auf eine Auszahlung. Heierbach bekam zwei Millionen Euro bar auf die Hand, dafür musste er verschwinden und vergessen, wo er hergekommen war. Das war Anfang diesen Jahres. Weil Tetzloff aber ein misstrauischer Mensch ist, hat er seinen missratenen Halbbruder im Auge behalten und herausgefunden, dass der sich neue Papiere besorgt hat und jetzt als Herbert Schmidt in Offenbach lebt, wo er zwei Kneipen betreibt."

„Warum hat er sich denn neue Papiere besorgt?", fragte Charly.

„Wahrscheinlich, weil er vorbestraft war und schon mal vorsorgen wollte, falls er wieder vor Gericht landen würde. Offiziell ist er jetzt ein Ossi, der frisch aus Görlitz nach Hessen eingereist ist."

„Das ist alles?", erkundigte sich Siebels.

„Das ist alles", bestätigte Till. „Was willst du denn noch?"

„Das stinkt doch. Das ist doch nur die halbe Wahrheit. Der Heierbach ist in der Nachbarschaft der Hassler aufgewachsen. Er war scharf auf die kleine Hassler. Die war aber mit Johannes Weismüller zusammen. Weismüller und Tetzloff waren die besten Freunde. Heierbach hat also mit Sicherheit Tetzloff und Weismüller gekannt. Und dann erfährt er, dass der beste Kumpel von seinem Rivalen auch noch sein Halbbruder ist. Kurz darauf verschwindet Heierbach, etwa zur gleichen Zeit wird Melanie Hassler in Belgien erschlagen. Ich gehe jede Wette ein, dass der Heierbach damals auch in Belgien war und mit der Sache etwas zu tun hat."

Till kratzte sich nachdenklich am Kopf. „Aber was soll er damit zu tun haben? Der hätte doch nicht die Hassler erschlagen, sondern den Weismüller. Und Tetzloff müsste das wissen. Warum sollte er ihm dann zwei Millionen auszahlen, wenn er ihn wegen Mordes drankriegen könnte?"

„Erstens hat der Weismüller auch eins auf die Mütze bekommen. Außer uns weiß bis heute noch niemand, dass er noch am Leben ist. Und zweitens bräuchte Tetzloff Beweise, wenn er Heierbach wegen des Mordes was anhaben wollte. Wenn seine Version stimmt, war er zum Tatzeitpunkt aber nicht anwesend. Er erzählte nur etwas von einer Rockerbande. Und Heierbach war ein Rocker gewesen."

„Ein richtiger Rocker wurde er aber meines Wissens erst in Hamburg. Als die Hassler erschlagen wurde, war er ein flüchtiger Motorradmechaniker", gab Till zu bedenken.

„Am besten, wir fragen das alles den Herrn Heierbach mal persönlich, und zwar besser gleich als später."

„Schmidt. Herbert Schmidt heißt der Herr Heierbach jetzt. Wohnhaft in der Bismarckstraße in Offenbach", korrigierte Till seinen Chef.

Die beiden wollten sich gerade von Jensen verabschieden, als der einen Anruf bekam. Sekunden später frohlockte er mit guten Neuigkeiten und prahlte vor Charly mit seinen guten Beziehungen, die er landauf und landab genießen würde. „In zwei Stunden können wir diese ominöse Akte bei den Wiesbadenern abholen. Am Montag morgen müssen wir sie aber wieder zurückbringen. Und alles, was unsere Ermittlungen betrifft und im Zusammenhang mit dem Inhalt dieser Akte steht, darf nicht ohne Genehmigung vom LKA verwendet werden. Ist das klar, meine Herren?"

„Klar wie Kloßbrühe", bestätigte Charly.

„Sonnenklar", erwiderte Till.

„Glasklar", brummte Siebels.

„Na dann ist ja alles klar", freute sich Jensen. „Dann treffen wir uns heute mittag um 13:00 Uhr wieder hier", bestimmte Jensen und wieselte wieder in alter Manier aus dem Büro.

Freitag, 05. Dezember 2003, 11.00 Uhr

Sie lag noch verschlafen in seinem Bett, als die einfallenden Sonnenstrahlen ihr ankündigten, dass ein neuer Tag angebrochen war. Erneut lag sie in seinem Bett und ließ den vergangenen Abend Revue passieren. Das Gespräch mit ihm, von dem sie sich Klarheit über ihre Zukunft und vielleicht auch über seine erhofft hatte, war äußerst vage ausgefallen. Sie erinnerte sich, dass er nur in Rätseln gesprochen hatte. Ihr Mann würde die Wahrheit kennen, hätte den Schlüssel, mit dem ihr Gastgeber aufschließen wollte, was ihm verborgen war. Sie hatte keine Vorstellung, was er damit gemeint haben könnte. Aber es musste eine Verbindung zwischen ihm und ihrem Mann geben. Und es musste sehr lange her gewesen sein, als sich seine und die Wege ihres Mannes gekreuzt hatten. Lange, bevor sie ihren Mann kennen gelernt hatte. Sie überlegte, ob diese Begegnung auf einer geschäftlichen Ebene stattgefunden haben könnte, aber das machte in ihren Augen keinen Sinn. Er wäre vermögender, als ihr Mann es wäre, hatte er gesagt. Wenn das stimmte, musste er außergewöhnlich vermögend sein. Sie dachte an die Bücher über Afrika, die in seiner Bibliothek standen, und an das afrikanische Restaurant, in das er sie gestern ausgeführt hatte. Er schien eine enge Verbindung zu diesem Kontinent zu haben. Sie hätte gern mehr über ihn und seine Vergangenheit erfahren und wusste zugleich, dass es die vielen Geheimnisse waren, die ihn für sie so interessant machten. Er hatte sie nur mit seinen Fingern vor den Augen des schwarzen Kellners zum Höhepunkt gebracht, der Gedanke daran ließ sie erneut erschauern. Sie fragte sich, ob es seine geschickten Finger gewesen waren, die sie so sehr in Erregung versetzt hatten, oder ob es die auf ihr Gesicht fixierten Augen des schwarzen Mannes gewesen waren, die sie regungslos beobachtet hatten, als sie über den Tisch gebeugt von einem Orgasmus überwältigt worden war. Sie kam zu dem Entschluss, dass es die perfekte Inszenierung war, die er arrangiert hatte. Er war ein Magier, ein Perfektionist, ein Abenteurer. Und er war ein Suchender, ein Heimatloser, ein Hasardeur.

Ihr Aufenthalt wäre nur noch von kurzer Dauer, hatte er gesagt. Der Gedanke betrübte sie. Mit einem Mal wurde ihr bewusst, dass sie ihren Mann verlassen würde, wenn sie bei ihm bleiben könnte. Nicht als Gefangene in seinem Haus. Aber als Gefangene in seinem Leben. Plötzlich bekam sie Bedenken, ob er überhaupt ein Interesse an ihr haben könnte oder ob er sie nur benutzte, um sein Spiel mit ihrem Mann zu spielen. Der Gedanke, sich ihm auszuliefern, um kurz darauf von ihm verstoßen zu werden, ängstigte sie. Auf einmal wurde sie unruhig, konnte nicht mehr im Bett ihren Überlegungen nachhängen, sie musste Gewissheit haben. Sie sprang aus dem Bett, lief nackt wie sie war durch das Haus, um ihn endlich zur Rede zu stellen. Sie traf ihn in seinem Arbeitszimmer an, wo er gedankenverloren auf den Monitor seines Computers schaute. Sie erkannte die Oberfläche von Ebay auf dem Bildschirm, kam näher, legte ihre Hände von hinten auf seine Schultern und entdeckte sich selbst auf dem Monitor. Er betrachtete ein Foto von ihr, das bei der Hochzeit aufgenommen worden war. Verblüfft las sie den Verkaufstext. BRAUTKLEID MODELL ST. NUR FÜR KENNER. Im ersten Moment dachte sie, ihr Mann hätte das Kleid zum Verkauf angeboten und sprach diesen Gedanken auch laut aus. Er lachte, als er ihre Befürchtung vernahm, und klärte sie auf, dass er die Anzeige aufgegeben hätte und nicht das Kleid, sondern die Braut zum Verkauf stand. Sie trat neben ihn, schaute sich die Verkaufsanzeige genauer an. Er bemerkte erst jetzt, dass sie nackt war, sagte aber nichts, sondern legte seine Hand auf ihren Hintern, während sie den Bildschirm anstarrte. Verwirrt stellte sie fest, dass es schon Gebote gab, 150 Euro war das Höchstgebot. Er schien ihren Gedanken erraten zu haben, erklärte ihr, dass dieses Gebot nicht von einem Kenner stammen würde. Nur ein Kenner wisse, dass die Frau zum Verkauf stehe. Modell ST. Modell Simone Tetzloff. Er drückte seine Hand fest in ihre Pobacke, als er sich laut fragte, wie viel ihr Mann wohl bieten würde. Sie nutzte die Chance und fragte ihn, ob er ihren Mann überbieten wolle. Er schaute sie nachdenklich an, bevor er sie fragte, ob das in ihrem Interesse sei. Sie setze sich auf seinen Schoß, küsste ihn, erst zärtlich, dann leidenschaftlich und ließ ihm schließlich keine Luft zum Atmen mehr. Als sie merkte, dass er sie ganz haben wollte, ließ sie von ihm ab und fragte ihn, ob seine Frage damit beantwortet sei.

Samstag, 06. Dezember 2003, 10.15 Uhr

Auf der Fahrt von Frankfurt nach Offenbach, wohin es den Halbbruder von Tetzloff gezogen hatte, war Siebels tief in seinen Gedanken versunken. Es arbeitete in ihm, sein Polizistenhirn lief auf Hochtouren und in seinem Kriminalistenbauch rumorte es kräftig. Till saß schweigend auf dem Beifahrersitz und machte sich ganz andere Gedanken. Er fragte sich, wie er die Krise zwischen ihm und Johanna in den Griff bekommen sollte und ob es überhaupt noch Sinn machte, an ihr festzuhalten. Kurz vor dem Kaiserlei-Kreisel, von dem der Verkehr von der Frankfurter Stadtgrenze fließend nach Offenbach übergeleitet wurde, unterbrach Siebels die Stille und formulierte seine Gedanken laut. „Warum besorgt sich einer, der von Frankfurt nach Offenbach zieht, eine Legende als Ostdeutscher?"

Till, der aus Erfurt kam, fand das nicht so außergewöhnlich. „Der weiß halt, was gut ist", war seine lapidare Antwort.

„Ossi sein ist vielleicht im Osten gut, aber doch nicht in Offenbach. Der Heierbach muss irgendwelche Verbindungen in den Osten haben."

„Der war nicht im Osten, das wissen wir doch. Erst Frankfurt, dann Hamburg, dann Knast und dann wieder Frankfurt und jetzt Offenbach, das waren seine Stationen."

„Du vergisst, dass er vom Frühjahr 1975 bis zum Herbst 1977 untergetaucht war. Er war damals achtzehn und wurde polizeilich gesucht. Es gab keinen einzigen Hinweis auf seinen Verbleib, das ist doch ungewöhnlich."

„Ach, und du denkst, der hat sich hinter der Mauer versteckt?"

„Ja, das denke ich. Das macht jedenfalls Sinn. Wenn er drüben war, konnte er hier nicht gefunden werden. Dann muss er drüben auch Leute kennen. Leute, die ihn unterstützt haben. Leute, die ihm jetzt neue Papiere besorgt haben."

Till dachte nach, bevor er darauf einging. „Drüben gibt's nicht mehr. Ist jetzt alles ein Land. Aber damals, als es noch ein anderes Land war, da kam man nicht so einfach rein und noch viel schwieriger war es, wieder rauszukommen. Der Heierbach hätte beides schaffen müssen. Da hätte er wirklich die richtigen Leute kennen müssen. Wo soll er die kennen gelernt haben? Und was für ein Interesse sollen diese Leute an Heierbach gehabt haben?"

„Das sollten wir jetzt versuchen herauszubekommen. Wenn wir von den richtigen Leuten sprechen, sprechen wir von der Stasi, oder?"

„Dann sprechen wir von Bediensteten der Staatssicherheit der Deutschen Demokratischen Republik", pflichtete Till ihm bei.

Siebels hatte den Wagen mittlerweile in der Bismarckstraße

vor dem Wohnhaus von Jens Heierbach alias Herbert Schmidt geparkt. Wenn seine Überlegungen in die richtige Richtung gingen, musste er das anstehende Gespräch strategisch gut gestalten, sonst würden sie vielleicht nie erfahren, ob an seinem Verdacht etwas dran sein könnte.

„Würdest du in so eine Gegend ziehen, wenn du zwei Millionen hättest?" fragte Till und sah sich die Umgebung an. Reger Autoverkehr zog durch die Straße, die Häuser waren alt und die Mietwohnungen größtenteils von ausländischen Mitbürgern aus der Arbeiterklasse bewohnt.

„Hier würden mich keine zehn Pferde hinkriegen, du hast Recht. Bin mal gespannt, wie er uns das erklären wird, wenn wir ihn gleich fragen." Im gleichen Moment drückte Siebels den Klingelknopf von Schmidt. Kurz darauf fragte eine Frauenstimme aus der Sprechanlage, wer da sei. Bevor Till etwas erwidern konnte, gab sich Siebels als Mitglied eines Motorradclubs aus Potsdam aus. Er hätte gehört, dass Herbert Schmidt mal Inhaber eines Ladens für Motorradzubehör gewesen wäre und würde ihn deswegen gerne mal sprechen. Der Summer ertönte und die Tür öffnete sich. Auf dem Weg in den dritten Stock belehrte Till seinen Chef.

„Wieso Potsdam? Schmidt kommt offiziell aus Görlitz, das ist in Sachsen, an der polnischen Grenze. Potsdam liegt in Brandenburg."

„Ist doch alles im Osten, oder?", schnaufte Siebels, der merkte, dass seine ständige Qualmerei der Treppensteigerei nicht gut tat.

„Klar, alles im Osten. Gib dich bloß nicht als Ossi aus. Das geht keine zwei Minuten gut."

„OK, du bist der Ossi, ich bin dein Kumpel. Alles klar?"

Till war gar nix klar, aber sie standen schon vor der Wohnungstür von Herbert Schmidt, die von einer hochschwangeren Frau geöffnet wurde.

„Hallo, ich hoffe, wir kommen nicht ungelegen", eröffnete Siebels seinen Überfall. „Der Herbert Schmidt, der wurde uns beiden nämlich wärmstens empfohlen. Ich bin übrigens der Steffen und das hier ist mein Kumpel Till, der kommt aus Erfurt. Der fährt übrigens eine Honda Gold Wing. Natürlich nicht im Dezember, aber im Sommer."

„Na, dann kommt mal rein", sagte die hochschwangere Frau und ging den beiden voraus.

„Der Herbert ist gerade mal um die Ecke was einkaufen, der müsste gleich wieder da sein. Wollt ihr was trinken?"

„Lass mal gut sein, später vielleicht", sagte Siebels kumpelhaft.

„Wann ist es denn soweit?", fragte Till.

„Der kommt jeden Moment zurück, habe ich doch eben gesagt", kam die unwirsche Antwort.

„Ich meine doch nicht den Herbert, ich meine das Kind", Till zeigte auf ihren dicken Bauch.

„Ach der. Ja, der müsste auch jeden Moment kommen."

Till und Siebels schauten sich verdutzt an. Die Aussicht, den Vormittag als Geburtshelfer zu verbringen, ängstigte den einen mehr als den anderen. Erleichterung machte sich breit, als nicht der kleine Herbert, sondern der große Herbert kam.

„Heeeeerbeeert", schrie die Frau. „Hier sind ein paar Motorradfreaks, die mit dir sprechen wollen." Herbert erschien auch schon in der Küchentür und betrachtete seine ungebetenen Besucher, die sich in der Küche aufhielten.

„Wer seid ihr?", fragte er skeptisch.

„Also, ich bin der Steffen und das ist mein Kumpel Till", erklärte Siebels. „Till fährt ne Honda Gold Wing."

„Und was habe ich damit zu tun?" unterbrach ihn Herbert. Herbert hatte keine große Ähnlichkeit mit seinem Halbbruder. Er war kräftig, trug einen Schnurrbart und hatte einen ausgeprägten Bauchansatz. Während Tetzloff weltmännische Eleganz verkörperte, versprühte Herbert den Charme eines Bierkutschers.

„Also, die Sache ist die", nahm Siebels den Faden wieder auf und stocherte unbeirrt von Tills skeptischem Gesichtsausdruck weiter im Trüben. „Vor ein paar Jahren ist uns da ein kleines Missgeschick passiert. Da sind wir leider etwas mit dem Gesetz in Konflikt gekommen. Das war auch gar nicht so schlimm, weil wir dann bei einem Bekannten untergekommen sind. Der macht was mit Autos, drüben in Polen, ist ja auch egal. Jedenfalls geht das jetzt auch nicht mehr und jetzt sind wir wieder hier. Im Osten haben wir uns neue Papiere machen lassen. Wir sind jetzt also wieder sauber. Jetzt wollen wir hier was neues Aufziehen. Wir dachten an einen Motorradladen. Da fehlen uns aber noch total die connections. Und über drei Ecken habe ich von einem Kumpel aus Potsdam, der wiederum einen Kumpel in Görlitz hat, erfahren, dass wir mal den Herbert Schmidt ansprechen sollen, wenn wir im Rhein-Main-Gebiet was aufziehen wollen."

„Aha", kommentierte Schmidt die Ausführungen von Siebels. „Wollt ihr ein Bier?"

„Ein Bier wäre nicht schlecht, danke." Till nahm das Angebot an, bevor Siebels es ablehnen konnte. Wer aus dem Osten kam, der nahm ein Bier, wenn er eines angeboten bekam. Herbert reichte jedem eine geöffnete Flasche und schickte die auf den kleinen Herbert wartende Frau aus der Küche.

„Wirst ja bald Vater", bemerkte Siebels und prostete ihm zu.

„Ja, wird auch Zeit. Bin ja nicht mehr der jüngste. Und meine Doro, dass ist eine tolle Frau. Da habe ich echt Glück gehabt."

„Kommt sie auch von drüben?", wollte Till wissen.

„Nee, die Doro ist ne echte Offenbacherin. Deswegen wohne ich vorübergehend auch hier. Ist aber nix auf Dauer. Wenn der Kleine da ist, schauen wir uns mal anderweitig um. Aber jetzt mal zu euch beiden Vögeln. Ihr müsst ja gute Kontakte haben, wenn ihr über den Hugo an meine Adresse gekommen seid."

„Den Hugo kennen wir nicht persönlich, wie gesagt, das ging über drei Ecken", beeilte sich Siebels die Sache klar zu stellen.

„Trotzdem, der Hugo passt auf wie ein Lux. Wenn der meine Adresse weitergegeben hat, dann müsst ihr zwei in Ordnung sein. Auf den Hugo ist Verlass."

„Kennst du den Hugo schon lange? Der soll ja mal eine große Nummer gewesen sein, habe ich gehört." Siebels tastete sich langsam voran und hoffte, bei seinen Vorstößen keinen Fehler zu machen.

Schmidt nahm einen kräftigen Schluck aus der Bierflasche. Er schien aber keinen Verdacht zu schöpfen, dass seine Besucher nicht die waren, für die sie sich ausgaben. „Ja, den Hugo kenne ich schon lange. 1975 habe ich ihn das erste Mal getroffen. Damals hat er mir auch schon neue Papiere gemacht. Hat mir aus der Patsche geholfen und sich um mich gekümmert, als ich tief in der Scheiße gesessen habe. Das war in der DDR damals, da hat er mich rübergeholt und mir ne Bleibe in Ostberlin verschafft."

„Wie war das denn so, wenn man vom Westen in den Osten rüber ist?“, wollte Siebels wissen. „Eigentlich lief das ja immer andersrum.“ Schmidt lachte laut und machte sich eine neue Flasche Bier auf. „Wie das war? Scheiße war das. Aber irgendwie auch schön. Na ja, ich hatte wenigstens das Vergnügen, ein paar Privilegien zu genießen. Die Leute vom Hugo hatten da einen Fehler mit mir gemacht. Das haben die aber erst gemerkt, als ich schon lange drüben war.“

„Was für einen Fehler denn?“, hakte Siebels neugierig nach und wunderte sich langsam über die unbesorgte Redseligkeit von Schmidt.

Schmidt gönnte sich erst wieder einen kräftigen Schluck aus der Bierflasche, bevor er selbstzufrieden aus alten Zeiten plauderte.

„Informationen“, stieß er schließlich geheimnisvoll hervor. „Die Hugobande hatte mich nur rübergeholt, weil die Informationen von mir haben wollten. Damals hatte ich das erst gar nicht richtig kapiert. Ich war nur froh, dass ich aus dem Westen erst mal raus war. Da waren nämlich die Bullen hinter mir her. Zufälligerweise habe ich dann den Hugo getroffen, das war in Belgien gewesen. In Belgien bin ich damals noch tiefer in der Scheiße versunken, als ich sowieso schon dringesteckt habe. Da kam dann plötzlich der Hugo und der war meine letzte Rettung. Der hatte alles im Griff. Ruckzuck war ich raus aus Belgien und drin in Ostberlin.“

„Und was haste da gemacht im Osten?“, fragte Till und tat so, als wäre er ganz begeistert, die Anekdoten aus Herberts Leben erzählt zu bekommen.

„Das was ich gelernt habe. Motorräder geschraubt. An den Mühlen da drüben musste ja ständig was geschraubt werden. Und zwischendurch haben mich die Leute vom Hugo besucht und mich stundenlang ausgefragt. Die habe ich ganz schön an der Nase rumgeführt. Ich hatte keine Ahnung, warum die das alles wissen wollten, was die mich so gefragt hatten. Heute weiß ich das natürlich. Aber damals, damals hatte ich keinen blassen Dunst, was da abging. Habe immer so getan, als wüsste ich ne Menge, und mir alles mögliche ausgedacht. Das ging eine ganze Zeit lang gut. Irgendwann aber kam der Hugo dann persönlich und war stinksauer. Da hatte er wohl endlich geschnallt, dass ich gar kein Terrorist war.“

„Terrorist?“, fragte Till ungläubig.

„Jepp, Terrorist“, gab Schmidt lachend zurück und öffnete seine dritte Flasche Bier. „Hugo sollte die Leute von der RAF rüberholen, wenn denen das Pflaster im Westen zu heiß geworden war. Mit denen hatte ich aber natürlich nichts zu tun. Und irgendwann hat der Hugo das gemerkt. Ich habe das damals allerdings nicht geschnallt. Ich dachte, die wären halt anders im Osten und habe mich nur gewundert. Der Hugo wollte mich dann wieder in den Westen schaffen und mir war das recht. Ich hatte vom Osten die Schnauze voll. Da war ja immer tote Hose gewesen. Zwei Jahre lang war ich drüben gewesen, hatte viel Zeit zum nachdenken gehabt. Bis ich zu dem Entschluss kam, dass ich die Dinge, die im Westen schiefgelaufen waren, besser im Westen wieder gerade biegen sollte und noch mal von ganz vorne anfangen. Der Hugo hat mir dann meine alten Papiere zurückgegeben und mich wieder vor die Mauer gesetzt.“

„Wieso haste denn dann jetzt noch so einen guten Draht zum Hugo?“, wollte Siebels wissen, der seine Bierflasche mittlerweile auch geleert hatte.

„Die Zeiten haben sich geändert, das habt ihr ja bestimmt auch schon gemerkt. Ich habe danach wegen ein paar anderer Sachen im Knast gesessen und der Hugo ist vom Jäger zum Gejagten geworden, nachdem die Mauer weg war. Der musste sich verkriechen, hatte kaum noch Leute, auf die er sich verlassen konnte. Als ich aus dem Knast wieder raus war, bin ich zu einer hübschen Stange Kohle gekommen. Da dachte ich mir, ich suche mal meinen alten Kumpel Hugo. Als ich im Knast war, habe ich nämlich einen kennen gelernt, der wurde damals auch vom Hugo rübergeholt. Und der hat mir erzählt, was damals wirklich so mit der Stasi abging und was der Hugo da für eine Rolle spielte. Anfang diesen Jahres bin ich wieder rüber und habe Hugo gesucht. Habe ihn tatsächlich gefunden, war gar nicht so einfach und hat mich einiges gekostet. Und weil ich jetzt noch mal ganz von vorne anfangen will, dachte ich mir, ich nehme wieder meinen Namen von damals an. Herbert Schmidt. Der Hugo machte immer noch prima Papiere und brauchte dringend Geld. Ich hatte Geld und wollte neue Papiere. So haben wir uns nach all den Jahren wieder zusammengerauft. Dabei hat er mir sogar erzählt, dass er mich damals liquidieren sollte, als rauskam, dass sie mit mir eine Niete gezogen hatten. Aber Hugo hat es nicht fertig gebracht, so ein Unschuldslamm wie mich um die Ecke zu bringen." Schmidt lachte laut und Siebels war der Meinung, dass es nun Zeit sei, die Polizeimarke vorzuzeigen. Das Wichtigste, nämlich das, was damals in Belgien vorgefallen war, hatte Schmidt ausgelassen und genau das wollte Siebels jetzt aus ihm rausholen.

„Herr Schmidt, wir sind von der Kripo Frankfurt." Siebels griff in seine Tasche, um seinen Ausweis hervorzuholen. In diesem Moment sprang Schmidt auf, war mit einem Satz aus der Küche und verließ fluchtartig die Wohnung. Till und Siebels, die einen Moment brauchten, bis sie reagierten, stürzten hinter ihm her. Laut polternd sprang Schmidt die Stufen im Treppenhaus herunter, gefolgt von Siebels und Till. Als Siebels und Till das Erdgeschoss erreicht hatten, hörten sie noch, wie Schmidt die Haustür von außen zuschloss. Siebels rief verzweifelt durch die verschlossene Haustür, dass er nur mit Schmidt reden wolle, während Till wieder in den ersten Stock zurückrannte, um dort das Haus aus dem Fenster zu verlassen. Als er die Blumentöpfe von der Fensterbank gestellt und nach langem Rütteln das klemmende Fenster endlich geöffnet hatte, war von Schmidt nichts mehr zu sehen. Fluchend gingen die beiden wieder nach oben in den dritten Stock und wurden dort von einer keuchenden und wild gestikulierenden Doro empfangen. Die Wehen hatten eingesetzt.

24

Erinnerungen, Februar 1979

Das Weihnachtsfest und den Jahreswechsel hatte ich noch in Gbadolite an der Seite meiner schwarzen Prinzessin verbracht. Marie war in Internaten in Brüssel und Paris aufgewachsen, hatte Medizin studiert und ihren Doktortitel in Deutschland erworben, als sie sechsundzwanzig Jahre alt war. Sie sprach perfekt französisch, englisch und deutsch. In Zaire war sie damit beschäftigt gewesen, das Gesundheitswesen zu verbessern. Sie war viel durch das Land gereist, hatte sich die Krankenhäuser angeschaut und mit den Ärzten gesprochen. Es war überall das gleiche Bild gewesen. Das Land war zusehends verarmt und während die Elite immer reicher geworden war, musste die Bevölkerung ständig neue Entbehrungen über sich ergehen lassen. Marie hatte mir von den armseligen Zuständen in den Provinzen des Landes erzählt, während wir durch den menschenleeren Palast im Dschungel von Gbadolite spazieren gegangen waren. Das Monument des Luxus hatte groteske Züge aufgewiesen, täglich war ich auf neue Extravaganzen gestoßen, die Mobutu sich hier geleistet hatte. Plötzlich hatte ich vor sieben Meter hohen aus Malachit gefertigten Türen gestanden, die ich nicht öffnen konnte, weil sie zu schwer gewesen waren. Kalter Marmor und glänzendes Gold hatten mich auf Schritt und Tritt begleitet. Bei meinen Rundgängen auf dem 15 000 Quadratmeter großen Gelände hatte ich Fontänen mit Wassermusik entdeckt und Schwäne beobachten können, die über künstlich angelegte Teiche geglitten waren. Marie hatte mir verraten, dass schätzungsweise hundert Millionen Dollar beim Bau des gigantischen Projekts verschlungen worden waren. Der größte Reichtum, den dieser Ort für mich aber zu bieten gehabt hatte, war Marie gewesen, meine schwarze Prinzessin. Seit jener Nacht, in der meine Leidenschaft mit meinen Dämonen kollidiert war, war ein unbeschreibliches Verlangen nach Liebe und Trost tief in meinem Inneren erwacht. Marie war nicht nur der Auslöser dieser Wandlung in mir gewesen, sie war auch fähig gewesen, dieses in mir aufgetretene Verlangen nach Liebe zu stillen. Es war keine Nacht mehr vergangen, in der wir uns nicht geliebt hatten. Und so vielseitig und aufregend der Palast gewesen war, in dem wir uns geliebt hatten, so vielseitig und aufregend waren auch die Liebesbeweise gewesen, mit denen wir uns in schwülen Nächten unsere Zuneigung bewiesen hatten. Marie war eine Zauberin der Sinne gewesen, sie hatte die Kunst der Liebe mit all ihren Facetten beherrscht. Die Tage hatten wir mit geistreichen Gesprächen und Vorbereitungen auf das Weihnachtsfest verbracht. Der katholische Präsident, der angeblich auch den afrikanischen Voodoo-Bräuchen sehr zugetan gewesen sein soll, war kurz vor Weihnachten aus der 6000 Kilometer entfernten Hauptstadt Kinshasa mit Familie und Gefolge in seinem Palast eingetroffen. Mehrere Jets waren nötig gewesen, um die Hundertschaft, die sich um das Wohl des Präsidenten zu kümmern hatte, in den Dschungel an der Grenze zur zentralafrikanischen Republik zu fliegen. Damit war auch endlich der Zeitpunkt gekommen, an dem der Präsident seinen neuen Sicherheitsberater mit dessen neuen Aufgaben betrauen sollte.

Schon am Tag nach seiner pompösen Ankunft war mir das Vergnügen zuteil geworden, den Präsidentenalltag von Mobutu hautnah miterleben zu dürfen. Sein Tag hatte morgens um halb sieben begonnen, ein Team von Masseuren aus dem nahe gelegenen chinesischen Dorf hatte die Aufgabe gehabt, den Herrscher am Tagesanfang erst einmal durchzukneten. Anschließend hatte sich Mobutu ausführlich mit der Lektüre der internationalen Presse beschäftigt. Die tagesaktuellen Zeitungen waren jeden Morgen eingeflogen worden. Das anschließende Frühstück hatte er mit Vorliebe auf der Terrasse eingenommen, wo er sich beim Anblick von vorbeispazierenden Pfauen jedes Mal kindlich zu freuen gewusst hatte. Um neun Uhr hatte ich ihn dann in sein Arbeitszimmer begleiten dürfen, wo er für gewöhnlich die erste Flasche Champagner Rosé des Tages hatte öffnen lassen. Unser erstes Arbeitsgespräch war äußerst familiär verlaufen. Er hatte sich ständig nach meinem Wohlbefinden erkundigt und mir stolz von seiner Nichte Marie berichtet, deren Leben ich gerettet und deren Bett ich nun mit ihr geteilt hatte. Drei Mal hatte ich ihm in allen Einzelheiten erzählen müssen, wie ich als Legionär in sein Land gekommen und an vorderster Front gegen die Rebellen marschiert war. Fünf Mal hatte ich ihm erzählen müssen, wie ich seine Nichte Marie aus den Mörderhänden befreit hatte. Ich hatte schon befürchtet, dass er von mir auch alle Heldentaten hören wollte, die ich in ihrem Bett vollbracht hatte, doch dieser Kelch war an mir vorübergegangen. Dass er von unserer Liaison gewusst hatte, hatte er aber nicht zu verbergen versucht und dies mit der einen oder anderen Bemerkung auch deutlich untermauert. Er hatte die Flasche Champagner schon fast geleert, als er endlich auf das zu sprechen gekommen war, wofür er mich verpflichtet hatte. Seine Sicherheit wäre stets gefährdet, hatte er mir mit trauriger Stimme mitgeteilt. Es gäbe niemanden, dem er vertrauen könne und viele, die er gut bezahlen würde. Mir war der Koffer mit den hunderttausend Dollar eingefallen, der in meinem Schlafzimmer gestanden hatte und mit einem mal war mir klar geworden, wo der Schwachpunkt im System des Präsidenten gelegen hatte. Loyalität war von ihm besser bezahlt worden als Leistung. Was er übersehen hatte war, dass Loyalität ihm gegenüber wertlos war, wenn keine Leistung dahinter stand, mit der er seine Macht hätte festigen können.

Um mir seine Lage bildlich vor Augen zu führen, hatte er eine Landkarte aufrollen lassen, die sein Land und seine Nachbarländer gezeigt hatte. Zaire, der drittgrößte Staat in Afrika mit seinen unendlichen Reichtümern, war umkreist von Ländern, die ob der Bodenschätze Zaires vor Neid hatten erblassen müssen. Nur einen Katzensprung von seinem Palast entfernt hatten befreundete Politiker in der zentralafrikanischen Republik geherrscht. Im Nordosten war die Grenze zum verarmten Sudan verlaufen. Im Osten hatte Uganda gelegen, wo die Diktatur von Idi Amin die Ermordung von Tausenden von Oppositionellen zu verantworten gehabt hatte. In Ruanda und Burundi hatten die ethnischen Konflikte zwischen den Hutu und Tutsi ihre Schatten geworfen. Südlich davon hatte Tansania gelegen, das Präsident Nyerere mit seinem Projekt des afrikanischen Sozialismus in eine unsichere Zukunft geschickt hatte. Im Südwesten war die Grenze zu Sambia verlaufen, wo ebenso wie in Zaire die Kombination von Korruption und Inkompetenz in der Staatsführung und die seit 1975 kontinuierlich fallenden Weltmarktpreise für Kupfer die Kupferbergewerke zur Bedeutungslosigkeit hatten verkommen lassen. Im Südwesten war Angola an Zaire gegerenzt, dort hatte seit der angolanischen Unabhängigkeit von 1975 der Bürgerkrieg zwischen der MPLA und der UNITA das Land fest im Griff gehabt. Im Westen war die Grenze zur Republik Kongo verlaufen, wo relative Ruhe geherrscht hatte. Umgeben von diesen Ländern hatte Mobutu in seinem grotesken Palast gesessen und Koffer voller Geld an seine korrupte Elite verteilt, während das Land mit seinen Bewohnern vom wirtschaftlichen Ausbluten bedroht gewesen war. Der Erfolg in meinem neuen Job war mir so aussichtslos erschienen, wie Mobutu davon zu überzeugen, sich in Zukunft von Knäckebrot zu ernähren. Ich war John Whitemiller gewesen, ich hatte die Wahl gehabt. Ich hätte versuchen können, gegen den Strom zu schwimmen und ein Land vor dem Untergang zu retten. Oder ich hätte versuchen können, mit dem Strom zu schwimmen, mir einen Teil vom Kuchen abzuschneiden und das sinkende Schiff rechtzeitig mit gefüllten Taschen zu verlassen. Philippe van Kerken hätte das Land gerettet. Was John Whitemiller getan hätte, hatte nur die noch vor ihm liegende Zeit beantworten können.

Samstag, 06. Dezember 2003, 13.30 Uhr

Jensen hatte sich nicht lumpen lassen und vom Pizza-Service viermal Pizza Hawaii kommen lassen. Der Pizza-Bote war pünktlich um kurz vor eins zeitgleich mit dem aus Wiesbaden kommenden Charly und den Geburtshelfern Till und Siebels im Präsidium eingetroffen. Charly, Till und Siebels vertilgten genüsslich ihre Pizzas, während Jensen seine Leute ständig mit vollem Mund nach den Neuigkeiten fragte. Abwechselnd deuteten sie ihm an, dass es sich mit vollem Mund schlecht sprechen lasse. Jensen war da ganz anderer Meinung und fragte mampfend weiter, was denn Sache sei. Till hatte als erster seinen Pappteller leer und befriedigte endlich die Neugierde von Jensen. „Der Heierbach wurde damals von der Stasi in den Osten geschmuggelt."

Jensen hatte immer noch einen vollen Mund und als er ungläubig wiederholte, was Till gesagt hatte, spuckte er kleingekaute Bröckchen durch das Büro. Charly säuberte den bekleckerten Schreibtisch von Siebels mit einem Papiertaschentuch.

„Die Stasi? In den Osten? Den Heierbach? 1975?"

„Exakt", bestätigte Till.

„Können Sie mir das bitte mal genauer erklären, Herr Krüger?"

„Na ja, die Leute von der Stasi hatten damals viel Sympathie für Staatsfeinde des Westens. Und wenn sie hier welche aufgespürt haben, haben sie die nach drüben eingeladen."

„Das weiß ich, Herr Krüger", maßregelte Jensen Till. „Würden Sie mir bitte auch noch erklären, warum Heierbach ein Staatsfeind gewesen sein soll. Weil er ein Motorrad geklaut hat?"

„Nein, die Stasi hat gedacht, der Heierbach würde zur RAF gehören. Das fanden die gut und haben ihn deswegen eingeladen, ein Ossi zu werden."

Siebels schmunzelte in sich hinein und Charly hörte aufmerksam zu.

„So so, die haben gedacht, der Heierbach wäre Mitglied der RAF. Und diesen Quatsch hat Ihnen Heierbach erzählt? Der nimmt Sie doch auf den Arm. Warum haben Sie den nicht mit zum Verhör gebracht?"

„Der ist weg."

„Wie weg?"

„Weggelaufen. Als wir ihm verraten haben, dass wir von der Polizei sind, hat er sich aus dem Staub gemacht. Der ist plötzlich gerannt, wie von der Tarantel gestochen."

„An eine Verfolgung haben Sie nicht zufällig gedacht?", hakte Jensen deprimiert nach.

„Gedacht schon, aber die Umstände haben es nicht zugelassen."

„Die Umstände? Ja welche Umstände denn um Himmelswillen?"

„Die Umstände seiner Frau. Die war nämlich nicht nur in der Wohnung zurückgeblieben, die war auch hochschwanger. Und kaum war der große Herbert weg, da kam der kleine Herbert anmarschiert."

Siebels lachte sich ins Fäustchen, griff nun aber doch ein, bevor Jensen noch auf die Idee kam, Till wegen Unzurechnungsfähigkeit vom Dienst zu suspendieren.

„Mit dem großen Herbert meint er Heierbach, der heißt ja jetzt offiziell Herbert Schmidt. Die Frau von Schmidt war hochschwanger, als wir dort ankamen, und als Herbert Schmidt verduftet ist, haben bei seiner Frau die Wehen eingesetzt. Wir haben Schmidt also laufen lassen und die Frau Schmidt zu unserem Auto gebracht und sie ins Krankenhaus gefahren. Da liegt sie jetzt auf der Entbindungsstation. Ich habe schon veranlasst, dass ein Beamter dort postiert wird, der den frischgebackenen Vater in Empfang nimmt, wenn der dort auftaucht."

„Sachen gibt's, die gibt's ja gar nicht", murmelte Jensen verwundert vor sich hin. „Und was hat das jetzt mit dieser Geschichte von der RAF auf sich?"

„Angeblich hatte Heierbach 1975 in Belgien eine Begegnung mit einem gewissen Hugo. Dieser Hugo soll von der Stasi gewesen sein und Schmidt für einen RAF-Terroristen gehalten haben. Er hat ihm daraufhin Asyl in der DDR angeboten und weil Heierbach in Deutschland polizeilich gesucht wurde, hat er das Angebot dankend angenommen. Zwei Jahre später hätte die Stasi dann erst bemerkt, dass Heierbach mit der RAF gar nichts zu tun hatte, und ihn wieder in den Westen geschickt, wo er ja dann auch wieder aufgetaucht ist."

„Das ist aber alles sehr merkwürdig", gab Jensen seine Bedenken zum Ausdruck. „Ausgerechnet in Belgien will er der Stasi in die Arme gelaufen sein? Am gleichen Ort und zur gleichen Zeit als die Hassler ermordet wurde?"

„So sieht es aus", bestätigte Siebels die neue Wende im Fall.

„Das passt aber hervorragend zu dem Inhalt der Akte, die ich aus Wiesbaden mitgebracht habe", schaltete Charly sich in das Gespräch ein und wurde von drei Augenpaaren neugierig angeschaut.

Freitag, 05. Dezember 2003, 18.30 Uhr

Er war verwirrt. Sein ganzer Plan schien sich in Luft aufzulösen. Sie hatte sich in ihn verliebt und wollte bei ihm bleiben und er musste sich eingestehen, dass er sich auch in sie verliebt hatte. Sie war die Frau, an deren Seite er den Rest seines Lebens verbringen wollte. Das war ihm schlagartig klar geworden, als sie ihn vor der Anzeige, in der er sie ihrem Mann angeboten hatte, so intensiv geküsst hatte. Er musste sich entscheiden. Entweder er behielt diese Frau und versuchte, die initiierte Entführung ohne größere Folgeschäden für ihrer beider Leben aus der Welt zu schaffen, oder er verfolgte weiter seinen Plan. Er fragte sich, ob er die Vergangenheit wirklich aufklären musste, wenn diese Frau seine Zukunft war. Er fragte sich, ob es überhaupt noch ein Zurück gab. Die Polizisten verfolgten die richtigen Spuren, er musste herausfinden, wie weit sie schon gekommen waren. Sie war in ihrem Zimmer und wartete auf seinen Entschluss. Sie wartete nun schon seit Stunden und er dachte nun schon seit Stunden angestrengt nach. Instinktiv griff er zum Telefonhörer und wählte eine Nummer in Belgien. Nach dem dritten Klingeln wurde der Hörer auf der anderen Seite abgenommen. Er freute sich, die Stimme seines alten Freundes und Kameraden Thomas zu hören. Thomas hatte eine Kneipe in Antwerpen, die hauptsächlich von ehemaligen Legionären besucht wurde. Was Thomas ihm berichtete, ließ sein Herz höher schlagen. Erst vor ein paar Minuten war ein pensionierter belgischer Kommissar in seinem Lokal gewesen. Er hatte sich nach einem Philippe van Kerken erkundigt. Wie zuvor vereinbart, hatte Thomas dem Kommissar alles erzählt, was er von Philippe van Kerken wusste. Er bedankte sich bei seinem alten Freund und wünschte ihm alles Gute. Die Polizisten waren schnell. Schneller, als er gedacht hatte. Wenn sie so weitermachten, würden sie herausfinden, was damals geschehen war. Und sie würden herausfinden, wo er sich mit ihr aufhielt. Er musste handeln, dann würde die Wahrheit ans Licht kommen und sie bei ihm bleiben können. Es war wie beim Schach, man musste die eigenen Züge und die Züge des Gegners lange im voraus kennen. Er war ein Meister im Schachspiel. Er ging zu seinem Computer und versendete eine E-Mail. Die Einstellungen hatte er so vorgenommen, dass die E-Mail dem ermittelnden Frankfurter Kommissar erst am Montagmorgen zugestellt werden würde. Ab sofort würde er zweigleisig fahren. Er ging zu ihr, freute sich auf sie, freute sich darauf, den Rest seines Lebens mit ihr zu verbringen.

Samstag, 06. Dezember 2003, 14.15 Uhr

Die ominöse Akte aus Wiesbaden lag wie eine Reliquie auf dem Schreibtisch von Siebels und Charly ließ sich theatralisch feiern, bevor er endlich mit seinen Erkenntnissen herausrückte.

„Leider kommt der Name Bogner in der Akte nicht vor. Die Akte stammt aus der Hinterlassenschaft vom Verfassungsschutz, und zwar von der hessischen Landesbehörde des Verfassungsschutzes. Es gibt übrigens zwischen dem Bundesamt für Verfassungsschutz und den selbigen Landesbehörden keine Weisungsbefugnis. Das heißt, dass die Informationsbeschaffung und Informationsauswertung von jedem der Dienste parallel für sich selbst durchgeführt wird. Der Inhalt der Akte weist darauf hin, dass es zwischen den verschiedenen Behörden ein ziemliches Durcheinander gab. Die Hauptperson in der Akte ist ein gewisser Norman Fiedler. Dieser Norman Fiedler war eine Erfindung der Behörden und Bogner wurde dazu auserkoren, dieser Erfindung Leben einzuhauchen. Bogner war bis 1974 nämlich offiziell beim Bundesgrenzschutz und der Bundesgrenzschutz hatte vorwiegend die Aufgabe, die innerdeutschen Grenzen zu sichern. Hierbei könnte Bogner erste Berührungspunkte mit den Grenzschützern der DDR gehabt haben. Bogner verschwand jedenfalls 1974 beim Bundesgrenzschutz und wechselte nach Wiesbaden zum Landeskriminalamt, wo er aber nur für eine kurze Zeit als Mitarbeiter geführt wurde. Zur gleichen Zeit tauchte Norman Fiedler beim Landesamt für Verfassungsschutz auf. Ich vermute, dass Bogner beim Bundesgrenzschutz auf etwas gestoßen ist, woran der Verfassungsschutz brennend interessiert war. Wenn man in dieser Akte hier alle Quervermerke ordentlich sortiert, ergibt sich folgendes Bild: Anfang der 1970er Jahre erlebte Westdeutschland eine spürbare Zunahme politisch motivierter Gewalt aus der linken Szene. Die Verfassungsschützer hatten alle Hände voll zu tun, um Gruppierungen wie die RAF, die Bewegung 2. Juni oder die Revolutionären Zellen im Auge zu behalten. Das gleiche Ziel hatte auch das Ministerium für Staatssicherheit in der DDR, allerdings aus anderen Beweggründen. Die gründeten drüben 1975 eine eigene Abteilung, die mit der Beobachtung, Bekämpfung und bei Bedarf auch der Unterstützung des internationalen Terrorismus beauftragt worden war. Bogner muss bereits vor der offiziellen Gründung dieser Abteilung Wind von den Plänen der Staatssicherheit bekommen haben. Er muss gute Kontakte gehabt haben, sonst hätten sie ihn nicht quer durch alle Behörden gezogen, sondern ihre eigenen Leute an die Sache angesetzt. Der Verfassungsschutz konnte Bogner als V-Mann einsetzen und ihn beim Feind einschleusen. Der Feind hatte zwei Gesichter, die linksradikale RAF und die Staatssicherheit in der DDR, die sich plötzlich für die RAF zu interessieren begann. Norman Fiedler bekam vom Verfassungsschutz eine Legende als RAF-Sympathisant verpasst und sollte sich erst bei einer Zelle der RAF einschleusen und später als verfolgter Staatsfeind des Westens Unterschlupf in der DDR finden."

Siebels hob die Hand, um Charly zu unterbrechen. „Das klingt alles nachvollziehbar und irgendwie logisch. Ich verstehe aber nicht, warum Bogner nach Wiesbaden gegangen sein soll. In Hessen dürfte doch weder das Landeskriminalamt noch der Verfassungsschutz die Führung für eine solche Aktion übernommen haben, oder?"

„Wie ich bereits vorhin gesagt habe, gibt es beim Verfassungsschutz keine Weisungsbefugnisse zwischen dem Bundesamt und den Landesbehörden. Aber natürlich gab und gibt es Absprachen. Die Wiesbadener hatten regen Austausch mit den Bundesbeamten, das geht eindeutig aus der Akte hervor. Norman Fiedler sollte in Frankfurt bei der RAF eingeschleust werden. Ich nehme an, dass die Wiesbadener einfach die benötigten Kontakte und Informationen hatten, um einen V-Mann in der Szene zu integrieren."

„Bogner scheint ziemlich überhastet beim Bundesgrenzschutz abgezogen worden zu sein. Ich vermute mal, die haben ihn beim LKA zwischengeparkt, bis der Verfassungsschutz seine Legende als Fiedler fertig gestrickt hatte. Auf diese Weise ist Bogner kurzfristig offiziell als Mitarbeiter beim LKA aufgetaucht und dann als Fiedler zu den Verfassungsschützern gewechselt. Da beide Behörden in Wiesbaden sitzen, war die bürokratische Logistik auf diese Weise wahrscheinlich besser abzuwickeln."

„Mann mann mann", stöhnte Jensen. „Was haben wir uns da bloß wieder eingebrockt. Wenn wir da mal nicht auf dem Holzweg sind. Vergessen Sie nicht, dass wir nur wegen der Entführung von

Frau Tetzloff ermitteln. Die Frau war Fotomodell. Und wir haben es erst mit diesem verrückten Grafen zu tun und jetzt kommt auf einmal die Stasi, die RAF, der Verfassungsschutz und ich weiß nicht wer alles ins Spiel. War da nicht auch ein Rocker? Herr Siebels, glauben Sie nicht, dass wir uns da völlig verrennen? Wie soll ich das bloß Herrn Tetzloff alles erklären? Der hält mich doch für völlig verrückt."

„Das ist in der Tat alles sehr verwirrend", gab Siebels zu. „Es passt aber vieles einfach zu gut zusammen. Wo die Verbindung zur Entführung der Tetzloff ist, kann ich mir allerdings auch noch nicht erklären. Fassen wir einfach mal zusammen, was wir bisher haben."

„Das ist eine gute Idee", machte sich Till bemerkbar. „Ich verliere hier auch langsam den Durchblick."

„Also", begann Siebels, „die Tetzloff wird entführt, der Entführer setzt sie zum Verkauf bei Ebay rein und erwartet dort von Tetzloff ein Angebot. Die Anzeige wird unter dem Pseudonym Mobutu Sese Seko abgegeben. Dahinter verbirgt sich ein gewisser Johannes Weismüller. Weismüller, ein alter Freund von Tetzoff, galt bisher als verstorben. Ermordet 1975 in Belgien, wie die Hassler. Wir haben herausgefunden, dass Weismüller schwer verletzt überlebt hat, von einem belgischen Bauernpaar gesund gepflegt wurde und kurz darauf zur Fremdenlegion gegangen ist. Als nächstes hören wir vom Grafen, dass der in Afrika einen John Whitemiller kennen gelernt hat. Dieser Whitemiller hätte laut unserem Grafen ein reges Interesse an der Tetzloff bekundet. Whitemiller besaß mehrere Pässe. Einer von ihnen war auf den Namen Philippe van Kerken ausgestellt. Van Kerken hießen die Leute, die Weismüller in Belgien gesund gepflegt haben. Wir haben es also definitiv mit Johannes Weismüller zu tun, der damals mit der Hassler und mit Tetzloff in Belgien gewesen war. Zur gleichen Zeit muss auch Heierbach in Belgien gewesen sein. Der hatte kurz zuvor erfahren, dass Tetzloff sein Halbbruder ist. Heierbach war wahrscheinlich mit dem Motorrad unterwegs gewesen. Er könnte der Mann gewesen sein, der sich den holländischen Rockern angeschlossen hatte. Immerhin hat Heierbach später eine kurze, aber bemerkenswerte Karriere bei den Hamburger Hells Angels gemacht. Bevor es dazu kam, war er aber erst mal zwei Jahre in der DDR. In die DDR wurde er von Hugo eingeschleust. Hugo war ein höheres Tier bei der Stasi. Hugo und Heierbach haben sich in Belgien kennen gelernt. Also war auch die Stasi in Belgien gewesen, als der Mord an der Hassler passiert ist. Hugo hielt Heierbach für einen potentiellen RAF-Terroristen und lag damit wohl gründlich daneben. Wie konnte der Stasi so ein Fehler unterlaufen? Vermutlich hat jemand gezielt falsche Informationen gestreut. Nämlich dieser V-Mann Norman Fiedler, unser Freund Bogner, der heute in den Diensten von Sebastian Tetzloff steht. Warum die Hassler erschlagen wurde und der Weismüller fast erschlagen wurde, ist mir allerdings noch ein Rätsel."

„Du hast die Rumänen vergessen", warf Till ein, um die Sache noch ein wenig komplizierter zu machen. „Die waren doch angeblich mal Offiziere beim rumänischen Geheimdienst gewesen. Die passen doch gut rein in unsere Sammlung."

Jensen stöhnte laut auf, als Till seine neueste Überlegung vorgebracht hatte.

„Die lassen wir jetzt mal aus dem Spiel. Die gehörten zum rumänischen Inlandsdienst, die hatten außerhalb von Rumänien nichts verloren", bestimmte Siebels.

„Ich kann mich ja mal schlau machen, ob es zum Thema RAF noch etwas gibt, das uns weiterhelfen könnte", schlug Charly vor.

„Das ist eine gute Idee, Charly. Bei der Gelegenheit kannst du dich auch gleich mal um Hugo kümmern. Wenn er eine höherrangige Position bei der Stasi innegehabt hat, müsste es ja Unterlagen über ihn geben. Mit dem möchte ich mich so schnell wie möglich unterhalten. Könnte allerdings schwierig werden, denn so, wie ich Heierbach verstanden habe, ist der nach der Wende untergetaucht."

„Ich liebe Herausforderungen", freute sich Charly.

„Und wann knöpfen wir uns Bogner vor?", fragte Till.

„Den knöpfen wir uns als nächstes vor, fahr schon mal den Wagen vor."

Die Bonanza-Melodie schlug wieder einmal in Siebels Jackentasche Alarm. Yves Montaud hatte Neuigkeiten.

25

Erinnerungen, Dezember 1979

Nach fast einem Jahr in meinem neuen Job hatte ich verstanden, was mir der Banker Rosenthal zu erklären versucht hatte. Und ich hatte verstanden, dass ich von Mobutu dazu auserkoren worden war, das korrupte System im Land am Leben zu erhalten. Trotz der Reichtümer, die Zaire beherbergt hatte, war der Schuldenberg des Landes kontinuierlich am wachsen gewesen. Von amerikanischer Seite war ich über James regelmäßig über die Lage der zairischen Nation informiert worden. Die Weltbank und der Internationale Währungsfonds hatten beständig frisches Geld in den Staat gepumpt. Die Auslandshilfe für das System Mobutu hatte zu jener Zeit über 300 Millionen Dollar im Jahr betragen. Gleichzeitig hatte sich die wirtschaftliche Lage der einfachen Bevölkerung kontinuierlich verschlechtert. Rosenthal, der in mir einen Hoffnungsschimmer gesehen hatte, hatte seine Hoffnung auf Besserung bald verloren. In seiner Funktion als Oberaufseher von Mobutus Finanzwesen hatte er akribisch versucht, die Wege des ausländischen Geldes zu verfolgen und hin und wieder war es ihm gelungen, Fälle aufzudecken, mit denen das unbekümmerte Finanzgebaren des Präsidenten dokumentiert werden konnte. Den ein und anderen heißen Tipp hatte er von mir bekommen. In meiner Funktion als Sicherheitsberater war ich nämlich in erster Linie damit beschäftigt gewesen, diverse Geldkoffer bei diversen Adressaten abzuliefern. Mein ursprünglicher Plan, das Militär von Zaire auf Vordermann zu bringen, hatte sich als Farce erwiesen. Mobutu hatte nicht das geringste Interesse an einer schlagfertigen Armee gehabt. Stattdessen hatte er Abhängigkeiten geschaffen, in dem er schwache Menschen auf hohe Posten gesetzt hatte, wo sie am Tropf hingen und nur funktionierten, wenn stetig frisches Geld in sie hinein gepumpt worden war. Mobutu hatte gepumpt und gepumpt und ich war mit der Dosierung der Injektionen beauftragt gewesen. Der Medizinmann Mobutu hatte außer US-Dollars auch noch andere wirksame Mittel gekannt, mit denen er seine Patienten am Leben erhalten konnte. Säckchen voller Diamanten, schwere Limousinen mit einem Stern auf der Haube, Villen in Brüssel oder Paris oder eine Yacht im Hafen von Malibu waren vom Präsidenten verschrieben worden, wenn sich ranghohe Militärs, Regierungsbeamte oder einfache Familienmitglieder krank gemeldet hatten. Die Krankheit war immer dieselbe gewesen. Sie war leicht zu diagnostizieren, Unzufriedenheiten und Geltungsbedürfnis waren meist die ersten Symptome. Bevor die Krankheit sich Form von Putsch, Rebellion, Aufstand oder Sabotage ausbreiten konnte, hatte Mobutu sie mit einer wohldosierten Injektion seines Allheilmittels bekämpft. Seine Apotheke war die Zentralbank von Zaire in Kinshasa gewesen. Dort hatte er eigens für mich ein Zimmer einrichten lassen, in dem mir ein Angestellter hinter dem Rücken des vom IWF als Bankdirektor eingestellten Rosenthal regelmäßig die gut gefüllten handlichen Aktenkoffer übergeben hatte. Da Mobutu die Krankheiten seiner Untertanen für äußerst ansteckend gehalten hatte, hatte auch ich mich seiner Meinung nach in stetiger Gefahr befunden. Das Maß meines gesundheitlichen Befindens konnte sich seit jener Zeit an meinem wachsenden Reichtum messen lassen. Nach einem knappen Jahr war ich bereits Dollar-Millionär gewesen, hatte in Kinshasa ein Haus in einer der besseren Wohngegenden besessen und zwei Mercedes-Limousinen in meiner Garage stehen gehabt. Das alles war Rosenthal nicht verborgen geblieben. In seinen Augen war ich vom Hoffnungsträger zum Übeltäter geworden. Seine Beschwerden hatte er mir nicht persönlich entgegenbracht, James war der Vermittler gewesen. Ich hatte mich in einer verzwickten Lage befunden. Wenn ich der Argumentation von Rosenthal gefolgt wäre und versucht hätte, das Land von der Misswirtschaft zu befreien, hätte ich Mobutu verraten und verkaufen und sein System der Korruption beenden müssen. Ohne seine Geldtransfers wäre die Macht von Mobutu gebrochen gewesen, die schwächelnden Patienten hätten rebelliert und ein Staatsstreich wäre nur eine Frage der Zeit gewesen. Das wiederum war genau das, was James auf keinen Fall zulassen wollte, wie ich herausgefunden hatte. Die Misswirtschaft Mobutus hatte politische Stabilität im Sinne der westlichen Welt bedeutet. James hatte an Washington berichtet. Er war der Mann gewesen, der dafür gesorgt hatte, dass das ausländische Geld weiter ins Land geflossen war. Seine andere Aufgabe hatte darin bestanden, dafür zu Sorge zu tragen, dass das zufließende Geld nicht allzu sinnlos verpulvert werden konnte. James war der Jongleur gewesen, Rosenthal und ich die Bälle, die er zu jonglieren hatte. Während Rosenthal am liebsten alle Kredite von Weltbank und IWF auf Eis gelegt hätte, um die Geldvernichtungsmaschine von Mobutu zu stoppen, hatte ich beständigen Nachschub an Dollarscheinen benötigt, um die bewilligten Kredite schnellstmöglich zur Sicherung des Machtanspruches von Mobutu im Land zu verteilen. Das meiste Geld war ich in Kinshasa losgeworden. Die Stadt war ständig am wachsen gewesen. Der bürokratische Wasserkopf mit seinen unzählbaren, durch Tatenlosigkeit glänzenden Beamten, hatte sich als Fass ohne Boden erwiesen. Neben Kinshasa hatte ich in regelmäßigen Abständen die Landesfürsten der anderen zehn Provinzen zu konsultieren gehabt. Ein General in Bandandu hatte darauf bestanden, Geld für Panzer zu benötigen. Ohne Panzer keine Sicherheit, war sein Argument und die Grenze zum Sudan angeblich gefährdet gewesen. Das Geld hatte er bekommen, neue Panzer hatte es in Bandandu nicht gegeben. So war es in allen Teilen des Landes zugegangen, in Katanga wie in Sud-Kivu, in Orientale wie in Maniema. Rosenthal war immer mehr ins Hintertreffen geraten und meine Koffer immer größer geworden. James hatte indessen die entgegengesetzten Interessen mit viel Geschick jongliert. Für Rosenthal hatte er kleine Erfolgserlebnisse arrangiert, denen ich zuvor durch dezente Hinweise den Weg geebnet hatte. Aber auch diese kleinen Erfolge hatten sich im Nachhinein des Öfteren als Farce entpuppt. Rosenthal hatte von mir Unterlagen ausgehändigt bekommen, mit denen ein Onkel von Mobutu, der durch Schwindeleien im Bankgeschäft ein gehöriges Loch in die Kasse gerissen hatte, an den Pranger gestellt werden konnte. Tatsächlich war es Rosenthal daraufhin gelungen, Mobutu zu überreden, den geliebten Onkel von allen Geschäftstätigkeiten zu entbinden. Einige Wochen später hatte der Onkel zu meinen Kunden gehört. Ein mit 50 000 Dollar gefüllter Koffer war von dem überführten Onkel dankend in Empfang genommen worden, seine Loyalität dem Neffen gegenüber war wieder gesichert. Kurz nach dieser

Episode hatte Rosenthal nach einjähriger Tätigkeit als Direktor der Zentralbank von Zaire entnervt das Handtuch geworfen und dem afrikanischen Kontinent den Rücken gekehrt. Aus dem ehemals mutigen Philippe van Kerken war John Whitemiller, der Mann mit dem Koffer geworden. In ganz Zaire hatte es niemanden gegeben, der eine hohe Position begleitet und von mir noch keinen Koffer in die Hand gedrückt bekommen hatte. Ich, der weiße Mann, war zu einer Institution bei der schwarzen Elite geworden.

Samstag, 06. Dezember 2003, 16.30 Uhr

Die Neuigkeiten von Yves hatten ins Bild gepasst. Yves hatte sich nach Siebels Abreise aus Brüssel gleich ans Werk gemacht und die einschlägigen Kneipen besucht. In Brüssel war er bei seinen Nachforschungen nicht weitergekommen und hatte sich dann in Antwerpen umgeschaut. Dort hatte er mehr Glück gehabt, er fand eine Kneipe, die von einem ehemaligen Legionär geführt wurde. Die Stammgäste waren ehemalige Legionäre, neue Bewerber tranken dort mit den alten Hasen in schummriger Atmosphäre ein Bier und hörten sich von den pensionierten Haudegen Geschichten über vergangene Heldentaten an. Der Inhaber der Spelunke war ein gebürtiger Pole namens Thomas. Als Yves ihn nach Philippe van Kerken fragte, wurde er von dem Wirt eine Weile misstrauisch gemustert, bevor der zu erkennen gab, dass es sich dabei um einen alten Kameraden von ihm handele. Er zapfte Yves ein Bier erzählte und ihm dann seine Geschichte. Im Herbst 1975 hätte er Philippe van Kerken kennen gelernt und wäre ihm ein guter Freund geworden. Gemeinsam hätten sie die harte Ausbildung bei der Fremdenlegion absolviert, ohne seinen Freund hätte er es nicht geschafft, versicherte der Wirt. Gemeinsam wären sie schließlich beim zweiten Fallschirmjägerregiment auf Korsika stationiert worden. Philippe van Kerken hätte dort eine Ausbildung zum Elite-Soldaten durchlaufen, verkündete der Wirt stolz. Im Mai 1978 wären sie dann mit ihrer Einheit nach Zaire geschickt worden, wo Rebellen einen Bürgerkrieg zu entfachen drohten. Tausende von Aufständischen hätten damals ein Blutbad angerichtet und viele Europäer als Geiseln gehalten. In einer

Nacht- und Nebelaktion wäre die Legion nach Zaire geflogen worden, Philippe van Kerken hätte die erste Einheit angeführt und dafür gesorgt, dass die nachrückenden Einheiten schnell zum Brennpunkt des Konfliktes vorrücken konnten. Wie ein Held aus einem Märchen wäre Philippe van Kerken in ein von Rebellen besetztes Krankenhaus gestürmt, um die Geiseln aus den Händen der blutrünstigen Mörderbande zu befreien. Als er das Leben einer jungen schwarzen Frau gerettet hätte, an deren Kehle die Schneide einer scharfen Klinge von Rebellenhand gewetzt wurde, hätte van Kerken selbst fast sein Leben verloren. In letzter Sekunde hätte der Wirt eingreifen können, als van Kerken bereits durch mehrere Gewehrkugeln getroffen blutüberströmt am Boden gelegen hätte. Die junge Frau, deren Leben er gerettet hätte, hätte sich als eine Nichte von Staatspräsident Mobutu entpuppt. Die junge Frau hätte in Europa Medizin studiert und in Zaire als Ärztin gearbeitet und sich glücklicherweise bei ihrem Lebensretter revanchieren können. Als Held wäre der schwerverletzte van Kerken in einem der Paläste von Mobutu gesund gepflegt worden. Da er aufgrund seiner davongetragenen Verletzungen nicht mehr bei der Legion hätte dienen können, wäre er von Mobutu zum Zeichen seiner Dankbarkeit als dessen persönlicher Sicherheitsberater eingestellt worden. Van Kerken hätte den Job angenommen und wäre bis zum Ende der Herrschaft Mobutus in Zaire geblieben.

Der Wirt zapfte Yves nach seinen Schilderungen ein zweites Bier und erzählte ihm dann seufzend von den schrecklichen Albträumen, von denen van Kerken über all die Jahre in den Nächten heimgesucht worden wäre. Nassgeschwitzt und schreiend hätte er sich in den Nächten in seinem Bett herumgewälzt. Später hätte van Kerken erzählt, dass Dämonen in seinem Kopf wüten würden. Ständig hätte er in seinen Träumen Bilder von einem Kopf gesehen, aus dem Blut spritzte. Monatelang hätte er versucht, aus den einzelnen schrecklichen Bildern, die in seinem Kopf unkontrolliert gewütet hätten, einen zusammenhängenden Film zu erkennen, doch das wäre ihm nicht gelungen. Bei der Legion hätte er dann alle nur denkbaren Strapazen der Elite-Ausbildung auf sich genommen, weil er nur in der totalen körperlichen Erschöpfung in der Lage gewesen wäre, die Bilder aus seinem Kopf zu verbannen.

Keiner hatte widersprochen, als Siebels vermutete, dass die Albräume des Philippe van Kerken mit dem Mord an der Hassler in Belgien zusammenhängen mussten. Sie wussten jetzt mit Sicherheit, dass Johannes Weismüller alias John Whitemiller in Afrika als Berater des Präsidenten Mobutu tätig gewesen war. Ende der neunziger Jahre hatte Weismüller dann fliehen müssen, als es dort zum Bürgerkrieg gekommen war. In den Wirren des Krieges musste er in Afrika dem Grafen über den Weg gelaufen sein, der damals als Diamantenhändler seine Steinchen hatte retten wollen. Zu dieser Zeit musste das Leben des Johannes Weismüller erneut aus den Fugen geraten sein. Ein Zeitungsbericht über seinen alten Freund Sebastian Tetzloff und dessen Geliebte schien den abgebrühten Ex-Legionär aus der Fassung gebracht zu haben. Als er den sexuellen Neigungen des Grafen auf die Spur gekommen war, hatte er ihn beauftragt, sein Glück als dominanter Graf bei der Geliebten seines alten Freundes zu versuchen. Was er damit bezweckt hatte, war Siebels unklar. Anscheinend wollte er seinem alten Freund Tetzloff die Frau abspenstig machen. Wenn er den Grafen damit beauftragt hatte, konnte das nur bedeuten, dass er selbst noch eine Weile in Afrika zu bleiben gedachte.

„Grundsätzlich gibt es zwei Möglichkeiten", fasste Siebels die bisherigen Ermittlungsergebnisse zusammen. „Entweder Weismüller ist tatsächlich wieder in Deutschland aufgetaucht und hat Simone Tetzloff in seiner Gewalt, oder einer seiner ehemaligen Weggefährten benutzt ihn als Legende. Dafür kämen entweder der Graf selbst oder Bogner in Frage, eventuell auch der Heierbach oder dieser ominöse Hugo. Auf jeden Fall ist Lösegeld nicht das Motiv des Entführers, hier geht es um etwas ganz Persönliches."

„Glaubst du wirklich, dass einer von denen sich hinter den Namen Weismüller und Mobutu Sese Seko versteckt?", zweifelte Till. „Nach unseren Erkenntnissen wussten weder Heierbach noch Bogner, was aus Weismüller nach Belgien geworden ist, und der Graf hat anscheinend nichts mit der Geschichte in Belgien zu tun. Es bleibt also nur Weismüller persönlich als Entführer übrig."

„Im Prinzip hast du Recht", erwiderte Siebels. „Aber Weismüller könnte dem Grafen in Afrika seine ganze Geschichte erzählt haben. Der Graf könnte die Geschichte dann Bogner oder

Heierbach erzählt haben. Noch können wir nichts ausschließen. Deswegen besuchen wir jetzt mal den Herrn Tetzloff und seinen treuen Diener Bogner."

Als Siebels seinen Besuch telefonisch bei Tetzloff ankündigen wollte, schrie dieser sofort in den Hörer, dass Siebels unverzüglich bei ihm erscheinen solle. Bogner sei verschwunden.

„Seit wann?", fragte Siebels ungläubig nach.

„Heute gegen die Mittagszeit muss er sich aus dem Staub gemacht haben", schnaubte Tetzloff in den Hörer.

„Wie kommen Sie darauf, dass er sich aus dem Staub gemacht hat?", fragte Siebels verwirrt nach. „Vielleicht ist er spazieren gegangen oder besucht Freunde?"

„Halten Sie mich für bescheuert oder denken Sie, ich leide unter Demenz?", bluffte Tetzloff in den Hörer. „Bogner hat den Anbau auf meinem Anwesen bewohnt. Er sollte mich heute Mittag in die Stadt fahren. Er kam aber nicht. Nachdem ich eine halbe Stunde gewartet habe, wollte ich ihn in dem Anbau aufsuchen. Ich hatte schon befürchtet, es wäre ihm etwas passiert. Er war nicht mehr da. Gar nichts mehr von ihm war da. Alle Schränke sind ausgeräumt, seine Kleider sind weg, seine Bücher sind weg, seine Zahnpasta ist weg. Alles ist weg. Als hätte es ihn nie gegeben. Gestern Abend war er noch da. Langsam glaube ich, er hat Simone entführt. Ach was, ich weiß gar nicht mehr, was ich glauben soll."

„Wir sind in einer halben Stunde bei Ihnen", versicherte Siebels. Zu seinem Leidwesen fühlte sich damit auch Jensen angesprochen.

26

Tetzloff erwartete die Beamten bereits ungeduldig vor seiner Haustür und ging mit ihnen sofort in den Anbau, den Bogner bis vor kurzem noch bewohnt hatte. „All die Jahre habe ich ihn behandelt wie einen Bruder", jammerte Tetzloff.

„Mir kam es eher vor, als wäre er ihr Butler gewesen, rund um die Uhr im Einsatz, niemals Widerworte gebend. Sollte ich mich da getäuscht haben?", fragte Siebels.

„Ja, er war immer für mich da, wenn ich ihn gebraucht habe. Er bekam gutes Geld für seine Dienste und hatte auch viel Freizeit. Ich bin oft unterwegs, bin viel im Ausland. Da konnte er tun und lassen, was er wollte."

„Wie war denn sein Verhältnis zu Ihrer Frau gewesen?"

„Meine Frau kam gut mit ihm zurecht. Es war ein distanziertes, aber aufrichtiges Verhältnis. Ich kann nicht glauben, dass er etwas mit ihrem Verschwinden zu tun haben soll. Aber ich weiß mittlerweile auch nicht mehr, was ich überhaupt glauben soll."

Die vier Männer hatten es sich mittlerweile im Wohnzimmer von Bogner bequem gemacht. Tatsächlich waren überhaupt keine persönlichen Gegenstände in dem Raum auszumachen.

„Hatte Herr Bogner hier viele persönliche Gegenstände, die er mitgenommen hat? Konnte er alles in einem Auto abtransportieren? Hatte er überhaupt einen Wagen?", machte Jensen sich schlau.

„Bogner hat nicht viel besessen. Ein paar Bücher, ein paar Kleidungsstücke. Das konnte er leicht in seinem Auto abtransportieren, er fährt einen Audi A4."

„Welches Kennzeichen? Wir werden ihn gleich zur Fahndung rausgeben", bestimmte Siebels.

„Meinen Sie, er hat tatsächlich etwas mit dem Verschwinden meiner Frau zu tun? Vielleicht wurde er ja auch entführt?", mutmaßte Tetzloff.

„Eigentlich wollten wir uns heute noch mit Bogner unterhalten", erwiderte Siebels. „Es gibt da einige Neuigkeiten, auf die wir gestoßen sind, und Herr Bogner spielt dabei eine nicht unwesentliche Rolle."

„Was für Neuigkeiten? Mich übergeht man neuerdings wohl gewissenhaft?", beschwerte sich Tetzloff.

Ohne darauf einzugehen fragte Siebels, wie lange Bogner schon bei Tetzloff arbeiten würde und wie er ihn kennen gelernt habe.

„Bogner arbeitet seit 1995 für mich. Er war früher beim Bundesgrenzschutz eingestellt und frühpensioniert worden. Er hat sich offiziell bei meiner Personalabteilung als Mitarbeiter in meinem Sicherheitsteam beworben. Ich benötigte jemanden für meine privaten Angelegenheiten und Bogner schien mir dafür perfekt geeignet. Er machte einen seriösen Eindruck, war Junggeselle, hatte einen Waffenschein und gute Referenzen. Also habe ich ihn eingestellt und ich habe es nie bereut."

„Und vor 1995 gab es zwischen Ihnen und Bogner keine Kontakte?", hakte Siebels nach.

„Nein", kam es leise aus Tetzloff hervor, aber er klang nicht überzeugend.

„Sagt Ihnen vielleicht der Name Norman Fiedler etwas?"

Tetzloff sah Siebels mit großen Augen an und wurde blass. „Sie wissen es?" Es war nur ein Flüstern.

„Ja, wir wissen es", stellte Siebels klar und ließ keinen Zweifel erkennen, obwohl die Erkenntnisse aus der Wiesbadener Akte nicht eindeutig auf Bogner schließen ließen.

„Ok, ich kannte ihn von früher. Ich hatte ihn als Norman Fiedler kennen gelernt. Er war damals in Belgien plötzlich am Tatort gewesen. Ich hatte den belgischen Polizeibeamten gerade erklärt, dass ich diese Rocker auf den Motorrädern gesehen hätte, als ich unseren Zeltplatz verlassen hatte. Da kam er und hat das bestätigt. Er wohnte in der Pension, die zwischen unserem Zeltplatz und dem Dorf gelegen hat. Dort hätte er auch einen der Rocker näher kennen gelernt. Er hätte am Abend zuvor ein Bier mit ihm in der Bar der Pension getrunken, behauptete er. Der Rocker wäre angeblich ein schlimmer Typ gewesen, dem er alles zutrauen würde, gab er zu Protokoll. Dann nahm er mich zur Seite und flüsterte mir zu, dass er von einer deutschen Sicherheitsbehörde sei und sich um alles kümmern würde. Ich hatte keine Ahnung, was er damit gemeint haben könnte, aber ich war froh, dass sich jemand kümmern wollte. Ich konnte damals keinen klaren Gedanken fassen. Melanie und Johannes hatten in einer Blutlache in unserem Zelt gelegen. Nachdem ich die Polizei verständigt hatte und wieder zurückgekommen war, war die Leiche von Johannes verschwunden. Das war alles zuviel für mich gewesen. Und dann kam er und wollte sich um alles kümmern. Und das hat er auch getan, er telefonierte viel herum und die belgischen Polizisten machten, was er gesagt hat. Später hatte er auch in Deutschland die Fäden in der Hand und sorgte dafür, dass mit meiner Aussage der Fall rein rechtlich für mich erledigt war."

„Das klingt ja alles sehr geheimnisvoll", kommentierte Siebels die Aussage von Tetzloff. „Und dann hat er sich ziemlich genau zwanzig Jahre später bei Ihnen beworben und Sie haben ihn eingestellt. Waren Sie ihm vielleicht noch etwas schuldig?"

„Ich habe ihn nicht eingestellt, weil ich ihm noch etwas schuldig gewesen wäre."

„Wahrscheinlich waren Sie ihm noch einiges schuldig, wenn er sich damals so gut um Sie gekümmert hat. Immerhin gab es außer diesen ominösen Rockern keine Tatverdächtigen. Außer Ihnen und ihm hat auch keiner etwas von Rockern gewusst. Die Wirtin der Pension hat etwas über einen Motorradfahrer ausgesagt, der dort übernachtet hätte. Warum der die Hassler und den Weismüller hätte erschlagen sollen, ist völlig unklar. Sie hätten als Tatverdächtiger bestimmt viel härter rangenommen werden müssen, als es geschehen ist. Bogner hat also dafür gesorgt, dass Sie unbeschadet aus der Sache rausgekommen sind. Eine Verhandlung wäre Ihrer späteren Karriere bestimmt nicht sehr hilfreich gewesen. Sie befanden sich ziemlich tief in der Schuld von Bogner, wie ich die Sache so sehe."

„Mag sein", bestätigte Tetzloff. „Allerdings hatte ich mit der Sache nichts zu tun. Warum hätte ich meine Freunde erschlagen sollen? Bogner hat mir geholfen, aber er hat dem Richtigen geholfen."

„Das lassen wir jetzt einfach mal so stehen", brummte Siebels. „Aber nachdem Sie ihm dann zwanzig Jahre später wieder über den Weg gelaufen sind und ihn für so eine vertrauliche Position einstellen wollten, da haben Sie ihn doch bestimmt gefragt, warum er sich damals so für Sie eingesetzt hat, oder?“

„Ja, natürlich“, bestätigte Tetzloff. „Er war damals beim Verfassungsschutz, wo er vom Bundesgrenzschutz aus hingewechselt war. Er wurde als V-Mann eingesetzt und sollte sich bei kriminellen Vereinigungen einschleusen. Mitte der siebziger Jahre hatten sich in Deutschland die ersten Clubs als Ableger der Hells Angels formiert. Denen war kein guter Ruf aus Amerika vorausgegangen und der Verfassungsschutz wollte einen eigenen Mann in deren Reihen platzieren. Dieser Mann war Bogner. Er hatte für diese Aufgabe vom Verfassungsschutz eine Legende als Norman Fiedler bekommen. Als das in Belgien passiert war, musste er befürchten, dass seine Legende auffliegt. Deswegen wollte er den Fall so schnell wie möglich aus den Händen der belgischen und in die Hände der deutschen Behörden schaffen. Das ist ihm gelungen. Und weil er mehr über diese Rocker wusste, als er damals zuzugeben bereit war, hat er mich vor der deutschen Justiz beschützt. Er hatte ja den Verfassungsschutz im Rücken und die wollten auf keinen Fall ihren Fiedler als Kontaktmann bei den Hells Angels verlieren.“

„Das ist ja eine tolle Geschichte“, rümpfte Jensen die Nase.

„Es passt aber zu unseren bisherigen Erkenntnissen“, warf Siebels schnell ein und gab seinen Leuten zu verstehen, dass die bisherigen Recherchen, die Bogner nicht als eingeschleusten V-Mann bei der Rockergruppe, sondern bei der RAF auswiesen, für die Ohren von Tetzloff vorerst Tabu waren.

„Sie hatten also zwanzig Jahre lang keine Ahnung, warum Sie so schnell aus der Sache raus waren?“, fragte Siebels nach.

„Davon hatte ich keinen blassen Dunst, bis ich Bogner zwanzig Jahre später wieder getroffen habe.“

„Was hat Bogner denn in diesen zwanzig Jahren noch alles gemacht?“

„Er war die ganze Zeit über für den Verfassungsschutz tätig. Nach der Geschichte in Belgien hat er sich noch bis Anfang der achtziger Jahre als V-Mann mit langen Haaren, Bart und Kutte bei den Hells Angels rumgetrieben, dann hat er seine Undercover-Tätigkeiten aufgegeben und jüngere Kollegen ausgebildet. Mit Mitte fünfzig war er ausgebrannt, er wollte sich zurückziehen und hat bei mir sein optimales Rückzugsgebiet gefunden. Warum er jetzt spur- und wortlos verschwunden ist, ist mir ein Rätsel."

„Vielleicht hat er geahnt, dass wir in seiner Vergangenheit gewühlt haben und ihn als Fiedler identifizieren können. Wer weiß, wie viele Feinde er sich gemacht hat, als er als V-Mann Fiedler unterwegs war?", warf Till nachdenklich in die Runde.

„Da könntest du Recht haben", bestätigte Siebels. „Aber wie soll er davon Wind bekommen haben?"

„Das fragen Sie ihn am besten selbst. Wenn er mit seinem Wagen unterwegs ist, werden wir ihn ja hoffentlich bald finden", warf Jensen ein. Um die Fahndung nach Bogner hatte Till sich mittlerweile gekümmert, das Kennzeichen seines Wagens war landesweit den Polizeistationen mitgeteilt worden.

Siebels wechselte das Thema. „Am Montag um 13:00 Uhr läuft die Frist des Entführers für das Angebot bei Ebay ab. Ich schlage vor, dass wir uns am Montag hier um 11:30 Uhr treffen und beobachten, was sich der Entführer ausgedacht hat. Haben Sie sich schon Gedanken gemacht, was Sie ihm anbieten wollen?" Siebels schaute Tetzloff fragend an.

„Eins in die Fresse", war dessen spontane Antwort.

„Erst kümmern wir uns um Ihre Frau, dann können wir uns um seine Fresse Gedanken machen", konterte Siebels.

„Sie haben Recht. Unter einer Million werde ich wahrscheinlich nicht anzufangen brauchen."

„In diese Richtung hatte ich auch gedacht", stimmte Siebels ihm zu. „Wenn sich nichts Neues ergibt, sind wir also am Montag rechtzeitig hier."

„Ich kann es kaum erwarten. Glauben Sie, meine Frau lebt noch? Glauben Sie, dass es ihr gut geht?"

„Davon bin ich überzeugt. Ihr alter Freund Weismüller ist unser Mann. Er lebt, so viel steht fest. Leider konnten wir noch nicht herausfinden, wo er lebt und unter welchem Namen er sich jetzt in Deutschland aufhält, falls er sich überhaupt in Deutschland aufhält."

Tetzloff vergrub sein Gesicht in seinen Händen. „Weismüller, das ist doch Wahnsinn. Warum? Warum hat er sich nie gemeldet? Warum meine Frau? Ich verstehe das nicht."

„Ich auch nicht", sagte Jensen und machte keinen glücklichen Eindruck dabei.

Die Bonanza-Melodie kündigte ein Gespräch auf Siebels Handy an. Charly war am Apparat, er hatte Neuigkeiten.

Erst im Auto klärte Siebels Jensen und Till über Charlys Anruf auf. Es waren wieder Neuigkeiten, die mit der alten Geschichte Hassler zu tun hatten, und die hatte Siebels nicht vor Tetzloff erwähnen wollen.

„Charly ist schon wieder sehr fleißig gewesen", begann Siebels zu erzählen. „Als erstes hat er wahrscheinlich diesen Hugo identifiziert. Charly meint, dass es sich dabei um Oberst Hugo Müller handeln könnte. Müller war lange Zeit bei der HVA."

„Ach was", entfuhr es Till.

„HV was?", fragte Jensen neugierig nach.

„HVA, die Hauptverwaltung Aufklärung. Da wurde die Stasi-Elite in der DDR herangezüchtet. Das war ein Trainingslager für Spione. Offiziell hieß das Auslandsaufklärung. Die spionierten bei uns rum, in der Politik, beim Militär, in der Wirtschaft und in der Technologie. Außer Spionage haben die auch die Gegenspionage geliebt und bei uns gerne Desinformationen gestreut."

„Die waren praktisch das Gegenstück zum westlichen Verfassungsschutz", bemerkte Till.

„Also, hören Sie mal", beschwerte sich Jensen aufgebracht. „Da vergleichen Sie aber Äpfel mit Birnen. Das war die Stasi in ihrer übelsten Form, die haben doch nur den KGB nachgeäfft."

„Wie auch immer", unterbrach Siebels die aufkommende Grundsatzdiskussion. „Wenn wir mehr über Hugo wissen wollen, muss einer nach Berlin zur Birthler-Behörde und sich Akteneinsicht verschaffen. Da brauchen wir Ihre Hilfe, Herr Jensen. Das muss jetzt schnell gehen. Normalerweise dauert das, muss erst angemeldet werden und so weiter."

„Das geht ratzfatz. Da rufe ich am Montagmorgen gleich als Erstes an. Wer fährt denn hin?"

„Charly hätte ich am Montag gerne dabei, wenn die Ebay-Aktion läuft. Till ist ein echter Ossi, der soll das machen."

„Alles klar, Herr Krüger. Am Montag starten Sie direkt durch nach Berlin. Da können Sie den Zug nehmen. Dann können Sie auf der Rückfahrt gleich Aktenstudium betreiben. Vielleicht finden Sie schon was, bevor das mit dem Ebay richtig los geht."

Till sah seine Pläne, sich mit Johanna in Ruhe auseinander zu setzen, in immer weitere Ferne rücken. Andererseits fand er den Auftrag ziemlich spannend und sagte spontan zu.

„Charly hat aber noch etwas sehr Interessantes zutage gefördert", nahm Siebels das Gespräch wieder an sich. „Er hat ein bisschen herumtelefoniert, ein paar pensionierte Kollegen aufgetrieben und sich rund um das Thema RAF in Frankfurt schlau gemacht. Dabei ist er auf einen ehemaligen Kripobeamten gestoßen, der mit der Observierung von Melanie Hassler beauftragt gewesen war. Auffälligkeiten sollten direkt den Leuten vom Verfassungsschutz gemeldet werden. Er hat tatsächlich Meldung gemacht. Die Hassler hat sich mehrmals mit Leuten getroffen, die der linksradikalen Szene zugeordnet wurden. Unser Mann konnte sich auch noch erinnern, dass Melanie Hassler auf die schwarze Liste geraten ist, als sie bei ihrer großen Schwester zu Besuch war, die damals in Berlin lebte. Alexandra Hassler stand schon längere Zeit auf dieser schwarzen Liste. Ihr Name stand sogar ziemlich weit oben auf der Liste der RAF-Sympathisanten. Als die kleine Schwester von Berlin nach Frankfurt zurückgekommen war, tauchte sie gleich vor den vom Verfassungsschutz gut bewachten Wohnungstüren der Frankfurter Unterstützerszene auf. Im Nachhinein gesehen waren das zwar alles nur kleine, unbedeutende Gestalten, aber damals standen sie als potentielle Staatsfeinde unter penibler Beobachtung."

„Ich habe doch geahnt, dass mit der Ökofrau etwas nicht stimmt", freute sich Till.

„Was für eine Öko-Frau?", wollte Jensen wissen.

„Alexandra Hassler", klärte Siebels ihn auf. „Der werden wir jetzt gleich mal einen Besuch abstatten."

Samstag, 06. Dezember 2003, 9.30 Uhr

Sie saß am Frühstückstisch in der Küche und brühte sich frischen Kaffee auf. Sie trug ein frisches weißes T-Shirt, die letzte Nacht hatte sie alleine in ihrem Bett verbracht. Als sie am Morgen in die Küche gekommen war, hatte er bereits das Haus verlassen. Er hatte einen Zettel für sie zurückgelassen, auf dem er ihr mitteilte, dass er gegen 10:00 Uhr wieder zurück wäre. Sie wollte in der Küche auf ihn warten. Sie fühlte sich nicht wohl. Seit gestern Abend hatte sich viel verändert. Sie hatte ihm zu verstehen gegeben, dass sie bei ihm bleiben wolle. Dass sie ihren Mann verlassen würde, um mit ihm ein neues Leben zu beginnen. Sie fragte sich, ob das eine gute Entscheidung sein konnte. Sie kannte ihn kaum, wusste so gut wie nichts über ihn. Von ihm war eine starke erotische Anziehungskraft ausgegangen, eine Kraft, der sie sich nicht zu widersetzen vermocht hatte. Aber ob das genügen würde, um ein Leben gemeinsam zu verbringen, war ihr nicht klar. Sie befürchtete, dass diese Anziehungskraft, die ihn so unwiderstehlich gemacht hatte, augenblicklich erlöschen würde, wenn sie nicht mehr seine Gefangene wäre. Hier hatte er alles unter Kontrolle und sie musste sich seinen Wünschen fügen. Hier gab es keine Einflüsse von außen, die ihre Beziehung beeinflussen konnten. Hier gab es keine Freunde und Bekannte, hier gab es nur sie und ihn. Aber dieses Haus war kein Zuhause und würde keines werden. Dieses Haus war nur dazu gedacht, sie für ein paar Tage von der Außenwelt abzuschotten. Diese Tage würden bald vorbei sein. Sie fragte sich, wo ihr neues Zuhause wäre, wenn sie bei ihm bleiben würde. Sie fragte sich, ob sie mit ihm reisen würde, wenn sie an seiner Seite leben würde. Mit ihrem Mann hatte sie auch reisen wollen, damals, als sie noch ein frisch verliebtes Paar gewesen waren. Kaum hatte sie ihm ihr Ja-Wort gegeben, war es mit dem Reisen vorbei gewesen. Er hatte nur noch Zeit für seine Geschäfte gehabt und sie war froh gewesen, wenn eine ihrer Freundinnen etwas Zeit für sie übrig gehabt hatte. Von dem gefeierten Traumpaar Tetzloff war nur noch ein Trümmerhaufen übrig geblieben. Sie fragte sich, ob ihr Mann sie überhaupt zurückhaben wollte. Die Antwort auf diese Frage würde sie bald bekommen, sie würde dabei sein, wenn er mit ihrem Mann um sie bieten würde. Sie war gespannt, wie dieses Spiel ausgehen würde. Es war nicht fair, das wusste sie. Ihr Mann hatte sich zwar als Egoist entpuppt, der seine Frau hauptsächlich für gesellschaftliche Auftritte benötigte und sich ansonsten nicht mehr viel um sie gekümmert hatte, aber er hatte sie auch nie schlecht behandelt. Er hatte ihr immer alle Freiheiten gelassen und war nie eifersüchtig gewesen. Dass sie sich für einen anderen interessieren könnte, wäre ihm nie in den Sinn gekommen. Es konnte keinen anderen geben, weil er der

Beste war und sie das Beste verdient hatte. Jetzt war einer gekommen, der sie ihm genommen hatte. Einer, der sie ihm wieder zurückgeben wollte und sich dann anders entschieden hatte.

Sie hörte ihn kommen und vertrieb ihre Gedanken an ihren Mann, an ihre Vergangenheit und an ihre Zukunft. Jetzt wollte sie die Gegenwart mit ihm genießen. Er stand in der Küchentür und beobachtete sie. Er sah gut aus in seinem dunkelgrauen Anzug, zu dem er eine rote Krawatte trug. Sie sah die Lust in seinen Augen und wollte für den Rest ihres Lebens nichts anderes mehr sehen. Sie wollte ihn etwas fragen, entschied sich aber dafür, nur ihre Augen sprechen zu lassen. Die Sprache ihrer beider Augen war unmissverständlich. Wenn ihre Blicke sich trafen, waren Worte überflüssig. Sie schaute ihn an und er ließ seine Augen nicht von ihr, als er sein Sakko auf den Boden fallen ließ. Sie lehnte sich auf ihrem Stuhl zurück und fixierte ihn, als er seine Krawatte löste und sein Hemd aufknöpfte. Ihre Blicke verfolgten seine Hände, als er seinen Gürtel öffnete. Ihre Augen sahen ihn an, als er sich bückte, um erst seine schwarzen Lederschuhe und dann seine Socken auszuziehen. Sie musterte ihn unverhohlen, als er nur noch in seiner Unterhose vor ihr stand. Ihre Augen starrten begierig auf seinen Slip, der sich im Schritt mächtig ausbeulte. Ihr Blick wanderte aufwärts von seinem Slip über seinen Bauch hoch, dann weiter über seine behaarte Brust bis zu seinem Gesicht. Ihr wurde heiß, als sie wieder direkt in seine Augen blickte, in denen sie ein unbändiges Feuer lodern sah. Sie ließ ihren Blick wieder an ihm herabgleiten und beobachtete fasziniert, wie er sich langsam seinen Slip herunterschob. Ihr Herzschlag erhöhte sich, als er nackt vor ihr stand und sein Glied sich in die Höhe reckte. Er kam langsam auf sie zu und sie ließ seinen prachtvollen Ständer nicht aus den Augen. Sie wollte seine Härte fühlen, seine Lust spüren, seine Manneskraft in sich aufsaugen. Wortlos kam er näher, bis er mit seinem geschwollenen Schwanz dicht vor ihr stand. Sie spürte seine Hände auf ihrem Kopf, spürte, wie sie sanft nach unten gedrückt wurde. Sie gab seinem Druck willenlos nach, beugte ihren Kopf herunter, bis ihre Lippen seinen prallen Luststab berührten. Bevor sie ihre Lippen öffnete, legte sie ihre Hände auf seinen Hintern und nahm sich, was sie haben wollte. Er verstärkte leicht den Druck mit seinen Händen auf ihren Kopf und ließ dabei sein Becken leicht vor- und wieder zurückwippen. Ihre Hände vergruben sich fest in seinem Pofleisch, als sie ihre Lippen öffnete und mit ihrer geschmeidigen Zunge seinen Schwanz willkommen hieß. Sein leises Seufzen klang wie Musik in ihren Ohren. Sie lutschte mit Hingabe an seinem besten Stück, saugte sein pralles Leben in sich auf und bestimmte mit ihrem Mund den Takt der Melodie, die er mal seufzend, mal keuchend und wenn sie es wollte auch mal laut aufstöhnend für sie erklingen ließ.

Zwei Stunden später lagen beide erschöpft und glücklich mit erhitzten Körpern auf den kalten Fliesen der Küche. Sie konnten ohne einander nicht mehr existieren. Ob sie auf Dauer miteinander existieren konnten, wusste weder er noch sie.

27

Samstag, 06. Dezember 2003, 19.15 Uhr

Alexandra Hassler stand nur mit einem Morgenmantel bekleidet in der Tür, als Jensen, Siebels und Till unangemeldet bei ihr aufgetauchten. Siebels entschuldigte sich für die Störung am Samstagabend, ließ aber keinen Zweifel aufkommen, dass es sich um eine wichtige Störung handelte. Die Hassler versuchte vergeblich die Beamten abzuwimmeln, die plötzlich vor ihrer Wohnungstür gestanden hatten. Als sich Jensen als der ermittelnde Staatsanwalt vorstellte, ließ sie die Männer herein und verschwand in ihrem Schlafzimmer, um sich etwas anzuziehen. Die Männer warteten in der Küche, in der die Hassler kurz darauf in einem verwaschenen Jogginganzug erschien.

„Sie haben uns gar nicht erzählt, dass sie in Berlin gelebt haben, als ihre Schwester ermordet wurde", eröffnete Siebels das Gespräch.

Die Hassler schaute ihn verwundert an, bevor sie ihm antwortete. „Sie haben nicht danach gefragt. Ist das jetzt etwa wichtig?"

„Was haben Sie denn damals in Berlin gemacht?", fragte Jensen neugierig, ohne auf ihre Frage einzugehen.

„Ich habe studiert. Politikwissenschaften. Allerdings nur für zwei Jahre, dann ist das mit Melanie passiert und ich bin wieder zurückgekommen, weil es meiner Mutter schlecht ging."

„Waren Sie während dieser Zeit auch politisch aktiv gewesen?", bohrte Jensen weiter, dem nicht auffiel, dass Siebels das Gespräch lieber selbst geführt hätte.

„Ach, daher weht der Wind", plusterte die Hassler sich empört auf. „Ich dachte, sie ermitteln wieder in dem Mordfall an meiner Schwester. Meine Karriere als RAF-Terroristin ist damals im Sand verlaufen, stattdessen musste ich mich um meine Mutter kümmern, der ich dann doch nicht helfen konnte."

„Sagt Ihnen der Name Norman Fiedler etwas?", wollte Siebels wissen und übernahm damit wieder die Gesprächsleitung.

Die Hassler überlegte einen Moment, wusste aber mit diesem Namen nichts anzufangen. „Wer soll das sein?"

Siebels entschied sich, mit offenen Karten zu spielen. „Fiedler war damals beim Verfassungsschutz tätig und sollte offenbar als V-Mann in die Sympathisantenszene der RAF eingeschleust werden. Er war allerdings in Frankfurt und nicht in Berlin tätig gewesen. Ihr Name stand damals auf einer schwarzen Liste. Sie wurden in Berlin vom Verfassungsschutz beobachtet. Dann kam ihre Schwester zu Besuch. So weit wir wissen, hatte ihre Schwester damals keinen Bezug zur linken Szene. Als sie aber von Berlin wieder nach Frankfurt zurückgekommen war, tauchte sie plötzlich bei verschiedenen Leuten auf, die der aktiven Unterstützerszene der RAF zugeordnet wurden und unter Beobachtung standen. Norman Fiedler, der sich als V-Mann in der Szene einschleusen sollte, kann das nicht entgangen sein. Jedenfalls war der auch in Belgien, als ihre Schwester ermordet worden ist."

„Sie meinen, der Verfassungsschutz hat meine Schwester umgebracht?", fragte die Hassler ungläubig.

„Nein, das meinen wir ganz sicher nicht", fuhr Jensen, dem die Ungereimtheiten zwischen Fiedler als dem eingeschleusten Mann bei der RAF und Fiedler als dem eingeschleusten Mann bei den Hells Angels einiges Durcheinander beim Denken verursachte, hastig dazwischen. Da er das Durcheinander auf die Schnelle nicht ordnen konnte, überließ er Siebels wieder das Feld.

„Es ist nur eine vage Vermutung, aber es deutet einiges darauf-hin, dass der Tod Ihrer Schwester und die Kontakte, die sie zuvor zur linksradikalen Szene gepflegt hatte, in einem Zusammenhang stehen. Deshalb sind wir hier. Wir wollen von Ihnen wissen, was damals genau geschehen ist, als Melanie Sie in Berlin besucht hat. Jeder kleine Hinweis kann wichtig sein. Uns fehlen nur noch wenige Teile, um das Puzzle, das auch die Geschehnisse in Belgien beinhaltet, zusammenzusetzen."

Die Hassler zündete sich eine Zigarette an und zog nervös daran, Siebels tat es ihr dankbar nach und Jensen hüstelte widerwillig ob der aufsteigenden Rauchschwaden.

„Das war eine andere Zeit damals", schwelgte die Hassler in Erinnerungen. „Wir wollten raus aus dem Mief der Spießbürgergesellschaft. Wir wollten Gerechtigkeit und Freiheit, wir wollten die Revolution. Wir hatten keine Ahnung, was wir eigentlich wollten, auf jeden Fall wollten wir nicht so werden wie unsere Eltern. Mein Umzug nach Berlin war eigentlich eine Flucht aus dem Elternhaus. Von mir wurde erwartet, dass ich einen Beruf lerne, heirate und Kinder bekomme. Ich war aber lesbisch und wollte keinen Beruf erlernen, sondern die Welt verändern. In Berlin habe ich Sabine kennen gelernt. Sie war vor den gleichen Problemen nach Berlin geflüchtet wie ich. Wir wurden ein Paar und entdeckten unsere Liebe zur Politik. Was die Leute von der RAF machten, fanden wir gut. Krieg gegen das Etablissement bedeutete Krieg gegen unsere Feinde und wir beschlossen, uns der Armee anzuschließen. Am Anfang war das spannend und wir lernten nach und nach Leute kennen, die schon in den Krieg gezogen waren. Irgendwann waren wir mittendrin. Von Tag zu Tag wurde unser Leben konspirativer, wir waren kurz davor in den Untergrund zu gehen. Im Sommer 1974 wurden wir damit beauftragt, Wohnungen für die Frontkämpfer aufzutreiben. Der Fahndungsapparat vom BKA hatte enormen Druck auf die ganze linke Szene ausgeübt. Man war nirgendwo mehr sicher, überall tauchten plötzlich die Bullen auf. Auch Sabine und ich waren kurz davor, in den Untergrund zu gehen, nachdem wir drei Wohnungen angemietet hatten. Wir litten schon unter enormen Verfolgungswahn, als plötzlich Melanie vor meiner Tür stand. Sie wollte sich mal Berlin anschauen, hatte sie freudestrahlend verkündet. Ich dachte erst, sie würde sofort zurück zu Mami fahren, wenn sie erfuhr, dass ich mein Bett mit einer Frau teilte. Weit gefehlt, die kleine Prinzessin fand das total super. Ich erkannte meine kleine verwöhnte Schwester gar nicht mehr wieder. Das verhätschelte Kindchen, das ich in Frankfurt zurückgelassen hatte, hatte sich in eine junge, aufgeschlossene, neugierige Frau verwandelt. Sie war hungrig nach Abenteuern und Berlin sollte für ein paar Tage ihr Abenteuerspielplatz werden. Sie machte die Nächte in Kneipen und Diskotheken durch und flirtete mit Männern genauso hemmungslos wie mit Frauen. Ich war total überrascht und musste feststellen, dass meine kleine Schwester dem Spießbürgerleben unseres Elternhauses mit viel größeren Schritten davongelaufen war, als mir es gelungen war. Eines Abends hatten wir ein Treffen mit Leuten von der linken Szene in unserer Wohnung. Es wurde über Aktionen gesprochen, mit denen unsere inhaftierten Leute aus dem Knast gepresst werden sollten. Wir hatten damals viele wilde Ideen, gehandelt haben dann andere."

„Wie meinen Sie das?", fragte Jensen.

„Ich meine die Entführung von Peter Lorenz im Februar 1975. Die Idee, einen Politiker zu entführen, um die eigenen inhaftierten Leute freizupressen, wurde von uns damals ausgiebig diskutiert. Wir hatten aber glücklicherweise nicht den Mumm zu so einer Aktion und ein paar Monate später hat die Bewegung 2. Juni dann den Lorenz entführt. Als wir das damals diskutierten, kam Melanie plötzlich von einer ihrer Kneipentouren zurück und gesellte sich zu unserer Runde. Sie wurde von allen akzeptiert, irgendwie war ich stolz auf meine kleine Schwester. Bei diesem Treffen war Melanie höchstens eine Stunde dabei und es war meines Wissens ihr einziger Kontakt geblieben, den sie zu der Szene gehabt hat. Ein paar Tage später ist sie auch schon wieder abgereist und das nächste, was ich von ihr hörte, war, dass sie ermordet worden war."

„Fällt Ihnen vielleicht sonst noch etwas ein, das Sie uns bei unserem letzten Besuch noch nicht erzählt haben?", fragte Siebels und klang leicht verärgert.

Die Hassler zündete sich eine neue Zigarette an, zog nervös an dem Glimmstengel und schien dabei abzuwägen, ob sie auf die Frage von Siebels eingehen sollte. „Ja", sagte sie schließlich. „Ich weiß aber nicht, ob das für Sie wichtig ist."

„Das werden wir dann sehen", entgegnete Siebels, dessen Neugierde nicht zu übersehen war.

„Ich habe Ihnen bei Ihrem letzten Besuch von unserem Nachbarsjungen erzählt."

„Jens Heierbach?", entfuhr es Till.

„Ja, Jens Heierbach. Als er so fünfzehn oder sechszehn war, begann er, sich für Melanie zu interessieren. Das habe ich Ihnen erzählt. Melanie mochte ihn damals nicht besonders. Als Melanie bei mir in Berlin war, hat sie mir erzählt, dass Heierbach ihr Liebhaber war. Ich dachte, ich höre nicht recht, als sie mir das sagte. Aber das war noch nicht alles, sie war zu diesem Zeitpunkt ja schon mit Johannes Weismüller zusammen. Den Heierbach hätte sie als Versuchsballon benutzt, so hat sie sich ausgedrückt."

„Als Versuchsballon? Was soll das denn bedeuten?", fragte Jensen und beugte sich vor über den Tisch, um die Antwort der Hassler zu erhaschen.

„Sie hat mit ihm gespielt. Sie hat probiert, wie ein Mann funktioniert. Sie hat mit ihm geschlafen, weil er nach ihrer Pfeife tanzte. Und als sie wusste, wie es ging, hat sie ihn abserviert und sich Johannes geschnappt."

„Warum haben Sie uns das bei unserem letzten Gespräch verschwiegen?", fragte Siebels.

„Ich weiß es nicht, es kam mir so irrational vor. Jahrelang habe ich mit meiner kleinen Schwester unter einem Dach gelebt und sie nur als verwöhnte, artige Prinzessin gekannt. Dann sehe ich sie zwei Jahre nicht und plötzlich steht sie vor meiner Tür. In der einen Woche, die sie in Berlin verbracht hat, lernte ich dann einen ganz neuen Menschen kennen. Die wohlbehütete Prinzessin hatte sich zu einem ausgekochten Luder verwandelt. In dieser Rolle habe ich sie aber nur eine Woche lang erlebt. Es fällt mir jetzt nach so langer Zeit immer noch schwer, mich an meine Schwester zu erinnern, weil ich nicht weiß, wie ich mich an sie erinnern soll. So, wie ich sie gekannt habe, als wir zusammen aufgewachsen sind, oder so, wie ich sie in dieser einen Woche erlebt habe."

Siebels konnte das nachvollziehen. Er hatte schon Fälle gehabt, wo Eltern fassungslos zugeben mussten, dass sich ihre Sprösslinge innerhalb kürzester Zeit verändert hatten und in das kriminelle Milieu abgerutscht waren. Vor allem Sabine hatte ihm einiges von ihren Erfahrungen als Polizistin bei der Sitte erzählt. Geschichten von netten, gut erzogenen Mädchen, die plötzlich auf den Strich gegangen waren. Unwillkürlich musste er an seine Tochter denken, die seit einigen Jahren mit seiner Exfrau in Berlin lebte und auch so langsam in das kritische Alter kam. Ein Blick zu Till verriet ihm, dass der mit seinen Gedanken bei seiner Freundin Johanna war. Johanna hatte bei einem ihrer letzten Fälle eine wichtige Rolle gespielt. Sie war auch so ein junges, gut erzogenes Mädchen aus gutem Elternhaus gewesen, das sich dann zumindest kurzzeitig in ein kleines ausgekochtes Luder verwandelt hatte. Jetzt war sie braver als je zuvor und das machte dem lebensfrohen Till zu schaffen.

„Ich denke, diese Episode mit Jens Heierbach dürfte für Sie nicht so wichtig sein", unterbrach die Hassler Siebels Gedankensprünge.

„Oh doch", widersprach Siebels. „Es sieht so aus, als wäre Heierbach damals auch in Belgien gewesen."

„Heierbach? Aber warum? So weit ich weiß, war der doch plötzlich verschwunden. Doch nicht etwa deswegen, weil er Melanie umgebracht hat?"

„Genau das wollen wir ja herausfinden. Wenn er ihr Ex-Liebhaber war und dann von ihr abserviert wurde, hatte er zumindest ein Motiv. Hätten wir das früher gewusst, müssten wir jetzt nicht nach ihm fahnden. Der ist nämlich vor uns weggelaufen wie der Teufel vor dem Weihwasser."

Die Hassler schaute Siebels nur ungläubig an. Siebels stand auf und reichte der Hassler zum Abschied seine Hand. Er wollte hinter Till und Jensen gerade die Küche verlassen, als ihm noch etwas einfiel.

„Ich würde mich morgen gerne mit Ihrer Mutter unterhalten, würden Sie mir bitte die Adresse von dem Heim aufschreiben, in dem sie sich befindet."

Die Hassler nickte nur, zog eine Schublade auf, holte einen Block und einen Stift daraus hervor, kritzelte etwas auf einen Zettel und reichte ihn Siebels.

Erinnerungen, Juni 1985

Zehn Jahre waren ins Land gezogen, seitdem ich in Belgien als neuer Mensch erwacht war. Zehn Jahre, in denen mich nächtliche Albräume verfolgt hatten. Seitdem ich in Zaire ein luxuriöses Leben führen konnte, war ich von der Häufigkeit und Heftigkeit früherer Anfälle verschont geblieben, doch hatte es auch nach zehn Jahren noch Nächte gegeben, in denen mich meine Dämonen heimgesucht hatten. Ich hatte es aufgegeben, Ordnung in meinen Kopf bringen zu wollen. Das Leben, das ich nun geführt hatte, war voller Annehmlichkeiten gewesen. Mein Reichtum war ständig und unaufhörlich gewachsen, mit den Auslandskrediten waren Jahr für Jahr Hunderte von Millionen Dollar ins Land gesprudelt und ein Teil davon war in regelmä-

ßigen Abständen auf ein Schweizer Nummernkonto geflossen, wo es auf mich warten sollte, bis ich mich in den wohlverdienten Ruhestand begeben wollte. Bei den Schweizer Banken war ich als Patrick LeClerk ein gern gesehener Gast gewesen. Auf der Suche nach meiner Identität war ich nicht weitergekommen, seitdem ich von diesem heftigen Anfall heimgesucht worden war, als ich meine schwarze Prinzessin Marie zum ersten Mal geliebt hatte. In jener Nacht war mein alter Name – Johannes Weismüller – plötzlich wieder in meinem Kopf präsent gewesen und damit die Gewissheit, dass es eine Vergangenheit gegeben haben musste, bevor ich als Philippe van Kerken mein Leben neu begonnen hatte. Mein damaliger Entschluss, in Afrika als John Whitemiller wieder dort anzuknüpfen, wo in Belgien plötzlich alles geendet hatte, war ein guter Entschluss gewesen. Dieser Name schien wie ein Schutzschild gegen die immer wieder auf mich einstürmenden Dämonen gewirkt zu haben und mit den Jahren war es ruhiger in meinem Kopf geworden. Die immer noch vorhandene Leere in meinem Kopf, die meine Dämonen in früheren Zeiten mit diesen schrecklichen blutigen Bildern gefüllt hatten, bestand seit Anfang der achtziger Jahre fast nur noch aus Nebel, der mir eine gewisse Unbekümmertheit und friedliche Nächte beschert hatte. Wenn ich nicht im Auftrag des Präsidenten mit Koffern voller Dollarscheine durch das Land gereist war, hatte ich mich mit Marie getroffen. Zwischen ihren Schenkeln, die sie in Hotelzimmern, in Flugzeugen, in prachtvoll angelegten Gärten diverser Präsidentenpaläste oder auch mal während eines Staatsbanketts in einer Besenkammer immer bereitwillig für mich geöffnet hatte, war es mir immer wieder gelungen, Zugang zu meiner verlorenen Vergangenheit zu finden. Wenn ich Marie geliebt hatte, begannen sich dabei die Nebelschwaden in meinem Kopf zu lichten und ich hatte oftmals einen schmalen Lichtstreifen am Horizont erkennen können, wenn sie mich mit ihrer einzigartigen Sinnlichkeit meinem Höhepunkt entgegen getrieben hatte. Nachdem ich ihr meine Geschichte erzählt hatte, ihr gestanden hatte, was mit mir geschah, wenn ich in ihr war, war es ihr Wunsch gewesen, mich so intensiv zu lieben, dass meine Dämonen endgültig vernichtet würden und der trübe Nebel in meinem Kopf endlich einer reinen Klarheit weichen würde. Marie hatte nichts unversucht gelassen. Oft hatte sie mich am Abend geritten, bis ich ohnmächtig geworden war und am nächsten Morgen verwöhnt, bis ich so ausgepumpt gewesen war, wie die Brunnen in der afrikanischen Wüste. Je öfter ich es mit Marie getrieben hatte, desto schneller hatte ich dabei den Zustand erreicht, in dem ich gewesen war, als ich in Belgien alles verloren hatte. Es war ein Zustand, der mich jedes Mal fast in den Wahnsinn getrieben hatte. In mir war dabei immer das Bedürfnis erwacht, meine Geliebte beschützen zu müssen, und weil es nichts gab, was ich hätte tun können, hatte ich meine Gefühle mit heftigen Liebesstößen zum Ausdruck gebracht, mit denen ich Marie bei jeder Gelegenheit hatte beglücken dürfen. Nach fünf wundervollen Jahren und vielen berauschenden Liebesnächten hatte Marie einen ersten kleinen Erfolg mit ihrer wunderbaren Therapie bei mir erzielen können. Wir waren gemeinsam in meinem Jet unterwegs gewesen, hatten vom Norden des Landes in den Süden reisen wollen. Wir waren die einzigen Passagiere gewesen, ich hatte etwas lesen wollen, doch Marie hatte es vorgezogen, mich zu verführen. Es hatte nicht lange gedauert, bis sie nackt auf mir gesessen hatte. Lustvoll war sie auf mir geritten. Die weißen Wolken, die ich rechts und links aus den Bullaugen des Jets dabei beobachtet hatte, waren so schön geformt gewesen wie der Körper von Marie, die in geschmeidigen Bewegungen meine Männlichkeit in sich aufgenommen hatte. Der Jet war durch die Luft geschwebt, die Schenkel von Marie hatten mich eisern umklammert, mein Blick war von ihren dunklen, feurigen Augen zu ihren festen, wippenden Brüsten und weiter zu den weißen Wolken gewandert. Lustvoll hatte ich ihren Namen keuchend von mir gegeben. Marie, Marie. Ich hatte gespürt, dass ich jeden Moment in ihr explodieren würde, hatte lauter stöhnen müssen. Marie, oh Marie. Plötzlich hatte der Pilot vor mir gestanden, der das Cockpit verlassen und uns mit großen Augen betrachtet hatte. Marie hatte ihn auch bemerkt, ihn aber nicht beachtet und mich weiter meinem Glück entgegengetrieben. Meine Hände hatten sich fest in ihre Pobacken vergraben. Als ich in Marie explodiert war und dabei in die Augen des Piloten gesehen hatte, hatte ich vor Erregung wieder ihren Namen schreien müssen. Erst später war mir bewusst geworden, dass es nicht ihr Name gewesen war, den ich geschrien hatte. Melanie, Melanie hatte ich immer wieder gerufen und am Klang meiner Stimme war die Wandlung von purer Lust zu nackter Angst erkennbar gewesen.

Sonntag, 07. Dezember 2003, 10.30 Uhr

Till hatte den Sonntag von Siebels frei bekommen. Siebels hatte die letzte Nacht bei Sabine verbracht, die ihre Schussverletzung gut überwunden hatte. Zu gerne hätte er den Sonntag mit ihr schmusend auf der Couch verbracht und die vereinzelten Schneeflocken in der Dezemberkälte durch seine Fensterfront beobachtet. Doch die Pflicht des Kriminalisten ließ ihn nicht ruhen. Er hatte Sabine alle Neuigkeiten im Fall Simone Tetzloff ausführlich berichtet und sich dabei die Haare gerauft, weil er noch keinen blassen Schimmer hatte, wie die Dinge zusammenhingen und wie sich seine Ermittlungen auf das Wohlbefinden der Frau Tetzloff auswirken würden. Sabine hatte ihn getröstet und ihm neuen Mut gemacht. In ihrer eigenen Art hatte sie all die Fakten, die Siebels in den letzten sechs Tagen zusammengetragen hatte, aufgezählt und ihn einen Superbullen genannt. Das hatte wie Musik in seinen Ohren geklungen und als er aus ihrem Mund noch einmal vernehmen durfte, was er tatsächlich geleistet hatte, war ein neuer Stolz in ihm aufgestiegen. Ein Stolz, der schnell dem Drang weichen musste, weitere Erkenntnisse gewinnen zu wollen. Die unsichtbaren Stränge zwischen Stasi, RAF, Hells Angels und dem Verfassungsschutz, die durch einen ungeklärten Mordfall in Belgien verknotet worden waren, wollte Siebels jetzt endlich sichtbar machen. Das Gedächtnis einer alten, verwirrten Frau, die den Tod ihrer Tochter nicht verkraftet hatte, beherbergte vielleicht noch Geheimnisse, die Siebels lüften musste, wenn er das unsichtbare Netz entknoten wollte.

Auf dem Weg zum Stift Katharinenruhe am Stadtrand von Offenbach fuhr er an der Offenbacher Stadtklinik vorbei, wo Doro den kleinen Herbert geboren hatte und auf die Rückkehr des großen Herbert wartete. Da der noch nicht gekommen war, würde sich Doro vielleicht über einen Besuch von Siebels freuen, überlegte sich Siebels. Schließlich war er da gewesen, als

Herbert gebraucht worden war. Andererseits war Herbert nicht da gewesen, weil Siebels da gewesen war. Siebels unterbrach seine Gedankenspiele, die ihn ein wenig erheitert hatten, und konzentrierte sich wieder auf das Gespräch, das ihm jetzt mit Frau Hassler bevorstand.

Das Stift lag in einem Waldstück, Siebels ging vom Parkplatz aus über einen kleinen Park zum Hauptgebäude. Im Park schlenderten einige alte Leute Seite an Seite mit ihren Söhnen oder Töchtern oder Pflegern über die angelegten Schotterwege. Siebels überlegte sich, ob seine Tochter ihn auch mal besuchen würde, wenn er als alter Tattergreis vor sich hin gammeln würde. Er entschied sich dafür, dass das nie passieren würde, weil er mit seiner Sabine einen Jungbrunnen besaß. Seine Exfrau war da seiner Meinung nach wesentlich gefährdeter, aber die würde von ihrer Tochter bestimmt besucht werden, glaubte Siebels und glaubte es dann wieder nicht und stand dann endlich vor der Empfangsdame, die ein Nonnengewand trug. Er fragte nach Frau Hassler, zeigte seinen Ausweis und bekam die Nummer des Zimmers gesagt, welches sich im zweiten Stockwerk befand.

Frau Hassler war ein kleines, gekrümmtes Persönchen und bewohnte ein Zimmer mit Terrasse und Ausblick auf den kleinen Park. Auf ihrer Kommode stand ein Bild, ein Portrait von Melanie. Von Alexandra gab es kein Bild.

„Guten Tag, Frau Hassler, mein Name ist Siebels. Steffen Siebels. Ich soll Ihnen schöne Grüße von Ihrer Tochter Alexandra ausrichten“, begann er seine Konversation.

Frau Hassler musste Anfang achtzig sein und schaute ihn mit faltigem Gesicht und leeren Augen an. „Haben Sie Kuchen mitgebracht?“, fragte sie und sah enttäuscht aus, weil er ganz offensichtlich keinen Kuchen dabei hatte. Am Kuchen sollte es nicht scheitern, überlegte sich Siebels und fragte, welchen Kuchen sie denn bevorzugen würde.

„Käsekuchen“, krächzte Frau Hassler und ließ keinen Zweifel daran, dass sie es ernst meinte. Siebels erinnerte sich, an einer geöffneten Bäckerei vorbeigefahren zu sein, und fand den Gedanken an Käsekuchen gar nicht so übel. Flexibel wie er war, machte er kehrt, um den gewünschten Käsekuchen zu besorgen.

Eine halbe Stunde später saß Siebels mit Käsekuchen und

Kaffee, den er bei einem Pfleger organisiert hatte, wieder bei Frau Hassler.

„Gab es keinen Apfelkuchen mehr?", fragte sie enttäuscht.

Siebels runzelte die Stirn und ahnte, dass ein schwieriges Gespräch vor ihm lag. „Apfelkuchen gibt es morgen", versprach er und schämte sich zugleich für seine dreiste Lüge. Allerdings kam ihm mit dieser Lüge auch der rettende Einfall. „Hat Melanie gerne Apfelkuchen gegessen?"

„Ja, Melanie war ganz verrückt nach meinem Apfelkuchen. Für meine kleine Prinzessin habe ich ihn immer selber gebacken." Die leeren Augen der alten Frau füllten sich mit einem matten Glanz.

„Erzählen Sie mir doch ein wenig über Melanie", bat Siebels.

„Sind Sie von der Feuerwehr?"

Die unverhoffte Frage brachte Siebels kurzzeitig aus dem Konzept. Am liebsten hätte er sich eine Zigarette angesteckt, beim Rauchen konnte er besser denken. Er verkniff sich seine Sucht und nahm einen neuen Anlauf. „Nein, ich bin von der Schule. Melanie war doch so eine gute Schülerin gewesen. So etwas trifft man heute ja nicht mehr oft. Deswegen wollte ich mich mal mit Ihnen unterhalten."

„Von der Schule? Sind Sie dafür nicht schon zu alt?"

„Ach, wissen Sie, Frau Hassler, für die Schule ist man doch nie zu alt."

„Meine Melanie ist auch nicht alt geworden. Alexandra hat sie erschlagen." Frau Hassler betrachtete das Bild ihrer jüngeren Tochter auf der Kommode.

„Warum hat sie das getan?"

„Das müssen Sie ihren Vater fragen. Der wollte keine Mädchen haben, wissen Sie. Der wollte lieber einen Jungen haben. Aber ich habe ihm zwei Mädchen geboren. Das hat er nicht verkraftet, er ist verrückt geworden. Erst hat er Alexandra aus dem Haus gejagt und dann Melanie und dann hat er schlimme Dinge gemacht. Er war ein böser Mensch. Aber Melanie ist jetzt ein Engel. Sie besucht mich oft."

„Das ist aber schön. Was erzählt sie Ihnen, wenn sie Sie besucht?"

„Sie bürstet mein Haar."

„Das ist aber nett von ihr. Erzählt sie dabei manchmal etwas? Vielleicht über Johannes Weismüller oder Sebastian Tetzloff?"

Mutter Hassler trank einen Schluck Kaffee und schaute dann Siebels an. In ihren Augen flatterte kurz ein Leuchten auf, glaubte Siebels erkannt zu haben. In ihrem Kopf schien es zu arbeiten, dann verformten sich ihre Lippen zu einem wissenden Lächeln.

„Ja, Melanie erzählt mir oft von Johannes. Dann ist sie immer sehr traurig. Sie hat mir schon oft erzählt, dass erst die dritte Prinzessin sein Leiden beenden könnte. Der arme Johannes, er tut mir immer leid, wenn Melanie von ihm spricht. Wie hieß der andere?"

„Sebastian. Sebastian Tetzloff. Er war ein guter Freund von Johannes und ist in die gleiche Klasse gegangen wie Melanie und Johannes."

„Sie müssen das ja wissen, Sie sind ja von der Schule. Da fragen Sie besser mal in der Schule nach. Melanie erzählt immer nur von Johannes."

Siebels gab es auf, der alten Frau Hassler irgendwelche Informationen entlocken zu können. Wahrscheinlich hätte sie ihm auch nichts erzählen können, wenn sie noch klar im Kopf gewesen wäre. Er aß noch ein Stück Käsekuchen und verabschiedete sich dann von Frau Hassler. Ein Besuch bei Doro würde vielleicht eine bessere Ausbeute bringen, um die Ermittlungsergebnisse voranzutreiben, erhoffte er sich.

28

Sonntag, 07. Dezmebr 2003, 12.10 Uhr

Doro lag noch im Krankenhaus. Sie hattc sich ziemlich aufgeregt, weil Herbert genau in dem Moment das Weite gesucht hatte, als er Vater geworden war. Es gab bei der Geburt kleine Komplikationen, die die Ärzte dieser Aufregung zuschrieben und Doro sollte ein bis zwei Tage zur Beobachtung im Krankenhaus bleiben. Der kleine Herbert war ein Prachtstück, Siebels betrachtete ihn eine Weile durch die Glasscheibe, hinter der die neuen Weltbürger sich an ihre neue Umgebung gewöhnen durften. Ein kleiner Siebels war zwischen ihm und Sabine auch noch im Gespräch gewesen. Vom Sprechen allein würde das aber auch nix werden, stellte er fest und nahm sich vor, die Aktion kleiner Siebels bei nächster Gelegenheit in Angriff zu nehmen. Nachdem er das mit sich selbst geklärt hatte, machte er sich auf den Weg zu Doros Zimmer. Vor dem Zimmer wachte noch ein Uniformierter, der den großen Herbert in Empfang nehmen sollte, falls dieser auftauchen würde. Weil Siebels ein Mensch war, der aus Erfahrungen zu lernen wusste, hatte er auf dem Weg zum Krankenhaus noch einen Strauß Blumen besorgt. Eigentlich waren es zwei Sträuße, der zweite war für Sabine bestimmt und lag noch im Auto. Einmal Käsekuchen und zweimal Blumen ergab drei gute Taten, woraufhin er mit gutem Gewissen an das Bett von Doro trat.

„Was willst du denn hier?", pflaumte die ihn auch gleich bösartig an.

„Hallo Doro, wie geht's dir denn? Ich habe gehört, dass die Geburt reibungsfrei verlaufen ist. Das freut mich. Wo darf ich denn die Blumen abstellen?"

„Die kannst du dir in den Arsch schieben."

Siebels begann, seine ganzen guten Taten zu bereuen und fragte sich, ob er den Blumenstrauß für Sabine vielleicht besser wegschmeißen sollte. Wenn das alles nämlich nahtlos so weitergehen würde, bekäme er am Ende auch noch Krach mit Sabine. Das wären keine guten Voraussetzungen, um den kleinen Siebels in Angriff zu nehmen. Dieser Gedankengang brachte ihn wieder hin zur eigentlichen Aufgabe und er startete einen neuen Versuch bei Doro.

„Wie heißt er eigentlich, der kleine Herbert?"

„Hä?"

„Na, dein Sohnemann. Habt ihr schon einen Namen für ihn?"

„Ach so. Der heißt Jürgen. Ich wüsste aber nicht, was dich das angeht. Was soll eigentlich der Wachhund vor meiner Tür? Den hast du doch organisiert."

„Ja, das war meine Idee. Tut mir ja auch wirklich leid, dass das alles irgendwie schief gegangen ist, aber ich muss mich wirklich dringend mit Herbert unterhalten."

„Ja meinst du ich nicht? Jetzt ist der Balg da und der Herbert weg. Das ist doch zum Kotzen. Was willst du überhaupt von dem? Der Herbert ist sauber, der hat mit den Bullen keinen Stress."

„Warum ist er denn dann abgehauen? Er weiß ja noch nicht einmal, was wir von ihm wollen."

„Was willst du denn von ihm?"

„Wir ermitteln in einem Mordfall, der 1975 passiert ist. Und Herbert könnte vielleicht eine wichtige Zeugenaussage machen. Deswegen will ich ihn dringend sprechen." Von der Entführung wollte Siebels nichts sagen. Er wusste ja mittlerweile selber nicht mehr so genau, wegen was er nun eigentlich ermittelte.

„1975? Meine Güte. Und da kommst du erst jetzt? Früher war die Polizei aber auch mal schneller. Und warum habt ihr euch dann als alte Kumpels vom Herbert ausgegeben? Was soll denn der ganze Scheiß?"

„Das war blöd von uns", gab Siebels zu. „Wir dachten, der Herbert erzählt uns vielleicht ein bisschen mehr, wenn wir uns nicht als Polizisten vorstellen."

„Tja, da habt ihr Pech gehabt. Jetzt ist er weg."

„Ja, leider. Hast du vielleicht eine Ahnung, wo wir ihn finden können?"

„Du glaubst doch nicht im Ernst, dass ich den Herbert jetzt verpfeife." Um ihre Meinung zu unterstreichen, tippte sich Doro mit dem Zeigefinger gegen die Stirn.

„Das wäre aber für alle am besten. Wenn wir mit ihm gesprochen haben, kann er sich wieder um dich und den kleinen Jürgen kümmern und wir können seine Aussage zu Protokoll nehmen und den alten Fall hoffentlich bald abschließen."

Doro schaute Siebels misstrauisch an. „Du willst mich doch schon wieder verarschen. Ich bin doch nicht blöd."

„Na, überleg doch mal. Als der Herbert abgehauen ist und bei dir die Wehen eingesetzt haben, haben wir den Herbert Herbert sein lassen und uns um dich gekümmert. Wir hätten ja auch hinter dem Herbert herrennen und unterwegs einen Notarzt für dich rufen können. Wir haben uns aber um dich gekümmert, weil wir mit dem Herbert ja nur reden wollten. Wenn wir ihn nämlich verhaften wollten, dann hätten wir ihn verfolgen müssen."

Doro dachte angestrengt nach. Was Siebels sagte, klang nicht schlecht. „Ich weiß aber nicht, wo er sich jetzt rumtreibt", sagte sie trotzig.

„Hast du vielleicht eine Ahnung, wo er sich verstecken könnte? Hat Herbert vielleicht noch einen Bruder?" Mit dieser Frage wollte Siebels auch klären, ob Doro über die Verwandschaft zwischen Tetzloff und Herbert alias Heierbach im Bilde war. Kaum hatte er die Frage ausgesprochen, schalt er sich auch schon einen Narr, weil der Gesuchte vielleicht tatsächlich bei Tetzloff untergekrochen war.

„Der Herbert hat keinen Bruder, der hat nur mich und jetzt auch noch den Jürgen. Vielleicht ist er ja zu seinem alten Kumpel Hugo gefahren? Den kennt ihr doch angeblich, ich kenne den jedenfalls nicht und weiß auch nicht, wo der wohnt."

„Das wäre schon möglich", antwortete Siebels nachdenklich. „Leider wissen wir zur Zeit auch noch nicht, wo der Hugo sich gerade rumtreibt. Kennst du den Nachnamen vom Hugo?"

„Der Hugo heißt wie der Herbert. Schmidt. Ist aber nicht sein Bruder, habe ich ja gesagt, dass der Herbert keinen Bruder hat."

„Klar. Schmidt gibt's ja auch viele. Aber das hilft uns vielleicht trotzdem weiter. Und falls der Herbert dich anruft, sag ihm bitte, dass er sich bei uns melden soll. Früher oder später finden wir ihn ja doch. Ich stelle die Blumen dann mal in eine Vase."

„Ja, mach das mal. Und jetzt hau ab. Ich will schlafen."

Siebels räumte das Feld. Jetzt war endlich Wochenende.

Morgen wartete wieder ein harter Tag auf ihn. Auf dem Weg zum Auto grübelte er dennoch. Oberst Hugo Müller von der Hauptverwaltung Aufklärung könnte sich durchaus von Müller in Schmidt umbenannt haben. Wenn einer ein Leben lang Müller hieß, wird ihm außer Meier oder Schmidt halt nix Vernünftiges eingefallen sein. Zur Sicherheit wollte er sich am Montag bei Till erkundigen, ob Müller und Schmidt in Ostdeutschland genauso verbreitete Namen waren wie in Westdeutschland.

Montag, 08. Dezember 2003, 8.00 Uhr

Als Siebels sein Büro betrat, warteten schon zwei Männer in dunklen Anzügen und mit versteinerten Mienen auf ihn. Von Till, der eigentlich früh da sein sollte, um einen Zug nach Berlin zu nehmen, war noch nichts zu sehen.

„Herr Siebels?" Es war der Kleinere der beiden, der ihn ansprach, aber der musste auch über 1,80 Meter groß sein.

„Ja, was kann ich für Sie tun?"

„Einer Ihrer Kollegen hat da bei uns in Wiesbaden eine Akte abgeholt. Dabei handelt es sich wohl um ein Missverständnis. Diese Akte hätten wir jetzt gerne wieder mitgenommen." Der größere der beiden hielt Siebels auch schon seine Hand entgegen, um die gewünschte Akte in Empfang nehmen zu können. Zum ersten Mal in seinem Leben wünschte Siebels sich, dass Jensen in seinem Büro auftauchen würde. Aber von dem war noch nichts zu sehen und zu hören.

„Ein Missverständnis? Nein, das hat schon alles seine Richtigkeit. Wer sind Sie überhaupt?"

„Wir sind vom Verfassungsschutz", antwortete der Kleinere der beiden hageren Typen.

„Und? Wir haben vom Staatsanwalt die Anordnung bekommen, diese Akte zur Einsicht abzuholen und das haben wir getan. Wenn wir alles eingesehen haben, bringen wir sie natürlich wieder zurück."

Der Kleinere lächelte und der Größere zündete sich eine Zigarette an. Da wollte Siebels nicht nachstehen und zündete sich auch eine an.

„Bitte händigen Sie uns jetzt die Akte aus, Herr Siebels. Es geht um nationale Sicherheitsinteressen. Sie sind nicht befugt, Einsicht in diese Akte zu bekommen, da ändert auch ihr Staatsanwalt nichts dran."

„Der ist aber Ihr Ansprechpartner, nicht ich. Ich bin doch nur Befehlsempfänger", versuchte Siebels sich herauszureden und Zeit zu gewinnen. Der Kleinere zückte ein Handy aus seiner Innentasche und hatte kurz darauf Jensen in der Leitung. Er gab das Handy weiter an Siebels.

„Tut mir leid, Siebels. Mir sind die Hände gebunden. Anscheinend haben wir da schlafende Löwen geweckt, als wir die Akte angefordert haben." Jensen hatte also schon klein beigegeben, musste Siebels erkennen.

„OK, Herr Staatsanwalt. Aber wenn die Ermittlungen durch diese Maßnahme behindert werden und Frau Tetzloff etwas zustößt, schieben Sie bitte nicht mir die Schuld in die Schuhe."

Bevor Jensen darauf eingehen konnte, nahm der kleine Hagere Siebels das Handy wieder aus der Hand und kappte die Verbindung.

„Der Inhalt der Akte ist top secret und damit für Ihre Ermittlungen sowieso irrelevant", bemerkte der große Hagere und hielt Siebels wieder verlangend seine Hand entgegen. Siebels hätte ihm am liebsten mit dem Rohrstock auf seine Pfoten gehauen, ging dann aber zu seinem Schreibtisch und holte die Akte hervor, die von den ausgestreckten Fingern seines Gegenübers gierig in Empfang genommen wurde.

„Alles, was hier drin steht, können Sie getrost wieder vergessen. Wir werden Sie eine Weile im Auge behalten. Wenn Sie Staatsgeheimnisse in Ihre polizeilichen Ermittlungen einfließen lassen, sind Sie schneller vom Dienst suspendiert, als Sie Ihren Namen schreiben können. Ich wünsche noch einen angenehmen Tag."

Die beiden verließen schnellen Schrittes das Büro, kaum waren sie draußen, kam auch Charly schon rein.

„Was waren das denn für Typen?" wollte er wissen.

„Das waren zwei Wespen, die kommen aus dem Wespennetz, in das wir gestochen haben." Siebels erzählte Charly, was gerade vorgefallen war.

„Nicht so tragisch", versicherte Charly. „Ich habe natürlich eine

Kopie, die liegt bei mir zu Hause. Ich habe die Akte am Wochenende noch mal ausführlich studiert. Die Federführung hatte bei der ganzen Aktion damals die Chefetage vom Bundeskriminalamt. Das geht eindeutig aus verschiedenen Unterschriften hervor. Ausgangspunkt der Fiedler-Aktion war eine groß H. aus Berlin. Die war observiert worden und hatte Kontakt zu klein H. aus Frankfurt. In Frankfurt war davon nichts bekannt, das wollte man ändern. Also bekam Wiesbaden den Auftrag, etwas zu unternehmen. Parallel dazu muss aber noch etwas gelaufen sein. Die haben den Bogner ganz gezielt für diese Aktion ausgewählt, der ist da nicht zufällig reingeraten. Als Mann vom Bundesgrenzschutz hätte der damit eigentlich nichts zu tun gehabt. Leider kann ich nicht sagen, warum Bogner der Auserwählte war, um klein H. zu durchleuchten."

Im Kopf von Siebels arbeitete es auf Hochtouren. „Klein H. und groß H. Ich fresse einen Besen, wenn damit nicht Alexandra und Melanie Hassler gemeint sind. Aber wer tötete Melanie, versuchte Weismüller umzubringen und entführt jetzt die Tetzloff? Ich kapiere das alles nicht."

„Wir sind kurz davor", machte Charly ihm Mut. „Wo ist eigentlich Till? Der sollte doch in aller Herrgottsfrühe nach Berlin fahren, hat mir Jensen geflüstert."

„Das frage ich mich auch. Vielleicht sitzt er schon im Zug, keine Ahnung."

Kaum hatte Siebels das ausgesprochen, kam Till ins Büro getrabt. Siebels schaute demonstrativ auf seine Uhr. „Hast du vergessen, dass du heute die Birthler-Behörde auf deinem Programm stehen hast?"

„Sorry", Till hob entschuldigend die Hände. „Ich war gestern noch mit dem Kulmbacher unterwegs gewesen. Ist ein lange Nacht geworden. Heute morgen bin ich neben einer Frau aufgewacht, die wohnt irgendwo außerhalb. Hat dann ein bisschen länger gedauert."

„Aha", sagte Siebels.

„Interessant", bemerkte Charly.

„Wer wohnt außerhalb?" Die Frage kam von Jensen, der gerade ins Büro gestürmt kam. „Was machen Sie denn noch hier, Krüger? Sie sollten doch schon in Berlin sein. Die warten schon auf Sie, ich habe alles organisiert."

„Und wo ist meine Fahrkarte?" Till machte einen leicht genervten Eindruck.

„Die gibt's am Hauptbahnhof. Machen Sie dann die Kostenabrechnung, wenn Sie wieder zurück sind. Jetzt machen Sie aber hin."

„Hugo Müller, Oberst bei der HVA. Ist das alles? Wisst ihr eigentlich, wie viele Akten die da haben?" Till blieb weiter mürrisch.

„Wir verlassen uns auf dich", klopfte Siebels ihm auf die Schulter. „Könnte sein, dass der Hugo Müller jetzt Hugo Schmidt heißt. Das steht dann aber wahrscheinlich nicht in der Akte. Wäre toll, wenn da noch Namen wie Heierbach oder Bogner auftauchen würden. Aber die Stasi hat ja für alles und jeden irgendwelche Kürzel verwendet. Da musst du halt mal dein Gehirn benutzen."

„Das andere Ding hast du ja heute Nacht schon benutzt", grinste Charly und ignorierte dabei den fragenden Gesichtsausdruck von Jensen.

„Ach, was mich noch interessieren würde", wendete sich Siebels noch mal an Till. „Habt ihr Ossis genauso viele Müllers und Schmidts wie wir Wessis?"

Till schaute ihn mit schiefgelegtem Kopf an. „Haben wir! Wir haben sogar Krügers. Ich bin zum Beispiel einer davon. Was wir gar nicht haben, sind Siebels. Das sind Exoten, die gibt es nur im Westen."

„Danke, das wollte ich nur mal wissen."

Till machte sich kopfschüttelnd auf den Weg und Siebels fuhr seinen Computer hoch. Charly war Kaffee holen gegangen und Jensen lief wie gewohnt kreuz und quer durch das Büro. Als Charly mit drei dampfenden Bechern zurückkam, wurde er aufgeregt von Siebels zu sich gerufen.

„Schau dir das mal an, ich habe eine E-Mail bekommen. Absender ist Mobutu Sese Seko." Charly stellte sich hinter Siebels und schaute auf den Bildschirm. Sofort kam auch Jensen angetrabt und schaute sich die Neuigkeit an.

„Was ist sie ihm wert? Bald werden wir es wissen", las Charly den Text der E-Mail laut vor. „Öffne doch mal den Anhang", forderte er Siebels dann auf. Der hatte noch gar nicht registriert, dass Mobutu ihm noch Bilder mitgeschickt hatte. Er öffnete die Bilddateien und drei Augenpaare starrten auf den Bildschirm. Insgesamt fünf Bilder zeigten Tetzloff und eine Frau beim Liebesspiel. Drei Bilder waren in einem Bett aufgenommen worden, zwei in einem Auto. Auf allen Bildern war das Datum der Aufnahme hinterlegt. Sie waren während der letzten zwei Monate aufgenommen worden.

„Was ist das denn?“, wollte Jensen wissen.

„Das ist Herr Tetzloff, wie er sich mit einer Frau amüsiert. Allerdings handelt es sich bei der Frau nicht um Frau Tetzloff, sondern um Frau Asmussen. Das ist die ehemalige Agentin von Simone Tetzloff.“

Erinnerungen, Juni 1988

Ein neues Jubiläum hatte sich in mein Leben eingraviert, zehn Jahre in Zaire waren vorübergezogen. Zehn Jahre, in denen ich meine Position an der Seite des Präsidenten gefestigt hatte. Zehn Jahre, in denen ich mit Geldkoffern kreuz und quer im Jet durch das Land geflogen war. Dank meiner Bemühungen hatte es in all den Jahren niemanden aus der Führungsclique gegeben, der dem Präsidenten hätte ans Bein pinkeln wollen. Zehn Jahre, in denen die westliche Welt Hunderte von Millionen Dollar in ein System gepumpt hatte, welches ausschließlich auf Basis von Korruption aufgebaut gewesen war. Zehn Jahre, in denen sich auf meinem Schweizer Konto eine zweistellige Millionensumme angesammelt hatte. Zehn Jahre, in denen meine Dämonen allmählich eingeschlafen waren und wenn sie in manchen schwülen Nächten plötzlich doch einmal aufgewacht waren, nur noch wenig Schrecken in meinem Kopf verbreiten konnten. Zehn Jahre, in denen ich regelmäßig Marie geliebt hatte und von Marie geliebt worden war, ohne dass ich dabei jemals die unsichtbare Grenze hatte überwinden können, die meine Kindheit und meine Jugend von meinem Leben als Erwachsener strikt getrennt hatte. Die kleinen Ausblicke hinter diese Grenze, die sich mir ab und zu offenbart hatten, wenn ich beim Liebesspiel mit Marie in Ekstase geraten war, waren Ausnahmen geblieben und meine Vergangenheit hatte sich weiterhin hinter einer trüben

Nebelwand verborgen. Der Name Melanie war mir seit jenem Erlebnis mit Marie im Jet nie wieder über die Lippen gekommen. Als ich diesen Namen vor drei Jahren geschrien hatte, mit Marie auf meinen Lenden und dem Piloten vor meinen Augen, war ich von einem Strudel schlimmer Gefühle in den Abgrund gerissen worden. Angst und Verzweiflung hatten mich erfüllt und fast an den Rand des Wahnsinns getrieben. Seit jenem Erlebnis hatte sich auch mein Verhältnis zu Marie verändert. Ihre hemmungslosen Liebesattacken waren anschmiegsamen Zuwendungen gewichen. Ihre Therapie war gescheitert und ihr Patient war in ein Gefühlskoma gefallen. In diesem Zustand hatten meine Dämonen keinen Zugriff mehr auf meinen Kopf. Nach diesem Erlebnis hatte sich die trübe Nebelwand, durch die ich hin und wieder schemenhaft ein paar Fetzen aus der Vergangenheit hatte erkennen können, in eine undurchdringliche Betonwand verwandelt.

So gut, wie ich durch diese Betonwand meinen Kopf vor dem Gefühlschaos zu schützen imstande war, so schlecht hatte ich als Sicherheitsberater das Land vor dem wirtschaftlichen Chaos schützen können. Meine überbrachten Geldkoffer waren der Garant für die Aufrechterhaltung der Misswirtschaft gewesen, die die Bevölkerung in arge Bedrängnis geführt hatte. Ende der achtziger Jahre hatte Mobutus Politik die noch von den belgischen Kolonialherren eingeführte Infrastruktur kurz vor den absoluten Kollaps geführt. Das einstmals vorbildliche Fernmeldewesen hatte sich mittlerweile in einem genauso desolaten Zustand befunden wie die Energiewirtschaft oder das Gesundheitssystem. Die Metropole Kinshasa, einst Aushängeschild afrikanischer Zivilisation, hatte sich von einer modernen Großstadt in einen gigantischen Gemüsegarten verwandelt. Die Millionenstadt hatte sich mit selbstangepflanzten Karotten ernähren müssen, während der Präsident damit beschäftigt gewesen war, seine Elite mit Kaviar voll zu stopfen.

Marie hatte den hoffnungslosen Kampf gegen meine Dämonen aufgegeben und sich stattdessen dem noch hoffnungsloseren Kampf gegen den Untergang des Mama Yemo zuge-

wendet. Das Mama Yemo war das Zentralkrankenhaus. Einst hatte das Krankenhaus des Volkes mit zweitausend Betten als Vorzeigeobjekt im afrikanischen Gesundheitswesens gegolten, doch hatte es zu jener Zeit mehr einem Gefängnis geglichen. Männer in dunklen Uniformen und schwarzen Gummiknüppeln waren dazu auserkoren, die Ein- und Ausgänge des großen Gebäudes zu bewachen. Da die Krankenhausverwaltung bei der Budgetierung für die Infrastruktur und der Vergabe meiner Geldkoffer in Mobutus Überlegungen keine Rolle mehr gespielt hatte, waren die Wachmänner dazu auserkoren gewesen, flüchtige Patienten mit offenen Rechnungen am Verlassen des Hospitals zu hindern. Meine Klientel hatte im Krankheitsfall den einen oder anderen Extra-Koffer benötigt, um sich zur Behandlung in Schweizer Privatkliniken einfliegen zu lassen.

Im Krankenhaus hatte es wie überall an dem Nötigsten gefehlt, längst besiegt geglaubte Krankheiten hatten sich wieder in das marodierende System einschleichen können. Lepra und Typhus hatten wieder behandelt werden müssen, aber die Ärzte hatten nichts gehabt, womit sie hätten behandeln können. Das Aidsvirus hatte seinen Siegeszug gegen das am Boden liegende Gesundheitswesen angetreten und seine Opfer dahinsiechen lassen. Marie hatte getan, was sie zu tun imstande gewesen war, und es war nicht mehr als ein Tropfen Wasser auf dem heißen Stein gewesen. Hin und wieder hatte ich von den hohen Summen, die ich anderweitig auszuteilen gehabt hatte, einen Betrag abgezwackt und einem engagierten Oberarzt zugesteckt. Nicht ganz eigennützig hatte ich dabei auch an mein Leben gedacht, das vielleicht einmal hätte gerettet werden müssen, wenn auch die größten Geldkoffer irgendwann zu klein gewesen wären, um eine Revolte oder einen Bürgerkrieg verhindern zu können. Dass mein Leben sich früher oder später noch einmal auf dramatische Weise verändern würde, war abzusehen gewesen. Nur wann es passieren würde und was aus mir werden würde, wenn das Regiment von Mobutu Geschichte sein würde, stand noch in den Sternen geschrieben.

29

Montag, 08. Dezember 2003, 11.00 Uhr

Siebels, Charly und Jensen verließen das Büro, um sich auf den Weg zur Villa Tetzloff zu machen. Sie gingen langsamen Schrittes die langen Gänge des Polizeipräsidiums entlang und keiner sprach ein Wort. Die Ungewissheit der vor ihnen liegenden Stunden erfüllte sie mit Anspannung. Wenn das Leben von Frau Tetzloff heute sein Ende finden würde, dann hätten sie versagt. Besonders in Siebels rumorte die Ungewissheit. Er würde die Zusammenhänge, die das Verschwinden der Simone Tetzloff erklären würden, aufdecken, das war ihm klar. Nur befürchtete er, dass es dann zu spät sein könnte und er sich Vorwürfe machen würde. Die Verfassung von Till machte ihn auch nachdenklich. Die Geschichte mit seiner Johanna schien in die Brüche zu gehen und Siebels wusste nur zu gut, dass der Job nicht ganz unschuldig daran war. Wenn der Tetzloff-Fall ad acta gelegt werden konnte, wollte er dafür sorgen, dass Till ein paar Überstunden abfeierte und seine privaten Angelegenheiten in den Griff bekam.

Die drei nachdenklich gestimmten Männer erreichten die Tiefgarage, Siebels setzte sich hinter das Steuer eines zivilen Einsatzfahrzeuges, Jensen nahm neben ihm Platz, Charly drückte sich auf die Rückbank.

„Haben wir eigentlich einen Plan?", fragte Charly von hinten.

„Weder Plan A noch Plan B", sagte Siebels resigniert.

„Planmäßig kann dann ja nix schief gehen", versuchte Charly die gedämpfte Stimmung etwas aufzuheitern, was ihm bei Siebels auch gelang. Jensen dagegen wurde immer kleiner auf dem Beifahrersitz. Er würde auf jeden Fall in Erklärungsnöte kommen, ganz egal, wie die Sache ausgehen würde. Der Fall Tetzloff hatte Dimensionen angenommen, die er nicht mehr überschauen konnte. Er fühlte sich hilflos und allein gelassen. Er musste sich ganz auf seine kleine Truppe verlassen und hoffte, dass Siebels einen kühlen Kopf behalten würde. Er kam sich vor wie ein Mann, der sich zu weit aus dem Fenster gelehnt hatte und dann nach vorn kippte und fiel. Ein Fenster in einem Hochhaus, dreißigste Etage, wenn nicht höher. Die Stille im Auto machte Jensen noch melancholischer. Die Lichtgestalt Tetzloff stand mittlerweile gar nicht mehr so strahlend da. Die Fotos, die er heute morgen auf dem Rechner von Siebels betrachten musste, waren wie ein Schlag in den Magen des Staatsanwalts gewesen.

„Wie wollen wir die Sache mit diesen geschmacklosen Fotos angehen?“, fragte Jensen kleinlaut.

„Wir werden Herrn Tetzloff einfach mal fragen, was es mit den Fotos auf sich hat“, schlug Siebels vor.

„Tun Sie, was Sie nicht lassen können.“ Jensen war diese Sache irgendwie peinlich. Noch war Tetzloff das Opfer und hatte das Recht, vom Staat geschützt zu werden. Die Sache konnte nicht gut ausgehen, irgendjemand war dagegen und dieser Jemand hatte Simone Tetzloff in seiner Gewalt.

Montag, 08. Dezember 2003, 9.15 Uhr

Er brachte ihr das Frühstück auf ihr Zimmer. Sie lag unbekleidet im Bett und schaute ihn nachdenklich an. Er erwiderte ihren Blick und je länger sie sich anschauten, desto größer erschien ihm der Zweifel, den er in ihren Augen zu erkennen glaubte. Zweifel, ob sie tatsächlich bei ihm bleiben wollte. Zweifel, ob es nicht vernünftiger wäre, wieder zu ihrem Mann zurückzukehren. Zweifel, ob es eine Zukunft mit ihm geben konnte. Zweifel, ob sie in ihrer Lage überhaupt fähig war, eine Entscheidung treffen zu können. All diese Zweifel glaubte er in ihren Augen lesen zu können. Er bekam Angst. Angst, dass er sie heute verlieren würde. Angst, dass er nie die Wahrheit erfahren würde, nach der er schon so lange suchte. Angst, dass sein Leben für immer ein verlorenes Leben bleiben würde. Er ging in sein Arbeitszimmer, fuhr den Computer hoch, loggte sich bei Ebay ein. Tetzloff hatte noch nicht reagiert. Tetzloff war ein gewiefter Profi, er würde sich Zeit lassen. Nervös trommelten seine Finger auf der Schreibtischkante. Er betrachtete sich das Hochzeitsfoto von Simone Tetzloff. Diese Frau hatte seine in jahrelanger Arbeit bis ins kleinste Detail ausgearbeiteten Pläne innerhalb von acht Tagen ad absurdum geführt.

Noch vor zehn Tagen hatte er keinerlei Zweifel gehabt, dass er sie töten würde, falls Tetzloff sich nicht auf das Spiel einlassen wollte. Jetzt war er bereit, alles aufzugeben, wenn sie nur bei ihm bleiben würde. Seitdem er damals mit dem Diamantenhändler Berger in Afrika in einem Café gesessen und diesen Artikel über Sebastian Tetzloff und dessen Geliebte gelesen hatte, hatte sich der Name Sebastian Tetzloff wie aus Stein gemeißelt in seinem Gehirn festgesetzt. Jetzt bröckelte der Stein und ein anderer Stein lag schwer in seinem Herzen. Simone Tetzloff stand auf diesem Stein geschrieben. Wenn sie bei ihm blieb, brauchte sie einen anderen Namen und auch er würde sich einen neuen Namen suchen müssen. Einen Namen, der auch einmal auf seinem Grabstein stehen würde. Einen Namen für die Ewigkeit.

Montag, 08. Dezember 2003, 11.30 Uhr

Tetzloff empfing die Beamten mit einem Dreitagebart und in einem zerknitterten Anzug. Die Engel spuckten die Fontänen, als wäre nie etwas passiert in der Villa Tetzloff. Die Beamten folgten dem Hausherrn über die Treppenstufen, die nach oben führten. Der Luxus, der sie bei ihrem ersten Besuch in diesen Gemäuern noch fasziniert hatte, beeindruckte sie heute nicht im geringsten. Ein Menschenleben war ein gößerer Reichtum als alles Gold und Silber in diesem Haus, dachte Siebels und schenkte den Bildern an den Wänden und den Schmuckstücken in den Vitrinen keine Beachtung. Sie folgten Tetzloff in den Raum, in dem sie vor acht Tagen von ihm erfahren hatten, dass seine Frau das Opfer einer Entführung geworden war. Das Leben des erfolgsverwöhnten Managers hatte sich seitdem verändert. Von seiner Frau gab es noch keine Spur, sein treuer Diener Bogner war wie vom Erdboden verschluckt, sein ungeliebter Halbbruder hatte die Flucht ergriffen, seine rumänischen Gegenspieler hatten sich als clevere Geschäftsleute entpuppt und der Beamte auf der Couch zog plötzlich Fotos aus seiner Jackentasche, die Tetzloff beim Liebesspiel mit Nadja Asmussen zeigten.

„Die wurden mir heute morgen zugeschickt", sagte Siebels in einem neutralen Tonfall und reichte Tetzloff die ausgedruckten Fotos.

„Von wem?“, fragte Tetzloff resigniert.

„Von Mobutu Sese Seko. Wir hatten noch keine Zeit, uns die E-Mail genauer zu betrachten, aber ich habe keine Zweifel, dass wir auf einen gewissen Johannes Weismüller stoßen werden, wenn wir uns darum kümmern.“

„Es sieht wohl so aus, als wäre er tatsächlich noch am Leben und aus irgendeinem Grund hat er sich vorgenommen, mein Leben zu zerstören.“

„Sie haben keine Ahnung, was das für einen Grund haben könnte?“

„Nein. Es gibt keinen. Wir waren gute Freunde. Freunde bis zum Schluss, bis ich ihn mit zertrümmertem Schädel fand. Ich ließ ihn liegen, um Hilfe zu holen. Es gibt nichts, worüber ich mir Vorwürfe machen müsste. Wenn er sich rächen will, weiß ich nicht wofür.“

Siebels deutete auf die Fotos, die Tetzloff noch in seinen Händen hielt. „Was hat es mit Frau Asmussen auf sich?“

„Nadja? Ich habe ein Verhältnis mit ihr. Schon seit einiger Zeit. Sie ist eine erfolgreiche Geschäftsfrau. Gleiches gesellt sich gern zu Gleichem. Ich habe es nicht gewollt, sie hat es nicht gewollt und trotzdem ist es passiert.“ Tetzloff zuckte mit den Schultern. Der Kämpfer lag am Boden und es blieb ihm nichts anderes übrig, als seine Fehler und Schwächen offen einzugestehen. Es schien ihm egal zu sein. Siebels war von dieser Haltung überrascht. Er hatte heute einen kämpferischen Tetzloff erwartet, der den Kampf mit dem unbekannten Entführer für sich entscheiden wollte. Nun saß er einem Häufchen Elend gegenüber.

„Ist es eine ernste Beziehung? Hatten Sie eine Scheidung zugunsten von Nadja Asmussen in Erwägung gezogen?“

Tetzloff zog seine Augenbrauen hoch. „Ich hatte mit Nadja über dieses Thema gesprochen. Aber sie hat mich nicht gedrängt. Es war gut, wie es war. Jedenfalls für sie. Sie ist eine Frau, die ihre Unabhängigkeit liebt. Sie hätte mich nicht geheiratet. Wenn ich mich hätte scheiden lassen, hätte ich Simone verloren, aber Nadja nicht gewonnen. Das ist nicht fair Simone gegenüber, ich weiß. Das Leben ist selten fair.“

So konnte man es auch sehen, dachte sich Siebels. „Haben Sie in den letzten Tagen Kontakt zu ihrem Halbbruder gehabt?“, wechselte er das Thema.

Tetzloff schaute ihn verblüfft an. „Nein. Warum?"

„Er ist verschwunden. Abgehauen, als wir uns mit ihm unterhalten wollten."

„Das wundert mich nicht. Im Abhauen war er immer gut gewesen. Bloß weg, war seine Devise, wenn es mal Schwierigkeiten gab."

„Wussten Sie, dass er sich zwei Jahre lang in Ostdeutschland aufgehalten hat, nachdem er 1975 spurlos verschwunden war?"

Wieder zog Tetzloff erstaunt seine Augenbrauen nach oben. „Er war im Osten? Als die Mauer noch stand?"

„So viel hat er uns noch erzählt, bevor er sich aus dem Staub gemacht hat. Er war angeblich in Belgien, als er einen Oberst der Staatssicherheit kennen lernte. Von dem wurde er über die Grenze geschleust. Den Erzählungen ihres Halbbruders zufolge hat ihn die Staatssicherheit für ein aktives Mitglied der RAF gehalten."

Tetzloff sah Siebels verwundert an. „Wollen Sie mich auf den Arm nehmen? Heierbach war ein Prolet, wie er im Buche steht. Und das hat sich bis heute nicht geändert. Wenn er Ihnen das erzählt hat, hat er Ihnen einen Bären aufgebunden. Tut mir leid, aber das ist Quatsch und bringt mich meiner Frau nicht näher."

Siebels war sich bewusst, wie unrealistisch sich das alles anhören musste. Und trotzdem war er davon überzeugt, dass es der Wahrheit entsprach. Spätestens seitdem am Morgen die beiden Herren aus Wiesbaden ihre Akte wieder abgeholt hatten, war ihm klar geworden, dass es haarsträubende Verwicklungen zwischen den gegnerischen deutschen Geheimdiensten gegeben hatte, die zum Tod der Hassler geführt hatten.

„Ihr Halbbruder war damals in Belgien gewesen. Die Stasi hielt ihn für einen RAF-Mann. Der Verfassungsschutz, für den Ihr Freund Bogner tätig war, hat Melanie Hassler observieren lassen. Die war kurz vor ihrem Trip nach Belgien zu Besuch bei ihrer Schwester Alexandra in Berlin gewesen. Alexandra Hassler hatte damals enge Kontakte zur linksradikalen Szene, auch sie wurde observiert. Als Melanie von Berlin zurück nach Frankfurt kam, hat sie umgehend Kontakt zur linken Szene in Frankfurt aufgenommen. Und von diesem Zeitpunkt an wurde sie der RAF-Unterstützerszene zugerechnet. Haben Sie von dieser

Entwicklung nichts mitbekommen?"

Tetzloff zündete sich eine Zigarette an, Siebels tat es ihm nach. Nach mehreren tiefen Lungenzügen sammelte Tetzloff seine Gedanken.

„Ich wusste nicht, dass Melanie schon so tief in die Sache verstrickt war. Ich dachte, dass es sich um eine vorübergehende Erscheinung handeln würde. Melanie war der Typ unschuldiges Püppchen gewesen. Aber plötzlich hatte eine Verwandlung bei ihr stattgefunden. Das war ungefähr zu der Zeit, als Johannes in unsere Klasse kam. Das Püppchen fing plötzlich an, sich für Politik zu interessieren. Der Imperialismus war auf einmal ein Thema, man musste etwas unternehmen. Melanie liebte es, Diskussionen zu führen, die im Nirwana enden mussten. Das hat angefangen, als wir in die zwölfte Klasse eingestuft wurden und hat sich dann bis zum Abitur fortgesetzt. Zu dieser Zeit kam ja auch Johannes in unsere Klasse. Der lernte Melanie als politisch interessierte Frau kennen und war ganz verrückt nach ihr. Wir anderen wussten ja, wie sie früher gewesen war und machten uns über ihre Verwandlung von der behüteten Prinzessin zur radikalen Politfrau eher lustig. Aber Johannes war verrückt nach ihr."

Siebels drückte seinen Zigarettenstummel im Aschenbecher aus. Charly hatte mittlerweile seinen Laptop aufgebaut und war damit online gegangen. Er loggte sich bei Ebay ein. Das Höchstgebot lag mittlerweile bei dreihundert Euro, das Gebot galt aber nur dem Kleid und nicht der Frau.

„Wussten Sie, dass Melanie eine Affäre mit Heierbach gehabt hat?"

Wieder schaute Tetzloff Siebels entgeistert an.

Montag. 08. Dezember 2003, 11.15 Uhr

Er war vor einer halben Stunde in ihr Zimmer gekommen und hatte sie gefragt, ob sie sich endgültig entschieden habe. Sie hatte ihn nur angesehen. Sie hatte Lust gehabt, mit ihm zu schlafen, aber sie war sich nicht sicher, ob sie ihn auch lieben konnte. Er hatte nicht auf eine Antwort bestanden, aber er wirkte verletzt. Es war das erste Mal, dass er Schwäche gezeigt hatte. Er hatte einen Umschlag auf den Tisch gelegt und ihr Zimmer wieder verlassen.

Einige Minuten hatte sie vom Bett aus den Umschlag betrachtet, ohne sich dabei zu bewegen. Es war ein gewöhnlicher brauner Versandumschlag, aber sie ahnte, dass er einen brisanten Inhalt beherbergte. Sie stand auf, ging zum Tisch, nahm den Umschlag in die Hand, befühlte ihn und zog dann den Inhalt heraus. In ihrer Hand hielt sie Fotos. Fotos, die ihren Mann und Nadja Asmussen zeigten. Es war wie ein Schlag in den Magen gewesen. Das hätte sie nie für möglich gehalten. Wie oft hatte sie mit Nadja über Sebastian gesprochen. Erst als sie sich in ihn verliebt hatte, dann als sie ihn geheiratet hatte und schließlich auch, als es die ersten Probleme in ihrer Ehe gegeben hatte. All ihre Freuden und ihre Sorgen, die mit Sebastian zu tun hatten, hatte sie Nadja offenbart. Nadja hatte immer ein offenes Ohr für sie gehabt, war ihr immer mit Rat zur Seite gestanden. Sie hatte Nadja erzählt, wie toll dieser Sebastian wäre und Nadja hatte sie bestärkt, ihn zu heiraten. Sie hatte Nadja erzählt, dass es in der Ehe kriselte und Nadja hatte sie bestärkt, bei ihm zu bleiben. Sebastian hatte sich gerne mit ihr zu offiziellen gesellschaftlichen Anlässen gezeigt und inoffiziell mit Nadja gebumst. Sebastian hatte sie oft alleine gelassen, weil er offiziell auf Geschäftsreisen gegangen war und inoffiziell mit Nadja im Hotel gewesen war.

Sie lag im Bett, hatte die Fotos in der einen Hand und wischte sich mit der anderen die Tränen aus dem Gesicht. Sie überlegte, warum er ihr die Fotos gegeben hatte. Wollte er sicher gehen, dass sie bei ihm blieb oder wollte er ihr es ermöglichen, mit gutem Gewissen zu Sebastian zurückzukehren. Sie hatte es mit ihm getrieben und Sebastian mit Nadia. Eine Pattsituation, man konnte wieder von vorne anfangen. Sie musste wieder von vorne anfangen, da wo sie vor einer Woche aufgehört hatte, würde sie nie wieder hinkommen. Gehen Sie zurück zum Start und werfen Sie erneut die Lebenswürfel, sagte ihr eine innere Stimme. Sie fragte sich, ob Sebastian die Affäre mit Nadja beenden würde, wenn sie zu ihm zurückkäme. Sie fragte sich, ob es ihr noch etwas ausmachen würde, wen er es nicht täte. Je länger sie darüber nachdachte, desto weniger glaubte sie daran, dass es für ihre Ehe mit Sebastian noch eine Zukunft geben konnte. Sie war gespannt, was sie ihm noch wert war, wenn er jetzt bei Ebay Farbe bekennen musste.

Er saß in seinem Arbeitszimmer und wartete auf ihre Entscheidung. Er wusste nicht, wie sie auf die Fotos reagieren würde und zweifelte daran, dass es richtig gewesen war, ihr die Fotos zu geben. Er überlegte sich, ob die Polizisten die Grenze, die für ihn unüberwindbar war, überwinden konnten. Er hatte sie bis zu dieser Grenze geleitet, den restlichen Weg mussten sie ohne ihn schaffen.

Montag, 08. Dezember 2003, 12.30 Uhr

Sebastian Tetzloff hatte seine eigene Theorie entwickelt, nachdem er von Siebels mit den neuen Informationen versorgt worden war. Sein Halbbruder Jens Heierbach hätte eine Affäre mit Melanie Hassler gehabt und wäre dann von Melanie abserviert worden, als Johannes auf der Bildfläche erschienen war. Melanie hätte dem Bauern den Laufpass gegeben und sich dem Edelmann zugewendet. Kurz darauf hätte der enttäuschte Heierbach erfahren, dass er kein Bauernsohn, sondern der Sprössling des Vaters vom besten Freund des Edelmannes war. Mit dieser neuen Erkenntnis gewappnet, wäre Heierbach der Meinung gewesen, dem Rivalen durchaus das Wasser reichen zu können. Heierbach hätte die neue Situation mit Melanie klären wollen, hätte aber feststellen müssen, dass sie für ein paar Tage Urlaub zusammen mit ihrem neuen Freund und dessen besten Freund nach Belgien gefahren war. Dumm und tölpelhaft wie Heierbach nun einmal war, hätte er kurzentschlossen die Firmenkasse seines Arbeitgebers geklaut und sich mit dem Motorrad des Kunden auf den Weg nach Belgien gemacht. Dort hätte er dann wieder klare Verhältnisse schaffen wollen. Er musste an dem Zeltplatz aufgetaucht sein, als Tetzloff gerade zum Einkaufen in das Dorf gefahren war. Es hätte natürlich zum Streit kommen müssen zwischen Heierbach und Melanie und Johannes. Zu einem tödlichen Streit. Heierbach hätte in seiner Wut die beiden mit einem herumliegenden Ast erschlagen. Dann hätte er den VW-Bus kommen sehen und sich im Wald versteckt. Als Tetzloff wieder davongefahren war, um Hilfe zu holen, hätte Heierbach versucht, die Leichen verschwinden zu lassen. Zuerst hätte er den leblosen Körper von Johannes über das geklaute Motorrad gelegt und wäre durch den Wald gefahren, um ihn unter Geäst zu verscharren. Wahrscheinlich hätte er ihn erst mal irgendwo abgelegt, um die Leiche von Melanie noch wegzuschaffen. Als er zum Zelt zurückgekommen wäre, wäre aber die Polizei schon da gewesen.

Jensen fand diese Argumentation durchaus plausibel und konnte sich auch gut vorstellen, dass dieser Heierbach seinen ungeliebten Halbbruder mit dieser Entführung jetzt noch einmal finanziell auszupressen versuchte, um sich dann ins Ausland abzusetzen. Mit dieser Version hätte er wenigstens mit erhobenem Haupt vor den Oberstaatsanwalt treten können, dem er wohl bald Rede und Antwort stehen musste.

Siebels machte darauf aufmerksam, dass bei dieser Version die Rolle von Bogner alias Norman Fiedler sowie die des Oberst Hugo Müller von der Staatssicherheit der DDR völlig ungeklärt seien, konnte aber Tetzloff damit nicht von dessen Idee abbringen. Tetzloff hatte in der Person seines Halbbruders wieder ein Feindbild vor Augen und das Häufchen Elend hatte sich in ein Energiebündel verwandelt. Sein alter Freund Johannes Weismüller wäre damals ums Leben gekommen und in dem belgischen Waldstück verwest oder Heierbach hätte ihn in einem der vielen kleinen Weiher versenkt. Nachdem Heierbach mit den zwei Millionen von ihm abgefunden worden war, wäre die Gier in ihm erwacht. Mit den zwei Millionen hätte er das Startkapital gehabt, um die perfekte Entführung zu initiieren und die Polizei mit allerlei Schabernack in die Irre zu führen. Das Pseudonym Mobutu wäre ein solcher Blödsinn, den sich nur ein Prolet wie Heierbach hätte ausdenken können. Wahrscheinlich hätte er noch ein paar Komplizen, ehemalige Stasi-Leute, die wüssten, wie man Desinformationen streut und polizeiliche Ermittlungen in die Irre führt. Dass Bogner als V-Mann in die RAF-Szene eingeschleust worden sein sollte, fand Tetzloff lachhaft. Schließlich wäre sein missratener Halbbruder in den achtziger Jahren zu einem führenden Kriminellen bei den Hells Angels aufgestiegen und hätte als König von Sankt Pauli einen zweifelhaften Ruf in Hamburg genossen. Dass diese kriminelle Karriere bereits Mitte der siebziger Jahre begonnen hatte, wäre ja wohl nachvollziehbar, mokierte sich ein erboster Tetzloff. Dass Bogner damals als verdeckter

Ermittler in der Rockerszene und nicht in der Terroristenszene unterwegs gewesen wäre, als er in Belgien mit Heierbach zusammengetroffen war, müsste unter diesen Umständen sogar einem Hilfspolizisten einleuchten, regte sich Tetzloff weiter auf. Die Provinzermittler, die Jensen als kompetente Ermittler ausgegeben hätte, wären auf die Tricks hereingefallen und Heierbach würde sich jetzt ins Fäustchen lachen. Aber nicht mit ihm, schwor sich Tetzloff, der die Beamten am liebsten aus seinem Haus geworfen hätte, als die Frist des Entführers abzulaufen begann.

30

Erinnerungen, Februar 1993

Mobutu hatte sich in den letzten Jahren mehr und mehr von den Regierungsgeschäften zurückgezogen und der Hauptstadt Kinshasa den Rücken zugewandt. Er hatte es vorgezogen, sich in seinem unwirklichen Palast in Gbadolite aufzuhalten. Ich hatte zusehen müssen, wie das Land unaufhaltsam vor die Hunde gegangen war. Meine Anwesenheit im Palast abseits vom realen Leben war immer häufiger nötig geworden und je öfter ich dort gewesen war, um Mobutu von dem Verfall seines Landes zu berichten, desto weniger hatte er unternommen, um Abhilfe zu schaffen. Die Korruption, mit der er über Jahrzehnte seinen Machtanspruch aufrecht erhalten konnte, hatte das Land aufgefressen. Als Sicherheitsberater hatte ich all die Jahre einen intensiven Austausch mit den Geheimdiensten gepflegt. Wenn es irgendwo nach Putsch gerochen hatte, hatte der Geheimdienst seine Nase in die Sache gesteckt. Man war dort nicht gerade zimperlich mit den Leuten umgegangen. Wer den Makel des Oppositionellen getragen hatte, war schnell von der Bildfläche verschwunden. Es sei denn, er war Inhaber einer wichtigen Position gewesen. Dann hatte er Besuch von mir bekommen und ich hatte einen Geldkoffer dabei gehabt. Das Geld war fast immer in der Lage gewesen, die politische Gesinnung des Empfängers wieder in geordnete Bahnen zu lenken. Das System hatte funktioniert, konnte aber nicht auf Dauer so weitergeführt werden. Und je länger sich Mobutu in seinem Goldkäfig im Dschungel versteckt gehalten hatte, desto schwieriger war es für mich geworden, das System aufrecht zu erhalten. Als er vor drei Jahren beschlossen hatte, die Kontrolle der Geheimdienste an eine vierköpfige Gruppe von Generälen zu übertragen, die durch Familienbande mit dem Präsidenten verbandelt gewesen waren, hatte ich einen wichtigen Zugang zu den überlebenswichtigen Informationen verloren.

Jeder dieser Generäle war in der Vergangenheit regelmäßig mit Geldkoffern und anderen Präsenten von mir überschüttet worden. Sie waren reich und sie hatten Macht gehabt, doch es war ihnen nicht genug gewesen. Es gab kein betrügerisches Geschäft, bei dem diese Männer nicht ihre Finger im Spiel gehabt hatten. Vom illegalen Diamantenhandel bis hin zur Einfuhr gefälschter Banknoten waren die Vier vor nichts zurückgeschreckt. Dass sie zu allem Überdruss auch an die Spitze der Geheimdienste berufen worden waren, war fatal für die Sicherheit des Landes und somit auch für mich als Sicherheitsberater des Präsidenten gewesen. Die Vier, wie sie von der Bevölkerung und den Medien genannt wurden, hatten nur eines im Sinn gehabt, nämlich den Präsidenten mit falschen Informationen über die Lage an den Grenzen und die Moral der Armee zu versorgen und die richtigen Informationen von ihm fernzuhalten. Mit welch kriminellen Machenschaften diese Bande das Land ausgeplündert hatte, war mir erst später voll bewusst geworden. Die Generäle, die der Armee vorgestanden und das Land im Kriegsfall zu verteidigen hatten, hatten die dazu notwendigen Waffen samt Munition an diverse Guerillabewegungen verkauft. Dabei hatte es bei ihren obskuren Geschäften keinen Unterschied gemacht, ob ihre Geschäftspartner dem eigenen Land eher friedlich oder eher feindlich gesinnt waren. Wichtig war nur, dass die Ware bezahlt wurde, die den Verkäufern nicht gehört hatte. Dass auf diese Weise sogar eine ganze Flotte von Mirage Jagdbombern abhanden gekommen war, zeigte mir, wie wenig ich mit meinen kleinen Geldköfferchen noch auszurichten in der Lage gewesen war. Meine letzte Hoffnung war Marie gewesen. Mit ihr hatte ich in meiner Villa in Kinshasa über den Ernst der Lage gesprochen. Ich hatte sie angefleht, ihren in die Lethargie gefallenen Onkel in seinem Palast im Dschungel aufzusuchen und ihn dazu zu bringen, die vier Generäle von der Macht zu entfernen. Marie war genauso besorgt gewesen wie ich. Die Missstände in den Krankenhäusern, die von ihr betreut wurden, hatten sich in den letzten Jahren noch verschlimmert und es hatte keine Hoffnung auf Besserung gegeben. Wir hatten eine aufregende Nacht auf der Terrasse meiner Villa verbracht, hatten uns unter dem Sternenhimmel geliebt und waren übereingekommen, uns eine gemeinsame Zukunft in Europa aufzubauen, wenn sich die Zustände in Zaire nicht zum Besseren wenden würden. Marie hatte Wohnungen und Häuser in Paris und in Zürich besessen. Ein Leben mit Marie in Paris war mir wie ein Traum erschienen, dessen Erfüllung mich nur ein Fingerschnippen gekostet hätte. Doch dieses heruntergewirtschaftete afrikanische Land war mir genauso an das Herz gewachsen wie es bei Marie der Fall gewesen war. Wir hatten die Hoffnung auf Besserung nie aufgegeben, trotzdem es von Jahr zu Jahr schlimmer geworden war. Wir hatten uns geliebt und einen Plan geschmiedet. Wenn Marie es gelingen sollte, ihren Onkel zu überreden, die außer Kontrolle geratenen Generäle von ihren Posten zu entfernen und durch andere, geeignetere Männer zu ersetzen, wollten wir unsere ganze Kraft dafür verwenden, dieses Land noch vor dem Untergang zu retten. Falls es ihr nicht gelingen sollte, wollten wir unseren Traum von Paris in die Realität umsetzen.

Marie hatte mich nach dieser Nacht am frühen Morgen verlassen. Sie hatte noch einige Besorgungen in Kinshasa zu machen gehabt, bevor sie mit einem der Jets des Familienclans in den Dschungel nach Gbadolite aufbrechen wollte.

Am frühen Nachmittag hatte mich die Nachricht erreicht, dass Marie schwerverletzt im Zentralkrankenhaus eingeliefert worden war. Eine halbe Stunde später hatte ich an ihrem Bett gestanden. Ich hatte ihre Hand in die meine genommen und geweint. Meine schöne Marie, meine schwarze Prinzessin, war nur noch ein Stück geschundenes Fleisch gewesen. Ich hatte ihre warme Hand gehalten, hatte kein Wort über meine Lippen bringen und meine Tränen nicht aufhalten können. Irgendwann hatte ich ihre kalte Hand in der meinen gehalten, alles Leben war aus ihr gewichen, der Tod hatte sie erlöst.

Ich hatte noch immer ihre kalte Hand in der meinen gehalten, als der Krankenhausdirektor mir von ihrem Martyrium erzählte. Man hatte sie vergewaltigt, geschlagen, getreten und mit Messerstichen traktiert. Ihr Kiefer war gebrochen, ihre Rippen waren gebrochen, ihre Augen grün und blau geschlagen, zwei

Fingerkuppen hatte man ihr abgetrennt. In diesem Zustand hatte man sie in einer Gasse auf einem Müllhaufen abgeladen. Als sie endlich ins Krankenhaus gekommen war, war es zu spät gewesen. Die inneren Blutungen hatten nicht mehr gestillt werden können.

Montag, 08. Dezember 2003, 12.50 Uhr

Die Aufregung von Tetzloff wich einer angestrengten Ruhe. Er saß vor dem Laptop von Charly und gab mit zitternden Fingern die Zahlen für sein erstes Gebot ein. Charly hatte einen Käuferzugang unter dem Pseudonym ‚Bräutigam' eingerichtet und einige Programme auf dem Laptop installiert, mit denen er hoffte, dem Anbieter von Simone Tetzloff auf die Schliche kommen zu können.

Um 12:52:56 erschien das erste Gebot von Tetzloff, 500 000 Euro hatte er geboten. „Ich dachte, wir beginnen mit einer Million", raunte Jensen und biss sich gleich darauf auf die Lippen, als Tetzloff ihn mit einem giftigen Blick strafte. Tetzloff war nun der Höchstbietende und starrte gebannt auf den Laptop. Über eine Minute passierte gar nichts, dann kam die Nachricht, dass sein Gebot nicht mehr das Höchstgebot war. 750 000 Euro betrug das Gebot eines Bieters, der sich hinter dem Pseudonym ‚verlorene Vergangenheit' verbarg.

„Verlorene Vergangenheit", flüsterte Tetzloff. „Was hat das zu bedeuten?"

„Ich glaube, er meint seine eigene Vergangenheit", mutmaßte Siebels und beobachtete die Finger von Tetzloff auf der Tastatur. 1 Million Euro hatte er geboten und sein Gebot mit einem Mausklick abgesandt. Um 12:54:48 war er wieder im Besitz seiner Frau. ‚Bräutigam' stand erneut als Höchstbietender an der Spitze der Gebote.

„Wo liegt eigentlich Ihr Limit für Ihr Höchstgebot?", erkundigte sich Charly. Tetzloff reagierte nicht. Um 12:55:37 kam die Nachricht, dass ‚verlorene Vergangenheit' 2 Millionen Euro geboten hatte.

„Und wir haben noch über vier lange Minuten vor uns", stöhnte Siebels.

Montag, 08. Dezember 2003, 12.15 Uhr

Simone Tetzloff hatte einen Plan gefasst. Sie war zu ihm in sein Arbeitszimmer gegangen und hatte ihm erklärt, dass sie bei der Aktion gegen ihren Mann antreten wolle. Er schaute sie verwundert an und gab dann durch ein unmerkliches Nicken seine Zustimmung. Simone fragte ihn nach einem Limit und er gab ihr zur Antwort, dass das nun in ihrem Ermessen liegen würde. Jetzt nickte sie unmerklich. Dann fing sie an, ihn auszuziehen. Sie wollte ihn noch einmal lieben. Ein letztes Mal als seine Gefangene von ihm geliebt werden. Er schob ihr ungeduldig das T-Shirt über ihren Kopf. Sie ließen sich auf den Boden fallen, küssten sich, streichelten sich und schliefen miteinander. Die Ungewissheit, ob es das letzte Mal sein könnte, trieb ihn an, sie hart zu lieben. Er wollte sie besitzen, sie gefügig machen, sie für immer an sich reißen. Sie genoss seine Stärke, seinen Drang, seine Entschlossenheit, seine innere Zerrissenheit. Sie liebten sich kurz und heftig und blieben dann auf dem Boden liegen, bis sich ihr Atem wieder beruhigt hatte. Dann stellte er seinen Laptop auf den Boden, ging online und loggte sich bei Ebay ein. Zu zweit lagen sie nackt vor dem Laptop auf dem Boden und warteten auf das Gebot von Sebastian Tetzloff. Er sagte nichts, als ‚Bräutigam' mit einem Gebot von 500 000 Euro auf dem Bildschirm präsent wurde. Sie sagte auch nichts, sie war enttäuscht. Sie hätte mindestens mit einem Eröffnungsangebot von 1 Million Euro gerechnet. Sie wollte ihm noch eine Chance geben, erhöhte auf 750 000 Euro und hoffte, dass er verdoppeln würde. Er tat es nicht, gab stattdessen die Million vor, die sie kurz darauf verdoppelte. Die Zeit verging quälend langsam. Sie wusste, dass er problemlos 10 Millionen Euro hätte bieten können. Sie schätzte sein gesamtes Vermögen mit Immobilienbesitz und Wertpapieren auf 100 Millionen Euro. Sie fragte sich, wie vorsichtig er sich an sein gesetztes Limit herantasten würde, welches Risiko er eingehen würde, um dieses Limit nicht überschreiten zu müssen. Um 12:57:45 meldete er sich mit 2,5 Millionen Euro zurück. Er hatte sich zwei Minuten Zeit gelassen. Sein nächstes Gebot sollte er schneller abgeben, beschloss sie und setzte ihn unter Druck. Um 12:58:35 hatte sie die Marke auf 10 Millionen gesetzt.

Montag, 08. Dezember 2003, 12:58:35 Uhr

Tetzloff schluckte schwer, als die 10 Millionen gesetzt waren. Er musste nachdenken und hatte keine Zeit zum denken.

„Geben Sie ihr Höchstgebot ab", drängte ihn Siebels.

Tetzloff hatte noch eine Minute und tat sich schwer, sich für eine Summe zu entscheiden. Er wollte bei diesem Spiel keinen Euro mehr als nötig bieten. Es ging ihm gar nicht so sehr um das Geld, als mehr um das Gefühl, bei einem Pokerspiel über den Tisch gezogen zu werden. Tausend Fragen schossen ihm gleichzeitig durch den Kopf. Er überlegte sich all das, was er sich schon die ganze letzte Woche überlegt hatte. Tausend Antworten, die er in einer Woche nicht gefunden hatte, versuchte er nun in wenigen Sekunden zu finden. Was war der Zweck dieser Veranstaltung? Konnte er überhaupt diese Auktion für sich entscheiden oder spielte der Entführer nur mit Spielgeld? Sollte er auch mit Spielgeld spielen? Beträge bieten, die er niemals einlösen konnte? Wie würde sein Gegner die Geldübergabe arrangieren, wenn er als Höchstbietender seine eigene Frau ersteigern würde? Wollte der Entführer überhaupt sein Geld oder wollte er ihn nur verhöhnen? Erst als Siebels ihm nervös auf die Schulter klopfte, reagierte Tetzloff auf das neue Gebot. Er überlegte kurz und entschied sich für ein riskantes Vorgehen. Um 12:59:22 probierte er sein Glück mit einem Gebot von 11 Millionen Euro und hoffte, ein eventuelles Gegengebot noch mit 15 Millionen Euro rechtzeitig überbieten zu können und seinem Gegner keine Zeit mehr zu lassen, um vor 13:00:00 Uhr noch einmal eingreifen zu können. Jensen konnte dem Treiben nicht mehr zuschauen, er ging aufgeregt im Zimmer auf und ab. Charly wischte sich mit einem Taschentuch den Schweiß von der Stirn und Siebels starrte mit klopfendem Herzen auf den Bildschirm.

‚Verlorene Vergangenheit' antwortete schnell und gab Tetzloff somit noch Zeit, reagieren zu können. Um 12:59:45 erschien das neue Gebot. 100 Millionen Euro war es hoch und veranlasste Tetzloff zu einem lauten Fluch. Er stand auf, war weder in der Lage noch Willens, die letzten Sekunden zu nutzen, um diesen Betrag noch zu überbieten. Siebels betrachtete sich fassungslos den gebotenen Betrag und fragte sich, was der Entführer damit bezweckte.

Jeder der vier Männer stand in einer anderen Ecke des Zimmers, jeder von ihnen schüttelte ungläubig seinen Kopf. Siebels war der erste, der seine Gedanken ordnen konnte und sie dann laut formulierte.

„Ihr Halbbruder steckt jedenfalls nicht hinter der Geschichte. Der hätte die 10 Millionen genommen. Für Ihre rumänischen Freunde dürfte das wohl auch zutreffen. Bleibt ihr alter Freund Weismüller übrig, dessen Absichten jetzt aber weiterhin ungeklärt bleiben. Wie realistisch wäre es denn gewesen, dass Sie noch einmal die 100 Millionen Euro überbieten?", erkundigte sich Siebels.

Tetzloff schaute ihn ungläubig an. „Haben Sie überhaupt eine Vorstellung davon, wie viel Geld das ist? Ich würde Monate brauchen, um einen solchen Betrag flüssig zu machen. Und danach wäre ich ein Fall für die Sozialhilfe."

„Rein theoretisch beläuft sich der Wert Ihres Vermögens auf diesen Betrag?", fasste Siebels noch einmal nach.

„Rein theoretisch, ja", gab Tetzloff trotzig zurück.

„Also können wir davon ausgehen, dass der Entführer ziemlich genau über Ihre Vermögensverhältnisse Bescheid weiß. Er wollte Sie ausziehen bis auf das letzte Hemd. Er wollte, dass sie alles, aber auch wirklich alles hergeben."

„Niemand weiß so genau, wie groß mein Vermögen ist, wenn man alles an liquiden und gebundenen Mitteln summiert. Selbst ich könnte es nur grob schätzen", gab Tetzloff zu bedenken.

Siebels war da anderer Meinung, behielt diese Meinung aber für sich. Charly hatte den Telefonhörer zwischen Schulter und Ohr eingeklemmt und sprach mit jemandem bei Ebay, während er auf die Tastatur von seinem Laptop hämmerte. Nach einigen Minuten hektischen Informationsaustausches bedankte er sich und legte das Handy zur Seite.

„Das Pseudonym ‚verlorene Vergangenheit' wurde von einer Frau namens Melanie Hassler angelegt", berichtete er.

„Geburtsdatum? Adresse?", fragte Siebels.

„Geboren am 12. März 1956 in Frankfurt, wie unsere verstorbene Melanie Hassler. Die angegebene Adresse ist die von Alexandra Hassler. Bei der Anwendung wurde eine Ausweisnummer angegeben, die tatsächlich zu einem gültigen Ausweis von Melanie

Hassler gehört. Der Ausweis wurde erst vor drei Tagen ausgestellt, das Pseudonym ‚verlorene Vergangenheit' vor etwa vier Stunden angelegt. Er kann auch nicht lokalisiert werden. Anscheinend verfügt er über modernste Verschlüsselungs-Software. Sein 100-Millionen-Gebot hat er dreimal um die Welt geschickt, bevor es bei uns ankam. In einem Sekundenbruchteil. Es lebe die Technik."

„Der hat an alles gedacht und muss gute Verbindungen haben, wenn er einen Personalausweis für eine Frau ausstellen lassen kann, die schon seit über achtundzwanzig Jahren tot ist."

„Ich habe nur eine Erklärung", schaltete sich Tetzloff in das Gespräch ein. „Weismüller ist ein Terrorist und arbeitet für eine Nation oder eine Gruppierung."

„Was für eine Nation? Was für eine Gruppierung?", fragte Jensen entsetzt.

„Was weiß ich? Wer hat solche Möglichkeiten? Wer hat das nötige Geld, um es in kriminelle Machenschaften diesen Ausmaßes zu investieren? Die Palästinenser? El Kaida? Die ETA? Irgendwelche afrikanischen Gruppierungen aus Somalia vielleicht?"

„Wie kommen Sie darauf, dass Weismüller ein Terrorist ist?", wollte Siebels wissen. Tetzloff zündete sich eine Zigarette an und ließ seine Gedanken in die Vergangenheit schweifen.

„Als Melanie damals angefangen hat, von der RAF und deren Taten zu schwärmen, war nicht der Besuch bei ihrer Schwester in Berlin der Auslöser gewesen. Johannes war es, der von diesem Thema angetan war und Melanie die linksradikale Denke eingeimpft hat. In Berlin bekam sie nur bestätigt, dass es noch andere mit dieser Gesinnung gab, wie zum Beispiel ihre Schwester. Aber Johannes war der Erste, der dieses Gift in sie injiziert hat. Ich hatte deswegen in den letzten Monaten unserer Schulzeit oft Streit mit ihm. Seine Gedanken waren immer radikaler geworden. Er war hin- und hergerissen zwischen einem bürgerlichen Leben mit Frau und Kind und einem Leben im Untergrund als Terrorist. Das bürgerliche Leben war Melanie, ein Haus im Grünen und zwei Kinder. Auf der anderen Seite war das verhasste System, das er bekämpfen wollte, obwohl es ihm das bürgerliche Leben garantieren konnte. Ständig lebte er zwischen diesen beiden Welten und es wurde immer schlimmer. Melanie zog er mit in diesen Gefühlsstrudel aus Revolutionsgelüsten und Spießbürgertumssehnsucht. Zwei Weltbilder, die sich so kategorisch ausschlossen und trotzdem beide so erstrebenswert erschienen. Wenn er tatsächlich noch lebt und damals bei der Fremdenlegion gelandet ist, dann werden sich seine Revolutionsgelüste gegenüber der Spießbürgertumssehnsucht durchgesetzt haben. Und ich bin jetzt der Feind. Ich verkörpere den Kapitalismus, den er damals bekämpfen wollte."

„Warum haben Sie uns das nicht früher erzählt?", fragte Siebels vorwurfsvoll.

„Ich hielt es nicht für wichtig", antwortete Tetzloff lapidar.

31

Montag, 08. Dezember 2003, 13.05 Uhr

Er hatte sie verwundert angeschaut. Bis zum Schluss war er davon überzeugt gewesen, dass sie ihren Mann gewinnen lassen würde. Ihr wütender Gesichtsausdruck hatte ihn amüsiert, als sie die 100 Millionen geboten hatte. Kurz darauf hatte sie ihn verliebt angeschaut und er hatte ihr gratuliert. Sie wäre nun hundertfache Millionärin und er ruiniert. Sie fragte lachend, bis wann er die 100 Millionen auftreiben könne, sie wolle gerne shoppen gehen. Falls er knapp bei Kasse wäre, könne er seine Schulden aber auch abarbeiten. Als Liebhaber, teilte sie ihm augenzwinkernd mit. Er ließ sich nicht lange bitten. Die aufregende Auktion hatte ihn erregt. Er konnte sein Glück kaum fassen. Er betrachtete sie, wie ein frischgebackener Vater sein Neugeborenes betrachtet. Er streichelte sie, als hätte er zum ersten Mal ein weibliches Wesen berührt. Sie genoss seine Zärtlichkeiten und setzte sich dann auf ihn. Jetzt wollte sie über ihn herrschen, jetzt war er ihr Gefangener. Sie ritt ihn erst mit sanften Bewegungen, dann schneller und schließlich wild und hemmungslos. Sie war frei und sie hatte Träume. Sie wollte ein neues Leben beginnen, wollte ihren Mann vergessen, wollte Nadja Asmussen vergessen, wollte nur noch für ihn da sein. Sie wollte ihn lieben und von ihm geliebt werden. Morgens, mittags und abends. Im Bett, im Restaurant oder auf einer grünen Wiese. Sie wollte mit ihm in fremde Länder reisen, ihn in der Wüste lieben und es mit ihm im schneebedeckten Gebirge treiben. Sie wollte mit ihm im Ozean schwimmen und mit ihm im Regen tanzen. Sie wollte ihm von ihren Gefühlen erzählen und dabei das Gefühl haben, von ihm verstanden zu werden. Sie wollte seinen Namen sagen und dabei glücklich sein.

All diese Gedanken gingen ihr durch den Kopf, als sie auf ihm saß, ihn in sich hatte, ihm ihre Lust entgegenkeuchte. Jetzt wollte sie wissen, wer er wirklich war. Sie ritt ihn unaufhörlich seinem Höhepunkt entgegen und als er ihn erreichte, als er stöhnte und seine Augen verdrehte, fragte sie ihn, wer er sei.

Ich war das erste Mal am Grab von Marie gewesen. Es war das erste Mal, nachdem sie vor meinen Augen gestorben war, dass ich wieder geweint hatte. Ich hatte mich wie ein Verbrecher an ihren Grabstein schleichen müssen. Seit ihrem Tod hatte auch ich den Geheimdienst fürchten müssen. Die Generäle hatten mich für ihren Tod verantwortlich gemacht, hatten Mobutu berichtet, ich hätte es nicht verkraftet, dass sie unsere Beziehung beenden wollte. Sie hatten ihm berichtet, ich wäre zur Opposition übergelaufen, ich hätte feindliche Rebellen unterstützt, ich wäre ein Staatsfeind. Mobutu hatte seine Nichte abgöttisch geliebt. Ich hatte zwar nicht geglaubt, dass er mich wirklich für ihren Tod verantwortlich gemacht hat, aber er hatte auch nichts getan, um mich zu schützen.

Als Marie ihren letzten Atemzug getan hatte, hatte ich mich in meiner Villa verkrochen. Eine Woche lang hatten mich fürchterliche Krämpfe gequält. Wie ein Heroinsüchtiger auf Entzug hatte ich mich auf dem Parkett meines Schlafzimmers herumgewälzt und vor Schmerzen geschrien. Die Dämonen hatten wieder Besitz von mir ergriffen, diesmal hatten sie schlimmer, erbarmungsloser, blutrünstiger als je zuvor in meinem Kopf gewütet. Immer wieder war ich hinter die Grenze geschleudert worden, die in den letzten Jahren die Dämonen von mir ferngehalten hatte. Der Tod hatte mich verfolgt, ohne mich erreichen zu können. Wie von Sinnen hatte ich voller Angst und Verzweiflung ihren Namen gerufen. Immer in der Hoffnung, sie auf diese Weise noch retten zu können. Marie, Marie, hatte ich geschrien und der Schweiß war mir dabei in Strömen gelaufen. Ich war nicht mehr in der Lage gewesen, zwischen Wirklichkeit, zwischen Träumen und zwischen Halluzinationen zu unterscheiden. Marie, Marie, hatte ich geschrien, stundenlang. Die Angst hatte mir dabei im Nacken gesessen. Wenn ich halluziniert hatte, hatte ich den anderen Namen geschrien. Melanie, Melanie. Melanie war auf der anderen Seite der Grenze, mein Leben lang, bis heute. Melanie hatte mir ihre Hand gereicht, jeden Tag, ich hatte sie nie fassen können. Ich hatte nichts für sie tun können. Nichts für Melanie und nichts für Marie. Aber der Tod von Marie hatte mich so nahe an Melanie gebracht, dass ich fast wahnsinnig geworden wäre. Eines nachts war ich aufgewacht, schweißgebadet, meine Kehle hatte geschmerzt, da hatte ich sie sehen können. Ganz deutlich hatte ich ihr Gesicht vor mir gesehen. Das strahlende Gesicht von Melanie. Es war das unverletzte Gesicht, das ich all die Jahre in meinen Träumen nur als einen zu blutigem Brei geschlagenen Schädel gesehen hatte. Nur für einen Sekundenbruchteil war mir ihr wunderschönes Konterfei erschienen, dann war sie wieder verschwunden und der geschundene Körper von Marie hatte wieder meinen Kopf beherrscht. Dieser Sekundenbruchteil hatte genügt, um mich aus dem tiefen Tal der Verzweiflung zu führen. Seit jenem Moment hatte sich meine körperliche Verfassung wieder verbessert und in den darauffolgenden Tagen und Nächten waren die wutentbrannten Angriffe meiner Dämonen wieder verblasst. Ich glaube, es war Melanie, die sie vertrieben hatte, und ich glaube, dass es eine große Anstrengung für sie gewesen war. Danach hatte ich oft stundenlang in stoischer Ruhe in meinem Bett gelegen und versucht, in Abwesenheit meiner blutrünstigen Dämonen einen geistigen Spaziergang hinter meine Grenze zu unternehmen. Tatsächlich war es mir gelungen, die Grenze zu überwinden. Das strahlende Gesicht von Melanie war mir seitdem präsent gewesen. Ihr Name und das dazu passende Gesicht. Nicht mehr. Nur das Gefühl, versagt zu haben, sie verloren zu haben. Das Gefühl von Ohnmacht, das Gefühl von unsäglicher Trauer, das sich mit der Trauer um Marie vermischt hatte. Bei meinen Versuchen, die Grenze zu überwinden, hatte ich auch einmal ein anderes Gesicht gesehen, es aber nicht erkennen können. Es war das Gesicht eines Mannes, aber in meinem Kopf war es nicht mehr als eine Seifenblase gewesen. Zu stark waren die Kräfte, die mich daran gehindert hatten, mehr als diesen einen kleinen Schritt hinter meine Grenze zu gelangen.

Es war der Krankenhausdirektor, der sich in jenen Tagen um mich gekümmert hatte. Meine kleinen Geldspenden für das mittellose Krankenhaus und meine Liebe zu Marie hatten ihn zu einem wahren Freund werden lassen. Er hatte dafür gesorgt, dass ich Nahrung und Wasser in jenen schrecklichen Tagen zu mir genommen hatte und er hatte mir Tabletten gegeben, die mir wenigstens einige traumlose Stunden Schlaf beschert hatten. Er war es auch gewesen, der mich vor den Intrigen des Geheimdienstes gewarnt hatte und mir schließlich bei meiner Flucht aus Kinshasa behilflich gewesen war.

Mobutu hatte sich mir gegenüber so verhalten, wie er sich auch seinem Land gegenüber jahrzehntelang verhalten hatte. Nur halbherzige Entscheidungen waren von ihm getroffen worden, er hatte die eine Seite genauso unterstützt wie die andere und gehofft, dass auf diese Weise keine der beiden Seiten zu viel Macht erlangen konnte. Er hatte mich als Sicherheitsberater gefeuert und gleichzeitig dafür gesorgt, dass der Geheimdienst mich zwar jagen, aber nicht eliminieren konnte. Die Generäle hatten von ihm Recht zugesprochen bekommen und der Beschuldigte sein Leben. Der greise Präsident musste dies für eine weise Entscheidung gehalten haben, sein Vorbild musste Pontius Pilatus gewesen sein. Der Präsident hatte sein reines Gewissen behalten, die Generäle die Macht und ich mein Leben.

Ich hatte mich in die Provinz Süd-Kasai zurückgezogen, wo die Erde Zaires ihre wertvollsten Diamanten beherbergt hatte. Das korrupte Wirtschaftssystem hatte dem Diamantenschmuggel in diesem Teil des Landes schon seit Jahrzehnten Tür und Tor geöffnet. Viele europäische Geschäftsleute hatten sich hier eine goldene Nase verdient und die einfache afrikanische Bevölkerung um ihre Existenz gerungen. Als Patrick LeClerk hatte ich mich hier niedergelassen und einen Teil meines Reichtums dazu benutzt, noch reicher zu werden. Die korrupten Beamten der staatlichen Diamantenminen hatten bald auf meiner Lohnliste gestanden, für wenig Geld hatte ich die Diamanten gekauft, die der Präsident für viel Geld hätte verkaufen können. Über einen deutschen Diamantenhändler aus Düsseldorf hatte ich die wertvollen Steine für teures Geld nach Europa verkaufen können. Ein Wettlauf mit der Zeit hatte begonnen, das Land war ausgeplündert worden und wer am meisten tragen konnte, war am schnellsten reich geworden. Dieses Spiel war in Zaire schon lange gespielt worden. Nun hatte auch ich mich daran beteiligt. Ich hatte nur noch das Ziel vor Augen gehabt, dem Land mehr zu stehlen, als es die Generäle tun konnten. Säckeweise hatte ich die kostbaren Steine aus dem Land geschafft, mit Genugtuung hatte ich zugesehen, wie mein Reichtum sich von Tag zu Tag vergrößert hatte.

Doch dieses Spiel konnte nicht ewig so weitergehen. Der Anfang vom Ende war jener 6. April im Jahr 1994 gewesen. Die Nachricht von einem Attentat auf ein Flugzeug, das beim Anflug auf Kigali, der Hauptstadt von Ruanda, abgeschossen worden war, hatte sich in Windeseile auf der ganzen Welt verbreitet. Die Staatsoberhäupter von Ruanda und Burundi waren dabei ums Leben gekommen. Wie ich später erfahren hatte, sollte ursprünglich auch Mobutu in diesem Flugzeug sitzen. Er hatte nicht darin gesessen, aber für seine Präsidentschaft sollte es trotzdem der Todesstoß gewesen sein.

Dienstag, 09. Dezember 2003, 9.15 Uhr

Die Lagebesprechung im Büro von Siebels ähnelte einem Trauerspiel. Charly hatte bei seiner Suche nach Daten und Bytes während und nach der Kommunikation zwischen Tetzloff und seinem Herausforderer bei Ebay keine nennenswerten Erfolge mehr erzielen können. Alles, was irgendwie nach einer verräterischen Spur ausgesehen hatte, war im Nirgendwo geendet. Entweder war der Kerl ein Spitzenmann, was Computertechnologie anging, oder er hatte entsprechende Helfer zur Verfügung. Erstklassige Informatiker, die einen solchen Job für wenig Geld erledigten, gab es heutzutage in jedem Land der dritten Welt. Er konnte von Afghanistan oder Pakistan aus mit Tetzloff um die Wette geboten haben oder auch von einem Haus in der Nachbarschaft. Sicher war nur, dass er viele Umwege benutzt hatte, um seine Daten dahin zu schicken, wo sie hin sollten.

Jensen saß an Tills Schreibtisch und betrachtete sich schweigend die Decke des Büros. Und Siebels rauchte, weil er beim Rauchen am besten nachdenken konnte. Till hatte die Nacht in Berlin verbracht, er hatte sich erst am gestrigen Nachmittag gemeldet und durchgegeben, dass er noch einige Stunden benötigen würde, bis er alle relevanten Akten gesichtet und kopiert hätte. Der Lebenslauf des Oberst Hugo Müller war bis zur Wende jedenfalls nachvollziehbar, hatte Till schon vorab versprochen. Heute Mittag sollte er wieder in Frankfurt eintreffen. Bis dahin wollte Siebels allerdings nicht däumchendrehend auf ihn warten und den an die Decke starrenden Staatsanwalt vor Augen haben. Er fing an, laut nachzudenken.

„Weismüller hat die Tetzloff in seiner Gewalt, davon gehe ich fest aus. Wir wissen nicht warum und wir wissen nicht wo. Wir haben nichts in der Hand, was uns auf seine Spur bringen könnte. Das Letzte, was wir über ihn wissen, ist das, was der Graf Till erzählt hat. Weismüller war demnach bis Ende der neunziger Jahre in Afrika, wahrscheinlich in Kriegsgebieten. Zu dieser Zeit ist er auf die Verbindung zwischen Sebastian Tetzloff und seiner jetzigen Frau aufmerksam geworden. Er beauftragte den Grafen, dem Fotomodell Simone Deubinger nachzustellen. Der Graf schrieb seine Briefe, die die Deubinger fein säuberlich in einem Schuhkarton aufbewahrt hat. Weismüller hat sie nie persönlich kennen gelernt, davon bin ich überzeugt. Sein Interesse an ihr resultierte ausschließlich aus ihrer Verbindung zu Tetzloff. Es war der Name Sebastian Tetzloff, der ihn damals in Afrika aus der Fassung brachte. So ähnlich drückte sich der Graf jedenfalls aus, hat Till erzählt. Was wissen wir eigentlich von diesem Weismüller? In Belgien wurde er halb tot geschlagen und dann von einem Bauernpärchen gefunden und gesund gepflegt. Anschließend ist er zur Fremdenlegion gegangen, hat eine Ausbildung zum Elitesoldaten absolviert und wurde zu einem Einsatz nach Zaire geschickt. Dabei wurde er verwundet und hat einem Familienmitglied des damaligen Präsidenten von Zaire das Leben gerettet. Zur Belohnung wurde er als Sicherheitsberater des Präsidenten Mobutu eingestellt. Das war 1978 gewesen. Ende der neunziger Jahre ging das Regime Mobutu unter, bis dahin muss er aktiv gewesen sein. Dann verliert sich seine Spur. Wir wissen nur, dass er den Grafen getroffen hat, der dort als Diamantenhändler tätig gewesen war. Also gut zwanzig Jahre nach den Geschehnissen in Belgien wurde er mit dem Namen Tetzloff konfrontiert. Genau zu der Zeit, als sein Umfeld in Afrika zusammenbrach. Der Völkermord, der damals an den Tutsi geschehen ist, war auch für den Untergang von Zaire verantwortlich. Weismüller musste sich nach Belgien zum zweiten Mal eine neue Existenz aufbauen. Und genau zu diesem Zeitpunkt las er also einen Artikel über Sebastian Tetzloff. Mit Tetzloff hatte damals seine Existenz in Deutschland aufgehört und als seine Existenz in Afrika zusammenbrach, wurde er wieder mit Tetzloff konfrontiert."

Charly unterbrach den Monolog von Siebels. „Merkwürdigerweise hat er sich aber weniger für Tetzloff und mehr für dessen Geliebte interessiert."

„Weismüller hat seine Geliebte als junger Mann in Belgien verloren. Vielleicht gibt er dafür Tetzloff die Schuld und will sich jetzt rächen, indem er Tetzloff das nimmt, was er damals verloren hat?"

„Das würde ja bedeuten, dass Tetzloff damals die Hassler getötet und auch versucht hat, Weismüller zu töten. Wenn dem so wäre, hätte er jetzt nicht so eine Aktion gestartet, dann hätte er Tetzloff alle gemacht und fertig."

„Du hast recht, Charly, so kommen wir nicht weiter. Wir müssen Bogner finden und wir müssen Heierbach finden. Und zwar schnell. Haben wir denn eine Chance, Fotos von den beiden zu bekommen, die in etwa aus dem Jahr 1975 stammen?"

Charly schnippte mit dem Finger. „Klar, vom Bogner müsste es ein Foto aus dieser Zeit geben. Und zwar in Wiesbaden beim LKA. Die haben ihn doch noch offiziell eingestellt, bevor er auf wunderliche Weise als Norman Fiedler beim Verfassungsschutz untergetaucht ist. Fotos von Fiedler gab es natürlich nicht, aber von Bogner bestimmt. Und von dem Heierbach finde ich auch welche, immerhin war er mal der König von Sankt Pauli. Gib mir zwei bis drei Stunden, dann gebe ich dir die Fotos von den beiden."

„Sehr gut, schicke sie gleich per E-Mail zu Yves nach Belgien. Und wenn du schon in der Vergangenheit anderer Leute wühlst, dann wühle auch mal in der von Weismüller. Von dem wissen wir aus der Zeit vor Belgien so gut wie gar nichts. Laut Tetzloff war der ja erst zwei Jahre vor diesem Belgien-Trip auf der Bildfläche erschienen. Ein Vollwaise, der in einem Heim aufgewachsen ist. Ich will wissen, in welchem Heim!"

„Das ist aber ein Scheißjob", beschwerte sich Charly. „Das muss im Zeitraum Ende der fünfziger bis Anfang der siebziger

Jahre gewesen sein. Da gab es noch keine Computer."

„Und finde mal raus, wann und wo seine Eltern gestorben sind", setzte Siebels noch einen drauf.

„Na, klasse", freute sich Charly und verließ das Büro, um sich in sein eigenes zurückzuziehen.

„Und was mache ich jetzt?", fragte Jensen kleinlaut.

„Die Fahndung nach Bogner und Heierbach alias Herbert Schmidt vorantreiben", schlug Siebels vor.

„Das ist eine gute Idee." Flink wie ein Wiesel huschte Jensen davon.

„Moment mal", rief Siebels ihm hinterher. „Fragen Sie doch mal ganz dezent bei den Jungs in Wiesbaden nach, ob die den Bogner aus dem Verkehr gezogen haben. Vielleicht wollten die den aus der Schusslinie haben, nachdem wir die Staatsschützer mit unserer Akten-Abholaktion aufgescheucht haben. Dann können wir uns die Fahndung nämlich sparen."

„Und Sie meinen, die erzählen uns das?"

„Wieso uns? Ihnen! Es muss ja keine offizielle Erklärung sein, nur ein Wink mit dem Zaunpfahl. Sie machen das schon."

Nicht mehr ganz so flink machte sich Jensen an die Arbeit.

Erinnerungen, April 1998

Meine Zeit in Zaire, das seit dem Sturz Mobutus in Demokratische Republik Kongo umgetauft worden war, hatte sich endgültig dem Ende zugeneigt. In den letzten vier Jahren hatte ich noch die Hoffnung gehegt, in diesem Land eine neue Heimat finden zu können. Doch diese Hoffnung hatte sich mit dem Elend, dem Blutvergießen und den nicht enden wollenden Auseinandersetzungen zerschlagen. Vielleicht hatte es auch einfach nur an den verborgenen Geheimnissen in meinem Kopf gelegen, dass ich auf der Suche nach meinem wahren Ich in regelmäßigen Abständen gegen diese Betonwand geknallt und zu der Erkenntnis gelangt war, dass ich diese Wand in Afrika nicht würde überwinden können.

Der Flugzeugabsturz im April 1994 hatte schlimmere Folgen gehabt, als ich es mir je gedacht hätte. Der daraus resultieren-

de Völkermord in Ruanda, bei dem die Hutu an den Tutsi den schnellsten Genozid in der Menschheitsgeschichte vollbracht hatten, war auch der Niedergang für Zaire gewesen. Niemand wusste genau, wie viele Menschen in den wenigen Tagen vom 7. April bis zum Juni 1994 brutal getötet worden waren. Die Optimisten sprachen von 500 000, die Pessimisten von 1 Million. Aus Angst vor der Rache der Tutsi waren die Mörderbanden dann geflüchtet. Sie hatten die Grenzen nach Tansania, Burundi, Uganda und Zaire überschritten und mit ihnen kamen über 2 Millionen Bauern, die in ihrer Heimat nicht mehr sicher gewesen waren. Wie ein Schwarm Heuschrecken hatte der Flüchtlingsstrom jeden Landstrich vernichtet, den er passiert hatte. Millionen Bauern ohne Hab und Gut hatten sich im Osten von Zaire niedergelassen und kurze Zeit später hatten sie Gesellschaft von über 200 Hilfsorganisationen aus der ganzen Welt bekommen. Die Hilfsorganisationen hatten im Reich von Mobutu eine neue Stadt gebaut. Eine Stadt aus Zelten. Eine Stadt, in der die Flüchtlinge bald besser gelebt hatten, als die Bevölkerung von Zaire ringsherum. Die Herrscher dieser Stadt waren die Mörder und Extremisten, die für den ganzen Schlamassel verantwortlich gewesen waren. Ihnen war daran gelegen, eine Rückkehr der Bauern nach Ruanda zu verhindern. Eine Rückkehr hätte es nur mit einer Armee geben sollen, die in der Lage gewesen wäre, die Tutsi in Ruanda endgültig auszurotten. Der Machtanspruch von Mobutu hatte sich in den Jahrzehnten seiner Herrschaft stets auf die Millionenkredite aus dem Ausland gestützt, mit denen er alles und jeden gekauft und ruhig gestellt hatte. Mit den Flüchtlingen und den Hilfsorganisationen hatten sich neue sprudelnde Geldquellen aufgetan. Nach meinen Informationen waren allein nach dem Völkermord 1994 weit über 300 Millionen Dollar über die Hilfsorganisationen in die Flüchtlingslager nach Zaire geflossen. Geld, über das Mobutu keine Macht gehabt hatte. Geld, das die Macht der verrückten Generäle untermauert hatte, denn die hatten jetzt unabhängig vom Präsidenten Waffengeschäfte und Sicherheitsabsprachen mit den Hutu-Extremisten aushandeln und Verträge mit den Hilfsorganisationen über Nahrung oder Transportmittel abschließen können. Das viele Geld, das auf neuen Wegen ins Land geflossen war, hatte die Machtverhältnisse gründlich verschoben. Ich hatte mir neben meinen Tätigkeiten im Diamantengeschäft ein zweites Standbein schaffen können. Ich war stolzer Besitzer mehrerer Bars und Restaurants geworden, die ich über Mittelsmänner in dem prosperierenden Flüchtlingslager eröffnet hatte. Eine offizielle Übersicht aus 1995 hatte über 82 000 Unternehmen aufgeführt, die in dem Lager entstanden waren. Darunter über 2300 Bars und 450 Restaurants. Im Gegensatz zu dem illegalen Diamantenhandel waren die Gewinne in diesem Geschäftszweig vernachlässigbar klein gewesen, aber die Kontakte, die ich hatte knüpfen können und die Informationen, die mir in diesem Milieu zugetragen wurden, waren von unschätzbarem Wert gewesen. Und Informationen hatten sich wiederum für viel Geld verkaufen lassen.

Als sich die Lage in Zaire mit dem eintreffenden Flüchtlingsstrom aus Ruanda schlagartig verändert hatte, als sich die Machtverhältnisse im Land mehr und mehr zugunsten von Kriminellen verschoben hatten, hatte ich auch die Logistik für meinen florierenden Diamantenschmuggel neu aufbauen müssen. Überall waren neue Leute aufgetaucht, die bestochen werden mussten. Lieferungen waren verloren gegangen, Boten getötet worden. Bei den europäischen Endabnehmern hatte sich Unruhe ausgebreitet, das Geschäft hatte plötzlich auf wackeligen Beinen gestanden. Ende 1994 war mein Geschäftspartner Walter Berger aus Düsseldorf angereist. Im darauffolgenden Jahr hatten wir uns kennen und schätzen gelernt. Gemeinsam waren wir durch halb Afrika gereist, um neue Absatzwege für unsere illegal erworbenen Diamanten aufzutun. Es hatte sich eine fruchtbare Zusammenarbeit zwischen uns entwickelt, bereits 1996 konnten wir mehr Diamanten außer Landes schaffen, als in den zwei Jahren zuvor. Berger hatte sich auch an meinen Geschäften beteiligt, die ich nebenbei aufgezogen hatte, als das Flüchtlingslager sich in eine florierende Wirtschaftszone zu verwandeln begonnen hatte. Unter den vielen Europäern, die dort für die verschiedenen Organisationen tätig gewesen waren, waren wir als Weiße nicht weiter aufgefallen. Oft hatten wir abends in einer Bar gesessen und uns betrunken. An jeder Ecke hatte es käufliche Frauen gegeben. Meine Trauer um Marie hatte sich tief in mich hineingefres-

sen. Um zu vergessen, hatte ich mir zu jener Zeit an jedem Abend eine andere Frau genommen. Wie ein Besessener hatte ich mich durch das ganze Lager gebumst. Für ein paar Dollar bekam ich, was ich haben wollte. Vierzehnjährige Mädchen hatte ich bestiegen, um Marie aus meinem Kopf zu verbannen. Notleidende Frauen hatte ich benutzt, um meine überschüssige Manneskraft abzuladen, ohne dabei in Gefühle investieren zu müssen. Mein Freund Berger hatte sich in dieser Beziehung immer zurückgehalten. Er hatte Angst vor dem Aidsvirus, der Afrika in seinen Würgegriff genommen hatte. Seine Warnungen hatte ich stets in den Wind geschossen. Mir war es egal gewesen, ob ich an Aids oder durch die Machete eines durchgeknallten Rebellen sterben würde. Sterben würde ich früher oder später auf jeden Fall in diesem afrikanischen Pulverfass, davon war ich überzeugt gewesen.

Als ich eines abends stark angetrunken einen Spaziergang durch das Lager unternommen hatte und auf der Suche nach einem geeigneten Platz zum Pinkeln gewesen war, war ich Zeuge eines mir denkwürdigen Schauspiels geworden. Abseits von einigen Blockhütten hatte ich meinen Freund Berger entdeckt. Er hatte auf einem Baumstumpf gesessen. Über seinen Knien hatte eine Frau gelegen. Ihr Hinterteil war entblößt und mein Freund Berger hatte ein Bambusrohr in der Hand gehalten, mit dem er voller Vergnügen auf das weiße zarte Fleisch eingedroschen hatte. Im ersten Moment hatte ich befürchtet, er wäre verrückt geworden, und wollte der Frau zu Hilfe eilen. Aber als ich mich den beiden genähert hatte, hatte ich hören können, wie die Frau unter leisem Stöhnen meinen Freund dazu aufforderte, noch härter zuzuschlagen. Verwundert hatte ich mich hinter einem Strauch versteckt und mir angeschaut, wie mein Freund sich um die Bedürfnisse dieser Frau gekümmert hatte. Im einfallenden Mondschein hatte ich das Gesicht der Frau erkennen können. Berger und ich hatten uns einige Stunden zuvor in einer Bar mit ihr unterhalten. Sie war Mitglied einer schwedischen UNO-Truppe, die im Flüchtlingslager im Einsatz gewesen war. Das Bambusrohr war mit Wucht auf ihrem mit roten Striemen übersäten Hintern gelandet, in ihrem Gesicht hatte sich die Lust gespiegelt, die sie dabei empfunden hatte. Auch Berger hatte sichtlich ihren dargebotenen Hintern genossen, den er mit weiteren Schlägen traktiert hatte, bis er dazu übergegangen war, die hinterlassenen Striemen fürsorglich zu streicheln. Verwundert hatte ich mich wieder zurückgezogen und meine neuen Erkenntnisse mit einigen Gläsern Whisky heruntergespült. Berger war ein Mann von Welt, hatte ich mir gedacht und mir vorgenommen, diese Variante der Liebe bei nächster Gelegenheit auch einmal auszuprobieren.

Am Tag darauf war ich gemeinsam mit Berger nach Nairobi gereist. Dort hatten wir eine Bank gefunden, wo wir einen Teil unseres schmutzigen Geldes waschen konnten. Nach erfolgreicher Geschäftstätigkeit hatten wir uns in einer Bar niedergelassen. In der Bar hatte es deutsche Zeitungen gegeben. Plötzlich hatte ich das Bedürfnis verspürt, mich über ein Land zu informieren, das mir mittlerweile so fremd gewesen war, wie jedes andere europäische Land auch. Eine merkwürdige Veränderung war in mir vorgegangen, als ich mich mit dieser Zeitung beschäftigt hatte. Vieles, was darin gestanden hatte, war mir aus unerklärlichen Gründen vertraut vorgekommen. Beim Lesen eines Artikels über das zähe Zusammenwachsen von Ost- und Westdeutschland waren auf einmal die Buchstaben vor meinen Augen verschwommen. Plötzlich hatte ich wieder vor dieser Grenze in meinem Kopf gestanden und mein geistiges Auge war auf die andere Seite der Grenze gerichtet, wo ich hinter einem dichten Nebel das strahlende Gesicht von Melanie erkennen konnte. Winkend hatte sie in dem dichten Nebel gestanden, sie hatte mir zugewinkt, hatte mich zu sich gewinkt. Aber ich hatte regungslos auf der anderen Seite der Grenze gestanden, war nicht in der Lage gewesen, mich zu bewegen. Verstört von dieser für mich undefinierbaren Gefühlsregung hatte ich die Zeitung zugeschlagen, um sie kurz darauf wieder aufzuschlagen. Mir war der Schweiß in Strömen den Rücken hinuntergelaufen. Wie von Geisterhand hatten meine zitternden Hände die Seiten der Zeitung umgeschlagen, bis mir ein Artikel ins Auge gesprungen war, der mich wie ein Dolchstoß ins Herz getroffen hatte. Der Multiunternehmer Sebastian Tetzloff flirtet mit Topmodel Simone Deubinger, hatte dort in fetten Buchstaben gestanden. Darunter ein Bild der beiden Angesprochenen. Wie in Trance hatte ich auf dieses Bild gestarrt. Das Gesicht dieses Unternehmers hatte sich vor meinen Augen wie eine zum Leben erwachte Fratze aus der Zeitung erhoben und sich tief in meinen Kopf gegraben. Seinen Namen, Sebastian Tetzloff, hatte ich plötzlich unaufhörlich und quälend laut wie einen Presslufthammer in meinem Kopf dröhnen hören. Tetzloff, Tetzloff, Tetzloff, Tetzloff hatte es gnadenlos in meinem Hirn gehämmert. Es kam mir vor, als hätte die undurchdringliche Nebelwand in meinem Kopf sich zu lichten begonnen und die verschwommenen Konturen von Melanie angefangen Gestalt anzunehmen. Der Name Tetzloff hatte dabei immer schlimmer in meinem Kopf gehämmert. Es war, als ob dieser Name der Hammer war, der die Betonwand in meinem Kopf zerschlagen konnte.

Was sich in meinem Kopf abgespielt hatte, war so heftig gewesen, dass ich mit der aufgeschlagenen Zeitung in den Händen zusammengebrochen und in eine tiefe Ohnmacht gefallen war.

32

Dienstag, 09. Dezember 2003, 15.20 Uhr

Siebels hatte vor einer halben Stunde Till am Hauptbahnhof abgeholt. Sie saßen im Büro und warteten auf Jensen und Charly, damit Till ihnen seine neuen Erkenntnisse mitteilen konnte.

Jensen erschien als erster und hatte auch Neuigkeiten mitzuteilen. Die Wiesbadener hatten Bogner definitiv nicht aus dem Verkehr gezogen, hätten es aber gern getan. In Wiesbaden war mittlerweile ein kleiner Sondertrupp zusammengestellt worden, der Bogner aufspüren sollte. Der Einsatzleiter hatte direkt an das Kanzleramt in Berlin zu berichten, wo man sich angeblich große Sorgen machte. Jensen klang bei seinen Erläuterungen ziemlich niedergeschlagen. Die Bürokraten der Macht mussten ihn ziemlich in die Mangel genommen haben.

„Falls wir Bogner finden, haben wir ihn unverzüglich in Wiesbaden abzusetzen“, klagte er.

„Klar, machen wir. Nachdem wir uns mit ihm unterhalten haben“, bekräftigte Siebels seine Meinung zu dieser Sache.

Jensen wollte etwas erwidern, kam aber nicht dazu, weil Charly gut gelaunt in das Büro getrabt kam. In der Hand hielt er einige Unterlagen, darunter waren einige Fotos.

„Hier sind die Fotos von unseren Freunden Bogner und Heierbach, so haben sie in den siebziger Jahren ausgesehen. Vom Bogner habe ich tatsächlich eine Akte samt Foto im Wiesbadener Archiv vom LKA gefunden. Datiert von 1974. Die Deppen vom Verfassungsschutz sind ganz schön schlampig. Die eine Akte beschützen sie besser als die Schweizer Garde den Papst und die andere lassen sie zwei Räume weiter für jeden zugänglich rumliegen. Vom Heierbach habe ich eine ganze Kollektion an schönen Fotos. Der muss seine Koteletten damals als so eine Art Hirschgeweih getragen haben.“

„Wo hast du denn die ganzen Bilder aufgetrieben?“

„Beziehungen“, erwiderte Charly und tat geheimnisvoll, verriet dann aber doch, wie er es angestellt hatte. „Meine Schwester hat eine Freundin, die wiederum eine Cousine hat, die beim Hamburger Abendblatt arbeitet. Und bei denen lagert einiges an Material im Archiv. Als König von Sankt Pauli war Heierbach ein viel beschriebenes Blatt in Hamburg gewesen."

„Den Herbert kann ich mir ja gar nicht als König vorstellen, weder von Sankt Pauli noch von sonst was", lästerte Till über den flüchtigen Heierbach.

„Hast du die Bilder schon nach Brüssel zu Yves geschickt?", kam Siebels wieder auf das eigentliche Thema zurück.

„Klar, der hat auch schon geantwortet. Er hat die Bilder gleich weitergeschickt zu diesem Van Nigel nach Amsterdam. Sowie der sich bei Yves meldet, werden wir erfahren, ob einer unserer Freunde der geheimnisvolle deutsche Rocker war."

„Na wunderbar", freute sich Siebels und wendete sich Till zu. „Jetzt interessiert mich vor allem, was du über Oberst Hugo Müller zu berichten weißt."

Till sortierte einige handschriftliche Notizen und erzählte erst einmal stolz davon, wie er bei der Birthler-Behörde mit einer netten Frau geflirtet hätte, ohne deren Hilfe er noch in hundert Jahren nach den Akten suchen würde. Nur wegen seines unwiderstehlichen Charmes wäre das alles so schnell gegangen.

„Du bist toll", wurde er von Charly gelobt.

„Ein echter Teufelskerl", bekräftigte Siebels.

„Jetzt reden Sie schon", schnauzte Jensen ihn an.

„Zunächst mal ein paar grundsätzliche Sachen", begann Till mit seinen Ausführungen. „1951 wurde der Außenpolitische Nachrichtendienst der DDR gegründet und ein Jahr später entstand eine Schule des Außenpolitischen Nachrichtendienstes, wo hauptsächlich Agenten auf ihren West-Einsatz vorbereitet werden sollten. Etwa ein Jahr später erfolgte dann die Eingliederung in die Staatssicherheit. Chef von dem ganzen Laden war Markus Wolf, von dem habt ihr vielleicht auch mal was gehört?"

„Der Mann ohne Gesicht", kommentierte Jensen und seine Finger trommelten nervös auf der Tischplatte. Wolf war eine der ganz großen Figuren in der Welt der Geheimdienste gewesen, mit solchen Namen wollte Jensen keinesfalls bei einem laufenden Fall konfrontiert werden.

„Genau. Der Mann ohne Gesicht", bestätigte Till anerkennend. „Die Hauptverwaltung Aufklärung wurde im Laufe der Jahre zu einer monströsen Schule aufgebaut, bis 1989 gab es dort 21 Abteilungen. Die meisten Abteilungen wurden von Leitern im Rang eines Oberst geführt. Es gab Abteilungen für Militärspionage in der BRD, für Gegenspionage, für Sabotagevorbereitung und so weiter und so fort.

1974 erlebte die HVA einen schweren Rückschlag, da habt ihr Wessis nämlich den HVA-Agenten Günter Guillaume auffliegen lassen. Der Ost-Agent hatte es geschafft, zwei Jahre lang als persönlicher Referent von Willi Brandt im Bundeskanzleramt zu arbeiten."

Die Finger von Jensen trommelten zwei Takte schneller auf der Tischplatte.

„Mit unserem Fall hat das aber nichts zu tun", beruhigte Till den blass gewordenen Staatsanwalt und fuhr mit den relevanten Informationen fort. „Die Schule der HVA verfügte über drei Lehrbereiche. Es gab den Lehrbereich für die politisch-operative Ausbildung, den für die Methodik der nachrichtendienstlichen Arbeit sowie ein Fremdspracheninstitut. Einer der Ausbilder in dieser Schule war ein gewisser Oberst Hugo Müller gewesen. Als Anfang der siebziger Jahre im Westen die politische Gewalt spürbar zugenommen hatte, reagierte das Ministerium für Staatssicherheit 1975 mit der Gründung einer Diensteinheit zur Terrorabwehr, der Abteilung XXII. Bereits Anfang 1974 wurde Oberst Hugo Müller als Ausbilder der HVA-Schule abgezogen, um den Aufbau dieser neuen Abteilung XXII mitzugestalten. Aufgabe dieser Abteilung war die Aufklärung der terroristischen Szene. Mitglieder extremistischer Gruppierungen im Westen sollten von den Agenten identifiziert werden, um dann deren Absichten herauszufinden. Tatsächlich hat diese Abteilung Ende der siebziger Jahre einigen namhaften steckbrieflich gesuchten RAF-Mitgliedern die DDR als Rückzugsgebiet offengehalten. Darüber hinaus genossen auch die damaligen Top-Terroristen Carlos oder Johannes Weinrich die Gastfreundschaft der DDR. Grundsätzlich hofierten die Agenten der Abteilung XXII sämtliche bekannten Terrorvereinigungen. Neben der RAF waren dies zum Beispiel die baskische ETA, die irische IRA, die italienischen Roten Brigaden sowie die militanten palästinensischen Gruppen. Neben dem Schwerpunkt der Aufklärung verband die Staatssicherheit auch eine ideologische Nähe zu diesen Gruppierungen, nämlich den Kampf gegen den Imperialismus. Zuständig für die RAF war unser Oberst Hugo Müller. Sein Job war es gewesen, zur Aufklärung der westdeutschen RAF eigene Leute in die Gruppe einzuschleusen. Solche Leute waren entweder westdeutsche Mitbürger, die als Szenekenner eingestuft werden konnten oder auch DDR-Bürger, die Berührungspunkte zu der Zielorganisation hatten, zum Beispiel durch Verwandtschaft."

„Könnte Melanie Hassler von Hugo Müller als Szenekennerin eingestuft und als inoffizielle Mitarbeiterin für die Stasi angeworben worden sein?", fragte Siebels nachdenklich.

„Das glaube ich nicht", entgegnete ihm Till. „Die Hassler wurde 1974 umgebracht, die Abteilung XXII wurde offiziell erst 1975 gegründet. Allerdings war Hugo Müller bereits 1974 aktiv an der Gründung der Abteilung beteiligt gewesen. Daher können wir auch nicht völlig ausschließen, dass er Melanie Hassler kontaktiert hatte. Aus den Akten, die ich eingesehen habe, lässt sich in diese Richtung jedenfalls nichts ablesen. Konkrete Erfolge hatte Oberst Hugo Müller 1978, als einige RAF-Terroristen von tschechischen Sicherheitsorganen in Prag festgenommen wurden. Müller hat sie sich in die DDR rübergeholt, um sie dann nach Bagdad auszufliegen. 1980 erreichte die Arbeit von Hugo Müller ihren ersten Höhepunkt, als er acht steckbrieflich gesuchten Angehörigen der RAF in der DDR ein neues Leben ermöglichte. Müller verwöhnte seine Gäste mit einer neuen Identität, einer Arbeitsstelle, einer Wohnung und spendierte seinen Schützlingen sogar Gesichtsoperationen. Müller wurde für diese Aktion von Honecker höchstpersönlich gelobt und mit neuen Aufgaben betraut. Er sollte sich um den international gesuchten Top-Terroristen Johannes Weinrich kümmern. Weinrich war ein Komplize von Super-Terrorist Carlos, dessen Freundin Magdalena Kopp in Paris verhaftet worden war. Frankreich befürchtete damals, dass Carlos deswegen Anschläge auf französische Einrichtungen verüben wolle, was auch der Fall war. Carlos schickte Weinrich los und der wurde 1982 in der DDR mit 25 Kilogramm Sprengstoff im Gepäck von Oberst Hugo Müller freundschaftlich in Empfang genommen. Die Warnungen der Franzosen waren indessen auch bei der obersten Führung der DDR nicht auf taube Ohren gestoßen. Ein von Ost-Berlin aus geplanter Terroranschlag von Weinrich sollte verhindert werden, das galt im Besonderen, wenn das Ziel in West-Berlin liege würde. An einer internationalen Ächtung hatte die DDR nämlich kein gesteigertes Interesse. Müller hatte also Weinrich seinen Sprengstoff abgenommen und ihn ansonsten sehr zuvorkommend behandelt. Allerdings bekam Weinrich seinen Sprengstoff kurze Zeit später über einen Mittelsmann wieder zurück. Dafür hatte Hugo Müller gesorgt, der seine Vorgesetzten mit dieser Aktion umgangen hatte. Zu dieser Zeit wusste Müller bereits, was Weinrich vorgehabt hatte. Das geht eindeutig aus den Akten hervor. Und Weinrich hat dann nicht mehr lange gezögert, am 16. August 1983 ließ er seinen Sprengstoff in West-Berlin im ‚Maison de France' hochgehen. Es gab eine Tote und über 20 Verletzte und die Führung der DDR geriet in arge Bedrängnis. Oberst Hugo Müller wurde daraufhin in ein palästinensisches Ausbildungslager strafversetzt, wo er bis zur Wende 1989 geblieben ist. Was danach aus ihm geworden ist, steht in den Sternen."

Bei den letzten Worten von Till zum Werdegang von Oberst Hugo Müller klingelte das Telefon. Siebels nahm den Hörer ab und schaltete unverzüglich den Lautsprecher an. Am anderen Ende der Leitung war Bogner.

„Sie wissen ja jetzt über meine Vergangenheit Bescheid", sagte er in ruhigem Ton. „Damals in Belgien ist vieles schiefgelaufen. Ich konnte es leider nicht mehr gutmachen. Die Hassler war tot und Weismüller nie wieder aufgetaucht. Als jetzt Simone Tetzloff verschwunden ist, bin ich nervös geworden. Ich bin sicher, dass es einen Zusammenhang mit der Geschichte in Belgien gibt. Ich bin losgefahren, weil ich helfen wollte. Wissen Sie, wer Hugo Müller ist? Heute nennt er sich Hugo Schmidt."

„Oberst Hugo Müller von der Staatssicherheit", beantwortete Siebels die Frage.

„Genau. Ich habe ihn gefunden. Er weiß, was damals geschehen ist. Vielleicht weiß er auch, wo Simone Tetzloff ist. Sie sollten herkommen und ihn verhaften. Wenn Sie ihn verhaften, werde ich eine Aussage machen. Wenn er nicht verhaftet wird, werde ich auch nicht aussagen."

„Wo sind Sie?"

„In Görlitz."

Erinnerungen, September 2002

Die Episode in Nairobi hatte mich zu der endgültigen Überzeugung gebracht, dass ich dahin zurückkehren musste, wo ich einst hergekommen war. Die Mauer in meinem Kopf hatte meine Psyche in zwei Welten getrennt. Die eine Welt hatte im trüben Nebel gelegen, die andere war nur eine Scheinwelt gewesen. Eine Scheinwelt, die für mich mit dem Niedergang von Zaire ihren Schein verloren hatte. Eine Welt, in der ich nicht mehr länger hatte existieren können. Ich hatte mir vorgenommen, die Grenze zu passieren, mich durch den Nebel zu kämpfen. Nur hatte ich nicht gewusst, wie mir das gelingen sollte. Nacht für Nacht hatte der Name Tetzloff wie ein Hammer gegen meine Mauer gehauen, seitdem ich seinen Namen schwarz auf weiß vor meinen Augen gehabt hatte. Das Bild der Mauer hatte mich seit diesem Vorfall nicht mehr losgelassen. Seit diesem Tag hatte ich an keiner Mauer mehr vorbeilaufen können, ohne sie mir nachdenklich anzuschauen. Die Mauer war zu einem Sinnbild für mein Leben geworden, aber ich hatte keine Ahnung gehabt, welcher Sinn dahintersteckte.

Meine Geschäftstätigkeiten in Afrika hatte ich bis Ende der neunziger Jahre alle eingestellt. Im Lager der geflüchteten Hutu hatten sich die Zairer durch die Extremisten vom Hass gegen die Tutsi anstecken lassen. Den in Zaire lebenden Tutsi war von offizieller Seite mitgeteilt worden, dass sie nicht länger im Land geduldet seien. Blutige Übergriffe auf Angehörige der Tutsi waren in Teilen Zaires zum Regelfall geworden. Im Gegenzug hatten die Ruander begonnen, Tutsi-Soldaten und Waffen nach Ost-Zaire einzuschleusen. Es hatte dabei vier Guerillabewegungen gegeben, die von der neuen Lage profitiert hatten. Entschlossen zum Kampf hatten sie kurzerhand die Allianz der Demokratischen Kräfte für die Befreiung von Kongo-Zaire gebildet. Die Koalition dieser Kämpfer hatte in nur kurzer Zeit die Macht der Hutu-

Extremisten brechen können. Ein neuer Flüchtlingsstrom hatte sich auf die Reise begeben. Die Angst um ihr Leben hatte die Ruander zur Umkehr in ihr Land veranlasst. Meine Bars und Restaurants waren mit ihnen verschwunden, zurückgeblieben waren die Kämpfer der neu gegründeten Allianz, die sich nun endgültig auf den langen Marsch nach Kinshasa gemacht hatten, um Zaire zu befreien. Von niemandem in der übrigen Welt ernstgenommen, waren sie losmarschiert. An ihrer Spitze hatte ein Mann namens Laurent Kabila gestanden. Kabila hatte seinen Machtanspruch in Ost-Zaire durch den Schmuggel von Gold und Elfenbein konsolidieren können. Ich hatte in den zurückliegenden Jahren einige Geschäfte mit ihm getätigt und gewusst, dass er ein entschlossener Mann war. Die Motive seiner zusammengewürfelten Armee waren so vielfältig gewesen wie das Land, das sie zu erobern gedachten. Die einen hatten gegen den Kapitalismus kämpfen wollen, die anderen für das Überleben der Tutsi oder weil sie der Herrschaft von Mobutu endgültig den Todesstoß versetzen wollten. Kabila war meine Vergangenheit als persönlicher Sicherheitsberater des Präsidenten genauso bekannt gewesen wie meine Vergangenheit als skrupelloser Diamantendieb. Ich war ihm aus politischen und aus geschäftlichen Gründen ein Dorn im Auge gewesen und er hatte mir deutlich zu verstehen gegeben, dass für mich in diesem Land kein Platz mehr sei. Mir war klar gewesen, dass er Recht gehabt hatte, ob er seinen Feldzug gegen Mobutu nun gewinnen würde oder nicht. Meine Reichtümer hatten bereits sicher in der Schweiz geruht, ich war mehrfacher Milliardär.

Mein Freund Berger hatte sich bereits wieder nach Deutschland zurückgezogen. Auch ich hatte meine Heimat irgendwo in diesem Land vermutet.

Während in Zaire die Armee von Kabila von Sieg zu Sieg gestürmt war, hatte ich als Patrick LeClerk in der Schweiz residiert und war mit den Vorbereitungen für meinen persönlichen Siegeszug beschäftigt gewesen. Als Sicherheitsberater des Präsidenten von Zaire war ich grandios gescheitert. Verwundert hatte ich von der Schweiz aus verfolgt, wie Kabilas hoffnungs-

loser Haufen die reguläre Armee von Mobutu vor sich her getrieben hatte. Zaires Sicherheitssystem war einfach in sich zusammengesackt. Ein Dorf nach dem anderen war den Befreiern freudig um den Hals gefallen. Die von Ruanda und Uganda zur Grenzsicherung eingeführten Maßnamen gegen die in Zaire lagernden Hutu hatten ausgereicht, um eine Lawine loszutreten, unter der das System Mobutu begraben worden war.

Erst später hatte ich erfahren, dass sich nicht nur der ehemalige Sicherheitsberater des Präsidenten in der Schweiz aufgehalten hatte, als Zaire erobert worden war, der Präsident selbst hatte zu dieser Stunde in der Schweiz geweilt. In Lausanne hatte man seinen vom Krebs zerfressenen Körper operiert. Für ihn hatte es beim Kampf gegen den Krebs keine Hoffnung mehr gegeben. Ich war noch voller Hoffnung gewesen, meinen Kampf gegen meine Dämonen zu gewinnen und die Mauer einreißen zu können.

Vor vielen Jahren hatte ich alles verloren, was ich zuvor besessen hatte. Meine Vergangenheit und meine Liebe. Meine Vergangenheit hatte auf der anderen Seite der Mauer gelegen, dort wo meine Liebe im trüben Nebel begraben lag. Ich war davon überzeugt, dass Tetzloff diese Mauer zerschlagen könnte und ich befürchtete, dass er es freiwillig nicht tun würde. Er würde es tun müssen, wenn ich seine Liebe auf meine Seite der Mauer ziehen würde.

Ich war mir nicht sicher, ob seine Liebe so stark war, wie meine es gewesen war. Darüber musste ich Gewissheit haben. Ich hatte meinem Freund Berger den Auftrag erteilt, es herauszufinden. Seine Antwort war ein paar Tage später eingetroffen. Tetzloff würde seine Liebe heiraten, hatte Berger zu berichten gewusst. Ich hatte es als ein Zeichen gesehen, der Schweiz den Rücken gekehrt und mich in die unmittelbare Nähe von Tetzloff begeben.

33

Montag, 08. Dezember 2003, 12.30 Uhr

Sie fragte ihn, wer er sei, fragte ihn nach seiner Herkunft und nach seiner Vergangenheit. Sie saß auf ihm, stellte keuchend ihre Fragen und hörte dabei nicht auf, ihn verlangend zu reiten. Seine Augen hatten sich geweitet, seine Erregung hatte sich in ihr entladen, seine Hände hatten besitzergreifend ihre Hüfte gepackt. Keuchend flüsterte sie ihm zu, dass sie ihn liebe, das sie für immer bei ihm bleiben wolle, dass sie wissen wolle, wer er sei. Dabei sah sie in seine weit aufgerissenen Augen. Es war keine Lust mehr, die sie darin erkannte. Es war mehr ein Schrecken. Er bewegte sich nicht mehr, lag unter ihr wie gelähmt. Er keuchte nicht mehr, sprach nicht, starrte sie nur mit weit aufgerissenen Augen an, starrte durch sie hindurch.

Erst war sein Schwanz in ihr explodiert. Dann, als sie ihn fragte, wer er sei, als sie ihm sagte, dass sie ihn liebte, explodierte die Mauer in seinem Kopf. Tausend Hammerschläge schlugen gleichzeitig auf seine Mauer ein, die Mauer zerbarst in tausend Stücke. In seinem Kopf dröhnte und rauchte es und dann verzog sich plötzlich der Nebel auf der anderen Seite seiner Grenze. Mit Wucht flog er zurück in die Vergangenheit, zu der er seit achtundzwanzig Jahren keinen Zugang mehr gefunden hatte. Er sah sich wieder als fünfjährigen Jungen, der bei seinen Großeltern auf einem Bauernhof in Südfrankreich den Sommer verbringen durfte. Diesen Teil der Vergangenheit hatte er schon einmal besucht, als er halb im Koma auf dem Bauernhof von Claude gelegen hatte und die Geräusche und Gerüche des Bauernhofes ihn zu diesem Teil seiner Kindheit geführt hatten. Als er bei Claude gelegen und in seinem Traum mit Philippe und Marie-Claire gespielt hatte, musste die Mauer in seinem Kopf entstanden sein. Als er im Bett von Claude erwacht war und seine ersten klaren Gedanken fassen konnte, war die Mauer da gewesen und für ihn hatte es seitdem keinen Weg hinter diese Mauer gegeben. Jetzt war die Mauer weg, nur noch Trümmersteine flogen in seinem Kopf herum und verursachten ihm ein unerträgliches Schädelbrummen. Es war der Juli 1961 gewesen, als er zum letzten Mal seine Großeltern besucht hatte. Dann war er mit seinen Eltern wieder zurück nach Berlin gefahren. Sein Vater war Franzose gewesen. Ein Franzose, der als Soldat nach Berlin gekommen war und dort seine Mutter kennen gelernt hatte. Seine Eltern hatten erst in Frankreich gelebt und waren nach seiner Geburt nach Berlin gezogen. Sein anderer Großvater hatte dort ein Geschäft, das seine Eltern übernehmen sollten. Als er mit seinen Eltern Anfang August 1961 von den Ferien zurück nach Berlin gekommen war, hatte es kurze Zeit später einen großen Streit zwischen seinen Eltern gegeben. Sein Vater wollte das Geschäft nicht mehr länger führen, er wollte zurück nach Frankreich. Seine Mutter wollte in Berlin bleiben. In Berlin war gerade eine Mauer gebaut worden. Eine Mauer, vor der sein Vater Angst gehabt hatte, vor der er flüchten wollte.

Er bemerkte nicht, wie sie ihn ohrfeigte, wie sie auf ihn einredete, wie sie Panik bekam, weil er nicht mehr ansprechbar war und keinerlei Reaktion mehr zeigte. Er war weit weg. Er sah sich als fünfjährigen Jungen in der Wohnung in Berlin. Seine Eltern stritten sich heftig. Er hatte seine Eltern geliebt, konnte es nicht ausstehen, wenn sie sich anbrüllten. Er sah, wie seine Mutter wütend das Haus verließ. Er war allein mit seinem Vater in der Wohnung, sein Vater saß im Wohnzimmer und er spielte in seinem Kinderzimmer. Es hatte an der Tür geklingelt, Besuch war gekommen. Sein Vater ließ den Besucher herein. Er hörte, wie sein Vater sich mit dem Besucher unterhielt. Er kannte die Stimme des Besuchers. Die Stimmen wurden lauter, wieder gab es Streit, diesmal stritt sein Vater sich mit dem Besucher. Er mochte keinen Streit mehr hören. Er verließ das Kinderzimmer und ging zum Wohnzimmer, öffnete leise die Tür und sah seinen wütenden Vater auf dem Sofa sitzen. Dann sah er neben seinem Vater die Hand des anderen Mannes. In der Hand war eine Pistole. Er hörte den lauten Knall. Peng. Sein Vater kippte ganz langsam vom Sofa. Er rannte verschreckt in sein Zimmer zurück, verkroch sich ängstlich unter der Bettdecke. Wochenlang sprach er danach kein Wort mehr. Die Polizei fragte ihn, wer der Besucher gewesen wäre. Er konnte es ihnen nicht sagen. Die Ärzte sagten, er hätte ein Trauma erlitten. In seinem Kopf gab es diese Lücke. Die Zeit, in der seine Mutter die Wohnung verlassen hatte, war aus seinem Kopf verschwunden.

Die große Mauer in Berlin wurde fertiggebaut. Er konnte nie wieder zu seinen Großeltern nach Frankreich fahren. Er hatte einen Onkel in Berlin, der sich um ihn kümmerte, als sein Vater nicht mehr da war. Der Onkel war Lehrer und schickte ihn später in diese Schule. Sein Onkel hatte für alles gesorgt. Für ihn und für seine Mutter.

Sie schlug auf ihn ein. Gedämpft verspürte er die Schläge, die sein Gesicht trafen. Sie schrie auf ihn ein, gedämpft vernahm er auch ihre Stimme. Für einen kurzen Moment erkannte er sie, wie sie auf ihm saß und auf ihn einschlug. Dann verschwand er wieder in der Vergangenheit.

Er stand wieder in der Tür, sah seinen Vater auf dem Sofa sitzen, sah die Hand mit der Pistole. Er hörte wieder die Stimme des Besuchers. Er sah die Pistole am Kopf seines Vaters. Er hörte den Knall. Peng. Dann gab es wieder einen lauten Knall. Es knallte in seinem Kopf, die andere Mauer wurde gesprengt. Die Mauer, die seine Erinnerung ausgesperrt hatte. Die Erinnerung an die Stimme des Besuchers. Jetzt hörte er sie ganz deutlich in seinem Kopf. Sie sprach zu seinem Vater. Es gäbe keinen Weg mehr heraus. Er solle froh sein, dass er drinnen sein dürfte. Sein Vater sagte, dass er gehen und seinen Sohn mitnehmen würde. Die Stimme sagte, dass das nicht möglich sei. Dann war da der Knall und sein Vater fiel langsam vom Sofa. Die Stimme sagte, dass es so besser sei. Es war die Stimme seines Onkels.

Dienstag, 09. Dezember 2003, 20.00 Uhr

Jensen hatte sofort nach dem Anruf von Bogner den Hubschrauber startklar machen lassen. In Dresden hatte er ein Sondereinsatzkommando angefordert, das innerhalb von zwei Stunden einsatzbereit in Görlitz antreten konnte. Bevor sie auf das Dach des Präsidiums gestiegen waren, wo der Hubschrauber auf sie gewartet hatte, hatten sie noch diskutiert, ob sie Tetzloff einweihen sollten. Immerhin wäre es möglich, dass sie in wenigen Stunden seine Frau befreien konnten. Sie entschieden sich dagegen. Noch war nicht klar, ob Simone Tetzloff dort war. Wenn Bogner im Sinne von Familie Tetzloff handelte, hätte er seinen Dienstherrn schon informiert, hatte Siebels zu bedenken gegeben.

Der Hubschrauber war gerade gestartet und über die Frankfurter Hochhausschluchten geflogen, als der Rhythmus der Bonanza-Melodie in der Jackentasche von Siebels erklang. Yves meldete sich, es gab Neuigkeiten. Van Nigel aus Amsterdam hatte die Bilder von Bogner und Heierbach per E-Mail bekommen und darauf eindeutig Heierbach als den Deutschen identifiziert, der sich seiner Gruppe damals angeschlossen hatte. Siebels dachte an die Geschichte von dem deutschen Rocker, die Yves ihm erzählt hatte. Ein deutscher Rocker sollte in den neunziger Jahren im skandinavischen Rockerkrieg mitgemischt haben. Das musste der zweite Teil der Rockerkarriere von Heierbach gewesen sein. Nachdem er 1991 seine Haftstrafe in Hamburg abgesessen hatte, war er für zehn Jahre verschwunden, bevor er 2002 bei Tetzloff in dessen Agentur angefangen hatte. Das war der Zeitraum, in dem die zwei verfeindeten Rockergruppen in den skandinavischen Ländern Krieg geführt hatten. Seit dem Fall der Mauer 1989 war auch Oberst Hugo Müller spurlos von der Bildfläche verschwunden. Jedenfalls war sein Arbeitgeber verschwunden, was aus Müller im palästinensischen Trainingslager geworden war, stand noch zur Aufklärung. Müller und Heierbach könnten sich in den neunziger Jahren wieder zusammengetan haben. Ein vorbestrafter Rocker mit unrühmlicher Vergangenheit wäre zu jener Zeit für den einstigen Oberst bestimmt hilfreicher und interessanter gewesen, als der verhinderte RAF-Terrorist, den er in den siebziger Jahren anscheinend versehentlich in den Osten geschleppt und dort zwei Jahre lang verwahrt hatte. Und dann war da noch Bogner, der laut Wiesbadener Akte als V-Mann in die RAF eingeschleust werden sollte und sich laut Tetzloff als V-Mann bei der Rockergruppe Hells Angels eingeschlichen hat. Bogner war der Schlüssel, bei Bogner trafen sich alle Fäden.

Siebels konnte es kaum erwarten, die Aussage von Bogner

aufzunehmen. Der Hubschrauber landete auf einem Acker in der Nähe von Görlitz, zwei Mannschaftswagen vom angeforderten Sondereinsatzkommando warteten bereits auf die Frankfurter Polizisten. Siebels besprach sich kurz mit dem Einsatzleiter, dann fuhren sie los. Bogner wartete in einer nahe gelegenen Gaststätte.

Montag, 08. Dezember 2003, 16.00 Uhr

Sie lag neben ihm und streichelte seinen Kopf. Er war erschöpft und fühlte sich ausgelaugt. Er konnte sich nicht erklären, was geschehen war. In seinem Kopf war wieder alles so klar. Sein ganzes Leben war für ihn plötzlich wieder greifbar. Jedes Detail seiner Vergangenheit lief deutlich in seiner Erinnerung ab. Er betrachtete sie. Sie war der Auslöser gewesen, sie hatte alle seine Mauern gesprengt. Es war nur ein kleiner Satz nötig gewesen, um ihm das zurückzugeben, wonach er all die Jahre gesucht hatte. Sie hatte ihm gesagt, dass sie ihn lieben würde. Sie hatte ihn geliebt, als sie ihm gesagt hatte, dass sie ihn lieben würde. Ihn als Ganzes. Ihn als Mensch. Ihn als Mann. Ihn mit seiner Vergangenheit. Sie hatte es ihm gesagt und ihn gleichzeitig zur körperlichen Ekstase geführt.

Er lag glücklich neben ihr und erzählte ihr von sich. Er war Patrick LeClerk, Sohn eines französischen Soldaten und einer deutschen Mutter. Er wunderte sich über sich selbst. Schon vor vielen Jahren hatte er sich in Afrika Papiere auf diesen Namen ausstellen lassen, ohne sich darüber bewusst zu sein, dass es sein Geburtsname war. Es war ein Name, den er jenseits der Mauer hervorgeholt haben musste, als er mit Marie glückliche Stunden verlebt hatte.

Als Fünfjähriger war er Zeuge geworden, wie sein Vater getötet worden war. Bis heute hatte sein Gehirn den Mörder seines Vaters nicht preisgegeben. Bis heute hatte er nicht gewusst, dass der Mörder seines Vaters der beste Freund der Familie gewesen war. Der Mann, der ihn nach dem Tod des Vaters durch die Kindheit und Jugend geführt hatte. Der Mann, der dafür gesorgt hatte, dass er die beste Ausbildung bekam, die man damals bekommen konnte. Der Mann, der ihn alles gelehrt hatte, um das zu tun, was er als Mann getan hatte.

Patrick LeClerk war der Lieblingsschüler von Oberst Hugo Müller gewesen. Patrick LeClerk wurde in der DDR zu einem Top-Agenten herangezogen. Patrick LeClerk war für besondere Einsätze auserkoren worden.

Er erzählte ihr von seinem Onkel, Oberst Hugo Müller. Ein fanatischer Anhänger des Sozialismus und ein erbitterter Gegner des Westens. Er erinnerte sich, dass sein Vater damals das Land verlassen wollte, als sie von ihrem Urlaub aus Frankreich zurückgekommen waren. Es wurde diese Mauer in Berlin gebaut, die seinen Vater in Angst und Schrecken versetzt hatte. Und dann kam dieser Abend, als seine Mutter die Wohnung verlassen hatte und kurz darauf Onkel Hugo zu Besuch gekommen war. Er hatte in seinem Zimmer gesessen, hatte nur die Stimme seines Onkels gehört. Diese laute Stimme, die seinen Vater angeschrien hatte. Sein Vater solle froh sein, hier leben zu dürfen, hatte er geschrien. Die Mauer wäre doch nur zum Schutz für ihn und seine Familie. Sein Vater hatte sich nicht beirren lassen und wollte Onkel Hugo aus der Wohnung werfen. Er war neugierig geworden, war aus seinem Zimmer gekommen, hatte ins Wohnzimmer durch den Spalt der Tür geschaut und hatte gesehen, wie Onkel Hugo seinem Vater die Pistole an die Schläfe gehalten hatte. Dann hatte es Peng gemacht und sein Vater war von dem Sofa gerutscht und hatte sich nicht mehr bewegt.

Onkel Hugo war später für ihn und seine Mutter immer da gewesen. Als er sechzehn Jahre alt war, kam er auf Drängen von Onkel Hugo in die Schule, wo dieser unterrichtete. Er kam in eine Ausbildungsstätte der für die Auslandsspionage zuständigen Hauptverwaltung Aufklärung und bekam dort beigebracht, wie er sich als Agent erfolgreich im Westen bewegen konnte. Er entwickelte sich zu ein Musterschüler mit Bestnoten und hatte Onkel Hugo viel Freude bereitet. Als er achtzehn war, war er schon ein ausgebuffter Profi und Onkel Hugo war dazu auserkoren worden, eine neue Abteilung aufzubauen. Die Abteilung XXII. Onkel Hugo war stolz auf sich und hatte ehrgeizige Plän. Sein Musterschüler sollte ihm dabei behilflich sein, diese Pläne in die Tat umzusetzen. In einer Nacht- und Nebelaktion wurde er in den Westen geschleust. Sein Auftrag war eindeutig von Hugo formuliert worden. Als Schüler sollte er sich in einem Gymnasium anmelden und dort Kontakte zu Mitschülern knüpfen, die bald studieren würden und eine linksgerichtete Gesinnung aufwiesen. Vor seinem Grenzübertritt bekam er von Hugo alle benötigten Papiere ausgehändigt, die ihn als Westdeutschen legitimierten. Er hatte einen Ausweis, Sterbeurkunden seiner Eltern und Zeugnisse eines Internats. Alle Papiere wurden im Westen anstandslos akzeptiert.

Sein Zielobjekt war die RAF. Über die Schule und das anschließend geplante Studium sollte er Schritt für Schritt die notwendigen Kontakte knüpfen. Es verlief alles viel schneller und reibungsloser, als er es sich je gedacht hätte. Aber dann kam alles ganz anders.

Dienstag, 09. Dezember 2003, 20.50 Uhr

Bogner saß in der Gaststätte allein an einem Tisch und trank ein Bier. „Guten Abend, Herr Bogner", begrüßte ihn Siebels. „Ich habe viele Fragen an Sie."

„Und ich habe vielleicht einige Antworten. Aber wir haben eine Abmachung. Verhaften Sie Hugo Müller, dann mache ich meine Aussage."

Jensen war Siebels in die Gaststätte gefolgt. Er wollte unbedingt ein paar Worte mit Bogner wechseln, bevor er den Befehl zum Zugriff erteilte, um Müller in Gewahrsam zu nehmen. Er setzte sich an den Tisch gegenüber von Bogner.

„Herr Bogner, es gibt da leider noch ein paar Probleme. Es freut mich zwar, dass Sie eine Aussage machen wollen, aber es gibt Leute, die das unbedingt verhindern wollen. Ich habe strikte Anweisung, Sie an den Verfassungsschutz zu übergeben. Ihre Aussage wäre aus Gründen der Staatssicherheit nicht verwendbar, hat man mir deutlich zu verstehen gegeben. Würden Sie mich vielleicht aufklären, in welchem Verhältnis Sie momentan zu dieser Behörde stehen."

Bogner nickte leicht und ging dann auf das Anliegen von Jensen ein.

„Ich war lange Mitglied in diesem Verein. Jahrelang war ich im Untergrund tätig und bin in verschiedene Gruppierungen der organisierten Kriminalität eingeschleust worden. Dabei habe ich mich als V-Mann natürlich immer an der Grenze zu illegalen

Handlungen bewegt und diese Grenze auch oft überschritten. Immer mit dem Segen des Verfassungsschutzes. Das ist einer der Gründe, warum die mich aus der Schusslinie haben wollen. Das ist für diese Leute aber nur von Bedeutung, solange ich noch keine Aussage gemacht habe. Wenn ich eine Aussage mache, werden die zuständigen Behörden damit zu leben wissen. Sie werden alles von sich weisen und versuchen, die Sache schweigend auszusitzen. Allerdings werde ich ausschließlich zur Sache Tetzloff, Hassler, Weismüller aussagen. Alles andere werde ich mit ins Grab nehmen und dort werde ich bald landen. Ich bin unheilbar an Krebs erkrankt. Noch ein halbes Jahr, vielleicht auch ein ganzes, sagen die Ärzte."

„Das tut mir leid", flüsterte Siebels.

„Das braucht Ihnen nicht leid zu tun. Sie können mir mein Ableben aber erleichtern, wenn Sie nun endlich diesen Fall aufklären. Ich bin es Herrn Tetzloff schuldig. Er hat mir noch ein paar angenehme Jahre geschenkt, in denen ich für ihn tätig sein durfte. Und ich bin es Weismüller schuldig, falls er tatsächlich noch am Leben ist. Dass es damals zu diesem Drama in Belgien gekommen ist, ist zu einem großen Teil nämlich auch meine Schuld."

„Warum legen Sie so viel Wert auf die Verhaftung von Müller?", wollte Siebels wissen.

„Oberst Hugo Müller soll nicht gewinnen. Er soll kein schönes Leben haben, wenn ich am Krebs verrecke. Er war mein Gegenpart auf der anderen Seite Deutschlands. Später, nach der Wende, hat er sich als Söldner selbstständig gemacht. Söldner ist vielleicht nicht das richtige Wort. Er nannte sich Unternehmensberater und seine Klienten kamen aus der organisierten Kriminalität. Alles andere erzähle ich Ihnen, wenn er hinter Schloss und Riegel sitzt."

Siebels nickte und hatte kein gutes Gefühl bei der Sache. Hugo Müller war mittlerweile fünfundsiebzig Jahre alt. Selbst wenn er noch gesund und munter wäre, würde er wahrscheinlich Haftverschonung zugesprochen bekommen.

Erinnerungen, November 2003

Ich hatte ein Haus in der Nähe von Tetzloff bezogen und ihn monatelang beobachtet. Mit der modernsten Technik, die auf dem Markt zu haben war, hatte ich seine Privat- und Büroräume verwanzt. Bis ins Detail war es mir gelungen, seine Vermögensverhältnisse zu durchleuchten. Unterstützung hatte ich mir bei zwei ehemaligen Kameraden aus der Legion geholt. Der eine hatte einen florierenden Sicherheitsdienst besessen und der andere eine gutgehende Firma, die sich auf Software für Datensicherung spezialisiert hatte. Tetzloff hatte keinen Schritt mehr machen und kein Wort mehr sagen können, ohne dass ich davon gewusst hätte. Monatelang war ich auf ihn fixiert gewesen. Er war der Mann, der mir meine verlorene Vergangenheit zurückgeben konnte. Davon war ich überzeugt gewesen. Deshalb hatte ich mir keinen Fehler erlauben dürfen. Trotzdem war mir ein Fehler unterlaufen. Ich hatte seine Ehe falsch eingeschätzt. Ich war davon ausgegangen, dass er seine Frau über alles lieben würde. Ich war der Überzeugung gewesen, dass er alles tun würde, um das Leben seiner Frau zu schützen. Als ich seine Affäre zu Nadja Asmussen aufgedeckt hatte, waren mir große Zweifel gekommen. Wenn er sich von seiner Frau hätte scheiden lassen wollen, wäre mein Plan zum Scheitern verurteilt gewesen. Aber Scheidung war kein Thema gewesen und die Affäre nicht mehr als eine Affäre. Nach langem Überlegen hatte ich mich entschieden, an meinem Plan festzuhalten. Mein Plan hatte nur einen Schwachpunkt gehabt; ich hatte nicht gewusst, ob Tetzloff die Polizei einschalten würde. Nach langem Überlegen war mir die Idee gekommen, mit Tetzloff über eine Ebay-Anzeige Kontakt aufzunehmen.

Mein Kumpane, der die Firma für Datensicherheits-Software besitzt, will sich darum kümmern, dass man mich nicht über die Anzeige identifizieren kann. Auf diese Weise kann ich einen Alternativplan vorbereiten. Falls Tetzloff nicht die Polizei einschaltet, werde ich ihm seine Frau gegen Informationen zurückgeben, wenn die Auktion beendet ist. Falls er die Polizei einschaltet, werde ich über diese Anzeige einen Hinweis auf mich geben. Außerdem werde ich noch andere Hinweise zu meiner Vergangenheit für eventuelle polizeiliche Ermittlungen zugänglich machen. Wenn die Polizei eingeschaltet wird und professionell ermittelt, werden sie schnell wissen müssen, mit wem sie es zu tun haben. Tetzloff wird ihnen dann Rede und Antwort stehen müssen. Wenn alles perfekt läuft, wird die Polizei in der Lage sein, die Geschehnisse von Belgien neu aufzurollen und aufzuklären.

Die Umbauarbeiten für das Haus sind abgeschlossen. Frau Tetzloff wird die paar Tage ihrer Gefangenschaft gut überstehen können. In einigen Tagen wird sie mein Gast sein. Ich hoffe, dass sie keinen unnötigen Ärger macht.

34

Dienstag, 09. Dezember 2003, 21.50 Uhr

Siebels saß gemeinsam mit dem Einsatzleiter des Sondereinsatzkommandos hinter einem Gebüsch. Abwechselnd schauten sie durch das Fernglas. Das renovierungsbedürftige Haus, das sie beobachteten, lag einsam hinter einem Acker. Die Küche im Erdgeschoss war beleuchtet. Am Küchentisch saßen zwei Männer und spielten Karten. Ein alter Mann mit weißem Haar stand auf und ging zum Kühlschrank, kam mit zwei Flaschen Bier an den Tisch zurück. Das musste Oberst Hugo Müller sein. Bei dem anderen handelte es sich zweifelsfrei um Heierbach alias Hebert Schmidt.

Siebels berichtete über Funk an Jensen, der einige hundert Meter entfernt in einem Mannschaftswagen saß. Heierbach stand zur Fahndung aus, Müller war nach der Aussage von Bogner ein Verdächtiger im Entführungsfall Tetzloff. Einem Zugriff stand nichts im Wege, befand Siebels und gab dem Einsatzleiter freie Hand.

Zehn Minuten später war bereits alles vorbei. Weder der Oberst noch Heierbach leisteten Widerstand, als sich drei Männer vom Einsatzkommando Zugang zum Haus verschafften und mit vorgehaltenen Waffen die Küche stürmten. Von Simone Tetzloff gab es keine Spur, damit hatte Siebels auch nicht wirklich gerechnet. Auf Anweisung von Jensen wurden die beiden Festgenommenen mit dem Hubschrauber nach Frankfurt geflogen.

Eine Stunde später trafen Jensen und Siebels wieder in der Gaststätte ein, wo Bogner unter der Aufsicht von Till gewartet hatte. Der Wirt protestierte, als die Gäste erneut zu später Stunde sein Lokal betraten. Er wollte schließen und nichts mehr ausschenken. Siebels zeigte ihm seinen Dienstausweis, zeigte auf Jensen, den er als hochrangigen Staatsanwalt bezeichnete und erkundigte sich nach Zimmern für eine Übernachtung. Der Wirt zeigte sich einsichtig, hatte auch freie Zimmer und sogar noch ein paar warme Würstchen mit Kartoffelsalat für seine illustren Gäste im Angebot.

Nachdem das geklärt war, Staatsanwalt und Kriminalpolizei gönnten sich zudem ein großes Bier, saß man zusammen und wartete auf die Enthüllungen von Bogner.

„Begonnen hat die Geschichte im Frühjahr 1974, genaugenommen am 27. März. Ich war damals bei der Grenzschutzverwaltung des Bundesgrenzschutzes angestellt. Es war ein langweiliger Bürojob. Ich wollte da raus, wollte was anderes machen. Der 27. März 1974 war der Tag, der mein Leben völlig verändern sollte. Es war am Vormittag, es war ein schöner sonniger Tag gewesen, da kam ein junger Mann in mein Büro. Er hat sich als Johannes Weismüller vorgestellt, hat gesagt, er wäre Schüler und Redakteur der Schülerzeitung und würde gerne einen Artikel über die Arbeit des BGS schreiben. Ich hatte nichts dagegen, im Gegenteil. Es versprach ein wenig Abwechslung vom Alltagstrott zu werden. Ich kam mit ihm überein, dass er am frühen Nachmittag wiederkommen sollte. Dann wollte ich seine Fragen beantworten. Er kam pünktlich und es entwickelte sich ein sehr interessantes Gespräch, das zwei Stunden dauerte. Im Nachhinein wunderte ich mich, weil er sehr gut vorbereitet war und intelligente Fragen stellte. Zu diesem Zeitpunkt schöpfte ich noch keinen Verdacht. Erst später erfuhr ich, dass er eine Person suchte, der er vertrauen konnte. Und diese Person glaubte er in mir gefunden zu haben. Das erzählte er mir nämlich, als er eine Woche später wieder in meinem Büro auftauchte. Und dieses Mal kam er gleich zur Sache. Er wäre ein Ost-Agent, der getarnt als Schüler eines Gymnasiums in den Westen geschleust worden war, hatte er offenbart. Er sollte Kontakte zur linken Szene knüpfen, sich langsam, aber kontinuierlich in die Struktur der RAF einbinden lassen. Sein Operationsgebiet war Frankfurt am Main. Nach dem Abitur sollte er dort an der Uni ein Studium absolvieren und sich dabei den linksradikalen Strömungen anschließen, diese zielgerichtet vorantreiben und sich in den gegebenen und zu erwartenden Strukturen des RAF-Umfeldes bewegen. Ziel der Operation sollte es sein, eine oder mehrere Personen aus der Führungsriege der RAF nach erfolgreich durchgeführten Attentaten in Westdeutschland nach Ostdeutschland zu transferieren. Er war bereits seit einem Jahr in Westdeutschland, hatte sich erfolgreich integriert und noch ein Jahr bis zum Abitur vor sich gehabt. Innerhalb der Schule hatte er sich mit zwei Mitschülern zusammengetan. Eine kleine Clique war entstanden. Der eine wurde sein bester Freund, sein Name war Sebastian Tetzloff. Die andere war Melanie Hassler. In die hatte er sich verliebt. Es war die ganz große Liebe zweier junger Menschen, die ihn schließlich in mein Büro getrieben hatte. Die kleine Hassler war gerade dabei, sich vom Teenager zur Erwachsenen zu verwandeln. Erst war es pures Kalkül von Weismüller gewesen, seine Mitschülerin von den politischen Ambitionen der damaligen RAF-Aktionen zu überzeugen. Mit ihr sollte sein Plan Gestalt annehmen. Sie war leicht zu manipulieren und sie hatte eine große Schwester in Berlin, die bereits in die Szene eingetaucht war. Darüber war Weismüller informiert, bevor die kleine Hassler Wind davon bekommen hatte. Bei Tetzloff war er mit seinen Vorstößen auf taube Ohren gestoßen. Der war politisch genau andersherum gepolt. Der Freundschaft der beiden hat das trotzdem keinen Abbruch getan. Bei den beiden hat einfach die Chemie gestimmt, die hatten den gleichen hohen Intellekt und waren auch sonst auf einer Wellenlänge. Spannungen gab es zwischen den beiden erst, als Melanie Hassler von dem Besuch bei ihrer Schwester aus Berlin zurückgekommen war. Ich vermute, dass sie sich ihre große Schwester zum Vorbild genommen hatte und diese in ihren Ambitionen nach Veränderung durch die Thesen der RAF zu übertreffen gedachte. Der Ausbruch aus dem Elternhaus, die totale Befreiung, eine neue Gesellschaft. Das waren die Schlagworte, die damals die Runde gemacht und bei Melanie Hassler eine starke Persönlichkeitsänderung bewirkt hatten. Als sie aus Berlin zurück war, hat es nicht lange gedauert und der Verfassungsschutz ist auf sie aufmerksam geworden. Sie hat Veranstaltungen und Versammlungen besucht, die von den Verfassungsschützern observiert wurden. Weismüller hat die Gesinnungsänderung seiner Mitschülerin brav an seinen Verbindungsmann in den Osten weitergegeben und somit erste Erfolge seiner Operation gemeldet. Sein Verbindungsmann und Vorgesetzter war Oberst Hugo Müller. Der sollte in Kürze einer neuen Abteilung innerhalb der Staatssicherheit vorstehen und war begierig auf westdeutsche Terroristen, die er als

Gesinnungsgenossen ansah. Kurzerhand bekam Weismüller von ihm den Auftrag, die Hassler binnen ein bis zwei Jahren zu einer Führungsperson innerhalb der RAF aufzubauen. Bis dahin sollte sie eine steckbrieflich gesuchte Terroristin sein. Wenn das geklappt hätte, sollte Weismüller zusammen mit der Hassler in den Osten kommen und die Hassler sollte der Stasi alle Einzelheiten über Strukturen, Ziele und Personen der RAF mitteilen."

Bogner unterbrach seine Erläuterungen, als der Wirt mit den versprochenen Würstchen samt Kartoffelsalat erschien und seine Gäste bewirtete. Er brachte auch noch eine neue Runde Bier. Jensen leerte seines mit drei Zügen und bestellte gleich noch eins. Normalerweise trank er keinen Alkohol, aber heute brauchte er das und die Wirkung machte sich bei ihm bereits bemerkbar. So entspannt hatte er sich schon seit langem nicht mehr gefühlt und tief in sich drin ahnte er, dass diese Geschichte für ihn den baldigen Aufstieg vom Staatsanwalt zum Oberstaatsanwalt bedeuten könnte. Er durfte nur keinen Fehler machen. Musste aufpassen, dass alles glatt lief, bevor die Jungs vom Verfassungsschutz ihm einen Strich durch die Rechnung machen würden. Bogner hatte Recht gehabt. Wenn die Geschichte erst mal an die Öffentlichkeit gelangt war, wären die Aufklärer die Helden der Nation und die Verfassungsschützer würden sich in ihre Löcher zurückziehen und auf Schadensbegrenzung aus sein. Er sah sich schon im Blitzlichtgewitter der Fotografen, freute sich schon darauf, seine Kommentare und Statements abends in der Tagesschau bewundern zu können. Natürlich im Beisein von Kollegen. Anstatt seine Würstchen zu vertilgen, schüttete er sein Bier herunter und bestellte gleich darauf noch eins. Siebels und Till tauschten vielsagende Blicke. Einen besoffenen Jensen konnten sie jetzt eigentlich nicht gebrauchen, wollten andererseits aber auf diese Erfahrung auch nicht verzichten.

Dienstag, 09. Dezember 2003, 8.45 Uhr

Sie lag neben ihm im Bett und kraulte bedächtig seine Brust. Ein Gefühl tiefster Zufriedenheit durchzog sie. Ein neues Leben lag vor ihr. Ein Leben mit ihm. Er kam langsam zu sich, gähnte, blinzelte, lächelte sie an, wünschte ihr einen guten Morgen. Sie begrüßte ihn am neuen Tag mit einem Kuss, den er liebevoll erwiderte. Sie wollte noch so viel von ihm wissen, hatte noch unendlich viele Fragen. Er war für sie immer noch ein Geheimnis und sie ahnte, dass er es auch noch sein würde, wenn sie alles von ihm wusste. Sie fragte ihn, was es mit der Lektüre auf sich habe, die sich in seiner Bibliothek befinde. Sie wollte von ihm wissen, warum er sich für die Hells Angels interessiere. Er fing an zu erzählen und sie kuschelte sich dabei eng an ihn und lauschte seinen bedächtig ausgesprochenen Worten.

Er erzählte ihr, dass sein Leben im Mai 1975 eine dramatische Wende genommen hat. Er berichtete ihr von seinen zwiespältigen Gefühlen. Von seiner Liebe zu Melanie und seinem Auftrag als Ost-Agent. Bedächtig wählte er seine Worte, als er von dem Ausflug nach Belgien sprach. Er erzählte ihr, wie er auf dem Hof von Claude wieder zu sich gekommen war, wie er gesund gepflegt wurde und mit Claude zusammen auf den Feldern gearbeitet hat. Er erinnerte sich, dass er bei der Arbeit in einem Stall des Hofes auf einen Stapel älterer Zeitungen gestoßen war. Zeitungen, die gedruckt wurden, als er bewusstlos im Bauernhaus lag. Auf den Titelseiten wurde von einem Mord berichtet. Eine junge Frau war erschlagen worden, ein anderer junger Mann wahrscheinlich auch, aber dessen Leiche blieb spurlos verschwunden. Die Polizei hatte nur eine Spur zu dem oder den Mördern gehabt. Eine dreiköpfige Gruppe von Motorradfahrern wurde verdächtigt, die Tat begangen zu haben. Man mutmaßte, dass es Mitglieder der Hells Angels waren.

Er richtete sich auf, schaute sie an und erzählte dann mit bitterer Stimme, dass es diesen Motorradclub erst seit 1973 in Deutschland gab. Damals entstand die erste deutsche Niederlassung des amerikanischen Clubs in Hamburg. Das fand er Jahre später heraus. Seiner Meinung nach konnten Mitglieder dieser Gruppierung nicht ernsthaft als Täter in Frage kommen. Er vermutete, dass es sich bei den damaligen Verdächtigungen um gezielte Desinformationen gehandelt hatte, um die wahren Hintergründe verschleiern zu können.

Dienstag, 09. Dezember 2003, 22.30 Uhr

Der Wirt räumte die leeren Teller wieder ab und Bogner schickte sich an, seine Geschichte zu Ende zu erzählen. Bevor er fortfahren konnte, musste Jensen aber das stille Örtchen besuchen. Teils skeptisch, teils belustigt, nahmen Siebels und Till zur Kenntnis, dass er schon bedenklich schwankte. Ein schwankendes Wiesel, dachte sich Siebels und bestellte sich noch eine Cola. Wenigstens einer musste einen klaren Kopf behalten. Als Jensen schwankend wieder zurückkehrte, legte er am Tresen noch einen kurzen Zwischenstopp ein und orderte eine Runde Schnaps. Dann saß er wieder auf seinem Stuhl, lockerte seine schon mehrmals zuvor gelockerte Krawatte und schob seinen Hals zum Zeichen seiner Aufmerksamkeit Richtung Bogner vor. Der zündete sich aber erst eine Zigarre an, bevor er wieder von den alten Zeiten zu sprechen begann.

„Meiner Meinung nach hätte der Plan funktionieren können. Die Hassler war damals in einem Entwicklungsstadium, in dem sie leicht zu manipulieren war. Sie war auf der Suche nach einer Rolle, die sie in der Gesellschaft spielen konnte. Weismüller hätte sie nach Belieben formen können, da bin ich mir sicher. Aber nach einem Jahr im Westen war er nachdenklich geworden. Seine Freundschaft zu Tetzloff war sicherlich ein Grund dafür. Der andere Grund war, dass er Melanie tatsächlich inbrünstig liebte. Hätte er seinen Plan weiter verfolgt, wäre die Gefahr groß gewesen, dass seine Geliebte eines Tages anstatt hinter der Mauer im Osten, hinter Gittern im Westen landen würde. Der Fahndungsapparat vom BKA wurde Mitte der Siebziger ständig weiter aufgeblasen. Er hätte Melanie früher oder später in den Untergrund schicken müssen. Selbst wenn das langfristig gesehen eine Option gewesen wäre, hegte er große Zweifel, ob Melanie später mit ihm in den Osten übersiedeln würde. Lange Rede, kurzer Sinn: Weismüller hat seine Möglichkeiten als Überläufer ausgelotet und ist dabei in meinem Büro gelandet. Ich habe am nächsten Tag Meldung gemacht und die Sache kam ins Rollen. Alle möglichen Leute vom BKA und vom Verfassungsschutz wollten plötzlich mit Weismüller reden. Der weigerte sich aber beharrlich, mit irgendjemanden außer mit mir zu sprechen. Also bekam ich das Angebot, zum hessischen Verfassungsschutz nach Wiesbaden zu wechseln."

„Das sollte schnell gehen, deswegen der Umweg über das Landeskriminalamt, die ebenfalls in Wiesbaden sitzen, oder?"

„Genau“, stimmte Bogner Siebels zu. „Ich sollte eine neue Identität bekommen. Ich wurde Norman Fiedler. Weil das aber etwas Zeit in Anspruch nahm und ich mich ab sofort Tag und Nacht um Weismüller in Frankfurt kümmern sollte, wurde ich für ein paar Wochen als Bogner im LKA zwischengeparkt. Das war aus bürokratischen Gründen vorteilhaft. Als ich dann offiziell Norman Fiedler war, rückten sie beim Verfassungsschutz auch mit ihrem Plan raus. Ich sollte an die Stelle der Hassler treten. Weismüller sollte als Doppelagent weiterhin Kontakt zu Oberst Müller halten. Fiedler würde unter Aufsicht von Weismüller und unter Anleitung vom Verfassungsschutz ein Terrorist werden. Wie von Müller geplant, sollte ich dann in den Osten rüber, wenn ich im Westen als Attentäter gesucht werden würde. Weismüller sollte natürlich den Westen nicht mehr verlassen. Wenn das alles geklappt hätte, hätte ich im Osten die Stasi ausspitzeln sollen. Irgendwann hätten unsere Leute mich dann wieder rübergeholt und alles wäre in bester Ordnung gewesen. Ich hatte das sehr verlockend gefunden, ein aufregendes neues Leben stand mir offen.“

„Und was ist dann schiefgelaufen?“

„Erst mal ist alles glatt gelaufen. Weismüller hatte an Müller berichtet, dass es neben der Hassler noch einen zweiten potentiellen Kandidaten geben würde, Norman Fiedler. Fiedler war Student der Philosophie, hatte gute Kontakte zur linken Szene und war ein erbitterter Gegner des Schweine-Imperialismus, den es zu bekämpfen galt. Oberst Müller war hocherfreut gewesen und hatte auf ein Treffen bestanden. Ein Treffen mit Müller hatte nicht auf unserem Programm gestanden, wir mussten improvisieren. Ich zögerte die Sache hinaus, bis Weismüller und die Hassler ihre Abiturprüfungen hinter sich hatten. Dann plante ich die Reise der beiden nach Belgien. Ein paar Tage Zelten an einem abgeschiedenen Plätzchen auf neutralem Boden in Belgien erschien mir eine ausgezeichnete Idee zu sein, um mit Müller Kontakt aufzunehmen. Dass Tetzloff auch mitkommen würde, war nicht geplant. Ich war dagegen, dass er mitkam, aber Weismüller wollte es so. Wenn Müller aufkreuzen würde, wäre Tetzloff nicht anwesend, hatte er mir versprochen und ich stimmte dann schließlich zu. Die drei sind dann mit dem VW-Bus aufgebrochen. Die Örtlichkeiten in Belgien hatte ich schon Wochen vorher ausgesucht und ausgekundschaftet. In der Nähe des Waldstückes, wo die drei ihr Zelt aufgeschlagen hatten, gab es eine Pension. Dort hatte ich zwei Einzelzimmer gemietet. Eins für Müller und eins für mich. Weismüller sollte dann in die Pension kommen und mich mit Müller bekannt machen. Ein kleiner Austausch von politischen Ansichten, mehr war für dieses Treffen noch nicht geplant gewesen. Tetzloff und die Hassler sollten aus dem Spiel bleiben. Die Hassler war nicht eingeweiht, sie sollte aber in der Nähe sein, falls wir hätten improvisieren müssen und Plan B zum Tragen gekommen wäre. Immerhin war die Hassler als potentielle Kandidatin bei Müller im Gespräch gewesen. Tetzloff sollte im Dorf sein, wenn ich mich mit Weismüller und Müller in der Pension zusammengesetzt hätte. Das Dorf war noch ein paar Kilometer von der Pension entfernt."

„Was war denn mit Heierbach?", fragte Siebels.

„Heierbach war Zufall und die Rettung, nachdem alles schiefgelaufen war. Er war ja nicht nur der eifersüchtige Ex-Liebhaber der Hassler, sondern auch der Halbbruder von Tetzloff. Das hat er aber erst erfahren, als die drei Richtung Belgien aufgebrochen waren. Kurzerhand hat er dann ein Motorrad geklaut und ist den dreien hinterhergefahren. Als die dann ihr Zelt aufgeschlagen haben, hat Heierbach sich in der Pension ein Zimmer genommen. Müller war noch nicht da, also saß ich abends mit Heierbach am Tresen und nach ein paar Bier wusste ich seine ganze traurige Geschichte. Die Ex vergnügte sich mit einem Anderen und dieser Andere war der beste Freund seines Halbbruders, von dem er selbst erst seit einer Woche wusste. Was er eigentlich in Belgien wollte, wusste er selbst nicht so genau. Für meine Zwecke war er jedenfalls äußerst ungelegen gekommen, denn zwei Tage später sollte das Treffen mit Müller stattfinden. Da konnte ich diesen Heierbach nicht gebrauchen. Ich hatte Glück gehabt. Am Tag, als Müller ankommen sollte, lernte Heierbach zwei holländische Motorradfahrer kennen, die auf der Durchfahrt waren und eine Nacht in der Pension verbracht hatten. Als die Holländer weiterfuhren, hat Heierbach sich ihnen angeschlossen. Er wusste immer noch nicht, wie er den anderen am Zeltplatz entgegentreten sollte und wollte erst mal eine Motorradtour machen. Müller war an dem Abend davor auch in der Pension eingetroffen und das Treffen stand kurz bevor, als Heierbach sich auf den Weg machte. Um 11:00 Uhr wollte Weismüller in der Pension sein, um mich mit Müller bekannt zu machen. Er wollte zu Fuß gehen, weil er dafür gesorgt hatte, dass Tetzloff an diesem Vormittag mit dem VW-Bus in das Dorf fuhr, um Einkäufe zu erledigen. Alles hätte reibungsfrei ablaufen können. Aber dann nahm das Unglück seinen Lauf. Müller brach am Morgen zu einem Spaziergang auf. Das beobachtete ich, als ich zum Frühstücksraum ging. Das war gegen 9:00 Uhr. Um 10:15 sah ich Heierbach mit den beiden Holländern davonfahren. Zu diesem Zeitpunkt musste Tetzloff mit dem VW-Bus Richtung Dorf losgefahren sein. Er ist an den drei Motorradfahrern vorbeigefahren. Ich blieb allein in der Pension, weder Weismüller noch Müller sind wie verabredet aufgetaucht. Um 11:30 muss Tetzloff wieder an dem Zeltplatz gewesen sein und entdeckte dort die Leichen. Er sprach jedenfalls von zwei Leichen, als er um 11:45 Uhr völlig panisch in der Pension auftauchte, um die Polizei zu rufen. Gegen 12:00 Uhr war Tetzloff wieder am Zeltplatz, die Polizei traf kurz darauf ein. Im Gegensatz zu den Beteuerungen von Tetzloff war dort nur die Leiche von der Hassler aufzufinden. Von Weismüller keine Spur. Die Hassler war übel zugerichtet. Ihr Kopf war zu Brei geschlagen. Als Tetzloff in der Pension auftauchte und schilderte, was geschehen war, gab ich unverzüglich Meldung nach Wiesbaden. Mein Auftrag lautete dann, Tetzloff aus allem rauszuhalten und ihn so schnell wie möglich nach Deutschland zu bringen. Daraufhin ging ich auch zum Zeltplatz, habe mich Tetzloff als deutscher Polizeibeamter vorgestellt und ihm versprochen, mich um alles zu kümmern. Da hatte er bei der belgischen Polizei schon die Aussage über die drei Motorradfahrer gemacht, die ihm begegnet waren. Ich habe diese Aussage bestätigt, habe erzählt, dass ich die Kerle schon in der Pension gesehen hätte und dass das ganz üble Zeitgenossen gewesen wären. Gleichzeitig hatten die Wiesbadener den Belgiern Druck gemacht. Die Opfer waren deutsche Staatsbürger und die Täter nach deren Informationen auch, also sollte der Fall von den deutschen Behörden übernommen werden. Die Belgier haben dann schnell klein beigegeben und den Fall schleifen lassen. Und ich musste aufräumen. Auf keinen Fall durfte durchdringen, dass zwei junge deutsche Abiturienten ums Leben gekommen waren, weil der Verfassungsschutz einen V-Mann geschickt hatte, der einen

Stasi-Oberst treffen sollte. Ich war mir sicher, dass Müller der Täter war. Aber der musste so schnell wie möglich wieder hinter der Mauer verschwinden. Heierbach hatte ihn und mich gesehen, der war ein Zeuge, den wir nicht gebrauchen konnten. Nachdem ich Tetzloff aus der Schusslinie hatte, habe ich mich um die beiden gekümmert. Müller kam am Nachmittag in die Pension zurück, er hatte neue Kleidung an. Ich vermute, die alte war mit Blut besudelt gewesen. Kurz darauf kam Heierbach von seiner Motorradtour zurück. Da kam mir die rettende Idee. Ich wusste, dass Heierbach in Deutschland wegen des Diebstahls der Firmenkasse und dem gestohlenen Motorrad gesucht wurde. Das hatte der Holzkopf mir am Abend zuvor in seinem Suff noch erzählt. Er war nach Belgien gekommen, weil er eifersüchtig auf Weismüller gewesen war. Er hatte also ein Mordmotiv. Ich habe ihm dann von den Morden erzählt und dass er auf dem Motorrad von Tetzloff gesehen worden sei. Da bekam er Panik. Ich habe ihm gesagt, dass ich ihm behilflich sein könnte, wenn er sich aus dem Staub machen wolle. Da war er ganz Ohr. Als nächstes bin ich ins Zimmer von Müller gegangen, der hatte sich gerade für die Abreise fertig gemacht und war in großer Eile. Ich habe ihm erzählt, dass ich der Mann sei, den er hätte treffen sollen. Und dass ich jetzt dringend Hilfe bräuchte, weil ein Mann aus dem engeren Führungszirkel der RAF dringend verschwinden müsste. Es war ein gefährliches Manöver, weil ich nicht wusste, was auf dem Zeltplatz geschehen war und was Müller über mich wusste. Aber es hat geklappt. Müller hat sich Heierbach geschnappt und ist mit ihm verschwunden. Heierbach war froh, dass er aus der Sache rauszukommen schien und ist mitgegangen. Zwei Tage später haben die beiden die Grenze nach Ostdeutschland passiert. Als die Meldung kam, habe ich die Geschichte mit den Rockern ausgebaut. Mit der Aussage von Tetzloff sind wir damit durchgekommen. Heierbach ist tatsächlich zwei Jahre im Osten geblieben. Dass er es danach als krimineller Rocker in Hamburg zu zweifelhaftem Ruhm gebracht hat, ist eine Ironie des Schicksals. Leider auch für mein Schicksal. Als die Hells Angels Jahre später unter der Führung von Heierbach Hamburg terrorisierten, wurde der Verfassungsschutz wieder aktiv. Die haben dann zehn Jahre nach Belgien spitz gekriegt, dass ich schon mal als V-Mann Kontakt zu Heierbach gehabt hatte und mich wieder als V-Mann reaktiviert. Ich habe mich als Rocker in Hamburg niedergelassen und mich Heierbach als den Mann vorgestellt, der ihm in Belgien den Arsch gerettet hat. Heierbach hat mich mit großem Hallo aufgenommen und ich habe ihn kurz darauf auffliegen lassen. Dass ich eine der Ursachen für seine anschließende Haft war, weiß er bis heute nicht. Ich habe dann noch einige Jahre mein Unwesen als Rocker getrieben, immer im Auftrag des Vaterlandes. Bis die Sache in Skandinavien beim Rockerkrieg zweier verfeindeter Gruppen ausgeartet ist. Ich konnte nicht mehr zwischen Gut und Böse unterscheiden, wusste nicht mehr, ob ich Krimineller oder Staatsschützer war und habe mich desillusioniert zurückgezogen. Mit Einzelheiten aus dieser Zeit kann ich Sie leider nicht verwöhnen. Schlussendlich bin ich dann bei Tetzloff gelandet. Der war mir noch etwas schuldig und hatte die Möglichkeit, mir einen angenehmen Job zu geben. Aber das wissen Sie ja. Und jetzt finden Sie Frau Tetzloff, ich schätze sie nämlich sehr und möchte nicht, dass ihr etwas zustößt."

„Auf die Idee, dass Weismüller ein Ost-Spion gewesen ist, wäre ich nie gekommen", zog Siebels sein Resümee aus Bogners Vortrag. „Obwohl es die einzige logische Erklärung unserer bisherigen Ermittlungen ist. Allerdings klärt das immer noch nicht das Verschwinden von Frau Tetzloff auf."

„Genau", lallte Jensen dazwischen, der mittlerweile Mühe hatte, das Gespräch aufmerksam zu verfolgen.

„Wenn Weismüller und Tetzloff so gut miteinander konnten, verstehe ich nicht, warum Weismüller jetzt diese Aktion durchführt."

„Finden Sie ihn und fragen Sie ihn." Bogner tat so, als wäre das kein Problem.

„Wir haben immer noch keinen einzigen Anhaltspunkt, wo er sich aufhalten könnte", gab Siebels missmutig zu.

„Haben Sie es mal unter seinem richtigen Namen versucht? Johannes Weismüller war ja sein Deckname, mit dem er in den Westen geschleust wurde. Sein richtiger Name lautet LeClerk. Patrick LeClerk."

Siebels schlug sich mit der flachen Hand gegen die Stirn, als er den Namen hörte. Er kannte diesen Namen. Er war bereits in seiner Ermittlungsakte aufgeführt. Der Graf hatte erzählt, dass Weismüller unter anderem auch diesen Namen benutzt hatte.

35

Dienstag, 09. Dezember 2003, 16.30 Uhr

Sie verließ das Haus, in dem sie eine Woche lang als seine Gefangene eingesperrt gewesen war. Das Haus, in dem sie ihre Freiheit gefunden hatte. Sie staunte nicht schlecht, als sie den Ausgang zum ersten Mal mit offenen Augen passierte. In seinem Arbeitszimmer stand ein Schrank, dem sie bisher keine Beachtung geschenkt hatte. Der Schrank erwies sich in Wirklichkeit als Fahrstuhl. Er führte sie in den Schrank, lächelte schelmisch und drückte auf einen Knopf. Sie musste nachdenken, als sie sich in dem aluminiumverkleideten Gefährt nach unten bewegten. Ein Fahrstuhl hatte einen Motor und Seile. Dieser hier schien das nicht zu haben, denn über dem Schrank war nichts gewesen. Keine Seile, die zu einem Motor hätten führen können. Es ging auch nicht weit nach unten, nur ein kurzes Stückchen, dann stoppte die Kabine. Sie war vielleicht zwei Meter lang und einen Meter breit. Die Türe öffnete sich aber nicht mehr und für einen kurzen Moment kam Panik in ihr auf. In engen Räumen hatte sie sich noch nie sehr wohl gefühlt. Dann sah sie in seine Augen und erblickte die pure Lust in ihnen. Auf einmal konnte ihr die Kabine gar nicht eng genug sein. Bevor sie mit ihm in die Freiheit schreiten wollte, mussten sie sich noch einmal lieben. Er wusste es und sie wusste es und beide waren von einer auf die andere Sekunde in höchste Erregung geraten. Sie fragte ihn flüsternd, ob sie sich ausziehen solle. Er nickte stumm und sie zog sich vor ihm aus. Sie ließ ihre Augen nicht von den seinen, schlüpfte aus ihren Schuhen, ließ ihre Jacke fallen, öffnete ihre Bluse, ihre Hose, ihren BH. Nackt stand sie in der engen Kabine, drückte sich mit dem Rücken gegen das kühle Aluminium der Rückwand und genoss es, seine gierigen Blicke über ihren Körper wandern zu sehen. Er raunte ihr zu, dass sie sich umdrehen solle und sie folgte seinem Wunsch. Er betrachtete sie von hinten. Ihm fiel die Episode ein, als er in Zaire seinen Freund Berger beobachtet hatte, wie dieser den Hintern der UNO-Soldatin versohlt hatte.

Er sah jetzt ihren Hintern und verspürte das Verlangen, von dem ihm sein Freund einst erzählt hatte. Er begann sich auszuziehen. Sie schien seine Gedanken, seine Wünsche und seine Begierden zu teilen. Sie hörte, wie seine Kleider zu Boden fielen. Sie drückte sich gegen die kühle Aluminiumverkleidung, drückte ihr Kreuz durch, streckte ihm ihren Hintern erwartungsvoll entgegen. Sie spürte seine Hand, die zärtlich über ihre Pobacken strich. Sie genoss seine Berührungen. Sie spürte seine Fingerspitze, die sich langsam zwischen ihre Pobacken drückte. Sie streckte sich im verlangend entgegen und zuckte zusammen, als seine Handfläche plötzlich mit Wucht auf ihr Pofleisch klatschte. Sie rührte sich nicht. Erneut klatschte seine Hand auf ihren Po. Sie quittierte es mit einem leisen Seufzer, streckte ihm ihren Po noch ein Stück weiter entgegen. Er nahm es wohlwollend zur Kenntnis, versohlte ihr den dargebotenen Hintern mit kräftigen, liebevollen Schlägen. Das Klatschen seiner flachen Hand auf das sich langsam rot färbende Fleisch ertönte in der kleinen Kabine. Jeden seiner Hiebe nahm sie dankbar mit einem Seufzer entgegen. Erst als er spürte, dass ihr Po schon brannte, belohnte er sie mit zärtlichen Streicheleinheiten. Damit machte er sie fast wahnsinnig. Sie fühlte sich wie ein Vulkan, in dem es brodelte, der jeden Moment mit heißen Lavaströmen auszubrechen drohte. Ihm ging es nicht anders, unkontrolliert fiel er über sie her. Eng umschlungen wälzten sie sich auf dem Boden der kleinen Kabine. Sie küssten sich, streichelten sich, kratzten sich, bissen sich, liebten sich und verfielen in eine hemmungslose Ekstase.

Es hatte nur einige Minuten gedauert. Es war aufregend gewesen, es war das Ende ihrer Gefangenschaft, es war der Anfang ihrer Freiheit, es war das Ende seiner Suche. Er drückte auf den Knopf, die Tür öffnete sich und die kühle Dezemberluft wehte um ihre Nase. Eine kurze Treppe führte die Strecke nach oben, die der Fahrstuhl nach unten zurückgelegt hatte. Sie betrachtete sich die Konstruktion nachdenklich von außen und er erklärte ihr es. Ein Hydraulikzylinder unter dem Fahrstuhl bewegte die Kabine nach oben oder unten.

Das Haus stand einsam hinter schneebedeckten Feldern. In einiger Entfernung war eine Autobahn zu erkennen, die Geräusche der vorbeifahrenden Autos und Lastwagen waren noch zu vernehmen. Sie waren in der Wetterau, etwa vierzig Kilometer von Frankfurt entfernt. Sie verspürte den Drang, in der kalten trockenen Luft spazieren zu gehen, und er hatte das Bedürfnis, von sich zu erzählen. Von sich und seiner verlorenen Vergangenheit, die er nun dank ihr wiedergefunden hatte. Sie liefen um die Felder und sie hörte ihm zu, wie er von sich erzählte.

Mittwoch, 10. Dezember 2003, 12.00 Uhr

Jensen saß im Büro von Siebels und klagte über starke Kopfschmerzen. Im Hubschrauber, der sie am Morgen zurück nach Frankfurt gebracht hatte, hatte er sich zweimal übergeben müssen. Siebels hatte den Drang, Oberst Müller zu verhören, doch der musste warten. Zuerst mussten sie Simone Tetzloff finden. Und das schien ihnen heute zu gelingen. Als der Hubschrauber mit dem kotzenden Jensen auf dem Dach des Frankfurter Polizeipräsidiums gelandet war, hatte Charly schon das Nötigste mit Hilfe seines Laptops und einigen Telefongesprächen herausgefunden.

Bevor Charly loslegen konnte, besorgte Till einen starken Kaffee, der Jensen wieder auf Trab bringen sollte. Der kam auch langsam, aber sicher wieder zu sich. „Dann legen Sie mal los", forderte er Charly auf und tat so, als wäre er wieder der Alte.

„Patrick LeClerk ist offiziell Schweizer Staatsbürger. Vor etwa einem Jahr hat er in der Wetterau ein renovierungsbedürftiges Haus erworben und einen Bauantrag zur Renovierung mit baulichen Erweiterungen gestellt, den er genehmigt bekam. Kurz darauf erwarb er eine Villa in Königstein, in direkter Nachbarschaft von Herrn Tetzloff. Er besitzt zudem ein Restaurant in Frankfurt und mehrere Juweliergeschäfte in ganz Europa. Er ist auf alle Fälle solvent, über seine genauen Vermögensverhältnisse kann ich aber keine Auskunft geben. Das ist das Wesentliche, viel mehr konnte ich nicht über ihn herausfinden."

„Dann haben wir jetzt also die Qual der Wahl", stöhnte Siebels. „Hält er sie in dem Haus in der Wetterau fest oder in der Villa in Königstein?"

„In der Wetterau", meldete Till sich zu Wort. „Wenn er das Haus hat umbauen lassen, wird er das gemacht haben, um sie sicher verwahren zu können. Was sollte er auch sonst mit einem Haus in der Wetterau, wenn er eine Villa in Königstein hat?"

„Dann lassen wir uns mal überraschen. Diesmal aber ohne SEK.

Ich glaube nicht, dass sie in Gefahr ist."

„Und was ist mit uns? Vielleicht sind wir ja in Gefahr?" Jensen hob zur Unterstreichung seiner Gedanken einen Finger in die Höhe.

„Wir nehmen noch Kulmbacher mit", befand Siebels und griff schon zum Hörer, um den jungen Kollegen anzufordern. Zufrieden nahm er zur Kenntnis, dass Kulmbacher im Präsidium war und sich ihnen anschließen konnte. Mit zwei Wagen fuhren sie in die Wetterau. Kulmbacher hatte das Vergnügen, Jensen zu chauffieren. Siebels, Till und Charly saßen im zweiten Wagen. Auf der Fahrt waren Siebels und Till sich einig, dass das eine ernsthafte Prüfung für Kulmbacher wäre. Wenn er sie bestehen sollte, wäre er ein Kandidat für die Mordkommission, im Team Siebels Till.

Mittwoch, 10. Dezember 2003, 10.15 Uhr

Das Wohnmobil war eine Klasse für sich. Das luxuriöseste, was auf dem Markt zu haben war. Der Händler hatte es gegen einen kleinen Aufpreis auf die Schnelle angemeldet. Sie saß neben ihm und schaute ihrer neuen Freiheit entgegen. Zunächst fuhren sie in die Schweiz, dort hatte er noch einige finanzielle Dinge zu regeln. Außerdem kannte er dort einen guten Anwalt, der sich um die Scheidung des Ehepaares Tetzloff kümmern sollte. Wenn das geklärt war, wollten sie in ihrem Gefährt die Welt erkunden. Sie wollten alles hinter sich lassen und nur noch nach vorne blikken. Sie wollten Nordamerika und Südamerika durchqueren, sie wollten Asien bereisen und den Nahen Osten kennen lernen. Er wollte ihr Afrika zeigen und sie wollte ihn durch die europäischen Metropolen führen. Ein neues Leben lag vor ihnen.

Während sie auf der Autobahn in dem rollenden Hotelzimmer unterwegs waren, fragte er sie nach den Briefen des Grafen. Er erzählte ihr, dass diese Briefe in seinem Auftrag geschrieben worden seien und dass der Graf ein guter Freund von ihm sei. Sie lachte und gestand ihm, dass sie alle Briefe des Grafen gesammelt und verwahrt und lange mit dem Gedanken gespielt hätte, den Grafen einmal persönlich zu treffen. Dann fragte sie ihn, warum er das getan hätte. Diese Frage brachte ihn in Verlegenheit. Er hatte keine logische Erklärung dafür. Er berichtete ihr von der Episode, als er mit seinem Freund Berger in diesem Café in Namibia gesessen hatte. Wie er in der Zeitung den Artikel über Sebastian Tetzloff und dessen Geliebte gelesen und wie der Name Tetzloff in seinem Kopf wie ein Presslufthammer gegen seine Schädeldecke geschlagen hatte. Wie er vor seelischer Erschöpfung in eine tiefe Ohnmacht gefallen war. Wie er mit dem Bewusstsein, dass Sebastian Tetzloff ein wesentlicher Bestandteil seiner verlorenen Vergangenheit sein musste, wieder erwacht war. Wie er verzweifelt versucht hatte, die Mauer in seinem Kopf einzureißen, um endlich das Geheimnis seiner Herkunft lüften zu können. Wie es ihm versagt geblieben war, ein klares Bild in der trüben Nebelwand erkennen zu können. Was ihm geblieben war, waren Vermutungen, ungute Gefühle und Dämonen, die seinen Kopf mit schrecklichen Bildern gefüllt hatten. Er hatte das Bild von Melanie im Kopf gehabt. Melanie hatte für die Liebe gestanden, die er verloren hatte. Dann war Jahre später der Name Tetzloff hinzugekommen. Der Name Tetzloff hatte ihn fast um den Verstand gebracht. Letztendlich war er zu der Schlussfolgerung gekommen, dass Tetzloff der Mann gewesen sein musste, der ihn um seine Liebe gebracht hatte. Es war ein spontaner Entschluss gewesen, den Grafen darum zu bitten, sich um die Geliebte von Tetzloff zu bemühen. Er hatte einfach keinen anderen Weg gesehen, sich mit seiner Vergangenheit zu konfrontieren, solange er noch in Afrika war. Erst als er Afrika den Rücken gekehrt und der Graf mit seiner Masche keinen Erfolg vorzuweisen hatte, war der Plan der Entführung in ihm gereift.

Nachdenklich musste er sich nun eingestehen, dass seine Schlussfolgerungen Tetzloff betreffend sich als völlig abwegig herausgestellt hatten. Lächelnd gestand er ihr, dass sein Plan sich im Nachhinein zwar als völlig sinnlos erwiesen, dass das Ergebnis seiner Aktion aber seine kühnsten Erwartungen übertroffen hatte. Er habe jetzt nicht nur seine verlorene Vergangenheit wiedergefunden, sondern auch die Liebe. Jetzt durfte er aber keine falschen Entscheidungen mehr treffen, sagte er zu sich selbst. Einmal hatte er sich für Bogner entschieden und Melanie dafür verloren. Dann hatte er sich für Mobutu entschieden und Marie dafür verloren. Jetzt wollte er sich für sich entscheiden und Simone behalten. Sie war die dritte Prinzessin in seinem Leben, sie durfte er auf keinen Fall mehr verlieren.

Mittwoch, 10. Dezember 2003, 14.15 Uhr

Siebels und Till mussten drei Mal um das einsam gelegene Haus in der Wetterau laufen, bis sie entdeckten, wie man hinein gelangen konnte. Sie holten Kulmbacher zur Unterstützung und ließen Charly und Jensen bei den Autos zurück. Zu dritt standen sie staunend in der Kabine, die sie in das Innere des Hauses beförderte. Mit vorgehaltener Waffe trat einer nach dem anderen aus dem Kleiderschrank. Es war niemand zu sehen und niemand zu hören. Sie bewegten sich trotzdem vorsichtig und langsam durch das Haus. Sie inspizierten Zimmer für Zimmer. Alles war klinisch rein gesäubert. Es roch im ganzen Haus stark nach Reinigungsmitteln. Vor kurzem musste dieses Haus von einem professionellen Reinigungstrupp gründlich auf Vordermann gebracht worden sein. Siebels ahnte, dass sie hier keinen einzigen Fingerabdruck finden würden. Nachdem sie alle Räume in Augenschein genommen hatten, gingen sie wieder zurück in das Zimmer, in dem sich der Fahrstuhl befand. Dort entdeckte Siebels die einzige Hinterlassenschaft des Bewohners. Auf einem Schreibtisch lagen zwei Briefe, beide waren an Sebastian Tetzloff adressiert. Der eine trug als Absender den Namen Simone Tetzloff, der andere den von Johannes Weismüller. Auf einem größeren und dickeren dritten Umschlag stand in großen Buchstaben: FÜR HERRN KRIMINALHAUPTKOMMISSAR STEFFEN SIEBELS.

Siebels schickte Till nach draußen, damit er Jensen und Charly hereinholte. Kulmbacher sollte sich um ein Team der Spurensicherung bemühen und einen Termin bei Tetzloff organisieren. Man musste ihm seine Post überbringen. Siebels setzte sich auf den Ledersessel vor dem Schreibtisch und öffnete den an ihn adressierten Umschlag. Ein kleines Manuskript kam zum Vorschein. Siebels begann zu lesen. Es handelte sich um die Erinnerungen von Patrick LeClerk, geboren am 16. März 1956 in Ost-Berlin.

Jensen, Charly und Kulmbacher waren wieder zurück ins Präsidium gefahren. Die Spurensicherung machte ihre Arbeit und bestätigte den Verdacht von Siebels. Kein einziges Haar war zu finden. Siebels war derweil in seine Lektüre vertieft. Er wollte gerade das letzte Kapitel aus den Erinnerungen lesen, als ihn die Bonanza-Melodie wieder einmal aus seinen Gedanken riss. Schnellstmöglich wollte er sich einen neuen Klingelton besorgen, nahm er sich vor und nahm das Gespräch entgegen. Jensen war am Apparat.

„Kommen Sie nach Hause Siebels, der Fall wird zu den Akten gelegt."

„Was soll das heißen?"

„Das soll heißen, dass wir mit leeren Händen dastehen. Die Jungs vom Verfassungsschutz waren hier gewesen und haben Oberst Müller und Heierbach abgeholt. Im Interesse der nationalen Sicherheit. Die beiden sind für uns tabu, hat man mir lapidar erklärt. Der Bundesinnenminister persönlich kümmert sich um die Sache. Tja, mein lieber Siebels, der Fall Hassler ist damit endgültig Geschichte und wenn der Herr Tetzloff wissen möchte, was aus seiner Frau geworden ist, soll er sich am besten an den Bundesinnenminister wenden."

„Ich werde ihm nachher zwei Briefe übergeben. Vermutlich weiß er dann genauestens Bescheid. Der Entführungsfall Tetzloff hat sich auf jeden Fall in Luft aufgelöst. Frau Tetzloff ist bei bester Gesundheit und in guter Gesellschaft, und zwar freiwillig."

„Dann kommen Sie mal schnell ins Büro, da liegt ein neuer Fall auf ihrem Tisch."

„Hiermit nehme ich meinen Resturlaub und feiere meine Überstunden ab. Das gleiche gilt für meinen Kollegen Till Krüger. Herr Kulmbacher soll schon mal anfangen zu ermitteln, bis wir im nächsten Jahr wieder da sind. Ich wünsche Ihnen ein frohes Weihnachtsfest und einen guten Rutsch."

Bevor Jensen etwas erwidern konnte, kappte Siebels die Verbindung und widmete sich wieder seiner Lektüre. Die letzten Seiten waren erst am gestrigen Abend verfasst worden.

Erinnerungen, 09. Dezember 2003

Alles war nach Plan gelaufen. Bei einem Einkaufsbummel hatte ich mir Frau Tetzloff geschnappt, mit Chloroform betäubt und in die Wetterau chauffiert. Alles war bestens vorbereitet, allein die Ungewissheit hatte mir zu schaffen gemacht.

All die Zeit, in der ich Tetzloff beobachtet hatte, hatte ich mich gefragt, was uns miteinander verband. Es war nicht nur Tetzloff, der mir zu denken gegeben hatte. Auch sein Bediensteter war mir merkwürdig vertraut vorgekommen. Je länger ich auf der Lauer gelegen und meinen Plan verfolgt hatte, desto wirrer waren meine Gedanken geworden. Tetzloff war ein Teil meiner Vergangenheit und Bogner auch. Je länger ich mich in der Nähe von Tetzloff aufgehalten hatte, desto stärker waren meine Gefühlsregungen geworden. Gefühle, die ich nicht einzuordnen vermochte, hatten meine Seele beherrscht. Ich musste die Sache beenden, bevor ich daran kaputt gehen würde.

Ich hatte die Anzeige bei Ebay geschaltet, hatte das für eine gute Idee gehalten. Er konnte seine Frau zurückhaben, aber er musste selbst bestimmen, was sie ihm wert war. Doch dann war alles anders gekommen.

Lange hatte ich Simone Tetzloff beobachtet. Immer wenn ich sie gesehen hatte, hatte ich das Glück von Tetzloff vor Augen gehabt. Und im gleichen Atemzug mein eigenes Unglück. Melanie. Marie. Auge um Auge, Frau um Frau.

Melanie, Marie, Simone. Die Frauen, die an meiner Seite gestanden hatten, wenn mein Leben sich in eine neue Richtung gewendet hatte. Nun war es Simone. Als wir uns das erste Mal in die Augen gesehen hatten, war die Zukunft neu geschrieben worden. Sie hatte gefesselt in meinem Bett gelegen und hatte mich mit ihrer Ausstrahlung an sich gefesselt. Sie war meine Gefangene und wurde meine Geliebte. Sie war das Pfand, das ich gegen meine Vergangenheit eintauschen wollte. Die Liebe, die zwischen uns entstand, war der schwerste Hammer, der jemals gegen die Mauer in meinem Kopf geschlagen hat. Sie liebte mich. Sie liebte den Mann und den Mensch in mir, der ich wirklich war. Sie hat mir das gegeben, wonach ich mich schon immer gesehnt hatte. Sie hat mir meine Vergangenheit zurückgegeben. Ich war tief in ihr gewesen, als meine Mauer in tausend Stücke zerborsten ist und plötzlich alles in einer reinen Klarheit vor mir gestanden hat.

Ich sah mich als fünfjährigen Jungen, der zusehen musste, wie sein Vater vom eigenen Onkel ermordet wurde. Ich sah mich auf-

wachsen unter der Obhut dieses Onkels. Ich sah mich als jugendlichen Elite-Schüler, der zu einem Agenten ausgebildet wurde. Ich sah mich als Agent hinter den feindlichen Linien. Ich sah mich als Freund von Sebastian Tetzloff und als Liebhaber von Melanie Hassler. Ich sah mich in innerer Zerrissenheit, auf der einen Seite zerrte mein Onkel, auf der anderen Sebastian und Melanie. Ich sah einen Menschen, dem ich mein Vertrauen schenkte. Es war Bogner, der mich aus meinem Dilemma befreien sollte. Es war Bogner, an den ich meinen Onkel verraten wollte. Es war Bogner, der das Treffen in Belgien arrangiert hatte.

Es war ein guter Plan gewesen. Ein Plan, der mich in die Freiheit führen sollte. Ein Plan, der mir eine Zukunft mit Melanie garantieren sollte.

In allen Einzelheiten erinnere ich mich jetzt an den Tag, an dem ich meine Vergangenheit verloren hatte.

Wir waren auf dem Waldstück. Bogner hatte in der Pension auf mich gewartet. Mein Onkel hätte ebenfalls in der Pension sein sollen. Ich hatte dafür gesorgt, dass Sebastian in das nahe gelegene Dorf gefahren war. Als ich mit Melanie alleine im Zelt war und mich nur noch wenige Minuten von dem Verrat an meinem Onkel trennten, verspürte ich das dringende Bedürfnis, Melanie die Wahrheit anzuvertrauen. Ich erzählte ihr, wer ich wirklich war. Dass ich als Agent die Aufgabe hatte, sie in die Kriminalität zu treiben. Dass ihre Zukunft von fremden Leuten geplant worden war. Eine Zukunft auf der anderen Seite Deutschlands. Melanie war entsetzt. Ich beruhigte sie. Schwor ihr meine bedingungslose Liebe. Berichtete ihr von meinem geplanten Verrat. Erzählte ihr, dass ich jetzt ein Doppel-Agent sei, dass unsere Zukunft im Westen gesichert sei.

Ich hatte keine Ahnung, dass mein Onkel vor dem Zelt gesessen und jedes Wort mitgehört hatte. Plötzlich kam er ins Zelt gestürzt. Melanie und ich lagen engumschlungen im Zelt, wir hatten keine Chance, seinen Angriff abzuwehren. Mit dem dicken Ast in seinen Händen schlug er immer und immer wieder auf unsere Köpfe ein.

Das Blut spritzte aus Melanies Kopf. Mit meinen Händen wollte ich das Blut stillen, ich hatte keine Chance gegen seinen unbändigen Tötungswillen. Melanie hat er totgeschlagen, mich nur halbtot. Eine Weile lag ich regungslos in der Blutlache, dann hörte ich plötzlich die Stimme von Sebastian Die pure Panik klang aus ihm heraus, dann verschwand er wieder. Kurz darauf erschien mein Onkel wieder. Fluchend schleppte er mich aus dem Zelt und warf mich in ein Auto. Blutüberströmt lag ich in seinem Auto und vernahm seine Flüche wie aus einer anderen Welt. Verräterschwein, nannte er mich. Mit so einer blutenden Sau käme er nicht über die Grenze, schrie er mich an. Ich solle im Straßengraben verrecken, fluchte er und schmiss mich aus dem Wagen.

Ich lag am Straßenrand und freute mich auf den Tod, als ich das Gesicht eines fremden Mannes vor mir sah. Dann wurde es dunkel. In der Dunkelheit verabschiedete ich mich von Melanie und baute schließlich eine Mauer des Vergessens in meinem Kopf auf. Als ich meine Augen in einem fremden Bett wieder aufschlug, war die Mauer fertig gewesen. Nur ein kleines Guckloch hatte ich darin gelassen, welches mir erlaubte, einen klitzekleinen Augenblick auf meine glückliche Kindheit zu werfen.

Jetzt habe ich endlich meine Liebe gefunden. Nur ihre Liebe war in der Lage gewesen, die Mauer der Trauer kaputt zu schlagen.

Patrick LeClerk

Siebels legte die Erinnerungen des Patrick LeClerk zur Seite und ließ dessen Leben noch einmal vor seinem geistigen Auge ablaufen. Dabei lief ihm ein Schauer über den Rücken. Er dachte an eine alte verwirrte Frau, die seit fast dreißig Jahren in einem Heim lebte. An eine alte Frau, die sich mit ihrer verstorbenen Tochter unterhielt und dabei die Haare von ihr gebürstet bekam. Erst mit der dritten Prinzessin würde Johannes glücklich werden, hatte Melanie ihrer Mutter erzählt.

Das falsche Paradies offenbart ein Beziehungsgeflecht, das unweigerlich in die Katastrophe führt.

In ihrem ersten Fall ermitteln die beiden sympathischen Kommissare Siebels und Till einerseits in den gläsernen Bürotürmen der Frankfurter Bankenlandschaft und andererseits in den einschlägigen Kontaktbörsen im Internet.

348 Seiten; 12,00 Euro; ISBN: 978-3-939-36200-5

„Opium bei Frau Rauscher“
Fünfte Sachsenhäuser Kriminalepisode
von F. Demant
ISBN-13: 978-3-9809915-6-8
Preis 9,30 Euro / SFr. 17.70

Herr Schweitzer, Privatier aus Leidenschaft, lebt gerne in den Tag hinein. Die Nacht widmet er intensiv der Sachsenhäuser Kneipenszene. Um diese Ausschweifungen zu finanzieren, spielt er mit dem Gedanken, eine Detektei zu gründen.
Von einer Urlaubsbekanntschaft aus Laos erhält Herr Schweitzer seinen ersten Auftrag und wird versehentlich Zeuge eines Mordes aus Eifersucht. Doch je mehr Details die Frankfurter Kripo ans Tageslicht zerrt, desto weniger glaubt er an das, was er mit eigenen Augen gesehen hat.

Demants Erfolg basiert auf Mund-zu-Mund-Propaganda, er schaltet keine Anzeigen, hat noch nie einen Stand auf der Frankfurter Buchmesse gemietet.
Frankfurter Rundschau